Martin Kessel
Herrn Brechers Fiasko

Zu diesem Buch

Berlin, Ende der zwanziger Jahre des letzten Jahrhunderts: Max Brecher arbeitet in der Werbeabteilung der UVAG, der »Universalen Vermittlungs-Actien-Gesellschaft«, wo ein bemerkenswertes Personal aufeinandertrifft: zuerst das dissonante Freundespaar Max Brecher und Dr. Geist, dann die in Menschlichkeit dilettierende Gudula Öften, ihre extreme Schicksalsgefährtin, die verwitwete Frau Geheimrat Schöpps, deren kapriziöse Tochter Mucki und die allzu tüchtige Lisa Frieske. Alle erkennen wir wieder: Es sind die typischen Gestalten unseres Büroalltags, Menschen der »sitzenden Lebensweise«, Angestellte in der Normalität der Arbeitswelt. Max Brecher wird jedoch in einem langsamen und unwiderruflichen Prozeß an den Rand gedrängt und erlebt schließlich seine Kündigung. »Herrn Brechers Fiasko« ist eine große Entdeckung, neben Alfred Döblins »Berlin Alexanderplatz« einer der bedeutendsten deutschen Großstadtromane des 20. Jahrhunderts.

Martin Kessel, 1901 in Plauen / Vogtland geboren, starb 1990 in Berlin. Er studierte in Berlin, München und Frankfurt Germanistik, Philosophie sowie Musik- und Kunstwissenschaft, promovierte 1923 und lebte als freier Schriftsteller in Berlin. Sein Werk wurde mit zahlreichen Preisen ausgezeichnet, darunter der Kleist-Preis 1926, der Georg-Büchner-Preis 1954, der Fontane-Preis 1960 und der Literaturpreis der Bayerischen Akademie der Schönen Künste 1961.

Martin Kessel
Herrn Brechers Fiasko

Roman

Piper München Zürich

Diese Neuausgabe von *Herrn Brechers Fiasko* folgt dem Text der Ausgabe im Suhrkamp Verlag 1956; dieser hatte Martin Kessel vorangestellt: »Der Roman ist Ende 1932 zuerst in der Deutschen Verlags-Anstalt, Stuttgart, erschienen. Die politischen Umstände brachten ihn damals um seine Wirkung. Die vorliegende Ausgabe wurde von Verfasser neu durchgesehen.« *Mein erster Roman* erschien im *Jahresring* 20, 1973/74.

Von Martin Kessel liegen in der Serie Piper vor:
Herrn Brechers Fiasko (3534)
Lydia Faude (3535)

Ungekürzte Taschenbuchausgabe
Piper Verlag GmbH, München
1. Auflage Oktober 2002
2. Auflage April 2003
© 2001 Schöffling & Co. Verlagsbuchhandlung GmbH, Frankfurt am Main
Umschlag/Bildredaktion: Büro Hamburg
Isabel Bünermann, Julia Martinez/
Charlotte Wippermann, Katharina Oesten
Umschlagfoto: Landesarchiv Bremen (»Friedrichstraße, 1930,
Berlin/Bezirk Mitte«)
Satz: Reinhard Amann, Aichstetten
Druck und Bindung: Clausen & Bosse, Leck
Printed in Germany ISBN 3-492-23534-4

www.piper.de

ERSTES BUCH
ABTEILUNG PROPAGANDA

In der Friedrichstadt

I

Täglich, zumal bei Büroschluß, läuft ein Zittern durchs Zentrum, durch die Fundamente Berlins, als wäre nun wieder etwas Unvorhergesehenes im Gang.

Alles ist unterwegs. Wer sich frühmorgens pünktlich im Gebäude seiner Firma eingefunden hat, wird nun wieder – nach einem funktionellen Verdauungsprozeß, der den Menschen zur bloßen Arbeitskraft degradiert und deren Bestes sich zunutze gemacht hat – auf die Straße gesetzt und seinem Privatschicksal überlassen. Die eine Organisation entläßt, die andere empfängt, aus der Arbeitskraft wird ein Fahrgast oder ein Fußgänger. Diesen wiederum öffnen sich Kinos und Restaurants, und jedes Stadium fordert seinen Tribut.

Spießt eine Stange irgendwo in die Luft, auch Haltestelle genannt, ist ein Loch irgendwo zur U-Bahn hinunter oder ein Podium, auch Bahnsteig genannt, gleich findet daselbst eine Kristallisation statt. Leute sammeln sich an, Passanten der verschiedensten Gattung, die's eilig haben, aber mit einer Ernsthaftigkeit auf den Gesichtern, als wären es letzte Vereinsmitglieder ums Banner. Ein Dunst steigt auf, ein Geruch wie aus der Manege, und über all die fixen Ideen und wahrzunehmenden Interessen hin spielt der diffuse Widerschein des Lichtes, lautlos, als einzig zärtliches, Träume spinnendes Element.

Tag für Tag, in einer Art Schlafwandel der Gewohnheit, erneuert sich das, ein schweigsames von Hand-zu-Hand-Gehen, und in mehreren Schichten sind die besten Köpfe dabei, auch fürs Unvorhergesehene die einwandfrei besten organisatorischen Formeln zu finden. Ist nicht alles durch Zeichen geregelt, durch Signale, Paragraphen und Übereinkünfte, durch eine Sprache, deren Geometrie in nahezu atavistischer Weise tabu ist, und hat sich nicht im Laufe des Funktionierens etwas herausgebildet, das Beachtung verdient, eine Art gläubige Sorglosigkeit, ein Lakonismus vor der höheren abstrakten Ordnung? Denn was wäre, käme heut einer und stocherte mit dem Spazierstock in diesem Ameisenhaufen herum – Beispiele, die aus der Geschichte bekannt sind –, oder es leistete sich jemand den Scherz, dem ersten besten, gleichgültig wem, wie man als Kind es den Käfern zuleide getrieben hat, einen Strohhalm quer vor die Füße zu legen? Hin und her würde er laufen, womöglich mit Selbstmordgedanken, und in höchster Not kämen aus allen Vierteln Gleichbetroffene und Gleichgesinnte hinzu, und schließlich würden sie einen Saal erstürmen, um sich dort zu organisieren – und dies alles wegen eines Strohhalms.

Der Reisende freilich, der vom Bahnhof aus die Eingeweide Berlins betritt, um hier, gewisser Erlebnisse willen, unterzutauchen, ahnt im zehnten Fall nicht, wohin er geführt wird, auch tappt er blindlings über alle Risse und Strohhalme hinweg. Er hat sich mehr für die Gesamtansicht entschieden, für Aspekte und Panoramen, und so schwärmt er zunächst für Sehenswürdigkeiten, kaum verwundert, daß auf manch einer Säule ein Engel schwebt, der die ganze Gattung verballhornt. Einen Reisenden kümmert das wenig. Solang die Örtlichkeit, wo er sich befindet, genau der in seinem Führer bezeichneten entspricht, tippt er den Finger darauf und ist zufriedengestellt. Vielleicht, da das Nachkontrollieren von Sehenswürdigkeiten anstrengt, gähnt er einmal, es nachlässig mit dem Handrücken verdeckend, und das nächste Mal gähnt er dann wieder. Hi, es kennt mich ja niemand, denkt er. Aber dieser entspannende Gedanke hat ihn unvorsichtig gemacht, und so kommt es, daß er vor der dritten gähnenden Sehenswürdigkeit peinlich hereinfällt. Er ist beobachtet worden. Ein Lausejunge hat ihn beobachtet und macht sofort einen Witz, schlagfertig genug, so daß der Reisende sich gezwungen sieht, den Mund auf ewig zu schließen. »Zustände sind das«, murmelt er betroffen, ehe er sich, in Ermangelung eines Besseren, der nächsten – hoffentlich einer erotischen! – Sehenswürdigkeit in die Arme wirft.

Von Reisenden also ist nichts zu befürchten, und es zeigt sich, daß, wie jedermann zugeben wird, schärfere und kältere Maßnahmen erforderlich sind, um das Leben dieser Stadt in die Gewalt zu bekommen, wie ihr selbst es gelang mit den Menschen.

Alles ist unterwegs. Es ist der Fluchtcharakter Berlins, das sich zwar behördlicherseits ein Zentrum geleistet hat, von welch letzterem aber niemand behaupten könnte, dies sei der Mittelpunkt. Es scheint vielmehr, als halte sich ein Koordinatensystem von Linien in dauernder Spannung, mit einigen darunter, die in leibhaftiger Projektion ausbrechen aus dem Spannungsgefüge, Ausfallstraßen, so breit, daß die Sonne auf ihnen sich langweilt. Andernteils: da sind die Linden. Als eine Achse durchqueren sie das Ganze, aber nach einigen hundert Metern haben sie bereits den Namen gewechselt; plötzlich sind sie eine Chaussee. Oder da ist, einige Querstraßen südlicher, die Leipziger Straße, gewiß eine mehr geschäftlich nivellierte Achse, nicht so repräsentativ, und es ist zu begreifen, warum sie hinläuft, als hätte sie mit der anderen nicht das geringste zu tun – aber auch sie wechselt nach ein paar hundert Metern den Namen. Draußen vielleicht, am Wannsee oder in Marzahn, begegnen sich beide, jedoch ihr Gedächtnis verläßt sie, und sie erkennen sich nicht. Es ist, als suchte man eine Sympathie zwischen zwei Parallelen, von denen die Mathematik behauptet, daß sie sich im Unendlichen schneiden, während die Praxis behauptet: sie schneiden sich, wie zwei verfeindete Familien sich schneiden! – Ab und zu bemühen sich zwar die Plätze, in dankenswerter Weise einen neutralen Ausgleich zu schaffen, ein Behälter zu sein für den Fluchtcharakter, für die graue Gleichgültigkeitserklärung der Straßen – jedoch auf wie lang? Unverrückbar bekundet leider Berlins topographischer Grundriß das traurige Bild einer gegenseitigen Halsabschneiderei.

Sichtbarer freilich als diese Interna des Bewußtseins wachsen die Gebäude herauf, einem spekulativem Geheiß zufolge, in ihrer, wie ein aus kalifornischen Ländern mit Erfolg zurückgekehrter Filmschauspieler es nannte, »deklarierten Unschönheit«. Da es ihnen zur Häßlichkeit an Charakter fehlt, sind sie wahrscheinlich deklariert unschön. Oft bröckelt es in den Fassaden, von der Rückwand der Höfe zu schweigen; dann sind als einzige Hinterlassenschaft graugelbe Flecken zu sehen, Flecken des Harms, rasch mit einem Firmenschild zugedeckt; und wird ein Mietbewohner nach dem Hauswirt gefragt, so schüttelt der Gefragte meistens den Kopf, ratlos, und verweist auf den Verwalter. Denn der sagenhafte Besitzer ist unterwegs, auch er ist meist unterwegs. Zur Bekräftigung dessen saust die funktionierende Vertikale des Fahrstuhls in ihrem Drahtkäfig auf und nieder, die innere abgegriffene Höhe dieser Häuser durchmessend, während die einzelnen, bald dieser, bald jener Sache dienstbaren Räume durchlöchert sind von der harten Geschwätzigkeit der Diktate, dem Grillengewisper der Schreibmaschine, falls es nicht der Totenwurm ist.

Wie es so aushält, dieses Gemäuer, in all seiner Abnutzung immer noch aushält, in einer bis ins Schmutzige reichenden Geduld, wie es dann in den Fassaden zu perlen und künstlich zu fließen beginnt, die Rettung im Glanz der Propaganda suchend, in der Neuheit der Stunde, die auch die verlebtesten Dinge heimisch sein läßt durch eine milde, gern trügerische Beleuchtung, wie dann plötzlich alles, unbekümmert um Herkunft und Adel, in vollendeter Abendtoilette dasteht, bereit zur Premiere, ein Produkt dieser Stadt, und wie das Leben so leicht zu werden scheint unterm Schmuck seiner Lichter, bis inmitten des Ruins das Märchen beginnt, und wie sich dann ein Zittern durchs Zentrum stiehlt, durch die Fundamente auch der Existenz, als wäre nun wieder etwas Unvorhergesehenes im Gang... »Keinen Schritt weiter!« sagt ein Plakat in der Friedrichstraße, als nehme es Bezug darauf. »Was wird hier in Kürze eröffnet?«

II

Unter den besten Auspizien, die Arbeit hinter sich und eine Schlangenlinie von Vergnügen vor Augen, erschienen im Portal eines großen Bürohauses zwei junge Herren, einer so groß wie der andere, gleichaltrig beide. Es wäre ihnen am liebsten gewesen, man hätte sie für Gentleman-Einbrecher gehalten, aber da sie nur zwei ganz gewöhnliche Angestellte waren, Propagandisten, gaben sie sich auch damit zufrieden. Außerdem hatte der eine von beiden einen Titel, den Doktor, und er verfehlte auch nicht, sich stets so zu nennen: Doktor Geist – nicht allein, weil jeder Friseur jeden besseren Herrn einen Doktor nennt, sondern aus Gründen der Übereinkunft, aus Praxis, entsprechend manch intelligenten Leuten, deren eigentliche Versicherungsgesellschaft die Skepsis ist. Nun, Skeptiker glaubte Doktor Geist gleichfalls zu sein, daneben indessen hatte er eine große Schwäche fürs Unerreichbare, für Eleganz der Kleidung wie der Sprache, und daher legte er auch beim Betreten der Straße größeren Wert auf seine Haltung als sein Kollege: Max Brecher.

Genau mit der Minute, nicht eher, nicht später, hatten sie droben in der Abteilung Propaganda ihre Arbeit niedergelegt, um gemeinsam, nicht ohne sportliche Rivalität, die Stufen des hohen Treppenhauses hinunterzuspurten, unten am Portier Baumann vorbei und hinaus, wo sie dann keuchend festzustellen beliebten, daß das Ergebnis zwischen ihnen noch immer wie sonst lautete: eins zu eins. Keiner von beiden hatte einen Vorteil erreicht; sie verdienten nicht üppig, sie gehörten zur soziologischen Kategorie derer, von denen das Sprichwort sagt: zum Leben zu wenig, zum Sterben zu viel – wobei allerdings unter Leben ein etwas luxuriöseres Gefilde verstanden sein will, denn einfach zu leben hatten sie. Unten auf der Straße wiederholte sich dann das sonst kaum beachtete Schauspiel, daß sich zwei mittelmäßig bezahlte Arbeitskräfte in Herren verwandelten, die davonspazierten – was kostet die Welt!

Aus Gesprächen war zu entnehmen, daß sich die beiden seit ihrer Jugend kannten, daß sie Schulkameraden gewesen waren – in diesem fatalen Provinznest! – daß sie gemeinsam hier in der Reichshauptstadt ihren Studien obgelegen, und, in einem seltenen Dusel, beide im gleichen Unternehmen eine Stellung gefunden hatten, nur mit dem Unterschied, daß der eine, angeblich seinen Leuten zu Hause zulieb, weniger für sich, sein Examen gemacht, während der andere, Brecher, großzügig, obwohl nicht ganz freiwillig, darauf verzichtet hatte. Da nun die letzte aller staatlich betreuten Bildungsanstalten durchlaufen war, bereitete es ihnen eine um so größere Genugtuung, dem Schein ihrer neuen zugefallenen Freiheit zu Leibe zu gehen.

»Was hab ich im Leben nicht alles gelernt!« rief Brecher.

»Und wieder vergessen«, fügte sein Kollege hinzu.

»Schon als Junge habe ich Dinger konstruiert von so komplizierter Gleichung, daß die Geometrie sich gezwungen sah, sie Sphäroide zu taufen. Ich klagte Rom auf lateinisch an, ich schwang das Schwert Taillefers auf englisch. Von einer Universalität war ich – zweimal wöchentlich im Innern Afrikas oder Asiens, dann in einer Stunde zurück nach Paris, von dort jagte ich dann der chemischen Formel H_2O nach, und ein Deutsch legte ich hin: den Lehrern standen die Haare zu Berge.«

»Philosophie ist Streben nach letzter Klarheit«, sagte Doktor Geist und parodierte einen Professor. »Inzwischen sind wir ins Leben getreten.«

»Mit dem linken Fuß soll man hineintreten«, rief Brecher, »aber ich glaube, man hat uns ins Leben getreten. Man hat uns einen pädagogischen Tritt versetzt; man hat uns durch eine Windmaschine aus dem Hörsaal vertrieben. Den Wind um die Nase wehen lassen, verstehst du? Ich sag ja: so geht's mit dem Menschen. Immer zuerst mit dem Kopf auf die Welt. Schon allein durch den Vorgang seiner Geburt ist der Mensch prädestiniert, die Dinge von unten her zu betrachten.«

»Und mit Zangen mißhandelt zu werden«, fügte Brechers Kollege wieder hinzu.

Sie hatten inzwischen ihren Weg in Angriff genommen, der sie vom Gebäude der Firma hinwegführte, der Friedrichstraße zu. Ein hingepflanzter Koloß, ragte es hinter den beiden auf, durch seine Tore eine Menge Kollegen und Kolleginnen entlassend, die gleicherweise einzeln oder zu zweit vor ihrer Arbeitsstätte zu flüchten schienen, heimwärts, vielleicht auch zu einem Stelldichein.

Übrigens ist nicht gesagt, daß die beiden Herren, Brecher und Doktor Geist, Freunde gewesen wären; sie kannten einander lediglich um einige Jahre länger als ihre übrigen Kollegen, auch gab es keine nennenswerten Meinungsverschiedenheiten zwischen ihnen. Den Hauptanteil ihrer Gespräche hatte Brecher zu bestreiten, als der impulsivere, während Doktor Geist für gewöhnlich Stichworte, Nebenbemerkungen und Kadenzen auszuteilen liebte. Brecher war es auch, der all ihre wunden Punkte aufspürte, und es konnte ein seltsamer Genuß sein, mitanzusehen, wie er sie präparierte.

»Geld«, sagte er beispielsweise, »hat man keines oder zu wenig. Hat man keines, wächst es zu einer Vision auf; hat man welches, dann zu wenig. Unser Fehler ist es eben, daß wir zwei noch immer für unser Geld arbeiten, statt unser Geld für uns arbeiten zu lassen.«

Aus dem Mund eines jungen unternehmungslustigen Herrn klang das großartig. Es steckte Erkenntnis darin und Strategie. Um so merkwürdiger war es, daß Doktor Geist dazu ungläubig lächelte. Sie seien ja erst ein Jahr im Betrieb.

Aber Brecher erklärte:

»Mit sechsundzwanzig – sag, was du willst – fängt das Jahr an, langsamer zu gehen, aber schneller vorüber zu sein. Auch die Ergebnisse werden seltener. Es geschieht nichts mehr, außer daß du am Ende eines jeden dein Geld einstreichst und froh dabei sein mußt, zum nächsten wieder herbestellt zu sein. Schatz, mach Kasse! – Was tut nur ein Mensch, der eines Tages kein Geld hat?«

»Er verschafft sich welches, sehr einfach.«

Brecher überhörte den Einwurf.

»Es liegt noch arg im Primitiven«, fuhr er fort, »die einen haben's, die andern nicht. Für meinen Geschmack herrscht auch zuviel Verschämtheit in allen Geldfragen. So sehr es auch verehrt und angebetet wird, es klebt noch zuviel verheimlichter Schmutz daran. Eine Phrase etwa: ›soll ich Sie für Ihre Liebe bezahlen?‹ – steht noch immer sehr hoch im Kurs, während die natürliche Antwort doch einfach lautet: bitte!«

»Sack würde sagen, es liegt auf der Straße.«

»Ja, er liebt die Gemeinplätze«, erwiderte Brecher. Er schwieg eine Weile, keine besondere Hochachtung vor seinem Chef verratend. »Weißt du«, sagte er dann, um abzuspringen von diesem anscheinend mißliebigenThema, »manchmal wundert es mich. Momentan verschiebt sich soviel und die persönliche Schiebungnahme ist so ungemein lukrativ, daß es mich wundert, unsere Firma frühmorgens noch immer dort vorzufinden, wohin sie gehört.«

»Du meinst, sie könnten auch mal ein ganzes Gebäude verschieben?«

»So ungefähr. Denn die Nacht liegt dazwischen, mein Lieber. Und die Nacht ist dunkel. Denk bloß an das Wort: dunkle Machenschaften! Nein, es ist nicht so einfach, am nächsten Morgen wieder an derselben Stelle zu sein. Alles hier in Berlin hat seinen Hintermann. Kommt einer mit Kapitalien daher und geht bankrott, sind's nicht die seinen. Wird einer erwischt, war's der andere – der Hintermann. Deshalb hat auch hier ein jedes Gesicht eine so verflixte Transparenz.«

»Hübsche Beine, das Luder«, sagte Doktor Geist. Er hörte nämlich nur halb hin.

Brecher hingegen schien die Erwähnung ihres Bürochefs einigermaßen zu schaffen zu machen, und während er schwieg, setzte er sich in Gedanken mit ihm auseinander.

In dieser Verfassung, dieser Sucht, alles in Frage zu stellen, spazierten sie die Friedrichstraße entlang, äußerlich lebhaft, doch ihrer Gangart kaum achtend, sondern den Blick, gleichgültig oder taxierend, aufs Entgegenkommende richtend, mit der geheimen Tendenz, der städtischen Welt ringsum gewachsen und ebenbürtig zu sein. Doktor Geist besonders legte Wert darauf, die Weiblichkeit nicht außer Auge zu lassen, und er scheute auch nicht vor einer gewissen Freizügigkeit zurück, in der Einbildung, ein flanierender Don Juan zu sein. Trotzdem waren sich beide, der eine praktisch naiv, der andere, Brecher, mehr theoretisch, über nichts so klar wie darüber, daß ihr Ansehen, das sie einst als Schüler genossen hatten, hier inmitten der mannigfachen Anonymität durch einige Millionen dividiert worden ist.

»Sack«, begann Brecher plötzlich, »Sack hat gut reden. Neulich riet er mir: ›verlassen Sie sich nicht allzu ausschließlich auf ein Talent! Jedes Talent ist eine Gefahr.‹ Das sind seine Worte. Dann hat er natürlich Leute gekannt, die mit weniger weit mehr erreicht hätten. ›Es ist nicht nur eine, es birgt auch eine Gefahr in sich‹, sag ich. ›Gewiß, gewiß‹, erwidert er, happig und fix. Ich glaube, den zerreißt es noch mal. Er ist nicht älter als wir, und schon diese Bombenstellung, Propagandachef.«

»Beneidest du ihn?« fragte Doktor Geist. Er tat es nicht ohne Vorsicht.

»Seh ich so aus? Aber was ich an ihm beneide, ist dies: Schwierigkeiten nicht sehen wollen, die ihn nichts angehen. Der Junge schifft mit einer Geschicklichkeit um die Klippen der Praxis, scharwenzelt und laviert – ich könnte das nicht.«

»Ich auch nicht«, versetzte Doktor Geist, wofür er von seinem Kollegen mit einem Seitenblick beehrt wurde, gleichfalls nicht ohne Vorsicht.

»Neulich hatte ich eine Diskussion über den richtigen Posten«, sagte Brecher. »Das hättest du hören sollen. Ich glaube, er will klug reden und kann nicht, und deshalb spielt er sich nur so auf. ›Wenn nun jemand für einen bestimmten Posten begabt ist?‹ frag ich. ›Für welchen?‹ fragt er sofort, als müßte er ihn verteidigen. Immer verteidigt er sich! ›Standen Sie schon auf dem richtigen?‹ fragt er. Ich zucke die Achseln. ›Dann hatten Sie Glück‹, meint er. ›Bezahlt macht sich nur ein Posten, der falsch ist. Die Einarbeitung, das ist die Hauptsache.‹ Und das soll ich nun glauben! Das ist doch nur ein mißglücktes Aperçu. Coty jedenfalls, dieser Filou, fährt mit dem richtigen Posten Motorrad, und wir sitzen mit dem falschen auf der Galerie des Verkehrs.«

»So falsch ist er ja gar nicht«, meinte Doktor Geist. »Wir machen Propaganda.«

»Aber wofür? Überleg bloß: wofür?«

Zeitlebens hatten sie so gefragt. Es war nicht besser geworden von Etappe zu Etappe, und was einst schwierig schien, war, wie sie glaubten, entlarvt, es war überwunden oder als überflüssig erklärt, ohne daß sie jenes mit Angst, Neugier und Ergebenheit gemischte Gefühl des Zauderns losgeworden wären in Anbetracht der Strecke, die vor ihnen lag. Es gab keine rechten Endstationen in ihrem Leben, an denen sie sich hätten verschnaufen können, wie etwa die Schaffner mit ihrem Frühstück auf irgendeiner Sandkiste; sie blieben hungrig, und immer nährten sie sich, wie es schien, von der erkenntnismäßigen Auswertung ihrer Erlebnisse, Erlebnisse hinwiederum, die selten einschneidend waren und die zusammenschrumpften zu einem abgestandenen Rest, sobald sie getätigt waren. Erlebnisse tätigen, sich Erlebnisse verschaffen, – es war ein ziemlich unbestimmbares Unterfangen, weit unbestimmbarer zumindest als der Zuschnitt ihrer Gespräche.

»Wohin jetzt?« fragte Doktor Geist, als die Leipziger Straße erreicht war.

Aber Brecher, mit nachdrücklich sanfter, beredter Armbewegung, drängte seinen Kollegen nach Westen, in Richtung Potsdamer Platz, wo der Himmel schon Anstalten machte, in Schönheit unterzugehen.

Sie liefen bereits wieder mechanisch, als Doktor Geists Gangwerk, anscheinend auf Grund eines zweiten, schwerwiegenden Einfalls, mitten im Trubel anhielt, um sich freilich sofort wieder in Bewegung zu setzen. Brecher, leicht zurückgewandt, erwartete eine Erklärung.

»Mensch«, sagte Doktor Geist, »morgen kommt ja die Neue.«

»Morgen noch nicht.«

»Richtig! Morgen ist Sonntag. Aber den gönn ich ihr noch.«

»Soll sie.«

Es reizte Herrn Brecher wenig. Er konnte der ganzen Gattung der Sekretärinnen nichts abgewinnen, sie waren eine Art dummes Geflügel; wenn überhaupt, so schwärmte er lieber für eine Schauspielerin. Doktor Geist indessen war angeregt, er entwickelte plötzlich Pläne.

»Jetzt müßte man tanzen gehen«, rief er. »Einbrechen müßte man, Frauenarzt sein. Die haben jetzt einen Gang an sich, diese hochgestellten Luders, als wäre er nicht von ihrem Wuchs bestimmt, sondern von ihrer Lues. Phänomenabel.«

Sie hatten, die Leipziger Straße entlang, wie ein Liebespaar eingehakt, während die Bahnen und Autobusse, mit Menschen überfüllt, vorüberdonnerten und einen Korso darboten, dem nachzublicken ein eigenes beschwingtes Vergnügen war. Doch immer, nachdem sie ihren Eindrücken eine Zeitlang nachgefolgt waren, kamen sie wieder auf jene Neuigkeit zurück.

»Wie soll sie denn heißen?« fragte Brecher.

»Weiß ich?«

Doktor Geist, als wüßte er's doch, blinzelte offenen Mundes zu seinem Kollegen hinüber, bis dieser sich einen Ruck gab, endgültig absprang und auf die erste Frage zurückkam. »Also, Junge, dann zeig mal, was in dir steckt!« rief er. »Also was machen wir jetzt?«

Da blickte Doktor Geist vom Pflaster auf. »Segeln«, sagte er. »Vielleicht sollten wir segeln gehen? Oder meinetwegen: in eine Sache hineinsegeln?«

»Aber in welche?«

Verdutzt standen die beiden unternehmungslustigen Kavaliere am Potsdamer Platz. Es war die bengalische Wimmertragödie ihrer Nachmittage und Abende, daß sie prompt und einfallslos in den Räumen der umliegenden Cafés zu landen pflegten. Alles Erdenkliche hatten sie tun wollen, schon in den Wochen vorher, und jedesmal pflegten sie wieder in ihre alte Gewohnheit hineinzuschliddern. Beim Blick durchs Fenster gemahnte dann auch die Firma wieder an ihr pompöses Vorhandensein; in bunten Leuchtbuchstaben, von sämtlichen Häusern herab, sagte sie zu denen, die es hören, und zu denen, die es nicht hören wollten: UVAG – UVAG, UVAG – UVAG.

III

Es sind nicht immer die glänzendsten Häuser, welche die besten Geschäfte machen. Die Uvag, dieses Wahrzeichen der Friedrichstadt, war ein alles andere als künstlerisch einwandfreies Gebäude, ja es demonstrierte förmlich, daß es weniger durch seinen Baustil als durch die in ihm getätigten Bilanzen aufrecht erhalten wurde.

Nach beiden Seiten, um ein abgerundetes Eck, schossen die

Gesimse in mehreren übereinanderliegenden Reihen dahin, die Fenster standen in Parade, und unter jedem noch so spärlichen Vorbau oder Balkon wälzte sich eine symbolische Figur in aufmerksamen Verrenkungen. Die grobe Rustika des Unterbaus verjüngte und verfeinerte sich nach oben zu einer Fläche, auf der der Sand, vor Angst oder vor Alter, sobald man den Kopf hob, zu rieseln schien. Diese merkwürdige Bauart, deren Exaltationen später dadurch besänftigt worden waren, daß man sie kurzerhand amputiert hatte, war das Produkt einer überlebten Epoche. Eher durch den Lärm, durch die Phantastik des Verkehrs als durch menschliche Beihilfe schien das Gebäude mit Restbeständen aus mehreren Jahrhunderten emporgetrieben zu sein, bis hinauf zu jener Weltkugel, die auf dem Dach des Ecks von einem mythologischen Schwerathleten in die Luft gestemmt wurde, verurteilt, strahlend über den Häuptern zu schweben. Unterdessen waren zur Verdeutlichung des äußeren Neuanstriches an den gegenüberliegenden Seiten Scheinwerfer aufgestellt worden, die ein mehrfaches Licht gegen die ausgedehnte Front des Gebäudes warfen und es mit Macht in etwas Neues verwandelten. Bei dieser sich einfressenden und phosphoreszierenden Beleuchtung verging aber auch der Eindruck des Steinernen, auch das Räumliche verlor sich, so daß es aussah, als erhöbe sich nachts nach einer Radikalkur aus der Finsternis heraus eine schreckhaft blendende Kulisse.

Die Universale-Vermittlungs-Aktien-Gesellschaft, wie die Firma handelsgerichtlich zeichnete, hatte ursprünglich nichts zu tun als zu vermitteln. Wenn einer ein Haus kaufen wollte, sagte sie ihm, wo er es finden könne; wenn einer sich verheiraten wollte, schaffte sie ihm gegen Barzahlung Raum, seine Wünsche vor aller Welt auseinanderzusetzen; wenn einer nicht wußte bei einer plötzlich zugefallenen Erbschaft: wohin damit? – die Uvag begriff diese Notlage und sorgte für deren Beseitigung. Man sieht, sie war die Behilflichkeit selbst, und es ist ihr nicht zu verdenken, daß sie eines schönen Tages den Wunsch aufbrachte, noch besser helfen zu können, in einer Sekunde gleichsam, was am besten dadurch geschah, daß man alles Verlangte selber besaß.

Vielleicht sind die Interessenten so liebenswürdig, sich einiger Ausdrücke und technischer Prinzipien zu erinnern, wie sie unten in den Maschinensälen, aber auch bei Automobilen, geläufig sind. Man spricht dort von verschiedenen Arten der Schmierung, von Zwangsschmierung etwa, von Schleuderschmierung oder selbsttätiger Schmierung und ähnlichem. Nun, diese Dinge aus ihrer technischen Gebundenheit befreit und aufs öffentliche Leben übertragen zu haben, ist das ungeheuer geniale Verdienst der Uvag. Schmieren heißt reibungslos machen, und jeder wird ermessen können, was das bedeutet, jeder, der je in seinem Leben auf Beziehungen und Informationen angewiesen war. Es ist eine Verleumdung, wenn Anekdoten weitererzählt werden, wie es leider von verantwortungslosen Subjekten häufig geschieht, Anekdoten, deren bekannteste lautet:

»Kennen Sie dort das hellerleuchtete Haus?«

»Das will ich meinen. Die Uvag.«

»Sie irren, mein Herr. Es ist ein Bordell. Dort wird die Arbeit als Laster betrieben.«

Pfui, schweigen wir lieber! Es lohnt die Mühe nicht, Dinge zu kolportieren, die den Ruf auch des Deutschen Reiches im Ausland schädigen, einen Ruf, der ohne die Fähigkeit, sich in die Arbeit zu verlieben, nicht denkbar wäre und der allen, die in der Uvag angestellt sind, nur zur Ehre gereichen kann. Der Durchschnitt all der kleinen Leute hier genießt zu seinem eigenen Vorteil nicht das zweifelhafte Glück, bei Leitung der Geschäfte um seine Meinung gefragt zu werden; er tut das Zunächstliegende, er erfüllt seine Pflicht, und ewig wird in seinen Augen das Direktorium eine jenseitige Welt sein wie die höchsten Kreise der Gesellschaft auch.

Bei der weltkundigen Modernität, die in der Firma obwaltete, bei der unaufhörlichen Wechselbeziehung zu jenen Fragen der Zeit, die brennend sind, wie auch zu jenen, die im Verborgenen blühen, ließ es sich leider nicht umgehen, eine Arbeitsweise unter den Angestellten herauszubilden, die hauptsächlich auf zweierlei fußt: äußerste Exaktheit und äußerste Konzentration. Man hat vielleicht eine Ahnung, wie begabt ein Leichtathlet sein muß, um die Hundert-Meter-Strecke als erster bewältigen zu können, wie sehr sein Sieg, ein Sieg der Exaktheit und der Konzentration, durch eine vernünftige Lebensweise und durch dauernde Vorbereitung bedingt ist; nun, wenn diese Leistung so schwer ist, so beruht das sicherlich darauf, daß dieser Mensch zu laufen hat. Das aber ist das Falsche, das Rückständige daran. Daher ist auch jener großartigste, weit übers rein Sportliche hinausweisende Gedanke so bewundernswert, der sagt, der Läufer käme viel schneller voran, wenn er systematisch säße. Diesen typischen Uvag-Gedanken haben sich viele Leute zu Herzen genommen, nicht allein Rennfahrer, Flugzeugführer und Rodler, auch Industrielle. Inzwischen ist es Allgemeingut geworden, daß der aufrechte Mensch zu großen Leistungen leider nicht befähigt ist, und seit dieser Zeit – es ist ein welthistorischer Akt – wurde in den Büros die geknickte oder sitzende Lebensweise eingeführt.

So hoch auch die Stockwerke der Uvag hinaufreichen, so verschiedenartig auch die Anforderungen sind, die gestellt werden müssen: alles sitzt. Ausnahmen sind zu zählen; meistens kann ein Mensch, der nicht sitzt, nicht mehr zu den Angestellten gerechnet werden. Er ist ein Verstoßener, läufisch oder sonstwie verderbt. Der richtige Angestellte jedenfalls sitzt. Es ist der Einwand erhoben worden, daß diese Tätigkeit kaum zu den schwierigen, sondern zu den harmlosen gehört, und gewiß wäre sie das, hätte sie nicht einen Rattenschwanz von Existenzen an sich gefesselt. Was hauste nicht alles in den aufgehäuften Stockwerken, an unsichtbaren Drähten zitternd, mit der Kündigungsfrist im Vertrag! Zuweilen glich die Tätigkeit im Gebäude derjenigen auf einer Galeere, nur eben, daß höchst zweifelhaft war, was hier vorwärts gebracht werden sollte, das Gebäude jedenfalls nicht, das stand seit Jahren, und nur der Himmel wechselte. Der Himmel wiederum war unsichtbar, denn der Horizont dieser Welt, von Häusern verdeckt, lag außerhalb des Gesichtskreises eines jeden, vielleicht in einer anderen Dimension. Die Firma? Ja, richtig – die Firma. Man saß auf Stühlen und Stufenleitern innerhalb der Firma, während diese den täglich zu erneuernden Weg durch die öffentliche Meinung erkämpfte; andererseits, man selbst kämpfte nicht, nicht so, man saß auf ein und derselben Stelle auf dem dazu bestimmten Körperteil und war ersetzbar, war ersetzbar.

Unaufhörlich rollte es unten auf den Straßen. Der Verkehr war ein Orchester, für welches die Stadt die Musik schrieb. Vor dem Hauptportal bewegte sich der Portier, Portier Baumann, in eine Phantasieuniform gesteckt, auch ein Koloß, aber in Taschenformat, der die Radfahrer anpfiff und einen jeden auf Haltung musterte. Lief man, ohne aufzublicken, wie in Gedanken, Zugehörigkeit zum Haus vorschützend, an seiner Figur vorbei, so geriet man unangefochten in die gewünschten Stockwerke; zögerte man jedoch nur um ein Geringes, so entschoß sofort dem Auge des Portiers ein kriminaler Blick, seine Gestalt bewegte sich zusehends heran, man war in seiner Gewalt, und die Ausforschung begann. Er, meine Damen und Herren, saß nicht. Er war die einzige aufrechte Persönlichkeit dieses Gebäudes und neben demjenigen Oberprimaner, der bei irgendwelchem Abitur die besten Aufsätze schrieb, des ganzen Jahrhunderts einzige Persönlichkeit schlechthin. Alle anderen Herrschaften aber, ob im Maschinensaal, ob im Büro, auch jene im Direktorium, alle anderen waren das nicht; sie saßen und kämpften, sie hatten zu tun, um nicht von den Stühlen zu fallen, und das, worum sie kämpften, das verkörperten sie auch: die nackte Existenz.

Der Eintritt ins Büro

I

Die Abteilung, wo die Neue erwartet wurde und der auch Brecher und Doktor Geist zugeteilt waren, befand sich in beträchtlicher Höhe, fast neben dem Dachgarten, der den Angestellten in der Freizeit zur Erholung dient; sie war ein Oberbau, hier auch nachträglich ein äußerlich aufgestockter. Man bezeichnete sie gesprächsweise als »Weinabteilung« im Gegensatz zur unteren, rein materialistisch eingestellten – gibst du mir, geb ich dir – »Kaschemmenwirtschaft«. Denn wie in manchen kaufmännischen Familien nach Generationen ein letztwillig zartes Reis aufzutauchen pflegt, das künstlerische Talent, für Praktiker eigentlich unnütz, für Biedermänner eine Geschmacksverirrung, so stellt auch die Propaganda im Wirtschaftsleben keine Handelsware dar, sondern die Visitenkarte der Firma. Die Räume dieser Abteilung unterschieden sich demgemäß vorteilhaft von den übrigen; erstens waren sie neu, zweitens geräumiger und drittens hatten sie eine Eigenschaft, die am besten der Chef selbst zu charakterisieren vermag.

»Helligkeit«, hatte dieser – es war Ua-Ua, der alleroberste, nicht Sack, der Bürochef – »Helligkeit«, hatte er zu einer Zeit ausgerufen und gefordert, als noch keiner der jüngst hier Anwesenden mit ihm in nähere Berührung gekommen war. »Meine Räume sollen so hell sein, daß die Sonne von Ost nach West elegant wie eine Dame hindurchspazieren kann.«

Diese denkwürdige Devise hatte bei allen, die dem Direktorium am nächsten standen, einhelliges Entzücken hervorgerufen. Von früh bis abends unentwegt in Gesellschaft einer Dame arbeiten dürfen, die hindurchtänzelt oder quer auf dem Schreibtisch liegt, wem müßte das kein Genuß sein? Die Arbeit wird so zu einem Vergnügen, das Monatsgehalt zum Geschenk eines Taschengeldes. Auch war von anderer Seite dafür gesorgt, daß in Fällen, wo sich die Sonne ungebührlich benahm, wo sie aufreizend war, blendete oder stach, die Vorhänge zugezogen werden konnten, mattblaue Vorhänge, so dünn, daß die atmosphärische Außenwelt nur als schöne geheimnisvolle Haut hereinschimmerte. Selbstverständlich entsprach der natürlichen Helligkeit wie auf Verabredung des Abends eine künstliche, nicht weniger schmeichelhafte.

Es mußte daher, unter so denkbar günstigen Voraussetzungen, einigermaßen Befremden erregen, daß in dieser Abteilung seit Tagen keine rechte Arbeitsfreude herrschte, daß irgend etwas in der Luft lag, eine Art hemmungsloses Vorgefühl, vor dem selbst die Kraft der Sonne in nichts versank. Man hatte den Eindruck, sie schleppe sich nur so hin, und bei genauerem Zusehen entdeckte man auch, wohin – nämlich auf einen Stuhl, der leer stand. Selbst wenn alle Angestellten Platz genommen hatten, war dieser Stuhl leer. Nun mag draußen in den Cafés oder in den Theatern ein einziger unbesetzter Platz weniger Kopfzerbrechen verursachen, obwohl auch dort derart unheilvolle Gegebenheiten nicht unterschätzt werden sollten, – hier im Büro wirkte es nahezu schaurig.

Rüland, der Lehrling, ein keineswegs aufgeweckter Junge, sah sich manchmal unter fremdartigstem Gelächter veranlaßt, auf dem betreffenden Stuhl Platz zu nehmen, lediglich um zu probieren, ob er noch leer sei. Er nahm sich dabei höllisch in acht, dergestalt, daß sein Auge fortwährend den Türdrücker fixierte und sein Ohr die entfernteste Wand abhorchte; denn ging diese Tür, an welcher »Privatbüro« stand, auf, so hatte Lehrling Rüland an dem ihm zugewiesenen Platz zu sein – sonst wehe. Sack, der Bürochef, war äußerst empfindlich, außerdem hielt er auf Tempo. »Fräulein, bitte schreiben Sie!« – und schon mußte es dastehen.

Auch mit dem Stuhl hätte es logischerweise eine sehr simple Bewandtnis gehabt, wären nicht die Begleitumstände gewesen, die darauf hindeuteten, daß die verflossene Dame dieses Platzes nicht, wie man sagt, gegangen worden war, sondern eigenhändig gekündigt hatte, um einer Neuen, die ihr schnuppe sein konnte, das Vorwärtskommen zu erleichtern, das interne übrigens, während sie selbst sich extern verbessert zu haben hoffte, sie stand vor ihrer Vermählung mit einem Garagenbesitzer. Trotzdem hätte der Stuhl nicht jammervoll leer zu stehen brauchen, wäre die Verflossene nicht zwei Tage vor ihrer Ablösung, wie sie selber schrieb, unheilbar erkrankt, so daß es dem Garagenfritzen hoch anzurechnen ist, daß er die Hochzeit dennoch hat stattfinden lassen. Sie sollen im eigenen Auto aufs Standesamt karriolt, schneeweiß vor lauter Glück, danach sollen sie wieder, wieder im eigenen Auto, zurückkarriolt sein – gesund, kerngesund.

Wenn im Büro anschließend die Rede ging, die Verflossene habe sich nur verheiratet, um ihren Chef zu ärgern, so ist das ohne weiteres zu verneinen, verständlich höchstens in Anbetracht der üblen Gewohnheit, nichts zu tun und viel zu reden, oder auch im Bedürfnis, den Ereignissen ein Schwänzchen anzuhängen. Kennt man die Ereignisse? Nur wer sie kennt, wird wissen, wie wenig daran ist, wie sehr sie der Mitwirkung und Ausdeutung bedürfen. Wenn sich ein Mensch erschießt oder vermählt, so ist das, unter uns gesagt, nichts; erst wenn die Uvag eingreift, könnte es etwas werden. Da hat sich neulich ... Aber das gehört nicht hierher. Wieso? Ich finde, es gehört hierher. Da hat sich neulich ein Bankier mit einer Diva vermählt, und gleich war die Uvag hinterher, indem sie ihrer Nachtausgabe einen drei Zentimeter großen Kopf aufgesetzt hat, auch für Schwachsinnige erkennbar; wohingegen die Heirat mit dem Garagenbesitzer nicht um ein Sterbenswörtchen gewürdigt worden ist. Hätte der Garagenbesitzer nicht wenigstens eine Anzeige ins Blatt setzen lassen, die eigenen Kollegen hätten es nie erfahren. Ist das nicht seltsam?

Parallel zu dem Stuhl, das heißt in gleicher Gemütsverfassung, saß in einem Winkel des Büros der Angestellte Toldi, ein zwar nicht alter, aber angejahrter Junggeselle, und dieser fand es entehrend, so einsam und ledig sitzengeblieben zu sein. Daher erhob er sich manchmal mitten aus dem Gekritzel der Arbeit, streckte die Arme zur Decke schief auseinander und gähnte herzzerbrechend. Das war seine einzige Meinungsäußerung. Er gähnte anfangs ganz leise, einem Schlauch vergleichbar, der einen Kummer aushaucht, steigerte dann den Hauch zu einer bärenhaften Resonanz, bis dem Aufbrüllen der Melancholie lauter kleine Gluckerchen folgten. Für gewöhnlich setzte er sich dann wieder und arbeitete weiter.

Solche Fisimatenten kamen allerdings, wie ihr auch zumute sein mochte, für die übrige Angestelltenschaft nicht in Frage, und doch war auch für sie ein Ausweg gesucht und schließlich in höchster Not gefunden worden: die ü-Sprache. Ja, man hatte begriffen, daß vor der Öde eines leeren Stuhles nichts angebrachter sei als eine Zäsur, ein glücklicher Hiatus, und so hatte sich diese Sprache herausgebildet. »Ü?« pflegten sie nun zu sagen. Es war ein Laut, wie ihn Hühner hervorbringen, und er wurde gut nachgeahmt. Da nicht bekannt war, wie die neue Platzanwärterin aussehen würde, bot die ü-Sprache genug an bodenloser Form der Unterhaltung. Den Höhepunkt erklomm die allseitig genährte Erwartung jedoch am Montag, als ein Kollege darauf verfiel, über kommende Dinge überhaupt nicht mehr vernünftig zu reden. Man sagte nun nicht mehr: »Haben Sie einen Bleistift?« – sondern man sagte: »awa en bleie, ü?« Oder man sagte zu einer Sache, die eilig war: »ette, ette, ette, ü?« Die absolute Unverständlichkeit dieser Sprache bedurfte nicht der Befürwortung, weshalb sie auch vorm Chef geheimgehalten wurde, dem höchstens ein »ü?« folgte, sobald er das Zimmer verließ.

Es war Montag. Und hat nicht jeder Montag seine Schwierigkeiten, in Gang zu kommen, der Vormittag besonders? Er lief nicht automatisch als Glied einer Kette, er mußte aus eigener Kraft angefangen werden; auch war nicht ein einziger Montagsspezialist aufzutreiben, ein Mensch also, dem ausgerechnet der Montag ein Tag bester Voraussetzungen gewesen wäre. Als Tag mit dem empfindlichsten Bewußtsein war er durchsetzt und verseucht mit allerlei abergläubischen Vorzeichen, die wie ein Hindernis überwunden sein wollten. Wrampe unten, der Fahrstuhlführer, glaubte diesmal sogar, sein Fahrstuhlmechanismus habe gewittert, daß Montag sei; er klemmte nämlich und bockte, und trotz des mit Vorliebe in die Debatte geworfenen Ausspruchs: »Andere haben ihren Mercedes, ick bin mit meinem

Lift verwachsen«, riß Wrampe mit Ärger an der Kurbel, wobei er sie auch noch beschimpfte. Das hatte gewirkt, und die Sache war damit in Ordnung; aber es blieb ein Schönheitsfehler am Anfang.

Bereits nach zwanzig Minuten Arbeitszeit, aus Ungeduld, daß sie noch nichts von der Neuen erblickte, sagte Fräulein Perdelwitz drinnen: »Etsch em o beske, ü?« – worauf Fräulein Frieske, Sacks Sekretärin, erwiderte: »All männe usja, ü?« – Und niemand hätte zu erfahren vermocht, was damit gemeint war. Möglich, daß sie ihre Ansichten über den Posten der Neuen austauschten, möglich aber auch, daß sie darauf hinweisen wollten, bei Wertheim sei Ausverkauf. Zulässig ist auch noch eine dritte, den Chef betreffende Deutung, die besagt: »Ist er schon da?« Denn Sack genoß zwar das Vorrecht, eine Stunde später anfangen zu dürfen, aber er erlaubte sich ebensooft, pünktlicher als pünktlich zu sein. Niemals war er zu dem Glauben des Fräulein Perdelwitz, dieses Fluidums aus Haut und Knochen, zu bekehren gewesen, daß in Berlin die Uhren sämtlich verschieden gingen. »Unsinn, Ausreden, Geflunker«, sagte Sack, und wäre das Meer dagegen angerannt, er wäre davon nicht abgegangen; eher wäre das Meer ertrunken als er selber. Perdelwitz bekam dann jedesmal eine weiße Nasenspitze vor Ärger über die Zurücksetzung, und sie hatte den ganzen Montag zu tun, wieder etwas Farbe ins Gesicht zu massieren. Frieske allerdings, als die Robustere, setzte sich mit Leichtigkeit über die Fehlleistungen ihres Chefs hinweg, ja sie bedauerte ihn und sagte: »Mein Chef, der arme Junge. Er kann leider nicht bis drei zählen.« Damit war für sie die Angelegenheit erledigt. Wäre sie heute morgen beim Gang ins Geschäft nicht mit dem falschen Fuß in etwas getreten, sie hätte auch diesem Montag mit Ruhe entgegengesehen; so aber erklärte sie schließlich unter Hintansetzung der ü-Sprache, es war vormittags gegen elf: »Macht, was ihr wollt! Die Sekretärin bin ich!«

Mucki Schöpps, eine Dame Mitte der Zwanzig, an der Grenze jenes Alters, wo die Konvention vorschreibt zu heiraten, vorausgesetzt, daß man nicht schon wieder geschieden ist, saß seit fünf Minuten mit kühlen Armen und ausrasierter Achselhöhle im Empfangsraum der Abteilung Propaganda und versuchte, sich mit vorsichtigen Blicken rings zu orientieren. Sie war auf elf Uhr bestellt gewesen und wartete. Ein Bein übers andere geschlagen, die Hände so aufeinandergelegt, wie die Mode es vorschreibt, hegte sie in diesem Augenblick nur die eine Befürchtung, nicht natürlich genug auszusehen. Sie sollte hier warten, bis sie gerufen würde, und das dauerte ein klein wenig. Man läßt mir Zeit, mich an die Umgebung zu gewöhnen, dachte sie, wenn auch von dem Argwohn geplagt, daß dies nicht der wahre Grund sei. Aber es genügte ihr vorläufig, sich auf diese Weise zu trösten. Außerdem war es doch klar, daß man ihr nicht ein Glas Wein entgegenbringen würde, obwohl diese Stellung die erste sein sollte in ihrem Leben.

Sie hatte sich streng in Zucht, und ihre Vorsätze hatten dahin gelautet, durch nichts überrascht zu sein. Auf gleicher Ebene, so selbständig wie Napoleon, wollte sie vorgehen. Sie träumte nämlich viel von Napoleon und war überzeugt, ihn gut zu kennen. Bei etwas Zeit und mehr Vermögen hätte sie einen Psychoanalytiker gefragt, warum sie so gern von Napoleon träumte; doch wahrscheinlich hätte dieser behauptet, es handle sich gar nicht um Napoleon, da dies nur eine Fiktion sei, sondern um ihre Wäscherechnung, deren Bezahlung noch ausstand – ü?

Da der Empfangsraum hallenförmig gebaut war, bot sich ihrem Blick sowohl der Korridor, der schlauchartig dalag, als auch ein Teil jener Glaswand, hinter der ihr künftiger Arbeitsplatz war. Im Augenblick nun, da sie sich nochmals an ihre Vorsätze gemahnt hatte, schien es ihr, als hätte sie einen nicht ortsüblichen Laut vernommen. ›Nicht doch‹, dachte sie sofort, rückte ihren Stuhl ein wenig zurecht und zog dann, ihre Unruhe überbrückend, den Handschuh der linken Hand aus und sogleich wieder an. Leider machte sich nun ihr Nacken um eine Idee zu deutlich bemerkbar, auch lief ein flehentlicher Juckreiz wie eine Liebkosung über ihr linkes Knie. ›Du kannst es‹, dachte sie dessenungeachtet, ehe sie sich einer Szene erinnerte, die ihr bei ihrer ersten Vorstellungsvisite geholfen hatte. Damals war ein Ding von Sekretärin, eine robuste Person, auf sie zugekommen mit der Frage: »Sie wünschen?«

»Ich möchte Herrn Direktor Sack sprechen.«

»Herr Sack ist Bürochef. Und worum handelt es sich?«

»Das werde ich Ihrem Chef selbst auseinandersetzen«, hatte sie gesagt.

Mit einem zwar spitzen, doch auch betroffenen Lächeln hatte die robuste Person sich damals entfernt, und Mucki Schöpps erinnerte sich lebhaft der übertriebenen Höflichkeitsgeste, mit der sie später ins Privatbüro gebeten worden war – ü?

›Es scheint ein angenehmer Ton hier zu herrschen‹, dachte sie mit langem Blick in die Dämmrigkeit des Korridors, der ganz am Ende, kurz vor seiner endgültigen Biegung, eine hellerleuchtete Stufe aufwies, einen Glaseinsatz, auf welchem zu lesen war: *Vorsicht, Stufe!* Außerdem fiel ihr auf, daß die Uvag im Innern gewisse Ähnlichkeiten mit einem Hotel hatte, daß hier wie dort Portiers die Drehtür bedienten, daß Korridore und Türen eine Art Durchgangsstation repräsentierten, für Damen, für Herren. Auch gingen unbekannte Leute vorüber, meist eilig, als befänden sie sich in vollster Karriere – ü?

Was indessen ihr Vorsatz, möglichst natürlich auszusehen, nicht hatte bewirken können, das gelang nun der Wartezeit über alle Maßen. Ein Blick auf die Uhr vergegenwärtigte ihr, daß sie bereits geschlagene zwölf Minuten als ungenutzte Arbeitskraft hier draußen saß, während ihr Monatsgehalt bereits zu laufen begonnen hatte, und daß es unter solchen Umständen lächerlich wäre, noch immer im Geiste Napoleons dazusitzen. Anfangs glaubte sie, sich gegen jede Lässigkeit wehren zu müssen, doch allmählich ließ sie der Reaktion freien Lauf. Sie saß nun ziemlich gelangweilt da. Manchmal schrie oder quietschte etwas dazwischen. Hätte eine Fliege, der ein Bein ausgerissen wird, laut aufschreien können, es hätte vielleicht so geklungen; doch es war nur der Widerhall zu scharf angezogener Autobremsen unten im Hof. Sie schickte sich eben an, sich ein zweites Mal melden zu lassen, als sie durch ein in der Nähe geführtes Gespräch von ihrem Vorhaben abgelenkt wurde. Ein Herr stand plötzlich im Korridor, neben ihm eine reifere, ältere Dame, die anscheinend hinkte.

»Portier Baumann«, sagte der Herr, »ist Musiker. Wußten Sie das noch nicht, Gudula Öften? Er macht im Nebenberuf sonntags Musik auf der Olympiabahn, gleich beim Plötzenseer Gefängnis.«

»Um Gottes willen, doch nicht, während die Motoren knattern?«

»Nee, in der Pause«, sagte der Herr. »Beim Start jedoch kommt es vor, daß die Musik mitten in der schönsten Passage abbricht. Es hat geschossen, und das bedeutet: los!«

»Grauenvoll«, sagte die reifere Dame, sich gütig lächelnd in den Hüften windend, eine Bewegung, die Mucki Schöpps nie wieder vergaß.

»Die Musik«, sagte der Herr, der seine Worte sehr wichtig nahm, »die Musik des Herrn Baumann wird von den entfesselten Energien imponaliter beiseite gefegt.«

»Wie?« fragte die Dame.

»Imponaliter; adverbial«, lachte der Herr fast grinsend, ehe er fortfuhr: »Und so bleibt dem Portier Baumann nichts anderes übrig, als auf diesen Schock ein Glas Bier zu trinken. Aber auf der Hut muß er sein. Sobald der Sieger festgestellt ist, tritt die Musik wieder in Aktion. Herr Baumann bläst die Posaune. Heil, heil, heil! Und die Masse rast vor Begeisterung: Sieke, Sieke!«

»Wie?« fragte die ältere Dame wieder.

»Sieke, das heißt Musik. Das heißt: kulturhaltige Persönlichkeit, marsch, marsch! An die Posaune!«

»Großartig, Herr Brecher«, sagte die Dame, leicht auf der Stelle hinkend, bis ihr Gesicht plötzlich den Ausdruck wechselte und sie wieder ihr erstes düsteres Wort ausstieß: »Grauenvoll.« Damit war dieser Zwischenfall beendet – ü?

Doch wieder glaubte Mucki Schöpps einen ihr völlig ungeläufigen Laut zu vernehmen, genau durch jene Tür, hinter der die beiden Angestellten soeben verschwanden. Es war ärgerlich, daß sie nicht daraus klug werden konnte.

Unterdessen, nach der zwanzigsten Minute, fand im Büro eine wilde Beratschlagung statt, was zu tun sei. Man sagt, es gebe Fische in der Tiefe des Meeres, die neben anderen grotesken Eigentümlichkeiten elektrisiert seien; ähnlich war es auch hier. Die Angestellten bewegten sich, von draußen gesehen, im Glaskäfig ihres Büros wie in einem Aquarium und ließen ihren Verstand leuchten. Jeder gab seine Meinung zum besten, und seit bekannt geworden war, daß die Neue tatsächlich vorhanden sei, waren sie merklich elektrisiert. Sie spürten inmitten der Arbeitsstille gleichsam die Bewegung des Meeres.

Doktor Geist ergriff als erster das Wort.

»Soll sie warten«, sagte er monoton. »Sie kommt noch früh genug unter die Räder.«

»Ich weiß nicht«, sagte Gudula Öften. »Ich weiß nicht recht.«

»Soll ich sie etwa mit Tschingsassa empfangen?« sagte Doktor Geist in der Manier eines Empfangschefs. »Wenn Sack beschäftigt ist, sitzt die Mieze heute nacht noch draußen. Das sage ich.«

»Du verteidigst wieder einmal die Maßnahmen der Geschäftsleitung, mein Lieber.«

»Unsinn, Brecher.«

»Beachte das, bitte!«

In diesem kritischen Augenblick wurde die Tür heftig aufgerissen und Coty stürzte herein, in Hut und Mantel, mit mehr als dreistündiger Verspätung.

Noch während er seine Garderobe aufhängte, keuchte er atemlos. »Ette, ette, ette, ü?« sagte die Perdelwitz, sich auf jenen Augenblick spitzend, da Coty, nach kurzem Zurechtrücken seiner Krawatte, sich anschicken würde, zum Chef zu gehen, um dort Entschuldigungen über sein Zuspätkommen herunterzufaseln. Coty war der Beau des Büros, eine Tanzbodenfigur nach der Meinung Doktor Geists; er fuhr Motorrad und parfümierte sich. Auch jetzt, nach Ablegung des Mantels, flog ein Geruch von Nachtverkehr über die Schreibtische, jenes beklagenswerte Gemisch, das sich nicht entscheiden kann, wem es seine Gunst zuwenden soll, dem Kölnisch Wasser, dem abgestandenen Zigarrenrauch, dem Schweiß des Vergnügens oder dem erotischen Anhauch. Es war ein vieldeutiger Geruch, aber manche Damen liebten ihn sehr, sie behaupteten, es röche nach feiner Welt. Coty, die Tür schon in der Hand, wies mit dem Kopf nach rückwärts und sagte noch rasch:

»Draußen sitzt sie. Ich werd's ihm melden.«

Aber Doktor Geist rief sofort hinterher: »Der wird sich bedanken. Der läßt sich nicht mit abgebrühten Neuigkeiten übers Ohr hauen, Sack nicht.«

»Aber Doktor!« sagte Gudula Öften. »Man kann doch das arme Kind nicht draußen verkommen lassen. Ich glaube, ich gehe hinaus.«

»Ich ginge ja mit«, erklärte Brecher nun seinerseits, »doch leider bin ich zu wenig Kavalier. Ich muß befürchten, ihre Person mit ihrer Personalie zu verwechseln.«

»Schielt sie eigentlich?« fragte die Frieske plötzlich so derb, daß alles in Gelächter ausbrach. Nur Doktor Geist entgegnete lässig:

»Wie eben ein Mensch so schielt, der vorsichtig um sich blickt.« Dann aber rief er in eigener Sache: »Wollen wir wetten, daß Coty längst mit ihr da draußen geplaudert hat? Wetten, daß . . .?«

Da aber niemand Lust verspürte zu wetten, machte sich Toldi bemerkbar mit einem riesigen Gähnlaut. Es herrschte darauf eine sozusagen gähnende Stille, die erst wieder wich, als Brecher sie unterbrach mit den Worten:

»Und dafür werden Tarife erklügelt, für diese Behandlung? Dafür wird man auf monatliche Kündigung angestellt, vielleicht auch auf tägliche, zur Probe? Die Ohnmacht wird aufs Pferd gesetzt, nicht um zu reiten, sondern um geritten zu werden. Man steht nicht mit beiden Füßen auf der Erde, man hängt mit allen verfügbaren Kräften in der Luft. Allein schon durch den Vorgang seiner Geburt ist der Mensch prädestiniert, die Dinge von unten her zu betrachten.«

»Das hab ich schon einmal gehört«, rief Geist. »Das gilt nicht.«

Inzwischen war Coty wieder erschienen, sehr zu seinem Vorteil verändert. Sein länglich zugespitztes Gesicht war hochrot, der Ausdruck der Verlegenheit darin für Perdelwitz zum Anbeißen süß, und jedermann sah, daß eine Aussprache mit dem Chef die besten Kuren überflüssig macht.

Auch Mucki draußen in der Empfangshalle war höchst verwundert, als Coty wieder erschien, um ihr das Ergebnis seiner galanten Bemühungen mitzuteilen. Sie erkannte ihn kaum. Beinah der Verzweiflung nahe über ihr mißachtetes Dasitzen und nachdem ihr auch die besten Vorsätze, ihre napoleonische Garde gleichsam, vom Schwert des Minutenzeigers niedergesäbelt worden waren, hätte sie diesem Herrn aus lauter Dankbarkeit um den Hals fliegen mögen, wäre er nicht so hochnotpeinlich verändert gewesen.

»Sack läßt Sie bald rufen. Es dauert nicht lang«, sagt Coty, indem er sich eiligst wieder zurückzuziehen suchte, in jenen feindseligen Raum zurück, aus welchem ein Gemurmel und Getuschel hervorkroch – ü?

Nach Verwindung ihrer Krise saß Mucki Schöpps wieder da, beherrscht wie zu Anfang, in einer Art selbstbewußter Versteinerung, der ein ironisches Lächeln eingemeißelt war. Sie hatte auf intuitivem Umweg etwas begriffen, das der ü-Sprache verwandt war. Sie meinte, vier Wochen hier draußen sitzen, unter der Bedingung, daß sich ihr Gehalt automatisch mit jeder Minute erhöhe, das wäre nicht übel; außerdem wäre es um so besser, wenn sich der Chef nie blicken ließe. Man könnte vielleicht Tennis spielen im Korridor? Bei ihrer ersten Unterredung war er reizend gewesen, diesmal hielt er sich anscheinend schadlos. Aber so sind sie! Er sollte sich dennoch etwas beeilen, falls er der Tochter der verwitweten Frau Geheimrat Schöpps unter Beweis stellen wolle, was er nach seiner Behauptung sei, nämlich kein Unmensch.

»Ich bin ja kein Unmensch«, hatte er damals geschmeidig erklärt.

Eine banale Weisheit lautet: es ist alles ganz anders. Eine zweite banale Weisheit lautet: hinterher ist alles so einfach. Fräulein Gudula Öften in ihrer mehr als dreißigjährigen Erfahrung hätte die Hand ins Feuer gelegt, um beweisen zu können, wie sehr diese Banalitäten die Situation erhellten. Oft genug hatte sie vor Freundinnen erklärt, hinterher sei man ein ganz anderer Mensch, ein Mensch, der über sich hinausgelangt sei.

»Das möchte ich sehen«, pflegte Herr Brecher darauf zu sagen.

Nun, Gudula Öften war kein Kind mehr, das ins Weinen geriet; sie hielt ihre Ansichten, wohl der einzige Besitz ihres Lebens, aufrecht und stützte sie gegebenenfalls durch neue. Was ihren Chef betraf, der die Menschen gern als Gegenstände behandelte, als ob sie nach Gebrauch in die Ecke gestellt werden könnten, so empörte sich zwar ihre gute Kinderstube dagegen, nichtsdestoweniger war sie überzeugt, daß ein Chef über begangene Ungeschicklichkeiten und üble Launen ebenso betrübt sei wie seine Untergebenen, daß er später über diese Betrübnis erst richtig in Zorn sich verrenne und dann sich hysterisch gebärde. Dann freilich sei er für keinen Menschen zu sprechen.

»Denken Sie doch«, sagte sie zu Brecher, um ihn zu beruhigen. »Unser Chef spielt Geige, wundervoll Geige.«

»Er geigt uns auf«, erwiderte Brecher.

»Es ist gerade das, was wir abgehetzten Menschen heute brauchen«, sagte Gudula Öften unberührt.

»Was die Menschen brauchen, wissen sie nie. Das muß ihnen erst beigebracht werden, nötigenfalls mit Gewalt.«

Da hatte sie's wieder! Gegen diese Meinung würde Gudula Öften angehen, solange sie lebte. Aber was reden sie eigentlich? Fräulein Schöpps hat eine geschlagene halbe Stunde warten müssen, nicht länger, bevor Herr Sack sich hat blicken lassen. Die nötigen Formalitäten und Instruktionen zu erledigen, blieb also Zeit genug. Das sprach nicht gegen den Chef wie sein Name nicht unbedingt für ihn.

Ja – jetzt hieß er Sack, einfach Sack, und die Einsilbigkeit seines Namens entsprach der Kürze, in der er eine Tür zu öffnen vermochte. Sack, da bin ich! Voller fanatischer Plötzlichkeiten und Zuckungen, ein vigilanter, noch jugendlicher Mann, mit einer ehemaligen Sekretärin verheiratet, verdankte er seine Position einzig und allein seiner Arbeitskraft. Früher war dieser Sack noch in andere Säcke eingewickelt gewesen, in mehrere Silben also, und das Firmenschild seines Vaters lautete heute noch so: Isaaksohn. Er aber, nach seiner Umsattlung vom Nationalökonomen zum Propagandisten, war durch einen Akt dauernder Selbstbeschneidung von Stufe zu Stufe geklettert, auf jeder eine Silbe seines Namens opfernd, bis die Energie ihn, in dessen Händen die Türen flogen und die Paragraphen sich ringelten, groß gemacht hatte und seinen Namen kurz: Sack; nichts weiter. Damit erkennt auch der Laie, daß Isaaksohn ein viel zu langsamer Name ist, um im Geschwindschritt Karriere zu machen. Trotzdem, als Chef dieser Abteilung eher geduldet als anerkannt, den Angestellten ein notwendiges Übel, wenn auch zuweilen charmant zu Frieske, seiner Sekretärin, die mit ihm aufgestiegen war, sah er sich in einer ewigen Zwickmühle zappeln, nach oben elastisch, zu Egon und Ua-Ua, wie im Angestelltenjargon die geschäftsführenden Direktorbrüder hießen, und nach unten auf der Hut, daß ihm keiner der überflügelten Kollegen je gleichgestellt werde. Nie sprach er viel, er zuckte die Worte heraus, indem er zu seiner Sekretärin aufsah, die größer war als er. Auch sagt man, daß seine Frau ihn betrüge. War es der Ehrgeiz gewesen, der ihn allzu früh an einem weiteren Wachstum gehindert hat, oder war ein ununterbrochener Veitstanz in ihm lebendig? Die Arbeit jedenfalls folterte ihn; andernteils schien ihm die Folter das einzig Lebenswürdige an dieser Welt zu sein.

»Er schwitzt Energien«, sagte Max Brecher. »Er schwitzt sie aus, damit er sie los wird. Selbst beim Essen schwitzt er vor Energie. Solange die Wissenschaft nicht endlich Pillen gegen jenes Stadium erfindet, wo die Arbeit in Wut ausartet, ist diesem Mann nicht zu helfen.«

»Und soll ihm auch nicht geholfen sein«, fügte Doktor Geist getreulich hinzu.

»Ich sag nichts gegen die Fehler. Die Fehler sind schließlich das Interessante an einem Menschen. Im Fehlerhaften verrät sich, was menschlich ist. Leute freilich, die mit dem Menschlichen hausieren gehen, meinen gerade die Vorzüge. Darin liegt die Komik und die Heuchelei.«

»Der Fehler ist es, über den man stolpert; die Vorzüge sind es, die man vergißt«, lächelte Doktor Geist, den Satz mit dem Bleistift musikalisch taktierend.

»Und Sie, Fräulein Öften?«

Damit wandte sich Brecher direkt an die Adresse, die er eigentlich hatte benachrichtigen wollen, doch diese, aufgescheucht und sich dunkel erinnernd, sagte wie geistesabwesend:

»Hätten Sie etwas dagegen, Herr Brecher, wenn ich Sie um einen Bleistift bäte?«

»Bitte.«

»Erlauben Sie: bäte, Konjunktiv.«

»Bitte, sag ich. Bitte! Hier ist er.«

»Ach so. Entschuldigen Sie! Ich dachte …«

Dieses Mißverständnis war typisch für Gudula Öften. Gern peinlich auf Genauigkeit aus, war ihre sensible Natur zu Mißverständnissen vorherbestimmt. Diesmal hatte sie gleich zwei Fehler begangen, indem sie eine Frage überhört und eine Antwort falsch verstanden hatte. Ein kompliziertes, überreifes Wesen, etwas angejungfert bereits, aber nicht ohne geistige Beweglichkeit, verstand sie indessen oft, Dinge ins rechte Licht zu rücken, wie jetzt, wo sie, ihren Fehler wiedergutzumachen, bemerkte:

»Menschlich oder nicht, klar ist, daß hier inmitten der Totalität oft nur die eine Frage Bestand hat: wie rette ich mich? Diese Mucki Schöpps wird nicht umsonst da draußen gesessen haben.«

»Das muß ich sagen, sie ist mir sympathisch«, erklärte Coty von weitem.

»Das glaub ich«, spottete Doktor Geist. »Ihr seht euch so ähnlich.«

Man hörte das Rascheln und Kritzeln, das Ticken und Schleichen, das bekannte Geräusch der Bürotätigkeit, und daß auch Personen anwesend waren, die nichts zur Sache zu sagen hatten, verstärkte den betriebsamen Eindruck. Es klang oft, als knabberten Mäuse. Als einziges beschäftigungsloses Geschöpf schlenderte die Sonne einher. Helligkeit markierend, Helligkeit.

Coty hatte soeben darüber nachgedacht, wie sehr die verhaßte Tür ins Chefzimmer durch die Sonne an Glanz und innerer Wärme gewonnen hatte, nahezu lyrisch, weil die Neue im Gespräch mit Sack sich dahinter befand, als ein heftiger Ruck der Aufmerksamkeit durchs Büro ging. Ü? – Dann simulierten sie allesamt Tüchtigkeit. Schritte näherten sich, eine untrügliche Fernwirkung für die geschärften Ohren der Eingesessenen, und schon wurde die Tür geöffnet, und Sack erschien, um Fräulein Schöpps einzuführen.

»Abteilung Propaganda – Fräulein Schöpps. Darf ich die Herrschaften bitten, sich selber bekannt zu machen?« Und damit verschwand er wieder, die Tür rasch hinter sich zuziehend.

Sie trug eine schicke, enganliegende Bluse, die leuchtete und die am Hals abgeschlossen war durch einen Herrenkragen, ein korrekt geschnittenes Weiß, aus dessen Mitte ein giftgrüner, mit rötlichen Tupfen besäter Schlips in schmalem Streifen herabhing. Eine gewisse Aufgewecktheit an ihr war unleugbar, und da sie endlich nach der These Gudula Öftens über sich hinausgelangt war, stand ihr dieses Naturell vorzüglich. Ihr Teint war sauber und etwas matt, auch frei von Sommersprossen, im Gegensatz zu Gleichartigen, deren Haar ins Rötliche spielt. Nur etwas schillernd Weißhäutiges an ihr, eine auffällig morbide Betonung der Mundpartie wirkte beunruhigend, eine Dissonanz beschwörend zwischen der lebhaft harten List ihrer Augen und der genüßlichen Lauheit des Lippenfleisches. Man sieht solche Einzelheiten einmal im Leben und später nicht wieder, und selbst Liebende finden den ersten Eindruck selten ein zweites Mal bestätigt. Vielleicht ist er gar nicht der richtige, lebensbestimmende?

Da sich Fräulein Schöpps, nach ihren Erfahrungen in der Empfangshalle, auf eine neutral abwehrende Begrüßung gefaßt gemacht hatte, war sie um so gerührter inmitten ihrer Befangenheit, als gleich zwei Bürogestalten auf sie zugestürzt kamen, Coty und die brillentragende Gudula Öften: der eine, weil er bereits draußen ein paar Worte mit ihr gewechselt hatte, die andere, weil sie den unstillbaren Drang verspürte, das Kind endlich zu erlösen.

»Wir kennen uns ja, nicht wahr?« sagte Coty sofort, dieser verflixte Filou. Doktor Geist, der sich im Hintergrund hielt, bewunderte diese Gewandtheit derart, daß er sofort mit einer Korrektur gegen sich selber vorging, um seine Bewunderung in Kritik zu verwandeln. ›Schwuljöh‹, dachte er nun. Trotzdem fühlte er sich durch widerstreitendste Empfindungen benachteiligt, und er wußte genau, daß er ein albernes »Guten Morgen« hervorstottern würde, wenn ihm nicht gelänge, eine stehende Hilfsformel anzubringen.

Inzwischen hatte sich Gudula Öften, endlos einredend, der neuen Kollegin bemächtigt; sie stand neben ihr, in einer Haltung wie auf der Kurpromenade, dann führte sie sie von Tisch zu Tisch. Da der Zufall es wollte, daß Mucki bei einer Wendung den Rücken zeigte, gelang es Doktor Geist, sein Lineal so weit über den Schreibtischrand hinauszuschieben, daß es bei leisester Berührung herunterfallen mußte. Diese Taktik bewährte sich. Denn kaum daß Fräulein Schöpps sich bewegt hatte, war ihr das Lineal tatsächlich zu Füßen gefallen. Wie ein Wilder, schlechthin verrückt, stürzte Doktor Geist mit gespreizten Fingern auf die Erde vor, ergriff sein Lineal und überreichte es der Dame lächelnd als Geschenk.

»Nehmen Sie es! Es fiel Ihnen zu«, stammelte er.

»Oh«, sagte Mucki, »heißen Dank.«

»Hoffentlich mehr Dank als heiß. Gestatten Sie: Doktor Geist.«

Das war die ersehnte Replik, und es läßt sich denken, wie stolz er war, daß alles geklappt hatte. Hihi! Da war ein stilles Geschwätz im Kopf, ein Getippel von Amüsements, während sein Opfer, ein Verlegenheitslineal in der Hand, sich von Gudula Öften weismachen ließ, es herrsche ein kollegialer Ton hier. ›Was herrscht hier?‹ dachte Doktor Geist. Sinnloserweise sagte er fünfundzwanzigmal das Wort »Gudula« vor sich hin; dann stürzte er sich betäubt in die Arbeit und zeichnete ein Plakat.

›Fluch den Weibern!‹ dachte er hochbeglückt. Er mußte sich nun ein neues Lineal kaufen.

Als Fräulein Schöpps bei Buchhalter Tadewaldt angelangt war, zeigte dieser sein Hauptkunststück: er konnte im Schlaf addieren. Mit einem verfitzten Gesichtsausdruck, in dem nichts von Freude vorhanden war, wenn er sagte: »Freut mich«, begrüßte und addierte er zugleich. Nur als er bekanntgab, daß er aus Schkeuditz sei, huschte ihm ein geschmeichelter Schimmer über die Runzeln. Man muß nämlich wissen, daß Buchhalter Tadewaldt in alle Weltkarten seinen Geburtsort Schkeuditz einzuzeichnen pflegte, es war ein Vorort von Leipzig, der aber früher im Preußischen lag.

Mucki, mußte sie nun nicht zugeben, daß diese Menschen in keinem Punkt den Vorstellungen entsprachen, die sie sich draußen zurechtgereimt hatte? Der Eindruck, dieses Büro sei ein Konglomerat von Klinik und Taubstummenanstalt, war also falsch. Warum ist sie dann aber nicht einfach hereinspaziert? Sie hätte eben um einen Deut napoleonischer vorgehen sollen! Oder nicht? Selbst Frieske, dieselbe nämlich, von der sie einst mit überbetonter Höflichkeit zum Chef komplimentiert worden war, hatte sich aufgerafft mit den Worten: »Ach, Sie sind das?« Einige Angst hatte sie nur noch vor Brecher. Er lud sie ein, neben ihm Platz zu nehmen wie beim Zahnarzt; es fehlte nur noch, daß er zu bohren anfing.

»Ich höre«, begann er ohne jeden Versuch zu Formalitäten, »ich höre, Sie haben studiert, gnädiges Fräulein? Schon gut, ich weiß schon, ohne Examen. Aber ich nehme an: Kunstgeschichte, Schöne Literatur und etwas Irrsinnspsychologie nebenbei. Stimmt's? Dann haben Sie auch gelegentlich mal einen Embryo in Spiritus getaucht? Von jedem etwas. Ich weiß schon, das sind so die Mätzchen. Aber vergessen Sie nicht, was Sie Ihrer Bildung verdanken. Es ist ein klassisches Zeichen, daß wir von einem Menschen, dessen Aufgabe darin besteht, Briefe zu tippen und, wenn's klingelt, parat zu sein, die unbedingteste Kenntnis der Philosophie sämtlicher Epochen verlangen. Man sagt, in Dresden, vielleicht auch in Schkeuditz, verlangten jetzt die Schuster das Abitur. Ich kann nur sagen, das ist zu wenig. Man sollte sie auch in Astronomie auf blank putzen. Denn wer sagt, ob nicht die Sterne in den Himmel geschlagene Nägel sind? Wir werden zertreten von diesem Stiefel da oben. Stimmt das?«

»Ich weiß nicht«, sagte Fräulein Schöpps mit verlegenem Lächeln, während das ganze Büro in bester Unterhaltung strahlte.

»Nun noch etwas, gnädiges Fräulein. Noch eine Frage, wenn Sie gestatten.«

»Aber bitte«, sagte Mucki, obwohl sie gern davongelaufen wäre.

»Also! Jetzt sagen Sie mir als Hirnspezialistin: wie nennt man etwas, das nicht normal ist? Wie könnte, wie muß man es nennen?«

Es wurden Proteste laut aus der Kollegenschaft, Proteste, die das Stellen von Witzfragen unterbunden wissen wollten. Es sei eine Tierquälerei. Andere waren wieder dafür. Erst auf dringendes Ersuchen der Mucki Schöpps legte sich der Sturm.

»Normal? Ich weiß nicht, wie Sie das meinen, Herr...«

»Brecher, Max Brecher!« rief Doktor Geist, um sich angenehm in Erinnerung zu bringen, aber Mucki fuhr fort:

»Vielleicht krankhaft? Das träfe hoffentlich nicht auf Sie zu?«

»Bravo!«

Es war dies ein Ruf aus dem Hintergrund, doch auch Brecher war großmütig genug, die Antwort gelten zu lassen.

»Sie können so bleiben«, sagte er. »Damit gebe ich mich zufrieden.«

»Ü?«

Nachdem Perdelwitz, die, ehrlich gestanden, mehr erwartet hatte, zur ü-Sprache zurückgefunden hatte, schien die ganze Prozedur beendet. Mit einer ungelösten Frage im Kopf nahm Mucki Schöpps auf jenem Stuhl Platz, der in so bedenklicher Weise leer gestanden hatte. Frieske, längst informiert, was sie der Neuen aufbürden dürfte, schob einen Stoß Papiere hinüber, über die Mucki Schöpps sich hermachte mit dem Eifer jener Schüler, die in eine neue Klasse versetzt worden sind. In der Klasse der Herren Brecher und Doktor Geist hatte einst solch ein Musterexemplar gesessen. Ein fauler Mensch, ein Bäckerssohn ... Ich finde, das gehört nicht hierher. Wieso? Es soll doch nicht gegen Bäckerssöhne polemisiert werden. Also: jedes Jahr nach der Versetzung war dieser Mensch davon übergeflossen, wie sehr er sich nun bemühen werde, alles Versäumte nachzuholen. Einmal hatte er allen Ernstes versprochen, die unanständigen Stellen der Bibel neu zu übersetzen. Schon nach der ersten Woche aber scheiterte sein Unternehmen, nur der Vorsatz blieb; und auch der Vorsatz litt sichtlich unter der langen Dauer des Vormittags. Schließlich, am Ende seines Lateins, behauptete dieser Bäckerssohn, er könne die Bibel deshalb nicht übersetzen, weil sie zu blutrünstig, zu sexuell und viel zu jüdisch sei.

Inwieweit die Vorsätze der Mucki Schöpps einer schärferen Prüfung standhalten würden, war nicht vorauszusehen. Jedenfalls hatte sie sich annehmbar eingeführt. Auch versuchte sie bald bei Fräulein Perdelwitz Erkundigungen einzuziehen, was alles nicht normal sei, nicht normal heißen könne. Perdelwitz wußte es auch nicht, aber Brecher hatte den Notschrei vernommen und sagte:

»Hier gibt es nur zweierlei: normal oder kursiv.«

»Ach?« fragte Fräulein Schöpps.

»Jaja, – hier gelten andere Gesetze.«

»Möglich.«

»Ich hoffe, Sie bekommen das noch am eigenen Leib zu spüren.«

»Ich hoffe: nicht.«

Freimütig bekannte sie es. Sie hob den knabenhaft schmalen Kopf, während ihr Mund lachend auseinandersprang mit einer Reihe tadellos schimmernder Zähne. Ihre Nasenflügel glichen einem phantastischen Lebewesen, das lüstern war. Doktor Geist, der diese Qualitätsmischung von Schärfe und Weichheit verstohlen im Profil begaffte, roch Pfeffer und Pulver; er verglich sie insgeheim mit einer bekannten Diseuse, die ein derart breit klaffendes Mundwerk hatte, daß die Rede ging, sie könne sich selber eine Liebkosung ins Ohr flüstern. Dahin neigte sie also, meinte Doktor Geist. Er war im stillen dabei, neue stehende Hilfsformeln zu suchen.

Eine Sekretärin entpuppt sich

I

Man kann nach einer Version Fräulein Frieskes, die durch Muckis Eintritt merkwürdig aufgescheucht ist, die Chefs, übrigens allesamt Käuze, in drei Klassen einteilen:

a) Am schlimmsten seien die hysterischen. Sie trampelten nach dem Vorbild ungezogener Kinder mit den Füßen und hätten die ekelhafte Angewohnheit, beim Diktieren unentwegt auf die Finger ihrer Sekretärin zu gucken, bis auch diese, völlig verwirrt, Fehler auf Fehler hinstottere, einer schöner als der andere. Schließlich seien sie beide restlos verausgabt; doch während die Sekretärin mit fliegendem Körper still zu sein habe, stehe dem Chef das Recht zu auszurufen: »Mit Ihnen ist nicht zu arbeiten. Bis Sie sich einmal herumdrehen, ist Sonntag.«

b) Die zweite Gattung, zwar weniger zappelig, befände sich dafür dauernd in einem Zustand akuter Geistesabwesenheit. Die Zigarre als Säuglingslutscher im Mund, brummten und räsonierten sie vor sich hin, um unvermittelt zu fragen: »Haben Sie das?« Natürlich habe kein Mensch annehmen können, dieses Gebrummel sei ein Diktat gewesen. Wer die Zigarre im Mund herumdreht, kann unmöglich eine verständliche Aussprache erzielen. Wäre das der Fall, so würden längst der »Tasso« oder die »Iphigenie« mit einer Zigarre im Mund gespielt, meint Frieske.

c) Die dritte Gattung endlich seien die Gemütlichen; es seien meist ältere Herren, von solcher Unfähigkeit indessen, daß sie nicht ein einziges Diktat aus dem Gedächtnis zu geben vermöchten. Die Rundung ihres Bauches störe die Gedankentätigkeit. Parallel dazu finge für gewöhnlich auf ihrer Glatze der Schweiß an zu perlen, ihre Finger tasteten nervös umher, jedes erreichbare Buch auf- und zuklappend, und dann wären sie endlich soweit, sich zu der verfänglichen Frage herabzulassen: »Wo haben Sie diese prima Seidenstrümpfe her?« Diese gemütliche

Zudringlichkeit sei aber das allerunangenehmste. Dies sei die Praxis, und ihr fehle es nicht daran.

Lächelnd hatte Mucki sich's angehört.

In der Tat war Fräulein Frieske weit besser in alle Bezirke und Fallgruben der Praxis eingeweiht. Als Lehrmädchen in einem Putzgeschäft beginnend, war sie alsbald zur Spedition und zum Möbeltransport übergegangen und von da mit energischem Auftrieb zur Uvag. In allen Stellen, die sie je absolviert hat, hat sie sofort die Initiative ergriffen, ohne viel Kummer ihre Interessen mit denen der Firma gleichsetzend, so daß sie mit Recht in allen Entschließungen und Direktiven per »wir« sprach. »Wir können das gern, gnädige Frau, aber man trägt das jetzt etwas schiefer«, oder: »Wir machen das schon. Seien Sie ganz beruhigt. Unsere Packer sind erstklassig.« Seit sie in die Uvag eingetreten war, vermittelte Fräulein Frieske derart universal, daß ihr Chef, der arme Junge, getrost hätte zu Hause bleiben können. Falscher als er konnte Frieske es auch nicht machen. »Ich und Sack«, sagte sie oft. »Ich habe dem Sack erklärt, wir müssen das so und so machen. Schließlich hat er mir recht gegeben.«

Gebürtig war Frieske, jetzt wohnhaft in Lichtenberg, im Osten Berlins, gebürtig war sie nicht direkt aus Berlin, sondern, wie so viele Berliner, aus Luckenwalde, jener dem südlichen Bannkreis vorgelagerten Industriestadt, die von den aus Leipzig kommenden Schnellzügen in rücksichtslosester Geschwindigkeit durchfahren wird und weiterhin zu einem gewissen Ruf gelangt ist durch die Gefährlichkeit ihres Fußballvereins, eines auch für weltstädtische Champions äußerst ernst zu nehmenden Gegners. Wenig von der erwachenden Jugend, hatte Frieske hier die Säuglingsjahre verbracht, um dann mit ihrer Mutter und ihrem Stiefvater, der Schilhanek hieß, in den Endbahnhof, nach Berlin, zu gehen, ungefähr zur selben Zeit, als der gleichfalls aus Luckenwalde stammende Rätze, ein ihr unbekannter Hüne, sich in Sportblättern einen Namen als Waldlaufmeister gemacht hatte. Nun hätten sie gemeinsam Triumphe feiern können, wenn sie sich gekannt hätten. Er hätte im Wald herumlaufen, sie hätte schwimmen gehen können. Aber so kam es nicht. In praktischer Voraussicht, unter der Fuchtel ihres meist arbeitslosen Stiefvaters, hatte Frieske die wirtschaftliche Karriere eingeschlagen, in welcher sie auch vorankam. Bitte, sie kann das belegen.

»Ich wünsche eine Tätigkeit, die mich fesselt«, hatte sie gesagt, und wäre das Brecher zu Ohren gekommen, er hätte sicherlich erwidert: »Sieh an, kleine Sklavin!«

Frieske indessen, längst vor diesem Schwatzkopf in der Uvag hier seßhaft – ja, er war ein Schwatzkopf in ihren Augen –, Frieske legte selbstredend gar keinen Wert darauf, auch eine Gefesselte zu sein. Sie hatte erreicht, was sie wollte, es war ihre Form des Sieges. Was aus Rätze geworden ist, ist weniger bekannt; auch hat er als echter Amateur ein Recht auf private Zurückgezogenheit, falls er noch lebt.

Ja, es gibt verschiedene Arten zu glänzen, meine Herrn. Die Brechers glänzen durch ihre – wie soll ein praktisch veranlagter Mensch das nennen? Die andern glänzen, für Frieske weit imponierender, durch ihre Beziehungen, sie grüßen auf der Straße die berühmtesten Persönlichkeiten, von Portier Baumann aufwärts, und wissen von jeder die Farbe des Schlafanzugs, dritte hinwiederum sind die reinste Apparatur in neuesten Renntips, Schlagern und Witzen. Sie aber glänzte durch all dies nicht. Sie sagte dazu nur: »Hab ich das nötig?« Ihre Fertigkeiten genügten ihr. Sie spielte auf ihrer Schreibmaschine Klavier, sie war imstande, sich mit einem Lineal zu frisieren und kein Aufhebens zu machen von Vati und Mutti. Nein, sie hatte keinen verstorbenen Geheimrat zum Vater; sie hatte das einfach nicht nötig. Übrigens hatte ein Güterwagen den ihren, der Bahnarbeiter gewesen war, in Luckenwalde zwischen den Puffern zerquetscht, was auch nicht jede aufweisen kann. Und was ihren Stiefvater angeht...

»Ja, wer erlaubt Ihnen denn, sich in meine Familienangelegenheiten zu mischen?«

Die Beurteilung, die sie von ihren Bürokollegen erfuhr, kann ihrerseits natürlich in keiner Weise anerkannt und gebilligt werden, auch kümmert sie das einen Pieps. Jawohl, einen Pieps! Das hindert allerdings diese Herren, diese verkrachten Akademiker, nicht, ihr eitles Geschwätz ungehemmt in die Welt zu setzen, zumal sie nun in Mucki Schöpps ein faszinierendes Vergleichsobjekt zu besitzen glauben.

»Mucki ist ein Naturell, Frieske eine Naturalie«, sagt Brecher, und Geist, der ewig Abhängige, fügt hinzu:

»Frieske ist Blut- und Leberwurst, Eisbein mit Sauerkohl sozusagen, Mucki dagegen ist ...«

Statt eines Wortes wirft Doktor Geist, indem er Mittelfinger und Daumen pikant aufeinandersetzt, eine Art Kuß durch den Raum, einen Kuß, der etwas Knallendes hat.

»Sie fuhrwerkt herum«, sagt Brecher. »Sie sitzt inmitten ihrer Karriere wie ein Luckenwalder Kutscher in einer Mistkarre. Ihre zwei Gäule heißen Tüchtigkeit und Gesundheit. Wenn es verstanden würde, könnte man sagen: gesund wie eine Schande.«

»Wer?« fragt Doktor Geist in Besorgnis um Mucki Schöpps.

»Weißt du, woran man merkt, daß Frieske ein Proletarier ist, ein Brocken von unten?« fragt Brecher statt dessen. »Ich meine das nicht politisch, sondern vital. Na? Man merkt's an ihrer Art, Kaffee zu trinken. Bei ihr zu Haus steht der Kaffeetopf bestimmt von früh bis abends auf dem Herd. Bestimmt so.«

»Kornkaffee selbstverständlich?«

»Das zu bejahen wäre herabsetzend, Geist. Darum handelt sich's nicht. Es handelt sich um die nackte Feststellung, daß Frieske Tag und Nacht Kaffee trinkt.«

»Sie trinkt nicht«, meint Doktor Geist. »Sie schwudelt.«

»In letzter Zeit hat das übrigens auffällig nachgelassen«, fährt Brecher fort. »Und ich hege auch meine Vermutungen. Es ist da jemand am Werk, ich will nicht gleich sagen: eine Bildhauerin. Es ist da jemand am Werk, eine Person, von der ich den schweren Verdacht nicht los werde, daß sie in Menschlichkeit spekuliert.«

»Aha! Es handelt sich da um Gu ...«

Leider legte Herr Brecher seinem Kollegen die Handfläche auf den Mund, so daß dieser Mühe hatte, nicht zu ersticken.

Das Verhältnis der Frieske zu diesen beiden Herrn war in der Regel ein unausgesprochen neutrales, also rein funktionelles gewesen; sie lebten zusammen wie die Beine eines Tisches; auch glaubte die Frieske jederzeit überlegen genug zu sein, deren Gerede zu durchschauen. Dennoch, wie gesagt, wurde sie insgeheim aufgescheucht durch die Wirkung, die Muckis Anwesenheit in deren Gebaren erzielte. Bitte! Man höre! Keine vierzehn Tage ist's her, daß Doktor Geist erklärt hatte, die Weibernamen seien alle infantil; früher, da habe ein Weibsstück Auguste geheißen, im Höchstfall Eulalia, später aber sei die Verheerung hereingebrochen in Form verschiedenster Wellen. Eine nordische Welle habe das ganze Busengeschlabber in Inges, Helgas, Heddas und Noras verwandelt, eine englische habe das Ypsilon salonfähig gemacht: Lily, Cilly usw.

»Unmündig«, hatte Doktor Geist gesagt, »unmündig sind sie. Sie heißen wie die eben erwachten Säuglinge. Meine Mi, meine Bibi, meine Lu, meine Mu!« Und dann hatte er unter Beifall ausgerufen: »Luxustierchen! Ihre Koseformen sind der Ausdruck einer verspielten Sexualität.«

Das hatte die Frieske vorzüglich verstanden! Aber abgesehen davon, daß sie die Ehre hatte, Lisa zu heißen, und ihr Freund hieß Heinz, erkannte sie nunmehr auch, wie treffend diese Ausführungen zum Beispiel auf Mucki paßten – hätten nicht inzwischen die Herren Bürokavaliere einen lächerlichen Frontwechsel vorgenommen und so das einst Verpönte plötzlich sanktioniert. Es sind eben Männer...

II

Es war Gudula Öften, der das Verdienst gebührt, die Frieske entdeckt zu haben, frei nach der These: »Vieles schlummert in diesem Kind, was nur geweckt zu werden braucht.« Anfangs nämlich war Frieske einhergelaufen, reizlos bis in die Hosen, sie war die leibhaftige Moral in Wolle und Flanell gewesen, nichts ahnend von der Verwandlungsfähigkeit auch des Tüchtigen. In Männern, mit denen sie zu tun gehabt hatte, etwas anderes zu sehen als Vertreter ihrer Branchen, war undenkbar gewesen. Erst durch Gudula Öftens Urtrieb, ein Klingelzeichen für alles

Menschliche zu sein, hat Frieske sich einige Handgriffe gefallen lassen. Es hatte mit der Frisur begonnen, es waren dann erläuternde Nebenbemerkungen über den Vorteil seidener Unterwäsche gefolgt, und von da war es ein Katzensprung bis zu den Männern gewesen.

»Es ist immer zunächst eine Frau, die uns sagt, daß wir schön sind, die herausfindet, daß wir es unter gewissen Veränderungen sein könnten. Die Männer, die tanzen hinterher, die fliegen auf Ticks. Ohne Ticks tun sie es nicht. Was können sie überhaupt? Uns brutalisieren – das ja.«

So hatte Gudula Öften im richtigen Augenblick zu Lisa gesprochen, womit sie deren Vertrauen gewonnen hatte. Nicht, daß Frieske nun mir-nichts-dir-nichts ein Flittchen geworden wäre! Sie gab nichts auf, sie verfolgte ihre Ziele und Aussichten genau so exakt wie bisher, jedoch mit erweitertem Gesichtskreis. Wäre sie eine Bahnstrecke gewesen, man hätte sagen können, sie wäre durch Gudula Öftens ideelle Unterstützung viergleisig geworden. Übrigens glaubte die Frieske nicht jedes Wort ihrer älteren Kollegin, sie begnügte sich oft mit dem Sinn; auch erblickte sie zunächst nichts weiter darin als Verhaltungsmaßregeln, wenn auch nicht unberührt von jenem Reiz, der auch das Dumpfe wörtlich zu facettieren versteht. Denn Gudula Öften hatte tatsächlich Gold im Mund, dies nicht nur als Goldzahn. Manche Aussprüche und Bemerkungen machten einen unauslöschlichen Eindruck auf Lisa, manche vergaß sie nie mehr. Einer von diesen hatte gelautet: »Die Männer müssen sämtlich zu ihrem Glück gezwungen werden.«

Mucki hatte sich nach ihrem Eintritt des öfteren gefragt, was es bedeuten könne, wenn im Büro gesagt wurde: »Metalle lustlos«, aber bald wußte sie, was damit gemeint war, nämlich ein Mann, jene unvorstellbare Figur, die um die Mittagszeit zu telefonieren pflegte, Heinz mit Namen, den Frieske auf einem Kostümfest kennengelernt hatte. Es ist zur Genüge bekannt, daß die Berliner Kostümfeste Märkte ausschweifender Erotik sind, daß an die fünfzig Prozent aller Ehen und Ehebrüche auf Kostümfestbekanntschaften zurückzuführen sind und daß die Öften eines Tages ein silbern glitzerndes Tarlatankostüm an Frieske verborgt hatte. »Tableau!« sagte Doktor Geist diesbezüglich.

Es waren also seitdem gleich zwei Einflüsse am Werk gewesen, und wenn die Herren des Büros den zweiten als unheilvoll bezeichneten, so weiß man zumindest, warum. Was waren sie gegen Heinz? Armselige Skribler! Dieser hingegen, eine Art ausgewachsener Sack, hatte bereits eine Position im Metallhandel, und es nützte den Herren sehr wenig, zu erklären, der Metallhandel ginge in sämtlichen Städten Deutschlands katastrophal zurück. ›Dann wird Heinz ihn retten‹, dachte Lisa. Sooft es telefonierte, schien für sie die Bürowelt untergegangen zu sein, denn das Metall ging auf, die Metallära, von Frieske in allen Dialekten und Weltsprachen begrüßt. Nebbich, zum Piepen, s'il vous plaît, yes, yes – abrakadabra.

Viergleisig, wie gesagt, und es war unheimlich zu sehen, wie Frieske aus dem Vollen zu wirtschaften verstand und was alles an ungebrochenen Kräften in ihr bereit lag. Während Herr Brecher und Doktor Geist sich abends in den Cafés herumsielten, die Götzen ihres Zigarettenrauches, war Frieske nach einer minimalen Auffrischung durch einen Schluck Wasser dabei, die Weltsprachen zu erobern. Italienisch klang ihr melodisch, Französisch, wie nicht anders zu erwarten, salonfähig, Englisch weltreisend, und Gudula Öften nickte verständnisinnigst. Nur Brecher, der keine Lust mehr verspürte, noch irgend etwas auf dieser Welt zu lernen, glossierte zum Ergötzen seines Kollegen den Eifer Lisas durch jenen Ausspruch, den die Lehrer des deutschen Geisteshelden Lessing angewandt haben sollen: »Ein Pferd, das nicht genug Hafer zu fressen kriegen könne.« Auch Frieske sei so ein Gaul, meinte Brecher. Denn sie trieb zum Ausgleich auch Sport und neuerdings sogar, da Heinz erklärt hatte, nur mit einer gebildeten Dame verkehren zu wollen, Weltliteratur. Besorgte Kritiker wollen zwar beobachtet haben, wie sich Frieske beim Lesen, wahrscheinlich aus Nervosität über den gehemmten Fortgang der Handlung, an den Ellbogen gekratzt habe, sie selbst aber genierte das nicht. Sie sagte höchstens, wenn sie sich beobachtet fühlte: »Ihr habt Flöhe.«

Je nun, Fräulein Frieske war dennoch nicht in der Lage, restlos mit einem Hui zu bewältigen, wozu andere Leute sich jahrelang Zeit genommen hatten; sie geriet in vielen Fällen in Bedrängnis, und oft wurde sie von unverstandenen Ausdrücken derart geplagt, daß es kein Wunder ist, wenn sie sich etwas kratzte. ›Schisma‹, dachte sie beispielsweise. ›Schisma.‹ Je länger sie es bestierte, um so unverständlicher wurde das Wort, und am Ende klang es geradezu unanständig. ›Schisma.‹ Hierin aber hatte sie längst für Abhilfe gesorgt, eben in der Gestalt der Gudula Öften, an die sie sich nur zu wenden brauchte, um alles erklärt zu bekommen, mit den nötigen gesellschaftsfähigen Valeurs zudem und besser als durch ein Lexikon. Lexika waren für Frieske nicht immer maßgebend, da man aus ihnen nur die grammatikalische Bedeutung lernte, stets anstudiert. Nach den Lexika, wenn's ginge, da müßte man sagen: »Guten Morgen, mein Herr! Hier ist dieses. Haben Sie gut gefrühstückt?« – »Ja, meine Dame. Dort ist jenes. Ich habe vorzüglich gefrühstückt.«

Nun, wenn Frieske auch nicht von den Herren des Büros bewundert wurde, so gab es doch welche, die sich mit ihren Angelegenheiten etwas ernsthafter beschäftigten. Toldi, der es mit Perdelwitz hielt, der aber auch mit einem Fräulein vom unteren Stock, einem Fräulein Hückstedt, eine onkelhafte Fernbekanntschaft pflog, mit dieser, weil sie so große hilfsbedürftige Augen hatte und einem Gerücht zufolge vor jedem strengeren Anblick in Ohnmacht fiel, ein Ding also, es auf dem Zeigefinger tanzen zu lassen, Toldi hielt oft ein Gähnen zurück in Anbetracht Frieskes. Dann konnte er sagen: »Sieh nur mal, wie die geht.«

»Sie arbeitet in freien Rhythmen«, sagte Coty.

»Gestern sagte sie mir: wenn er nett ist, ist man machtlos.«

»Vielleicht lernt sie auch bald, machtlos sein, wenn er nicht nett ist. Dieser Schieber.«

»Metalle, Coty. Aber er wird sie schon heiraten.«

»Sie sind ein Junggeselle. Das merkt man.«

»Von manchen Laien werde ich Meister genannt«, sagte Toldi, der gern die Gelegenheit wahrnahm, auf seine Geläufigkeit im Klavierspiel hinzuweisen. Er träumte davon, der silberäugigen Hückstedt Beethovens Appassionata mit solcher Vehemenz vorzuspielen, daß sie sogleich in Ohnmacht fiele. Er gedachte sie dann auf die Schläfe zu küssen.

»Kennen Sie diesen Metallgott näher?«

»Von hinten.«

»Und sonst?«

»Sonst nicht. Genügt Ihnen das?«

Da Toldi ein friedlicher Mensch war, den keinerlei Wissensdrang oder Geltungsbedürfnis plagte, begnügte er sich, im Gegensatz zu Gudula Öften, die Dinge laufen zu lassen. Die Öften freilich legte energisch Hand an, auch war sie vollkommen eingeweiht in jenes Labyrinth, das mit seinem vollständigen Namen Heinz Schade hieß. Es war eine Art eifersüchtiges Wohlwollen, das sie hegte, ein Mitgehen und Miterleben an der Peripherie, teils auch eine stille Befürwortung auf lebensmäßigem Gebiet. Sie bezeichnete jeden Tip, den sie Lisa gab, als Streich, und sie wachte über die Wirkung.

»Man gibt sich eine Vorgabe«, hatte sie einmal gesagt, »und strengt sich dann an, sie einzuholen.«

»Aber man muß doch leben.«

»Natürlich, mein Kind, das muß man. Eben darin, daß man es muß, liegt die Aufforderung verborgen, es geschmackvoll zu würzen. Seit man den Menschen vernachlässigt und sich mit seiner Intelligenz begnügt, hat man zu leben verlernt. Tatsächlich! Man hat verlernt, das Leben sinngemäß zu verteilen, hier ein Stück, dort ein Stück. Man beginnt mit einer Handvoll Häufchen, und schließlich wird es ein großer Garten; aber die Menschen machen einen Haufen daraus, wahllos.«

Merkwürdigerweise hinterließen in letzter Zeit Gudula Öftens Ausführungen nicht mehr den gewünschten Eindruck, so daß sie sich des öfteren entschließen mußte, ein teils männlicheres, teils privateres Kaliber aufzufahren. »Mit den Männern ist es genauso«, sagte sie dann. »Man muß ihnen alles einzeln hinlegen und einzeln klarmachen, Männer sind von Natur aus schwerhörig, überdies konservativ in ihren Gewohnheiten. Man sieht das schon an der Kleidung, denn sie gehen immer in Hosen. Ich wünschte, es gäbe Ausnahmen, liebes Kind.«

»Ausnahmen«, sagte Lisa Frieske und schwieg.

»Nanu, mein Kind? Ist mit Heinz irgendwas nicht in Ordnung? Sag! Mir kannst du es sagen. Wirklich, zu zweit geht's besser.«

»Besser.«

»Ja, mein Kind, besser.«

»Gut, besser, am besten. Ich danke.«

»Aber was hast du denn, Lisa?«

III

Besonders im Hinblick auf Mucki Schöpps, für die es später von Wert sein könnte, sei hiermit verraten, daß es in der Uvag nur eine einzige Zufluchtsstätte für Angestellte gibt, wo Intimitäten ungestört durchgesprochen werden können: in der Toilette. Hier herrscht Ruhe und Frieden. Die Räume sind hell, glänzend gelüftet, und bei schwierigen Operationen ist sofort Wasser in Hülle und Fülle zur Hand. Auch rauscht es oft leise. Das silberne Blitzen der Hähne, die unzweideutige Aufschrift: frei, besetzt; warm, kalt; dieser Zug von Sauberkeit und höchstem Komfort kommt auch einem wirren Gemüt in trefflicher Weise zustatten. Außer Reichweite des Chefs, dies mit triftigen Gründen, ist es ein Ort der Muße, ein Ort auch heimlicher Geständnisse.

Sobald die Arbeit es irgend erlaubt hatte, war Gudula Öften eines Tages, Frieske einen Wink gebend, aufgestanden von ihrem Platz, um geheimnisvoll zu verschwinden. Dort hatte sie in Ergebenheit ausgeharrt, und was ihre Neugier schließlich erfuhr, war besorgniserregend gewesen. Ganz unmöglich! Frieske, sonst so tüchtig in der Aufarbeitung eiliger Sachen, kam bei Heinz seit Wochen nicht mehr voran. Es war eine Verzögerung eingetreten, und Frieske, an Bewegung gewöhnt, sagte schließlich:

»Ich gehe die Wände hinauf.«

»Aber Kindchen!«

»Jetzt kommt mir auch noch die Schöpps dazwischen.«

»Die Schöpps?«

»In- und auswendig kennt er sie, die ganze Familie.«

»Was du nicht sagst!«

Obwohl bereits für die Neue samt deren Familie eingenommen, näherte sich Gudula Öften der Frieske, bis sich ihre Brüste behutsam an deren Oberarm rieben. Lisa! In dieser merkwürdigen Form der Zärtlichkeit verharrte sie länger. Sie dachte nach. Sie war eine hilfsbereite Person, und zum Beweise dessen legte sie ihre Hand auf Lisas Scheitel.

›Man muß sich um die Angelegenheiten der Menschen kümmern, sie verwahrlosen sonst‹, dachte sie, zugleich in die Ratlosigkeit Lisas ein wenig verliebt. Dann strich sie ihr mit zitterndem Handrücken über die Stirn, die bleich war, bleich vom Widerschein der Kacheln ringsum.

»Neulich begann das schon«, sagte die Frieske. »Er hat eine Art ... ich weiß nicht. Kaum daß ich ihm die Hand gab, hatte er etwas auszusetzen. – ›Du siehst angegriffen aus‹, sagt er. Ich sage: ›Nicht, daß ich wüßte; Einbildung, Heinz.‹ – ›Gepudert bist du auch schlecht‹, sagt er. ›Entschuldige, daß ich dich darauf aufmerksam mache.‹ Ich sage: ›Ich bin überhaupt nicht gepudert.‹ – ›Lisa, natürlich bist du gepudert‹, sagt er, und dann fügt er hinzu: ›ihr Frauen denkt immer, wir sehen das nicht.‹ – Da hat mich schon der Ärger gepackt. Ich frage: ›wo denn, wo soll ich gepudert sein?‹ – ›Ich werde dir noch vor aller Augen im Gesicht herumfahren, wie? Ich sag ja nicht, daß du lügst.‹ – Das sind seine Worte. Aber ich merke doch, daß er gesagt haben will, ich lüge. Gerade deshalb hab ich gesagt: ›ätsch!‹ – Natürlich war uns der Abend verdorben.«

Die Öften lächelte mit eigentümlicher Schärfe, während sie sagte: »Aber in aller Welt! Ist das das Schlimmste? Eine Unstimmigkeit, ein kleiner Zank, wie er unter Liebenden tausendfach vorkommt, weil ihr immer euer Idealbild bestätigt sehen wollt.«

»Überhaupt«, sagte die Frieske. »Er hat eine Art vorwärtszukommen, ich meine, mit den Beinen. Er hat eine Art, neben mir herzulaufen ... als läge der Boden der gegebenen Tatsachen zu seinen Füßen. Einfach scheußlich.«

»Aber Kind. Es ist das männliche Prinzip. Verstehst du das nicht?«

In einer lauen Mischung, wohltuend und besänftigend, hatte Gudula Öften inzwischen das Wasser laufen lassen, während die Frieske zögernd ins Becken starrte. Sie verriet nicht alles.

Liebe! Was war das für ein Artikel? Alles, nur keine Sache, die sich prompt erledigen ließ. Sobald die Liebe aufzutauchen pflegt, verlangt sie nach Behandlung. So einfach durchs Meer schwimmen und Arien singen genehmigt sie nicht. Die Liebe war eine Stecknadelarbeit, bei welcher das eine Mal nichts so süß schmeckte wie der Stich, das andere Mal nichts so schmerzhaft. In der Unterhaltungsbeilage der Uvag war oftmals von Erotik die Rede gewesen, nur in der Praxis paßten die Aufsätze nicht. Meistens waren diejenigen Damen und Herren, die über Liebe schrieben, selber dazu unfähig, und so entschädigten sie sich für ihren heillosen Dilettantismus schriftlich. Lisa hatte an dieser Quelle gesessen, sie hatte einst einige Autoren das Liebeshonorar trinken sehen. Für diese war die Erotik also eine Honorarfrage gewesen, doch Lisa meinte nun, nicht nur für diese. Wozu stünde sonst in den Kleinen Anzeigen: ungenierte Tageszimmer, Luisenstraße 1.

»Mach's ihm doch klar, schreib ihm!« begann die Öften nach einer ratlosen Pause, indem sie nochmals die Hand behutsam auf Lisas Scheitel legte. »Man kann doch nicht zeitlebens den ersten Kuß wiederholen.«

Nun verfolgte die Frieske gewiß auch hier bestimmte Ziele, aber dabei ging ihr etwas verloren, man könnte fast sagen: der Fahrplan. Außerdem klagte sie sich an, letzthin alles falsch angepackt und sich vor Heinz verraten zu haben. Es war eine ganz verfahrene Bilanz.

»Du erzählst gar nichts von der Neuen«, hatte er gesagt, worauf sie leider allzu schroff erwidert hatte:

»Ich führe mich nicht auf wie die Männer ringsum.«

Nein, das war nicht die rechte Antwort gewesen; hatte er doch sofort gefragt:

»Ihr werdet euch doch vertragen?«

»Von mir aus. Ich bin doch nicht eifersüchtig.«

Aber auch diese Wendung hatte sich als übereilt erwiesen, um so mehr, als sie zu allerlei unliebsamen Bemerkungen führte.

»Ich versteh nicht«, hatte er gesagt, »warum ihr Frauen nach jeder Gelegenheit angelt, euch zu verteidigen. Sagt man euch keine Artigkeiten, stellt ihr euch sofort auf die Hinterbeine. Es gibt keine Ausnahmen darin, eine Freundin ist wie die andere. Wirklich, ihr seid nicht so frei wie die Wildkatzen im Käfig.«

Nach dieser Zurechtweisung glaubte die Frieske aber die größte Dummheit ihres Lebens begangen zu haben, und diese Einsicht war es, die ihr die Worte verschlug. Sie hatte gesagt:

»Heinz, ich glaube, wir dürfen nicht frei sein.«

Sein Hals, eine Rille zeigend, den Jahresringen der Bäume vergleichbar, hatte geglänzt, seine Stimme genäselt. Sie hätte ihn ohrfeigen mögen!

Wahrlich, es wurde Zeit, daß Gudula Öften all dies erfuhr, obwohl es sie Mühe kostete, Lisas wütenden Ausspruch, die Neue sei daran schuld, sonst niemand, nach Kräften zu beschwichtigen; aber auch die Zeit hier draußen in der Toilette war abgelaufen. Der Zeiger rennt, die Leute werden gebraucht, und überdies ist ein Büro nicht der Ort, an steckengebliebenen Privatangelegenheiten herumzudoktern. Kaum daß Frieske ins Büro zurückgekehrt war, schrie man ihr schon an der Tür entgegen, wo sie denn bleibe. Sack raufe sich die Haare nach ihr.

»Man wird sich doch noch die Hände waschen dürfen.«

Damit begab sich Frieske, stoisch wie je, wieder an ihren Platz, doch nicht ohne einen Blick auf jene geworfen zu haben, bei der sich Doktor Geist soeben erkundigte, wo sie eigentlich wohne, worauf er zur Antwort erhielt:

»Am Kurfürstendamm.«

»Wo?« fragte die Frieske sofort, und Mucki verbesserte sich:

»Gleich am Kurfürstendamm.«

»Gleich am Kurfürstendamm?« wiederholte Doktor Geist, als wäre er einer Verfehlung auf der Spur.

»Ja – Dahlmannstraße.«

»Ach so!«

Damit war Doktor Geist plötzlich zufriedengestellt und Frieske, der man es ansah, gleichfalls. ›Alles, was recht ist!‹ denkt Frieske. Wozu wußte sie denn von Heinz, daß Frau Geheimrat kürzlich dort eingezogen war, aber ins Hinterhaus, während seine Mutter, Frau Schade, im Vorderhaus wohnte? Diese Notstandslage als Kurfürstendamm auszugeben, sei immerhin gewagt. Aber auch Doktor Geist, inmitten seiner Hilfsformeln, konnte nicht umhin, das Signum dieser Dame einen Millimeter näher in sein Gesichtsfeld zu rücken. Gedämpft wurde beider Genugtuung indessen, als Sack, abermals klingelnd, nicht Frieske, sondern Mucki verlangte. Anfangs wollte die Frieske sich ärgern, aber sie fand schnell Trost in den Worten: »Von heute ab ist dieser Herr für mich nicht mehr maßgebend.«

Andere Gesetze?

I

Über der Abteilung Propaganda schwebte noch mancherlei Verhängnis, sie war nicht das Höchste. Im gleichen Stockwerk bereits, hinter jener Biegung mit dem erleuchteten Glaseinsatz: *Vorsicht, Stufe!* befand sich eine Tür, so mehrfach gepolstert, so dick, daß ein Lustmord dahinter hätte stattfinden können, und niemand hätte es bemerkt. Dort hauste Ua-Ua. Es war eine undurchdringliche Sphäre. Nur manchmal hing ein Schildchen an der Tür mit der Aufschrift »Konferenz«, und dann ging ein Wispern umher, ein Geraune und Beschwichtigungsgetamber, nicht anders, als wenn in der Kindheit Vati zum Mittagsschläfchen bereit ist. Niemand durfte dann stören, niemand seiner gedenken, es sei denn ganz leise. Auch hier, behaupteten welche – aber sie taten's auf eigene Gefahr, und Mucki bemerkte, wie ängstlich –, auch hier bei Ua-Ua wurde geschlafen und geschnarcht. Bereits, daß Ua-Ua als die oberste Nummer im Grunde ein Mann ohne jede Nummer war und als solche, richtig verstanden, eher eine Null, – aber leise, bitte leise sprechen!

Gern, nur allzu gern hätte sich Mucki an jemanden gewandt, um Ratschläge einzuholen und überhaupt zu erfahren, was für eine Gestalt sich hinter Ua-Ua verberge, aber leider sah sie sich vorerst ganz der eigenen Vorstellungskraft überlassen. Was war das für eine Null – ü?

Sagen wir so: eine Eins, die ist erfaßbar. Eine Null, auch sie ist schließlich rein rechnerisch vorstellbar. Aber eine so konzentrierte, sich selbst potenzierende, sich selbst negierende Zahllosigkeit, die zahllos ist wie der Sand am Meer, den man auch ins Gebiet der Nullität einreihen könnte – da ist's! –, eine solche Nullität wie Ua-Ua steht über den Gesetzen. Sie existiert nur noch, weil sie nichts bedeutet. Paradox! Es ist paradox. Und bedenkt man noch, daß so ein Direktor, wenngleich ein Mensch wie andere, wenn vielleicht auch ein reizender Mensch, sich außerdem einen »General« vorgesetzt hat, so daß sein vollständiges Titelinventar mit »Generaldirektor« bezeichnet werden muß, dann ist es verständlich, daß ein Uneingeweihter den Atem anhält und all jene mit Ehrfurcht bewundert, die solch einer Nullität am nächsten stehn.

Bevorzugte dieser Art gab es, und Mucki hatte auch bereits mit ihnen zu tun gehabt. Es waren die Damen Seiferth, angesichts derer man gut tut, zu unterscheiden zwischen Seiferth I und Seiferth II, denn sie traten meist doppelt auf. Als Vorsteherinnen des Sekretariats Seiferth standen sie mit Ua-Ua in alltäglicher Verbindung. Hält man's für möglich? Es war dies eine Art Pufferstaat, dem eine Menge ausgedienter Jungfern angehörte, eine ausgleichende Zelle zwischen Angestelltenschaft und Direktorium, wo alle Personalfragen aktenmäßig erledigt, alle Beschwerden von oben nach unten, alle Vorschläge von unten nach oben gefiltert wurden. Man nannte das Sekretariat nicht zu Unrecht die »Schweiz« und bezeichnete die Seiferth I als die Jungfrau schlechthin, ihr einen Nebengipfel gestattend, Seiferth II. Sie waren beide so alt wie die Alpen, unterschieden sich aber von diesen wesentlich durch ihre Reizlosigkeit; wurden doch der einen fast jährlich die Polypen aus der Nase gezogen. Als ideales Alter für dieses Sekretariat war höheren Orts die Spanne zwischen zweiunddreißig und fünfundvierzig festgesetzt worden. Übrigens muß man jung sein, um überhaupt altern zu können, diese hier aber gehörten jener Kategorie an, die erst mit zweiunddreißig das Licht der Welt erblickt, weil sie sich vorher in allen möglichen Ersatzmutterleibern hat herumtreiben müssen, und die erst zufrieden ist, wenn sie eine Firma zu ihrer Geliebten und einen Direktor zu ihrem zu bemutternden Adoptivsohn erkoren hat. Dann wird ihm Kaffee gekocht, es wird seine Klage über Ischias mit größter Geduld angehört, und es wird ihm Trost zugelöffelt, wenn er zusammenbricht.

Coty, der sich Muckis noch am ehesten annahm, suchte ihr's eines Tages begreiflich zu machen, indem er sagte: »Chefs brechen viel öfter zusammen, als gemeinhin bekannt ist. Sie brechen zusammen, weil sie das Geld drückt; sie brechen zusammen, weil ihnen die Frau durchgeht; sie brechen zusammen, weil die Tochter Morphinistin geworden ist. Da war neulich …«

»Aber nein, leise, bitte leise sprechen!«

Ein andermal erfuhr Mucki nichtsdestoweniger, worin das Wesen des Seiferthschen Pufferdaseins bestände. Auch das erfuhr sie durch Coty. Sage Ua-Ua beispielsweise von irgendwem, dieser Mensch sei absolut unzuverlässig, so sage die Seiferth zu diesem Menschen, er möge sich etwas zusammennehmen, oder sage Ua-Ua, Sack sei ein Idiot, so sage die Seiferth zu diesem Idioten, er möge das nochmals durchkalkulieren; beginne aber Ua-Ua sich im Kreise zu drehen, laut zum Himmel aufschreiend und in Klagen ausbrechend, daß er ein Generaldirektor sei und nicht ein x-beliebiger Maurer oder Friseur, so stehe die Seiferth still in der Ecke und sage, er möge sich doch beruhigen, es sei nicht das Schlimmste und demnächst komme Personal und Belegschaft von selbst zur Vernunft.

»Kapiert?« hatte Coty gefragt, und Mucki hatte es bejaht, obwohl von einem Gefühl geplagt, als sei ein Loch in ihrem Kopf um Dimensionen gewachsen – ü?

Eingängiger war, was Gudula Öften eines Tages zum besten gab, in einem Anfall von Menschenwürde, wobei sie, ohne es zu merken, das Leisesprechen vergaß. Sie klagt sonst nicht, in einem Punkt aber, jenem, wo es sich um Freikarten handelt, die Ua-Ua grundsätzlich nur an Wrampe oder an Baumann verschenkt – an den Fahrstuhlführer, an den Portier, man denke! –, will sie nicht schweigen.

»Diese empörende Verachtung des gebildeten Menschen, diese … ich finde keine Worte«, sagte sie zu den Seiferths. »Als ob Beethoven speziell für Wrampe taub geworden sei! Als ob die Künstler alle, diese Schumann und Hugo Wolf, zu keinem anderen Zweck wahnsinnig geworden seien, als daß sich die Portiers an Meisterwerken langweilten! Ich denke, er könnte auch seinen Sekretärinnen mal eine Freude bereiten. Wir sind ja schließlich kein Zuchtvieh. Wir haben kulturelle Bedürfnisse. Wir lechzen nach einer Freikarte. Seit wann habe ich kein Klavierkonzert gehört? Schandbar!«

»Aber wie soll er? Ich bitt Sie? Der Mann kann doch nicht einfach auf Sie zutreten, Öften, und Ihnen eine Freikarte anbieten. Man könnte es mißverstehen.«

»Das möchte ich mir auch verbeten haben, liebe Seiferth. Aber auch fürs Unangebrachte, fürs absolut Ungeläufige gibt es noch Formen, die dezent sind. Ich meine, er ist doch schließlich ein Mensch.«

»Das ja.«

»Nun also. Und woran erkennen Sie einen Menschen, ja? An seinem Kulturbewußtsein! Wrampe in ein Klavierkonzert schikken ist Barbarei. Es ist ein Moment, wo die Leutseligkeit in Snobismus ausartet. Verzeihung, Seiferth, das mußte gesagt sein.«

»Oh – ich kann Ihre Gründe verstehen, liebe Öften, aber ... Kann es nicht auch eine Verlegenheitsgeste sein? Schließlich rekken sich tausend Hände nach ihm – wegen einer Lappalie.«

Hier zuckte die Öften zusammen, aber sie schwieg, während die Seiferth gemächlich fortfuhr:

»Und dann: der Mann ist krank. Er leidet an den Nieren. Sein Auto ist extra gepolstert und gefedert, um die Nieren zu schonen.«

»Aber Sie wollen doch nicht behaupten, daß ihm Musik an die Nieren ginge?«

»Musik nicht, aber das Personal.«

Dagegen war Gudula Öften machtlos. Sie konnte das Wort Personal überhaupt nicht leiden, auch die Phrase vom Menschenmaterial nicht. Leider aber fand sie im Büro nicht genügend Verständnis; denn Brecher, ihr Widerpart, gab sich zuweilen die Ehre, das Gegenteil zu verteidigen – gewiß nicht nur um der Sache willen. Für Mucki indessen war es ein großes belehrendes Vergnügen, ihn erstmals von der Leber weg reden zu hören, und sie lauschte denn auch wie im Konzertsaal, wie im Besitz einer Freikarte.

»Generaldirektor«, sagte Herr Brecher. »Da haben Sie's doch. Kennen Sie Memoiren von Generälen? Ludendorff beispielsweise, ohne mit der Wimper zu zucken, spricht in seinen Memoiren wie einer, der mit Leichen Geschäfte macht.«

»Herr Brecher! Ich muß doch bitten.«

»Ich kann Ihnen nicht helfen, Öften. Er spricht inmitten des Generalstabs immer vom Chef oder vom Geschäftszimmer. Er führte Krieg vom Geschäftszimmer aus, und seine geschäftlichen Transaktionen richteten sich nach der militärischen Lage wie unsere nach der des Marktes. Er selber schreibt: ich war von früh bis spät in die Nacht auf dem Geschäftszimmer.«

»Ich sehe nicht ein, was das mit Ua-Ua zu tun haben soll.«

»Sehr einfach. Er ist ein Militär der Wirtschaft, eben ein Generaldirektor. Auch er ist täglich auf dem Geschäftszimmer, die strategische Lage studierend. In Zivil, selbstverständlich. Sie können auch sagen: in Pantoffeln.«

»Um Gottes willen!« stöhnte Gudula Öften. »Leise! Ich bitte Sie: leise!«

Diese Anspielung sollte Mucki erst später verstehen, als sie erfuhr, daß Ua-Ua gelegentlich in Pantoffeln durch die Räume geschlurft käme, möglichst unhörbar, sehr selten übrigens, alle zehn Jahre einmal. Es war dies eines der vielen Gerüchte, die ihn umschwirrten.

Um aber noch leiser als leise zu sprechen, sei hiermit ... Aber es ist gefährlich. Wieso? Außerdem weiß doch jeder, daß Ua-Ua nicht der einzige ist, daß Egon, sein jüngerer Bruder, gleichfalls nach Einfluß strebt und daß in der Behandlung beider die ungeheure Schwierigkeit für Sack besteht, wie überhaupt für jeden Bürochef oder Abteilungsleiter. Man stelle sich eine Kompanie mit zwei zu gleicher Zeit befehligenden Hauptleuten vor, ein Bataillon mit zwei Majoren, ein Volk mit zwei Reichspräsidenten, eine Stadt mit zwei Magistratskörperschaften, von denen die eine rechts, die andere gleichzeitig links tendiert, dann hat man eine Vorstellung von der inneren Zerklüftung des Uvag-Direktoriums – ü?

Es ist noch nicht an der Zeit, darüber zu lachen. Und Mucki lachte auch nicht. Sie huschte, ging sie den Korridor entlang, an besagter Konferenztür vorbei, als läge ihr daran, möglichst überirdisch zu sein, möglichst gar nicht vorhanden und von oben her nicht belangbar. Zumal seit sie erfahren hatte, daß auf Ua-Uas Schreibtisch kleine Zettel zu liegen pflegten, Schnipsel mit Namen darauf, die auf irgendeine Aktion hinzielten, konnte sie nicht vergessen, was eine der beiden Seiferths nebenbei fallengelassen hatte, drüben im Sekretariat, wo Mucki ihre Papiere hatte deponieren wollen. Es war ein Wort, ebenbürtig Brechers »Anderen Gesetzen«, und es lautete kurz:

»Geben Sie acht, und – widersprechen Sie nicht!«

Sie sollte es bald erfahren. Es geschah eines Tages, als im Sekretariat Seiferth Gewitterbildung herrschte. Wahrscheinlich hatte die polypengeplagte Jungfrau Herrn Sack nahegelegt, er möchte das nochmals durchkalkulieren, ein Ansinnen, das diesen blitzartig erleuchtet hatte. Nun fegte er einher, als exerziere etwas in ihm. Die Türen waren nicht sicher; sie konnten jede Minute aufspringen und die Sintflut loslassen.

»Dort sein, weil man nicht hier sein kann; hier sein, weil man nicht zugleich dort sein kann. Da soll einer nicht zur Musik greifen und Geige spielen!« murmelte Brecher.

»Dort sein, wo man gebraucht wird«, revanchierte sich leise die Öften.

Aber dies alles hinderte nicht, daß einer bereits zu spüren bekommen hatte, was in diesen Räumen unter Arbeitssteigerung zu verstehen war. Es war Doktor Geist. Er hatte eine Reklamezeichnung, eine Hautcreme betreffend, daliegen gehabt, und es war ihm leider eine unfreiwillige Ähnlichkeit dieses Porträts mit demjenigen Muckis in die Zeichnung geraten. Wahrhaftig, er war unschuldig daran! Aber das Unglück hatte es gewollt, daß Sack hinzukam und es erkannte. »Was soll das?« hatte er geplärrt. Noch ehe Doktor Geist, selber überrascht, eine Entschuldigung hatte vorbringen können, war Sack auf und davon gewesen, einen Ärger auf der Stirn, als kröchen lauter Würmer darüber hin.

Durch diesen Zwischenfall gewitzigt, der mehr bekanntgab als irgendein Barometer, zogen sie alle die Köpfe ein und aasten. Coty, noch vor zehn Minuten mit der Reparatur seines Spazierstocks beschäftigt, saß da, angesichts Muckis, als sei sie Luft, als müsse auch er endlich Vorsätze demonstrieren. Es schien tatsächlich, er wolle in einer Stunde erledigen, was im Normallauf vier Wochen beansprucht hätte. Niemand versuchte ein Wort zu sprechen, niemand riskierte etwas. Mochten auch alle zehn Finger im Schmutz ersticken, gewaschen hätte sie keiner. Draußen lagen die Korridore da, still, dämmerig, im Genuß einer mit Spannung geladenen Flaute. Ja, in solch bedrohlichen Zeiten schlingt man die Beine fester ums Stuhlbein, die Lippen bewegen sich einfältig, wie analphabetisch, und die Hand führt aus, was verlangt wird.

Nun war es nicht nur die Arbeit, die drückte! Man unterlag auch noch einer Menge aufgerührter, wertloser Gedanken, die in solchen Momenten, zu Paaren getrieben, herumvagabundierten, daß es ein Fest war. Da tanzte Sack durch die Räume und sagte: »was soll das?« Als ob da noch gefragt werden müsse! Als ob bei Ankunft eines Gastes in Newyork oder auf dem Stettiner Bahnhof, dieser maschinellen Bedürfnisanstalt, immer holdselig gesagt werden müsse: »da bist du ja!« So eine alberne Rederei. Das deute wahrhaftig nicht auf besondere Intelligenz; das sei eine wörtlich nachgeahmte Gemütsbewegung; und wenn ein Chef überhaupt nichts zu sagen wisse, so sagte er: »was soll das?«

So lagen die Dinge, als plötzlich ein Ruf erscholl.

»Fräulein Schöpps? Sofort zu Sack!«

Sie hatte bereits manchen Vorgeschmack von Sacks Diktaten gekostet, doch diesmal, wie es schien, standen andere Absichten dahinter, höhere. Nun war Mucki noch nicht ganz eingearbeitet; sie hatte inmitten dieser die Schule der Geläufigkeit prima beherrschenden Kollegenschaft noch immer mit provisorischen Vorbehalten dagesessen, sie hatte sich eingeredet, sie müsse Erfahrungen sammeln. Was sie von Frieske bekam, hatte sie ordnungsgemäß zu bewältigen versucht, die Papierstöße abtragend wie die Erdarbeiter einen hinderlichen Berg, und auch Herrn Brechers vorlaute Prophezeiung bezüglich der »Anderen Gesetze« hatte sie für den Hausgebrauch zu mildern gesucht. Gewiß! Früher hatte sie dem Mädchen geklingelt, jetzt klingelte man ihr; früher hatten die Herren sich um sie bemüht, jetzt bemühte sie sich um Herrn Sack. Dessenungeachtet, meinte sie, sei sie die Tochter des verstorbenen Geheimrats Schöpps. Sie hatte sich auch den ertappten Herrn Geist angesehen, der in seiner Beschämung eine erkleckliche Portion Melancholie entwickelt hatte. Trotzdem wurde sie durch den Ruf über die Maßen aufgeschreckt, warf das geschenkte Lineal hin und verschwand.

Intelligente Beine, das Tierchen, dachte Coty, während Toldi seine Gähnlust bezähmte durch das traurige Geständnis, es sei sein Schicksal, jede zu lieben, unterschiedslos jede.

Aber das Gewitter zog näher. Es dauerte keine fünf Minuten, als ein neuer Ruf erscholl; er kam aus der Schweiz, ein Gruß von den Seiferths. Diesmal hieß es sogar:

»Frieske zu Ua-Ua!«

Es wurde unheimlich; denn daß jemand dorthin beordert wurde, pflegte nicht häufig vorzukommen, eigentlich nur bei Verfehlungen. Aber sind denn welche zu verzeichnen?

Unterdessen, fast im selben Moment, da Frieske durch die eine Tür abging, war Mucki in der anderen wieder erschienen, nicht eben entzückt. Wenn Coty zu spät kam, sah er genauso aus, nachdem er sich drinnen entschuldigt hatte. Man nennt das in der Bürosprache: sie flog. Ihr Mund, sonst lau, war zusammengepreßt, die Lippen kaum sichtbar; und dann diese betonte Energie im Kiefer, diese Starre in der Ziellosigkeit des Blicks ... Eine schöne Visitenkarte, die Sack da zurückgab!

Doch die Geschehnisse waren gnädig. Sie folgten einander, mußten hingenommen werden und unterbanden infolgedessen das Nachdenken. Frieske nämlich kam bereits wieder zurück, außergewöhnlich eilig, und dann gab sie bekannt, was Ua-Ua begehrte.

»Er wünscht Sie selber zu sprechen.«

»Mich?« fragte Mucki, förmlich vom Stuhl geschleudert.

Es waren magnetische Kräfte am Werk, es kamen Vorstellungsreihen in Bewegung, die nur zu vergleichen sind mit den Geistervorstellungen primitiver afrikanischer Völker. Wer Mucki hat hochfahren sehen, wird es bestätigen. Größer schien sie mit einem Mal und schmaler an Wuchs, und die ersten Schritte zur Korridortür rannte sie zitternd. Noch mit gepflegten Händen in aller Hast ihr Haar ordnend, schleifte sie ahnungslos – o ewige Ironie! – ein Stück Bindfaden hinter sich her, ein Geschlängel, das sich am Absatz ihres rotgemusterten Halbschuhes verfangen hatte. Als sie sich mit einem von Angst diktierten Ekel umgewandt hatte, um das lästige Zeug zu entfernen, hatte Brecher ihr kalt ins Gesicht geblickt. Auffällig war, wie dann die Tür von außen zuging, so rührend still, so jenseitig ruhig, bis es dann schnappte.

Da hatten sie die Bescherung! Wäre wenigstens einem von ihnen ein »Ü?« entfahren, es hätte die Sache erleichtert; doch nichts dergleichen geschah. Perdelwitz, sonst so schnell mit gespitztem Mäulchen dabei, war unsichtbar, man mußte befürchten, sie als eingeschrumpftes Häufchen im Papierkorb wiederzufinden. Einzig Frieske erweckte den Anschein, als hätte sie das nicht nötig. In keiner Beziehung betroffen oder durch übermäßige Anteilnahme nachdenklich gestimmt, würgte sie mit fleischernen Armen an ihrer Maschine herum, schnappte mit dem Locher und fegte Papiere über die Platte. Ihren Auftrag hatte sie ausgeführt. Daß Ua-Ua privat hinzugefügt hatte: »Ich will mir diesen Käfer mal selber ansehen«, ging keinen was an. Natürlich sei Sack daran schuld; er habe vergessen, den Neueintritt dieser Schöpps rechtzeitig an Ua-Ua weiterzumelden, obwohl das sonst nicht üblich gewesen sei. Es seien hier noch ganz andere Persönlichkeiten eingetreten und auch wieder rausgeflogen, ohne daß irgendeinen der Direktoren das Verlangen gepeinigt habe, Bekanntschaft mit ihnen zu schließen. Ob ein Mensch sich da auskennen solle? Mal wollten die Herren, mal nicht. Ungerecht sei es übrigens von Sack gewesen, sich durch einen Rüffel an Mucki für seine Versäumnis schadlos zu halten. Aber das sei nicht ihre Sache, meint Frieske. Wenn Mucki sich das gefallen lasse? –

Lange war nichts zu hören außer den bekannten Bürogeräuschen, aber auch diese klangen seltsam gedämpft, klangen schwül und so, als hätte sich auch das Nächste entfernt, weil aller Gedanken im Höchsten schwebten, dort hinter der dickgepolsterten Tür. Es war in der Tat recht merkwürdig, wie lang Mucki fernblieb, und Gudula Öften zeigte deshalb bereits ernste Anzeichen von Besorgnis. ›Sie wird sich, wird sich doch nichts angetan haben?‹ mußte sie denken. Denn daß ein Zusammentreffen mit Ua-Ua hätte glimpflich verlaufen können, glaubte sie nicht. Es muß daher als äußerst kluge Handlung gebucht werden, daß Gudula Öften sich inzwischen entschloß, den elektrischen Kocher anzustellen, der neben ihr auf dem Fensterbrett stand. Sie tat es ohne viel Aufhebens, und bald hörte man auch, wie es summte und wie das Wasser sich mit der aufkommenden Wärme unterhielt. Ein Mokka gefällig?

Als dann endlich die Tür aufging und Mucki wieder erschien, bleicher denn je und wahrlich recht hilfsbedürftig, nahm sich die Öften sofort ihrer an. Das Täßchen Mokka in den Händen, kam sie herzugehinkt, lächelte freundlich und sagte, indem sie es Mucki empfahl: »So, Kindchen, das wird Ihnen gut tun.«

III

Anfangs lassen sich die Dinge so günstig an. Der Postbote bringt einen Brief, laut Signierung in einem Büro von einer Arbeitskraft getippt, und dieser Brief enthält die Aufforderung, sich auf Grund eines Bewerbungsschreibens vorzustellen. Gefällt man dem Chef, wird man angestellt. Vielleicht, daß sich Gelegenheit bietet, währenddem ein kleines silbernes Notizbuch zu zücken – ei, wie reizend! Alles geht gut, aber nach einigen Tagen endet man bei einer Tasse Kaffee, bei Mokka à la Gudula Öften.

Der Geruch von Wohlgeschmack, der durchs Büro zieht, regt indessen die Kräfte wieder an; der heiße, die Speiseröhre hinunterrinnende Fluß lockt ein Wärmegefühl hervor nach der obrigkeitlichen Dusche, und schließlich ist es nicht allzu bitter, einmal nach links, einmal nach rechts zu blinzeln.

»Auch das Bittere kann gut schmecken«, pflegte Doktor Geist zu sagen, und bei Protesten fügte er überlegen hinzu: »Zum Beispiel als Schokolade.«

Ähnlich mochte auch Mucki sich abzufinden bereit sein.

Während sie trank, holte sie ein silbernes Notizbuch aus dem Handtäschchen hervor, es neben ihre Mappe legend, dann kam ein Spiegel an die Reihe, ein hübsches Geschenkstück, und zuletzt, nach einem entwerteten Fahrschein, Mystikum, ein Puder, gut wie sein Name. Sie unterbrach sich zweimal beim Pudern, im Glauben, ihr Stuhl sei schadhaft geworden, aber dann war alles überstanden und die Auffrischung perfekt. Natürlicherweise blieb irgendein Rest, ein abgestandener Rest eines Nachgefühls, das man hinnahm als unabwendbar. Überlegt man's richtig, ist man vollkommen unschuldig. Beim Versuch, die leere Tasse mit Dank zurückzuerstatten, kam Gudula Öften wieder herzugehinkt, nahm die Tasse in Empfang und sagte: »Recht so.«

Diese zwei Worte hatten genügt. Als Mucki sich umsah, traf sie lauter zustimmende, freundlich nickende Gesichter. Ja, sie hatte den Eindruck, als sei die Sympathie vollends aufgetaut. Man machte so wenig Aufhebens, man stand sozusagen auf Du und Du. Ja, Herrn Doktor Geist schien es fast leid zu tun, daß nicht er es war, den Ua-Ua zusammengestaucht hatte. Auch Brecher rührte sich hörbar. Zum Zeichen seines Mitgefühls huldigte er einer ausgedehnten Übung der Gesichtsmuskulatur, bald den Mund zu einem Trichter formend, bald ihn grotesk spreizend, eine atavistische Maske hervorzaubernd, die sich labte, weil ein Gewitter vorbei war. Nach Beendigung seiner Gymnastik winkte er Mucki.

»Nur einen Augenblick!« sagte er. »Ich tu Ihnen nichts, kommen Sie nur!«

»Auf Ihre Verantwortung?«

»Gut; auf meine. Sie dürfen mir mein Gesichterschneiden nicht falsch auslegen; mir war, als hätte ich Sand im Gesicht. So aber ist's nett von Ihnen. Ich danke. Bleiben Sie nur! Ich bin nun leider eine Art Aufklärungsposten in diesem – meckre nicht, Rüland, du europäisch kaserniertes Bleichgesicht, du! Bleiben Sie getrost, Mucki. Es gehört zu Ihrer Tätigkeit hier, zu bleiben. Sehen Sie, das sind Zahlen. Erscheint Sack unverhofft, reden wir über diese Dinger. Das können Sie doch erkennen, was? Oder sind Sie kurzsichtig?«

»Nein, noch nicht.«

»Die hat schon Farbe, die Antwort. Kurzsichtig nämlich sind wir alle; wir können nicht weiter blicken als von einem Monatsende zum anderen. Wem es ein Trost ist, der trinke davon; wem ein Dorn, der reiße sich daran. Schön, was?«

»Ich bin fürs Trinken«, sagte Mucki, zugleich als Kompliment für Gudula Öften.

»Ganz wie Sie wünschen. In diesen gesegneten, fluchbeladenen Räumen muß man sich gegebenenfalls an einer schmutzigen Hemdbrust stärken. Man lernt das frühzeitig genug. Aber davon keine Silbe! Ich habe nichts anderes mit Ihnen – nein, das war nichts. Ich befürchtete schon, der Sack käme angehupft. Nein; ich habe nichts anderes mit Ihnen vor, als Sie zu beglückwünschen, wenn Sie gestatten, und Sie ein zweites Mal willkommen zu heißen. Geben Sie her!«

»Die Hand?«

»Ebendieselbe. So ist's nett von Ihnen. Schön Wetter heut, was? Ein bißchen graupelig und verstaubt, aber auch wieder mit Blau dazwischen, was? Und wissen Sie auch, warum ich Sie beglückwünsche? Keine Angst, Öften, daß ich Ihre Pflegebefohlene quäle. Der Mokka bleibt drin, der wird nicht wieder erbrochen. Also, Sie wissen das nicht? Weil Sie über Ihre erste Niederlage hinaus sind. Bitte, das ist kein Moralin. Man muß über die erste Niederlage hinaus sein. Sagen Sie's auch mal! Na?«

»Man muß über die erste Niederlage hinaus sein.«

»Großartig! Sie können das ganz großartig. Ich wußte doch,

daß Sie das fertigbringen würden. Und wenn Sie erst kurzsichtig genug geworden sind, sollen Sie mal sehen, wie glatt der Betrieb hier läuft. Ein kleiner Defekt gereicht uns meistens zum Vorteil, er hält uns wach. Aber das brauchen Sie nicht zu glauben. Haben Sie gehört?«

»Ja, ich höre.«

Es war Doktor Geist, der statt dessen die Antwort gab, während Mucki sich zurückzog. Eine seltsame Art von Triumphgefühl war in dem Doktor erwacht, eine Hellsicht, deren Unterlage nicht ohne Eifersucht auskam.

Niemand außer ihnen beiden, Mucki und ihm, habe zu prahlen, vom Blitz getroffen zu sein, vom Blitz, wie einer seiner ehemaligen Lehrer, Schlunzer mit Spitznamen. Ob sie diese Geschichte schon kennten? Dieser sei einst mit einem normalen Hals in die großen Ferien nach Dresden gefahren, aber mit einem schiefen zurückgekehrt, weil ein Blitz drin gesteckt habe. Wahrlich, es sei keine Kleinigkeit, ausgezeichnet zu werden! Er, Doktor Geist, habe Erfahrung darin, er habe vor allem Tatsachen bereit, kein Geschwätz wie jener, wie Brecher. Er habe auch noch einen anderen Lehrer gekannt, Schellhammer mit Namen, einen blutjungen Kerl, der gleichfalls mit beneidenswerten Vorsätzen eingetreten sei, es war in der Oberprima. Geist hätte ihn im Schlaf zeichnen und ausschneiden können, so lebhaft stand ihm dessen Mißgeschick wieder vor Augen angesichts Muckis.

Kommt da an, Jungens, dieser Lehrer, und sagt, er hebe die Autorität auf, er sei nicht viel älter als seine Oberprimaner und er füge sich ihrer Klasse ebenbürtig ein. Das hatte großartig geklungen, anfangs. Und dann häufte er eine Erlösung auf die andere. Wenn sie hatten flirten müssen, ihre Schulaufgaben darüber vergessend, durften sie anderntags die wahren Gründe berichten und gingen dann straffrei aus. Nichts zu machen; die Erotik schlug die Pädagogik in der ersten Runde. War das nicht eine Arbeitsgemeinschaft gewesen? Er hatte sich's glänzend zusammentheoretisiert, der Lehrer Schellhammer. Aber bereits nach zwei Wochen war eine solche Luderei eingerissen, daß die Faulheit entsetzlicher stank als im Sommer ein offener Abort. Es trat zutage, was ohne Respekt war; es kam dahin, daß auch die Offenherzigkeit zu stinken begann. Sie hatten das Böse schlechthin geleistet, sie hatten am Ende die Freiheit durch unanständige Freiheiten verpestet. Ja, welche gab's, die gingen noch weiter, die bezeichneten die Herablassung des Lehrers Schellhammer kurzerhand als Anbiederung. Was hatte er sich mit Oberprimanern gleichzusetzen? Ein Pauker! Ein elender Pauker! Wie immer, begann dann der Umschwung mit einer durch die Nervosität verschuldeten Ungerechtigkeit von seiten Schellhammers. »Es wird eine große Dürre kommen«, hatte er in Anlehnung an Joseph von Ägypten gesagt – »'ne kleene Dicke wär mir lieber!« hatte ein Schüler dazwischengebrüllt. Schluß und aus war's gewesen. Die Menschlichkeiten des Lehrers Schellhammer hatten einen antiken Zusammenbruch erlitten; die Diktatur setzte ein. Es war eine Gemeinheit.

Voller Triumphgefühl dachte Doktor Geist ans Exempel dieser Erfahrung. Stand nicht erst gestern in den Uvagblättern ein Bericht des Innenministeriums, eine Statistik der Kriminalität, woraus neben dem Umstand, daß das Berufsverbrechertum zunehme, klipp und klar hervorging, daß die Jugend das Leben verachte? Nun, das hätte Doktor Geist gern beeidet. Nil admirari; erst habe man's ihnen beigebracht, und nun beschwere man sich darüber. In der Sexta nannte man's noch: kannitverstan; später heiße das einfach: Hosen runter! Wenn überhaupt ein Schluß zu ziehen sei aus alledem, so der, Vorsicht walten zu lassen vor jeder menschlichen Größe, nicht minder vor einer Null oder Nullität.

Es war eben jene Vorsicht, an der es Doktor Geist vor Sack hatte fehlen lassen, und hätten nicht alle Anzeichen auf Abzug des Gewitters gedeutet, würde er kaum so plädiert haben. Aber Sack, der seine Unbekümmertheit inzwischen dreimal verloren und wiedergeschnappt hatte, ließ Gnade vor Recht ergehen. Das war die neueste, aus dem Jenseits angelangte Botschaft, und man erkannte daraus, daß Sack wieder normal lief, als gewohnte Tüchtigkeitsrolle, und daß der Wischer von oben versandet war. Denn diese merkwürdige physikalische Gesetzmäßigkeit der nicht verlorengehenden Energie war eine vertraute Alltäglichkeit, die nur in der Heftigkeit wechselte. Noch nie ist es vorgekommen, daß Ua-Ua finster einherstieg und die Clique seiner Chefs fröhlich, sondern es fand stets eine unmittelbare Fortpflanzung statt, hinunter in die Büros, wo sich allmählich alles auflöste, wenngleich nicht immer in Wohlgefallen. Unschädlich gemacht wurde es aber erst nach Kenntnisnahme der Anlässe, und daher war man auch außerstande, noch länger auf Muckis Bericht: »Meine Erlebnisse im Direktorium« zu warten.

»Puh«, sagte Mucki. »Das war vielleicht komisch. Ich glaubte, ich säße im Schwitzkasten, und es war so verkehrt, so gänzlich verkehrt, als hinge mir der Kopf nach unten.«

»Andere Gesetze«, sagte Herr Brecher.

»Wirklich?«

Mucki blickte ihn lange an, ehe sie fortfuhr:

»Gesehen hab ich nichts. Ich weiß nur, daß er mich prüfen wollte und daß ich plötzlich an der Maschine saß. Und dann begann die Komödie. Aus irgendeinem Grund, vielleicht, um mich als selbständig zu erweisen, vielleicht auch, um mich nicht länger schikanieren zu lassen, wurde ich plötzlich energisch, und ich wagte seine Ansichten zu korrigieren.«

»Aber das hätten Sie nicht tun sollen!« sagte Gudula Öften. »Niemals!«

»Er fängt also an und diktiert: Berlin, als die größte Stadt der Welt...«

»Entschuldigen Sie, sag ich. Greifen Sie mit dieser Behauptung nicht den Tatsachen vor?«

»Aber das hätten Sie nicht tun sollen!« wiederholte Gudula Öften.

»Warum nicht? Wenn es doch falsch ist!«

»Keine Zwischenbemerkungen mehr! Ruhe!« rief Coty, aufs äußerste gespannt, und Mucki dankte ihm durch einen Blick, für den Doktor Geist durchs Feuer gesprungen wäre.

»Berlin als die größte Stadt der Welt...«

»Nein. Das stimmt nicht.«

»Wie?« soll Ua-Ua kurz angebunden gefragt haben.

»Verzeihung. Sie haben mir diktiert, Berlin sei die größte Stadt der Welt.«

»Denken Sie etwa, ich kann meine eigenen Worte nicht lesen?« sagt Ua-Ua.

»Das nicht.«

»Dann reden Sie gefälligst nicht dazwischen.«

Mucki, in der ein Talent zum Vorschein kam, gab nun ohne Umschweife Rede und Widerrede dieser denkwürdigen Sitzung, und aller Ohren waren gespannt, aller Münder geöffnet. Niemals hätte die Geheimwirkung des Direktoriums besser von Ua-Ua belauscht werden können als hierbei.

»Berlin, als die größte Stadt der... Was soll das eigentlich? Was ist mit Ihnen? Sind Sie krank, oder benimmt man sich drüben in Ihrer Abteilung so ruckhaft? Zucken Sie immer so?«

»Ich bin nicht krank.«

»Wenn Sie's wären, gehörten Sie ins Bett. Kranke Leute können wir nicht gebrauchen.«

»Ua-Ua, zum Beispiel«, warf Brecher ein, jedoch sofort zur Ordnung gerufen.

»Schreiben Sie also: Berlin, als die größte Stadt der...«

»An dieser Stelle fiel mir ein Radiergummi zu Boden, und ich sagte deshalb: Verzeihung!«

»Ich habe nichts zu verzeihen. Oder ist das bei Ihnen so üblich? Erst schmeißen Sie alles hin, um hinterher sagen zu können: Verzeihung! Ist das bei Ihnen so üblich? Antworten Sie, wenn Sie gefragt werden!«

»Nein. Nicht üblich.«

»Das wär eine schöne Bescherung. Erst tret ich dir auf den Fuß, dann sag ich: Verzeihung. Erst bringt der Staat seine Leute um, und hat er's geschafft, sagt er: Verzeihung. Ich will das nicht hören. Verstanden? Ob Sie verstanden haben?«

»Ja.«

»Unerhört!« rief Doktor Geist ziemlich eigennützig dazwischen, doch Mucki, Ua-Ua darstellend, fuhr fort:

»Und wenn ich den Tatsachen vorauseilte – verstanden? –, so hätten Sie noch lange kein Recht, mich zurückzubeordern. Es werden hier noch ganz andere Dinge vorauskalkuliert. Sie wissen doch wohl, wo Sie sich befinden? Wissen Sie das? Sagen Sie: Können Sie lesen? Ob Sie lesen können, frag ich. Gott sei Dank, das können Sie also. Dann sagen Sie mal, was draußen an der Tür steht. Draußen!«

»Direktorium.«

»Gott sei Dank. Wenigstens lesen kann sie. Das kann nämlich auch nicht jeder. Da kommen sie von den Universitäten und stolpern im Korridor umher. *Vorsicht, Stufe!* Da steht's. Aber bewahre! Stolpert doch neulich ein Schöps darüber, bricht sich das Bein und macht mich haftbar. Das kann das Volk am besten: mich haftbar machen. Weil es nicht lesen kann, soll ich bezahlen. So ein Leben wünsch ich mir auch.«

»Hier hatte Ua-Ua sein Thema verloren«, sagt Mucki, ehe sie wieder in ihre Rolle zurückschlüpft.

»Also! Lesen Sie, was Sie geschrieben haben!«

»Berlin, als die größte Stadt der Welt ...«

»Weiter!«

»Weiter nichts.«

»Du lieber Gustav, du kriegst die Krätze! Das ist ja ganz kolossal. Haben Sie eine Uhr? Ob Sie eine Uhr haben, eine Uhr am Gelenk? So – sonst hätte ich Ihnen eine geschenkt, da Sie sich offenbar an fremden Uhren nicht zurechtfinden. Wie lang sitzen Sie hier?«

»Ich weiß nicht.«

»Ich denke, Sie können lesen? Ach so! Nur Speisekarten und Liebesbriefe können Sie lesen. Zahlen nicht? Was? Zahlen nicht? Bis wieweit können Sie eigentlich zählen? Langt es bis vierundzwanzig, wie? Dann zählen Sie mal die Worte – die Worte, die Sie da geschrieben haben. Sie sollen die Worte zählen, die Sie in zwölf Minuten geschrieben haben. Herrjeh, diese Worte hier! Wieviel Worte das sind, möcht ich wissen.«

»Sieben.«

»Sieben Worte in zwölf Minuten! Sie sind ein Wunder. Sieben Worte in zwölf Minuten! Das ist ja massiv. Sie gehören auf eine Weltausstellung.«

»Seufzen Sie nicht so, Öften«, sagte Brecher, die Stimme Ua-Uas nachahmend, während Mucki, tief Atem holend, sich zum Finale rüstete.

»Jetzt kann ich wohl gehen?« will sie gesagt haben.

»Gehen? Wohin denn? Wer gehen will, muß doch wissen wohin. Oder haben Sie was gelernt? Haben Sie auch die Absicht, die Treppe hinunter, zum Tempel hinaus, den Tatsachen vorauszueilen? So leicht gelingt Ihnen das nicht, Fräulein… Fräulein… Wie heißen Sie gleich?«

»Schöpps.«

»Wie? Das freilich entschuldigt vieles. Das konnt ich nicht wissen. Dann will ich's Ihnen verraten. Berlin, als die größte Stadt der Welt… – das gilt vom Flächeninhalt, nicht per Kopf. Können Sie das unterscheiden? Flächeninhalt.«

»Gewiß, aber Herr Generaldirektor irren.«

»Das hätten Sie niemals tun sollen«, klagte Gudula Öften verzweifelt. »Niemals!«

»Aber es ist doch falsch. Ich hab's ihm ja auch bewiesen, wortlos.«

»Trotzdem«, stöhnte Gudula Öften, »trotzdem.«

»Ich hole also das Lexikon her und leg's ihm hin – aufgeschlagen. Als größte Stadt der Welt an Flächeninhalt gilt zur Zeit Los Angeles, Kalifornien. Aber was tut er? Mit dem Ellbogen streift er's vom Tisch, und es fällt auf die Erde. ›Ist das Ihre ganze Kunst?‹ sagt er. ›Nachschlagen kann jeder. Lexikonweisheiten sind für mich nicht maßgebend.‹«

»Größenwahn«, rief Brecher, »unheilbarer Größenwahn!«

Damit war Muckis Bericht zu Ende. An den Gesichtern war abzulesen, daß sie gern mehr gehört hätten. Sie hätten das Tollste geglaubt, bereitwilligst, denn Berichte aus dem Direktorium waren ein Trank, der wundervoll einging. Mucki indessen lachte darüber. Sie hatte, Herrn Brechers Voraussicht bestätigend, am eigenen Leib zu spüren bekommen, wie es dort oben zuging, und es sollte wahrscheinlich das erste und letzte Mal gewesen sein, da andere Dinge, nähere, die Aufmerksamkeit auf sich zu lenken suchten. Nur Doktor Geist machte noch lange ein grüblerisches Gesicht, hinter dem fortwährend die eine Frage auftauchte:

»Wenn ich nur wüßte, was daran wahr ist?«

Eine tödliche Chance

I

Nachdem Fräulein Schöpps, einem Ausspruch Brechers zufolge, die Pubertät des Berufes glücklich überwunden hatte, war sie der Körperschaft der Abteilung Propaganda endgültig einverleibt. Es bestand nun keine Gefahr mehr, sie zu verlieren, und auch der seltsame Akt bei Ua-Ua hatte keinerlei nachteilige Folgen gezeitigt, außer daß sie für ihn speziell nicht mehr in Frage kam. Sie galt nun soviel wie jede andere, hatte ihren Platz und Rang, einige Grade unter der Frieske, die den ihrigen mit Bravour verteidigt hatte, und war eine Nummer, eine neutrale Arbeitskraft. Die erregenden Begleiterscheinungen, die, gleich einem in den Teich geworfenen Stein, Wellen erzeugt hatten, glätteten sich allmählich – allerdings nicht ganz.

Ihr gegenüber saß Doktor Geist, äußerlich ruhig, insgeheim aber weidlich bewegt. Es liefen noch immer kleine Wellenkreise durch seine Empfindungen, kleine Schauer und Rätsel, und so gern er auch zu erkennen gab, wie gleichgültig ihm diese Person sei – »absolut nicht in Frage kommend!« –, so verriet sich doch in seiner Zurückhaltung zuweilen ein gefährliches Aufleuchten. Ein Mensch der Zugeständnisse, der er war, Zugeständnisse, unter deren Deckmantel er seit je gern wilderte, schwankte er dauernd zwischen zwei Polen. Hätte er über diese Veranlagung nachgedacht, statt fortwährend von einer Reaktion in die andere zu flüchten, er hätte mancherlei über den Verrat daraus ablesen können.

Da war Coty günstiger dran. Wo immer er an der Schöpps vorbeiging, ergriff er die Gelegenheit, ihr nahe zu sein, und es gelang ihm. »Tag, Mucki!« hatte Coty am ersten Tag schon gesagt. Doktor Geist aber sagte noch heute: »Guten Tag, schöne Frau!« – eine gewollte Delikatesse, mit der er in eine keineswegs vorteilhafte Komödiantik abglitt. Außerdem wachte er über sein Lineal mit der unausgesprochenen Eifersucht eines Ehemannes, der seine Frau noch nachts unter Kontrolle hält und kein Ge-spräch mit anhören kann, ohne es auf sich selbst zu beziehen.

»Die besten Antworten«, sagte die Öften, »findet man erst am nächsten Tag, immer erst, wenn es zu spät ist. Dann fliegen sie einem zu, dann bieten sie sich an. Im Augenblick, wo sie ge-braucht würden, ist statt ihrer ein Loch.«

Das hätte Doktor Geist gern öffentlich bestätigt.

»Und in dieses Loch«, sagte die Öften, als wüßte sie alles, »fällt man auch noch hinein. Man fällt und fällt; es will nicht en-den. Deshalb sage ich auch: der praktische Mensch sollte seine Uhr täglich vierundzwanzig Stunden vorstellen.«

»Eine kluge Person. Sie hat den Mond im Wassermann«, ver-kündete Coty.

Solch eine Antwort hätte Doktor Geist zeitlebens nicht zu-stande gebracht; er war zu unfrei. Wie oft sandte er mitten aus der Arbeit nicht einen Blick zu Mucki hinüber! Wie unange-nehm dann, wenn ihre Blicke sich trafen! Es war ein Blickver-hältnis, das er mit ihr unterhielt, ungünstig insofern, als es Verle-genheit erzeugte, ein simples Stadium, eine Unergiebigkeit, die zuviel des Schweigens vorausnahm. Denn die Belebung hinter diesem Schweigen grenzte bei Doktor Geist ans Ungeheuer-liche. Mochte Mucki es gleichgültig sein, ihn, ihn bestahl seine Phantasie, indem sie die größten Freveleien verübte. Ein größe-rer Abstand als zwischen der oberflächlichen Bekanntschaft und dieser in Gedanken beanspruchten war nicht denkbar. Überdies war es eine Frage der Zeit, wie lange Mucki sich das gefallen ließe. Die ersten Blicke, die sind noch frisch, die späteren aber sind un-terlaufen, sie werden unrein. Einen Menschen durch Blicke an-öden oder anschmutzen, diese Gefahr lag nicht so weit wie ein Stuhlbein vom anderen. Doktor Geist spürte das auch, und trau-rig darüber, verfiel er sofort ins andere Extrem. Er beachtete sie nicht; er konnte ihr eine Arbeit zuschieben, so schroff, daß er selbst über seinen Ton erschrak. Hinterher nistete sich dann ein äußerst scharfes Zu-Ende-Denken gleichsam zur Entschuldi-gung ein.

Gesetzt, er hätte diese Dame sofort in Besitz genommen, so

hätte der Rückzug begonnen, sagte er sich. Erste Eindrücke hätten geschützt werden müssen, seine Zeit wäre festgenagelt worden auf jede Minute, er hätte sich für sie freuen und für sie schämen müssen, von Schererei viel, von Erträumtem wenig. Es war zu einleuchtend, um richtig zu sein. Doch welche Praxis ist nicht die Grimasse? Sobald das Leben reicht, was man begehrt, fordert es Pfänder; man wird nicht frei, sondern gebunden, und jenes Gezappel beginnt, das die Ehre hat, von Fanatikern als Glück bezeichnet zu werden, deshalb allein, weil es von misogynen Spezialisten bis zur goldenen Hochzeit durchgehalten wird oder, siehe Buchhalter Tadewaldt, bis zum goldenen Berufsjubiläum mit der Ehrenmedaille für treue Dienste. Trotzdem, einmal wöchentlich mußte Doktor Geist sich zugestehen, daß er auch dies begehrte, das Höchste, Weiber und Kaviar, und daß ihm auch das ganz Unmögliche nicht fremd war, jenes, von dem er sagte: »Ich glaub's nicht, aber es könnte, es könnte.« Dann sah er sich fungieren an Stelle von Sack; er sah, wie er Mucki als seine Privatsekretärin engagierte mit der Klausel im Vertrag, sie dürfe nur nackt vor ihm erscheinen. Wäre das nicht erstrebenswert – nur nackt?

Aber noch war Sack auf dem Damm, noch sagte Mucki, in kindlicher Koketterie ihre Papiere ordnend: »Das will nun alles in zwei Sekunden erledigt sein.« Wie eine Masche im Seidenstrumpf, Löcher reißend, liefen die Dinge, hier als kleine Handreichung, dort als Anruf. Außer Doktor Geist, so schien's, waren sie alle mit ihrer Person im Einklang.

»Ich liebe meinen Beruf«, sagte Gudula Öften.

»Ü?« macht Perdelwitz, um zu zeigen, daß sie ebenfalls da ist.

»Ich liebe ihn. Was ist dagegen zu tun?«

»Es ist in Ordnung«, bemerkte Brecher.

»Was soll dagegen zu tun sein? Ich versteh nicht«, beharrte die Öften, den Kopf schiefhaltend, als hätte sie nicht richtig gehört.

»In Ordnung ist es«, schreit Brecher plötzlich, ehe er loslacht.

Er steckt den Kopf – den Krautkopf, meint Doktor Geist – zwischen die Schultern, so daß er rot anläuft, und lacht, lacht Tränen. Dadurch, daß er sein Lachen zu unterdrücken sucht, wird es nicht besser; er erreicht damit nur, daß Gudula Öften nicht weiß, wie sie das auffassen soll. Zwischen aufgetürmten Mappen dasitzend, mit dem Ausdruck einer Hintersinnigen die Decke absuchend, versteht sie leider zweierlei nicht, erstens, warum dieser Mensch lacht, und zweitens, warum er ausnahmsweise etwas in Ordnung findet. Der Widerborst! Das war noch nicht da. Lediglich, um sich dieser Denkweise zu versichern, sagt sie daher:

»Ich liebe ihn wirklich.«

Da Gudula Öften nicht vorwärtskommt aus diesem Geständnis, sondern eher rückwärts, auf sich zu, immer wieder nur auf sich, sucht sie auf negativem Umweg ihr Ziel zu erreichen:

»Es wäre ein Unglück, liebte ich ihn nicht so, wie ich ihn liebe.«

»Allerdings«, sagt Brecher, abermals lachend.

Sie hatte einen solchen Heißhunger nach Mitteilung und nach aparten Konflikten, diese Gudula Öften, und die Grundkomponente ihrer ausgereiften Persönlichkeit war das Verstehen. Überall, wo es etwas zu verstehen gab, war sie dabei, um es zu begreifen. Herrn Brecher allerdings übers Haar streicheln, das ging nicht an, es verbot sich; ihm jedoch, wie man sagt, auf den Zahn fühlen, davor schreckte sie nicht zurück. Am liebsten hätte sie alle die Herrschaften zunächst mal tüchtig in Unordnung gebracht, in einen Sumpf, wo auch Mucki nach ihrer Niederlage gelandet war, dorthin, wo sie problematisch würden und mit Frieske in der Nase bohrten; dann wäre Gudula Öften erschienen, hätte die Geschichte jeweils beim Schopf gepackt und wieder herausgezogen aus dem Morast. Ein Mokka gefällig? Es fehlte ihr nicht an Einsicht. Ach, wo wäre sie ohne diese! Sie wäre verwahrlost, sie wäre, im Drang, auch das Verbrechen zu verstehen, womöglich selbst eine Verbrecherin. Sie dachte sich's oft genug aus.

Das größte Fragezeichen, das absolut unverständlichste, war ihr nichtsdestoweniger dieser Herr Brecher. Denn diesem schien seine Bilanz der Überlegung, eine Bilanz, deren Treffsicherheit sie neidlos zugestand, im geschäftlichen Fortkommen hinderlich zu sein. Daran krankte Gudula Öften förmlich. Sie verstand nicht, warum Herr Brecher keine erste Kraft im Betrieb war wie Sack, und obwohl sie sich des Gedankens schämte, wünschte sie manchmal, Sack möge zusammenbrechen, damit Brecher Gelegenheit fände, sich zu bewähren.

»Seien wir doch ehrlich!« sagte sie, ihren Beruf weiterhin verteidigend. »Ich liebe ihn, wie ich nicht jede Arbeit lieben würde. Seien wir doch ehrlich!«

»Das brauchen Sie mir nicht zu sagen. Ich bin's«, erklärte Brecher.

Nein, das eben, das sei er nicht. Ihr die Worte im Mund verdrehen, sei keineswegs ehrlich; und er erreicht damit nur, daß Gudula Öften schweigt, ein wenig verletzt. Sie kann nicht ewig gerecht sein, niemand kann's auf die Dauer. »Schubiak«, flüstert sie deshalb, doch nicht allzu ernst gemeint, denn sie lächelt nachträglich. Er aber bleibt kalt, indem er doziert: »Die Weiber haben sich durch ihre forcierte Selbständigkeit einen Zuhälter an den Hals geschafft, den Betrieb. Sie werden von der Tüchtigkeit genotzüchtigt. Sie werden von ihr auf die Straße gehetzt. Frühmorgens und abends sieht man sie durch die Friedrichstadt laufen: Kontorhuren!«

»Mag sein, wie es will«, sagte Gudula Öften, »mein Gefühl gibt mir recht.«

Doktor Geist indessen hat aufgeblickt und sofort mit Mucki Verbindung gesucht. In ihr eine feenhafte Diva zu sehen, zugleich aber eine, nach Brechers Worten, Kontorhure, sie auszuzeichnen, sie zu verachten, irgend etwas, nur irgend etwas mußte er endlich unternehmen. Obwohl er in Brecher kein Vorbild sah, bewunderte er auch an ihm allerlei: diese Fähigkeit zu reden, diese Art, mit schärfstem Schnitt und eisigem Abstand dennoch den Leuten auf den Leib zu rücken, brennend, diese gelebte Paradoxie. Entsetzlich, daß ihm das fehlte! Selbst in Situationen, wo Doktor Geist überzeugt war, ein ausgezeichneter Mensch zu sein, fühlte er sich veranlaßt, das Gegenteil dessen auszusprechen oder eine Abweichung davon. An diesem wundesten aller Punkte begann er eines Tages:

»Manche Auszeichnung, die uns unser Beruf schuldet«, sagt er mit deutlichem Wink zu Mucki, »erreicht uns nur deshalb nicht, weil uns der nötige Kredit fehlt, auf sie zu warten. Immer begnügt man sich, mit einem blauen Auge davongekommen zu sein. Man erwirbt sich kleine Urkunden der Anerkennung, einen zweiten Preis in Schnellschrift als Quintaner, eine Buchprämie als Primaner, aber es bleibt nichts davon – ein Zettel, den man sich rahmen läßt. Davon hab ich nun zwei.«

»Gleich zwei? Das ist aber tragisch«, sagt Mucki.

Tragisch? denkt Doktor Geist, und er sieht eine Möglichkeit, als Tragikomiker Eindruck zu schinden. Tatsächlich, es war eine Schinderei!

»Ermunterungszeichen, ehrende Erwähnungen, einen Klaps auf die Schulter...«

»Hier wird bald einer verdursten«, ruft Coty.

»Mein Bruder, der nie eine Urkunde besaß...«

»Ach, Sie haben einen Bruder?« fragt Mucki, endlich etwas geweckter.

»Dreizehn«, sagt Doktor Geist. »Ich meine natürlich drei. Aber nicht in Berlin. Eigentlich ist es nur einer, denn zwei sind gestorben. Und der eine lebt auch nicht mehr lange.«

»Ist er so krank?« fragt Mucki, immerhin einige Besorgnis im Ton, was Doktor Geist mit Lächeln quittiert, Elend auf Elend häufend.

»Er leidet an Krebs, Gehirnkrebs«, sagt Doktor Geist. Aber das war ein Fehler, denn Mucki ruft aus:

»Pfui, wie scheußlich!«

Sie war keine Gudula Öften; ihr Mitgefühl war die dünnste Saite auf ihrem Instrument, und als sie sah, daß am fingierten Bruder des Doktor Geist nichts Flottes war, ekelte sie sich. Doktor Geist mußte sich sehr ins Zeug legen, um den schlechten Eindruck zu verwischen. Er gab Erklärungen ab, er rief Brecher zum Zeugen an, daß alles nicht wahr sei, er habe gar keinen Bruder, und der, den er wirklich habe...

»Also doch?« sagt Mucki.

»Ja, dieser, den ich wirklich habe, der lebt zu Hause«, sagt Geist, sich eine Ohrfeige verabfolgend, weil ihm nachträglich herausgerutscht ist: »mehr tot als lebendig«.

»Habt ihr's gesehen?« ruft Mucki und klatscht in die Hände. »Habt ihr's gesehen? Doktor Geist hat sich soeben selber geohrfeigt.«

Leider kam das Büro nicht zum Genuß an dieser erstaunlichen Straftat, denn Sack erschien, ein personifiziertes Ereignis. Vielleicht, daß Muckis unbedachtsames Händeklatschen den Geier in Sack herbeigelockt hatte, vielleicht auch, daß wieder Aktionen gespielt wurden, kurz: er erschien. Das war, als wäre der Mensch unvergänglich, als seien die Knochen elektrisiert und der Leib weit entfernt, je zu Asche zu werden. Kaum, daß die Tür aufflog, die Tüchtigkeit durch die Räume laufen lassend mit der Pace eines Rennpferdes, auf das er sein Leben gesetzt hatte, war Sack vorhanden und raste. Man mußte tatsächlich befürchten, ihn eines Tages zusammenbrechen zu sehen.

II

Es war in der Mittagspause, in jenen zehn der Verdauung gewidmeten Minuten, die jeder Angestellte zwischen Ermüdung und Melancholie regelrecht umbringen muß, um nicht öffentlich einzuschlafen, als das Ereignis eintrat. Ein Windstoß kam, eine Art Wirbel in Gestalt Lehrling Rülands, und dies, obwohl niemand von den Damen und Herren darauf vorbereitet war. Frieske hatte sich zum Rinderbraten eine Schüssel Aprikosenkompott bestellt, Perdelwitz war dabei gewesen, von ihren dreizehn Stellungen zu erzählen, ein Angebot, unter dem auch dasjenige der Uvag sich befunden hatte – ü? Natürlich hielt sie heute die andern zwölf für die besser geeigneten! Wenn Sack auch reizend sei…

»Ich finde ihn abscheulich«, widersprach Fräulein Hückstedt.

Sie saß zur Linken Toldis, während Perdelwitz sich rechter Hand festgebissen hatte. Um ihre Ansichten auszutauschen, mußten die beiden winzigen Dinger an Toldis pompöser Junggesellenbrust, dieser Gähnhöhle, vorbeireden, was ihm, dem Sonate-pathétique-Dompteur, dem, wie Coty sagte, plattfußpedaltretenden Schlachzizen, bis in die Seele wohltat. Denn Toldi besaß eine Seele, sie war sein Motorrad. Bei traurigen Begebenheiten pflegte er sich auf den Sattel seiner Seele zurückzuziehen, während diese langsam zu kreisen begann. Sie fuhr in seiner Gähnhöhle umher, entfaltete auf ein gewisses Zeichen Geschwindigkeit und zog immer dichtere Kreise. Das waren die Depressionen. Ihnen, die rasend sein konnten, verdankte Toldi seine Schwierigkeiten mit all den Nutten. Wie oft sind sie ihm durch geheimnisvolle Zentrifugalkraft vom Arm geschleudert worden! Dann blieb ihm nichts, als sich ins Repertoire der Oper zu flüchten und mit eingefetteter Stimme zu dröhnen: lache Bajazzo! Wegen sittlicher Unreife vor anderthalb Jahrzehnten vom Abitur ausgeschlossen, lief er noch heute mit jenem Aufsatzthema herum, das ihm damals den Kragen gekostet hatte. Seine Lieblinge kannten es alle; es hieß: Vom Hurentum der Autodroschken.

Mit der Klarlegung dieses Sachverhaltes war Toldi beschäftigt gewesen, nicht weniger unvorbereitet als Frieske, ja schlimmer daran als diese, da er angestrengt nach zwei Seiten zu poussieren hatte. Hückstedt vor allem wollte mehr davon wissen. Und Toldi führte aus, wie es sei, wie die Autodroschken des Nachts vereinsamt durch die Straßen schlichen, ab und zu ein Signal gebend, um beachtet zu werden, und wie sie dann bei jeder Biegung der Totenstille neue Hoffnungen hegten, Hoffnung auf einen Mitternachtspassanten, der sie heranrufe, der sie mit seiner Braut besteige, der sie mißbrauche …

»Wen mißbrauche?« fragte die Hückstedt.

»Beide«, sagt Toldi, immer trauriger werdend.

»Und deshalb sind Sie von der Schule gejagt worden?« fragte nun ihrerseits Perdelwitz.

»Deshalb.«

Es sei ein freiwilliges Thema gewesen, aber die Herren Konsistorialfiguranten hätten seine Großartigkeit nicht begriffen. Morde seien schon in Autodroschken verübt worden und Kinder gezeugt. Dabei laufe, vorn sichtbar, unentwegt ein Tarif. Ob das nicht traurig sei, abgenutzt, zynisch und trostlos?

Daraufhin war Perdelwitz an der Reihe, die wissen wollte, warum er in so jungen Jahren auf ein so ausgepichtes Thema verfallen sei, und Toldi erklärte tiefsinnig: aus Einsamkeit. Die Einsamkeit sei es gewesen, die ihm dies Thema zugeworfen habe.

»Wie denkt ihr darüber? Wollen wir nicht alle drei auch einmal in einer Autodroschke fahren, heut nacht?« fragt Toldi unvermittelt, und da seine Lieblinge kichern, fügt er hinzu: »Nicht meinetwegen.«

»Sie Schäker«, sagt Hückstedt, und Perdelwitz sagt:

»Mein Herr, Sie gehen zu weit!«

Niemals ist dies eine Vorbereitung auf ein ernsthaftes Ereignis zu nennen! Es bestätigt höchstens, daß die Menschen nichts merken vom Ziegelstein, der ihnen auf den Kopf fällt. Während er fällt, sehen sie ihn nicht, und im Augenblick, wo er auftrifft, sind sie tot.

Im Schatten, den das Ereignis vorauswarf, über ein Beefsteak mit Rotkohl gebeugt, saßen Brecher und Doktor Geist, auch sie, ohne etwas davon zu ahnen, obwohl sie oft nahe daran waren.

»Ich kann diesen Leuten, die uns arbeiten lassen, nicht unrecht geben«, sagte Doktor Geist, den ungünstigen Eindruck auf Brechers Miene sofort verwischend, indem er hinzufügte: »nicht ganz. Unrecht schon, aber nicht ganz. Sobald man oben im Direktorium sitzt, rechnet man anders. Frieske oder Schöpps, eine Arbeitskraft so oder so, was tut's?«

»Besser eine Rechnung von ihnen vorgesetzt bekommen als eine Liebenswürdigkeit«, rief Brecher.

»Du darfst nicht denken, ich spekulierte auf ihre Teilnahme«, beteuerte Geist, obwohl voller Sehnsucht, sich endlich vor Mucki auszeichnen zu können.

»Hör auf!« sagte Brecher und kaute. »Hör auf, Judas Ischariot! Sie sind nie verluderter als dort, wo ihre Güte zum Vorschein kommt. Kennst du das nicht? Wenn Sack zur Geige greift, möchte ich nicht dabei sein. Wenn Ua-Ua weichherzig wird und seine Nieren bestreicht – nee. Diese Akrobaten! Aber zu uns herunter gibt es keine Verbindung außer dem Absturz. Verlier deinen Vorbehalt nicht, verlier deinen Vorbehalt nicht! Alles verstehen, das kann selbst Gudula Öften nicht.«

»Ich dachte von ihrer Seite aus, Brecher.«

»Du wirst noch so weit hinübergehen, bis du die Balance verlierst. Solang ein System auf Rivalität aufgebaut ist, verdirbt es den Sinn der Arbeit. Darin besteht auch die Schändlichkeit jeder Art Karriere. Es ist ein Verrat im Spiel. Sag selber: wozu muß Sack während der Mittagspause unten sitzen und schuften? Wozu diese jüdische Eile?«

»Tut er das wirklich?«

»Nur die Feuerwehrleute besitzen die richtige Gemütsverfassung bei der Arbeit. Vor jedem umgestürzten Karren halten sie erst ein Kränzchen ab. Große Beratung und lächelnde Gesichter! Gewiß, ihr Vorteil ist unverkennbar. Sie haben nicht Tatsachen zu schaffen, sondern beiseite zu schaffen. Tatsachen, an denen nichts zu gewinnen ist, aber alles zu retten. Vor einer verkohlten Sache greift man eben zur Spritze, zur Ironie.«

»Man kann Feuer mit Wasser bekämpfen, aber Wasser noch nicht mit Feuer. Das ist entschieden ein Nachteil«, sagte Doktor Geist, ohne daß Brecher ihm zuhörte.

»Die Polizei ist fataler daran, lieber Geist, sie kommt a priori zu spät. Die Polizei, meine ich. Sie hat die Ordnung aufrechtzuerhalten, aber sie greift stets dort ein, wo die Ordnung gestört ist. Ich will nicht sagen, daß sie selber die Ordnung stört, obwohl die Figur eines Polizisten niemals geheuer ist.«

»Man möchte ihn gern um Auskunft bitten.«

»Oder als Zielscheibe benutzen«, fügte Brecher ausnahmsweise hinzu.

Es waren Beefsteakgespräche, die hier geführt wurden, weit entfernt von jederlei Ereignis. Als die beiden indessen ins Büro zurückkehren wollten, bemerkten sie eine seltsame, sich durchs Treppenhaus fortpflanzende Bewegung. Rüland, keuchend und tigerhaft, kam von unten herauf, einen Schwamm in der Hand. Überall, wo er auf Angestellte traf, bildeten sich besorgniserregende Randwirbel. Die Leute stockten im Gehen, im Gespräch, um plötzlich gleichfalls sinnlos herumzulaufen. Der Ausdruck jener Gesichter, die dem Lehrling Rüland samt seiner Neuigkeit nachstarrten, hatte etwas Fleischiges. Sie staken auf Hälsen, die verlängert zu sein schienen, und diese hinwiederum in Anzügen, deren Form der Gesittung lächerlich wirkte. Das Zoologische im Menschen kam elementar zum Vorschein.

Als Rüland bei Gudula Öften angelangt war, hörten die Herren sie ausrufen: unmöglich! Dann begann sie gleichfalls zu laufen, immerzu hinkend, und Rüland neben ihr her. Brecher und Doktor Geist, mehr Zurückhaltung schauspielernd als wirklich in deren Besitz, erkundigten sich alsbald.

»Sack«, hieß es. Der Name pflanzte sich fort. »Sack? Sack!«

»Wenn ihr nicht mehr wißt«, sagte Max Brecher ruhig, aber Geist hatte plötzlich etwas begriffen.

»Der Tod war hinter ihm her. Er hat ihn gerochen«, versetzte er, eine anwachsende Erregung hinunterkämpfend.

Von der gleichen Hellsicht gequält, die ihm seit Muckis Niederlage nichts Unvertrautes war, blickte er auf die Korridortür, wo Gudula Öften wieder erscheinen mußte. Alles schwankte in ihm. War's eine Sinnestäuschung, war's der Abglanz dieses Ereignisses – als Gudula Öften aufgetaucht war, war er erschrocken. Ihm war, als hinkte sie alles in Grund und Boden, als werde etwas in ihr gehinkt, werde gehinkt. In dieser Weise hat Doktor Geist noch niemanden hinken sehen.

»Man muß den Ereignissen langsam entgegenschreiten«, sagte Max Brecher. Aber Doktor Geist blickte seinem Kollegen erstmals ohne Anerkennung ins Gesicht, er bedauerte ihn fast, ehe er, nach Luft ringend, losstotterte:

»Als meine Großmutter starb, hab ich gelacht. Alle weinten. Mein Bruder, ein ganz gerissener Praktiker, er handelt mit allem, was er erwischt, auch er hat dagestanden als Heulkathrine. Die sind zusammengeklappt, kann ich dir sagen. Was ist denn dabei, wenn jemand stirbt? 83 – einmal muß es doch sein.«

»Einmal ist keinmal«, sagte Max Brecher.

Sie waren inzwischen im Korridor angelangt, wo sich vor dem

Privatbüro ein kleiner Auflauf gebildet hatte. Einmal sei keinmal? Nein, in dieser Angelegenheit hat Geist kein Verständnis für Stoizismus, auch streiten seine Eindrücke über Gudula Öftens Hinkwerkzeug ungestört in ihm weiter. Eine Hyäne der Menschlichkeit, das erkannte er in ihr. Eine Hyäne mit Aaswitterung! Plötzlich war ihm, als sei er wahnsinnig in sie verliebt, wahnsinnig.

Endlich erschien auch Toldi mit seinen Lieblingen an der Seite. Uneingeweiht, ein trivialer Dulder, der sich seiner Unzulänglichkeit freut, kam er gemächlich die Treppen herunter. An seine Vorderfront reichten die Ereignisse nicht heran. Ja, er gähnte vor Anstrengung. Er hatte seine Last mit dieser Hückstedt, deren groß verträumte Augen unbeschadet des Silberblicks so innig zu beten vermochten. Er wußte nicht, daß es Metallsärge gibt, an denen der Metallhandel gesund hätte werden können.

In den Räumen der Abteilung Propaganda herrschte unterdessen ein ausgesprochen ungeregelter Verkehr. Man kam und ging, man tat beschäftigt, ohne zu arbeiten. Buchhalter Tadewaldt, dieser nicht nur reinliche, sondern saubergeleckte Mensch, hatte Blut an den Fingern. Man sah sofort, rote Tinte war's nicht.

»Mensch«, rief Brecher, »Sie haben ja Blut am Finger.«

»Verzeihung, es ist nicht meines«, gab Tadewaldt zitternd zur Antwort, froh, seine Papiermanschetten noch weiß zu sehen.

»Ist er tot?« fragte Doktor Geist, doch Tadewaldt flüchtete bereits zum Waschraum. Keine der Türen stand offen; sie waren allesamt in verdächtiger Weise geschlossen, und vor der Haupttür hatte man Rüland postiert, der sich nicht von der Schwelle rührte. Doktor Geist war soeben im Begriff gewesen, einen Totengräber in Rüland zu sehen, als die bewußte Tür von innen aufgestoßen wurde und Mucki erschien, die Hände vorm Gesicht.

»I gitt«, sagte sie. »Ich kann's nicht mitansehen.« Dann eilte sie davon.

Vielleicht hat sie ihm die Augen zugedrückt, denkt Doktor

Geist, der gleichfalls zur Toilette Flüchtenden sehnsüchtig nachblickend. Jetzt, in dieser anarchischen Herrlichkeit, hätte er sich aufraffen und ihr nacheilen sollen! Es war eine nie wiederkehrende Gelegenheit. Sie von hinten umfassen, sie ohne ein Wort der Erklärung zurückbeugen, sodann sie herumreißen und wehrlos küssen, sie küssen, bis Blut käme oder bis sie gemeinsam wie Gudula Öften hinkten, das hätte er tun sollen. Statt dessen stand er da, ein vom Ereignis Gelähmter.

Brecher allerdings, dieser feixende Götze, konnte den Mund nicht halten. An die Wand gelehnt, gab er Weisheiten von sich, die keines Menschen Teilnahme weckten.

»Hast du Frieske gesehen?« fragte er.

»Die ist bei Sack. Die betet.«

»Von heute ab ist der Herr für mich nicht mehr maßgebend. «

»Das hat sie gesagt. Ja, Brecher. Aber jetzt ist sie für ihn nicht mehr maßgebend. Schwupp – das Gegenteil her!«

»Die Regierungen wechseln, verehrter Herr Doktor. Der Verbrauch an Ministern grenzt an Desavouierung. Wie schlecht müssen diejenigen sein, die diese Minister gewählt haben! Sack hat genug damit geprahlt, die Abteilung mit dem größten Menschenverbrauch zu sein. Und nun ist er an der Reihe, er selber.«

»Tot«, wiederholte Doktor Geist.

Ja, die Ereignisse flogen, und der einzige Mensch, auf den man sich verlassen konnte, war Gudula Öften; sie erschien nun endlich, um Bulletins auszugeben. Sie war es gewesen, die die Türen hatte versperren und alles geheimnisvoll hatte vor sich gehen lassen. Sie hatte dafür gesorgt, daß Sack, der einen hilflosen Anblick bot, nicht in seiner Eigenliebe gekränkt werden konnte. Jetzt winkte sie schon von weitem ab, einem Arzt vergleichbar, der sagt: alles zu Ende.

»Was hat er zuletzt gesagt?« fragte Doktor Geist, aufgeregt ihr hinkendes Bein studierend.

»Was er gesagt haben soll? Ja, denken Sie denn, lieber Doktor, daß ein Mensch, der vor Überarbeitung schlappmacht, noch goldene Worte von sich gibt?«

»Ich meine: hat er geröchelt?«

Zum Erstaunen Gudula Öftens ahmte Doktor Geist ein Röcheln nach, wie er sich's in bezug auf Sack eben vorstellte.

»Er hört's ja nicht mehr«, sagte er zur Entschuldigung.

»Hört's nicht mehr? Hört's nicht mehr! Sie scheinen von Anatomie keine Ahnung zu haben, Doktor. Wieso soll ein Mensch, der Nasenbluten hat, schwerhörig sein? Können Sie mir das verraten?«

»Was soll er haben?«

»Nasenbluten. Was haben denn Sie sich für Märchen ausgedacht?«

»Ganz gewöhnliches Nasenbluten?« rief Doktor Geist.

Daß ihm nicht die Zunge heraushing, ist allen Beteiligten heute noch ein Rätsel. Grau vor lauter Enttäuschung, stand er da, bis er sich schließlich an Brecher wandte mit den unerquicklich kränkenden Worten:

»Steht da und schweigt. Schweig nicht so unverschämt!«

Es war ein peinliches Nachspiel. Anfangs hatte sich Gudula Öften einmischen wollen, um den plötzlich ausgebrochenen Zwist der beiden zu beschwichtigen, aber ihr Takt gebot ihr, lieber nichts gehört zu haben. Dasselbe schien übrigens auch Brecher zu denken. Er regte sich nicht; er war ganz still. Dann blickte er tunlichst an Geist vorbei, bis dieser die Entgleisung wiedergutzumachen suchte, indem er vor sich hinmurmelte: »Nasenbluten. Ganz gewöhnliches Nasenbluten.«

»So mußte es kommen«, sagte Gudula Öften nicht ohne Befriedigung.

III

Unter die Räder geraten geht schnell, aber es dauert oft lang, bis man die Beine wiedergefunden hat. Manchmal sind diese Beine nicht mehr vorhanden. Was dann? Besinnungslos ist man den Institutionen ausgeliefert, und das Rettungsamt übernimmt die Regie. Tag und Nacht laufen diese Wagen, in allen Vierteln sind sie zu sehen, mit ihren Scheiben aus Milchglas, mit rotem Kreuz auf weißem Grund, mit ihren zwei uniformierten Beamten, die stets eine Miene aufstecken, die niemand enträtselt. Da die innere Vorrichtung ihres Wagens erstklassig sein soll, ist anzunehmen, daß die Beamten stolz darauf sind, wohingegen die unvermeidlichen Schritte mit abgestellten Gefühlen getan werden.

Bei gewöhnlichen Erkrankungen, nicht zu reden von Nasenbluten, das recht eigentlich ein Zeichen von Gesundheit ist oder vielmehr das Zeichen der Gesundheit, womit sie andeutet, sie sei am Rande ihrer Leistungsfähigkeit angelangt, bei gewöhnlichen Erkrankungen empfiehlt es sich dennoch, auf die Erstklassigkeit des Rettungswagens zu verzichten. Man fährt am besten in einer der von Toldi so schön besungenen Autodroschken zur Klinik, und Sack tat das auch. Nicht jeder freilich will Fußball gespielt haben, bevor ihm der Blinddarm herausgeschnitten wurde. Nur Coty nimmt dieses Vorrecht für sich in Anspruch. Aber auch er gibt zu, daß hinterher, beim Wiederfinden der Beine, Beschwerden einträten. Man übergebe sich öfters, am meisten deshalb, weil die Krankenschwestern so selten aus Pikanterie bestünden.

»Ich möchte Sie doch bitten, Ihre Frivolitäten zu unterlassen«, sagte Gudula Öften.

»Aber, gnädige Frau, so ist's und so war's.«

»Für Sie bin ich immer noch Fräulein, Coty.«

Unangenehm werde das Handwerk erst, wenn in aller Öffentlichkeit gesägt werden müsse. Auch dafür hatte Coty Belege. Er wollte auf dem Bahnhof Friedrichstraße mitangesehen haben, wie ein beim Aufspringen abgeglittener und unters Trittbrett des anfahrenden Zuges geratener Familienvater mit vereinten Kräften herausgeschweißt worden sei. Mit mehrfach gebrochenen Beinen habe er wimmernd um Schonung gebeten. Ein Kreis von Neugierigen habe sich gebildet, die alle mit Herzklopfen die schauderhafte Aktion begutachtet hätten. Wäre er nicht hinaufgesprungen, wäre er nicht heruntergefallen, habe ein ganz ausnehmend Gescheiter erklärt. Aber es habe auch Einsichtige gegeben, übrigens auch völlig Teilnahmslose. So entsinne er sich eines jungen Mädchens, das von seiner hexenhaften Tante mit

den Worten fortgezerrt worden sei: »marsch, marsch, alte Ziege!
Wir haben hier nichts verloren.«

»Gräßlich«, sagt Mucki, vorzüglich auf Coty reagierend.

Da half nun nichts. Coty hatte den Fall mitangesehen, und er
zögerte nicht, ihn für wichtiger zu halten als das spärliche Nasenbluten des Herrn Sack. Grün habe das Gesicht des Verunglückten
ausgesehen, gleichsam mitternächtig fahl im Schwinden des Bewußtseins. Selbstverständlich habe der Verkehr gestockt. Das sei
ja das Hauptvergnügen an solch unvorhergesehenen Sachen! Zu
helfen sei da nicht viel. Wimmern höre man, nichts als Wimmern.
In solchen Augenblicken werde man Fatalist.

»Können Sie sich das vorstellen, Mucki?«

»Ich würde davonlaufen.«

»Auch wenn ich es wäre, der unter den Rädern wimmert?«
fragt Doktor Geist.

»Sie sollten sich schämen, Doktor!«

»Ich schäme mich auch, Gudula Öften; aber es nützt nichts.«

Dann fehle es nicht an Polizei bei solch einem ausgewachse-
nen Unfall. Die sei oft schneller da als die Sanität. Im Gegensatz
zu Brecher war Coty der Ansicht, erst sei ein Polizeibeamter
da, und dann geschehe der Unfall. Brecher behauptete, dann
sei's ein politischer, ein selbst angezettelter; Coty war nicht dieser Meinung. Der Polizeibeamte sei ein Künstler in seiner Art,
ein Schwimmer. Andauernd mache er Schwimmbewegungen in
der Luft, und sein richtiges Element seien die Zuschauer, die er
vertreibe. Die Sache selber begeistere ihn erst in zweiter Linie.
Läge unter dem Zug eine Kiste Apfelsinen, so hätte der Polizeibeamte dieselben Vorschriften zu befolgen – Schwimmvor-
schriften.

»Warum gerade Apfelsinen?« wollte Doktor Geist wissen.

»Sie können auch Ihre Birne benutzen«, sagt Coty.

»Das meine ich auch. Denn es ist unerfindlich, wieso Apfelsinen unter die Räder geraten sollten. Man denke, bei einem Per-
sonenzug!«

»Das verstehe ich nicht mehr«, erklärte endlich Gudula Öften, als wollte sie's nicht mehr verstehen. Sie wand sich dergestalt

in den Hüften, daß Mucki an den allerersten Anblick erinnert wurde. »Ich verstehe nicht.«

»Sie tun gerade so, als wäre es eine Auszeichnung, etwas nicht zu verstehen«, sagt Brecher plötzlich, der lange geschwiegen hat.

»Ich bin nicht prüde.«

»Sie verteidigen sich bereits.«

»Wieso? Wollen Sie mir erklären ... «

»Gut. Also nicht. Nehmen wir an, Sie verteidigen sich nicht.«

»Oh, bitte! Sie brauchen nichts dergleichen anzunehmen, Herr Brecher. Ich wünsche keinerlei Erleichterung von Ihnen. Ich bin gewohnt, meine Ansichten selbst zu vertreten.«

Obwohl das Ereignis längst hinter ihnen lag, schwang in den Herrschaften noch immer eine empfindliche Reizbarkeit nach. War es trotzdem nicht merkwürdig, daß zwei so gebildete Menschen sich nie zu einigen vermochten, daß ihnen die Geisteskräfte gegeben zu sein schienen, eher, um einander zu verfehlen, als der Erzielung eines humanitären Ausgleichs willen? Dabei schätzten sie sich, auch war ihnen ihr Geruch nicht unsympathisch.

»Wogegen ich mich aufs entschiedenste wehre«, begann die Öften, »ist dies, daß man in Allotria gerät, weil Sack zusammengebrochen ist. Ja, nichts anderes ist es. Er hat Schwächen, große Schwächen sogar, Schwächen, wie sie nicht jeder Mensch erträgt; aber er hat sie schließlich nicht zu unserem Vergnügen mit Nasenbluten bezahlt.«

»Zu unserem Vergnügen gewiß nicht«, meint Doktor Geist.

Es liegt ihm nicht wenig daran, Beifall zu ernten. Das schlechte Gewissen ist hinter ihm her, und seine harmlose Witzbarkeit ist durch den Zwischenfall mit Brecher hart auf die Probe gestellt worden. Als Gudula Öften wieder versucht, sich Gehör zu verschaffen, hat sie in ihm kein Hindernis zu überwinden. Daher wendet sie sich hauptsächlich an Coty.

»Wissen Sie denn, wie Sack sich gehalten hat? Sie geruhten vorhin einiges zu bemerken. Aber ich finde es gleich, ob die Nase blutet oder ob ein Bein abgefahren wird. Man muß nur versuchen, das Verlorene baldmöglichst zurückzuerobern.«

»Dann erobern Sie mal ein abgefahrenes Bein zurück!«

Natürlich ist Gudula Öften schockiert. Wer aber glaubt, daß sie deshalb klein beigeben würde, der sollte sich irren!

»Wer sich hier aufspielt, das weiß ich«, sagt sie. »Sack hat sich ganz anders gehalten als ihr, dafür stehe ich ein. Er hat mich eindringlich gebeten, keine Umstände zu machen, so daß ich ihm meine Hilfe förmlich aufdrängen mußte. Glauben Sie, er wäre freiwillig nach Hause gefahren? Die Seiferths mußten ihn zwingen.«

Zwangsurlaub, denkt Doktor Geist, indem er ihn abschätzt.

»Und deshalb verstehe ich auch nicht diese zu meinem größten Bedauern von Herrn Brecher in Schutz genommene Art – ich sage, in Schutz genommene Art, vor die ernsthaftesten Dinge eine Fratze zu hängen. Wenn Coty Spaß daran haben sollte, mit seinem Motorrad gegen die Wände zu fahren, so wäre damit nichts bewiesen außer der Tatsache, daß er schlecht gelenkt hat, und wenn er aus seiner Krankheit nichts Aufschlußreicheres mitgebracht hat als einen in Spiritus gesetzten Blinddarm, so spricht das höchstens gegen die Dürftigkeit seiner Erlebnisbereitschaft. Wer wirklich die Krankheit kennt, ich meine, wer je in der Krankheit gelebt hat, insbesondere aber, wer je das Glück der Genesung durchkostet hat, diesen aus Tulpen getrunkenen Tau, der hat ein Gefühl mitgebracht, ich möchte sagen, für jeden Millimeter. Glauben Sie mir! Man wird ein ganz anderer Mensch.«

»Glauben will ich's«, sagt Coty, »aber daß man's wird, bezweifle ich.«

So sehr sich Gudula Öften auch einsetzte, sie konnte die fast krankhaft zugespitzten Nachwirkungen dieses Ereignisses nicht beseitigen. Es hatte ein Loch gerissen, auch in die Gewohnheiten der Damen und Herren hier, auch in deren Vorstellungskraft und Denkweise, und dabei ist zu beachten, daß die Hauptentscheidung noch ausstand.

Ein Ereignis ist schnell geschehen, und mehr als ersetzt, vertreten und begraben werden, mehr kann keinem Menschen widerfahren. Dann freilich melden sich die Versionen und die Rätsel der Nachfolgerschaft. So gibt's Kriege, die dauern zehn Jahre, und Kommentare dazu, die noch hundert Jahre später nicht enden; auch der Frieden, der folgt, pflegt nicht in so verhältnismäßig kurzer Zeit bereinigt zu sein.

Das begriff man hier im Büro, als Doktor Geist endlich zu Ua-Ua gerufen wurde. Jedermann ahnte, worum es sich handeln würde, und daher stockten die Gespräche. Nur Gudula Öften zeigte die Zähne, eine schimmernde Reihe des Wohlgefallens, mit einer goldenen Zwischenbemerkung links oben. Bis auf den einen waren alle zweiunddreißig intakt, weshalb sie auch gerne betonte, einen wie gesunden Mund sie ihr eigen nenne. Sie hatte sogar die Theorie aufgestellt, Leute mit schlechten Zähnen seien auch schlechte oder zweifelhafte Charaktere. Doktor Geist, der soeben mit einem Blick auf Brecher, ihm verständnisvoll zugrinsend, das Büro verließ, war leider kein gutes Beispiel für Gudula Öftens Theorie; denn seine Zähne ließen zu wünschen übrig.

Im Sekretariat Seiferth, wohin sich Gudula Öften bald nach Doktor Geists Verschwinden auf Erkundigung begeben hatte, herrschte vorläufig noch ein undurchdringlicher Nebel. Nur die Nasenspitze der Jungfrau glänzte gerötet. Man war der Ansicht, daß Sack den Anfall in spätestens einer Woche überwunden und daß, wer ihn bis dahin ersetze, nichts zu lachen haben werde. Ua-Ua nämlich sei äußerst verärgert. Er habe so viel vorausgeplant, nur diesen Zwischenfall nicht, den er als Widerspruch ansehe, als persönlich ihm zugedachte Schlappe, als etwas, das seiner direktorialen Unbeirrbarkeit gegen den Strich gegangen sei.

»Ich hatte gehofft, Herr Brecher wäre daran«, sagte die Öften.

»Gefürchtet, meinen Sie wohl?«

»Nein, gehofft. Er hätte einen besseren Posten verdient, um sich zu bewähren.«

»Die besseren Chancen hat Doktor Geist. Es liegt seit langem ein Zettel mit seinem Namen auf Ua-Uas Schreibtisch. In diesem Fall aber wüßte ich nicht, was besser, was schlechter nennen. Es ist beides fatal.«

»Liebste Seiferth«, rief Gudula Öften. »Jetzt geht mir ein Licht auf. Um Himmels willen! Oder verstehe ich nicht recht?«

Unbeschreiblich war der Grad von Innigkeit, mit welchem über die Falten der Jungfrau die Sonne hinglitt.

»So, so kann es nicht kommen«, sagte die Öften. Sie war derart betroffen, daß sie beinahe umgekippt wäre, hätte die Seiferth nicht hilfreich zugefaßt. Dann hörte sie deren Stimme am Ohr:

»Wer Sack vertritt, unterschreibt sein Todesurteil.«

Als Fräulein Öften ins Büro zurückzukehren im Begriff war, zuinnerst verstaucht vor lauter quälender Überlegung, denn auch Frieske sah sich durch den Verlust ihres Chefs in Mitleidenschaft gezogen, sie war verwaist, sie bangte um ihre Stellung, und als ... nein, sie will es nicht glauben! Sie wehrt sich gegen das Kältegefühl, das ihr entgegenschlägt aus diesen Räumen der Nichtswürdigkeit. Jedoch, als sie im Begriff ist, die Tür zu öffnen, versagt ihr einfach die Kraft.

»Wer Sack vertritt, unterschreibt sein Todesurteil?«

Lange stand Gudula Öften da. Es war ihr, als würde drinnen Roulette gespielt, mit einer Karriere als Einsatz. Aber dann rafft sie sich auf und betritt jene Räume – um wen zu beglückwünschen? Brecher! Ja, es hat sich herausgestellt, daß Doktor Geist so frei gewesen ist, auf diese tödliche Chance zugunsten seines Kollegen zu verzichten. Er hat sich herausgeredet vor Ua-Ua. Es war eine taktisch-geschäftliche, fast politisch zu nennende Leistung. Ob aber auch ein Freundschaftsbeweis?

Aufriß einer nackten Existenz
(Monolog)

Herr Brecher? Ja doch! Ich laufe schon. Mir sind, ausschließlich zu Ihrer Bedienung, Herr Direktor, zwei Beine gewachsen, und meine Blicke liegen auf der Lauer, um Ihnen die Wünsche von den Lippen zu lesen, die ich Ihnen vorher ins Ohr geflüstert habe. Da Sie es lieben, selbständig zu denken, unter Umständen mit den Gedanken Ihrer Untergebenen, werden Sie hoffentlich auch bereit sein, diese verantwortlich zu machen für Dinge, die Ihnen mißglückten. Welch eine Position! Ehe man sich's versieht, ist man der Mensch mit so viel Gesichtern, wie Anforderungen gestellt, und so viel Hintergründen, wie Ausflüchte verlangt werden. Man vergißt sich darüber, man wird zur ferngesteuerten Marionette. Dennoch, gähnt nicht am Ende der Fragen die Frage des Monats: was nun? Denn es gibt unleidliche Fragen, solche, die noch unterhalb dessen liegen, was den Vorzug hat, ein Problem zu heißen. Sie sind kein Problem mehr, sie sind zu schwach dazu, und so bleiben sie denen, die es anginge, eine Unleidlichkeit. Wovon leben? Was nun? Man hat mich ausgezeichnet, man hat mich isoliert, und nun genieße ich die Gunst, dem Helligkeitspropheten persönlich ins Auge blicken zu dürfen, um von der Gnade geblendet zu sein. Sein Gesicht glänzt rund wie eine Million, und die Ohren führen ein Hellrot, durchsichtig fast. Ich danke Ihnen für diese Beleuchtung! Sie ist so rein. Wieso die Menschen es wagen, die Reinheit als Ideal aufzustellen, verstehe ich schon weniger. Ich dachte bisher, Reinheit sei Selbstbefleckung. Entschuldigen, Herr Direktor! Ich täusche mich wohl. Aber das kommt davon, daß man den Leuten zu lange ins Gesicht stiert, bis der Reflex ihrer Maske durchschaut und eines zu spüren ist, was mich zeitlebens verfolgt hat: der Schauer der nackten Existenz.

Warum verreist man, um die Gletscher zu bewundern, warum

jagt man die Kilometer in die Gurgel des Zurückgelegten hinunter, warum dieser Aufwand an Energie? Treten Sie näher, meine Damen und Herren, auch du, mein Kind, um das letzte mythische Überbleibsel zu sehen: einen Direktor! Ich verspreche Ihnen sämtliche Kitzel und Sensationen der Welt.

Man macht allezeit zuversichtliche Gesichter, sich hinter die Leistung versteckend, oder man hebt den Kopf und lauscht um die Ecken, ob nicht ein Geläute von Rettungswachen käme oder jener Entschluß, der uns davonträgt, wieder eine Stufe höher. Aber wo langt man an? Beim Stricheln! Herr Direktor sind mürrisch? Dann will ich's Ihnen erklären. Man strichelt und strichelt – jetzt werden Sie's wohl verstanden haben, nicht wahr? Kommt Ua-Ua daher und fragt: »Was soll das?« – so blickt man ihn buhlerisch an und fragt: »Sie wünschen?« Auf dieser Basis einigt man sich. Man teilt seine Schritte ein wie in der Tanzstunde, man zeichnet Figuren des Einverständnisses auf die eigene Visage. Ein Blindgänger ist man, der ein Gestrichel entziffert, mit der Frage im Kopf: was nun?

Mag auch jener besser daran sein, der hingeht und sein Butterbrot ißt oder seinen Vater erschießt oder heiratet, als jener, der denkt – aber was bliebe mir denn an Genuß, wenn nicht der Luxus dieser Parallelaktion? Mein Anzug ist nicht so herrlich an Schnitt wie dies. Das müssen Sie zugeben, Herr Direktor. Vielleicht, wenn die Beine ohne die Knie auskämen! Diese Knie, sehen Sie, verderben mir alles, sie haben zu sehr gezittert im Leben, es scheint, sie hatten eine Existenz zu schleppen. Wie? Sie kennen das nicht? Das ist aber schade. Dann haben Sie viel versäumt. Einen doppelten Hosenboden braucht man, das ist das dringendste, Herr, damit Gelegenheit bleibt, auf dem einen zu sitzen und mit dem anderen spazierenzugehen zwecks Regulierung der Arbeitskraft.

Ich bin hier kein Mensch, der lebt, der sein Leben bis ins Feinste verästelt, ich bin ein Mensch mit dem Leben als Attraktion. Begreifen Sie das? Ich bin eine Existenz. Der Boden, auf dem ich stehe, ist diskutabel, die Welt, die mir bleibt, besteht aus fixen Ideen, Illusionen und Projekten. Ja, oft beschleicht mich das unbarmherzige Gefühl, hier auf der grauen Linie des Pflasters, als lebten wir nur, soweit unser Schatten reicht. Es wird uns heimgeleuchtet, verstehen Sie? Denn wir haben den Fehler begangen, an einem Punkt unseres Lebens durch eine ungeahnte Entdeckung auf zwei Minuten mehr Mut entwickelt zu haben, als wir auf die Dauer vertragen. Wie oft rief ich aus: ich werde nicht einmal gut genug sein der Selbstherrlichkeit dieser Welt, um als Hackepeter verkauft zu werden, fünfundzwanzig Pfennig das Viertel!

Alles hinter sich bringen, jawohl, Herr Direktor, und in kürzester Zeit. Wird gemacht, Herr Direktor. Dann vor jeder leergefegten Tischplatte untröstlich ausrufen: was nun? Dastehen schließlich, um in einem unbewachten Augenblick dem Schatten davonzulaufen. Ganz recht, Herr Direktor. Wir werden das schon zur Zufriedenheit erledigen.

Mein Magen ist meine Jauche, aber in meinem Gehirn, dort tanzen die höchsten Kreise der Gesellschaft. Was sagen Sie dazu, daß mir eines Tages einer dieser gespiegelten Herren zurief, ich sei der Protegé meines Intellekts? Nicht jedem passiert das, und ich kann Ihnen versichern, wie sehr ein Kompliment dieser Art mich entzückt hat. Ich flüstere es vor mich hin: Protegé deines Intellekts. Ich richte mich daran auf, sobald ich niedergeschlagen bin. Während in meinem Magen die Löffelerbsen mit Speck ihr Letztes hergeben, bis sie verdaut sind, herrscht in meinen oberen Räumen eitel Geselligkeit und Scharfsinn. Wenn Sie eine Empfehlung hätten, Herr Direktor, könnte ich es vielleicht drehen, Sie einzuladen, aber solang Sie in dieser Sphäre über die Achsel angeblickt werden, halte ich's nicht für empfehlenswert. Es wäre zu peinlich. Sie müssen bedenken, ich bin allein. Inkognito bewege ich mich über die Linden, und niemand zuckt deshalb mit der Wimper. Ich fürchte, man wäre bereit oder so lässig, mir einen Groschen zu schenken, wenn ich mich hinstellte, mitsamt meiner erlauchten Gesellschaft, und bettelte.

Aber Millionen sind es. Millionen sind allein. Millionen tanzen auf dem Parkett ihres Bewußtseins. In den Bahnen sieht man sie sitzen, die Zeitung als unaufhörliches Panorama vor Augen, ein Panorama, aus dem die Figuren herüberwechseln in die eigene Misere. Ah, wie lassen sich doch die Dinge zurechtrücken, indem man von ihnen liest! Willig, das Zeugnis stelle ich ihnen aus, den Ereignissen, willig sind sie, und täglich stellen sie sich ein, denn Millionen warten darauf, sie auszulöffeln. Ein Erdbeben verspeisen, den Mord einer Kontoristin – sela. Das schlürft sich hinunter, ebenbürtig der eigenen Vorstellungskraft, ebenbürtiger jedenfalls als jener Kotau, mit dem man seine Stiefel abläuft. Nie ist das Leben entfernter, nie geht es besser auf. Diese Sauberkeit, Herr Direktor, vor allem die Sauberkeit imponiert mir. Stellen Sie sich das vor: über die Löffelerbsen mit Speck läuft das Blut einer ermordeten Scheuerfrau. Ist das nicht fürchterlich in seiner Gewissenlosigkeit? Nein. Es ist die Sauberkeit selbst. Es ist unterhaltsam. Niemand sieht sich verstohlen im Kreise um; niemand, aus Furcht, perverser Gelüste bezichtigt zu werden, hält seinen Verbrauch an Leichen, Blut, Staatspolitik und Strangulationsmerkmalen geheim. Es muß ein Irrtum sein, daß sich der Leser hinter der Zeitung versteckt. Bitte! Der Leser ist rein, er braucht sich nicht zu verstecken.

Werden Sie's glauben, Herr Direktor? Hier begegnete mir, geblendet durch einen Spalt, ich sage, hier begegnete mir Ihre werte Erscheinung. Ich sah die Ereignisse zu Herden getrieben, ich sah, wie Sie sich mühten, endlich ein Ereignis zu schaffen, nachdem Sie das Bedürfnis geweckt hatten. Bedürfnisse wecken, ist damit nicht alles getan? Den Leuten Bedürfnisse einreden, die sie nicht haben, das ist Propaganda. Sie halten nicht viel von Ihrem Geschwätz, wie? Sie meinen, das sei ein Geschäftsgeheimnis? Beruhigen Sie sich! Unsere kindischen Sprüche wird niemand für schädlich halten, sie sind so harmlos wie das Lächeln, das sie erregen. Gäbe es nicht … Sie meinen, ich täte besser, nicht weiterzudenken? Gäbe es nicht, das meine nun ich, eine tödliche Harmlosigkeit, die abstumpfend wirkt und die zumindest eines zurückläßt, die Fragwürdigkeit, ich sagte nichts weiter. Aber es bedrückt mich schon lange, daß die beste Propaganda gemacht werden kann sowohl für eine Sache, die gut ist, als auch für eine, die schlecht ist. Der Propaganda schadet das nicht, da sie außerhalb jeder Moralität steht. Ja, was soll man da tun? Mich erinnert das immer ans Militär. Früher, da hieß es: für Gott, König und Vaterland! Aber die Zeit liegt einige Bahnstationen zurück, und die ganze Dreieinigkeit ist durch den Verlauf der Geschichte diskreditiert – der Geschichte, nicht durch mich, Herr Direktor. Heute dient alles, was Militär heißt, mit der Waffe in der Hand, mit dem Knüppel an der Hüfte, es dient... ja, wüßte ich, wem. Denn das Erschießen von Menschen kann unter jeder Art Fahne vor sich gehen. Darin, sage ich nun, aber Sie müssen's nicht glauben, höchstens bezahlen, gleicht ein Militär einem Propagandisten. Herr, wer hätte das gedacht! Bestünde das Militär nur aus Militärmusik, es wäre ein lebendiges Fresko, eine Parade, ein Gegenstück zu den Revuen der Tänzerinnen. Aber schon dies ist eitel Propaganda. Deshalb sage ich auch: wir sind eine militärische Abteilung, selbst wenn wir Käse anbieten.

Verzeihung, was habe ich getan? Mir scheint, ich habe Ihr Mißfallen erregt? Alle meine uniformen Beine stehen Ihnen selbstverständlich zur Verfügung, Herr Direktor, sie stehen in Reih und Glied, und daß mir manchmal die Gedanken durchgehen, es ist eine Krankheit, die Fallsucht oder was Ähnliches. Gedulden Sie sich doch, bitte, noch eine Sekunde! Denn sehen Sie, gerade die Geschichte liefert die besten Beispiele von der Unsittlichkeit der Propaganda. Wird nicht ewig für Dinge geworben, die längst überholt sind? Sie meinen, es gibt hier nichts zu überholen? Aber dann widersprechen Sie sich. Sind nicht Sie es gewesen, der sagte: »Bringen Sie endlich die Sache hinter sich!?« Propaganda fürs Christentum, Propaganda fürs Parlament, Propaganda für jenen strahlenden Panzer, hinter dem – Herr Kleist erzählte es mir von König Guiskard – die Pest haust! Es ist ein Witz, Herr Direktor. Kennen Sie den? Der Witz besteht darin, die Leute zum Glauben an eine bestimmte Sache zu verführen. Der normale Verführer lockte bisher vom Glauben weg; wir aber sind getarnte Verführer, wir führen zu einem Glauben hin. Wenn das kein Witz ist!

II

Herr Brecher? Ja doch! Ich laufe schon. Es fehlt mir nicht an günstigen Augenblicken, doch sie schleichen vorüber, da ihre Höflichkeit ihnen verbietet, sich bemerkbar zu machen. Also einigen wir uns dahin, Opfer zu bringen für die Allgemeinheit. Einverstanden, Herr Direktor? Es soll uns vorläufig nicht verdrießen, daß es nirgends ungerechter zugeht als dort, wo etwas der Allgemeinheit zugute kommen soll, und ich will nichts behauptet haben, wenn ich sage: die Allgemeinheit ist der soziale Vorwand für die Geschäfte gewisser Privatpersonen. Nein, wir brauchen darüber nicht erst zu reden. Das praktische Leben wird hoffentlich stark genug sein ... Sie sollten mich nicht so von unten herauf anleuchten, Herr Direktor, ich könnte sonst dem Irrtum unterliegen, auf Sie herabzuschauen, herab auf den Höchsten und Reichsten. Das praktische Leben, die Tat ... Habe ich's doch befürchtet! Jetzt bin aber wirklich nicht ich daran schuld! Wenn Sie weiter so blicken, machen Sie mich noch glauben, schwach sei die Tat, nur das Geträumte sei stark. Wo sind sie hin, die Taten der Menschen? Nur ihre Träume sind noch immer lebendig.

Ua-Ua, ein starker Mann, und ist leidend! Man sollte das mehr berücksichtigen. Vielleicht hat es ihn gekränkt, so viele Menschen um Stellung nachfragen zu sehen, vielleicht regt es ihn auf, ausgeschaltet zu sein, während er schläft. Es arbeitet etwas in ihm, das nicht funktioniert, zum Beispiel die Niere; es ist da eine Zermürbung am Werk. Arbeiten müssen, um leben zu können, arbeiten, um zu verdienen, das ist anscheinend noch nicht genug. Verdienen, um nicht arbeiten zu müssen – wie steht's denn damit? Aber auch das will nicht gelingen, denn die Zeit arbeitet in ihm.

Man geht aufrecht, man setzt sein Ich in Bewegung, will dies und das zum Besten aller, aber schon hat man Tang an den Füßen, die Schlinggewächse des Alltags, und das Ergebnis heißt: jeder Schritt eine Korrektur. Plötzlich hört man die Uhren schlagen, die Macht, die hinter uns lauert. Ein starker Mann und ist leidend, ist nicht in der Lage, einer Kontoristin zu helfen! Gestern hörte ich's an, wie er sagte: »Packen Sie Ihren Koffer und kehren Sie um. Berlin, Berlin! Sogar die Straßenmädchen klagen über mangelnden Verdienst. Ich kann Ihnen verraten, Mädel, es gibt nicht soviel Räder wie Leute, die darunter geraten.« Nun, war das nicht väterlich gesinnt? Überschreitet ein so guter Rat nicht freiwillig seine Kompetenz? Sie sollen mit mir zufrieden sein, Herr Direktor, und ich bin auch bereit, Ihnen meine Fallsucht anzukündigen – aber sollte hier nicht ein Mißverständnis vorliegen, ein kleines eitles Versehen? Ich hatte nicht den Eindruck, als ob die Kontoristin extra aus der Provinz gekommen wäre, um einen Rat anzuhören, mir war in der Tat, als wünschte sie eine Stellung. Warum beging sie auch die Unvorsichtigkeit, eine Kontoristin zu sein? Das ist nicht erfindlich. Wäre es da nicht vorteilhafter gewesen, als Tochter eines Bankiers Tennis zu spielen? Man könnte sich darüber ärgern. Immer sind es Leute, die sich fürs Unbemittelte entschieden haben, Leute, die arbeiten wollen, ohne zu ahnen, wie unklug das ist.

Sie werden es kaum begreifen, daß auch ich eines Tages mich aufgemacht habe, den Weg in die Städte zu gehen wie andere aufs Meer. Was wollte ich denn? Das eben wußte ich nicht. Lächerlich, nicht wahr, und unvorsichtig. Ich lese an Ihrer ochsenartigen Stirn, wie schwer es Ihnen fällt, einen solchen Entschluß zu begreifen. Sie würden Ihrem Sohn das niemals erlaubt haben, es sei denn, sie hätten ein Auge über ihn gehalten. Aber auch ein Auge wird trüb und verschleiert sich gern. War's nicht ein Mädel, das hinging und in Morphium versank? War's nicht die eigene Tochter?

Sie brauchen nicht in die Tasche zu greifen, ich bin kein Erpresser, und ich verstehe zu schweigen, wo's angebracht ist. Aber was glauben Sie wohl, was diese Städte mir hätten bieten können? Wer nichts hat, gibt sich mit nichts zufrieden. Das glauben Sie mir! Was also hätten diese Städte mir zu bieten vermocht außer ihrer obligaten Sehenswürdigkeit? Sie waren schön, nur meine Gestalt störte das Weichbild; sie waren beachtlich, aber zu eindeutig für meine Nichtswürdigkeit. Köln hatte den Dom und eine Uvagfiliale, Frankfurt war eine repräsentable Stadt, eine edle, bewährte Mischung von Kurort und Trödelbude, die melodische Linie des Taunus mit einer Uvagfiliale verbindend, Hamburg hatte einen Hafen nebst Uvagfiliale und Breslau eine Grenze, selbstverständlich nicht ohne Uvagfiliale. Es waren Städte, deutsche Städte von Grund auf, man konnte sie besuchen und sich ihrer erinnern. Aber leben? Geben Sie acht, Ua-Ua! Es geht jetzt ums Leben. Oder was geben Sie dafür, wenn ich Ihnen darlege, wie München mich ruiniert hat? Nein, nein, ich habe zu leben versucht. Ich habe nichts verspielt. Sie können die denkbar besten Absichten voraussetzen, Herr Direktor. Seien Sie nett, und verstehen Sie's doch! München, diese Stadt, in der die Schönheit im Laufe eines Jahrzehnts an der Bleichsucht eingegangen ist – ein Prosit auf die Elefantiasis –, München hat mich ohnmächtig gemacht. Eine ohnmächtig wütende Gemütlichkeit befiel mich. Haben Sie's jetzt verstanden?

Das Weitere wissen Sie selbst. Ich kam schließlich zu Ihnen, und angesichts Ihres Uvaggebäudes wußte ich sofort, es kam wie einer Ihrer berühmten Sprüche angeschossen, ich wußte, womit ich's zu tun haben würde. Kaum Zeit, mich dagegen zu wehren, hörte ich schon eine Stimme sagen: jeder geht auf seine Art am Leben pleite, diese hier, indem sie Erfolg haben.

Wie bekommt Ihnen das? Ich meine: sind Sie damit einverstanden? Falls es Ihnen bekömmlicher sein sollte, es wiederholt zu hören, wiederhole ich's auch. Da haben Sie nun einen Park jener Existenzen hier, denen durch die Geburt die geöffnete Welt in den Schoß gelegt ist, sie zu bereisen, zu genießen oder zu vergeuden, und da haben Sie jene, denen durch die Enge ihrer Geburt das einzige Stück Brot verweigert wird. Endlich einmal eine Situation, in der Sie hätten Ihre Tatkraft beweisen können, Ihr Organisationstalent der Vermittlung! Aber was tut man statt dessen? Man hält auf Moral und pfeift auf sie; man pfeift sie nur noch, könnte man sagen. Und jene Abgeordnete – ein katholisches Weib mußte es sein – wurde im Reichstag nicht ausgelacht, als sie aus ihrer Klemme heraus rief: »Sollen sich lieber die Menschen ändern, dann brauchen die Gesetze nicht geändert zu werden!« Herr Direktor, wollen wir darauf nicht Brüderschaft trinken und uns zum Zeichen dessen die Adern aufritzen? Ich hoffe, Sie sind nicht geschlechtskrank.

Ja, Sätze gibt es, die ein ganzes Jahrhundert beleuchten, Sätze, so universal, so elementar wie das Verbrechen. Keine Angst, Herr Direktor – bis zu Ihnen kommt das Verbrechen nicht; wenngleich ich Ihnen nicht zu vergessen anheimstellen möchte, daß das Verbrechen in dieser Stadt, eine Stadt, die beinahe Ihr Werk ist, viel Gewinnendes für sich hat. Es reißt die Isolationsschicht durch. Kennen Sie das? Es taucht die Menschen wieder in den gemeinsamen Mutterleib. Ich bin's nicht, der den Arm hebt, Herr Direktor, doch da es Ihnen oft an Intellekt fehlt, helfe ich mit einem Zucken des Unterarms nach. Ich meine, hier treffen sich alle, der Sohn des Großindustriellen, der Wechsel fälscht, und der Zuhälter, der seine Hure erwürgt, die Hoteliersgattin, die ihre Rivalin erschießt, unter mildernden Umständen allerdings, und die Waschfrau, die ihren hoffnungslos schwachsinnigen Sohn, das Lustprodukt eines Säufers, mit dem Beil erschlägt. Ja, hier treffen sich alle. Das Verbrechen kennt keine Privilegien und keinen Unterschied, es ist rein menschlich. Nur die Justiz, die kennt wieder Nuancen. Jedoch, ist das nicht gleichfalls rein menschlich?

Hier war ich nun angelangt, hier in der Metropole, ein junger Mensch, der nichts besitzt und nichts genießt, als was er sich weiszumachen versteht. Ich ging in den Reichstag und hörte dort reden, und da das Thema nicht wichtig schien, liefen die Abgeordneten umher mit dem gelangweilten Eifer von Weltreisenden auf irgendeinem sibirischen Bahnhof. Sie schienen ein Schlafpulver eingenommen zu haben, so taumelten sie. Plötzlich waren sie alle im Restaurant, nur der Redner redete noch. Ich wußte gar nicht, wie mir geschah; die Stimme des Mannes da vorn rieselte unaufhörlich. Das ist der Reichstag? fragte ich mich. Das ist doch nicht möglich! Aber es war nicht länger daran zu zweifeln. Hätte ich diesen Redner in einer Klinik angetroffen, ich hätte erklärt: der Mann leidet an Weißfluß. Sie meinen, ich hätte Pech gehabt? Ja, ich hatte Pech an den Fingern. Zur Galavorstellung freilich ist's anders, da trägt man Glacé.

Es ist so schwer, erste Eindrücke zu revidieren, Herr Direktor; auch sieht man das erstemal mit der Unbestechlichkeit der Unschuld, man sieht nicht das Fach, sondern das Phänomen. Daran kranke ich seitdem. Wie lange ist das her? Ich hatte, hungrig davon, ein kräftiges Rumpsteak essen wollen, überdrüssig der ewigen Löffelerbsen, und war deshalb in ein Restaurant verschwunden, als mir aufging, was ich Ihnen als Propaganda empfehlen möchte. Ein Rumpsteak – woran erinnert Sie das? An London? An eine Fahrt auf der Themse? Oder erinnert es Sie an Nizza, an den Karneval dort? Es würde mich interessieren, das zu erfahren, nicht um des Wissens oder Unterschiedes willen, nein, aus Propaganda. Denn was glauben Sie wohl, woran ein Rumpsteak mich stets erinnert? Raten Sie mal! Sie können das nicht? Sie Ärmster, Sie sind zu bedauern. Er weiß nicht, woran mich ein Rumpsteak erinnert. Vielleicht müssen Sie sich mehr an den Bratengeruch halten als an die Buchstaben des ominösen Wortes? Auch dann wissen Sie's nicht? Hören Sie, das ist aber...! Dann wird es in der Tat höchste Zeit, daß ich's Ihnen erzähle. Ein Rumpsteak, Herr, erinnert mich unabweislich an meine Hose, das heißt an die Hosentasche. Ganz recht. So einfach sind manche Wege, von denen wir denken, sie seien nur über den Sirius erreichbar. An meine Hosentasche erinnert es mich, hauptsächlich aber an das darin deponierte Geld. Dieses Geld, und darauf müssen Sie achten, Herr Direktor, erwies sich damals leider als zu schwach zur Erlangung eines Rumpsteaks. Ist Ihnen das verständlich? Während mir das Wasser im Munde zusammenlief, nahm der Wert dieses Rumpsteaks propagandistische Ausmaße an, und darum schlage ich Ihnen heute vor, keine Ratschläge mehr zu erteilen. Herr Direktor, braten Sie Rumpsteaks!

III

Herr Brecher? Ja doch! Ich laufe schon. Ein Blick auf die Tätigkeit meines Vorgängers genügt, um mir endgültig klarzumachen, daß ich nicht der Mann bin, ihn zu ersetzen. Muß man nicht krank sein, um so arbeiten zu können, um derart in Rage zu leben vor der Möglichkeit, nie fertig zu werden? Es ist eine Entwürdigung der Krankheit, dachte ich, und die Krankheit erklärte, es sei eine Entwürdigung der Arbeit. Nun, das mögen die beiden unter sich allein ausmachen. Da dieser Schuftebold nie fertig werden kann, folglich nie fertig wird, da er, dieser Leistungshysteriker, sein ganzes Leben nie fertig werden kann, ist er's tatsächlich, ist er fertig. »Ich kann nicht mehr, ich bin fertig«, sagt er. Ist das nicht der Beginn aller Einsicht? Ich kann nicht mehr, ich bin fertig. Sich auf den Diwan werfen und stöhnen, aber genau darauf bedacht sein, es nicht merken zu lassen, aus Furcht, umgehend ersetzt zu werden, das verlangt diese Rolle. Kommt die Sekretärin mit einer Tasse Kaffee oder mit einem nassen Tuch, wird die ersehnte Hilfeleistung nachdrücklich abgelehnt. Diese Art Leistung ist nicht geheuer. Sie ist verpönt. Fade lächelnd nimmt man sie hin, mit den Fingern nervös an der Untertasse klimpernd. Auch das noch, auch das noch! Auch diese Wohltat mußte er sich gefallen lassen, der Arme!

Zu Hause wartet die Frau, Frau Sack, und es wäre lieblos von mir, sie Ihnen nicht vorzustellen, Herr Direktor, vorzustellen durch ihren Mund. »Mein Mann?« pflegt sie spöttisch zu fragen. »Ich verdiene, und mein Mann arbeitet; er hat nichts Besseres gelernt, der Dussel.« So bedauert sie ihn, und ihr Bedauern ist so perfekt, wie die Uvag es in geschäftlichen Dingen verlangt. Wir bedauern, Ihnen nicht dienen zu können. Mein Mann arbeitet, und ich verdiene. Finden Sie das nicht köstlich? Unterdessen erklärt der Mann, nachdem er die Geige beiseite gelegt hat: An der Asche, meine Herrn, und in den Rauchgasen der Steinkohle steckt noch immer das Zweimilliardenfache derjenigen Energie, die bei der Verbrennung der Kohle als Wärme erhalten worden ist. Daraus können Sie schließen, was alles noch im Menschen stecken muß, das befreit sein will. Wir müssen Energien frei machen, das ist unsere Hauptaufgabe, Energien! Masse ist Energieverknotung.« Wüßte ich aber, woher er seine Weisheiten und Abwehrmittel bezieht, denn es ist ihm nie um die Sache zu tun, die Asche und die Rauchgase können ihm gestohlen bleiben, es geht ihm nur um die Spiegelfechterei für seine Position – ich legte ihm seine Quelle rotunterstrichen vor die Nase. Mein Herr, Sie haben sich unerlaubterweise mit Kenntnissen bereichert!

Was würde er wohl geantwortet haben? Was glauben Sie, Herr Direktor? Sie zucken die Achseln? Es fällt Ihnen wieder nichts ein? Sie verstehen nichts von der Verwertung, hätte er sicherlich geantwortet. Die Dinge sind nichts, man muß sie erschließen. Die Menschen sind auch nichts. Dieses Herumsitzen auf Dampfern, in Badeorten, dieses Anstieren der Weltbegebenheit! Man muß sie erschließen. Arbeiten, sagt er, das löscht aus. Die Ladung wird gelöscht, bis alles verkohlt ist. Entweder tot sein oder lebendig, aber zum Sterben ist keine Zeit. Wer wird denn so rückständig sein, ins Nasenbluten zu flüchten statt in die Asche, wo sich der Mensch verzweimilliardenfacht?

Da hab ich das Ding, diese Frau, sagte er einmal, und wie er es sagte, wußte ein jeder, daß er sie hatte. Er leitete das von Haben her. Reisen durch die Welt und machen uns unruhig! Sobald sie nicht um Geld telegrafiert, stimmt etwas nicht. Fängt sie aber erst an, von Liebe zu schreiben oder vom Leben, nach dem sie sich sehnt, einem Leben, das sie, vielleicht infolge ihrer Kurzsichtigkeit, noch immer nicht gefunden hat, an der Ostsee nicht und nicht in Paris, so weiß ich, ein Konkurrent ist im Spiel. Leute, die nach dem Leben verlangen, sind kriminell veranlagt. Tatsache, Herr. Ich könnte es Ihnen be ... Danke, danke! Sie beweisen mir sonst das Gegenteil; es ist das so üblich.

Ich unterhalte mich leider zuviel mit meinem Vorgänger. Ich merke das endlich. Meine Tätigkeit leidet darunter, die Firma desgleichen. Da reden wir uns um den Verstand, um hinterher behaupten zu können, es sei keiner nötig. Ehrgeiz, den muß man haben. Mir ist es der Intellekt, ihm ist es der Ehrgeiz. Und Ihnen, Herr Direktor? Verzeihung, Sie haben wieder nicht nachgedacht.

Ich muß Sie der Antwort auf meine Frage entheben. Aber wie denken Sie darüber, daß die Ehrgeizigen an dem Vorbild kranken, das sie für ihre Person errichtet haben? Jederzeit niedrig genug, mit Gewalt sich hinzudirigieren, wohin sie sich wünschen, ist ihr Weg besät mit Melancholie, Fetzen der Selbstanklage und hingeopferten Stunden, um nicht zu sagen Silben... Keine Eigenschaft sonst legt einen solchen Schnitt mitten durch einen Menschen. Hat er nicht stets zwei Meinungen, der Ehrgeizgeplagte, eine sehr hohe und eine verächtliche, beide in bezug auf die eigene Person? Die eine gilt seiner imaginären, die andere seiner realen. Er lebt von der Konstellation seiner Ziele und Begierden, gleichgültig, in welcher sozialen Position. Beides tut er zugleich, sich vergöttern und sich entwerten. Vielleicht wäre es seine größte Leistung, brächte er fertig, vergnügt zu sein.

Aber Sie haben recht. Was rede ich da? Was soll die Uvag damit beginnen? Sie wollen Leistungen sehen, diese fürchterlich Ungläubigen. Sie lechzen nach Unterwerfung unter die Gewalt ihres Staunens. Aber Sie wissen es nicht. Sie predigen Menschlichkeit zwischendurch und vergessen darüber, wo die Verachtung im Tüchtigen beginnt. Sie werden sich hüten, es je wissen zu lassen.

Mein herzliches Beileid, Herr Direktor, zu diesem Vertreter, dem nichts daran liegt, seinen Vorgänger auszustechen, und der in sträflicher Weise seine Chance mißbraucht. Könnte man ihn nicht belangen? Wenn nicht, so würde es höchste Zeit, den Mißbrauch einer Chance für gerichtlich belangbar, für Fahrlässigkeit meinetwegen, zu erklären. Dann würden die Leute sich besser auf die Hosen setzen, dann kämen sie vorwärts. Herr Direktor, ich weiß, was ich Ihnen verdanke, zumindest die Einsicht in eine Position, die mir Gelegenheit gab, mich gründlich zu blamieren; aber noch weiß ich, noch wag ich zu wissen, was ich mir schuldig bin. Dieses schülerhafte Erfolgsgeplapper! Soll ich damit wieder von vorn beginnen?

Wir waren drei Klassen, Herr Direktor, drei Klassen desselben Jahrgangs, und im folgenden Jahr sollten die Klassen wieder zusammengelegt werden. Aus drei mach zwei, hieß die Rechenaufgabe. Das hatte zur Folge, daß die drei besten Schüler in äußerst hitzige Nähe gerieten und einer von ihnen gestürzt werden mußte. Jedermann ahnte, was sich hier zu entspinnen drohte, und nur die Lehrer kargten nicht mit Aufmunterung und heimlicher pädagogischer Wollust. Ich spüre das von Entsetzen verkündigte Schweigen zeitlebens, das über die Klasse hereinbrach. Bei welthistorischen Boxkämpfen sterben die Zuschauer an Herzschlag, um so mehr wundert es mich, daß hier alles wohlauf blieb. Etwas aber war dennoch gerissen. Aus drei mach zwei? Nimmermehr, Herr Direktor! Mir kam ein Geschmack auf die Zunge, ekelerregend; es war nicht etwa der Vorgeschmack einer Niederlage, es war das Anzeichen einer Überwindung. Von diesem Augenblick an wurde ich schlechter, und keiner der Lehrer begriff das. Gerade auf mich hatten sie Hoffnungen gesetzt, mich, dem es so leichtfiel. Sind Sie der Ansicht, ich hätte mich falsch entschieden, Herr Direktor? Sind Sie deshalb so wenig zufrieden mit mir? Es hat keinen Sinn, mit einer überwundenen Sache alljährlich wieder von vorn zu beginnen. Nicht wahr? Es hat keinen Sinn, dies schülerhafte Erfolgsgeplapper hinüber in die Praxis zu retten.

Leider bin ich nicht in der Lage, auf Ihr Geschätztes vom soundsovielten Vorschläge zu unterbreiten, da die mir zur Verfügung stehenden, worunter die meisten noch in Fabrikation begriffen sind, sich sämtlich auf gleicher Plattform bewegen. Sollten Sie wider Erwarten auf Ihrem Vorrecht bestehen, so sehe ich mich zu meinem Bedauern gezwungen, Sie auf den Weg der Klage zu verweisen. Man bezieht seine Produkte schließlich nicht alle von jener Quelle, die dem unintelligenten Leser als Information dient. Diese Gesinnung dort hat man nicht, diese bezieht man. Man ist der Abonnent seiner Meinung. Um aber schleunigst auf meinen Fall zurückzukommen, so erlaube ich mir, Sie darauf aufmerksam zu machen... Bitte? Ich höre Ihre Stimme, Herr Direktor, die Stimme der Unzufriedenheit mit einer nackten Existenz. Vorwärts! Das mag schon sein. Nur erlaube ich mir, da meine Tage gezählt sind, um die Vergünstigung zu bitten, dabei rückwärts sitzen zu dürfen, damit ich etwas mehr zu erblicken vermag als ein Ziel, das herangezogen wird, um bald entwertet zu sein. Sie sagten mir zwar, ich sollte mir Ziele setzen; leider muß ich das ablehnen, Herr. So faul bin ich noch nicht. Wie? Haben Sie falsch gehört? Ich sagte: so faul bin ich noch nicht. Nein, ich verkehre nicht gern mit Zielen. Denn das faulste in dieser betriebsamen Zeit ist ein Ziel; es will erreicht sein.

Hören wir auf, Herr Direktor, und streichen wir uns die Niere! Werfen wir über Bord, was quält und gaukelnd vor der Nase herumirrt. Ich habe dieses Experiment mit einem Marienkäfer gemacht. Er lief und lief, und hielt ich ihm einen Grashalm hin, so lief er am Grashalm, hielt ich ihm einen Bleistift hin, so lief er am Bleistift. Zuletzt erlöste ich ihn und warf ihn zum Fenster hinaus, wo er gut aufgehoben war. Auch eine Antwort! Sie werden sagen, es war eine schlechte. Möglicherweise wissen Sie eine, die besser ist. Ich greife Ihnen nicht vor, o nein. Wenn Sie glauben, es sei besser, zu laufen, so laufe ich eben noch ein paar Tage. Ja doch! Ich laufe schon. Es ist die Praxis.

Intensive Arbeitsweise

I

Wer an diesem Tag, dem Tag von Sacks Wiederherstellung und Rückkehr, einen Blick ins Büro geworfen hätte, sei's zur Einsichtnahme, sei's auf Grund eines Uvag-Artikels, worin das Prinzip der »intensiven Arbeitsweise« verherrlicht worden war, der hätte ein Wunder erleben können – an Tüchtigkeit. Keine der Türen bewegte sich ruckhaft, keine Klingel störte den Frieden. Telefonierte es dennoch, so griffen die Damen und Herren, nach einer Geste, die besagte: ›nur langsam, mein Junge!‹ – zum Hörer, um dankend abzulehnen. Sack? Bedaure – Konferenz. Das Büro glich einem Genesungsheim, und die Insassen waren zwar alle intensiv beschäftigt, aber mit Nichtstun, mit einem Tun um nichts.

Zurückgelehnt, locker an seinem Platz, saß Doktor Geist, eine Jaffa-Orange schälend. Er drehte sie ungeschickt unter einem Obstmesser, das Gudula Öften ihm aufgeredet hat. Anfangs hatte er den Brieföffner benutzt, den Saft unrationell in die Gegend spritzend, einmal so weit, daß Gudula Öften empört hatte niesen müssen.

»Das geht nicht, Doktor«, hatte sie schließlich erklärt. »Sie ruinieren die Köstlichkeit dieser Frucht und meine Nase dazu. Das sind zwei Schäden auf einmal. Das geht nicht. Nehmen Sie dieses Obstmesser.«

»Verbindlichsten Dank, schöne Frau.«

»In Ihren Ausdrücken kommt zwar allmählich etwas Kultur zum Vorschein, aber sonst, lieber Doktor... Ein Glück, daß eine Orange nicht aufschreit. Was Sie da treiben, ist schlimmste Vergewaltigung. So schält man keine Orange.«

»Mein schlaffes Judenweib«, sagte Doktor Geist und schälte weiter.

Nach der ersten sollte die zweite Orange an die Reihe kommen, und Doktor Geist hätte, um der Kultur willen, Fräulein

Schöpps damit beschenken können; doch gleich nach zwei Richtungen höflich sein, das vermochte er nicht. Außerdem war er mit Fräulein Schöpps nicht zufrieden. Er hatte bis dato nichts bei ihr erreicht. Sogar geohrfeigt hatte er sich. Wozu ihr also eine Orange schenken? Neben diesen Bedenken, die ihn nicht zur Ruhe kommen lassen, weil sie in schlafstörender Weise wund sind, ihn wachhaltend und quälend, hat er zum Glück ein neues Gebiet entdeckt, wo er gereizt wird. Er kann nicht vergessen, wie Gudula Öften gehinkt hat. Es war da etwas sichtbar geworden, das ihn selber betraf. Die Aufregung allein, die Drehung der Konstellationen durch Sacks Zusammenbruch, die Hilfeleistung der Gudula Öften, dies genügte nicht mehr zur Erklärung. Ihr ganzes Gebaren, etwas daran, eine Begleiterscheinung, gefiel ihm zusehends. Sie wurde gehinkt, sie wurde mit jedem Schritt sozusagen hinabgetaucht. Vielleicht ging Doktor Geist deshalb zu ihr, um sich die zweite Orange schälen zu lassen.

»Sehen Sie nun? So behandelt man das«, sagte Gudula Öften hochbeglückt.

Mit langen dürren, aber geschickten Fingern, die Arme weit vorgestreckt, demonstrierte sie nun, wie eine Orange geschält werden muß, während Doktor Geist verstohlen zu Boden sah und ihre Beine untersuchte. Sie bemerkte davon nichts. Sie zerlegte die Schale kunstgerecht, und zuletzt sah das Gebilde nach einer exotischen Tulpe aus, mit einer dicken Knolle als Kern. Aber auch diesen Kern zerlegte Gudula Öften, die Anatomie des schlaffen Judenweibes bloßlegend, bis die Teile, appetitlich und sauber, nur noch von einer losen Verbindung gehalten, eine von der Sonne geöffnete Komposition ergaben.

»Bitte!« sagte Gudula Öften, die Orange auf flachem Handteller überreichend.

»Nein, das kann ich nicht annehmen. Das ist Ihr Werk, schöne Frau.«

»Aber bitte!«

»Nein, danke. Diese Orange gehört mir nicht mehr.«

»Sie sind aber einer, Doktor. Man kennt Sie ja gar nicht wieder.«

Wer weiß, wie oft die beiden noch bitte und danke gesagt hätten, wäre nicht Rüland als Störenfried aufgetreten, indem er ausrief:

»Hier will sich jemand zum Kavalier ausbilden lassen!«

Damit war freilich der Kursus beendet. Es wurde gelacht, und Doktor Geist, in seiner Verlegenheit, drängte auf radikale Verteilung der Jaffa-Orange unter die Damen.

Ein ganz anderer Mensch – hatte nicht Gudula Öften einst vor Coty erklärt, man sei ein ganz anderer Mensch? Nun, Doktor Geist mochte vielleicht einer sein, doch Sack, als er wieder erschienen war, die Treppen mit der gleichen Schnelligkeit nehmend, als er, mit Absicht auf Pünktlichkeit versessen, sofort mit Perdelwitz über den Gang der Berliner Normaluhren in Zwistigkeiten geraten war, die von Frieske besorgten Blumen auf seinem Schreibtisch kaum beachtend – »Was soll das? Das stört nur« –, Sack war derselbe geblieben. Trotz einer gewissen Sandigkeit der Gesichtshaut und einer leichten Abmagerung um die Wangenknochen zog bereits wieder ein Rot über seine abrupten Grimassen, ein Rot, das unverwüstliche Leistungsfähigkeit bekundete und das lediglich zu hektisch war, um völlig gesund zu sein. Verblüfft hatte Doktor Geist seinen Chef angestarrt. Daß ein Mensch von den Toten auferstehen könne, hatte er bisher als christliches Vorurteil abgelehnt, nun aber glaubte er beinahe, der Tod selber sei das nichts als Lebendige.

»Affen täten es auch«, sagte Doktor Geist und blickte schätzungsweise zu Brecher hinüber, der auffällig schwieg.

So wäre alles wieder wie einst gewesen, alles nivelliert. Gudula Öften hätte ihren Schreibtisch wie einen mit Blumen ausgestopften Balkon gepflegt, voller Liebhabereien; sie hätte ihre Augen gekühlt in kaltem Tee oder die dünnen Brillenbügel geputzt und die Gläser angehaucht; alle Mühsal, dieses Kämpfen um Zentimeter wäre in vollendeter Ergebnislosigkeit versandet, hätte sich nicht auf Toldis Nacken etwas herausgebildet, ein sichtbares Zeichen. In wenigen Stunden wuchs es herauf, nachdem die Säfte lang gegärt haben mochten.

Schon immer war Toldis Schreibtisch ein Unikum gewesen, von

Flaschen der verschiedensten Größe wimmelnd, jede mit einem Etikett versehen, auf dem auch die Vertriebsstelle angegeben war. Er kaufte in der Schillerapotheke, dieser Mensch! Neben den Flaschen sonnten sich Schachteln und Kapseln, es waren auch leere darunter. Die meisten aber waren angefüllt mit Stecknadeln und Natron, mit Heftpflaster und Aspirin, mit Kragenknöpfen zur Reserve und mit Promonta, einem Kalziumpräparat, das nach Aussage des Arztes die Gehirnsubstanz vermehre. Darauf legte Toldi den größten Wert. Seltsam daran war lediglich, daß er sich im Nacken zu kratzen begann, nicht am Kopf. Zunächst hatte man geglaubt, er kratze sich aus Unmut über Brechers geschäftliche Ungeschicklichkeit, bald jedoch wurde offenbar, daß Toldis Nacken eigenmächtig gekratzt sein wollte. War's infolge des Sitzens, dieses unentwegten Geknicktseins, war's der Ausdruck einer unzufriedenen Stauung mit nachträglicher Lustexplosion, auf Toldis Nacken schwärte etwas, ein Zentnergewächs, ein völlig überflüssiger Furunkel.

»Kennen Sie das Gefühl? « sagte Toldi zu Perdelwitz. »Wenn Sie fröstelt, wenn Ihnen die Haut anläuft, Gänsehaut, dann ist das Rieseln nicht nur von einem Juckreiz begleitet, sondern auch von etwas Schmutzigem. Wie soll ich nur sagen?«

»Genug, mein Herr. Ihre Ausführung genügt mir.«

Aber Toldi genügte sie nicht. Er fühlte sich ausgezeichnet durch die Natur. Wenn Kinder in vierundzwanzig Stunden gezeugt und geboren werden könnten – und verheiratet und begraben dazu –, müßte für die Mütter dieselbe eitle Sensation herausspringen. Es war, als ginge eine Sumpfdotter auf. Perdelwitz zumal, die sofort aus Eifersucht behauptete, daran sei Hückstedt schuld, strahlte vor Wonne. Sie versäumte keine Gelegenheit, dieses Ehrenmal zu belobigen oder zu untersuchen.

»Zeig mal! Ist er schon fett?« sagte sie dann, und Toldi gehorchte willig. Aber auch Coty war voller Begeisterung.

»Jetzt hat dieser Mensch im Schlaf erreicht, was uns allen so furchtbar fehlt«, rief er aus. »Jetzt ist er uns über. Er kann die Dinge von rückwärts betrachten, er hat einen Rückstrahler. Das Auge seines Furunkels wacht. Dinge, die im Rücken vorgehen, sind nimmermehr sicher. Ein nicht wettzumachender Vorteil!«

Auch als Doktor Geist auf die Gefährlichkeit solcher Dinger hinwies, sich selber sofort am Nacken kratzend, bis die Stelle dort feuerrot war, ohne daß deshalb ein Pilz zum Vorschein gekommen wäre, fuhr Coty ungehemmt fort:

»Es muß nicht der Nacken sein, Doktor. Kratzen Sie sich die Lippe, dort ist es ganz besonders gefährlich. Es gibt auch Furunkel im Hintern; denn die Biester arbeiten mit jeder Schikane. Aber auf der Lippe sind sie oft tödlich. Das kommt von dem Blödsinn, den manche Leute reden. Ich hatte einen Vetter, der kannte einen Vertreter – in vierundzwanzig Stunden glatt eine Leiche! Die gehen ins Gehirn, da hilft keine Sperre aus Kalk, kein Schwachsinn, keine Intelligenz.«

Doktor Geist, gleichfalls von allerlei Säften geplagt, blickte zu Toldi hinüber, er blickte zu Gudula Öften, schließlich auf Mucki, aber er schwieg.

»Wo haben Sie sich das geholt?« fragte er später, doch Toldi erwiderte nur:

»Milch kann man holen, keine Furunkel. Außerdem ist es gar keiner.«

Leider erzielte diese Harmlosigkeitserklärung nicht die gewünschte Wirkung; sie war nicht glaubhaft, sie suchte zuviel zu vertuschen, und das war der Grund, weshalb Gudula Öften angespornt wurde, sich einzumischen, rein menschlich.

»Waren Sie schon beim Arzt?« fragte sie schon von weitem kategorisch, ehe sie näher heranhinkte. »Ich dringe darauf, daß Sie gehen.«

Jetzt, da die Sache ernst behandelt werden sollte, schämte sich Toldi plötzlich seines unreinen Blutes; nach Ausflüchten suchend, lehnte er an der Wand, teils um Gnade bettelnd, teils sich wehrend. Doch Gudula Öften hat nie umsonst interveniert.

»Ich gebe nicht Ruhe«, sagt sie. »Wir haben sowieso kein gutgelüftetes Leben; immerzu stockt das Blut. Kaum hat man den einen Schreck sitzen, kommt der nächste und setzt sich darauf. Ich appelliere an Ihre Kollegialität.«

Derart in die Klemme getrieben, vergaß Toldi wahrhaftig zu gähnen. Er blickte im Kreis umher, auf nichts bedacht als auf die Verteidigung seiner Nackenpartie.

»Toldis Furunkel und Cotys Blinddarm, das gäbe ein Paar«, meint Rüland, und Coty stimmte dieser Vermählung zu. Er segnete sie, indem er sagte:

»Das Fettauge des Lebens und die Blindschleiche der Unterwelt – Sir, 's gibt 'ne Hochzeit für Skalps.«

Er sprach in indianischen Zungen, Coty, und er ließ sich durch Gudula Öften, um so mehr, als sie ihn einst getadelt hatte wegen seines Blinddarms, inspirieren.

»Squatter, kalkuliere, 's gibt Wind. Schaut hin, wie der Staub tanzt. Die Sonne glänzt fett, und 's trabt was vorüber. Kalkuliere, der Himmel hat 'nen Furunkel.«

»Kommen Sie. Seien Sie vernünftig!« sagte Gudula Öften dessenungeachtet zu Toldi, ihn am Arm fassend und zur Tür geleitend. Je unverständiger die anderen Kollegen sich aufführten, um so einsichtsvoller sollte er sein. Was hätte er tun sollen gegen soviel auf den Leib rückende Menschlichkeit? Er ergab sich. Er beugte den Nacken und zeigte seinen Stolz, ein faustgroßes Gebilde, das lachte vor Eiter. Hätte man allen Staub des Büros zusammengekehrt und mit dem Blut von Doktor Geists Jaffa-Orange getränkt, das Ergebnis wäre das gleiche gewesen.

II

Staub! Ein Geruch von Staub, gewürzt durch eine Orange, lag über dem Büro; und auch die Affäre mit Sack hat nichts als Staub aufgewirbelt. Doch als sich Gudula Öften, nachdem sie Toldi verabschiedet hatte, zurückwandte, zurück von der Tür, stieg ihr ein neuer Geruch in die Nase, unangenehm süßlich, doch scharf wie Medizin.

Einer nämlich saß unter ihnen, der säte nicht, der erntete nicht; er registrierte. Da haben die größten Geister des Jahrhunderts ihre Hochachtung vor der doppelten Buchführung ausgedrückt – eine der schönsten Erfindungen des menschlichen Geistes hat Goethe sie genannt, aus demselben Geiste geboren wie die Systeme Galileis und Newtons, hat ein Fachgelehrter von ihr gesagt –, aber der Mensch, dem sie anvertraut war hier in der Uvag, hatte keinen Sinn dafür. Mochte rings um ihn vorgehen, was wollte, mit strullig angegrautem Haar zu seiten einer Glatze, mit Papiermanschetten, die er sich eigens zurechtzuschneiden pflegte, saß er in seinem Winkel und registrierte. Daß er Tadewaldt hieß, schien ihm das einzig Wichtige zu sein. Er kroch mit dem Oberkörper über die Bücher, einer grauen, mit dem After am Stuhl festgenagelten Raupe verwandt, und dann holte er die Hauptsache aus der Tüte: isländische Moosbonbons.

Es war nichts zu tun, gewiß, aber gerade deshalb waren die Gemüter empfindlicher als sonst. Auch lag nicht, wie bei der doppelten Buchführung, ein Kraftfeld von Geldspannungen im Raum, sondern ein weit delikateres. Kaum nämlich, daß Mucki, sich aufrichtend, gestöhnt hatte: »Eine Luft ist hier!« – war Doktor Geist, um einen galanten Versuch bei jenem Käfer zu wagen, ans Fenster geeilt mit der Frage:

»Soll ich es öffnen?«

»Es zieht. Hu!«

»Das kann uns gleich sein, Frieske.«

Buchhalter Tadewaldt aber, als der eigentliche Anlaß, naschte ruhig weiter. Nie sich um Ursache und Wirkung kümmernd, war er auch nie für eine bestimmte Sache eingetreten. Soziale Einrichtungen etwa, deren Nutznießer er war, Krankenkasse, Achtstundentag und Tarife waren ohne seine Stimme ausgebaut worden. Es hatte Leute gegeben, die um dessentwillen ihre Stellung aufs Spiel gesetzt hatten; er war nicht unter diesen. Er aß isländische Moosbonbons, einen Geruch verbreitend und Meinungsverschiedenheiten, die ihn kaltließen.

»Meine Gesundheit ist mir wertvoller«, sagte die Frieske, indem sie das Fenster ostentativ schloß.

»Ihre Gesundheit scheint unter merkwürdigen Bedingungen zu gedeihen«, sagte Doktor Geist. »Es stinkt hier.«

»Hätten Sie nicht Orangen gegessen.«

»Was mich nicht hindert, das Fenster wieder zu öffnen. Bitte! Stellen Sie sich darauf ein. Wir haben sowieso kein gutgelüftetes Leben – nicht wahr, Gudula Öften?«

Die Angeredete war keineswegs erfreut. Daß Doktor Geist, im Bestreben, für Mucki ein Kavalier zu sein, es für Gudula Öften dennoch nicht war, da er sie mit seiner Frage in peinlichste Verlegenheit gebracht hatte, war für alle ungemein belustigend. Nur Tadewaldt erfaßte das nicht. Er fing soeben eine Fliege von der Manschette herunter. Ein Wischer – weg war sie! Später ersäufte er sie in Süßigkeit, in der Milchtasse, wenn er nicht vorzog, sie der Allgemeinheit der Scheuerfrauen zu opfern. Inzwischen mochte das Fenster getrost wieder aufstehen!

Und es stand wieder offen! Ja, Doktor Geist hat es gewagt. Es stand wieder offen. Er kann nun einmal Fräulein Schöpps nicht leiden sehen, der Frieske zum Trotz. Ein linder Luftzug wehte herein und versuchte, die Ausdünstungen der isländischen Moosbonbons zu schlucken. Unglückseligerweise brachte er auch Frieskes Papiere in flatternde Unordnung, so daß sie wütend ans Fenster stürzte, um es wieder zu schließen. Am liebsten hätte sie's zugenagelt. Sie berief sich auf Sack. Aber aus der gluckrigen Art, mit der sie ihre Papiere schützte, war zu ersehen, daß ihre Gereiztheit auf etwas Intimes gerichtet war. Sie hatte an Heinz zu schreiben versucht, was leider mißlungen war. Nichts als Anfänge waren ihr geblieben, einer unbrauchbarer als der andere.

Man könne eben keine Sammlung aufbringen bei offenem Fenster; alles flattere davon.

Bei abermals geschlossenem Fenster also, in einer Bürokonserve gleichsam, saßen die Herrschaften da, ihre Zeit an die intensive Arbeitsweise vergeudend. Mucki hatte inzwischen die Atmosphäre gewechselt, indem sie sich in der Lustbarkeit eines Uvag-Romanes erging, und Doktor Geist war Kavalier genug, ihr über die Schulter zu sehen. Sie lasen um die Wette.

»Komm, wir wollen uns zusammen hinlegen und schlafen!« las Doktor Geist, mehrmals verlockt, die Lippen leise auf Muckis

Nacken zu legen. Er war seiner Sache nie sicher, in welcher der beiden Welten er sich befände. »Es floß eine sanfte Röte über ihn hin«, den Romanhelden nämlich, doch als er sich gestillt – oh, gestillt! – in ihren Armen zurechtlegte und tief und gleichmäßig – mehr tief als gleichmäßig? – atmete, sank auch Doktor Geists Schädel schwer vornüber.

»Nicht doch!« rief Mucki. »Sie drücken mich tot.«

»Kalkuliere, setzt einer Druck dahinter«, flüsterte Rüland zu Coty hinüber, der verständnisinnig zurückmurmelte:

»'s wird Zeit für ein Obdach, Squire. Die Vögel schwirren so aufgeregt. Habe die Notion, da braut was gewittrig. 's ist 'n Jammer, Sir, im Gestrüpp zu stecken, die heilige Einfalt der Nächte über sich, im Kopf das Gekribbel der Ameisen, und zuzusehen, wie die Haare ausgehen. 's ist 'n Jammer.«

»Hugh – ich habe gesprochen.«

Rüland, ganz in diesem neuen Element, ergreift seinen Bleistift und schmatzt, ohne Doktor Geist außer Auge zu lassen. Aber auch Coty findet Gefallen an seiner Erfindung, zumal sie ihm ausreichend gestattet, hinter einer Maske Kritik zu üben.

»In der Leipziger Straße liegt 'n Indianer«, sagt er. »Hab's gesehen, Sir, mit eigenem Auge.«

»Hab's nicht gesehen, Squire.«

»Aber ich hab's gesehen.«

»Kalkuliere, 's ist gut, wenn du's gesehen hast.«

»In der Leipziger Straße liegt 'n Indianer«, beginnt Coty aufs neue, »hat 'ne Binde am Arm, die gelb ist, und 'n Schild um den Hals, da steht: gänzlich erblindet. Bei uns in der Uvag, Sir, hat jeder 'n Schild um den Hals, da steht: verratzt und verkauft.«

»Nichts für ungut«, sagt Rüland, bevor er mit sträflicher Absicht hinzufügt: »Schätze, 's wird bald gesühnt. Liebe wird's sein, die blind macht.«

Unterdessen hat Mucki weitergelesen, nicht nur vom Geruch isländischer Moosbonbons, sondern auch von Doktor Geists Atem angehaucht, so daß sie sich anders nicht zu helfen weiß, als die Arme zur Decke zu strecken und abermals auszurufen: »Luft! Luft!«

Sie schüttelt sich kräftig, sie sucht sich zu wehren, doch Doktor Geist will sich einfach nicht abschütteln lassen. Ein veitstanzender Furunkel, irgend etwas der Art, schien ihn zu reiten. Außerdem hatte er eine Entdeckung gemacht, unheilvoll genug. Er hatte auf Muckis Nacken einen Punkt in Gestalt eines Leberflecks entdeckt, und das brachte ihn vollends um den Verstand, bis er den Zeigefinger nicht länger zurückzuhalten vermochte. Ehe er sich's versah, war das Unglück geschehen. Er hatte Fräulein Schöpps berührt. Berührt, meine Herren! Er hatte sogar etwas dabei geflüstert, wahrscheinlich eine Unverfrorenheit. Alle im Büro erkannten jedenfalls, daß Mucki, hochgradig verärgert, Genugtuung forderte.

»Sie nehmen das sofort zurück!« rief sie und erhob sich.

Doktor Geist, dieser Wendung unmöglich gewachsen, stand da, sehr peinlich berührt und sich windend beim Versuch, seine Kopflosigkeit als harmlosen Spaß auszugeben. Aber Mucki wich nicht; sie wollte nicht weichen. Pochend auf ihr Recht, beleidigt und aus Ärger zum Äußersten fähig, blamierte sie ihn. Er hatte für sie, für eine Dame, das Fenster geöffnet, er hatte für sie mit Frieske gekämpft – war das der Lohn?

»Mich von Ihren Schweißfingern betasten lassen? Pfui Teufel!« rief Mucki, indem sie sich auf den Stuhl warf. Sie fror in Erregung, und ihr sonst so breiter sinnlicher Mund zeigte Züge von Herrschsucht. Diese Mucki war bisher nicht in Erscheinung getreten.

»Squatter, mir schwant, 's wird Zeit, die Friedenspfeife zu rauchen«, murmelte Rüland. Er meinte es gut, er wollte den schlechten Eindruck dieser vom Zaun gebrochenen Szene verwischen, doch er erschrak, als er sah, daß Mucki zu weinen begann.

»Ich lasse mich nicht veralbern«, schluchzte sie vor sich hin.

Die Sonne schlenderte durch die Räume, und Staub flimmerte in ihrem Strahl. An der Wand spießten die Haken der Garderobe in die Luft. Es wurde merkwürdig still, auch Muckis Weinen verebbte bald. Nur auf den Gesichtern lag ein gequältes Lächeln, halb Scherz, halb Ernst, während Doktor Geist krampfhaft Unschuld markierte. Zwanzigmal langt nicht, daß er sich sagte: hysterisch ist sie, hysterisch, hysterisch.

Natürlich war auch Gudula Öftens Gestalt auf den Plan gerufen worden, und sie faßte denn auch in Worte, wie hier gesündigt werde.

»Kann man euch denn keine Stunde allein lassen?!« rief sie. »Erst zankt ihr euch um die Fenster, und jetzt, jetzt... Nehmt mir's nicht übel! Muß man denn mit der Peitsche hinter euch her sein? Das ist doch wirklich zu stark.«

»Ich?« fragte Doktor Geist belämmert.

»Ach was! Verteidigen Sie sich auch noch! Dem Toldi wächst ein Furunkel, und Ihnen, Doktor, schwillt der Kamm. Ich will nichts mehr hören. Es ist mir Beweis genug, daß anscheinend nichts schwerer zu ertragen ist als eine Stunde absoluter Freiheit. Schämen muß man sich noch, regelrecht schämen.«

Aber nach dieser Predigt hinkte sie wie ausgewechselt zu Mucki, um sie zu trösten. Alles nur halb so schlimm, hörte man sie sagen; nur als auch Doktor Geist hinzutreten wollte, winkte sie ab.

»Entschuldigen Sie sich bei Ihrem Stuhlbein«, sagte sie brüsk, keine Widerrede duldend.

Vor einer der schönsten Erfindungen des menschlichen Geistes aber, der doppelten Buchführung wie der Indianersprache, saß Tadewaldt und begnügte sich mit dem Genuß isländischer Moosbonbons. Nicht einmal den Erfinder der doppelten Buchführung, seinen Wohltäter also, kannte er mit Namen. Als Mucki, wieder beruhigt, den Namen nannte, von der gesamten Kollegenschaft, und nicht nur deshalb, mit Beifall bedacht, kratzte sich Tadewaldt hinter den Ohren. Früher hatte er wenigstens zu sagen gepflegt, ein kleiner Mann sei auch ein Mann, hier jedoch schwieg er.

»Haben Sie gehört?« fragte Gudula Öften und wiederholte: Fra Luca Pacioli, um 1494. – Es war Doktor Geist, der statt dessen erwiderte: »Nu sowas, nu da, nu da.«

Die Menschen leiden an ihrem Repertoire; es ist die Mode nötig, es aufzufrischen, und wenn auch die Mode versagt, dann vielleicht ein Furunkel, ein Zwist, ein Tick oder eine dumme Verliebtheit. Von früh bis abends die Auszahlung des Monatsgehalts abwarten, wer ist da nicht dankbar, wenn ihm der Nacken juckt oder wenn eine Fliege das öde Papier mit ihrer Anwesenheit beehrt, bald am Bauch einer Null naschend, bald die Vorderfüße spielerisch über dem grauen Kopf reibend? Diese Fliegen sind dauerhafte Besucher, flink zudem und gewitzt, wahrscheinlich deshalb, weil sie nicht an Verstopfung leiden, obwohl sie es nicht verschmähen, auf Toldis darmförderndem Laxinkonfekt spazierenzugehen. Brecher, da hat er sich redlich bemüht, da lief sein Denken als Umschattung rings um ihn her, da wurde er von fallsüchtigen Perspektiven entführt, hinweggesaugt gleichsam – aber wo sitzt er? Wo er immer gesessen hat! Einen Vertreter, der glänzender versagt, hätte Herr Sack in der Uvag nicht aufzutreiben vermocht. Morgens kommt die berühmte Helligkeit zu ihm, schneidet einen Schatten heraus, bläulich getönt, und lockt den Blick zur Straße hinunter, wo die Leute flitzen, auch zur Kategorie der Fliegen gehörig, zweibeinige Fliegen. Die Menschen leiden an ihrem Repertoire.

Wie sehr hatte Doktor Geist nach stehenden Hilfsformeln gesucht! Es hatte ihm nichts genützt, da sie im ungeeignetsten Augenblick umgefallen waren. Aber je mehr er ins Hintertreffen zu geraten drohte, um so begieriger suchte er nach Entschädigungen. Ob er diese Mucki wirklich liebe oder ob ihm nur daran lag, Eindruck auf sie zu machen, jedenfalls benutzte er die intensive Arbeitsweise, um Tadewaldts Gebiet auf die eigene Privatmisere zu übertragen, indem er eine Rechnung aufsetzte. Daß er das nicht schon längst getan hatte! Er hätte seine Meinung über diese Nutte vom Kurfürstendamm – das heißt von der Dahlmannstraße – am ersten Tag revidieren sollen, desgleichen sein offen zur Schau gestelltes Blickverhältnis. Mit jedem flirten, ohne sich berühren zu lassen, die Niedergeschlagene spielen und

Mokka à la Gudula Öften trinken, sich ein Lineal schenken lassen, herumlügen – ja, herumlügen mit einer elegant gepuderten Scheinkorrektheit; erst ihn anlocken und dann die Giftschlange spielen, dieser erotische Schmuggel, diese Schmuggelei – was noch, was noch? Es ergab eine Rechnung von mehreren Seiten. Man kontrolliere es nach! Gestern erst hat sie gesagt:

»Jetzt bin ich ein richtiger Arbeiter, ein Brötchen in der Hand und eine Schwarte dazu.«

»Inwiefern Arbeiter?«

»Ich hab noch nie einen Arbeiter bei der Arbeit gesehen. Und Sie? Wenn ich an Arbeitern vorbeikomme, frühstücken sie. Arbeiter frühstücken immer. Ich finde das nett.«

Selbst Gudula Öften hatte vor soviel Amoralität taktvoll gefragt:

»Wann sind Sie eigentlich geboren, Kindchen?«

»Im April.«

»Deshalb. Aha!«

Doktor Geist war mit seinem Beweismaterial noch nicht zu Ende. Die Arbeit daran erwärmte ihn, sie heizte den ganzen Körper mit einer zwar unreinen, aber nahrhaften Stimmung, einer Stimmung, die sättigend wirkte, aber nicht aufhörte, hungrig zu bleiben. Das eben war der Genuß daran. Aber die Verantwortungslosigkeit dieser Dame ging weiter; denn keine fünf Minuten später hatte sie das Geäußerte abgestritten. Rundweg nichts wollte sie nun gesagt haben! Doch hier ist die Rechnung.

Coty hatte eine Bemerkung über die fatale Position des Angestellten fallenlassen, einer Schicht, die zwischen Gesellschaft und Masse ein illusionäres Dasein führe, und Rüland hatte einfach gesagt: »Arbeiter sind wir, Abteilung Sitzfleisch.« – Hört man den Ton? Doktor Geist jedenfalls hatte ihn klingeln gehört.

»Wenn wir Arbeiter wären, könnten wir immerfort frühstücken. Arbeiter arbeiten doch nicht. Sagten Sie nicht so, Mucki?«

»Das habe ich nicht gesagt«, hatte diese Dame die Unverfrorenheit zu erklären.

»Nein, das haben Sie nicht gesagt.«

Es nicht gesagt zu haben gefiel ihr aber auch nicht, und so war Doktor Geist in die traurige Lage versetzt worden, diese Dame der Lüge zu zeihen. »Mein Fräulein, Sie lügen.«

Staatsanwalt hätte er werden sollen! Alle Weiber laut Vollmacht an den Haaren aufhängen, ihnen für jede Lüge einen Nagel ins Genick schlagen – ah, Doktor Geist hätte triumphiert, wenn er nicht zur Antwort erhalten hätte:

»Ich und lügen? Was fällt Ihnen ein? Aber was ich auch je gesagt haben könnte, falsch oder wahr, für Sie hab ich es nicht gesagt, für Sie bestimmt nicht.«

»Sie lügen nicht. Sie sagen nur gelegentlich die Unwahrheit?«

Das Gespräch war in einer dunstigen Zone geführt worden, es war nicht ernsthaft gemeint, aber zur Scherzhaftigkeit fehlte das Beschwingte, und so blieb ein unbefriedigendes Nachgefühl. Immer geriet Doktor Geist in diese schwierige Schiefheit. Deshalb war er auch sofort bereit, alles zu widerrufen, als er sah, daß Mucki sein Lineal ergriffen hatte, um es auf dem süßesten aller Zeigefinger als Waage balancieren zu lassen.

»Ich lüge nicht, ich korrigiere die Wirklichkeit«, sagte sie pfiffig. Sie sann vor sich hin, während die Waage spielte. Dann sagte sie achselzuckend: »Macht was! Man zwingt mich dazu. Man fahndet nach mir.«

Ein Fliegengewicht war sie, ein Ding, von keinerlei Gewissen beschwert. Er hätte sie anschwirren müssen wie als Pennäler die Mädels auf dem Strich. Aber das war nicht möglich. Dieses Zusammensitzen in einer Atmosphäre von Staub und Routine, diese tägliche Abnutzung tötete jeden Grad von Unbefangenheit. Tatsächlich, man hatte Staub an den Fingern. Die Dinge selber waren versteckt, ausgenommen die geschäftlichen, die zu funktionieren hatten. Sagte Doktor Geist, zu Mucki herabgebeugt: »Komödiantin«, so lief sie zu Coty und fragte: »Sagen Sie, ist das wahr?« Natürlich nutzte Coty die Chance aus, indem er sich dumm stellte: »Was soll wahr sein, mein Liebling?« – »Er hat mich eine Komödiantin genannt.« Und Coty durfte, aber nur jetzt, nur höchst relativ, Coty durfte zur Schande des Doktors erklären: »Ich nenne dich Liebling.«

Das war erlaubt, doch hätte Doktor Geist es gesagt, wäre es verboten gewesen! Vielleicht hätte Coty sie auch eine Kontorhure nennen dürfen, ohne gemaßregelt zu werden? Der Teufel mag wissen! Es war das beste, was Rüland tat, er, der auch nicht unangefochten geblieben war von Muckis Heillosigkeit. Es war das beste, in die Indianer- und Seemannssprache zu flüchten. Auf diese Art genoß man wenigstens die Freizeit. Denn später...

»Steuern jetzt in gewaltige Finsternis vor«, sagt Rüland.

Ihm zitterten die Rippen, wenn er Mucki zu lange betrachtete. Er meinte, bei ihr zu Hause müßten Glücksspiele an der Tagesordnung sein.

»Käpt'n, der Himmel ist niedrig«, sagt Rüland, froh, als Coty endlich den gleichen Ton anschlägt.

»Und 's brandet daher. Will sagen, 's ist windstill. Sitzen im ozeanischen Sumpf und kommen nicht vorwärts. Liegt Blei in der Luft, Käpt'n.«

»Gut gepeilt, Steuermann«, sagt Coty.

»Die Geister konferieren. Der Himmel hält Konferenz ab, Käpt'n.«

»Weh! Kein Tropfen kommt auf die Zunge. Achtern der Himmel voll Dunst mit 'ner Geschwulst von Gewölk, eitrig und violett, aber kein Tropfen. Wasser ringsum, aber kein Tropfen! Lungern und Schlaffheit, faulig die Kehle, Syrup, min Jung, und 's Meer ganz dick. Hast du noch Zähne?«

»Vollzählig, Käpt'n«, sagt Rüland und zeigt sein Gebiß.

»Schlag dir's heraus, Maat; es fault dir sonst hin. Leg lieber Eisen ins Maul, Gräten vom Haifisch. Kann dir's verraten, min Jung. 's gibt Skorbut, 's gibt Furunkulose. Greif dir ins Maul und fühl dir die Zunge! Alles ganz weich. Eines wenn wir hätten, eines, das zu Wasser wird: wenigstens Liebe!«

»Liebe wird schnell zu Wasser, gibt schnell ihren«, Rüland hielt inne, ehe er fortfuhr: »Geist auf.«

»Hast keine Liebe, min Jung? Schaff welche her! Sieh: Liebe, sagt der Lateiner, ist amor; amor von hinten, sagt der Germane, Rom; Rom ist umgekehrt Mohr, Mohr gleich Neger; Neger ist umgekehrt Regen. Ahoi!«

Man hatte endlich nach soviel unergiebigen Umwegen die richtige Unterhaltung gefunden, und man weidete sich daran und warf die ü-Sprache endgültig über Bord.

»Hör mal, min Jung«, sagt Coty, »kennst dies?«

»'ne Faust, Käpt'n.«

»Kraft, min Jung, von Muttern geerbt. 's ist Stahl im Blut und Tran aus der Brust. Nun hör mal, min Jung, kennst dies? Buchstabier's, was ich hier hinschreib!«

»Mulscheister – ist's recht so, Käpt'n?«

»Akkurat so. Mulscheister, min Jung. Jetzt rauf, alle Mann, jetzt geentert, was kannste! Sag, was erspähst? Hast schon die Pappel?«

»Ahoi!« ruft Rüland. »Käpt'n, 's klärt. Der Himmel hellt auf, und 's hat sich gedreht. Land voraus. Und der Mulscheister drauf. Und 's muß so sein, weil's wahr ist, Käpt'n. Melde gehorsamst: auf dem Grinterhunde einer Grappelpuppe sitzt der Mulscheister und zeichnet den Rattenschiß seiner seligen Frau – will sagen, freligen Sau, Käpt'n.«

»Akkurat so, Steward. Freligen Sau. Und?«

»… die auf einem Hosenrügel sitzt und die Stenkerdirn runzelt.«

»Stenkerdirn. Akkurat so, min Jung. Nun aber dechiffrier's!«

Fern aller Sorgen, durch eine Brise erfrischt, führte Rüland den Befehl aus und dolmetschte nach Herzenslust.

»'n Schulmeister, Käpt'n, und gesessen ist er. Ich hab's gleich gesichtet im Hintergrund einer Pappelgruppe. Ein Künstler in seiner Art, Käpt'n, und 'n Rosenhügel dazu. Da sitzt er und zeichnet den Schattenriß seiner seligen Frau mit der Denkerstirn. Müssen alle hinunter, Käpt'n, und werden gezeichnet.«

»… und sind's, min Jung, sind gezeichnet. Kriechen noch allesamt wie die Spulwürmer über Deck. Schwemmt uns hinunter. Hast recht, min Jung. Whisky, durch die Philosophie des Strohhalms genossen, das bleibt. Ist's nicht akkurat so?«

»Ahoi!« rief Rüland plötzlich, aber mit derart verändertem Ausdruck, daß jedermann spürte, was vorging und was nun zu Ende war.

Eine Tür ist zu hören, dann ein bekannter Schritt, der meilen-

weit anzeigt, wer ihn traktiert. Bevor das von Coty glänzend ge-
steuerte Schiff der intensiven Arbeitsweise den Hafen erreicht
hatte, wurde es torpediert. Es versank. Weder Zeit, um Hilfe zu
rufen, noch Muße, um das Lied vom Seemannslos anzustimmen,
blieb. Was auf den Tischen gelegen hatte, verschwand. Apfelsinen flogen in den Papierkorb, ein schlaffes Judenweib suchte in
einer Schublade Zuflucht. Frieske riß einen verfehlten Brief aus
der Maschine. Im selben Augenblick stand Sack in der Tür.

»Alles in Ordnung?« fragte er kurz, ohne die Antwort abzuwarten.

Tolstoi schreibt in einem Roman, er wolle die Medizin um ein
neues Wort bereichern, um das Wort und den Begriff: Arbeitskur. Nun, so sehr auch hier in der Uvag bei allem, was Arbeit
heißt, Vorsicht am Platze ist, die nun einsetzende Arbeitskur ließ
den Patienten keine überflüssige Zeit für Dummheiten mehr.
Sogar die feinsten Konflikte schienen mit einem Mal weggefegt
zu sein. Man sah es an Doktor Geist, der arbeitete – mehr als und
sowohl als auch.

Einerseits – Andererseits

I

Die Arbeit begann von neuem, nachdem die Konferenz vorbei war. Zeitigte diese Konferenz auch keinerlei Umschwung, so sickerte dennoch durch, daß sie nicht nur zum Spaß einberufen worden war. Ua-Ua und Egon, diese gespaltene Brüderlichkeit, soll abermals gekittet, auch neue arbeitsanspornende Richtlinien sollen ausgegeben worden sein. Eine durchs Sekretariat Seiferth übermittelte und übel vermerkte Nachricht besagte, das Rauchen während der Arbeitszeit sei der Hygiene abträglich, und es empfehle sich, darauf zu verzichten. Wahrscheinlich stieg der Rauch, dieses Sinnbild der Lässigkeit, dem Bürochef in die Nase, so daß sie ins Bluten geriet. Eigentlich geändert wurde indessen nichts, nur die Schrauben sollten angezogen werden und fürderhin ein Auge weniger zugedrückt. Was Brecher anlangt, so war er mit einem blauen Auge davongekommen; er konnte sich mit den Kartoffeln trösten, die bekanntlich nur eines einzigen Auges zur Fortpflanzung bedürfen, genügsam genug.

Ist der Mensch eine Kartoffel? Auch der belangloseste nicht! Und so wenig Herr Brecher auch gelitten haben mochte, er geriet zu seiner Firma in ein Verhältnis, nicht weniger gespannt als dasjenige Doktor Geists zu Mucki. Auch Brecher setzte mit wohltuendem Ingrimm Rechnungen auf, sie ohne Scheu bekanntgebend.

»Was seh ich schon wieder?« sagte er eines Tages. »Soll man das ernst nehmen? Die Uvag predigt Humanität. Einerseits Humanität, andererseits Disziplin mit umgeschnalltem Säbel? Wenn doch diese Zeitungen endlich etwas anziehender würden und nicht so viel voneinander abschrieben! Ich lese sie nicht mehr, ich kauf sie nur noch, sagt mein Friseur. Der Mann hat recht. Hier, guck dir das an!«

Damit schob er dem Lehrling Rüland einen Stoß Morgenblätter hinüber und starrte ihnen nach. Daß er Rüland über Nacht für voll nahm, wirkte zunächst wie ein Witz.

»Ungeheuerlich«, sagt er, die Hilflosigkeit des Jungen gewahrend. »Lies das, bis es dir schwarz wird. In allen steht das gleiche Geschehnis. Nur über die Konferenz steht nichts darin. Das wird verschwiegen.«

»Ein Graf ist ermordet worden«, sagt Rüland.

»Allerdings, und nach allen Regeln der Kunst. Er ist an der Schlagzeile gestorben, Rüland. Man hat ihn überall aufgebahrt mit sensationell republikanischen Ehren. Man denke, ein Graf! Oder hast du schon einen Grafen gesehen, Rüland?«

»Die Uvag hat einen.«

»Richtig, mein Sohn. Einen Renommiergrafen hat sie. Das läßt sich nicht leugnen. Da hab ich nun alles entdeckt, im Menschen die Arbeitskraft, in der Person die Personalie, aber was dieser Renommiergraf darstellt, das fällt mir erst jetzt ein. Es ist eine Personnage. Wie Ua-Ua ein Christ ist, um ein Jude sein zu können, ist dieser ein Graf. Bald werden sie Kommunisten sein, um in Massen zu kalkulieren. Massen! Ja, mit der Zeit muß man gehen. Und daher auch die Humanität. Aber aus der Humanität krochen die Schullehrer hervor, aus dem Pflichtbegriff die Subalternen. Böse Zeichen der Wirklichkeit.«

Rüland, der nicht wußte, wie ihm geschah, blickte hilfeflehend umher, bis Gudula Öften es merkte. Beim ersten Wort Brechers hatte sie sofort erkannt, aus welchen Motiven hier wieder geredet wurde, und da Brecher auf stille Augenwinke nicht reagierte, sagte sie schließlich laut, was gesagt werden mußte.

»Der Junge versteht nicht ein Wort. Wozu das, Herr Brecher?«

»Rüland? Bitte. Was verstehst du noch nicht?«

Noch bevor Rüland sich verteidigen konnte, war Gudula Öften in ganzer Länge und Dürre zum Anwalt emporgeschnellt, diese Umtriebe, diese Jüngerschaft, ein Vorrecht, das sie bisher allein für sich in Anspruch genommen hatte, zu geißeln.

»Bös«, sagt sie. »Alle Zeichen der Alltäglichkeit bös nennen – ein starkes Stück, in der Tat. Man kann nicht alles auf die Schultern derer abwälzen, die ihre Pflicht tun. Gewiß, mit Einschränkungen, meinetwegen. Einerseits, andererseits. Aber das Unzulängliche, wer weiß, ist vielleicht auch ein Wert? Denn mißt man die Subalternen an ihrer Kleinwelt, so sind es Phantasten, und noch der Pedant ist ein Phantast der Nüchternheit. Sie kriechen nicht nur, Herr Brecher, sie können auch fliegen. Ich berufe mich auf Jean Paul.«

Rüland, im Augenblick nichts begreifend außer der Tatsache, daß Gudula Öften eine Brille trug und hinkte, verschanzte sich hinter einem Papierberg, dort feixend, aber horchend, einem Kinde gleich, das den Streit seiner Eltern beobachtet.

»Katastrophenpolitik«, sagt Brecher, die Argumente seiner Kollegin als zu menschlich abweisend. »Auf der Suche nach Käufer und Abonnent steckt man tief in der Zubereitung der Geschehnisse. Und man muß sagen: ahoi! Neulich kam endlich einmal eine Zeitung auf eine selbständige Nachricht, eine ausgezeichnete. Hast du das gelesen, Rüland? Dann hast du etwas versäumt. Gerade für dich war es das Richtige. Für einen Doppelsechser hingeschenkt, stand da: Der Rhein vergiftet. Das wirkte doch endlich. Nur leider, glauben wollte es keiner. Der Koch hatte sich im Pfeffer vergriffen. Denk doch, der Rhein vergiftet.«

»Knorke«, sagt Rüland, dem das gefiel.

»Sie leiden an Drüsendefekt, diese Nachrichten alle; sie sind läufig.«

»Es sind auch Damen anwesend, Herr Brecher. Auf diese Rücksicht zu nehmen verbietet Ihnen wohl Ihr Thema? Rücksichtslos!«

»Rücksichtslos herabgesetzte Preise«, kicherte Rüland.

»Es ist doch so«, beharrte Gudula Öften.

Aber Brecher war einmal im Zug; er hatte zu lange geschwiegen, und es mußte nun alles nachgeholt werden. In bezug auf seine Rücksichtslosigkeit sagt er nun: »Allerdings! Wir sind ziemlich heruntergekommen im Laufe der Zeiten. Wir haben zuviel philosophiert. Wir wollen uns aufrecht halten, aber es gelingt schwer. Und so gleiten wir dahin, Material für einen reibungslosen Verkehr. Denen, die ihn regulieren, zahlen wir ein Monatsgehalt. Plötzlich schreit ein Lausejunge dazwischen: der Rhein vergiftet. Da sind wir froh und zahlen es gern. Einer zahlt immer den anderen – darin besteht der Vorzug der Zivilisation. Kein Wunder, daß es bald weniger wird. Wenn aber einer nicht weiß, wohin damit, sollte er's wechseln lassen. Glaubst du das, Rüland?«

Rüland zuckte die Achseln.

»Dann wechsle mal einen Dollar; und hast du ihn gewechselt, dann versuch mal, für das gewechselte Geld einen Dollar wiederzubekommen. Da wirst du schon sehen. Es fehlt dir ein Bruchteil. Dieser Bruchteil ist unser aller Dilemma. Das kannst du mir glauben.«

»Portier Baumann hat mir gesagt: bis das Geld zu uns herabkommt, ist es schwachsinnig geworden. Hat er gesagt.«

»Siehst du, ich bin nicht der einzige. Was bleibt dann erst für einen Bettler?«

Brechers Erfolg bei Rüland ließ nun auch Doktor Geist keine Ruhe, um so mehr, als er keine Gelegenheit versäumte, sich Gudula Öften erkenntlich zu zeigen. Er mischte sich ein.

»Wenn jeder was gäbe, wären die Bettler die reichsten Leute der Welt. Dann sich lieber für eine Geliebte ruinieren!«

»Ich sehe, Herr Doktor sind noch immer für Ideale. Herr Doktor wollen vorwärts.«

»Ja«, sagte Geist. »Mir liegt daran, Sack zu vertreten, hauptsächlich mir.«

Anfangs voller Triumph, erkannte Doktor Geist beim Blick auf Gudula Öften, daß er sich eine Entgleisung hat zuschulden kommen lassen. Er ist leider persönlich geworden. Aber Brecher scheint unverwundbar zu sein.

»Wir haben uns an alles gewöhnt«, sagt er beziehungsvoll, »an alles; ich meine, an allerlei Arten der Benutzung. Wir sitzen im Fahrstuhl, wir knipsen das Licht an. Wir spielen Elektrola und fahren Automobil.«

»Wir?« fragt Doktor Geist, sich bei seiner Kollegin vergewissernd, ob die Frage auch kavaliersgerecht sei. Bei Bejahung strahlte er festlich. Nun durfte er auch seinen Trumpf ausspielen, der lautete:

»Brecher sagt: heruntergekommen. Ich sage: entwickelt. Wir haben uns entwickelt.«

Da der Zufall es wollte, daß Brecher, der so viel vom Dilemma des Fiaskos verstand, einen Erfolgsprospekt zu entwerfen hatte, nahm er seinen Kollegen als Vorbild, sich selbst als eigenen Kontrapunkt und schrieb: »Erfolge werden nicht durch Anstrengung, sondern durch richtiges Denken hervorgerufen. Das ist die sicherste Vorbereitung des Erfolges. Eignen Sie sich doch auch die Methoden solcher Männer an! Sie seufzen dann nicht mehr unter der Last Ihrer Arbeit, sondern gehören zu jenen gesegneten großen Mitmenschen, die bei ihrer Arbeit...«

Brecher überlegte. Beim Blick auf Tadewaldt hätte er schreiben können: »die bei ihrer Arbeit Fliegen fangen«. Aber das hätte die Uvag abgelehnt. Er suchte unter den Kollegen umher, aber er fand keinen, dessen Arbeitsmethode den Wünschen der Uvag entsprach, und so blieb ihm nur die eigene Erfindung. »Jubeln«, schrieb er. »Die bei ihrer Arbeit jubeln.«

»Ich habe das dunkle Gefühl, meine Frau geht mich hinter«, hörte er Coty sagen, bis dieser wieder in Schweigsamkeit versank. Da schrieb Brecher unangefochten die Überschrift: »Wesen und Praxis der Vorbereitung persönlicher und beruflicher Erfolge.«

Inzwischen hatte Doktor Geist wieder einmal sein Heil bei Mucki versucht, leider ohne vorher Brechers Prospekt studiert zu haben. Und so machte er alles falsch. Er fragt Mucki, wie alt sie sei.

»So etwas fragt man nicht«, sagt Gudula Öften.

»Aber sie hat so entzückend blaugraue Augen.«

»Banal«, sagt Mucki.

»Ich liebe Banalitäten, vor allem, wenn sie blaugraue Augen haben.«

Das wurde Mucki zu bunt. Sie holte einen Spiegel hervor und betrachtete sich lange und prüfend, während ihr das Haar rötlich ins Gesicht fiel.

»Das hat mir noch keiner gesagt. Finden Sie das blaugrau?« wendet sie sich an Coty, der sich eine Ehre daraus macht, zu erwidern:

»Grün. Nur daß Grün für mein Gefühl meist auf Falschheit schließen läßt.«

»Pfui, Coty ist scheußlich. Seien Sie nett, Doktor, machen Sie's wieder gut und sagen Sie mir die Wahrheit. Alle Leute finden das Grün so verblüffend echt. Wie kommen Sie auf blaugrau? Doktor, Doktor!«

Mit allen Mitteln der Selbstentblößung versuche er es, denkt Brecher. Wäre er konsequent, er müßte die Hosen ausziehen, dieser Geist.

»Wissen Sie nicht, daß Doktor Geist farbenblind ist?« sagt Brecher. Wäre er konsequent, er müßte die Hosen ausziehen. Wahrhaftig!

»Unsinn«, sagt Mucki, während Rüland vor sich hinbrummt: »In der Leipziger Straße liegt 'n Indianer.«

Aber Doktor Geist kam nicht dazu, seine neueste Hilfsformel auszukosten. Die Schrauben waren angezogen worden, und Sack erschien. Er wünschte Brechers Erfolgsentwurf zu sehen und bat ihn ins Privatbüro. Jungens, denen mit einer Stecknadel der Traum ihrer Seifenblase zerstört wird, kennen dieselbe Enttäuschung. Mucki, die Brechers Rücken betrachtet hatte, als er verschwand, sollte indessen erstaunt sein, als er wieder erschien. Er wünschte sie nämlich baldmöglichst zu sprechen – geschäftlich, fügte er hinzu.

II

»Herr Brecher?« hatte die Öften auf eine bescheidene Erkundigungsfrage zu Mucki gesagt. »Ich weiß nicht, woher er stammt. Ich weiß auch nicht, wie er sonst lebt. Seine Vergangenheit existiert nicht, im Gegensatz zu seinem denkwürdigen Freund, dem Doktor, der uns bereits einige Brüder und Erbfehler zuviel vorgesetzt hat. Oder haben Sie von Brecher je ein Wort über seine Familie gehört? Ich nicht.«

»Vielleicht ist er an dieser Stelle verwundbar.«

»Das glaube ich nicht. Dinge und Personen, das eigene Leben inbegriffen, spielen bei ihm keine Rolle. Er könnte unehelich sein, mitten auf dem Potsdamer Platz geboren oder in einem Müllkübel. Aber was wissen wir? Da sitzt man beisammen; einerseits kennt man sich, andererseits ist man sich fremd. In meinen Augen ist er ein Zusammenbruch, unser aller Zusammenbruch. Er hat die Redseligkeit der Schlacke und des Staubs, und er argumentiert deshalb so unentwegt, weil er sich herausbuddeln muß. Es war ein Irrtum von mir, zu glauben, ein gehobener Posten sporne ihn an. Sie verstehen doch?«

»O ja«, hatte Mucki gesagt.

»Darum verzeih ich ihm auch. Ich mache eine Ausnahme. Übrigens rechne ich es ihm hoch an, daß er niemals ausfällig wird bei aller Schärfe. Aber sonst? Soll man sich um ihn kümmern?«

»Wie ich ihn kenne, würde er sich's verbitten.«

»Sie kennen ihn also? Ei, ei!«

»Das natürlich nicht. Ich hatte vom ersten Tag an stets ein wenig Angst und Respekt vor ihm, trotz allem.«

»Das hat man. Das ist das Unerfindliche daran – bei dem Bild, ich hätte beinahe gesagt, bei dem Bild des Jammers, das er bietet. Er kann sich nicht auf seine Beine verlassen. Verstehen Sie? Er traut dem Boden nicht mehr. Nur sein Kopf ist sein Halt, nur dieser steht und bewegt sich. Eigentlich ulkig.«

Dieser unverhofften Vorbereitung eingedenk, war Mucki bei nächster Gelegenheit hinter Herrn Brecher durch den Korridor hergeschlüpft, während dieser, Eile vortäuschend, eine Zeitung in der Hand, zwei Schritte voraus war. Nichts an ihr war seiner besonderen Aufmerksamkeit für wert befunden worden, obwohl sie ein neues Kleid trug, noch nicht ganz bezahlt übrigens, aber eines, das ihr vorzüglich stand. Es grämte sie ein wenig, während sie seinen schlechtsitzenden Hosen folgte. Beim Gedanken an ihren Eintritt durfte sie sich nun sagen: Coty und Doktor Geist, sehr einfache Rechnungen; aber von diesem Herrn Brecher hatte sie eigentlich etwas erwartet und zugestandenermaßen etwas mehr als den Beweis seiner Unbrauchbarkeit. Er war ein Mensch, der eine Überraschung bereithalten müßte. Sein Gesicht, zuweilen von ihrem Platz aus betrachtet, zeigte eine gewisse, nicht durchaus unharmonische, aber gedankliche Verlebtheit, eine Ausgeprägtheit, sehr im Widerspruch zur Frische seiner Jahre. In Augenblicken der Ermüdung konnte sein Gesicht an die abgeschminkte Maske eines demnächst im Delirium endenden Charakterschauspielers gemahnen. So entstand eine gleichzeitig geblendete und fragende Haltung, die noch auf Befehle mit einer durchsichtigen Frage reagierte. Sie zitterte nach, sich anscheinend noch eine Weile auf irgendwelchen Wiesen oder Hintergründen des Bewußtseins sonnend. Brecher, dieser Eigentümlichkeit innewerdend, ging ihr nicht allzu gern nach, aber im Scherz, vor Kollegen, denen er traute, soll er gesagt haben, er mache so ungern einen Punkt; ein Punkt sei wie ein Schuß, zu endgültig.

»Ihre Schrift zeigt eine so seltsame Schlinge«, soll Coty gesagt haben. »Sehen Sie, hier beim kleinen f. Haben Sie Neigung, sich zu erhängen?« – »Es soll ein sexueller Genuß sein«, habe Brecher geantwortet.

Mucki muß daran denken, während Brecher vorausgeht, um bald in einer Nische zu verschwinden, deren es mehrere gab. Man küßte dort Sekretärinnen.

»Was machen wir da?« sagte er nun, die Zeitung, das eigentliche Delikt, schwenkend.

Es handelte sich um einen Fundamentalfehler, den sich Ua-Ua in einem Humanitätsartikel geleistet hatte und der bei den Korrekturen, die in letzter Zeit der akademisch gebildete Teil der Abteilung Propaganda zu besorgen hatte, stehengeblieben war zum Gelächter der Konkurrenz. Mucki hatte die Korrekturen gelesen, sie war verantwortlich. Während Brecher, ihr's schonend beizubringen, überlegte, sah sie ihn an, neugieriger darauf, was käme, als darauf, was geschehen sei. »Tot steht das deutsche Volk an der Bahre seiner Leiche«, hatte Ua-Ua geschrieben, und Brecher fragte:

›»Was machen wir da?«

»Gar nichts.« Dann beschwerte sich Mucki: »Verbessert man

ihn, ist er beleidigt; tut man es nicht, ist er es gleichfalls. Mag er selber als Leiche daliegen.«

»So billig macht er es nicht, Mucki. Es ist zuviel auf einmal an Tragik. Eine Leiche sein und tot dazu ist bereits übermenschlich. Man kann das keinem Volk der Erde aufbürden. Aber noch neben der eigenen Leiche stehen und tot sein – was machen wir da?«

»Nicht einmal Deutsch kann dieser Direktor«, rief Mucki. »Soll er doch die Finger davon lassen.«

»Es sollte besonders schön sein, nehme ich an. In solchem Bestreben macht man meistens die schlimmsten Fehler. Außerdem hat er Vorbilder, hochangesehene. Wilhelm der Zweite hat komponiert, den Sang an Ägir. Hindenburg soll zwar nie ein Buch gelesen haben, Stresemann aber hat mit Goethe herumgebalzt. Vorbilder, Mucki.«

»Aber die falschen.«

»Das zu entscheiden überschreitet meinen Wirkungskreis«, sagte Brecher mit übertrieben höflicher Verbeugung. »Nicht unsere Sache, Mylady.«

Mucki bot einen ratlosen Anblick, sie schmollte, und wäre Doktor Geist an Brechers Stelle gewesen, er hätte sie kurzerhand abgeküßt. Brecher bemerkte es wohl, doch brannte etwas in ihm, eiliger und über diese Miniatur hinausweisend.

»Sie könnten doch auch einen besseren Posten haben«, sagt Mucki, aber so unvermittelt, daß Brecher zusammenzuckt, ehe er leise erwidert:

»In Berlin nicht so leicht.«

»Dann eben anderswo.«

Brecher blickte auf seine Kollegin, die das Dringlichste so wunderbar hinausschob, als regelte sich's dort von selbst. Sie gefiel ihm. Anscheinend sah sie in ihm einen Freund. Er kannte das schon; denn er geriet bei allen Damen in dieses meist aufopferungsvolle Verhältnis. Schon in seiner Jugend – aber was soll das? Er hatte jetzt eine zuverlässige Geliebte, wenn man so will: Berlin.

»Und Paris?« fragt Mucki naiv.

»Man liebt sein Verhängnis. Sagen Sie, hatten Sie je Vergnügen an Seegeschichten? Es handelt sich dort für gewöhnlich um eine Sorte Männer, die der äußeren Gewalt trotzen, dem Sturm, aber auch den Krankheiten und gegenseitigen Verdächtigungen. Und das alles warum? Sie wüßten es selbst nicht, wenn sie auf Herz und Nieren gefragt würden. Aber sie haben einen unbestechlichen Vorwand: das Schiff. Das Schiff vertritt, ich will nicht sagen ersetzt, ihnen die Geliebte soweit wie möglich. Sie schwärmen davon, sie taxieren Vorzüge und Schwächen, doch immer bleibt es ihr Ein und Alles. Das Schiff! Genauso ergeht es mir mit Berlin. Diese Stadt, und keine andere, ist mein Verhängnis. Können Sie das – Sie können es selbstverständlich; ich meine: wollen Sie das begreifen?«

»Ihnen zuliebe.«

»Das ist freundlich. Es zeigt, daß ich keine so lächerliche Null bin, wie es oft scheint. Weil Sie als Eins davorstehen, nicht wahr?«

Sie lachten beide. Dieser Brecher, das war ein Mensch, originell und immer mit seiner ganzen Existenz verankert, trotz der Sucht idealer Ausschweifungen. Übrigens hatte er schandbar zugerichtete Hände. Er biß an den Nägeln, er konnte sich diese Unart nicht abgewöhnen. Ein Geliebter? Schwerlich! Ein Freund? Das schon eher. Nun geht wahrscheinlich ein Zahnrad über seinen Kopf, dachte Mucki, als sie ihm in die wandernden Augen sah.

»Was machen wir da?« fragt er wieder.

»Mir soll es gleich sein, Brecher.«

»Ihnen, nicht mir.«

Da die Zeit drängte, mußten sie sie sich stehlen, immer auf der Hut. Vielleicht wurden sie schon vermißt? Vielleicht telefonierte das Sekretariat Seiferth, und die Jungfrau bekam einen Hustenanfall? Aber vielleicht wurden sie auch nicht vermißt? So unsinnig waren Möglichkeiten und Zufälle.

»Seit wann haben Sie das, das mit Berlin?« fragt Mucki, als ob sie sich nach einer Krankheit erkundige.

»Seit meiner Kindheit. Der Gedanke an Berlin wirkte auf mich wie auf die Motten das Licht. Im Grunde weiß ich gar nicht zu sagen, was mich hier hält. Versengt zu werden ist auch kein Spaß. Ich weiß nicht. Als Junge träumte ich von Bahnen, die am Himmel entlangfuhren, und von der Eisbahn im Sommer, später war es die öffentliche Meinung, das Phantom davon. Was weiß ich? Aber solche Verheißungen sitzen; sie sitzen lebenslänglich.«

»Wie die Zuchthäusler – sitzen.«

»Ja, und wie die Angestellten. On ne peut penser qu'assis, sagt Flaubert. Sitzen muß man, um denken zu können. Aber Nietzsche rief aus: da hab ich dich, du Nihilist! Nur die erlaufenen Gedanken sind von Wert. – Wenn ich meinerseits etwas hinzufügen darf als Antwort für Sie: in Verheißungen, die sitzen, steckt bereits das Verbrechen und im Denken auch. Das Denken erlaubt alles.«

Warum sagt er mir das? denkt Mucki und schweigt.

»Berlin! Ein Schulfreund von mir hatte einen Onkel in Berlin. Von diesem erzählte er gern, er sei vierspännig gefahren wie im Zirkus. Lügen, nichts als Lügen. Aber ich sah sofort ein Geschirr vier weißschäumender Schimmel. Die Mutter des Schulfreunds sprach oft abfällig über diesen Onkel. Er habe alles durchgebracht, wie alle Berliner. Auch habe er nicht für seine Kinder gesorgt. Die Berlinerin, seine Frau, habe ihn zugrunde gerichtet. Da hatte ich die Berlinerin.«

Mucki lachte aus Herzenslust; sie wandte Herrn Brecher einen ungewöhnlich offenen Blick zu, ehe sie scherzte:

»Hätte er keine gehabt, hätte er nicht zu sorgen brauchen.«

»Sie meinen Kinder? Sie, Mucki, wünschen sich wohl keine?«

»Lieber einen jungen Hund als einen Säugling.«

»Ach, das klingt so sympathisch. Ich gratuliere«, sagt Brecher und reicht ihr die Hand. Später besinnt er sich und sagt: »Es sind meist vierzehnjährige Gören, die sagen, die Ehe sei ein Verbrechen. Mit siebzehn sind sie dann verheiratet. Aber es ist doch gut, daß andere standhalten und nicht so schnell die Einsichten ihrer Jugend preisgeben. Sich so schlaflos durch die Nächte wälzen...«

»Schlafen Sie schlecht?«

»Glänzend. Ich sagte das nur so.«

»Aha.«

Hier also, dachte sie, ist seine Grenze. Sie freute sich kindlich ihrer Eroberung. Beinahe hätte sie ihren Toten vergessen, der noch immer an der Bahre seiner Leiche stand. Sollte er dort getrost wiederauferstehen! Das Wiederauferstehungsgeschäft der Uvag funktionierte noch allewege. Aber plötzlich fiel ihr etwas anderes ein, und sie sagte, die Stimme dämpfend: »Könnten Sie mir zehn Mark borgen, Herr Brecher? Mein Kleid ...«

Da sah er zum erstenmal, daß sie ein neues Kleid trug, und selbstverständlich half er ihr aus. Es war höchste Zeit; denn sie mußten zurück. Fast hüpfend entschwand Mucki um die Ecke, jene Stelle mit der Aufschrift: *Vorsicht, Stufe!* mit einem Sprung nehmend. Diesmal sprang sie die Stufe hinab. Brecher kam langsam hinterher.

»Das mit der Leiche nehme ich auf mich«, hatte er gesagt, und er war bereit, sein Versprechen zu halten.

III

Auch mit Coty hatte Mucki ein flüchtiges Nischengespräch geführt, ihrer schmetterlingshaften Art entsprechend. Sie brauchte dieses Fluidum. Sie wollte in den Gesichtern ihrer Kollegen jene leise spürbare Auflösung genießen, vermöge derer das Männliche nachgiebig und offenherzig wird. Nicht von jedem ersehnte sie eine an Doktor Geist gemahnende Rettungslosigkeit und Verzauberung, obwohl sie geschmeichelt war, ihm dieserhalb viel verzeihen zu müssen; aber ein wenig Erregung sollte herrschen, eine ins Spielen geratene Gefährlichkeit und Unordnung. Dieser flirtende Dauerzustand hatte sich frühzeitig herausgebildet. Und so versuchte jeder Kollege auf seine Art, damit fertig zu werden.

»Gelebt haben, was ist das überhaupt?« hatte sie gefragt, Coty zuliebe, der's hätte wissen müssen.

»Da fragen Sie noch?«

»Naja. Früh steht man auf. Ergebnis: fünf Minuten zu spät. Dann merkt man zu allem Pech: ein Loch im Strumpf. Also wieder runter damit! Aber die Zeit, die Zeit, und das Loch wird größer, stopft man es nicht in der gleichen Minute. Das schmilzt förmlich hin. Ach, täglich steht man vor einer zerstörten Welt.«

»Ich wüßte, was Ihnen fehlt«, hatte Coty gesagt.

»Hast du Töne?«

»Ja. Sie sollten sich bis über die Ohren verlieben.«

Glatt ausgelacht war er worden! Dieses Rezept war viel zu billig. Es war ebenso simpel, als sagte eine Tante: Wenn du erkältet bist, Kind, leg dich ins Bett; trinke ein Glas Zitronenwasser! Mucki Schöpps gestattete sich, Cotys Schwachsinn zu bewundern, den Schwachsinn eines Filous.

»Etwas Besseres fällt Ihnen nicht ein? Coty, Coty! Da werde ich Ihnen eine Geschichte erzählen. Als ein Freund meines verstorbenen Vaters todkrank war und die Ärzte gerufen wurden, sagten sie: aus. Sie gaben ihm keine zwölf Stunden mehr, aber gewohnheitsmäßig schrieben sie auf, was er alles nicht essen dürfe. Dabei hatte er einen tollen Heißhunger auf eine saure Gurke! Unmöglich, sagten die Ärzte. Mein Vater, wenn auch nicht anderer Ansicht, meinte immerhin: ob mit oder ohne Gurke sterben, was verschlägt's? Dem einen die letzte Ölung, dem anderen eine saure Gurke. Schaden kann's nicht. Und so gab er sie ihm. Und wissen Sie, was geschah? Er starb, aber zwanzig Jahre nachher. – Verlieben, sagen Sie, Coty. Ich aber will eine saure Gurke.«

Coty hatte bei allen Schwüren der Welt wissen wollen, daß die Liebe eine saure Gurke übertreffe. Er war nicht abzubringen gewesen, so daß Mucki zur Notwehr griff und ihm vormachte, was Liebe sei. Genauso sei es.

»Bubi, bist du böse? Hier zieht's. – Komm, nimm meinen Pelz derweilen. Die Bahn kommt gleich.« So beginne das Theater, meint Mucki. »Aber der Bahn fällt es nicht ein, sie kommt und kommt nicht. Er aber behauptet, er höre sie schon von weitem klingeln. So sind nämlich Verliebte, wie Geistesgestörte, die Stimmen hören. Schämen Sie sich für diese Empfehlung, Coty! Zehnmal so, und der Handschuh ist gewendet. ›Zieht, zieht, ach was, zieht! Bei dir zieht's immer. Ich bin's doch nicht, der den Wind macht.‹ – ›Aber Bubi, was hast du nur?‹ – ›Dann warte gefälligst, bis die Bahn kommt.‹ – Aber die Bahn, wenn kommen soll, kommt nicht. – ›Du siehst doch, daß sie nicht kommt. Ich bin's nicht gewesen, der sie verbummelt hat, ich nicht. Herschieben kann ich sie auch nicht.‹ – ›Aber mich friert so, Bubi.‹ – ›Nimm dich zusammen, oder ich laß dich stehen. Ich laß dich stehen, wie du bist. Meinetwegen erfriere!‹«

»Reizend geschauspielert, Mucki. Aber so muß es nicht sein.«

»Aber so ist es.«

»Dann bleibt mir nichts übrig, als mich selber in Sie zu verlieben. Was sagen Sie zu dem Vorschlag?«

»Auf Sie hab ich gerade gewartet.«

Mit diesem Blizzard hatte Mucki ihn stehenlassen, Coty, den Beau, der mit Damen umzugehen wußte wie andere höchstens mit Messer und Gabel. Gewiß, es hatte ihn nichts gequält; er trauerte keiner vermeintlichen Chance nach, im Gegensatz zu dem armselig verrannten, von allem Geist verlassenen Doktor; aber genasführt hatte er sich dennoch gefühlt, in den April geschickt. Jedoch, man kann auch auf entzückende Weise abblitzen, nicht wahr? Man kann sich sogar dabei auszeichnen.

Sich derart abfindend, hatte Coty zur Mittagspause mit Doktor Geist über sie gesprochen, und seitdem sprachen sie öfter. Eine verbotene Zigarette rauchend, saßen sie auf dem Dachgarten der Uvag, plaudernd und meditierend, immer den einen Gegenstand im Auge.

»Jetzt haben wir eine Schönheit«, sagte Doktor Geist, starrte dem sich ringelnden Rauch nach und ärgerte sich über den mißratenen Ton seiner Stimme. Er verlor seine gewohnte Stimmlage beim Gedanken an Mucki. Er tremolierte, aber es kratzte.

»Sind Sie dessen so sicher? Schönheit?«

»Nach der Wirkung zu schließen«, sagte Doktor Geist, unsicher ins Weite blickend und sich schließlich zu einem Ausspruch Brechers rettend, der gesagt hatte: »Es steckt ein nihilistischer Zug in jeder Schönheit. Wo immer sie geht, läßt sie Verheerungen hinter sich.«

Coty, vor Erkenntnissen weniger ratlos, denn er nahm sie nie absolut, ließ sich nicht darauf ein; er fragte direkt:

»Mag sein. Aber mit einem Wort: gefällt sie Ihnen?«

Es traten Pausen ein, während welchen sie ihre Zigarette genossen. Dann sinnierte ein jeder, ein Straßengeräusch verfolgend oder ein lichtes Wölkchen, das über den Dächern dahinzog, voller Anmut bei aller Vergänglichkeit. Kehrten sie wieder zum Thema zurück, war es wie nach einem Ausflug. Sie sprachen geheimnisvoll leise, aber im Bestreben, sachlicher als eine Türklinke zu sein.

»Leider gefällt sie mir. Das heißt: eigentlich nicht.«

»Sie sollten niemals einen Schießwettbewerb mitmachen, Doktor. Ihre Art zu zielen ist äußerst kompliziert.«

»Um die Ecke herum, was?« grinste Doktor Geist, geschmeichelt wie immer, sobald seine Person zum Brennpunkt einer Charakteristik auserkoren wurde. Es war ihm dann gleich, wie die Beurteilung ausfiel.

»Sie gefällt Ihnen also. Warum dann leider? Was gibt es daran zu bedauern? Am Gefallen doch nichts. Oder?«

Doktor Geist wartete lange; er drückte umständlich die Asche seiner abgerauchten Zigarette aus, um sofort eine neue anzuzünden. Dazwischen roch er den Bratendunst aus dem Kasino. Das kam herangeweht, gleichfalls einerseits: andererseits – einerseits nämlich wie ein Frühlingslüftchen, andererseits wie etwas Verlebtes, Abgestandenes.

»Sie hat etwas an sich, das stört«, sagte er fachmännisch. »Jede Schönheit übrigens.«

»Das stört?«

»Ja – angenehm stört.«

Coty, der einen Laut über die Lippen stieß, nicht so heftig wie eine geplagte Lokomotive Dampf, aber auch nicht so mild wie ein verwöhnter Kavalier den Rauch einer teuren Zigarette, legte den Kopf schief. Ihm fehlte jeder Gedanke, und doch begriff er es gut. Aus Lässigkeit sagte er aber:

»Erklären Sie das.«

Nachdem Doktor Geist in unverhohlen steigender Erregung eine Anzahl Ringe geblasen hatte, sagte er:

»Erklären kann man da wenig.«

So so, dachte Coty, wohlig beregt. Er hätte es dennoch ganz gern in Worten vernommen. Nicht, daß er sie auf die Waage legen wollte; ein Ungefähr würde ihm genügen.

»Ein Gemälde, das erklärt wird, verliert«, meinte der Doktor, im stillen bereits auf der Jagd nach Worten. Es war sein Fehler, daß er nicht Brecher hieß.

»Es verliert, vielleicht, aber der Laie gewinnt, sofern er überhaupt Teilnahme aufbringt. Wozu Maßstäbe anlegen, wenn eine Sache Spaß macht?«

»Spaß«, wiederholte Doktor Geist.

Nunmehr schwiegen sie endlos. Coty, der nichts mehr zu sagen hatte, streckte die Beine lang aus; ihm behagte das Plätzchen, zufrieden, daß sein Magen verdaute. Sollte der Magen auch einmal zu schmecken bekommen, was Arbeit sei. Verdauen, nur schön nacheinander verdauen. Er dachte nicht an dieser Sache herum, sie drehend und wendend, die peristaltischen Bewegungen des Magens auf die Gedankentätigkeit übertragend. Lieber ließ er sich von aufkeimenden Eindrücken entführen.

Dagegenknallen, gegen die Tür, dachte er in Erinnerung an eine Szene mit Gudula Öften. Er hatte mit einem Browning gespielt, neuester Konstruktion; er hatte, den Apachen spielend, gegen die eigene Schläfe gezielt, den Schrecken Gudula Öftens genießend. Es war das einer der besten Genüsse. Unterdessen hatte Brecher sofort verdaut und eine These aufgestellt, wonach manche Menschen, denen er auf der Straße begegne, ihn reizten, sie zu erschießen, um herauszubekommen, wer sie seien. Nur so wäre das möglich; andernfalls, bei einem Annäherungsversuch, flöge man glatt vom Randstein. Dieser Brecher war Gold wert, meinte Coty; nur sei die Valuta, in der er zahle, nicht überall anwendbar. Laß dich erschießen, und ich sage dir, wer du bist! – Es war wirklich nicht übel.

Beim Blick auf Doktor Geist wurde Coty wieder aus seiner Träumerei hinausbefördert. Den erschießen, dachte er, wäre schade. Während Coty sich diesen Stimmungen hingegeben hatte, ein Loch lassend in ihrem Gespräch, versuchte Doktor

Geist mit einer Anstrengung, die den Schweiß ins Perlen brachte, das Loch zu stopfen. Allein über sie reden gewährte ihm, was ihm versagt blieb.

»Eine Schönheit«, begann er, »gehört eigentlich gar nicht in diese Welt. Sie stört nur.«

»Aber angenehm. Sagten Sie nicht so, Doktor?«

»Gesagt oder nicht. Ich verstehe schon lange nicht mehr, was ich rede und tu. Gudula Öften mag in der Lage sein, eine Schönheit zu genießen, es bleibt ästhetisch. Aber das ist nur die eine Seite. Meine Schönheiten, wenn ich so sagen darf, sind derart vollkommen, daß sie weh tun.«

»Das ist mir zu hoch.«

»Mir auch, Coty, aber deshalb fühl ich mich so hinunterge- zerrt. Um es zu paralysieren, müßte man tanzen in der Art der Neger. Getanzt wird sicherlich auch aus Schönheit.«

»Getanzt wird«, nickte Coty.

»Ich kann's eben nicht erklären. Ich weiß nur, daß man Schönheiten nicht berühren darf. Aber die Hände vor ihnen in den Schoß legen und interesseloses Wohlgefallen markieren, wie die Leute im Museum, ist auch nicht geheuer. Dann ist es die Onanie. Darin liegt auch ein Widersinn. Denn eigentlich müßte es heißen: schämst du dich nicht, so schön zu sein?«

»Widersinn? Versteh ich nicht mehr«, sagte Coty. Er hatte auch keine rechte Lust, es zu verstehen; aber diese letzte Er- klärung erstaunte ihn doch. Dann hatte Doktor Geist hinzuge- fügt:

»Vor einer Schönheit gibt es nur zweierlei: tot sein oder gei- stesgestört.«

»Da Sie leben, sind Sie also verrückt«, sagte Coty mit tiefer Wonne.

»Das nehme ich an. Ab heute betrachte ich mich als wahnsin- nig. Es ist nicht länger daran zu zweifeln, Coty.«

»Dann meinen Glückwunsch, Doktor. Und alles Gute!«

Sie amüsierten sich beide; doch während Coty nicht ein Wort des Gesprochenen ernst nahm, war Doktor Geist tief beglückt, seine geliebte Grenze gestreift zu haben, die Unzurechnungsfähigkeit, jenen Strich, wo gesund und krankhaft wechselten, je nach Laune. Als Coty sich erheben wollte, beeilte sich Geist mit der Bemerkung:

»Ihr Mund zum Beispiel, wenn sie ihn verzerrt. Ihre falschen Behauptungen. Das mit den Arbeitern neulich …«

»Sie spielt.«

»Brecher meint: wer sie beim Wort nimmt, verkennt sie. Mir wäre oft lieber, sie hinkte.«

Nach dieser ihm unbegreiflichen Wendung erhob sich Coty. Machtlos sein, daran gefiel ihm nichts. Im Grunde hielt er alles, was Doktor Geist sagte, für Unsinn, zumindest für die Taktik eines, der sich gern aufspielt. Von der Logik des Irrsinns hatte Coty keine Ahnung oder nur eine angelernte Vorstellung; außerdem kam das hier nicht in Frage, es wurde höchstens leise berührt. Machtlos sein gegen die eigene Tollheit, auch daran wollte Coty gar nichts gefallen.

»Sind Sie gern machtlos?« fragte er dennoch im Weggehen.

»Rasend. Das heißt –«

Drinnen im Korridor kam Mucki wie gerufen auf die beiden Herren zu. Sie hatte sich verspätet wegen einer Aussprache mit Sack. Aber sie habe zum Glück nichts damit zu tun; es sei Brechers Sache. Eine Frage übrigens: ob die Herren ihr ausnahmsweise zehn Mark borgen könnten? Eine momentane Verlegenheit, meinte sie. Selbstverständlich waren die Herren bereit, doch als Mucki im Speisesaal verschwunden war, sahen sie sich eigentümlich an, beide sprachlos.

Das Tagebuch der Gudula Öften

I

Es war eines Nachmittags nach Büroschluß, als Brecher sein Versprechen einlösen und Muckis Fall, die tote Leiche betreffend, bereinigen wollte. Die Kollegenschaft hatte nach althergebrachter Gewohnheit das Büro fluchtartig verlassen. Die Schreibtische waren nur notdürftig aufgeräumt, die Blumen der Gudula Öften schliefen, manche so tief, daß sie die Blüten verloren. Diese stehengelassene Welt, zur Untätigkeit verurteilt außer dem Bürochef, der als Ratte noch hinter seiner Tür herumraschelte, hatte die Öde einer heimgesuchten Landschaft. Was Wunder, daß Brecher gegen die Fensterscheibe trommelte und ihm Zweifel aufstiegen über sein Tun? Er sollte hier warten. Aber er war auf der Hut, nicht allzu zäh an seinen Zweifeln zu hängen, auch hatte er das unbestimmte Gefühl, daß diesmal die Sache mit Sack leicht in Ordnung zu bringen sei. Was ihn beunruhigt hatte, war weniger dies, sondern die Tatsache, daß er beim Blick durchs Fenster unten auf der Straße Mucki hatte gehen sehen, Coty an ihrer Seite. Während er hier ihre Sache durchfocht, spazierte sie also davon, und es gehörte eine Portion Selbstvertrauen dazu, ihr Lachen nicht auf den zu beziehen, der in dieser Geschichte der Dumme war. Immerhin, auch diese Verstimmung war unbegründet, da man längst wußte, daß Coty die Erlaubnis erwirkt hatte, Fräulein Schöpps täglich bis zur nächsten Untergrund zu begleiten – ü?

Einsam aufs Straßengewimmel hinabblickend, hörte Brecher plötzlich eine wohlvertraute Stimme im Rücken sagen: »Du hier?« – Er drehte sich um und sah Doktor Geist, der verspätet vom Waschraum zurückgekehrt war. Obwohl Doktor Geist wußte, daß Brecher, wie man sagt, Steinchen aus dem Wege zu räumen hatte, foppte er ihn. Ob er den Sinn der Arbeit erfaßt habe? Ob er Überstunden machen wolle? Aber nach diesen Verlegenheitsscherzen einigten sie sich, aufeinander zu warten, um gemeinsam den Abend zu verbringen.

Seit Jahren hat das Leben die beiden Kollegen nebeneinander hergeführt, in einem Zustand regloser Freundschaft, zwar ohne das Glück innigen Einverständnisses, aber auch ohne Konflikte. Kleine, in der Hitze des Geschäftsbetriebs unterlaufene Anwürfe galten nicht viel, wie es schien, obwohl nicht gesagt ist, daß sie unschädlich gewesen wären. Man merkt sich, wenn man gesagt bekommt: »Schweig nicht so unverschämt!« – aber man vergißt's auch. Dem Vergessen bleibt es dann überlassen, dem Sumpf des Gedächtnisses, ob Blasen dieser Art irgendwann wieder aufsteigen sollen. Vorläufig sah es nicht danach aus. Sie vergnügten sich an der skurrilen Tatsache ihres Vorhandenseins im selben Maße, als sie sich bewachten. Da sie bisher ein glücklicher Zufall stets enger zusammengeführt hatte, nachdem ein Zwischenfall ernsten Charakters am Werk gewesen war, sie zu entfremden, hatte sich ihr Verhältnis kaum geändert. Brecher benötigte Doktor Geist und dieser jenen. Er liebte, kraß ausgedrückt und vorgreifend, seinen Verräter oder dessen Anlage zum Verräter, wobei zu bedenken ist, daß ein Mensch, der sich fortwährend selbst verrät, auch Neigung verspüren mag, andere zu verraten. Es ist ein delikates Gebiet. Aber an der Art, wie Brecher seines Kollegen Geistesverfassung zu kontrollieren verstand, ermaß er die eigene Kraft. Geist hinwiederum regelte an der Methodik Brechers die eigenen Pläne; er ließ ihn vorangehen, denken und Positionen klären, immer in Erwartung einer Chance. Diese Erwartung war sein Genuß. Es konnte ihm daher nie zum Handeln zu spät sein. Oft waren auch seine Wünsche ihm weit voraus, so daß er an ihnen naschte in Ermangelung anderer Delikatessen, und diese Voreiligkeit verdarb ihm naturgemäß die Entschlußkraft. Einmal aber gedachte Doktor Geist alles auf eine Karte zu setzen. Ja, es steckte Politik hinter ihrem Freundschaftsverhältnis, Politik als Ausgleich wie als treibender Faktor.

»Es liegt etwas Laszives über Stühlen, die leer sind«, meinte Doktor Geist, ein Gespräch suchend, das vorsichtig genug wäre; aber Brecher stutzte dennoch, weil jener ausnahmsweise zuerst das Wort ergriff.

»Wahrhaftig«, sagt er, den Blick vom Fenster wendend. »Eine Drehscheibe am Gesäß und eine Fontäne im Kopf. Marotten, lauter Marotten. Es könnte endlich etwas geschehen.«

»Was soll denn geschehen, Brecher?«

»Nichts. Aber das ist es ja eben, daß hier in der einfachsten Weise unaufhörlich nichts geschieht. Nichts und geschieht – so unmöglich ist dieses Dasein. Es geschieht etwas, ohne Zweifel, es wird zum Beispiel verdient, wir aber bilden uns ein, daß nichts geschieht. Es kommt vom Sitzen. Diese magere Gewohnheit ...«

»Ein Frauenarzt ist zum Tode verurteilt worden. Gefällt dir das besser?«

»Auswendig weiß man das. Ein Meineid spekuliert auf Zuchthaus; ein Mord, kaum daß er geschehen ist, entwickelt die schönsten Tätigkeitsfelder. Das läuft von selber. Und der Mörder genießt den Vorteil, sich in den Händen einer fremden Regie zu wissen, in denen der Kriminaler, denen der Juristen. Eigentlich müßte er alle Sorgen los sein.«

»Das klingt hoffnungsvoll.«

»Kann man Tote aufwecken durch ein Geständnis?«

»Aber Mörder entlarven.«

»Wenn er wirklich der Mörder ist, kann er damit zufrieden sein. Er hat ein Leben hinter sich gebracht.«

»Umgebracht hat er.«

»Meinetwegen auch umgebracht.«

Allzusehr strengte Brecher sich diesmal nicht an. Seine Gedanken schienen nur halb beteiligt zu sein, während der Rest irgendwelchen Phantomen nachjagte. Zusehends wartend, mehr auf die Bewegung der Tür als auf die Ergüsse seines Kollegen, begann er wieder gegen das Fenster zu trommeln. Die Verödung des Raumes bewirkte, daß die Minuten langsam vergingen, Doktor Geist Behaglichkeit genug zu der stillen Feststellung lassend, daß sie beide wieder auf gleich ständen, eins zu eins.

»Am saubersten ist der Platz von Perdelwitz«, sagt Geist. »Man merkt, daß sie fehlt.«

»Perdelwitz«, wiederholt Brecher, »ein verfehltes Geschöpf.

Nicht häßlich genug, um zu verblüffen, nicht schön genug, um auffallend zu sein. Was tut sie nur? Immerzu tippen?«

»Gut sah sie nicht aus, letzthin.«

»Weil Toldi es jetzt mit der Hückstedt hat. Und sein Furunkel...«

»...ist operiert«, sagt Geist.

»Hückstedt«, wiederholt Brecher, weil ihm der Name gefiel.

Ihre gelangweilten Stimmen hatten etwas Klägliches. In Wartesälen, bei Ärzten oder auf Bahnhöfen unterhält man sich so. Schließlich ertrug Doktor Geist es nicht länger, und so fühlte er sich zu dem Ausruf veranlaßt:

»Ich glaube, diese Weiber heiraten nur, um hinterher sagen zu können: ich laß mich scheiden.«

»Welche Weiber?«

»Mucki.«

Endlich war es heraus. Aber Brecher zuckte nicht mit der Wimper.

»Ja, das sieht man sofort«, sagt er. »Sie gehört zu jenen Menschen, die in den Spiegel gucken, ohne zu erschrecken, und die mit den Augen abbitten, was ihr Mund frevelt. Zu denen gehört sie. Eine Trickfigur.«

»Das ist gut. Trickfigur.«

»Nur Perdelwitz«, sagt Brecher, nicht ohne Absicht ausweichend, »ist eine von denen, die ihren Chef im Traum sehen.«

»Ich sehe immer nur Lehrer Schellhammer, den Mann mit der ruinierten Menschlichkeit«, ruft Geist, bis er sich wieder besinnt und hinzufügt: »Perdelwitz. Weißt du, wie sie riecht? Wie Fisch, drei Tage liegenlassen. Probier das mal!«

»Danke.«

»Aber halte dich ran! Sie wird demnächst zur alten Jungfer gekrönt. Sie soll ins Sekretariat Seiferth versetzt werden. Etwas verfrüht für meinen Geschmack.«

»Dann begreife ich, daß sie fehlt.«

Endlich war Sack soweit, Herrn Brecher zu bitten, der, nach einer Verständigung mit den Augen, teils erleichtert, teils neu belastet, verschwand, Doktor Geist allein zurücklassend.

Nirgendwo lag etwas Nennenswertes herum, keine Fotografie, kein Armband; nur ein Gummiring rollte sich zu einer komischen Acht, und einige Bleistifte waren nervös insofern, als sie sich mit den Spitzen berührt und sofort um die eigene Achse gedreht zu haben schienen, mit der Spitze nach links, mit der Spitze nach rechts. Nein, es war nichts zu suchen. Aber die Zeit wurde dem Doktor zu lang, und so streifte er mit dem Blick über die Schreibtische, bis er auf Muckis Platz ein neues Lineal sah, sein eigenes aber im Papierkorb. Es war doch hoffentlich aus Versehen hinabgerutscht?

Durch diese fatale Entdeckung veranlaßt, schlenderte Doktor Geist unruhig umher; es war, als genügte ihm diese eine Entdeckung nicht, und in der Tat, er sollte noch eine zweite machen. Um seinen aufgeregten Händen etwas zu tun zu geben, hatte er schließlich auf Gudula Öftens Schreibtisch all die abgefallenen Blüten gesammelt und in der dazugehörigen Vase standesgemäß begraben, als er zufällig mit dem Knie an die Schublade stieß und dabei entdeckte, daß sie offen war. Um die Wahrheit zu sagen, richtig offen stand sie nicht; aber der Schlüssel steckte. Gudula Öften hatte den Schlüssel sowohl abzuziehen als auch herumzudrehen vergessen. Es waren wieder einmal zwei Fehler! Das ist die Wahrheit. Das ist die Fahrlässigkeit. Dadurch kam Doktor Geist der schwerwiegende Einfall. Es gibt Einfälle, die Brandwunden zurücklassen, und einer von diesen war es. Doktor Geist wand sich zunächst, aber irgendein Abwehrdrang hatte längst statt seiner entschieden. Er zog die Schublade auf und holte ein Album hervor: Gudula Öftens Tagebuch

Je länger Brecher und Sack konferierten, um so feierlicher wurde die Öde des Büros. Nur die Fliegen waren noch lebhaft. Das Straßengeräusch schien beschwichtigt zu sein, weit drunten, weit draußen, und sonst herrschte Stille und Frieden. Dennoch zog sich Doktor Geist mit seinem Schatz bis zum eigenen Schreibtisch zurück, wo er sich sicherer fühlte. Moralische Bedenken waren ihm aufgestiegen, erst vereinzelt, dann in Massen, und es dünkte ihn höchste Zeit, solchen Rückfällen zuvorzukommen. Wenn alle Menschen von einer Art Zaun umgeben sind – hier war nicht nur ein Astloch, sondern die Baustelle selber. Mochte Unbefugten der Eintritt verboten sein oder nicht! Indes, Doktor Geist war ein Genießer. Er machte sich nicht sofort an die Lektüre; denn zunächst beroch er die Sache von außen. Das Buch war parfümiert, es war wie eine Dame gekleidet, in schwarze Seide, in Taft, oder wie das Zeug hieß. In der Konfektion war Doktor Geist nicht bewandert. Aber es traf ihn wieder ein Einfall, und dieser war schuld, nicht er persönlich, daß er das Buch aufklappte und mit geschlossenem Auge den Zeigefinger auf eine Stelle legte, die seltsamerweise lautete: »Ich fühle, irgend etwas geht in mir durch, und danach handle ich dann.« – Sie also auch, denkt Doktor Geist, sein Spiel sogleich wiederholend. Sein Einfall hatte sich mechanisiert; und zur Strafe las er: »Mucki Schöpps hat mich um zehn Mark angeborgt. Diskret behandeln.«

Da schlug Doktor Geist mit der Faust auf den Tisch, und die Tür sprang auf, daß man hätte glauben können, deshalb. Aber so weit geht die Machtbefugnis eines Angestellten nicht. Mag er mit Fäusten gegen gewisse Türen trommeln, sie müssen sich deshalb nicht öffnen. Es war Brecher, der herauskam, alles in bester Ordnung wissend. Der Fall war bereinigt und seine Stimmung wie ausgewechselt. Nur die seltsame Geheimnistuerei seines Kollegen störte ihn anfangs, bis dieser mit seiner Weisheit herausrückte. Draußen im Korridor hörte man sie kichern und tuscheln, sich närrisch aufführend in der Art von Jungens, die eine Entdeckung gemacht zu haben glauben und nun aufgeregt gelaufen kommen und rufen: »Mutti, guck mal! Mutti, Mutti.«

II

Ins Kabinett der Intimitäten verschwunden, die Köpfe zusammengesteckt und aneinandergeschmiegt, hockten sie da, überrieselt von Frost und Hitze. Es erspart sich jedes Urteil darüber; es war einfach toll. Bei okkultistischen Sitzungen mag es so zugehen, bei Verschwörern. Dabei hatten sie nichts in Händen als ein aus Mädchentagen herübergerettetes, neu wiederaufgenommenes, nicht sehr dickes, mit Goldrand versehenes, altmodisches Tagebuch einer Kollegin. Keine Zeitungsnachricht erreichte an Sensation, was diesen Blättern gelang; jedenfalls pflegten Zeitungen in den Händen Brechers und Doktor Geists nicht so zu zittern. Es mußte an der Sphäre liegen, die hier berührt wurde.

»Bist du dir klar, was wir jetzt tun?« fragte Brecher. »Wir begehen einen Eingriff.«

»Wir treiben ab«, sagte Geist, dem die Angst vor der eigenen Courage Lustkitzel durchs Genick jagte.

»Du hast heute eine Neigung ins Poetische, Geist. Um dich nicht zu bezichtigen, nehme ich an, daß wir in Privatbezirke abtreiben. So war's doch gemeint?«

»Frieske«, sagte Geist, mit dem Finger lesend. »Immer hat sie es mit den beiden.«

»Glaub ich, glaub ich. Mucki hält fest am Genossen, Frieske greift beständig nach dem, was ihr bevorsteht. Für Hyänen in Menschlichkeit eine tolle Kombination.«

»Hier lies!« sagte Geist.

Sie steckten die Köpfe zusammen und verfolgten die großen Schriftzüge der Gudula Öften. Die ersten Seiten, mit Bemerkungen angefüllt, wie sie jeder Backfisch zustande bringt, überschlugen sie schnell, aber später, mit Muckis Eintritt, beugten sie sich zusehends tiefer.

»Ich habe mit Lisa gesprochen, wegen Heinz. Ich merke doch, Kind, daß du nervös bist, sag ich. Solche Dinge entgehen mir nicht. Diese Ringe um die Augen, diese Wagenräder einsamer Nächte! Es liegt mir nichts daran, Dinge zu erfahren, die mich nichts angehen, aber es liegt mir daran, mit freien Menschen zusammen zu sein. Nachdem uns die Männer mit ihren Händen abgetastet haben, sind wir oft dankbar für einen kleinen Finger. Fürchterlich sind sie; ich weiß. Immer weiß er Begründungen für das Geringste seines Tuns, sagt Lisa von Heinz. Er ist guter Laune, weil die Metalle gut stehen. Er denkt ungern, weil nichts dabei herauskommt. Möchte wissen, warum er lebt? Wahrscheinlich, weil er geboren wurde.«

»Ein Prachtkerl«, sagte Geist und vertiefte sich weiter.

Dennoch müsse er merkwürdig sein, unruhig hinter einem Firnis absolut sturer Männlichkeit, meint Gudula Öften. Ein Praktiker, aber mit »Seele« hinter dem Stacheldraht. Er liebe sie viel zu sehr, als daß er Lisas Liebe als eine Lust entgegennehmen könne, hat er gesagt.

»Der Mann ist sentimental«, erklärte Brecher, sich weiter vertiefend.

»Dreiviertel Jahr laufen sie nebeneinander her«, schreibt Gudula Öften, »einer tüchtiger als der andere, aber wenn es zum Klappen kommen soll, zucken sie zurück. Reizungen, diese Reizungen! Lisa sagte ganz richtig, sie komme sich vor wie ein aufgespartes Opfer. Sie schließt daraus, daß er sie heiraten werde. Den Menschen aus den Klauen der Arbeitskraft befreien – wahrhaftig eine Aufgabe!«

»Weiter«, sagte Brecher. »Immer an der Wand lang.«

Dieser Heinz wimmle von Vorurteilen, meint Gudula Öften. Er treibe Realpolitik in der Liebe, aber mit katastrophalen Vorbehalten. So seien die Männer alle. Erst ermutigten sie die Frauenwelt, sich beruflich zu engagieren, förderten auch die Frauenemanzipation, wo sie könnten, aber als Mann schlechthin, als Privatmann, ließen sie, statt die Konsequenzen zu ziehen, die öffentlich protegierte Frau sitzen zugunsten des Gretchentyps. Die Herren hätten sich eben geirrt, und damit sei der Fall für sie erledigt. Feine Herren! Weil sie noch von der Schule her wüßten, daß sie nicht so sollen, wie sie wollen, deshalb seien sie dagegen, obwohl sie dafür sind. Es liege an der Unaufrichtigkeit der Männer. Statt Unaufrichtigkeit könne man auch sagen: moralisches Bewußtsein. Es klingt besser, sei aber dasselbe.

»Da hast du dein Fett«, sagte Geist, auf eine unterstrichene Stelle weisend, die lautete:

»Dieser Mann will sich nicht unterwerfen, nicht einmal seiner besseren Einsicht.«

Aber Brecher, mit trockener Kehle, sagte: »Weiter!« Er machte eine umblätternde Bewegung.

»Lisa ist natürlich verzweifelt. Sie hat ihr ganzes Sinnen und

Trachten auf diesen einen Menschen gesetzt, auf Heinz. Ich habe ihr klarzumachen versucht, daß Männer, die ganz in ihrem Beruf aufgehen, die denkbar schlechtesten Liebhaber sind. Die besten Liebhaber sind jene Männer, die zu nichts taugen. Ich sage ihr: du mußt ihn bei der Logik und der Zweckmäßigkeit packen. Aber sie starrt mit aufgeworfenen Lippen ins Leere. Wenn Sie wüßten! sagte sie. Zu Hause Küche und Kammer, und dann dieser Stiefname Schilhanek. Ich möchte ihn in eine Kellerwand schreien, damit er dort drunten gefangen sitzt und nie wieder heraus kann.«

»Das halte ich für eine Erfindung der Öften«, sagte Geist, doch Brecher sagte nichts außer: »Weiter!«

Er sei oft so abwesend, aber oft auch direkt mit der Uhr hinter der Liebe her. Wissen Sie, Öften, habe Lisa gestanden: ich komme mir manchmal längst verheiratet vor. Können Sie sich das vorstellen? Längst verheiratet!

Brecher und Geist sahen sich eine Weile an, aber das Lachen verging ihnen. Ein jeder ließ die über Frieske gehegten Vorstellungen vorüberziehen, die nicht alle kritisch waren; denn als Bürokamerad war nichts gegen sie einzuwenden; aber daß hinter ihrer unverwüstlichen Frische ein so pedantischer Wurm saß, war ungeheuerlich.

»Da guck an!« sagte Geist, dessen Blicke schon wieder liefen.

»Dann hab ich so oft den Eindruck, sagt Lisa, als würde ich von ihm taxiert, einem Mobiliar vergleichbar, das er seiner zu gründenden Familie einzuverleiben gedenkt. Und er macht tatsächlich Entdeckungen dabei. Plötzlich merkt er, daß meine Brüste ungleichmäßig groß sind, der Kerl. Das ist nicht neu, aber unauffällig, ganz und gar unauffällig. Nein, er muß sich breitbeinig vor mir aufpflanzen und mich abtaxieren. Ein Pferdehändler macht es nicht anders. Es fehlte nur noch, daß er sich auch die Maße notierte. Liebe Öften, ich wurde schließlich wütend.«

»Dafür geb ich ihr einen Punkt gut«, sagte Brecher. Geist aber flüsterte das allseits bekannte: »Weiter!«

»Weiter geht's nicht.«

»Am Rand«, sagte Geist, dessen Umsicht direktoriale Formen

angenommen hatte. Tatsächlich befand sich am Rand eine nachträglich eingefügte Bemerkung von äußerster Wichtigkeit. Sie lautete:

»Eine Möglichkeit wüßte ich, aber sie ist gefährlich. Man müßte es darauf ankommen lassen. Er könnte schließlich nicht die Mutter seines Kindes weiterhin mit Versprechungen hinhalten. Ich sagte zu Lisa: überleg dir's!«

»Wenden!« sagte Brecher, und Doktor Geist befolgte es willig. Aber sein Blick blieb nicht gesenkt, er suchte das Profil seines Kollegen zu enträtseln. Hat dieser denn gar nichts zu dem Vorschlag der Öften zu sagen? Ihm ist, als ginge diese Jungfrau zu weit, als hinkte sie selbst über Leichen, um sie hinterher beweinen zu können. Oder ist das zu übertrieben? Unterdessen hat Brecher ruhig eine halbe Seite weitergelesen, bis Geist ihn hindert.

»Mir nichts wegnehmen, du. Was hast du gelesen?« sagte er.

»Eine Stelle über Mucki!« sagte Brecher, es als belanglos hinstellend, bis er Geists Lächeln bemerkte: »Was grinst du so dumm?«

»Kann das je dumm sein?« fragte Geist. »Du hast mir selber gesagt, Lächeln verschleiert.«

»Was weiß ich, was ich alles gesagt haben soll? Komm, mach weiter.«

Sie waren bei Mucki angelangt, und sie staunten über Gudula Öftens Informationstalent. Wozu die Uvag eine ausgedehnte Agentur unterhielt, das erledigte die Öften vermöge ihres Mitgefühls. Nach vierzehn Tagen wußte sie mehr als die Betroffenen selber. Schon am ersten Tag hatte sie sich notiert: »Ich liebe dieses Geschöpf.«

»Da hast du's«, sagte Geist. »Jetzt liebt sie noch Weiber.«

Brecher, dieser Zwischenbemerkung nicht achtend, suchte und suchte; beinahe sank er vornüber. Es war ein physikalisches Wunder, daß ihm nicht das Blut zur Nase heraustropfte.

»Sie hat mir einiges aus ihrem Leben erzählt, von Schwestern, die sich nicht um sie kümmern, um sie als die Jüngste, und ich war so leichtfertig, ihr vorher gesagt zu haben: Sie existieren gar nicht. Sie sind ein Aprilscherz, Mucki. – So rennt man an den Menschen vorüber. Eine Tasse Mokka reichen ist bereits ein Akt jenseits unserer Befugnisse. Das freilich ahnte ich lebhaft, daß sie nicht ins Büro gekommen wäre, wenn nicht eine Geschichte ihren Abschluß gefunden hätte. Man zieht nicht freiwillig in die Hinterhäuser des Kurfürstendamms. Ich sagte daher auch zu Doktor Geist, der sich allzu gern aufspielt ...«

»Bravo!« sagte Brecher, doch da er schnell weiterlas, hatte sein Kollege zu tun, um Schritt zu halten.

»... ich sagte, sie wird wohl wissen, warum sie zu uns kommt; denn freiwillig kommt keine. Wir sind eine Endstation, zumindest eine Kopfstation. Hier war es ein Vetter. In gesellschaftsfähigen Familien sind ja Vettern meistens die ersten erotischen Eckpfeiler, an denen ein junges Mädchen das Bein lüpft. Verzeihung, ich glaube, das Bild ist schief, aber sei's drum. Außerdem ändert es nichts an der Tatsache, daß er lungenkrank war und sich ergebenst zurückzog, als die Wohlhabenheit des Geheimrats in die Brüche ging. Darin sind Vettern galant.«

Besser gefällt Geist, daß Mucki eines Tages vor die Alternative gestellt worden ist: eine Stellung oder einen Mann. Am meisten aber gefällt ihm, daß sie ersteres bevorzugt hat, die Stellung. Denn nun war er es, der ihrer harrte. Nun wurde der Vetter zum Teufel gejagt. Ja, Doktor Geist ging weiter. Er war überzeugt, daß alles genau so hat kommen müssen – um seinetwillen.

»Die Öften ist unverbesserlich«, sagte Brecher, indem er sich aufrichtete, um sein gekrümmtes, schmerzendes Rückgrat zu entlasten. »Sie ist unverbesserlich. Sie kommt an die Menschen heran.«

»Herangeschlichen«, sagte Geist, voller Bedauern, bei Mucki nicht ebenso weit gekommen zu sein.

»Aber«, sagte Brecher, das Buch zuklappend, »man erkennt, wohin sie gerät. Ich hätte nicht für möglich gehalten, daß zwei so getrennte Begriffe, Verstehen und Sichbereichern, derart zusammenfallen. Es wäre oft besser, nichts zu verstehen.«

»Und nichts zu verzeihen«, fügte Geist zur Abwechslung hinzu.

»Man sieht, was herauskommt«, sagte Brecher. »Die Vermittlung wird fast zur Kuppelei. Ich sage beinahe; denn die Öften hat Takt. Dennoch! Kanten abschleifen, nach zwei Seiten lavieren, die Uneigennützigkeit als Vorwand für die Einmischung. Das britische Weltreich hat im neunzehnten Jahrhundert seine Kolonien unter diesem Vorwand verwaltet.«

»Daß ich das auch noch begreife, kannst du nicht mehr verlangen«, sagte Geist. »Offen gestanden.«

Im Zeichen der Mitwisserschaft, erstaunt wie beschämt, schwitzend, als kämen sie aus dem Dampfbad, verließen die beiden unter Vorsichtsmaßregeln das aufschlußreiche Kabinett. Aus Übermut zog Doktor Geist die Wasserspülung. Dinge an den Tag bringend, die nicht für sie aufbewahrt waren, und Einsichten gewinnend, die nachdenklich stimmten, bugsierten sie das Objekt ihres Vergehens wieder an Ort und Stelle. Beinahe hätte Brecher eine Dummheit begangen, weil er den Schlüssel einstecken wollte. Beim Verlassen der Uvag, im Drang, alles Gelesene auszukosten und nachzuschmecken, fragte Doktor Geist seinen Kollegen:

»Hast du gelesen?«

»Was?«

»Daß Perdelwitz sie hat sprechen wollen. Leider keine Zeit! stand da.«

»Perdelwitz, sagst du? Merkwürdig, heute fehlt sie.«

III

Nichts am folgenden Tag deutete darauf hin, daß zwei Leute im Büro saßen, die sich als Privatdetektive aufgespielt hatten. Unscheinbar saßen sie da wie ein gewöhnlicher Dienstag. Es war Dienstag, und wahrlich, er unterschied sich nicht von anderen Dienstagen. Mucki kam, nicht befangener als bisher, in der letzten Minute die Treppe herauf, mit Coty um die Wette, und sie warf bei geöffnetem Mund erhitzt den Kopf zurück, so daß ihr rötlich verspieltes Haar flatterte, während Frieske, eine Tüte unterm Arm – denn es war eine ihrer Gewohnheiten, statt mit dem Köfferchen mit einer Tüte durch die Straßen zu gehen –, längst in gesetzter Weise da war und präludierend durchs noch leere Büro schaukelte, dezent aus der Hüfte, sehr von oben herab. Man mußte es glauben: die Sekretärin war sie. Und wer es nicht glauben wollte, mochte es getrost sein lassen. Sie legte keinen Wert auf Lappalien. Gudula Öften, mit ausgeprägtem Verantwortungsbewußtsein im hageren Gesicht, kam unglücklicherweise anderthalb Minuten zu spät, allerdings mit jener rein individuellen Entschuldigung, von der Doktor Geist gern sagte: was Beine sind, merkt man am Hinken. Noch fünf Minuten nach Geschäftsbeginn war ein jeder mit Vorbereitungen beschäftigt. Mucki polierte die Nägel, Frieske, eine schmachtende Melodie summend, untersuchte ihren Strumpf, der über dem Knie Zeichen von Altersschwäche gab, und Gudula Öften nahm den traurig-intellektuellen Rest, diese abgeblätterte Idee einer Zentifolie, und wischte sie in den Papierkorb. Das zu tun hatte sie gestern vergessen. An die Schublade dachte sie nicht. Es ist sogar möglich, daß sie zum Schlüssel griff und im Glauben, längst aufgeschlossen zu haben, aus Vorsicht wieder zuschloß. Dann erschien Sack, und alles beugte die Köpfe über die Arbeit.

Niemals bisher hatten die beiden Herren, Brecher und Geist, so deutlich den Eindruck, in einer Atmosphäre zu leben, wo es darauf ankam, sich nicht zu kennen, in einem Haus zu sitzen, von welchem niemand hätte zu sagen vermocht: es gehört mir. Niemals bisher hatten sie so deutlich das Gefühl, einen Kopf zu besitzen, dessen Welt verbannt war, einen Kopf voller Geheimnisse und Sorgen, Sehnsüchte und Unsicherheiten, alles Dinge, die in der Bürosprache mit den Worten abgetan wurden: »Was geht denn das Sie an?« – Alles duzte sich zuweilen, und doch blieb, was ihnen auf den Nägeln brannte, fremder Leute Angelegenheit. Selbst wenn sich einer von ihnen nach Heinz erkundigt hätte, vielleicht sogar allen Ernstes, wäre er abgeblitzt. Drei Schritt vom Leib, nannte es die Frieske, und sie lachte dazu, sie lachte. Woher sie den Glauben, woher die Energie nahm zu lachen, das mochte wissen, wer wollte. Gewiß, Mucki, von der Seite gesehen, entwickelte bei der Arbeit einen Zug, zumindest im selben Maße verdrossen als versonnen, aber ebensogut konnte man sich in diese Art verlieben, weil ihr nichts so entzückend zu Gesicht stand wie Ernsthaftigkeit. Niemandem wäre eingefallen, etwas Besonderes dahinter zu suchen, und es stak aller Wahrscheinlichkeit nach auch nichts dahinter, denn sie war eine Natur, die schnell überwand.

Es ist schwierig, das Bellen der Hunde zu verstehen, aber wer kennt sich in der Schweigsamkeit seiner Mitmenschen aus? Und wieviel Leute reden nicht und reden, um alles zu verschweigen? Da ist man tatsächlich froh, wenn endlich der Chef in Aktion tritt und Befehle austeilt, die ohne Widerruf zu befolgen sind. Heute hatte er es besonders eilig; es machte ihn nervös, daß seine Angestellten nicht vollzählig da waren, und daher klingelte er auch, kaum eingetroffen und noch den frischen Geruch der freien Luft ausströmend.

»Perdelwitz.«

»Perdelwitz fehlt«, tönte es zurück.

Merkwürdigerweise übte das Fehlen eines Angestellten einen vergnüglichen Reiz aus, besonders natürlich im Hinblick auf ihn, den Chef, dessen Ohnmacht dann klar zutage trat. Als er nach dreißig Minuten wieder klingelte, tönte es noch langgezogener und ironischer zurück: »Fehlt.«

»Aber das geht nicht länger. Ist sie entschuldigt?« rief Sack, und nachdem er wieder verschwunden war, ließ er Gudula Öften rufen.

»Gudula Öften?« tönte es herüber. »Sie möchten zu Sack kommen.«

Es gab verschiedene Grade und Formeln des Gerufenwerdens, ganz kurze, aber auch welche wie diese, die höflich waren. Zugleich mit Gudula Öften indessen drang ein aufgeregter Botenjunge ohne vorherige Anmeldung zu Sack vor und überreichte etwas.

So ging das. Einer rief immer den anderen, und was die eine Hand weglegte, nahm die andere auf und vervollständigte es.

Womöglich machte sich noch die Uvag darüber her und nannte das Ganze: laufendes Band oder rationelle Mechanisierung – mit einer kleinen philosophischen Betrachtung am Schluß, einer Betrachtung, die stets lebensbejahend auslief. Denn für die Uvag gab es nur zwei Disziplinen: lebensbejahend und lebensverneinend.

Fasziniert von dieser Ideologie, hatte man Perdelwitz beinahe vergessen, obwohl ihr Stuhl den zweiten Tag leer stand. Daß man sie so leicht vergaß, lag zum guten Teil mit an Toldi, der sich endgültig für die Hückstedt entschieden zu haben schien. Jede freie Minute, jeden freien Gang benutzte Toldi zu einer Einkehr im zweiten Stock, immer weniger Teilnahme an jener anderen Person bekundend, die zu ihm gesagt haben würde: »Zeig mal deinen Furunkel! Ist er schon fett?« Seit er nicht mehr befürchten mußte, an dieser Beule zu sterben, war sie ihm gleichgültig. Man hätte ihn besser verfolgen sollen, um zu wissen, wie sehr er, der Sentimentalinski, vor Hückstedt den starken Mann spielte. Auch in jener Minute, da Sack nach Perdelwitz geklingelt hatte, war Toldi abwesend gewesen. Er hatte es vorgezogen, in einer Nische zu stehen und seiner Hückstedt auf fünf gestohlene Minuten den Kopf zu verdrehen. Es war so überaus wichtig, was sie redeten, daß sie sich gänzlich in ungeschäftliche Bezirke verloren.

»Kennen Sie Kräuterkäse?« fragt sie ihn und tut schön dabei.

»Ja«, sagt er, »den grünen. Er ist in kegelförmigen Stücken zu haben und sieht aus wie Seife.«

So wichtig war es, was sie da redeten; und man hätte meinen können, ihr Leben hinge davon ab; denn sie schmiegten sich aneinander, und Toldi tätschelte der Hückstedt die Hand.

»Den essen Sie gern?« fragt sie schläfrig.

»Leidenschaftlich. Und denken Sie, gerade deshalb, weil er mir eigentlich widersteht. Ist das nicht mehr als Liebe?«

»Das habe ich Ihnen gleich angesehen, daß Sie merkwürdig sind. Sind Sie immer so, Toldi?«

Darum handelt es sich; es ist die entscheidende Frage, und Toldi quittierte sie mit einem Zwinkern, das lebensbejahend war.

Warum sollte er nicht so sein, wie ihn der Käfer zu sehen wünschte? Freilich, um wirkliche Erfahrungen zu machen, hätte Hückstedt einen Zahn weitergehen müssen. Auf dem Weg dahin war sie.

»Träumen Sie auch so oft?« fragt sie nun.

»Nie.«

»Oh – aber man sagt doch, ein jeder träumt, auch wenn er es nicht weiß?«

»Das sagt man. Sie dürfen nicht alles glauben, was gesagt wird. Wie heißen Sie eigentlich mit Vornamen?«

»Sie träumen also wirklich nicht?« fragt Hückstedt beharrlich.

»Wirklich«, sagt er und denkt: wie bringe ich sie nur dazu?

»Aber dann sind Sie ja jeden Morgen ein neuer Mensch.«

»Man schläft doch auch, um ... um ...«

»Na hören Sie, Toldi! Man schläft ... aber nein.«

Toldi, der seine Lage verbessern wollte, rückte ihr rücksichtslos auf den Leib. Er zerquetschte sie fast, während er sie flüsternd ermunterte:

»Um was zu tun, hm? Man schläft, hm? Man schläft, um ... hm? Mir können Sie alles anvertrauen.«

»Nein, nein.«

Sie kann nicht – o weh! Das ist für Toldi sehr peinlich. Denn Toldi kann auch nicht. Er hat ein Brett vor dem Kopf, eines jener Bretter, die leider nicht als Brücke benutzbar sind und die man besser zersägt. Er blickt auf die Uhr, und sofort rast ihm ein Rudel von Ängsten durch den Kopf, er könne oben verlangt werden. Da sich die Hückstedt indessen nicht rührt, muß er noch bleiben.

»Vielleicht beginne ich nun zu träumen, da ich Sie kenne?« sagt er. »Soll ich's heute nacht probieren?«

»Ach, Sie Schwindler.«

»Das käme auf den Versuch an, Kleines, nur auf einen Versuch.«

»Das glaubt Ihnen ja keiner, Sie Schwindler.«

»Sie auch nicht?« fragt Toldi plötzlich. »Oder würden Sie's

glauben? Sagen Sie, würden Sie's glauben? Ausnahmsweise. Ja, du. Würdest du's glauben?«

»Ach – ich muß fort«, sagt sie voll kindlichem Schreck und entwindet sich ihm.

Mit diesem erotischen Kräuterkäse war Toldi beschäftigt, ahnungslos unten im zweiten Stock. Immer wieder versucht er sein Glück bei ganz winzigen Dingern, obwohl man ihm oft genug vorgerechnet hat, wer zu ihm passe. Fräulein Öften wäre die Richtige für einen haltlosen, von Sehnsüchten bewegten Junggesellen gewesen, energisch genug, ihm die Hosen zu flicken, und feinsinnig genug, sein Klavierspiel zu bewundern. Er leidet an einer Unvereinbarkeit, dieser Toldi, er fällt auf zwei Beine herein, die einem Puppchen gehören, und er will doch viel mehr. Er vermißt etwas, das Charakter genannt wird oder eine feste Hand.

Soll er sehen, wie er damit fertig wird, denkt Gudula Öften, als sie ihn erblickt.

Während Toldi an seine Arbeitsstätte zurückkehren will, kommt sie soeben in vollstem Galopp die Treppe herabgeeilt. Sie ist unglaublich in Mitleidenschaft gezogen, sie zittert und bebt, und ihr schadhaftes Bein hüpft als eine aufgeregte Nebenbemerkung hinterher. Nicht einmal am Geländer hält sie sich fest. Toldi, der das gewahrt, um sofort mit einem strafenden Blick von radikaler Polizeiwidrigkeit beehrt zu werden, schwant nichts Gutes. Halb im Traum noch fragt er die Treppe hinauf:

»Was ist passiert?«

»Halten Sie sich dazu«, sagt Gudula Öften, ehe sie in der Manier von Trauergästen zur Erde blickt und hinhaucht: »Ein Unglück.«

Aber Toldi, schuldbewußt in wesentlich anderer Richtung, begreift durchaus nicht, warum er sich dazuhalten soll. Er klammert sich ans Geländer, so daß Gudula Öften auch noch um ihn herumtanzen muß, man könnte sagen, auf einem Bein. Wenn jemand nicht an der Unglücksstätte gewesen sein kann, so er, und daher versucht er auch, wie meist in solchen Augenblicken, unbedingt an seine Schuldlosigkeit zu glauben. Nur es erst glauben, denkt er; alles andere läßt sich von hier aus verteidigen. Wie er Gudula Öften verschwinden sieht, erinnert er sich, es klang merkwürdig fern und war doch erst vor einer Sekunde, erinnert er sich, einen Namen gehört zu haben: Perdelwitz.

An diesem ungewöhnlichen Vormittag verließ Gudula Öften das Gebäude unter Begleitumständen, die ein einziger hintereinander folgender Schlag waren. Auf wen sie auch traf, er zuckte zurück, um schließlich betroffen in lauter Stimmungen unterzugehen. Kein Urlaubstag nämlich ist reinen Gewissens; entweder ist er erheuchelt, oder er pendelt zwischen Zahnarzt und Begräbnis. Andere Deutungen gibt es nicht. Der Gedanke daran nimmt Toldi derart in Anspruch, daß das Treppensteigen zu einer Leistung wird. Auch hat er darüber Perdelwitz ganz vergessen, vielmehr ein Loch im Kopf, wo Perdelwitz eigentlich hineingehört. Er meint, es könne ihr gar nichts zugestoßen sein, denn sie fehlt ja. Endlich im Büro angelangt, wird er aber sofort eines Besseren belehrt. Es wütete eine tollere Anarchie als bei Sacks Zusammenbruch.

»Das hab ich vorausgeahnt«, sagt Mucki Schöpps, steif im Körper, aber mit den Händen bröselnd, als zelebriere sie etwas.

»Inwiefern wollen Sie das vorausgeahnt haben?« forscht Doktor Geist.

»Ja, ich habe es dennoch vorausgeahnt.«

»Unsinn«, sagt Geist, und er denkt voll Unruhe: sie lügt wieder.

»Ich habe es aber vorausgeahnt, und dabei bleibe ich«, sagt Mucki.

»So erklären Sie's doch! Das kann ja jeder behaupten.«

»Wenn ich es aber vorausgeahnt habe – Esel.«

Toldi, in der Tür stehend und verlegen zuhörend, hat ein Gefühl, als werde nächstens jemand geohrfeigt; eine solche Gereiztheit liegt in der Luft. Es ist, als sei zwischen allen eine Kluft aufgerissen worden. Sie reden so unsäglich dumm, sie reden immer dasselbe. Auf der anderen Seite steht Frieske; sie sitzt nicht, sie steht, händeringend. Entgegen ihrer Gewohnheit hat sie etwas Dozierendes an sich. Toldi sieht es mit einem Blick.

»Da muß ich schon sagen, das Kind war reif«, erklärt sie. Aber Brecher ist hinter ihr her wie ein Zopfabschneider. Er sticht förmlich mit Blicken in ihre Argumente hinein, in Ermangelung von Gedanken.

»Sagen, sagen kann's jeder!« ruft er. »Wer hat sich denn lustig darüber gemacht, wenn Perdelwitz ausrief: ich bring mich noch um!? Wer denn?«

»Vielleicht ich? Sagen Sie das nicht zweimal, Herr Brecher.«

»Inkonsequent.«

»Wenn es darauf ankommt, Brecher, sind Sie der erste, der inkonsequent ist. Ich habe doch Augen im Kopf. Oder halten Sie mich für so dumm?«

Toldi bezweifelte nicht, daß Frieske Augen im Kopf hatte, dennoch flößten ihm diejenigen Brechers eine doppelte Angst ein. Daher hielt er sich auch so still in der Tür, er wußte einfach nicht, wie auf seinen Platz gelangen. Stören wollte er auch nicht. Aber es mußte schließlich sein, daß man ihn bemerkte.

»Toldi, endlich, endlich!« rief Frieske.

Bevor sie recht überlegte, rief Rüland triumphierend dazwischen:

»Perdelwitz hat Selbstmord verübt.«

Bedenkt man, mit welcher Gelassenheit ein Mann vom Format Max Brechers tags zuvor, als er mit seinem Kollegen allein in diesem verlassenen Raum zurückgeblieben war, die Nachricht zerlegt hatte, der zufolge ein Frauenarzt zum Tode verurteilt worden war, und erinnert man sich, obwohl es nicht empfehlenswert ist, in längst vergangenen Tagen zu weiden, weil mit Hilfe der Uvag die Zeit mitleidlos vorwärtsschreitet, erinnert man sich, wie kaltlächelnd zwei so gewiegte Kenner wie Coty und Doktor Geist nach dem Zusammenbruch ihres Chefs über Unfälle sprachen, so versteht man nicht, was Schlimmeres geschehen sein soll. Selbstmorde – war's nicht so? – kommen doch täglich vor. War's nicht so? Aber inzwischen war Toldi gleichfalls außer Fassung geraten. Wie ein Geschlagener am Schreibtisch sitzend, kratzte er sich den Nacken, und plötzlich wußte er nicht mehr, wie er die Hand wieder vom

Nacken hinwegziehen sollte, ohne sich durch diese Bewegung zu verraten.

»Mit Gas«, rief Coty. Er wiederholte es öfter, er schnupperte auch in der Luft umher, und wenn er sich auch den Anschein gab, über den Dingen zu stehen, es blieb beim kläglichen Anschein. Einmal schauerte Rüland brühwarm zusammen, als nämlich sein Gehirn beim Blick auf Toldis aschfahle, über die zitternden Kiefer gespannte Haut gemartert wurde, richtig gemartert. Ein Mulscheister, das war es, was Rüland denken mußte. Trotz übermenschlicher Anstrengung gelang es ihm nicht, diesen Gedanken in Grund und Boden zu stampfen. Er stand sofort wieder auf und sagte: Mulscheister.

»Tagelang hatte ich sie vergessen«, sagt Mucki, nachdem die erste Aufregung verebbt war. »Sie lief hier herum wie eine Maus. Sie war immer da, immer.«

»Ü?«

»Schweigen Sie!« ruft Mucki, Doktor Geist mit Achsel und Ellbogen drohend.

Aber der Doktor wird von Faxen geplagt, und daher wiederholt er sein Ü?

»So schweigen Sie doch!«

»Sie schweigen ja auch nicht«, sagt Geist, plötzlich wütend geworden.

Er weiß wohl selber nicht recht, warum er sich ärgert, doch er gerät ins Schreien. Mitten im Büro steht er.

»Wer schweigt hier? Wer kann hier noch schweigen?« sagt er. »Es ist ein Skandal.«

Toldi, dem nicht nur der Furunkel, sondern auch sein Selbstbewußtsein herausgeschnitten zu sein schien, saß da, fortwährend mit den Händen begütigend. Zu reden vermochte er nicht. Ihm lag lediglich daran, jede Art Zank durch stille Beschwörungsformeln zu vertreiben. Zum Glück war Coty einigermaßen klar bei Kopf, und wahrlich, dankenswert war's, daß ihm endlich ein neutrales Gespräch in Gang zu bringen gelang.

»Gas«, wiederholt er. »Ich glaube, man bricht.«

»Blausäure«, sagt Doktor Geist; aber Mucki, wieder versöhnlich, wirft ein: »Sind Sie verrückt? Das schmerzt wahnsinnig. Überhaupt Gift. Gift ist nicht sehr verläßlich. Manche brechen alles heraus. Mit Morphium ist es genauso.«

»Ich halte fürs beste«, sagt Coty, »den Mund voll Wasser nehmen und hineinschießen. Das zerreißt den ganzen Kopf.«

»Erhängen«, sagt Geist.

»Wirklich, Sie sind ein Schwein«, sagt Mucki, doch nicht so gemeint; sie meint eher: Glücksschwein. Aber sie schwankt noch.

»An der Türklinke?« fragt Coty.

»Es gibt Spezialisten, die sich an einer hochgehenden Bahnschranke erhängt haben. Was mich betrifft, so habe ich mir zu Hause einen Nagel ausgesucht. Vorläufig hängt mein Hut daran.«

Da das Gespräch allgemein wurde, wollte auch Brecher nicht zurückstehen. Er sagte aus seiner Ecke heraus:

»Man muß ein Idealist sein, um Selbstmord verüben zu können. Selbstmörder sind Idealisten. Sie jagen ihr Ideal zum Teufel, indem sie sich beseitigen.«

»Im Gegenteil, sie schützen ihr Ideal«, widerspricht Doktor Geist. »Denn wovor hat Perdelwitz es geschützt? Vor Seiferths, vor der Jungfernzentrale. Es ist ein Skandal.«

So sprachen sie lange. So traten die Gegensätze hervor und wieder zurück, bis Gudula Öften wieder erschien und allem ein Ende machte.

Bleich und in sich gekehrt, mit einem Anflug entrückter Religiosität stand sie in der Tür, ein Mittelpunkt, der vor Schuldbewußtsein zu bersten drohte. Ihre zwei Brillengläser, die das überstandene Entsetzen spiegelten, hielten sich fest an dem goldenen Bügel auf der blutleeren Nase. Ihre Ohren schimmerten käsig. Zweifellos, in diesem Augenblick verachtete sie alles, selbst den eigenen Bleistift. In ihrem Tagebuch war eine Stelle, Perdelwitz betreffend – ein Glück, daß niemand die Stelle kannte. Ihr, ihr mußte das widerfahren, der Besten von allen! Diese fürchterliche Zeile, in der sie keine Zeit gehabt hat, geht als Riß durch ihr Herz, von dem sie stündlich lebhafter die Überzeugung gewinnt, es blute. Ein Menschenleben auf dem Gewissen haben, es war eine tragische Größe.

»Ist sie tot?« fragte Doktor Geist teilnahmsvoll. Es war eine Krankheit von ihm, diese Frage, aber diesmal knüpfte er keine Hoffnungen daran. Gudula Öften, die ganz gefaßt war, dem Ernst des Lebens gleichsam bräutlich vermählt. Gudula Öften aber erwiderte mit tiefster, innigster Wärme: »Sie lebt.«

Was nun eintrat, hat niemand vorausgesehen. Es widerlegte die kühnsten Träume. Es war, als bräche die Epilepsie aus, derart wälzte sich alles vor Gelächter. Die Öften war völlig vernichtet. Ihre ganze Wichtigkeit lag in Staub vor ihr, und ihr Begriffsvermögen streikte. Ein lächerndes Geheul schlug ihr ans Ohr und trieb ihr eine Träne ins Auge.

»Wir sind doch kein... Wir sind doch schließlich allesamt Menschen«, rief sie.

In diese beschämende, nachzitternde Pause hinein fiel Brechers Entgegnung. Schwer, wie eine Last, hallte sie durch den Raum des Büros.

»Proleten sind wir.«

Der Weg nach Hause

I

Trotz allem, was vorfällt, trotz der Opfer an Nerven und Kraft, trotz Mißhelligkeit und Erfolg, gewiß, auch dem Erfolg zum Trotz, da steht sie, da wächst sie herauf im Kegel der Scheinwerfer, ein epochales Prinzip, eine Lebensarbeit: UVAG, UVAG.

Auch am vergangenen, fraglichen Samstag ragten ihre zusammengekauften Steinmassen, ihre Anbauten und Aufstockungen in einen Himmel, der den Vorzug genießt, in den höheren Regionen zwar staubfrei, in den niederen jedoch, mit dem einfachsten Fahrstuhl erreichbaren, ebenso abgenutzt, geblendet und lichtgeschminkt zu sein wie die Menschen auch, die sein Luftgemisch in den Lungen verbrauchen. Eines ist des anderen würdig, und nicht jedermann würde hinzufügen: leider. Mit Stoßseufzern ist aber keiner Firma gedient, sie liegen jenseits der von ihr getätigten Ideologie. Das frische Blut und das junge Leben, die unverbrauchte Stoßkraft nachrückender Generationen, wofür die Uvag zeitlebens geschwärmt hat, enthält sich jeglicher üblen Nachrede. Hier hat Gesundheit zu herrschen, kollektiv sich fortpflanzende Gesundheit, und es vergeht kein Tag, an dem nicht die Uvag in den ihr zur Verfügung stehenden, um nicht zu sagen ihr hörigen, unter ihr dienenden Blättern auf den unwiederbringlichen Wert des gestählten Körpers hinweist. Sogar lateinisch beginnt sie zu reden! Mens sana in corpore sano. Für solche Zwecke ist diese Sprache nicht tot. Sobald eine Dame fertiggebracht hat, eines Sonntags, statt sich mit Gas zu vergiften, eine Strecke von windigen hundert Metern schneller gelaufen zu sein als alle anderen Damen Deutschlands oder Berlins, kann sie der Anerkennung der Uvag gewiß sein. Sie wird fotografiert, sie erhält einen guten Platz und eine fette Unterschrift: die schnellste Frau Deutschlands. Dabei, sollte man denken, hat sie doch nur ihre Beine bewegt? Halb ausgezogen, also fast nackt, ist sie losgerannt, nur einige Sekunden lang. Wenn man bedenkt: andere sitzen in voller Unterwäsche Woche für Woche, Monat für Monat, sitzen die grau sich schlängelnde Linie eines Jahres herunter, aber sie erhalten keine öffentliche Anerkennung und auch intern kein aufmunterndes Wort, und diese eine hingegen, weil sie für einen Hopser die schnellste war, wird ausgestellt und geehrt – es ist eine Abnormität.

Oder ist's gar nicht sie, die geehrt wird, ist's nur ein Etwas in ihr, ein Superlativ, den sie verkörpert, eine … um Himmels willen, hoffentlich nicht eine Leistung? Furchtbar wäre das, aber am furchtbarsten wäre es, handelte sich's gar nicht um eine Leistung, sondern um eine – heiliger Vater, bitt für uns – Höchstleistung. Diese, das ist wohl verständlich, wäre nichts Menschliches mehr; sie steht in anderen Regionen. Sie steht vielleicht mit einem Bein noch in dieser, aber mit dem Gesicht steht sie bestimmt in einer anderen. Wozu haben sich sonst Formen herausgebildet wie jene der Propaganda, jene Form von gleißendem Nimbus, der einzelne Menschen umgibt und auch ganze Völker, jene Sichtbarmachung des höchst je Erreichten? Es ist zu bedauern, wenn einem Betrachter die Organe fehlen für diese Brüstung der Gesundheit, es ist zu bedauern, daß nicht jede Dame die schnellste Frau Deutschlands sein kann, und vor allem zu bedauern sind jene Leute, die immer nach Dingen suchen, die mit dem gesunden Menschenverstand unvereinbar sind. Man kann ihnen zuliebe wahrhaftig nicht die unglücklichste Frau Deutschlands feiern, allein deswegen nicht, weil sie nicht auffindbar ist, oder die traurigste Frau Deutschlands oder die treueste. Zumal die treueste ist nur in sehr verschämten Exemplaren zu finden. Die Schönste, die gibt es wieder, allerdings, wie man sagt, nur durch die Unterstützung der Modeabteilung der Uvag.

Trotz der heilsamen Bearbeitung der Öffentlichkeit, trotz dieser Erwägungen und Vorbildlichkeiten soll es aber immer noch Leute geben, denen keine andere Rettung bleibt als die Flucht ins Unglück. Ist das zu glauben? Und merkwürdig, so sehr die Uvag im allgemeinen aufs Funktionieren menschlicher Tatbestände achtgibt, diese bei bedenklichem Auswuchs sofort anprangernd, so sehr sie durch vorteilhafte Verbindungen von der Verbrecherwelt bis zu den Ministerien über jeden Vorgang im voraus unterrichtet ist, versagt sie doch zuweilen innerhalb der eigenen Organisation. Was muß man studiert haben, um hierfür Gründe entdecken zu können? Die Medizin reichte nicht aus, da sie noch nicht gelernt hat, den Achtstundentag zu heilen. Sie sagt: »Fräulein, Sie müssen verreisen.« Sagt dann aber das Fräulein: »Ich habe kein Geld, ich bekomme keinen Urlaub«, so kann sie sicher sein, daß die Medizin am Ende ist. Nun gut, dann also die Volkswirtschaft! Aber es ist ein Fehler, nach den Leitartikeln der Uvag, die Wirtschaft verantwortlich zu machen für Probleme, die nur politisch zu lösen seien. Lassen sich denn Gasvergiftungen mit Hilfe der Politik bekämpfen? Erzeugt die Politik nicht genug Nebel umher, so daß es einfacher wäre, jeder Wähler vergiftete sich selbst, statt sich vergiften zu lassen? Herausbekommen, wen er gewählt hat und wessen Interessen durch seine Stimme vertreten werden, kann das ein Wähler? Als neulich ein radikaler Abgeordneter erklärte, Deutschland sei in Gefahr, erregte er ein tolles Gelächter, das von der Uvag sofort als »Lachen links« bezeichnet wurde, als aber dann ein anderer radikaler Abgeordneter eine ähnliche Warnung ausstieß und ebenfalls Gelächter erzielte, nannte es die Uvag seltsamerweise »Lachen rechts«. Wie muß man eigentlich ausgelacht werden, um die Wahrheit gesagt zu haben?

Darin gibt die Uvag ein schönes Beispiel, daß sie nur das Beweisbare ehrt, ihr Augenmerk hauptsächlich auf Leistungen richtend, die durch Stoppuhren oder durch praktische Auswertung gerechtfertigt sind, wobei das Lachen von selbst vergeht. Ja, sie begnügt sich nicht mit der Sache als solcher; sie stellt jedes Ergebnis radikaler Gesundheit als Volksvermögen hin, als typisch fürs Ganze, das Mittelmäßige und den Durchschnitt mit Hilfe einer Höchstleistung deckend, so daß ein gutmütiger Mensch wahrhaftig dahin gelangt, sich ausgezeichnet und geehrt zu fühlen, auch wenn er nichts dazu kann. War nicht gesagt worden, jede Leistung reiche bis in die Diplomatie? Sie käme der Allgemeinheit zugute! Bitte, dann veranstalte man endlich unter den

Selbstmördern, die jeder Sonntag hervorbringt, eine längst fällige Umfrage, die klären wird, was ihnen alles zugute gekommen ist. Dem einen ist sicherlich die Erfindung des Pulvers zugute gekommen, dem anderen die Raserei der Automobile, einen dritten wird es mit höchster Dankbarkeit erfüllen, daß die Häuser mehrere Stockwerke hoch sind, weil man sich dann besser hinabstürzen kann, bereits im Flug das Bewußtsein verlierend.

Und so gibt es vieles, das die Uvag gern sieht, und vieles, das sie lieber nicht sieht. Gern gesehen hat sie vergangenen Samstag, daß die Kontoristin Perdelwitz bei Büroschluß noch über Gebühr eifrig an der Maschine saß, lieber nicht gesehen hat sie, daß dieselbe Kontoristin in einem Anflug von Berufsstolz mit ihrer Stellung, vielmehr mit ihrer Versetzung in eine andere, aussichtslosere, unzufrieden war. Vielleicht ist es wirklich unmöglich, beides zugleich und unter gleichem Maßstab zu sehen, weil Menschen schließlich geringere Objekte als verschrottete Luftschiffhallen sind, zumal dann, wenn sie die gleiche Stufe erreicht haben, die des alten Eisens. Menschen werden dann unverkäuflich und fallen den gemeinnützigen Versicherungen zur Last oder der Mordkommission. Die Verzweiflung, die politische ausgenommen, ist wertlos; darum liebt auch die Uvag zur Not verbrauchte Materialien, aber nicht menschliche.

Menschen? Was ist das? Kämpft ein Feldherr mit Hilfe von Menschen oder mit Hilfe von Soldaten? Braucht die Uvag Menschen oder braucht sie Personal? Nein, Menschen sind viel zu wertvoll, wo es sich um unmenschliche Dinge handelt. Gewiß, die Uvag fördert die Ventilation, aber sie kann unmöglich eine Konferenz einberufen und dort den Beschluß fassen, daß einer der Herren Direktoren zur Kontoristin Perdelwitz gehe mit der inständigen Bitte, sie möge so gut sein und sich nicht umbringen. Das geht nicht. Das wäre der Ruin. Außerdem griffe ein derartiger Beschluß in rechtswidriger Weise ins Privatleben über, so daß die Uvag Gefahr liefe, wegen Hausfriedensbruch verklagt zu werden. Kein Direktor würde einen Posten annehmen, bei dem er Gefahr liefe, von seinem Angestellten auf die Straße gesetzt zu werden, weil dieser beschlossen hat, ein Selbstmörder zu sein.

Hier sind Grenzen, und die Wahrung dieser Grenzen, auch dies ist eines der vornehmsten Privilegien der Uvag. Jeder sei sich selbst der Nächste! Hat man geahnt, welch unerhörtes Entgegenkommen und Fingerspitzengefühl in dieser Maxime zum Ausdruck kommt?

»Immer ist dieser Mann hinter seine Leistungen zurückgetreten«, so schreibt die Uvag, stolz, diesen Satz geprägt zu haben, zeugt er doch von einer Vornehmheit der Zurückhaltung, von einer Bescheidenheit und Tarnung, wie sie nur noch vom Größenwahn bevorzugt wird oder vom Schmutz. Es fehlt nur noch, daß sie hinzufügt: hier ist seine Leistung, er konnte nichts Besseres. Wahrlich, diese Ideologie, die die offizielle ist, seit die Welt besteht, zieht auch in Zivil eine Uniform an. Es kommt ihr nicht in den Sinn zu fragen, was dieser Mann treibe, nachdem er hinter seine Leistungen zurückgetreten ist, oder ob er, den man verherrlicht, seine Leistungen lediglich als Maske betrachtet, als eine realisierte Verachtung, der Todesstarre ebenbürtig.

Niemand kann es voraussehen. Wenn die Uvag am Nollendorfplatz nicht immer wieder beteuerte: »Sie reisen, meine Herrschaften, und wir bezahlen!« – wer weiß, wo dann Herr Brecher, der unbekannte Erfinder dieses Spruches, sein Brot fände. Er läge womöglich auf der Straße und müßte Streichhölzer verkaufen, um für ein Minimum an Licht zu sorgen. Streichhölzer, Herr, Streichhölzer! Oder Fräulein Perdelwitz – wer weiß, was Fräulein Perdelwitz am vergangenen Samstag Schlimmeres getan hätte, wenn die Uvag nicht am Potsdamer Platz ausgerufen hätte: »Sie reisen, meine Herrschaften, und wir bezahlen!« – sie, als die unbekannte Buchhalterin dieser Lichtspesen, sie müßte womöglich hingehen und sich zur Schande ihrer Firma mit Gas vergiften, um endlich hinter ihre Leistung zurückzutreten.

Viele Angestellte hatten am Samstag die Uvag verlassen, und keiner ahnte, wer von ihnen am Montag fehlen würde. Auch eine so feinbesaitete Person wie Gudula Öften, ein Mensch, der von seiner Veranlagung behauptet: es redet in mir, so mußt du handeln, und danach handle ich dann – auch eine solche Person, mit einem Nervensystem, das erwiesenermaßen aus lauter Windfäden und Musik besteht, geübt in der Vermittlung unaussprechlicher Reize und Andeutungen, und dies auf einem Gebiet, das der Uvag ewig verschlossen bleiben wird, auch Gudula Öften war blind vorübergetappt. Sie hatte gemeinsam mit Lisa und Mucki das Büro verlassen, pünktlich zur gegebenen Zeit, und beim Hinaustreten auf die Straße hatte sie nach alter Gewohnheit zweimal tief aufgeatmet. Das war alles gewesen. Mit diesem Atemzug pflegte sie sich umzustellen; sie hauchte den Staub einer Welt aus, um sich mit Frische und wiedererlangter Unbefangenheit einer neuen in die Arme zu werfen, der Friedrichstadt. Wer ihr von nun an begegnete, hatte in ihr eine Dame zu sehen, ganz nach den Regeln der Gesellschaft. Direktor oder Müllkutscher, sie hatten zu wissen, daß nun sie daran wären, zuerst zu grüßen. Man weiß zum Glück, was man sich schuldig ist!

Als sie zu dritt, Gudula Öften in der Mitte, durch die Straße schlenderten, deutete nichts auf Perdelwitz. Sie erzählten sich allerhand Neuigkeiten über Hüte, und eine jede suchte ihre Farbe und ihre Form mit besten Worten ins Licht zu rücken. Es steht dir, sagte die eine, worauf die andere herzhaft nickte, oder sie kicherten alle drei. Nachdem sie die Hüte abgemurkst hatten, waren Blusen an der Reihe, ein Gebiet, endloser als eine Inventur, und ein Mensch, der nichts von Blusen verstand, vielleicht deshalb nicht, weil er zu seinem Schaden Griechisch studierte, hätte glauben können, die Blusen seien mit seltsamsten Geheimnissen durchtränkt, die Ausrufe hervorlockten wie: »Strapaziös! Das ist aber schick«, oder: »Schick macht warm«, oder »Blöh, blöh.« Diesem Blöh stand eine ausgedehnte Skala der Verwunderung und des Entzückens zur Verfügung, woraus zu schließen ist, daß in dieser Saison alle Damen »Blöh« trugen, um modern zu sein. Schließlich ergriff Gudula Öften das Wort.

»Wie mit den Hüten«, sagte sie. »Man muß es zurechtrücken. Man muß es zu arrangieren verstehen. Überall hängt die Beleuchtung von der Geschicklichkeit der eigenen Hand ab.«

Die beiden Kolleginnen, die einträchtig nebenher liefen, hatten ein Lächeln gezückt, mit den Augen an Gudula Öften hängend, mit der man sich köstlich unterhielt, einfach köstlich, während diese sich nicht wenig darauf zugute tat, zwei extreme Pole vereinigt zu haben, vorläufig zwar, immerhin bis zur Leipziger Straße. Linker Hand eine Mucki Schöpps, rechter Hand eine Lisa Frieske, Rivalinnen, zwei verschiedene Welten, das war eine Pikanterie, für welche Gudula Öften schwärmte, und eine Aufgabe zudem, eine Aufgabe, die darin bestand, jede stockende Schweigsamkeit zu vermeiden. Man mußte das Unsichtbare, die Gedanken der beiden, dauernd am Zügel halten. Und daher konnte es Gudula Öften auch nicht vergönnt sein, Dinge vorherzuwissen, die Perdelwitz betrafen.

»Ich zum Beispiel«, sagte sie, ihre weißledernen Handschuhe schwenkend, »habe mir zum Vorsatz gemacht, stets, wenn ich nach dem Westen fahre, am Wittenbergplatz auszusteigen, möglichst aus der Untergrund. Der Erfolg ist garantiert erstklassig. Die Gegend empfängt mich förmlich. Versteht ihr das, Kinder?«

Die Kinder taten, als verständen sie es.

»Eine lichtflutende Erfrischung«, sagte Gudula Öften, »eine Kur. Und das könnte ein jeder haben, kostenlos, zumal nach dem Durchgeschlauchtwerden in der Untergrund. Deshalb rate ich auch: fahren Sie nur mit dem Autobus nach den Linden, nur mit diesem. Sie werden belohnt. Das Pflaster ist Ihnen dankbar. Ich behaupte, es ist unsere Pflicht, uns angenehme Erinnerungen zu leisten. Wir leben davon.«

»Ich kann mir absolut vorstellen, daß...«, sagte die Frieske, doch während sie weitersprach, dachte Mucki zur Linken: ›oh, diese absolute Vorstellungskraft!‹ Mucki wachte erst wieder auf, als die Öften, zu ihr gewandt, sagte:

»Nicht wahr, Geliebtes?«

»Manches regelt sich auch von allein«, erwiderte Mucki.

»Das möchte ich hören! Ihre Sorglosigkeit bewundere ich.«

Frieske, als sie hörte, daß von Bewunderung die Rede war, hatte sofort die Ohren gespitzt, obwohl diese weniger süß waren als diejenigen Muckis. Eigentlich waren es Teller.

»Das ist doch klar«, hörte sie Mucki sagen. »Das meiste regelt sich ganz von selbst. Ist nicht ein Finger wie der andere? Unterschiede, gewiß, aber keine widernatürlichen. Oder hat Ihr linker Fuß Schuhgröße 43 und Ihr rechter Schuhgröße 50?« Sie hatte sich nichts dabei gedacht, sie hat nur geplappert, aber Frieskes Gesicht war zu einer riesigen Reglosigkeit erstarrt. Leute auf Segelschiffen blicken so geradeaus. Das kurze Schweigen, das folgte, benutzte Mucki, um den Boden abzusuchen, bis sie sich plötzlich schalkhaft an die Stirn schlug.

»Verzeihung, Gudula Öften! Daran habe ich nicht gedacht.«

»Sehen Sie nun«, sagte diese, eher stolz als betroffen. »Nicht alles regelt sich von allein. Nicht alle Füße sind gleich. Dieser da hinkt.«

Sie mußten lachen, alle drei, aber Frieske lachte gezwungen. Sie wußte nicht recht, warum; ein Drang zur Zurückhaltung mochte daran schuld sein.

Um die gleiche Zeit hatten auch zwei bekannte Herren die Uvag verlassen, und man geht nicht fehl, sie Brecher und Geist zu nennen. Allein die Art ihres Ganges verriet sie. Als sie voraus die drei Damen erblickt hatten, machten sie sich automatisch hinterher. Als genügte es nicht, sie vom Büro her zu kennen, warfen sie allerlei Blicke nach ihnen, sich in die herrlichsten Gefilde schrankenloser Beurteilung versteigend.

»Die Öften?« sagt Brecher. »Sie ist der Fortschritt. Deswegen hinkt sie. Die Entwicklung ist uns nämlich nicht voraus, sie hinkt uns nach, unseren Bedürfnissen. Richard der Dritte würde sagen: ›Daß Hunde bellen, hink ich wo vorbei‹.«

»Hat Hinken tatsächlich nicht etwas Geschlechtliches?« fragt Geist zu Brechers maßlosem Erstaunen. Wie einer, der in aller Stille viel darüber nachgedacht hat, führte er aus, daß dieses Auf und Nieder des ganzen Körpers eine rhythmische Herausforderung sei. Was das eine Bein verschulde, hebe das andere wieder auf. Es sei eine raffinierte Interpunktion.

»Laß das nicht unsere Öften hören«, sagt Brecher, aber Geist fährt fort: »Geht das nur mir so, oder kennst du das auch? Wenn ich lange genug den Gang einer Dame verfolge, plagt mich der völlig ungerechtfertigte Eindruck: die hinkt ja. Eine Zeitlang verfolge ich ihr linkes, eine Zeitlang ihr rechtes Bein, alles geht ganz normal, bis ich mir plötzlich einbilde: die hinkt ja. Blöd, sowas.«

»Es ist ein Leben der Verkürzungen«, sagt Brecher, in gänzlich anderer Richtung denkend als sein Kollege. »Aber hier, beim Hinken, ist die Verkürzung keine Beschleunigung wie in der Zivilisation, sondern eine Ironie. Wir hinken für gewöhnlich hinterher. Mit der Maschine war es genauso. Sie ist ein Ding, das spielt, das in sich selber spielt. Nur noch ein Kind ist so verspielt wie eine Maschine. Aber was ist das Ende? Daß der Bediente die Maschine bedient; daß sie ihn invalid macht. Kein Kind ist imstande, sich dafür, daß es ungefragt in die Welt gesetzt wurde, derart zu rächen wie eine Maschine.«

»Kinder sind grausam«, sagt Geist, um sein Geständnis abzuschwächen.

»Aber eine Maschine ist nihilistisch. Wo die Technik im Spiel ist, wird die Katastrophe proportional genähert; sie wird angezogen, und der Arbeitsbereich des Menschen wird langsam verkrüppelt. Die Technik ist eine Todeskandidatin.«

»Na?« sagt Geist. »Kommt sie noch rüber.«

Nur halb zuhörend, hatte er beobachtet, wie die drei Damen da vorn in einen Verkehrsstrudel geraten waren, aufgescheucht wie die Hühner. Am frechsten war selbstverständlich Mucki über die Straße geschlüpft. Drüben angelangt, formierten sie sich wieder, indem sie einhakten, nun ihrerseits die Herren als Objekte behandelnd.

»Geist?« sagt die Öften. »Ein Müllhaufen an Eigenschaften! Das heißt, ich hätte ihn nie so charakterisiert. Brecher hat das gesagt. Aber wirklich! Von allem findet sich etwas bei ihm. Devot, frech, liebenswürdig, voller Ehrfurcht, voller Kritik, feige, anderteils nicht ohne Mut in bezug auf Geständnisse. Und so weiter.«

»So sind ja die Männer«, sagt Frieske. »Wenn einer sagt: ich hab keinen Hunger, so kann man Gift darauf nehmen, daß er doppelt soviel verschlingt, als wenn er gesagt hat: ich hab welchen.«

»Geist«, sagt Mucki, »von Geist keine Spur! Weder ist er einer, noch hat er ihn.«

»Köstlich«, sagt Gudula Öften, den Witz mit einem Kopfnicken quittierend. Dann erzählt sie von Brecher. »Mit Brecher ist's nicht viel besser. Ich sprach ihn, während er Sack vertrat. Aber er schnitt mir jede Einwendung ab mit den Worten: seit ich Geschäftsmann bin, bin ich bereit, über Leichen zu gehen, selbst über meine eigene. Er tat, als wär's eine Schande, Geschäftsmann zu sein. Ist es auch, sagt er. Ist das nicht köstlich?«

»Ein Tropus«, sagt Mucki, doch Frieske denkt: Was? Wenn Heinz es gesagt hätte, hätte sie sich blamiert. Daher schweigt sie.

An Perdelwitz aber denkt keine. Statt dessen kommt Gudula Öften auf ihren Kardinalfall, Brecher, zurück.

»Es sind das sozusagen verspätete Geburtswehen, die Herr Brecher durchmacht. Vor zwanzig Jahren wurde er als Lebewesen geboren, nun aber als ... ich will nicht sagen Bewußtsein, aber als etwas, das sich aus Erfahrungen zusammensetzt.«

»Ich hatte eine Tante, die sagte: alle sieben Jahre verändert sich der Mensch. An meinem einundzwanzigsten Geburtstag sagte sie: Paß auf, morgen bist du verändert!«

»Und hat es gestimmt, Mucki?«

»Keine Spur. Meine Frisur war dieselbe geblieben, und das andere hat nie viel getaugt.«

Gudula Öften drohte ihrer Kollegin mit dem Finger, um sich, der ausgleichenden Gerechtigkeit zuliebe, dann an Frieske zu wenden mit einer kulturellen Belehrung.

»Brecher erinnert mich oft an Goethe und Schiller. Dieser Mensch hat in seiner Natur etwas Gewaltsames; er handelt oft zu sehr nach einer vorgefaßten Idee, ohne hinlängliche Achtung vor dem Gegenstand, der zu behandeln ist. Dasselbe sagt Goethe über Schiller.«

»Die Frau, die er heiraten wird, bedaure ich«, sagt Frieske, alles kulturelle Interesse hintansetzend. Sie blickte auf die Armbewegungen eines Verkehrsschutzmannes, der Mühe hatte, seine Angelegenheiten zu regeln, der aber insofern vom Glück begünstigt sein mochte, als er vielleicht eine Ehe führte, sei's eine wilde. Nur seinen weißen Handschuhen verdankte er es, daß der Ehering verdeckt war. Nach diesem Seitensprung kehrte Frieskes Aufmerksamkeit zurück, früh genug, um Mucki sagen zu hören:

»Am dümmsten ist immer der Gescheite. Er weiß alles und hat nichts davon. Er ist kein Mill-, sondern ein Nullionär.«

An der Leipziger Straße angelangt, bildeten sie mit anderen Leuten das übliche Verkehrshindernis, einen traubenförmigen Knäuel, aus dem sich als erste Frieske absonderte. Obwohl sie spürte, wie gern Gudula Öften über den Stand der Dinge bei Heinz unterrichtet worden wäre, schwieg sie, nicht zuletzt Muckis wegen, und dann rannte sie davon, das unangenehme Gefühl im Rücken, beobachtet zu werden. Sie lief infolgedessen gezierter als sonst, und Mucki stellte das mit Befriedigung fest, bevor sie den Zeigefinger an die Nase legte.

»Was soll ich nun nehmen?« sagt sie, scherzhaft Gudula Öften anblickend. »Den Autobus oder die 176? Ach, ich werde die Untergrund aus der Garage holen.«

Nachdem sie sich mindestens dreimal verabschiedet hatten, trennten sie sich. Auch Brecher und Geist hatten sich verdrückt. Das Kunststück, an den drei Damen vorüberzuflanieren, ohne von ihnen bemerkt zu werden, war einwandfrei geglückt. Zwar hätten sie gern gegrüßt, dennoch waren sie aufs Gegenteil stolz. So benahmen sie sich, so hatten sie sich seit je benommen, wenn sie zu zweit waren, übertrieben kühn und übertrieben schüchtern. Die Massenhaftigkeit der Straße kam solchen Neigungen aufs glücklichste entgegen. Wie großartig doch, mit Eleganz behängten Damen mitten ins Gesicht glotzen, ohne ein Auge von ihnen zu lassen, und hinterher sich totlachen darüber! Das war weltmännisch, very well. Ringsum aber herrschte ein weich rollierendes Irresein, ein Nebeneinander, das gemischt war aus allerhand; Verzweiflung war darunter und Spekulation. In dieser Verfassung liefen sie dahin, und keiner, nicht einer, hatte ein Wort verloren über Perdelwitz.

III

Sie war die Letzte gewesen, das kleine knochige Geschöpf, und sie hatte sich aus dem Staub gemacht, während rings bei abendlichem Schein das Talmigeglitzer der Friedrichstadt aufwuchs. Eine lange Reihe erleuchteter Glasperlen, die Bogenlampen, lief dahin, sich in schnurgerader Südrichtung allmählich zur Erde senkend, je entfernter, desto kleiner, aber auch, schien's, um so erreichbarer. Am Belle-Alliance-Platz, Bäl Falliangs, sagte die Tante der Perdelwitz, hätten diese Perlen verstreut auf dem Erdboden liegen müssen. Eine optische Täuschung, ein perspektivischer Witz, das Märchen inmitten des Ruins!

Die Friedrichstraße war schmal, und das U ihrer Untergrundstationen inmitten mochte für unverläßliche Nerven ein bösartiger Ruf sein, zu Treppen hinführend, die in die Tiefe gingen, in Katakomben, wo das Rauschen und Donnern von Bahnen zu Hause war, deren Geheul zur Not über Leiber ging. Daß sich jemand in diese Schächte verirrte, um sein Leben gewaltsam zu beenden, war vorgekommen. Doch wozu daran denken? Perdelwitz verwehrte es sich. Die Wehmut des Abschieds steckte ihr in den Gliedern, eines Abschieds, unglaubwürdig genug, um auch das Häßliche dieser Straße in eine wollüstig hingleitende Atmosphäre zu tauchen, zugleich in eine Geladenheit, die sich, grotesk verspielt, fortpflanzte bis ins Mundwerk der Straßenverkäufer.

Von dreizehn angebotenen Stellungen war ihr diese geblieben. Zum Lachen! Deshalb war sie auf die Schule gegangen, hatte sich fortgebildet als Lehrmädchen, von Firma zu Firma, immer in einem Zustand von Lotterie und mit verdecktem Blick nach Männern äugend. Deshalb wohnte sie bei ihren zwei Tanten in

Tempelhof, und ihre Mutter schrieb aus Forst in der Lausitz: »Geh nur nicht mit dem Franz und auch nicht mit dem mit der Brille, du weißt schon. Sie sind nichts für dich und werfen dich weg, wenn sie dich erst gehabt haben.« So schreiben sie immer, diese Mütter, und wissen nicht, was sie tun. Deshalb wurde sie älter und älter, spröde, ein Ü von einem Menschen, und ausgeliefert an ihre Tanten, die es auf ihre unzulängliche Weise gut meinten. »Das nächstemal, Kindchen«, hatte Gudula Öften gesagt. Aber es war der Kehrreim aller. In Sekt baden, davon werde man schön, schrieb die Uvag; oft genügte aber auch eine Reihe sanfter Ohrfeigen. Perdelwitz dachte daran; es verlor seinen Sinn.

Ihr fiel ein Gespräch ein, das sie mitangehört hatte. Vor den Buchstaben der Tastatur sitzend, diesem X, das sich selber durchstrich, diesem Q, das wohlhabend, diesem Y, das vornehm aussah, hatte sie ein Gespräch zwischen Brecher und Öften auf sich bezogen. Die beiden hatten es längst vergessen, sie schwätzten und schwätzten, und man mußte ihnen verzeihen, daß sie schwätzten. Hätten sie nicht geschwätzt – was dann? Wer Autos zu hören versteht, der weiß, daß auch diese gern schwätzen, und wer, vornehmlich am Samstag, wenn die Innenstadt summt und die Straßen des Geschäftsviertels nach sechs Uhr absterben und bis später in Agonie verfallen, das Profil ihrer Ecken ungewöhnlich hervorkehrend, wer dann einen Blick hinabtut vom Stockwerk der Uvag, dem mag sogar ein Gefühl aufsteigen, als sei auch die Stille, die stehengelassene Eintönigkeit, nicht ohne Geschwätz. Auch ein Geschwätz der Verzweiflung gibt es, und darum hatte sich das Gespräch gedreht.

Verzweifelt? Kann man überhaupt davon reden? Nein, man kann es lediglich sein. Redet man aber, dann bleibt nur das Achselzucken in der Manier Gudula Öftens, jener Ausdruck des Bedauerns, der ebenso alt ist wie das Gemäuer der Friedrichstadt, dann sieht man, daß selbst die menschliche Empfindungsfähigkeit, das Mitgefühl, zu verrosten imstande ist oder leerzulaufen oder sich zu widerlegen oder sogar sich aufzuspielen. Ach, es war daran nichts mehr wichtig.

Als Perdelwitz die Friedrichstraße hinabgegangen war, ein

winziger Punkt inmitten unaufhörlich bewegter Trümmer, hatte sie jeden Passanten einzeln so deutlich gesehen wie niemals bisher. Sie hatte mit diesen von einer nahezu wohlmeinenden Angst diktierten Eindrücken nichts anzufangen gewußt, als sich ihnen hinzugeben. Und so waren sie vorübergeflutet, Zeichen bereits einer anderen Welt. In den Herrengeschäften waren Selbstbinder zur Schau gestellt, während die Beleuchtung abwechselnd an und aus ging, und diese Selbstbinder sahen tatsächlich aus, als hätten sie sich erhängt, als wären sie von der Leichenfrau geplättet worden. Die Beleuchtung indessen versäumte nicht, mit den Augen zu zwinkern. Hüte gab es, gewöhnliche Herrenhüte, die zum Teil für Köpfe bestimmt zu sein schienen, in denen Gas aufbewahrt wurde; jedenfalls zeigten die Hüte sich aufgebläht, und obwohl unverändert, hatten sie in den Augen der Perdelwitz etwas verloren, nicht unbedingt die Eleganz, vielleicht aber ihre Bestimmung. Ja, das kommt vor, und beinahe hätte sich Perdelwitz daran ergötzt. Nur waren es zuviel solcher Dinger, das Angebot war zu stark, die Spazierstöcke und die Revolver, die Kameras und die Juwelen, die Schilder der Haut- und Geschlechtsärzte und diejenigen der Rechtsanwälte; und Perdelwitz ermächtigte sich, das Angebot abzulehnen. Nur Zeitungen kaufte sie.

Es war ihr Pech, nur großes Geld zu besitzen, zwei Zehnmarkscheine, wohingegen sie für ihre Zwecke Kleingeld benötigte, eine Rolle Groschen für den Gasautomaten. Ohnedem gab er nichts her; denn auf Zehnmarkscheine reagierte er nicht. Man sieht, ein ausgezeichnet konstruierter und organisierter Vertrieb, ein kleiner Kasten an versteckter Stelle im Vorsaal, und jeden Monat kommt der Gasmann kassieren. Das Wechseln der Scheine hielt Perdelwitz über Gebühr auf, und sie machte sich Vorwürfe, nicht seit langem auf dieses Ereignis gespart zu haben. Sie hätte sich den Abgang erleichtert. Es nützte nichts mehr, es mußte auch so gehen, auch so. Nun sei es wie bei einer zwangsweise fiskalischen Enteignung. Ewig wolle der Hausbesitzer sein zum Zwecke eines Straßendurchbruchs bestimmtes Grundstück zum gebotenen Preis nicht hergeben, er zögere und zögere, und mit der Verzögerung erhöhe er den Preis von Stufe zu Stufe, bis der Termin sich gewaltsam einstellt, von höherer Hand, und dann, dann muß es auch so gehen. Sei zufrieden damit, später bekommst du gar nichts!

Perdelwitz war zufrieden, daß sie gewechselt bekam, und mit drei Zeitungen unterm Arm und einer schweren Handtasche voll Geld überschritt sie die Leipziger Straße, nach Ost und Westen blickend, Spittelmarkt und Potsdamer Platz, diesen Konzentrationspunkten, die alle Tage an Krämpfen litten. Um diese Abendstunde waren sie stiller, sie ruhten sich aus. Je südlicher die Friedrichstraße hinab, um so leerer wurde der Abend; auch Läden waren leer, mit rotem Schild überm Schaufenster: Zu vermieten. Perdelwitz wollte nicht fahren, sie lief, und sie kümmerte sich wenig um Dinge, die ringsherum vorgingen. Nur die Uhr an der Kochstraße, um derentwillen sie oft mit Sack debattiert hat, betrachtete sie lange; der schwerfällige Ruck des großen Zeigers gefiel ihr, bis sie vorbei war, Perdelwitz.

Ah – es war noch genug Lebensfreude ringsum, vor den Eingängen der Kinos zum Beispiel, wo die Mädchen der gewerbsmäßigen Lebensfreude herumstanden, in diesem Breitengrad fünf Mark billiger als weiter nördlich. Es war noch genug Lebensfreude, und auch ein Betrunkener zeigte sich bald. Er torkelte um die Ecke der Hedemannstraße, einer bedauernswerten Straße, der höheren Orts jeder Fluchtgedanke ausgemerzt worden ist und die nun, zu Anfang und am Ende, durch Hauptstraßen abgeriegelt, zwischen lauter Häuserwänden versauert. Ist es ein Wunder, daß sie einen Betrunkenen ausspeit? Aber der Betrunkene ist harmlos; erstens belästigt er Perdelwitz nicht, zweitens gibt er sich Mühe, an der Bordschwelle zu balancieren.

Als die große Fläche des Belle-Alliance-Platzes erscheint, beginnt es leise zu rieseln. Es regnet sich ein, denkt Perdelwitz, froh darüber. Hätte sie für Sonntag eine Verabredung gehabt, wäre es ärgerlich gewesen. Aber auch in anderer Hinsicht kommt ihr der Nebel zustatten. Die riesige, nachterfüllte Rundung des Platzes ist der wunde Punkt ihres Weges, denn die Häuser treten wie auf Kommando zurück, und man ist so allein, ganz ohne Deckung.

Man wird präsentiert wie auf einem steinernen Teller. Auch der Himmel gewinnt an Geltung, und von da bis zur Zwiesprache mit der eigenen Empfindsamkeit ist es nicht weit für eine Kontoristin. Sie muß sich einen Ruck geben, einen winzig harten Leistungsruck, ehe sie den Platz überquert. Der stille Regen wäscht vieles hinweg. Er verzaubert die Lichter, er spiegelt alles im Pflaster und kehrt das Oberste zuunterst. Am Geländer des Landwehrkanals, der von der Hochbahn verfolgt wird, zögert sie eine Weile, das Geländer betastend, trotz seiner Feuchte, und hinunterstarrend in die schwarze, glitzernd besäte Flut.

»Ein Glück, daß wir vergessen«, sagt zu dieser Stunde Herr Brecher drüben am Wittenbergplatz zu seinem Kollegen, der sich einen Spaß daraus macht zu erwidern: »Eine Schande.«

Auch hinter Perdelwitz waren zwei Herren hergegangen, ohne daß sie es etwa auf ihr Geld abgesehen hätten. Nein, unterhalten hatten sie sich.

»Sieh nur diese Gestalt an, so dünn. Wie ein Streichholz auf zwei Beinen«, sagte der eine.

»Daß in solch einem Gestell ein Kind Platz hat?« sagte der andere.

»Die kriegen auch keine.«

Sie redeten in die silbrig ausdünstende Luft, diese Herren, und füllten ihre Langeweile aus, oder sie hatten es bitter nötig, ihre Wichtigkeit durch Urteile zu bestätigen, und dann blieben sie stehen und ließen sich Märchen erzählen. Wie gern läßt der eilige Berliner sich Märchen erzählen und wieviel Zeit hat er dann plötzlich! Er entwickelt direkt welche, während er haltmacht und einem Straßenverkäufer lauscht. Was dieser Onkel verkauft, ist seinen Zuhörern gleichgültig, Schnürsenkel oder Füllfederhalter, Kragenknöpfe oder wandernde Mäuse. Wenn er nur gut erzählt! Mitten im regsten Passantenverkehr, lediglich durch polizeiliche Verordnungen zehn Meter in die Nebenstraße gerückt, reden sie und reden, profane Bußprediger oft, oft Romantiker der Merkantilität, aber stets von einer Menge umringt, die nach dem Urteil der Uvag sachlich sein soll, in Wirklichkeit aber nichts lieber begehrt als schön frisierte Lügen, mit Wahrheiten gespickt. »Mir kann's ja gleich sein, wovon mir schlecht wird«, schloß einer von ihnen seine Rede, und man muß es ihm lassen, er sah gesund aus.

Perdelwitz, zwiefach feucht, vom Regen wie vom kalten Schweiß, der ab und zu ausbricht, spürt eine üble Blässe im Gesicht, als sie die Region ihres Privatbezirks erreicht. Beim Gehen hatte sie kaum ein Gefühl, daß sie ging, und sie glaubte oft, das Pflaster müsse sich senken. Aus ihrer Zeitung hatte sie ersehen, daß am Moritzplatz eine Stickstoff-Flamme aus dem Pflaster hervorgeschossen war, Kabelbrand, und daß in London eine ganze Straße in die Luft geflogen sei, Gasexplosion. Perdelwitz hatte plötzlich den Schluckauf. Dieser – jupp – Schluckauf wird doch nichts zu bedeuten haben? Sie befürchtete plötzlich, ihre Mutter könne ihr leid tun. Daher kuschelte sie sich in die niedergehende Nässe und eilte. Wenn sie über die Lüftungsgitter der Untergrund ging, flatterte ihr der Rock hoch, die Knie entblößend, und sie mußte sich hüten, nicht umzufallen, nicht weggeweht zu werden. Obwohl sie die Absicht hatte, sich umzubringen, gab sie mit doppelter Vorsicht auf alle Gefahren acht.

Hinter ihr aber, jenseits ihres Privatbezirks, ragte das zerklüftete Massiv der Friedrichstadt auf, ein großer, steinerner, dunstgeschwängerter Schatten, über den hin, mit dem Äther als Reflex, ein ewiger Staub rieselte, ein millionenfältiger Widerschein jener Energie, die Licht bedeutet und die immer wieder hervorgelockt wird durch Maschinen und Menschenhand. Die Bahnen klingelten, überfüllte erleuchtete Särge; sie räumten für den Sonntag auf, sie entvölkerten die Geschäftshäuser, und von Unzähligen ein jeder, der seine Hausnummer erreicht hatte, hielt inne, ergriff die Klinke der Tür und verschwand.

ZWEITES BUCH
PRIVATE SPÄSSE

Die heimliche Schande

I

Vieles in der Welt liegt hell und offen zutage, lädt zur Kritik oder zur Betrachtung ein, das Privatleben nicht; ins Privatleben zieht man sich zurück. Hier ist's dämmrig, und Vorhänge verschließen den Einblick.

Man zieht seine Stiefel aus, hängt seine Jacke an die Wand und wäscht sich den Staub der Zermürbung aus dem Gesicht, frei in der Einbildung, nun ganz eigener Herr zu sein. Welch ein Zauber geht davon aus, zumal für den, der draußen zu bleiben hat! Da hängt eine Ampel im Korridor, sehr romantisch, daneben ein Bild an der Wand, dessen Eigenart mehr über seinen Liebhaber verrät, als Worte es zu tun vermöchten. Es hat seine Eigentümlichkeiten, dies Wörtchen privat, und wer weiß, wie die Menschheit aussähe, wäre sie nach dem System gleicher Privatinteressen und Privatgelüste organisiert. Mancher Lump entpuppte sich dann womöglich als Aristokrat, manch armer Prolet als großer Herr, als Angeber, wie der Volksmund sagt. Das alles gilt selbstverständlich auch umgekehrt. Auf alle Fälle aber zeigt sich dasjenige im Leben wie in den Institutionen, das ein »Privat« vor sich hat, als weit versöhnlicher, weit angenehmer, weit entgegenkommender als das einfache. Irrenhaus beispielsweise – ein schreckliches Wort! Aber Privatheilanstalt ist schon eine Art Sommerfrische. Oder Büro – wie gleichgültig in jeder Hinsicht! Aber Privatbüro – wie geheimnisvoll, wie interessant! Mit der Privatwirtschaft freilich sind schlimme Erfahrungen gemacht worden – aber liegt das nicht an der Wirtschaft als solcher? »Wirtschaft, Horatio!« hat man leider schon zu Shakespeares Zeiten ausrufen müssen.

Wie gesagt, man zieht sich zurück, um endlich daheim zu sein. Wozu würden sonst Villen gebaut, möglichst entfernt vom Gewirr der Stadt, mit Gittern rundherum und bissigen Hunden, wozu Gesellschaften beauftragt, den Frieden zu bewachen? Daß der Frieden bewacht werden muß, stimmt leider nur allzusehr. Aber ist nicht die allgemeine Gier nach Vermögen und Besitz nur der heftig in Erscheinung tretende Wunsch, sich, koste es, was es wolle, ein Privatleben zu leisten?

Hier am Rande der Stadt herrscht auch auf der Straße eine private Atmosphäre, zumal an den Endstationen in ihrer Verlaufenheit und wunderbaren Rangierlust, mit dem Zeitungskiosk als neckischer Beigabe, dem Sandplatz für Indianer spielende Kinder, mit all dem vereinzelten Hinausgerücktsein der Häuser in den sichtbar werdenden Horizont. Hier genießt auch die Stadt ihre Form der Entspannung, jene Mischung von Nachlässigkeit, von Halbprojektiertem und fragmentarisch Stehengelassenem; und oft genug liegt zum Zeichen dessen ein weggeworfener Eimer im Gras, ein Kinderwagen mit zerbrochenem Rad, vielleicht sogar ein Strohhut und ein Paar Stiefel. Der Affenkiste des kleinen Mannes, einer Bude mit Schrebergarten, mit Ziehharmonika und Lampions, entspricht die feudalere des großen, die Villa. Sonntags dann ist das Gebiet noch weiter hinausgerückt, hinaus bis in die Wälder, bis an die Ufer der Seen, und jede Mulde ist mit Beschlag belegt von der namenlosen, schreienden Horde der Ausflügler, die ihren eigenen Spazierstock schwingen, ihre eigene Schaufel, um schließlich zwecks Vertilgung ihrer Butterstulle auszubrechen in den Schlachtruf: »Wo ick sitze, da bin ick zu Hause!« Der ganze Grunewald wird vorübergehend als Eigentum, als Privatbesitz annektiert.

Für gewöhnlich also ist es das Glück des Menschen, seiner funktionellen Betätigung endlich den Rücken kehren zu können und ganz Privatmann zu sein. Aber leider, wie so oft im Leben, hat auch diese anscheinend wuncherfüllte Sphäre ihre Schattenseite. Ins Privatleben zurück, nicht immer bedeutet das etwas Gutes. Als zum Beispiel der Deutsche Kaiser, im Volksmund Willi Lehmann genannt, im Jahre 1918 dahinterkam, daß er von seiner deutschen Eiche nicht länger wohlgelitten sei, verlegte er sein Geschäft nach Holland und hackte dort Holz. Auch er zog sich ins Privatleben zurück – aber unter welch bejammernswerter Voraussetzung! Nur höchstens alle Jahre einmal besann er sich auf seine einstige Wirksamkeit, und zur Erinnerung daran und Auffrischung erschreckte er die Öffentlichkeit durch ein groteskes Interview, das er meist noch bezahlt bekam. So erfüllte sich an ihm das Schicksal jener hochgestellten Persönlichkeiten, die eine Zeitlang im Lichte der Scheinwerfer stehen. Nicht er allein, Ungezählte seinesgleichen, Champions und Stars, Weltmeister und Generaldirektoren, verschwinden auf den fatalen Wink eines Zufalls im Dunkeln; sie werden Morphinisten oder eröffnen ein Restaurant. Die einst auf stolzem Fahrrad saßen, polieren jetzt die Speichen; die einst ihre Hände fotografieren ließen, tauchen sie jetzt ins Spülicht. Offiziell heißt es zwar, sie zögen sich ins Privatleben zurück – aber wer sagt, ob es freiwillig geschah? Sind sie nicht vielmehr zurückgezogen worden, von eben jenem Privatleben, das eifersüchtig war auf soviel Öffentlichkeit und das sich nun rächt?

Das ist die eine Hälfte des Schattens, aber es gibt erwiesenermaßen noch eine zweite, noch fatalere, weil hier der bekannte Anzeigenausspruch: Diskretion Ehrensache! vollkommen angebracht ist. Nach allem, was vorfällt, nach allem, was unter vier Augen zu hören ist, kann nicht länger ein Zweifel darüber bestehen, daß hier, in der zweiten Hälfte, der eigentliche Quellort des Privatlebens gesucht werden muß. Den Mann ohne Privatleben, den gibt es nicht, er ist eine Utopie; gäbe es ihn aber wirklich, so wäre er ein Skandal. Damit ist endlich auch dieses lange verhehlte Wort gefallen, ein Wort, das die Untersuchung wesentlich fördert, trotz seiner Anrüchigkeit.

Ja, man muß es aussprechen vor aller Welt, man muß sich leider dazu bekennen, daß der Begriff des Privatlebens, ohne das kein Mensch auszukommen vermag, in vielen Familien gleichbedeutend ist mit dem Hüten einer heimlichen Schande. Ist nicht in Tausenden ehrbarer Familien das Hüten dieser heimlichen Schande zu einer wahren Zeremonie und Hauptaufgabe angewachsen? Und wäre das nötig, frage ich, wenn nicht, ich meine, wenn das Privatleben nicht auf mancher Strecke so ungemein glitschig wäre, nicht infolge zu guter Ölung oder Bohnerung, sondern in anderer, noch gefährlicherer Hinsicht? Man glitscht, soll das heißen, man gleitet aus, man begeht Fehltritte. Das ist das richtige Wort: Fehltritte! Und diese Fehltritte hinwiederum, rein privater Natur wohlgemerkt, kosten oft Hals und Kragen. Um keinen Menschen der Gegenwart in Unannehmlichkeiten zu stürzen, sei, behutsam selbstverständlich und ganz diskret, ein zweiter historischer Fall herangezogen, ein Trauerfall nämlich, auch ein regierendes Oberhaupt betreffend. Dieses, ein König aus der nördlichen Welt, so um den Nordpol herum, soll eines Tages die ungeheuerliche Unvorsichtigkeit begangen haben, sich gleichfalls in durchgreifender Weise mit dem eigenen Privatleben abzugeben. Es, das Oberhaupt, war infolgedessen, sicherlich in bester Absicht, in ein Bordell geraten; es soll ein Bordell in Hamburg gewesen sein. Gewiß, es ist nichts dagegen zu sagen. Solange die Zivilisation das Huren als Gewerbe duldet, führen auch die Pfade des Privatlebens in solch schlüpfrige Gegenden. Das benamste Oberhaupt aber soll nun noch eine zweite katastrophale Unvorsichtigkeit begangen haben: es starb im Bordell, vielleicht während des Aktes. Was sagt man dazu? Ich meine, zu dieser Seite des Privatlebens? Ich bin der Ansicht, daß dem König dieses Pech nicht widerfahren wäre, wenn er sich vor seinem Privatleben etwas mehr in acht genommen hätte. In seiner Macht hätte es gestanden, sein durchaus natürliches Gelüst vor versammeltem Volke zu bereinigen, als Staatsaktion gleichsam. Es wäre zwar bahnbrechend gewesen, aber kein Skandal. Der Skandal ist das geplatzte Geschwür des Privaten, und Geschwüre gedeihen bekanntlich heimlich; Anhänger unter der Fahne der Verunreinigung sammelnd, eitern sie schließlich und bums! – ist der Skandal fertig.

Unter diesem tief bedauerlichen Gesichtspunkt betrachtet, wird es auch verständlich, warum es keine größeren Kitzel gibt als das Wissen über Menschen, die sich allein und unbeobachtet glauben, geschützt von einem Inkognito oder von den eigenen vier Wänden. Deshalb singt auch eine Berliner Diseuse: »Ich möcht Sie nicht im Hemd besehn, mein Herr von vis-à-vis.« Der Beifall, den sie erntet, ist verständnisvoll und innig.

Das also wären die Schatten des Privatlebens. Demgegenüber

steht aber eitel Sonne und eitel Licht, besonders künstliches, wie es bei Abendgesellschaften aufzustrahlen pflegt. Bei Angestellten zwar, die in möblierten Zimmern wohnen, in Neubauten, wo die Wände von solcher Universalität und Offenherzigkeit sind, daß sie ganze Stockwerke hindurch vermitteln, was vorgeht, Ehegezänk und Durchdrehen von Kaffee, das Rauschen des Klosetts und die Gutturalphantasien der Musikmaschine, oder bei denjenigen Liebespaaren, die auf den Bänken der Parkanlagen nächtigen müssen, von Betrunkenen empfindlicher gestört als von Polizisten, liegt der Fall weniger geheimnisvoll, Preis und Nimbus sind herabgesetzt; aber bei einem Chef – was weiß eine tüchtige Arbeitskraft davon überhaupt? Frühmorgens erscheint er, und abends verschwindet er wieder. Eklig ist er, aber irgendwer sagt, im Privatleben reizend. Die Geselligkeit hat ihn verwandelt. Aber was ist das nun wieder, Geselligkeit, wie findet sie statt, wie wird sie abgewickelt?

Gut, meinetwegen, Chefs geben also eine Gesellschaft in ihren privaten Räumlichkeiten. Nicht zufrieden damit, selber ein Chef zu sein, lädt sich der Chef nicht etwa seine Untergebenen, sondern einen zweiten Chef auf den Hals, der gebeten wird, einen dritten mitzubringen, einschließlich der Frauen. Aber was nun? Nun sitzen sie da, und so können sie doch bei der allgemein anerkannten Hilflosigkeit der Chefs, die unfähig sind, den Kragenknopf zu finden, der längst an der gewünschten Stelle im Hemd steckt, nicht ewig sitzen. Ihre Westen, die schmutzig waren, sind blendend weiß, ihre Hosen mehrfach gebügelt, und dementsprechend gestaltet sich auch ihr Benehmen, höflich und zuvorkommend, beurlaubt von jedem schädlichen Ausbruch. Aber was nun, wenn die Gemütlichkeit einzufrieren droht und als Gefrorenes auf die Teller kommt? Abgesehen davon, daß eine Gesellschaft dieser Art bereits das offizielle Gesicht des Privaten darstellt, einen Empfang, eine regelrechte Veranstaltung, muß doch der Chef irgendwelche Eigenschaften entwickeln, er muß sich nach Verbindlichkeiten und Hilfsmitteln umsehen, der Tatkraft seiner Sekretärin verlustig.

Aber keine Sorgen, meine Damen und Herren!

Hier tritt nun endlich der Wert dessen zutage, was die Uvag in voller Größe tagaus, tagein in Wort und Bild verficht: Kultur. Wer Kultur hat, führt auch ein tadelloses Privatleben, heißt es. Diese Behauptung gilt als erwiesen. Es liegt in der Tat etwas Gesellschaftsförderndes in einem Klavier, in einer Geige; es klimpert und fiedelt, wobei die Stücke meist derart berechnet sind, daß sich die Gastgeberin inzwischen erholt. Mit prächtiger Befriedigung kann sie sich eingestehen, ihr Meisterwerk geliefert und alle die verschiedenartigen Chefs unter ein Dach und in ein kulturelles Fahrwasser bugsiert zu haben. Es bleibt sogar Zeit, während einer solchen Pièce schnell nach den Kaviarbrötchen zu sehen und unauffällig den Sekt zu zählen, der draußen bereitsteht. Unterdessen klimpert und fiedelt es ruhig weiter, Stadien restloser Verzückung werden im Fluge durcheilt, und die Stirn auch des Gewaltigsten glättet sich für einige Takte. Unbeschreiblich aber pflegen die Wonnen einer Gastgeberin beim Blick auf ihren neuesten Gatten zu sein, wie er ein Hosenbein übers andere legt, den Kopf in die Hand stützt und, lächelnd gezähmt, genießt: ein tadelloser Privatmann.

II

Genauso hatte Frau Geheimrat Schöpps die Sache fortzusetzen gedacht, in ihren Räumen oft musikalische Abende veranstaltend, zum Entzücken ihrer Töchter. Sie wohnte damals noch in der Grunewaldvilla, und auch ihr Gatte lag noch nicht unter der Erde. Erst später war er zum Entsetzen aller als Leiche ins Haus gebracht worden, Herzschlag, und dies, obwohl er immer erklärt hatte: »Solange ich lebe, kann nichts geschehen.« Nun, da er tot war, konnte er nichts mehr ändern an der Tatsache, daß die Schulden in pöbelhaftester Weise ihr Recht begehrten und daß schließlich zu deren Tilgung die Uvag in die Konkursmasse eingreifen mußte. Für Musikliebhaber soll der Auszug aus der Villa erschütternd gewesen sein ...

Der Geheimrat selig, ein Chirurg, hatte freilich im Gegensatz zu seinen Kollegen, die sogar ein Ärzte-Orchester gegründet hatten, nie viel von Musik verstanden; er hatte sie sich mit einiger medizinischer Nachsicht einflößen lassen auf wiederholtes Drängen seiner Gattin, auch hatten ihm öffentliche Konzerte besser behagt als häusliche, weil dort ein Dirigent zu sehen war und vor allem Posaunen. Dieses In-der-Luft-Herumfuchteln war ihm eine phantastische Chirurgie, ein ausschweifendes Laster von Personalegoismus gewesen, und die Backen aufblasen, um einen kulturellen Wert zu erzeugen, das war ihm faktisch über die Vorstellungskraft gegangen. Da jedoch seine Frau mit hochgradig nervösem Nachdruck auf häuslichen Arrangements bestanden hatte, war er diesen wohl oder übel ausgeliefert gewesen. Schließlich hatte auch er zur Kategorie der Chefs gehört.

Wie gesagt, Frau Geheimrat hatte sich's so gedacht, und es war ihr tatsächlich gelungen, ihre Töchter bis auf Mucki, den Spätling, alle an den Mann zu bringen und aller Welt ein Familienleben vorzutäuschen, Deutschland zur Ehre. Solange die Lichter gestrahlt und die Geigen gefiedelt hatten, mochte es wohl auch angehen; aber bei Windstille in der Musik war es kaum auszuhalten gewesen. Frau Geheimrat hatte die Erfahrung machen müssen, daß Männer ihre eigenen Wege gehen, ausgetretene wie neue, und daß sie von ihren Ausflügen selten sauber zurückkehren. Seitdem hatte sie den Chirurgen nicht mehr geschlechtlich berührt – ü?

Ja, Plötzlichkeiten waren es immer gewesen, von denen die Familie heimgesucht wurde, aber die Art der allerletzten, letalen, konnte Frau Geheimrat ihrem Gatten lange nicht verzeihen. Niemals! Hätte er wenigstens, um der Höflichkeit willen, eine Andeutung fallenlassen, anstatt aus dem Haus zu gehen und nie mehr lebendig zurückzukehren. Kein Anstandslehrer würde das dulden. Es war eine krasse Ungehörigkeit. Was soll man denn mit einer Leiche? Man kann sie doch nicht verspeisen! Bestatten lassen könnte man sie – aber wozu? Wirft man damit nicht lediglich fremden Leuten Geld in den Rachen?

Aber es liegt ein unendlich stiller Vorwurf in einer Leiche.

Ausgestreckt, mit bläulich geränderten Fingernägeln, im endgültigen Zug eines Lächelns, das maskenhaft bleibt, oder einer tiefen Nachdenklichkeit, ausgekältet, kälter als Stein, liegt sie da. Sie fordert nichts mehr; sie verschweigt, was sie weiß, und ihr ganzes noch vorhandenes Interesse konzentriert sich auf eines: tot sein. Von ihr aus gesehen – nur eben, daß sie blind ist! – gilt das Volk der trauernden Hinterbliebenen samt den Schmerzensergießungen und Beileidsungeschicklichkeiten fast als ein Jux. Wie sie so hilflos herumlaufen inmitten eines vergänglichen Glanzes, betäubt und hinter dem Schleier ihrer Betäubung so aufgeregt wach, daß sie Zehnerlei mit einem Gedanken zu fassen suchen – wahrlich, um dessentwillen lohnte es sich, tot zu sein!

Möglicherweise hatte sich Frau Geheimrat durch das plötzliche Hinscheiden ihres Gatten betrogen gefühlt, noch unangenehmer allerdings war der Geruch, den er ausgeströmt hatte. Zeitlebens hatte sie seine heimliche Schande gehütet, und nun, obwohl längst verwunden, war sie zum letztenmal aufgebrochen.

Tagsüber beschäftigt und, wie die Geheimrätin funkelnd erklärte, nachts auch, hatte sich sein Privatleben immer häufiger außerhalb seines legitimen Privatbezirks abgespielt, und schließlich war auch hier der Fehltritt zustande gekommen. Der Herr Geheimrat war ausgeglitten. Er hatte an einer Schauspielerin eine nicht einwandfreie kosmetische Operation vorgenommen; er soll ihr die Brüste abgesägt haben, aus Luxus, um der Erzielung einer frigiden Knabenhaftigkeit willen, und die daraus sich ergebenden, drohenden Folgen eines Skandalprozesses hatten den Mann unterminiert. Nun halfen alle Geigen nichts mehr. Er war ein befleckter Privatmann gewesen – ein Gorilla, wie die in Abwehr zu ihm erzogene Mucki als Kind es aufgefaßt hatte. Hatte sie doch ihren Papa des öfteren Gymnastik treiben sehen, wobei seine behaarte Brust einen unendlichen Schaden in ihrer Empfindsamkeit angerichtet hatte. Sie hatte sich geekelt. Erst seit dem Tode des Geheimrats war jene merkwürdige Verschiebung vor sich gegangen, vermöge derer Mucki allmählich von der Abwehr in die Verehrung hinüberzuwachsen begann, bis sie, mit der Länge der Zeit, von ihrem Papa sprach wie von einer wichtigen, im gesellschaftlichen und geschäftlichen Verkehr gut verwertbaren Größe, mit der man Eindruck erzielte. Im selben Maße indessen hatte ihre Neigung für die Mama sich vermindert, vielleicht, weil sie sich getäuscht oder hintangestellt sah, vielleicht auch nur, weil sie mit ihr in wesentlich unmusikalischer Weise zusammenleben mußte.

Nun, es zeigte sich dennoch, was eine Familientradition an inneren Werten birgt, wie sie den Gorilla überwindet und selbst in demoliertem Zustand, in diesem erst recht, Größe zu wahren versteht.

So sehr auch Frau Geheimrat Schöpps darniederlag in Anbetracht ihres Familienunglücks, gezwungen, künftighin äußerst zurückgezogen zu leben, in einem Schneckenhaus gleichsam – obwohl ihrer Tochter der Begriff des Zurückziehens bisher nur durchs Tennisspiel nahegebracht worden war, wo bei schlechten Aussichten ein Kampf »zurückgezogen« werden kann –, so sehr auch alles zersetzt und zersprengt war, die Opfer hatten sich nicht als völlig sinnlos erwiesen. Ja, Frau Geheimrat hatte aufgeatmet. Der Last einer heimlichen Schande enthoben, ersetzte sie von Stund an, was ihr an Wirksamkeit fehlte, durch die Betonung ihrer Personifikation einer ganzen gutbürgerlichen Schicht. Nach wie vor im »Verein zur Hebung gefallener Mädchen« am Ehrentisch sitzend, unterhielt sie ein lebhaftes Verhältnis mit ihrer bereits früher ins Unglück geratenen Freundin, Frau Schade, die sich für den »Verein Isis-Mutterschutz« entschieden hatte. Daß sie beide aufs Haupt geschlagen waren, denn Frau Schade war geschieden und ihr Mann wegen betrügerischen Bankrotts nach Südamerika flüchtig, verdroß die beiden Damen nicht ewig. Auch den Staatsformen mißlingt es auf die Dauer, ihren Ruf zu vererben; es bröckelt und bröckelt, und bald sind sämtliche Positionen unterhöhlt. Daß eine Monarchie infolge eines Hustenanfalls in den Gossen der Republik verschwindet und diese im Kerker der Diktatur, wen regt das noch auf? Mit größtem ästhetischen Behagen hatte Frau Geheimrat in den Gesprächen Goethes mit Eckermann den Passus gelesen: »Der Mensch muß wieder ruiniert werden«, und sie hatte sich daran gestärkt. Dessenungeachtet aber blieben die Ruinierten grundsätzlich die anderen, nicht etwa sie! Sie selbst fühlte sich lediglich ausgezeichnet durchs Schicksal, geläutert, geehrt.

Heute wie je war Frau Geheimrat von gleichem Charakter; sie hatte nichts eingebüßt außer der materiellen Grundlage. Ihr Haar war von so blendendem Weiß, ihre Mimik so zügig und einprägsam, daß jedermann, Elektriker oder Versicherungsagent, sich geehrt fühlen mußte, von ihr einen Auftrag zu erhalten. Selbst Absagen, die sie stets in striktester Weise begründete, hatten als Gunstbeweis zu gelten. Es kam eine unerklärliche, jenseits aller Plutokratie beheimatete, eigensinnige Machtbefugnis in allen ihren Bewegungen zum Ausdruck; sie huldigte einem betont aufrechten Gang, den allerhöchstens die Gassenjungen verunglimpften, indem sie »der olle Dreimaster« hinterherriefen; sie ging in der Tat, als würfe der Sturm sie und als versuchte sie dessenungeachtet, pikant und bedeutsam zu bleiben, noch in der Art, wie sie einen Bettler mit zwei Pfennigen beschenkte, denn mehr gab sie grundsätzlich nicht. Einer Sekretärin der unteren Schichten wie Lisa, die durch scharfe Beobachtungsgabe ersetzt, was ihr an angeborenem Instinkt fehlt, wäre vielleicht aufgefallen, daß Frau Geheimrat zuweilen in die Gepflogenheit ausartete, Kartoffeln mit dem Messer zu schneiden und in Augenblicken des Nachdenkens bei Tisch die Gabelzinke senkrecht emporzuspießen, aber das waren Nachlässigkeiten, die sie sich eben erlaubte, obwohl sie sie bei anderen getadelt haben würde. Absichtsvoller Freiheiten voll, hatte ihr Benehmen natürlicherweise zu keinerlei Beanstandungen Anlaß gegeben; denn es war eine Selbstverständlichkeit, daß Frau Geheimrat nie irrte. Während ihr Herr Gemahl das allzu labile Element der Liberalität verkörpert hatte, war sie, nun als Witwe, die leibhaftige preußische Erstarrung, eine Art Schnedderengteng auf menschlichem Gebiet.

»Er ist nicht das Maß, er ist das Ausmaß«, hatte sie bezüglich ihres Gatten geäußert, jeden seiner Schritte mit einer Charakteristik begleitend; denn sobald er auch nur den Zwicker zum Zeitunglesen hervorgeholt hatte, war Frau Geheimrat sein vorauseilender Trompeter gewesen, der Fanfaren ausstieß und sagte:

»Jetzt setzt Papa die Augen auf.«

Eigentümlich unterstützt wurden ihre Bemerkungen durch die runde Gewalt ihres Blicks, der besonders beim Zuhören pfeilgerad stillstand, stattlich in seiner Bläue. Etwas Erschrockenes und Herrschsüchtiges zugleich versteckte sich darin, und die körperliche Hinfälligkeit verstärkte eher den Eindruck des Unerbittlichen, als daß sie ihn gemindert hätte.

In ihren Beziehungen zu ihrer Mucki, mag's nun ein Vorzug sein oder nicht, legte Frau Geheimrat die gleichen hohen Maßstäbe an, das heißt, sie sah auf ihre Tochter herab, um so mehr, als die anderen Töchter anderweitig gebunden waren. Gewiß hätte sie die Aussichten für Mucki gern rosiger gesehen, aber da ihr leider die Tretmühle der Berufstätigkeit nicht erspart bleiben konnte, erklärte Frau Geheimrat sofort:

»Töchter wie du können nicht anders erzogen werden als durch das Leben selbst. Insofern ist dein Papa dir zuliebe gestorben. Er starb, um dir eine härtere Schule zu ermöglichen. Traurig, aber gesund!«

Denn für Gestalten von so frühzeitig greisenhafter Einbildungskraft pflegt das nachwachsende Geschlecht grundsätzlich im Nachteil zu sein; es leistet angeblich nichts mehr, es vertut seine Zeit; und niemals wird es sich in seinen Irrungen messen können mit der Großartigkeit längst gebüßter, weltgeschichtlicher Fehler. Ja, Frau Geheimrat prophezeite das Ende der Welt, das Ende der Gediegenheit und noch verschiedene andere Todesnachrichten. Die Folge war, daß Mucki, die kein Wort ihrer Mutter noch ernst nahm, tat, was sie wollte. Es entstand ein merkwürdig getrenntes Verhältnis, eine Gemeinsamkeit, die in Schichten verlief und bei welcher die Mutter der eigentliche Parasit war, der vom Leben der Tochter zu naschen gedachte.

Das Ende der Welt? Die Möbelpacker hatten nicht danach ausgesehen, das Hinterhaus in der Dahlmannstraße schon eher.

Man biegt um die Ecke und ist in einer anderen Welt! Weist nicht fast jedes Berliner Viertel Straßenzüge auf, die es diskreditieren, die herausfallen aus der gewohnten Typologie? Denn es ist nicht so, daß im Westen nur Eleganz herrscht und im Osten nur Elend, solange es auch ein luxuriöses Elend gibt und eine gewisse robuste Wohlhabenheit.

Die Dahlmannstraße, wohin Frau Geheimrat verschlagen worden war, gehört zwar noch nicht zu den restlos heimgesuchten, zu den schönsten Straßen Charlottenburgs aber auch nicht. Unglückselig in ihrer Veranlagung, hat sie das Pech oder die Manie, am nördlichen Ende gegen einen Bahndamm anzurennen, ohne trotz redlicher Bemühungen durch ihn hindurch oder über ihn hinweg zu gelangen. Es ist anzunehmen, daß sie aus Verzweiflung darüber dort endet. Einen Kiosk, eine Bedürfnisanstalt und eine Normaluhr hat sie sich hier als Denkmal gesetzt. Würde nach einer Anregung der Uvag sämtlichen Straßen Berlins der Name entzogen und ihnen statt dessen in Zuchthäuslerart eine Nummer aufgestempelt, so wäre allerdings Dahlmann von der Peinlichkeit befreit, mit dem Hinterkopf gegen die Wand zu rennen, ob damit aber der Physiognomie der Straße als solcher geholfen wäre, bleibt trotzdem zweifelhaft. Vielleicht hätte sie dann nicht nur den Verstand, sondern auch noch den Glanz ihres geschichtlichen Namens verloren.

Die hier wohnenden Leute, Mittelstand jeder Schattierung, pensioniert, geschieden, verwitwet, alles in allem unfreiwillig werktätig, machten sich von der Dauerkrise ihrer Straße selbstverständlich keinen Begriff. Sie hatten wichtigere Dinge im Kopf; nicht so Frau Geheimrat. Es gibt einen leider unbekannt gebliebenen Menschen, der ein Dichter geworden sein will, weil das Rad eines Lastkraftwagens über seinen traurigen Schädel hinweggegangen ist; über Frau Geheimrat ist ein ganzes Familienunglück hinweggegangen, wodurch sie in pompöser Weise bedeutsam geworden war, voran in ihrem Urteil. Durch ihre Witwenpension vor schlimmsten materiellen Sorgen geschützt, erhob sich diese Urteilsfähigkeit allgemach zu einer immer stattlicher anwachsenden Höhe. Gleich beim Einzug, und vorher bereits, hatte sie sich in auffälliger Weise auf Dahlmann konzentriert, Ansichten zum besten gebend, von denen kein Mensch einen Nutzen hatte.

»Deplaciert«, rief sie aus. »Wäre es nicht deplaciert, man sollte auf alle Berliner Mietshäuser eine Ode der Abnutzbarkeit und der Entblätterung singen. Ich sage Entblätterung. Hörst du, mein Kind?«

Da das Kind nicht zur Stelle gewesen war, hatte sie sich an die staunenden Möbelpacker gewandt mit den Worten: »Geben Sie acht und reißen Sie nicht das Haus ein!«

Später, als wenigstens ein Hund quer über die Straße gelaufen kam, um zuzuhören, begann sie erneut: »Alles blättert hier ab. Es scheint eine herbstliche Stimmung hinter den Wänden zu welken. Man wagt ja nicht mal, mit dem Zeigefinger ans Gemäuer zu tippen, in der Besorgnis, eines Tages die ganze Wand am Finger zu haben. Vorwärts!«

Mit letzterem Befehl war der Hund gemeint, doch den Möbelpackern schwoll darüber die Schläfe. Sie hatten ihr eigenes Arbeitstempo, und überdies war ihnen die Dame im Weg. Aber sie schwiegen, während Frau Geheimrat Anordnungen traf. Schließlich mischte Mucki sich ein und sagte:

»Der Arzt hat gesagt, du solltest dich schonen. Reg dich nicht auf, Mutti!«

Nun schwoll aber auch der Frau Geheimrat die Schläfe.

»Wer regt sich hier auf, mein Kind? Ich nicht, doch ich nicht. Aber ich wünschte, man regte sich auf. Ich wünschte es lebhaft. Da, dieser Köter! Jetzt macht er uns noch den Hausflur voll. Vorwärts!«

Der Auszug aus einer Villa läßt sich leider nicht verheimlichen. Vor dem Möbelwagen pflegen die Portierskinder zu spielen; die Betten werden vor aller Augen die Treppe hinab und in den tunnelartigen Transportwagen geschafft, zählbar, öffentlich zählbar. Es ist ein Hohn auf jede Zurückgezogenheit und Intimität. Oft ist es so, daß ein Spiegel auf dem Gehsteig niedergesetzt werden muß, weil eine Kommode aus technischen Gründen den Vortritt hat; dann genießt die Sonne ihre stille Lust, Bruchstellen, schadhafte Flecken und abgestoßene Ecken mit Lächeln zu beleuchten, jeder Ritze einen logischen Schatten zuweisend und jeden Schatten durch entsprechende Profilierung und Helligkeit beränderd. Wer von den Nachbarn Augen im Kopf hat, der macht es genauso, verweilt mit unbeschreiblichem Wohlgefallen auf dem Mobiliar ganzer oder zersetzter Familien und nimmt sich am Ende die Mühe zu einem rechnerischen Überschlag. Niemand täuscht ihm was vor!

Da auch der Einzug unter dem Zeichen der heimlichen Schande vor sich geht und bekanntlich Menschen, die viel zu verbergen haben, die hochgestochensten sind, verfiel auch Frau Geheimrat auf diese Schutzmaßnahme. Ohne Privatbesitz, nur noch an Resten zehrend, wurde sie dauernd von dem Wahn geplagt, alles besitzen zu wollen, alles, indem sie sich die Fragen der Allgemeinheit aufbürdete.

»Auf nichts ist Verlaß«, rief sie aus, nebenbei den Staub von einem beschädigten Spiegel abwischend. »Dieser Dahlmann da, morgen schon kann er anders heißen, wie alles ringsum. Bekreuzigt sich nicht die Republik vor Straßennamen, die monarchistisch sind? Ehrwürdige Namen mit den Deckzeichen verstorbener Zufallsminister übertünchen, das grenzt an Enteignung. Enteignung – hörst du, mein Kind? Aus Königgrätz wird Stresemann gemacht, aus Budapest Friedrich Ebert. Der Königsplatz wird republikanisiert, und kommen morgen die Friseure ans Ruder, so werden sie dort dem Bismarck einen Scheitel ziehen und den Siegesengel nach der neuesten Mode frisieren. Da soll sich ein Mensch noch zurechtfinden in Berlin! Aber wer wird daran schuld sein? Nur jene Firmen, die die Stadtpläne herstellen; nur diesen kann daran liegen, die Straßennamen zu ändern. Sie allein haben davon einen Vorteil. Sie gewinnen mit jeder Regierung, und den Schaden trägt die Allgemeinheit. Marsch da, du Köter!«

Da, unter welcher Regierung auch immer, die feste Aussicht bestand, daß Dahlmanns Name als zu geringfügig unangetastet blieb, verlegte Frau Geheimrat ihre Detonationen bald auf andere Viertel.

»Wahrhaftig, mein Kind«, rief sie heiser. »Die Geographie scheint im Berliner Magistrat den einzigen traditionellen Vorzug zu genießen. Wie sagte doch Friedrich der Große? Hm – so ähnlich. Ich kann mich zur Zeit nicht auf die Stelle besinnen, und falsch zitieren möchte ich nicht. Geographie, mein Kind! Das rheinische Viertel, das bayerische, das tirolerische und dann das romantische Viertel Dahlems mit Benennungen wie: Im Dol, Im schwarzen Grund, Auf dem Grat und so weiter – diese sind einwandfrei. Sie sind noch immer hygienisch und wohlhabend. Aber den Trägern unserer kulturellen Spitzenleistungen – wie ist denen mitgespielt worden! Schandbar.«

»Vorsicht!« rief ein Möbelpacker dazwischen, etwas über Klamotten vor sich hin brummend, aber Frau Geheimrat, einmal im Zuge, war durch nichts zu behindern.

»Ich sage nicht, daß unsere Romantiker, Vollnaturen von der Größe eines Schlegel, Novalis, Eichendorff und Tieck, im Norden Berlins regelrecht Straßenprostitution treiben; ich will diese Schande nicht erst erwähnt wissen – aber wie ist es denn bei uns, bei uns hier im Westen? Mit einem Wort: eine Schande. Kant, das Männchen, der mag ja noch angehen, aber die übrigen alle? Unserem Dahlmann zum Beispiel, was hat man ihm angetan? Man hat ihm einfach den Ausgang verstopft. Ich rede jetzt nicht davon, daß er zum Kurfürstendamm hin offen ist, das ist sozusagen sein Antlitz, aber hinten, hinten, mein Kind – hinten wird's trostlos.«

»Er war Apotheker. Er hätte für Stuhlgang sorgen müssen«, warf Mucki ein.

»Du verwechselst ihn«, rief Frau Geheimrat. »Geschichtsprofessor ist er gewesen. Aber lassen wir das! Reden wir lieber von Hebbel! Mußte nicht gestern in seiner Straße ein Haus wegen Altersschwäche mit Balken gestützt werden? Eine Infamie! Ich stehe gewiß nicht im Geruch, die Fürsten zu schmälen, aber ich finde es einigermaßen kühn, den preußischen Geist, diese Grolman und Leibniz, Sybels und Goethes ...«

»Auch Goethes, Mutti?«

»Kennst du nicht Goethes? Weißt du nicht, daß Herr Titularrat Goethe fritzisch gesinnt war? Wozu hab ich dich denn auf die Universität geschickt? Oder war's der Titularrat nicht, sondern der Sohn? Wenn man von dir etwas wissen will, weißt du es nicht. Wie immer! Jedenfalls war die Familie gespalten, wie dein Papa und ich. Nun gut. Lassen wir das! Aber in einem schweige ich nicht, und zwar darin, daß unsere preußischen Kulturträger zwischen die Diktatur von Kurfürsten- und Kaiserdamm eingeklemmt worden sind.«

Während die Möbelpacker schwitzten und einzelne Stühle rührend hilflos auf dem Pflaster umherstanden, hob Frau Geheimrat ihr mit einem Trauerrand versehenes Lorgnon und inspizierte die Umgebung. Sie schritt durch den dumpfen Hausflur hinein in den ärmlichen Lichtschein des Hinterhofes, der grün bepflanzt war und Anstalten machte, einen Garten vorzutäuschen. Zur Entstehungszeit dieser Häuser baute man so. Man bemalte die Glasfenster der Treppenhäuser, um farbige Dämmrigkeit zu erzielen, und man belegte die Stufen mit Läufern; hinten aber, genau wie bei Dahlmann, war's trostlos. Da waren die Treppen aus Holz, da war kein Erker und kein Balkon, und der Hof glich einem Schacht, grau bis hinauf unters Dach. Verängstigt liefen die Blitzableiter neben den Abflußröhren der Dachrinne herunter, und die vereinzelten Sträucher litten an Bleichsucht und Schwermut. Drüben in Lichtenberg, bei Schilhaneks, nannte man solch ein Sammelsurium schlicht ein Hinterhaus, hier aber, Frau Geheimrat zu Ehren, wurde es Gartenhaus genannt. Das Ding war sich gleich. Man wohnte nicht an der Straßenfront, sondern nach dem Vorbild einer Villa zwanzig Meter zurück, nur daß hier ein Vorderhaus die Aussicht versperrte. Aber Frau Geheimrat wollte durchaus zurückgezogen leben, im Gegensatz zu Frau Schade, der das Vorderhaus lieber war.

»Daß Frau Schade das aushält«, rief sie öfters. »Im Vorderhaus wohnen, immer das Hoch und Nieder der Demonstrationszüge anhören, den Nachtbetrieb der Garage gegenüber. Die Schule ist in der Nähe, das Geschrei der Kinder dringt bis in die Zimmer. Es war sehr unklug gehandelt.«

»Ihr Sohn verdient wahrscheinlich genug«, hatte Mucki bemerkt, aber davon wollte die Geheimrätin »partout« nichts wissen.

»Sei nicht so töricht!« rief sie. »Geld spielt hierbei absolut keine Rolle.«

»Dann weiß ich nicht, warum wir nicht im Grunewald geblieben sind.«

»Du sollst nicht so törichtes Zeug reden, Kind. Ich habe dir schon mehrmals gesagt, daß ich den Ort, wo Papa gestorben ist, nicht aushalte. Er regt mich auf. Es liegt dort so viel begraben, ein ganzes Jahrhundert. Wie kannst du so törichtes Zeug reden, Kind? Man ist seiner Haut nicht mehr sicher. Das weißt du doch selber. Was auch geschieht, es ruft sofort das Gegenteil dessen hervor, weil der Schatten gefährlich geworden ist. Wenn ich im Vorderhaus wohnte, wäre ich längst erschossen.«

»Erschossen?« sagte Mucki und mußte lachen.

»Spotte nicht, Kind. Die Zeit ist zu ernst dazu. Oder glaubst du, ich würde mir diesen politischen Straßenradau gefallen lassen, diesen Aufwasch bei Tag und Nacht? Ich hätte längst das Fenster geöffnet und statt Heil und Nieder vor aller Welt ausgerufen: haltet den Mund!« –

Mit dem ersten Tag ihres Einzuges hatte Frau Geheimrat solcherart ihren Ton ganz auf Öffentlichkeit und Wahrung der Tradition gestimmt. In jedem Handgriff erfaßte sie ein ganzes Jahrhundert, ein unmündiges, das zwanzigste, ein Jahrhundert, das von Ideen als einzigem Halt beherrscht und irregeleitet wurde. Drehte Frau Geheimrat den Wasserhahn auf, so spritzte sie der Gosse dieses Jahrhunderts einen Strahl ins Gesicht, und quetschte sie eine Kartoffel breit, so spürte sie zwischen den Gabelzinken den Brei dieses Jahrhunderts sich winden.

Mit gleichem Behagen und gleichem Ingrimm betrachtete sie auch die Gestalt ihrer Tochter, die nun hinaus mußte ins feindliche Leben, in ein Leben, das das praktische genannt wurde. Voller Neugier, was es wohl bringen werde, voll mahnender Voraussicht beteuerte sie immer wieder: »Geh nur! Es ist durchaus keine Schande.«

Die drei Schilhaneks

I

Glücklich Frau Geheimrat, deren Behauptungen in der Regel unwidersprochen blieben! Aber wer Zeit hat, der nehme sie sich und die Straßenbahn 69 dazu oder die Untergrund, der fahre nach Lichtenberg hinüber zu Schilhaneks, und er wird froh sein, ohne Beulen am Schädel, ohne zerbrochene Glieder zurückfahren zu können. Nicht so sehr an der Unnatur der Menschen liegt es, sondern am Schicksal der Dinge selber, die leider, wie die Grundlagen des Lebens auch, allesamt fragwürdig geworden sind. In der Gudrunstraße zum Beispiel, wo Schilhaneks wohnen und Lisa unentgeltlich einhergeht, befindet sich ein Gebäude, auf dessen freistehender Seitenwand ein Schild angebracht ist mit der Aufschrift: »Luxus-, Brautausstattungs- und Beerdigungsinstitut« – was aber, glaubt man, ist darübergeklebt? »Protestversammlung, Massen heraus!« Ein Schild mit dieser durchaus sinnwidrigen Aufschrift ist darübergeklebt, und niemand wird glauben wollen, irgendwer könne gegen Beerdigungen eine Protestversammlung einberufen. Nein, es handelt sich um die Öffentlichkeit, die um allgemeiner Ziele willen eine Brautausstattung mißachtet.

Nun waren Schilhaneks einfache Leute, Proletarier, die von ihrer Hände Arbeit leben, kaum länger als eine Woche vorausrechnend; sie ging waschen, er, unsicher in allem, suchte sich dann und wann einen Gelegenheitsposten als Nachtwächter, was ihm leider letzthin nicht mehr so recht gelang, so daß er auf der Straße lag und verhungert wäre, wenn Lisa nicht ihr Teil hätte zum Haushalt beisteuern müssen. Sie lebten alle drei wie Artisten an einem imaginären Trapez, das heißt, daß jeder seine Arbeit für sich tat, der eine am einen, der andere am andern Ende, und nur den Ertrag schossen sie allwöchentlich oder am Monatsende in eine gemeinsame Kasse, dies, obwohl ihre radikale Selbständigkeit, zumal die der Tochter, viel zur Lockerung der familiären

Einordnung beigetragen hat. Versuchten sie aber ein Wort privat miteinander zu reden, so war es kaum möglich. Es entstanden sofort Gegensätzlichkeiten wie zwischen Gudula Öften und Max Brecher.

Da Schilhanek ein ziemlich umständlicher, seinen Impulsen unterlegener Mensch war, ein Tagträumer, der gern in der Nähe des Ofens saß, wobei er sich einmal die Hosen verbrannt hatte, glaubte Mutter Schilhanek, als der eigentliche Herr im Hause, ihn zwischendurch anfeuern und aufmöbeln zu müssen.

»Marsch, voran!« sagt sie etwa, auf einen Eimer deutend. »Hol Briketts! Ich hab noch zu waschen.«

Und tat er nicht gleich, was ihm geheißen, so schickte sie ihm ein »Wird's bald?« hinterher.

Aber mit welchem Ergebnis? Es war dem Alt-Schilhanek schon zuviel, und statt sich die eigene Nase zu putzen, schwenkte er in Verkennung privater Anordnungen, gewiß auch aus Schlauheit, unmittelbar ins Politische ab, indem er seine Frau mit dem derzeitigen Berliner Polizeipräsidenten verglich, der auch ein Proletarier gewesen sein will.

»Und jetzt schießt er auf seine eigenen Genossen«, ruft Schilhanek aus.

Das war kein Familiengespräch mehr. Die Schilhaneken freilich, so tüchtig in ihrer Art, daß sie nie zum Nachdenken kam, kannte dieses Ablenkungsmanöver zur Genüge, und sie parierte es denn auch sofort in Fechterstellung. »Du kannst nicht am Ofen sitzen, bis die Weltrevolution ausbricht«, erwiderte sie. »Wir müssen uns alle bewegen. Darauf warten kann keiner. Und wenn sie ausbricht, was dann? Dann gibt's keine Kohlen. Dann renn du mal für zwei Streichhölzer! Dann wird gestreikt. Dann rasselt die Polizei auf Rollern über den Alex. Wie war's denn damals?«

»Ach, damals«, sagt der Alt-Schilhanek, den Eimer noch immer nicht in der Hand.

»Kein Mensch hat sich umeinander gekümmert. Gelaufen sind sie alle, und geschossen haben sie. Kein Licht durfte gebrannt werden. Weißt du nicht mehr? Die in der Kösliner Straße?

Aufs Klosett wollte sie gehen, die Frau, und hat statt dessen 'ne Salve gekriegt.«

»Nicht von uns«, sagt der Alt-Schilhanek, nicht ohne Stolz mit der Masse seiner Gesinnungsgenossen sich gleichsetzend, während Mutter Schilhanek es geflissentlich überhört.

»Dann geht's ans Hungern«, ruft sie, die Ausgeburten ihres unerschöpflichen Gedächtnisses in die rhetorische Beweglichkeit ihrer Finger fortsetzend. »Dann schießen sie uns die Fenster entzwei.«

»Wer schießt die Fenster entzwei?«

»Alle.«

Proletarier alle beide, sind ihre Ansichten dennoch geteilt, ja Schilhanek will so wenig von den Ausflüchten seiner Ollen wissen, daß er sich von dem am Boden stehenden Eimer mit einem protestierenden Sprung entfernt. Wirrwarr habe er im Kopf, meint Mutter Schilhanek, ehe sie fortfährt:

»Von Granaten kann keiner leben. Das schlägt durch.«

Plötzlich aber, mit einer Wendung zum Eimer, die an Deutlichkeit nichts zu wünschen übrigläßt, fragt sie ihren Mann direkt:

»Soll ich das auch noch schleppen?«

Nicht nur die Gestalt des Alt-Schilhanek hat sich inzwischen in den äußersten Winkel der Küche zurückgezogen, auch innerhalb ihrer, in seinen Empfindungen, ist alles zurückgedrängt. Sein Blick ist erniedrigt, sein Mund hat etwas ohnmächtig Geiferndes. Sonst ein stiller, verschlafener Mensch, wird er nun von allerlei Unfrieden gepiesackt. Man sieht, wie er um Ausdruck ringt, ihn aber nicht findet, und wie der Ärger darüber sein Blut in Wallung versetzt und seinen Kopf in die Quere. Sollte Mutter Schilhanek nicht genau auf dem Posten sein, wird ihr wohl noch ein Hammer entgegenfliegen, hoch durch die Luft. Sie weiß das natürlich, und daher schweigt sie. Sie versteift sich jetzt auf eine Art Vertagung, ohne deshalb ihre Aktionen aufzugeben. Wo sie stand, verharrte sie nichtsdestoweniger, bis ihr Oller endlich den Mund auftut, um mit belegter, ausgetrockneter Kehle zu erklären:

»Wirst wohl warten können, bis es aus ist mit mir.«

Darauf hat Mutter Schilhanek längst gewartet, kennt sie doch ihren Urian viel zu gut samt den Situationen, die er heraufzubeschwören pflegt. Es ist nichts Neues, eine Alltäglichkeit. Haha!

Unaufhörlich, auch im Alleinsein, arbeitete etwas im Wesen der Schilhaneken; waren's nicht die aufgeweichten Finger im Seifenschaum, so Erinnerungsfetzen. Es platzten immerzu Myriaden von Seifenblasen. Dieser Betrieb, der auch das Blut durch ihre Herzstation gehen ließ, war ihr Normalzustand. Ihm verdankte sie ihre ungewöhnliche Umsicht. Ihr Mann dagegen fühlte sich irgendwie benachteiligt allein durch die Auswirkungen der radikalen Tüchtigkeit seiner Auguste, und so war ihm, um standzuhalten, nichts anderes übriggeblieben, als wenigstens in seiner politischen Gesinnung radikal zu sein. Wie hätte er sich sonst behaupten sollen? Außerdem war seine Frau es, die die Familienbande am Zügel hielt, sie allein, die mit schweren Privatsorgen herumlief, vorzüglich im Hinblick auf Lisa.

Seit Luckenwalde, es weiß das ein jeder, hat ihr nur der Aufstieg ihres Kindes im Sinn gelegen, nachdem sie frühzeitig auf ihre beschränkte Art alle Hindernisse aus dem Weg geräumt zu haben glaubte. Wo die Säuglinge anderer Eisenbahner Bier zu trinken bekamen, hatte Mutter Schilhanek offensichtlich ausgerufen: »Bier macht dumm«, und dafür gesorgt, daß Lisa mit Milch und Äpfeln gefüttert wurde. Außerdem war das billiger gewesen. Die Äpfel bekam sie umsonst und die Milch frei Haus. Ihre Tochter sollte zu Höherem bestimmt sein; sie sollte nicht nur etwas lernen, sondern sich auch ausdrücken können wie die Herrschaften, bei denen Mutter Schilhanek scheuerte und wusch. Denn dort herrschte Anstand im Eheleben. Dort randaliere man nicht; man sage nicht: »Gib her, den elenden Fetzen!«, sondern taktgemäßer: »Ach, liebes Schatzi, sei bitte so freundlich und beförde mir die Tischdecke herüber. Danke!« Das waren die Manieren, die Lisa sich aneignen sollte.

Und sie hat es erreicht! Man muß sich nur einmal im Treppenflur aufgehalten haben, in den Minuten, da Lisa das Haus verläßt, um den feinen Geruch in der Nase zu spüren, der von ihr

Kunde gibt, jenes damenhafte Überbleibsel, vor dessen zärtlichem Hauch selbst ein so starker, so kräftiger Mensch wie Langers Oskar, der Fleischerssohn unten, beinahe ohnmächtig wird, ja ohnmächtig ist. Mutter Schilhanek hatte es mitangehört, wie er einen Gesellen darauf aufmerksam gemacht hatte. »Hm«, hatte er gesagt, dann hatten sie zwar erst unanständige Witze gerissen, hinterher aber sich zugeflüstert: »Dauerwellen.« Das war Balsam für Mutter Schilhanek gewesen. Sie dachte nicht daran, daß für Männer, die Lisa, »Schilhaneken, det kleene Aas«, vorübergehen sahen mit einem Gesichtsausdruck, der besagte: ›Luft seid ihr mir alle!‹ – soviel Aufreizung auch nachteilige Folgen haben könne. Daran dachte sie nicht. Sie ergötzte sich im stillen an der Feenhaftigkeit ihrer Tochter, obwohl für sie wenig dabei heraussprang, war doch Lisa immer in Eile, immer außer Haus, in Sprachstunden oder in Schwimmanstalten, mit einem Wort: immer auf Ausbildung, immer unterwegs.

Er, der Alt-Schilhanek freilich, von dem Lisas Mutter heute noch nicht recht wußte, warum sie ihn nach dem Tod ihres ersten Mannes eigentlich geheiratet hat, wahrscheinlich aber deshalb, weil er so großartige Beglückungstheorien in die Welt werfen konnte, er, ein arbeitsamer Saisonarbeiter, später aber mit der Neigung, alles Häusliche verkommen zu lassen, war nie mit Lisas Erziehung einverstanden gewesen. Der richtige Stiefvater, sagten die Leute. Er witterte einen Verrat an der Klassenzugehörigkeit, und er spürte auch, wie sehr dieses Vergafftsein in die Tochter ihm selber die Frau entzog.

Nun ist das Familienleben der unteren Schichten kein täglich sich erneuerndes Kunstwerk von Takt und guten Formen. Höflichkeit, um dieses Fremdwort spaßeshalber zu erwähnen, ist ein blöder Begriff, und allenfalls bei Beleidigungen besinnt man sich darauf. Während die besseren Kreise gern ein derbes Wort bei Beleidigungen gebrauchen, früher die Offiziere, heute die Direktoren, und Worte wie Scheiße oder Schweinerei an der Tagesordnung sind, ziehen die unteren Schichten lieber den Hohn der Höflichkeit in Betracht. Höflichkeit, das ist das allerschlimmste. Auch der Alt-Schilhanek verfiel nun darauf, nachdem Mutter

Schilhanek Anstalten gemacht hatte, sich ihre Briketts selber aus dem Keller zu holen. Er scheute sich nicht vor der Arbeit; nur sich antreiben lassen, das will er nicht. Da wird er rebellisch. Da greift er zur Höflichkeit und sagt:

»Feine Damen seid ihr alle beide. Das muß man euch lassen.«

»Sind wir auch«, sagt Mutter Schilhanek, nun ihrerseits der Frivolität verfallen, denn sie schunkelt mit ihren plumpen Hüften, den Eimer als Körbchen im Arm.

»Aber wenn's losgeht, seid ihr die ersten, die hängen. An der Laterne!«

»Und du«, entgegnet die Olle, den Eimer heftig hinsetzend, »du wirst zu fein dazu sein, uns abzuschneiden. Du bist dann Direktor, und die Spiegel lachen dich aus. Ein feiner Familienvater! Wirklich, man kann gratulieren.«

Schilhanek mißfällt diese Wendung, er fühlt sich von einer Spitze gekitzelt, und es ist ihm stets lieber gewesen trotz alledem, unpersönlich zu bleiben, herumzureden und die Zeit anzuklagen. Deshalb sucht er auch abzulenken, indem er auf Lickfetts Dora verweist, eine Jugendgespielin Lisas, die seinen Wünschen besser entsprochen hat.

»Lickfetts Dora, die stellt ihren Mann«, sagt er. »Die fehlt bei keiner Demonstration. Die trägt die rote Fahne, besser als euer Polizeipräsident.«

»Wird schon wissen, warum.«

»Weiß sie auch.«

»Es tut eben jeder, was er kann, was er für richtig hält.«

Da der Alt-Schilhanek schwieg, ließ sich seine Frau zu weiterer Erklärungen verleiten, wodurch sie aber leider in Zorn gerät.

»Wir brauchen nicht auf der Straße herumzustehen«, ruft sie. »Wir suchen unser Recht nicht auf der Straße. Es muß auch Menschen geben, die arbeiten gehen. Ihr fallt ja sonst um – mitsamt eurer Fahne. Und arbeiten kann sie, gearbeitet hat Lisa zeitlebens. Ihr braucht kein Mensch erst dreimal zu sagen: hier ist der Eimer.«

Mit einem unmißverständlichen Schlenkrich beförderte Mutter Schilhanek den Eimer quer durch die Küche, so daß er zu

Schilhaneks Füßen rollte, der die Gelegenheit ergriff und ihn aufhob. Jetzt wurde es brenzlig. Wäre das gleich geschehen, wären die Briketts längst zur Stelle gewesen. Aber nein! Die ganze Weltgeschichte mußte erst abgehandelt werden.

II

Das Eigentümliche an diesen Familiengesprächen war, daß sich die Partner niemals für voll nahmen. Eher hätte sich Mutter Schilhanek die Finger abgehackt, als einzugestehen, ihr Mann, bei seiner Unfähigkeit, schnell Arbeit zu finden, könne je etwas Gescheites ausgeheckt haben. Sie setzte ihn im vorhinein herab, sie entzog ihm die Glaubwürdigkeit, und sie verteidigte die eigene Position wie diejenige Lisas, als säße sie auf einem Podium. Nicht immer freilich erlauben es die Umstände, ein Gespräch durch das Hinschubsen eines leeren Eimers zu beenden, nicht immer kommt es überhaupt zu einem Gespräch. Manchmal bestand, was sie sich zu sagen hatten, nur aus Pausen, weil keiner von beiden anfing.

Abends hauptsächlich, Lisa erwartend, saßen sie unter der Lampe, müde und abgearbeitet, den Kopf in die Hände gestützt, die Ellbogen vorn an die Tischkante gestemmt. In solchen Perioden der Schweigsamkeit stand der Alt-Schilhanek seinen Mann. Er kaute, während Mutter Schilhanek den Zeitungsroman zu lesen versuchte, über dem ihr aber meistens die Augen zufielen. Sie mußten gut aufgelegt sein, wenn sie sich gegenseitig auf vertraute Geräusche aufmerksam machten.

»Merkst du?« sagt der Alt-Schilhanek dann. »Wird wieder Fleisch gehackt unten.«

Im Hinterhaus unten hatte der Fleischer Langer seinen Kühlraum, und Schilhanek, in seiner Vorliebe für Oskar, den Sohn, sah in dem dauernden Hacken eine besonders eindringliche Mahnung. Er meinte, Fleischersfrau, das wäre etwas für Lisa. Unter der niedrigen Hängelampe, deren Schirm aus selbstgeflickten Stoffresten bestand, lauschte er in sich hinein. Es war eine Goldgrube, dieses Geschäft. Anhaltend dröhnte das dumpfe Hacken vom Erdgeschoß her, und die Wände trugen den Schall bis unters Dach, wo Schilhaneks hausten.

»Hottehü. So 'nen Gaul wenn wir hätten«, sagt der Alt-Schilhanek manchmal, eine Garbe dichten Atems durch die behaarten Nasenlöcher stoßend. Seine Worte sind sinnlos. Denn was sollten sie mit einem Gaul, wo es sicherlich ein Rind war? Sie hätten ihn reineweg in den Kleiderschrank sperren müssen. Trotzdem widerspricht Mutter Schilhanek nicht; auch sie läßt sich von allerlei vermummten Gedanken dahintreiben. Aber manchmal wird es ihr auch zu dumm, dann sagt sie etwas Vernünftiges.

»So dünn«, sagt sie. »Die Häuser sind dünn. Es möcht einer bloß noch lispeln. Wenn ein Auto vorüberfährt, zittern die Wände. Paß auf, wir stürzen noch ein.«

»Alles stürzt ein«, sagt der Alt-Schilhanek. Er ist großartig damit zufrieden. Er spießt einen Brocken Limburger Stinkkäse aufs Messer, da er mit der Gabel essen noch nicht gelernt hat. Es steckt viel Absicht und Herausforderung in seinem Phlegma.

»In der Landsberger Straße«, sagt Mutter Schilhanek, den Fortgang ihrer Worte durch ein Gähnen unterbrechend, »da war's genauso. Da stand ein Haus auf einem verschütteten Graben. Hundert Jahre lang hat es gehalten, aber jetzt haben die Grundmauern nachgegeben, und Risse sind da, faustgroß.«

»Das nennt sich Baupolizei«, sagt der Alt-Schilhanek sofort, der keine Gelegenheit vorübergehen läßt, der Obrigkeit eins auszuwischen. Da seine Frau, in Erkenntnis seines Mutwillens, schweigt, fügt er mit gleicher Behaglichkeit hinzu: »Das Leben nicht der Menschen, sondern der Leichenwürmer.«

Dann kaute er wieder. Er kaute mit dem ganzen Gesicht bis hinauf in die Falten der Stirn. Immer, wenn sie auf Lisa warteten, hatte er seine Anfälle, der Gustav. Dasitzen und denken, nichts denken wollen, sich einlullen lassen von der Wärme, die aus dem Herd kommt, von der Müdigkeit, die im Magen zu Hause ist, glimmen und auslöschen, darin erging er sich gern. Rammdösig pflegte Mutter Schilhanek das zu nennen. Es war, als sammelte er

Ruhe für ein im Wind treibendes Leben, Nährstoff gegen die Angst; denn alles, was die Leute tun, glaubte er, tun sie aus Angst. Sie laufen in die Geschäfte, weil sie bald geschlossen werden. Sie retten sich vor der letzten Minute. Ihr habt leicht lachen!

Davon versteht Mutter Schilhanek absolut nichts, sie hat auch gar keine Lust, es zu verstehen, wie auch von Politik nichts. Sie schuftet. Nichts anderes im Kopf als die Sorge um die Wäsche der feinen Herrschaften, kommt sie voran. Privat-Feinwäscherei, das ist ihr Traum. Ein Geschäft dieser Art auf der Frankfurter Allee eröffnen, da wäre sie dabei. Das paßte besser für Lisa, als die Hände an kaltem rohem Fleisch zu erfrieren. Aber Lisa als die Dritte hat wieder andere Pläne, und seit ein Freund hinter ihr her ist, sind diese Pläne noch hochfliegender geworden, ein Übel, das der Alt-Schilhanek auf Vererbung zurückführt, auf den verstorbenen Eisenbahner Frieske, der auch am liebsten Speisewagen gefahren wäre. Frieske! – das gibt seiner Frau einen Stich. Es leidet sie nimmer in der Schwüle des Hindenkens.

»Laß Friesken in Ruh, sonst rächt er sich noch«, sagt Mutter Schilhanek. Sie verteidigt auch Lisa mit diesen Worten, obwohl ihr oft angst und bange wird vor der Waghalsigkeit von Lisas eigenen Wegen. Sie kommt nicht nach Hause, das Kind, so spät erst, und man kann's nicht verstehen, was sie tut, höchstens glauben. Dieser Glaube freilich ist unerschütterlich, zumal da der Alt-Schilhanek ihn auf Umwegen anficht.

»Kienast, der hat sich auch gerächt«, beginnt Mutter Schilhanek. Sie hat für alles Beispiele zur Hand, und sie benutzt das Geschick anderer, ob Hochzeit, ob Trauerfall, als polemisches Mittel der Abschreckung.

»Das große Los hat er gewonnen«, sagt der Alt-Schilhanek statt dessen. Auch das war nicht falsch, es stimmte, und Mutter Schilhanek bestätigt es auch – aber mit welcher Hinterabsicht?

»Gewinnt das große Los, setzt sich auf ein Motorrad – aufgedreht und haste-was-kannste hineingerast in ein Lastfuhrwerk. Drüben haben sie ihn dann rausgezerrt. So sehen diese Glücksritter aus, wenn einer sie nicht gebrauchen kann. Geld, damit er's im Grab verjuxt.«

Es war ein moralischer Abstecher, den sich Mutter Schilhanek nebenbei leistete, in der Meinung, es könne nichts schaden, aber dem Alt-Schilhanek galt Kienasts technische Unfähigkeit, ein Motorrad zu lenken, als besserer Beweis als die Wahnvorstellungen seiner Auguste.

»Und was hat er denn wirklich gehabt?« fragt Mutter Schilhanek wieder, nachdem sie vergeblich auf Schritte draußen gelauscht hat. »Ein Achtel. Geh du mal runter zu Langer und kauf dir das. Ist das ein ganzer Schinken? Drei Lappen sind es. Du solltest doch wissen, daß heutzutage alles geteilt wird.«

»Für ein Motorrad hat es gelangt.«

»Eben nicht. Eben nicht gelangt hat's. Draufgesetzt hat er sich wohl, dann aber hat's nicht mehr gelangt. Das schreib dir getrost hinter die Löffel. Nicht gelangt hat's.«

»Faselliese«, sagt der Alt-Schilhanek.

Sie schweigen wieder, sowohl aufeinander wartend als auch auf Lisa; nur das Pochen von unten ist unermüdlich. Jeder Schlag läßt ein Fünfmarkstück in die Luft springen und in die Kasse. Plötzlich aber hat Mutter Schilhanek ein besseres Beispiel entdeckt.

»Und Kielbuschs Meta?« ruft sie, gefesselt von dieser Eingebung. »Die krummbeinige Meta aus Luckenwalde, wie ging's mit der?«

»Kielbusch? Kenn ich nicht.«

»Kennst du nicht?« fragt sie, ehe sie mit einem merkwürdigen Kehllaut der Verständnislosigkeit fortfährt: »Kennt er nicht. Es wundert mich nur, daß du dein eigenes Affengesicht noch kennst. Das ist ja auch nicht von heute.«

Aber Schilhanek, der ausnahmsweise Spaß daran hat, sagt nur: »Schön, aber selten.«

»Nicht schön, aber selten. So muß es heißen.«

»Meinetwegen. Du weißt alles besser.«

Brütend über dem erleuchteten Tisch, über allem, was sie dunkel bewegt, sitzen sie da, am Ende ihrer Unterhaltungskünste angelangt. Inzwischen arbeitet Mutter Schilhaneks Gedächtnis auf eigene Faust weiter. Es arbeitet nach allen Richtungen.

Wo bleibt sie nur? denkt sie; aber von der Sorge um Lisa kommt sie wieder zu Meta.

»Von Kielbuschs Meta, das weiß ich«, sagt sie. »Wie die dagelegen ist hinten in der Garage und den Revolver noch in der Hand. Ich denk noch wie heut: schön sahen sie aus, ihre Beine; gar nimmer krumm. Und sie hat sie von sich gestreckt wie ein Reh. Entsinnst du dich jetzt? Sie hat sich erschossen.«

»Es erschießen sich alle Tage welche.«

»Der hat keine Ahnung«, seufzt Mutter Schilhanek auf. Dann fragt sie: »Und weißt du denn gar nicht, was dann geschah? Wie dann der Doktor Lubminski kam? Im Auto ist er gekommen. Es war ein blauer Mercedes, kann auch ein grüner Opel gewesen sein. Ich weiß mit den Autos nicht so Bescheid.«

»Aber mit dem Motorrad«, sagt der Alt-Schilhanek prompt.

»Es spielt ja auch keine Rolle. Ach, Kielbuschs Meta! Einen Auflauf hat es gegeben, und dann hat sie sich gerächt für das Kind im Bauch.«

»War sie denn tot?«

»Der versteht kein Wort. Natürlich war sie tot. Die hat keinen Finger gerührt, und jeder hat gedacht – hu. Jetzt mußt du dich doch entsinnen? Wie ihr der Doktor Lubminski das Gesicht herumdrehen will, weil es auf dem Steinboden gelegen ist, und wie er, mit der Untersuchung beschäftigt, ein Schutzmann war auch dabei, wie er sie auf den Rücken herumlegen will, da bricht er zusammen.«

»Der Schutzmann, sagst du?« »Der Doktor!«

Die Leiche der Kielbuschs Meta habe geschossen, erklärt Mutter Schilhanek; der Starrkrampf ihrer Finger habe den Revolver nochmals entladen. Das war zuviel für Schilhaneks Begriffsvermögen. Er vergaß ganz, daß sich alle Tage welche erschießen. Dennoch hält er sich noch immer zurück, als er fragt:

»Und der Doktor, wie hat der geheißen?«

»Lubminski«, war die Antwort. »Unterleib«, sagt sie. »Der Schuß ging direkt in den Unterleib.«

Jetzt endlich hat Schilhanek begriffen! Jetzt weiß er, wie er es ausschlachten kann, und er zögert nun nicht mehr.

»So ein Leichtsinn!« ruft er aus. »So ein Leichtsinn! Ja, so ein Doktor, der sollte doch gleich mit Gefängnis bestraft werden.«

»Ins Krankenhaus ist er gekommen. Versteh doch. Dort hat er gelegen über ein Jahr lang. Ich hätte ihr das Kind herausnehmen sollen, hat er gesagt. Es hat sich gerächt. Aber leider, die Gesetze.«

»Die Gesetze sind alle falsch«, sagt der Alt-Schilhanek ohne Zögern.

»Das mit dem Kienast ist genauso gewesen. Man soll sie ruhen lassen, die Toten. Um dessen Achtel hat sich die Verwandtschaft geprügelt. Verfeindet haben sie sich und dann sein Motorrad mit Besen und Eimern zertrümmert. Das war seine Rache als Leiche.«

»Kinkerlitzchen«, sagt der Alt-Schilhanek finster; denn er hat ein Gefühl, als käme das dicke Ende nach. Es dauerte auch nicht lange, da sagt seine Olle mit bösem Gesicht:

»Laß Friesken in Ruh, sag ich deshalb, und Lisa. Das Mädel ist tüchtig.«

Der Alt-Schilhanek überlegt demonstrativ. Sein Kopf im aufgestützten Arm wird schwer und heiß; denn vieles an der Geschichte behagt ihm nicht. Ist er nicht abermals der Gemaßregelte und Hereingefallene? Diese Frage beginnt nun brandig zu werden. Sie macht ihn rammdösig. Es wühlt ein aufsteigender Ingrimm in seinen Gedärmen; es treibt ihn hoch. Dieser Ingrimm, der ihn die Faust heben und in Hammerschlägen niedersausen läßt auf die Tischplatte, hat dennoch etwas Befreiendes und Schwebendes. Eine Art Sodbrennen ist es, eine trockene Trunkenheit.

»Aber gehorchen soll sie«, sagt er. »Sich mit dem Kerl herumtreiben.«

»Das ist kein Kerl.«

»Den ganzen Tag außer Haus und die Nacht noch dazu. Unverschämtheiten! Den Kerl, wenn ich erwische, dem drehe ich den Hals um.«

Ein Schluchzen ist hörbar an Stelle des bisherigen Pochens. Mutter Schilhanek schluchzt. So sehr sie auch auf dem Posten war als der kommandierende Teil der Familie, so fassungslos wird sie vor Drohungen dieser Art, vor Gewalttätigkeiten und Verwünschungen. Weiß man's? Einmal geht er womöglich hin und tut es, zum Gespött des ganzen Viertels.

III

Es war nicht das erstemal, daß der Alt-Schilhanek explodierte in Anbetracht dieses zweifelhaften Kometen, der eines Tages aufgetaucht war, ohne amtlich angekündigt worden zu sein, im Gegenteil, Mutter und Tochter hatten sein Erscheinen geheimzuhalten versucht. Nun durchkreuzte dieser Herr, genannt Heinz, nicht nur Langers Oskars Begehrlichkeiten, machte Parks und andere Ersatzliebeslauben unsicher, er regte auch den dumpfen Alt-Schilhanek auf, ihn stechend, ihn blendend. Da half kein Kauen, kein Fuchteln mit dem Messer.

»Was will er von ihr? Was wird er denn wollen? Seinen Genuß.«

»Überleg, was du sagst ...«

»Sich gesund machen will er und seine schlechten Säfte loswerden. Dafür ist sie ihm gut genug.«

»Dann sag's ihr doch! Warum sagst du's ihr nicht? Weil du ganz genau weißt, daß es nicht wahr ist. Schlimm genug, daß du deiner Tochter nichts Besseres zutraust.«

»Was ist's denn, wenn er sie fertigmacht? Dann ist sie ihm Luft. Das kennt man. Das hat man erlebt.«

»Ach was!« sagt Mutter Schilhanek schließlich.

»Das weißt du besser als ich.«

»Ich weiß von gar nichts.«

»Das hast du auch nie gewußt. Das hat ein Mensch von deiner Bildung nie nötig gehabt. Etwas zu wissen, was jeder weiß? Da bist du zu fein dazu.«

»Quatsch.«

Ja, in Quatsch mußte sie seine andrängenden Argumente ersäufen, wollte sie einigermaßen vor ihm Ruhe haben. Während Lisa ins Geschäft ging, fern vom Schuß, befand sich Mut-Mutter Schilhanek um ihretwillen ununterbrochen im Nahkampf mit ihrem Mann. Hätte sie gewußt, daß sie in Frau Geheimrat Schöpps am anderen Ende Berlins eine Verbündete oder zumindest Gleichgesinnte besaß, so hätte sie aufatmen können. Aber sie kannten sich nicht. Obwohl beide täglich vor dem Nichts, jene als Proletarisierte, sie, die Schilhaneken, als Proletarierin, blieb eine Kluft zwischen beiden, und des Alt-Schilhanek politischer Scharfsinn behielt hier recht mit der leuchtenden Auges abgesandten Herausforderung:

»Wenn diese Leute soweit sind, kein Geld mehr zu haben, haben sie immer noch mehr, als wir je verdienen.«

Aber es ging um das Wohl zweier Töchter, und so verschiedenartig diese auch sein mochten, ihre Mütter waren beide ernstlich darum besorgt, jede in ihrer Art.

Heinz? Das sei ein junger Mann von tadellosen Manieren, hatte Frau Geheimrat wiederholt zu Mucki gesagt, der es gleichgültig war.

»Ein Nichtstuer«, sagte dagegen, ohne ihn zu kennen, der Alt-Schilhanek. Frau Geheimrat aber, umgeben vom Spiegel einer kulturellen Sphäre, wies auf folgendes hin:

»Sie müssen alle ran, diese jungen Leute. Sie sind sozial. Sie nehmen sich frühzeitig die Freiheit, ihr Taschengeld selbst zu verdienen. Frau Schade – hörst du eigentlich zu, Kind? Du könntest es wirklich. Dieser Heinz wäre keine üble Partie für dich. Frau Schade erzählte mir soeben von ihrem Sohn, daß er sich schon als klei...«

»Was?« rief dagegen der Alt-Schilhanek seiner Frau zu, die einen ähnlichen Einwand gewagt hatte. »Sozial? Das kennt man. Wie's ihnen paßt. Diese Söhne ihrer Väter, die sind sozial aus Mode und Sport, die denken, da gibt's was zu fischen. Aber das sag ich jedem, daß es darauf nicht ankommt. Lebenslänglich, darauf kommt's an. Lebenslänglich, das hör mal, du. Da beginnt's erst. Was einer lebenslänglich zu tun hat, das prägt ihn. Und da bleibt uns allen kein Weg, nur ein Ausweg; da gibt's keinen freien Gang hier außer dem Notausgang. Denn bei uns brennt's. Bei uns brennt's dauernd. Verstehste?«

Die Schilhaneken schwieg; aber Frau Geheimrat, hätte sie dieses Furioso vernommen, hätte mit Wonne Beifall geklatscht, nicht so sehr über den Inhalt der Worte, sondern über die Form. Sie wäre über die von Leuten aus dem Volk zustande gebrachten Gleichnisse nicht weniger entzückt gewesen als über eine schön fliegende Granate, die nicht explodiert. Ästhetisch nannte sie das. In der Person der Frau Schilhanek indessen, die nicht bildungs- und kulturbeflissen war, reagierte das Volk diametral entgegengesetzt, so daß sie, statt der Bewunderung ihres Gustavs, nach dessen Worten: es brennt! – nichts Eiligeres zu tun hatte, als mit größter Schlagfertigkeit zu erwidern:

»Bei dir im Dach brennt's. Das ja.«

Gesetzt, Frau Geheimrat hätte auch diese Antwort gutgeheißen, im Glauben, das Gespräch sei damit beendet, so hätte sie sich wohl erstmals in ihrer unantastbaren Laufbahn in tiefem Irrtum befunden. Ihre berühmte Menschenkenntnis wäre auf eine harte Probe gestellt und sie selbst vor den Kopf geschlagen worden. Denn der Alt-Schilhanek rodomontierte weiter.

»Wo brennt's?« fragte er wüst, bevor er die ungeschlachten, knotigen Finger vorstreckte und ausrief: »Hier brennt's; nur hier auf den Nägeln.«

Mit Grausen hätte sich Frau Geheimrat vor so viel Roheit hinweggewandt, noch lange nachher beim Anblick jener schwarzgeränderten, ins Fleisch wuchernden Fingernägel zurückschreckend. Das waren Finger, imstande, alles, was sie im Zorn erfaßten, kurzerhand zu erwürgen. Sie starrten vor Schmutz.

»Diese Jüngels«, rief der Alt-Schilhanek aus, sich an der Wut begeisternd. »Diese Jüngels pflanzen sich auf der Galerie auf, bloß weil sie sich auch eine Loge leisten könnten. Der Vater bezahlt's ja. Sie benutzen die Weiber, nur um sie wegwerfen zu können, laufen mit Kellnerinnen, um hinterher weiße Handschuhe anzuziehen, wenn der Papa den Kredit sperrt.«

»Er hat gar keinen Papa mehr.«

»Was? Auch in die Familienabstammung bist du schon eingeweiht?« rief er. »Keinen Papa mehr. Der hat sich wohl aus dem Staub gemacht?«

Frau Geheimrat drüben hatte sogar behauptet, Herr Schade in Südamerika sei Millionär, worauf ihre Tochter ungebührlicherweise zurückversetzt hatte: »Wer ist heute nicht Millionär, wenn er in Südamerika hungert?« – Mutter Schilhanek aber wählte eine andere Taktik und sagte ganz richtig:

»Wenn sie in der Loge sitzen, paßt es dir nicht; sitzen sie auf der Galerie, paßt es dir auch nicht. Was soll denn so ein junger Mensch tun, um dir zu gefallen?«

»Hingehen, wohin er gehört«, rief Schilhanek aus, was auch nicht falsch war.

»Dann sag ihm, wohin.«

»Das soll ich ihm auch noch sagen? Ich? Ich hab genug für diese Klasse gearbeitet. Ich genug.«

Mutter Schilhanek hatte einen immer schwereren Stand; er war kaum zu halten, wollte sie nicht die Fassung verlieren. Zum Glück kamen ihr manchmal Zeitungsberichte der Uvag zu Hilfe, auf die sie sich stürzen und aus denen sie neue Beispiele roden konnte. Mit solch einem Zeitungsblatt in der Hand sagte sie diesmal, eine Dame nachäffend:

»Bitte! Hier hast du deinen Gewerkschaftsdirektor. Durchgebrannt ist er. Weibergeschichten hat er am Hals. Bitte, bedienen Sie sich! Lausejungen ihr. So wird das Geld der armen Leute vertan. Die größten Verräter sitzen in den eigenen Reihen.«

»Das kannst du dir merken«, versetzte der Alt-Schilhanek, zweideutig lächelnd.

Das war der Raum, wo Lisa ihre private Innenseite hätte neu aufbügeln sollen, hier in dieser Geladenheit und primitiven Verstrickung. Frühmorgens beim Kämmen vorm Spiegel hatte sie oftmals, ihre Nöte parodierend, gestöhnt: »Wahrlich, dieses Leben ist eines der schwersten!« – aber, Hand aufs Herz, war es das nicht? Ging es nicht schon über die Kraft, was Lisa dennoch geleistet hatte in ihrem ihr zugewiesenen Bezirk? Nein, sie selbst tat auch nicht unrecht im Versuch, dem Stigma ihrer Herkunft zu entrinnen. Sie behandelte ihre Familie ebenso großzügig und zurückhaltend wie den Portier Baumann. Sie ging hindurch, mit einem Panzer von Illusionen und Plänen gewappnet. Aber als sie eines Tages bekanntgab, sie habe sich auf Betreiben einer Kollegin, Gudula Öftens, ein eigenes Zimmer gemietet, ein Atelier drüben in Friedenau, erlebte sie, so logisch es war, einen tollen Ausbruch von seiten ihres Stiefvaters. Diesmal sagte er ihr ins Gesicht, er werde dem Kerl den Hals umdrehen.

Dahlmannstraße, Gartenhaus links

I

Im Hinterhof der Dahlmannstraße standen die Tage still, einer wie der andere, und noch die Gewohnheiten sorgten für Pünktlichkeit. Heimgesucht von den gleichen Hausierern und Hofsängern, aber immer voll Bleichsucht, strömte dieser Hof einen unbestimmbaren Geruch aus, den einzuatmen Frau Geheimrat sich anfangs gesträubt hatte, ohne indessen siegreich geblieben zu sein. Auch sie, die Ausnahme, unterlag ihm. Sie besaß kein Sauerstoffgebläse, und die Strahlen der künstlichen Höhensonne, deren Reklamen den Kurfürstendamm belebten, pflegten gleichfalls in Regionen zu scheinen, die ihre finanziellen Kräfte überstiegen. Auch war sie gegen alles Künstliche voreingenommen. Im äußeren Auftreten nichts verratend von ihrem Ruin, konnte sie freilich nicht verhindern, daß dieser sich weiter ausbreitete, daß er sich, unmerklich zunächst, auch in die Organe einschlich, um dort als winziger, hartnäckiger Parasit sein Allotria zu treiben, bis er offen zutage trat. Ein Ruin macht vor Entrüstungszeichen nicht halt, er ist wie das Loch im Zahn Doktor Geists. Anfangs bohrt man mit der Zunge im Leck, es tut noch nicht weh, da die Grenze zwischen Wollust und Schmerz verwischt und nur unklar gereizt ist, erst allmählich meldet der Schaden sein Vorrecht an, in einen Stich ausartend, einen Stich, der durch Mark und Bein geht als unabweisbares Symptom.

Nun, Frau Geheimrat war nicht der Mensch, den Körper über den Geist triumphieren zu lassen, und mochte ihre Gesundheit auch immer mehr zu wünschen übriglassen, in ihrer Tonart, jener Tonart von Würde und Entrüstung, blieb sie auch weiterhin gefestigt. Oft war für ihre vorbildlichen Exkursionen gar kein Anlaß vorhanden, höchstens ein Ohr, das zuzuhören vorgab, aber es verdroß sie nicht; auch war sie in der Wahl ihrer Zuhörer weniger wählerisch als in derjenigen ihrer Thematik. Allein, daß Mucki den Hauptanteil zu hören bekam, war nicht zu umgehen, mochte sie auch, die lediglich ihren intimsten Angelegenheiten einen Reiz abgewann, hundertmal protestieren.

»Was kümmerst du dich um die Welt?« hatte Mucki gefragt. »Kümmere dich doch um dich.«

»Wie? Hast du etwas gesagt, Kind? Mir war so.«

»Warum du dich darum kümmerst?«

»Kümmern? Ja, kümmert es dich denn nicht, daß in unserem Postbezirk alles, was Zurückhaltung und Würde heißt, in schamlosester Weise mißachtet und als etwas lächerlich Überlebtes hingestellt wird? Die Betten zum Fenster herausgehängt, die Windeln zum Balkon! Ich sprach heut vormittag mit Frau Schade darüber, die auch gesagt hat: ›So ein Trödel auf lichter Straße, direkt italienisch!‹ Frau Schade meinte, das ganze Unglück käme von der 3, dieser Straßenbahn durch die Wilmersdorfer Straße. Niemand sonst sei daran schuld.«

»Wär's die 3 nicht, wär's die 44.«

»Wie? Frau Schade ist eine ausgezeichnete Frau, wie ihr Junge auch, dieser Heinz. Ausgezeichnet! Ich meine natürlich nicht, daß er eine Frau ist. Du brauchst deine Mutter deswegen nicht auszulachen.«

»Ü?« sagte Mucki.

Sie saßen manchmal, selten genug, abends zusammen. Mucki las, und Frau Geheimrat strickte für die gefallenen Mädchen. Es war keine andere Verbindung zwischen beiden als der Schein der elektrischen Stehlampe. Jenseits begann das Dunkel, wohin Frau Geheimrat blickte, als sie sagte: »Was sind das für Töne? Ist dein Magen wieder nicht in Ordnung?«

»Ich glaube, mir fehlt ein Kognak. Ich hab solch Sodbrennen«, sagt Mucki, ruhig weiterlesend. Schon als Kind war sie derart empfindlich gewesen, daß sie eines Tages erklärt hatte, sie könne nicht in die Schule gehen, sie habe heut Wachsschmerzen. Sie behauptete, über Nacht um zwei Zentimeter gewachsen zu sein. In Erinnerung daran rief Frau Geheimrat:

»Immer dieser empfindliche Magen!«

Aber sogleich griff sie wieder ins volle Menschenleben, die Enge ihrer Privatinteressen mit Hilfe öffentlicher ausweitend.

»Diese Straßenbahn ist eine halbe Chemikalie, hat Frau Schade gesagt. Ist das nicht köstlich? Vielmehr ihr Sohn soll es gesagt haben. Gesättigt mit östlichen Gerüchen . . .«

Frau Geheimrat hielt plötzlich inne und wartete, bis ihre Tochter ebenfalls innehalten würde; dann sagte sie mit leidenschaftlicher Vorsicht: »Kind«, und ihre Augen rollten bereits voraus, »tu mir den einen Gefallen und nimm dieses Bein herunter! Du bist kein Mädchen der Straße.«

»Nebbich«, erhielt sie zur Antwort, während das Bein gehorchte.

»Wie? Ausdrücke bringst du nach Hause, seit du ins Büro gehst – unter aller Kritik. Du solltest dich weniger leicht der Hemmungslosigkeit ü . . . ü . . . (Frau Geheimrat hustete leider) überantworten. Oder leidest du auch wie die 3 am Wechsel der äußeren Eindrücke? Ihr zwei, ihr seid ja nie zur Pünktlichkeit zu erziehen. Frau Schade hat vorigen Dienstag zwanzig Minuten im Regen auf die 3 warten müssen. Sie sagt, sie habe sich die Beine in den Leib gestanden. Und sie leidet doch so an Senkfuß.«

»Vielleicht die 3 auch.«

»Wie? Ich dachte, du hättest etwas gesagt. Aber ich sage ja auch: es liegt an der Linienführung, Frau Schade. Diese Linienführung rings durch Berlin ist zu hektisch. Nicht jeder verträgt es, allen Schichten der Bevölkerung zugleich zu dienen. Am Bayrischen Platz mit den exzessiven Parfüms der Damen, einschließlich der Kokotten, gefüttert werden und am Stettiner Bahnhof mit dem Tabaksqualm der Fabrikarbeiter, das vertrüge kein Mensch auf die Dauer. Und eine Straßenbahn ist schließlich auch nur ein Mensch. Ich wollte natürlich sagen . . . Wie?«

»Nichts, Mutti.«

»Ich dachte, du hättest etwas gesagt. Was liest du da eigentlich?«

»Einen Schundroman«, sagt Mucki, ohne ihre Lektüre zu unterbrechen, so daß Frau Geheimrat, die in diesem Alter nur Klassiker gelesen haben will, kopfschüttelnd wieder zu ihren Verkehrsproblemen zurückkehrt.

Wer sie so reden hörte, hätte glauben können, in Berlin seien die Verkehrslinien gleichbedeutend mit den Schicksalslinien der Hand. Sagte Frau Geheimrat: die 176; so sagte Mucki: der Einser. Darauf bot Frau Geheimrat Schach mit der U-Bahn, worauf Mucki elegant den Schnellautobus E losschickte. Am Ende schien ein ganzes Verkehrsnetz ausgespannt zu sein, worin ihr Gespräch sich mühsam zu Tode zappelte.

Wo immer Frau Geheimrat ging und stand, schleppte sie ihre zwei Spezialthemen mit sich herum, das unerschöpfliche Thema der öffentlichen Angelegenheiten und das der eigenen Gesundheit. Oft hatte Mucki beim Besuch älterer Bekannten nichts anderes zu hören bekommen als:

»Meine Zähne, meine Zähne!«

»Im Gegenteil, mein Bein, mein linkes Bein.«

»Was haben Sie denn am Bein?«

»Dasselbe wie Sie an den Zähnen.«

»Haben Sie gehört? In Amerika leidet jeder bessere Mensch an Ischias.«

»Ja, das ist jetzt modern.«

»Da werden die Bäder bald überfüllt sein.«

»Es ist der Zins, den man zahlt.«

Als Frau Geheimrat entgegen ihrer Gewohnheit diesmal auch vor Mucki davon anfing, glaubte diese zunächst, es handle sich um eine Verirrung oder Verwechslung. Daher las sie auch ungestört weiter.

»Ich weiß nicht«, sagte Frau Geheimrat, »woran das liegt. Wenn ich den Tee sehr heiß trinke, tut mir das Ohr weh. Und dir?«

»Die Zunge«, wollte Mucki erwidern, aber ihre Mama fuhr ungemein ernsthaft fort:

»Manchmal versagt mein Gehör auch ganz. Es steckt etwas drin, das den Ton empfindungslos macht, eine Isolationsschicht. Ich kann es selber nicht leiden. Frühmorgens muß ich jetzt immer erst auf einem Bein hüpfen wie ein Schwimmer, der Wasser im Ohr hat. Sehr unangenehm.«

»Kauf dir ein Hörrohr«, sagt Mucki, am Ende eines Kapitels angelangt.

»Was für ein Ding? Ja, sag mal, Kind: liegt dir durchaus daran, deine Mutter mit Gewalt zum alten Eisen zu werfen? Soll ich vielleicht wie Tante Irina zuckerkrank im Rollstuhl ... Ist doch wirklich! Ein Hörrohr.«

»Wer's eilig hat, muß fahren, Mutti. Wer nicht hört, muß ...«

»... muß fühlen, mein Kind. So und nicht anders, so heißt es. So wird es hoffentlich ewig heißen. Wer nicht hören will, muß fühlen. Ihr aber, ihr denkt mit Mechanismen und Künstlichkeiten alles Edle überwinden zu können, alles mißachten.«

»Edel sind nur die Zigaretten.«

»Wie? Ist doch wirklich! Euch in die Welt setzen lassen, nichts durchgemacht haben, nie in Teufels Küche gewesen, keine Ahnung vom Besitz, von der Patina der Dinge, aber beseitigt soll werden. Beseitigen! Vor jeder Säule am liebsten in Schreikrämpfe verfallen, weil die Idee der Säule älter ist als ihr. Beseitigen, auch das beseitigen.«

»Man beseitigt bereits ganz andere Schäden und ersetzt sie.«

»Ersetzt sie – ganz recht. Und künstlich dazu. Ersetzt sie künstlich.«

Mucki schwieg und las weiter. Sie zeigte auch dann keine Neigung zu Kontroversen, wenn sie sich mißverstanden glaubte oder ungenau ausgedrückt hatte. Sie scheute die Anstrengung und Worte auch. Folglich berichtigte sie auch nichts. Die Tragkraft der Worte? Nein. Wozu? Immer wäre sie durch ihre Mama mit neuen Gegenargumenten hinabgetaucht worden in die Unmündigkeit. Frau Geheimrat aber ließ niemals locker.

»Schlimm genug!« trompetete sie. »Schlimm genug!« Dann blieb ihr der Ton in der Kehle stecken, und sie fragte bestürzt: »Was wollt ich denn gleich?«, als ihr auch schon, was von der Partitur verschwunden gewesen, in strahlender Eingebung wieder zufiel. Es war wie ein Paukenschlag.

»Schneidet man einfach ab, was uns quält?« rief sie. »Schlägt man es einfach tot? Das kann unmöglich dein Ideal sein. Schlimm genug, wenn der Mensch so altert, daß er die Zähne verliert« – womit Frau Geheimrat mit genialer Schwenkung vom Gehör auf die Zähne verfallen war, weil ihre Zähne noch festsaßen –, »schlimm genug, aber soll er sie sich herausreißen lassen, nur um sie künstlich zu ersetzen? Diese Sucht, sich selbst zu verlieren!«

»Verlier dich mal selber.«

»Wie? Ich bin nicht verstockt. Ich bin zeitgemäß genug, jede Errungenschaft zu begrüßen. Man sagt ja sogar, es gäbe armlose Virtuosen, die mit Prothesen erstklassig Klavier spielen. Aber wahrlich! Man braucht sich deshalb nicht die Arme amputieren zu lassen, um ein Virtuose zu werden. Errungenschaften, meinetwegen! Aber um ihretwillen verkaufe ich nicht mein seelisches Bedauern. Dieses Bedauern reserviere ich mir. Hast du etwas gesagt?«

Im Lunapark ist's eine Reihe aneinandergeketteter Wagen, die Berg und Tal fahren, die durchtunnelte, ewig sich gleichbleibende Papplandschaft mit Gewimmer und Lustangst belebend; in der Welt der Frau Geheimrat fand dieselbe Belustigung statt. Auf und nieder tauchten die Beweise ihrer Urteilskraft, und noch die wachsende Schadhaftigkeit ihres Gehörs barg einen eigentümlichen Kitzel, vermittels dessen die Schadhaftigkeit imposant wurde, gleichlaufend mit dem Jammer der Welt. Denn dieser »olle Dreimaster« repräsentierte noch immer. Er wich nicht zurück, er ließ sich nicht entern durch den Andrang wirtschaftlicher Gläubiger. Stolz blieben die Segel gebläht!

Daß Frau Geheimrat liebenswürdigerweise vom Staat eine Pension bezog, hinderte sie nicht im mindesten, diesen Staat zu verachten. Der Staat ist kein Wohltäter; er zahlt nur, was man ihm abgewinnt, und es ist in diesem Belang recht unerheblich, wie die Herren heißen, die ihn regieren. Mehr als ihre Pflicht versäumen oder sich hinter der Beteuerung ihrer Pflicht verstecken, mehr tun diese Herren sowieso nicht. Nein, die Pension war das Heilige am Staat, hier wurde er absolut. Das amüsierte Mucki an ihrer Mama, aber es konnte sie auch zur Verzweiflung treiben beim Gedanken, nun ihrerseits täglich davonrennen zu müssen um ein Monatsgehalt.

Diese Eltern der gebildeten Kreise, was bindet sie eigentlich an ihre Kinder? Selbst wenn sie sich in dem angemaßten Glauben wiegen, ihre Kinder zu verstehen und teilzunehmen an deren Geschick, stellt sich sofort die Frage ein, was ihnen wirklich davon bleibt. Ein höchst grimassierendes, autoritäres Scheinsystem bleibt, die kältere Hälfte des Lebens, und damit wird, was die Kinder angeht, sobald sie erwachsen sind, wegbugsiert ins Gebiet legendärer Vorstellungen. Dort läuft alles für sich und nach Wunsch. Die Distanz des Betrachtens, des Nachträglichen liegt dazwischen. Und gesetzt selbst, die Mütter sind neugierig und erpicht auf die Beichte ihrer Töchter, es bleibt dabei, daß, im Falle der Frau Geheimrat, die Haue, mit welcher Mucki von ihrem zukünftigen Gatten traktiert werden mag, niemandem außer ihr selbst zugedacht sein wird, daß sie es sein wird, Mucki, die die variable Schönheit der blauen Püffe spazierenträgt, sie allein, nicht ihre Mutti. Und wenn diese vom Leben so gut wie getrennte, im Mißgeschick Befriedigung suchende, gelangweilte Mutti, der das Wohlergehen ihrer Tochter mehr auf der Zunge als am Herzen liegt, sich auch hundertmal mitgeprügelt fühlt, die Ehre der Realität bleibt den Eltern in bezug auf ihre Kinder versagt. Es sei denn, in besseren Kreisen keine Seltenheit, der Schwiegersohn ermannte sich in germanischem Zorn, stiege eine Treppe höher oder tiefer und vermöbelte die ganze herrschaftliche Ahnenreihe. Doch wo bliebe dann die Gesittung?

»Kinder zeugen«, sagte Herr Brecher, und Mucki benutzte den Satz seitdem als Waffe gegen ihre Mama, »Kinder zeugen, ein unvermeidlicher Fehltritt dieses Lebens; sie erziehen, ein wunderbarer Vorwand, sich wichtig zu nehmen.«

Frau Geheimrat indessen, fern von solcherlei destruktiven Ansichten, setzte ihre ganze Persönlichkeit ein, ihre Tochter zu bewachen. Sie tat es nicht aus egoistischen Motiven, sondern aus Fürsorglichkeit, und durch dauerndes Fragen und Ermahnen hatte sie es wirklich dahin gebracht, daß sie über alles, was im

Büro vorging, in Kenntnis gesetzt worden war. Sie saß tatsächlich inmitten dieser Kenntnis wie zwischen Schachfiguren, und der Umstand, all die Herrschaften nicht leibhaftig vor Augen zu haben, erhöhte nur noch den Grad des Charakteristischen. Auf diese Weise verwaltete Frau Geheimrat zu guter Letzt ein ganzes imaginäres Privatministerium, in dem sie wohl zu unterscheiden wußte zwischen Innen- und Außenpolitik. Nach außen nämlich war alles grundsätzlich in bester Ordnung.

»Man schickt seine Kinder in die Schule und dann in die Schule des Lebens«, sagte Frau Geheimrat zu Frau Schade, im Bestreben, die Bürotätigkeit ihrer Tochter als einen Akt der Freiwilligkeit hinzustellen. Und doch sei es ein Jammer, sein Kind so viele Stunden des Tages außer Hause zu wissen, ohne rechten Begriff davon, wie es sich unter seinesgleichen bewege. »Ich bin überzeugt, dort ist Mucki ganz anders!«

»Hat sie es gut getroffen?« fragte Frau Schade.

»Vorzüglich! Vorzüglich!« rief Frau Geheimrat und zeigte sich bestens informiert. »Sie ist in der Uvag. Zunächst sah ich es zwar nicht gern; denn diese Firma war es, die unsere Villa zu einem Spottpreis ersteigert hat. Sie hat uns enteignet. Es spottet jeder Beschreibung. Aber was soll man tun? Meine Tochter wollte durchaus. Sie war nicht abzubringen.«

In Wahrheit hatte es eines Gerennes und Gelaufes bedurft, bis Muckis Chance fällig geworden war. Mucki nannte die Stellen ihrer Demütigungen ihre Kausalitätsketten, sehr zum Verdruß ihrer Mama, die jeden ergatterten Wink als besonderes Entgegenkommen gedeutet wissen wollte.

»In welcher Abteilung ist sie denn beschäftigt?« fragte Frau Schade.

»In der besten. Es herrscht dort ein so freier Verkehr, ganz wie zu Hause. Ach, wenn wir jung wären, Frau Schade, wir gingen mit vollen Segeln ins Büro, mit Gesang und Freuden.«

Vor allem, fügte sie hinzu, sei es äußerst interessant dort; es würden richtige Schlachtpläne entworfen, wovon ein blutiger Laie keine Vorstellung besitze. Sie habe vom ersten Tag an gestaunt, welchen Einblick ihre Tochter erlangt habe, Einblick in ein Gebiet, das Frau Geheimrat als das Räderwerk der Geschäftsabwicklung zu bezeichnen sich erkühnte.

»Also passen Sie auf, Frau Schade! Da soll zum Beispiel ein Viertel in lauter Licht getaucht werden, es soll die Aufmerksamkeit... wie sag ich?... hingelockt werden, hinge... steuert auf eine gewisse Stelle oder Sache, auf eine Angelegenheit, die vorläufig noch den Schleier des Geheimnisses trägt. Das ist eminent. Mit der Minute reißt dann der Schleier entzwei, und die nackte Tatsache bietet sich dar. Während wir armen Laien dann ›ah‹ und ›oh‹ machen, laufen diese Schlingels einher, mit dem ganzen inneren Wissen, ich möchte sagen, mit einem Vorauswissen, uns hoch überlegen. Meine Tochter besitzt sozusagen den Kurfürstendamm ein halbes Jahr früher als ich. Mama, sagt sie oft, laß dich begraben. Es sind andere Gesetze.«

Unheimlich war, was Frau Geheimrat aus den Andeutungen ihrer Tochter hervorzuzaubern verstand! Aber sie glaubte daran. Frau Schade hingegen war um jenen Grad vorsichtiger, um den ihre Persönlichkeit kürzer war als die ihrer Freundin.

»Mein Sohn kennt die Verhältnisse dort sehr genau«, sagte sie leise.

»Das muß ich meiner Tochter erzählen. Es wird sie interessieren«, rief Frau Geheimrat begeistert. »Dann kennt er sicherlich auch den Chef, den sie Ua-Ua getauft haben? Reizend! Also so etwas finde ich reizend. Das söhnt mich mit der ganzen kapitalistischen Überproduktion aus. Ua-Ua! Was das Geschäftsgebaren dieses Herrn angeht, so wird natürlich eine Menge geflüstert. Aber in meiner Tochter hat er nun endlich gefunden, was ihm an seiner Tochter gefehlt hat. Seine Tochter ist nämlich Morphinistin. Sie macht Schulden auf Schulden. Aber die Propagandaaufsätze, die schreibt meine Tochter.«

»Ach?«

»Ja. Eigentlich ist es ein Geheimnis und soll es natürlich auch bleiben, aber Ihnen kann ich's selbstredend erzählen, daß Ua-Ua an schlechtem Deutsch leidet. Er leidet auch an der Niere, aber vor allem an seinem Deutsch. Er beherrscht es nicht, und ohne meine Tochter wäre er faktisch aufgeschmissen.«

»Wie?«

»Aufgeschmissen, Frau Schade. Sie haben dort solche Geschäftsausdrücke. Sie sagen dort beispielsweise auch nicht: lebt; sondern: mehr leibt als lebt. Ich finde das ... Wie? Daher auch aufgeschmissen.«

»Das habe ich auch gehört. Auch Sack soll ziemlich empfindlich sein.«

»Er ist eine Null, Frau Schade. Da seien Sie unbesorgt. Sack hat gar nichts zu sagen. Er rennt als fünftes Rad um den Wagen herum. Aber Sie sollten meine Mucki die Geschichte von dem Lexikon erzählen hören! Ich sage Ihnen ...!«

Statt es zu sagen, schüttelte Frau Geheimrat den Kopf; dann neigte sie sich näher zu Frau Schades Senkfuß herab und sagte, als handle sich's um eine Zote:

»Sie hat nämlich bereits den ersten Krach mit ihm gehabt. Und was glauben Sie, was geschah? Die Hand hat er ihr geküßt! Also stellen Sie sich das vor, wie er wütet und wütet und plötzlich, ein vollkommen anderer Mensch, ihr flehentlich die Hand küßt. Man wird direkt an griechische Tragödien erinnert. Finden Sie nicht? Vielleicht wird meine Tochter demnächst ins Direktorium berufen werden; die bisherige Privatsekretärin soll nämlich die Nase verlieren. Sie hat Polypen.«

»Ich dachte, Ihre Tochter wäre die Privatsekretärin?«

»Natürlich, natürlich!« rief Frau Geheimrat. »Aber da ist eine Person namens Seiferth, die sich immer unbefugt herausstreicht. Man nennt das dort so: herausstreicht. Und diese Seiferth, eigentlich ein gewöhnliches Dienstmädchen, eine Wirtschafterin, ärgert sich so darüber, daß ihr die Nase anschwillt. So ärgert sie sich. Man wird ihr wohl die Nase ganz abnehmen müssen, weil sonst Gefahr besteht, daß ihre Polypen Drillinge werfen.«

In ihrer Aufregung, ihrer exquisiten Blindwütigkeit hatte Frau Geheimrat ganz vergessen mitzuteilen, worüber sich die Seiferth denn ärgere. Aber das machte nichts aus! Und Frau Schade bewies jederzeit Takt genug, über kleine Schwächen mit Nachsicht hinwegzusehen. Sie suchte das Gespräch lieber neu aufzufrischen durch die Bemerkung:

»Sack soll eine überaus tüchtige Sekretärin haben, sagt mein Sohn.«

»So? Davon hab ich noch nichts gehört.«

Auf Grund dieses Gespräches hatte sich Frau Geheimrat vorgenommen, ihre Tochter gleichsam zu durchleuchten. Beherrschte sie auch die geschäftlichen Dinge besser als jene, denn Mucki lief nie mit einem solchen Sicherheitsgefühl durchs Büro wie Frau Geheimrat durch die Dahlmannstraße, so waren ihr doch solch kleine Schnitzer und Unkenntnisse über alles verhaßt. Sie selbst wünschte die Neuigkeiten auszuteilen, um sie gegebenenfalls zu verwandeln. Durch diesen Akt der Umwandlung geschah es dann, daß aus einem Rüffel ein Handkuß wurde. Auch Mucki übrigens neigte dazu, auf dem Weg zwischen Büro und Wohnung alle ungünstigen Momente zu verlieren, so daß mit jedem Schritt näher das Nacherlebnis idealer wurde. Sie log nicht. Eine Lüge setzt Absichten voraus. Sie beging nur einen Trugschluß, wie ihn Studenten sich leisten, sobald sie von ihren Schulerlebnissen erzählen. Keiner will dann der Fleißige oder Ängstliche gewesen sein, und noch der scheinheiligste Streber spielt sich als Bombenfaulenzer auf.

Nun war Frau Geheimrat immerhin klug genug, ihrer Tochter, von der sie so gern beteuerte, daß es die ihre wäre, zu mißtrauen, ihr zumindest auf den Zahn zu fühlen, nachdem sie für die selbstlose Bereinigung aller außenpolitischen Konflikte und Zweifel gesorgt hatte, und sie richtete sich dabei ganz nach der in allen Weltparlamenten üblichen Sitte der »Kleinen Anfragen«. Auch dort werden den finsteren Gesichtern der Regierenden durch diese Taktik gleichsam winzige Schlagwetter entlockt. So soll beispielsweise Karl Liebknecht trotz der Kriegszensur damals durch besonders sorgfältig formulierte »Kleine Anfragen« in den sturen Gesichtern des Deutschen Reichstags eine Art Licht haben aufgehen lassen, ein Licht, wie es der Schreck erzeugt, nicht ein Licht von der Sanftmut einer Kerze. Wie dem auch sei! Frau Geheimrat griff eines Tages zu dem gleichen pädagogischen Dressurakt und fragte:

»Der Sohn von Frau Schade hat neulich erzählt, dein Herr Sack habe eine so tüchtige Sekretärin. Stimmt das?«

»Mein Herr Sack! Bin ich mit dem verheiratet?«

»Ich wünschte, du wärst es, mein Kind. Aber warum so pikiert? Ich frage doch nur.«

»Die Frieske.«

»Wie? Sie soll so außerordentlich tüchtig sein, sagt er.«

»Frieske heißt sie.«

»Ja, sehr tüchtig.«

»Was man ihr sagt, das tut sie. Wenn du das tüchtig nennst.«

»Habe ich richtig verstanden? Was tut sie? Ja, außerordentlich tüchtig. Heinz erzählt Wunderdinge von ihr, und du hast mir nie etwas von ihr erzählt. Kennst du sie eigentlich?«

Mucki, mit anderen Dingen beschäftigt, überhört, was ihr mißfällt, so daß Frau Geheimrat die Anfrage furchtlos wiederholt:

»Ob du sie näher kennst, frag ich dich, Kind.«

»Die kennt man, ohne sie gesehen zu haben.«

»Ich meine, hast du mit ihr zu tun? Vielleicht könnte ich dir in diesem Falle behilflich sein, denn Herr Schade kennt die Verhältnisse dort sehr genau. O nein! Er ist vorzüglich im Bild, auch nicht ohne Einfluß auf diese Dame. Du solltest dich mehr mit ihm anfreunden, Mucki. Er hat eine Position.«

Weniger das Thema als die ewige Fragerei ist es, was Mucki ärgerlich werden läßt. Sie nennt ihre Mama eine tibetanische Gebetsmühle, worauf diese sofort erklärt:

»Verlier und vergiß deine Umgangsformen nicht, Kind! Sie sind das einzig Echte, das wir unserer Herkunft verdanken. Ich sage nichts dagegen, daß du vom Leben angefaßt wirst, aber infizieren lassen sollst du dich nicht. Wie? Du bringst verschärfte Ansichten nach Hause, bist zynisch. Das zeugt von keinem sehr starken Charakter. Denn wie verhält es sich denn? Wo die Plutokratie herrscht, ist alles käuflich; und die Leute denken, im Preis sei alles enthalten und der Erfolg habe eine wiedergutmachende Wirkung. Noch die Frauen kaufen sie sich, um hinterher zu erklären, sie hätten sie geliebt. Ich aber halte darauf, eine Sache nicht nur geschäftlich zu betrachten, sondern auch menschlich.«

»Mokka à la Gudula Öften«, sagt Mucki, ein Einwurf, dessen

ganze Tragweite die Frau Geheimrat aber noch nicht versteht. Nur den Namen erkennt sie wieder, und sie hat auch schon darum gebeten, mit dieser Dame gelegentlich bekannt gemacht zu werden. Dennoch kehrt sie wieder wie an einem Faden zurück und sagt in Erinnerung an vorhin:

»Tüchtig, sehr tüchtig.«

Wäre ihre Tochter das auch, sie brauchte sich weniger Sorgen zu machen. Aber sie nimmt sich vor, jeden Knäuel zu entwirren. Künftighin, meint sie, wird niemand auf der Welt länger mit offenen Augen schlafen außer den Hasen.

III

Ein genialer Philosoph behauptete neulich, der Kuppeltrieb sei das vorherrschende Kennzeichen der Mütter, und da die Uvag ihm Gelegenheit geboten hatte, seine Originalität auszutoben, fand unter allen Zeitungslesern jener berühmte Sturm der Entrüstung statt, wie ihn der Himmel entfacht, wenn sein ödes Gesicht von Blitzen geschändet wird. Einige Bezieher verlangten sogar die polizeiliche Verhaftung; andere wollten ihn vor ein Ehrengericht stellen. Auch Frau Schade, im Namen des Vereins Isis-Mutterschutz, protestierte mit der ihr eigenen sorgfältigen, aber nachdrücklichen Stimme, indem sie nach einem preziösen Hinweis auf das Volkslied: »Wenn du noch eine Mutter hast« aus ihrem Verein Beispiele von Aufopferung und stillem Heldentum anführte, Beispiele, vor allem Hausgehilfinnen betreffend. Es war dabei sehr viel von Milch die Rede und vom letzten Tropfen, so daß einem Quartalssäufer das Wasser im Mund hätte zusammenlaufen müssen. Im Schlußwort jedoch beharrte der Philosoph auf seiner Theorie, Mutterliebe sei nur eine wärmere Abart von Egoismus, von Verliebtheit ins eigene Fleisch und im übrigen eine untergeordnete, nicht nennenswerte Eigenschaft.

Frau Geheimrat war's nicht, die solchen Mumpitz weiterkolportierte! Sie gehörte zu denen, die für den mißleiteten Philosophen Zuchthausstrafen beantragten, und da sie fortwährend von sich wegblickte, kam sie naturgemäß nicht zu einer Nachprüfung am eigenen Ich. Außerdem war sie zutiefst überzeugt, sich seit je für ihre Tochter aufgeopfert zu haben. »Du wirst schon sehen, wenn ich nicht mehr bin«, Worte diesen Zuschnitts flogen ihr von der Zunge. »Du hast noch eine Familie im Notfall«, versetzte sie. »Du weißt, an wen du dich wenden kannst. Lach du nur!«

Daß auch Herr Brecher und Doktor Geist, unerfahrene Jünglinge, lachten, konnte ihr gleichgültig sein. Trotzdem behaupteten diese, es sei das Schicksal der Mütter, ihre Töchter unter fremden Augen entjungfert zu sehen.

»Vielmehr nicht zu sehen«, verbesserte sich Doktor Geist.

»Sie müßten schon unters Bett kriechen«, sagte Brecher, obwohl er zugibt, daß sich das aus ästhetischen Gründen verbiete.

Da dies die Welt war, aus der Frau Geheimrats Mucki täglich nach Hause kam, eine Welt von Zynikern und Lustgreisen, verderbten Knaben und falschen Fünfzigern, kann ihr niemand verübeln, daß ihre zur Pflicht erstarrte Mutterliebe sich dringendst um die Angelegenheiten der Tochter scherte. Aus keinem anderen Grund sonst, weder aus schnöder Neugier noch aus kriminaler Herrschsucht, begab sie sich wiederholt in Muckis Zimmer, um den Staub von der Stuhllehne zu blasen. Sie durchblätterte Bücher, sie öffnete Zigarettendosen, dies alles zu keinem anderen Zweck, als um die Zukunft ihrer Tochter sicherzustellen. Mehr fahndend als ordnend, schlich sie einher, bis sie an der Gardine des Fensters angelangt war, während sich unten auf den grauen Fliesen des Hinterhofes eine imaginäre Figur bewegte, der unbekannte Bräutigam Muckis, der mit Vorliebe die Züge des Heinz Schade annahm, den Mucki einfach nicht leiden konnte. Einfach nicht leiden – so ist's auf der Welt. Lisa riß sich die Haxen nach ihm ab, und Mucki nannte ihn einen arroganten Dämlack.

Inzwischen freilich war eine neue Sendung eingetroffen, Männer, versteht sich, und Mucki besaß Anziehungskraft genug, sie alle drei, denn drei waren es mindestens, bis vor die Haustür zu lotsen. Dort standen sie dann, um verabschiedet zu werden. Mucki erfuhr erst später, daß ihre Mama auch diese dunklen Gestalten bereits aufs Korn genommen hatte, um schließlich nicht länger an sich halten zu können.

»Wer war das denn, mein Kind, der dich heute nach Hause gebracht hat?« fragte sie eines Abends so unvermittelt, daß Mucki, ohne es zu wollen, wie zu einer Freundin aufblickte.

»Der schmale schlanke?«

»So genau weiß ich das nicht, mein Kind. Ich spioniere dir schließlich nicht nach. Du weißt, daß ich allezeit die Ansicht vertreten habe, Kindern so früh wie möglich das Selbstbestimmungsrecht zuzuerkennen. Tut, was ihr wollt! Unter Wahrung der allgemein üblichen Formen herrscht Freiheit. Also bitte!«

Mucki, mit der Pflege ihres Teints beschäftigt, blickte zum zweitenmal auf, aber mit gänzlich verändertem Ausdruck. Sie durchschaute die Absichten ihrer Mama, und daher fragte sie:

»Gefällt er dir?«

Frau Geheimrat war ehrlich entsetzt. Dieser frivole Ton, wo hat das Kind diesen Ton her? Er gemahnte an Personen der Friedrichstadt, die dort einem ausgepichten Gewerbe oblagen, und es fiel ihr mit Schrecken ein, bisher nicht daran gedacht zu haben, an die Gefährlichkeit dieser Nähe. Wie leicht könnte das abfärben! denkt sie, nun doppelt besorgt.

Es könnte ins Auge gehen, hätte Mucki sicherlich erwidert.

Frau Geheimrat konnte nicht wissen, wie gut ihre Tochter mit Männern umzugehen verstand – um wieviel besser als sie selbst in ihrer Jugend! Mucki hatte nicht den Tick hinreißender Kälte, dazu fehlte es ihr rein körperlich an Figur. Ihr schien, nur großgewachsene Damen wirkten durch Frigidität; sie waren sozusagen nicht nur ein Eiszapfen, sondern eine ganze Skulptur. Die mittleren aber wirkten pinscherhaft. Unterstützt von dieser Überlegung, wenngleich nicht bestimmt durch sie, denn Mucki war eine instinktive Natur, hatte sie sich für jenes wechselvolle Verhalten entschieden, an dem Doktor Geist allmählich den Verstand verlor. Seit Coty als erster erreicht hatte, Mucki bis unter die Haustür begleiten zu dürfen, rang Geist mit allen Mitteln um die gleiche Vergünstigung, und sie war ihm wohl auch gewährt worden, da Frau Geheimrat sich zu der Frage veranlaßt sah:

»Wer war denn das heute? Das war nicht derselbe wie neulich, der hatte so etwas, so etwas Hageres, Nachtvogelartiges. Er sah so aus, du weißt schon, fast wie ein schwuler Junge. Gestatte den Ausdruck, mein Kind!«

»Ach so, Coty.«

»Wie? Ich weiß nicht mehr, wie du ihn genannt hast. Mir vorgestellt hast du ihn jedenfalls nicht, und ich heiße das gut so. Dieser da scheint zwar weniger verderbt zu sein, dafür mangelt es ihm an Schliff. Er ist zu höflich, wenn ich Kritik üben soll.«

Was niemand verlangt, denkt Mucki.

»Ich meine, von einer Höflichkeit, die den Effekt erstrebt.«

»Dann war's Doktor Geist.«

»Aha«, sagte Frau Geheimrat, sehr befriedigt über den Doktortitel. Sie bedauerte, daß auf den Universitäten kein Fach für Anstandswissenschaft eingeführt war. Nach kurzem Schweigen fragte sie wieder:

»Ihr scheint euch angeregt unterhalten zu haben? Für meine Begriffe allerdings nicht unauffällig genug. Diese krasse mimische Unterstreichung war früher in den Salons verpönt, da wurden diese grotesken Negersitten nicht geduldet. Oder worum habt ihr euch gezaust, daß Herr Doktor Geist so flattrig die Ärmel geschüttelt hat?«

Mucki denkt eine Welle nach, ehe sie sagt:

»Er hat gezaubert.«

Daß Frau Geheimrat so genau zu beobachten pflegte, hätte Mucki nicht für möglich gehalten, und sie nahm sich infolgedessen für später in acht. Diesmal aber hatten sie sorglos im Hausflur gestanden, dort, wo der Hinterhof beginnt, und Doktor Geist hatte eine Replik Brechers zerpflückt, der gesagt haben soll:

»Reich sein heißt Schulden haben können.«

»War der je reich?« hatte Mucki gefragt.

»An Nichtswürdigkeit – ja.«

Es war ihr merkwürdig mit Brecher ergangen; denn fast ohne

sein Zutun hatte er täglich bei ihr an Achtung gewonnen, und bei Wiederholung mancher seiner Aussprüche, mit denen Mucki gern ihre Mama bearbeitete, hatte er ihr jedesmal groß vor Augen gestanden. Nichtswürdigkeit? An diesem Punkt ihres Gesprächs mußte Frau Geheimrat spioniert haben. Doktor Geist nämlich hatte mit einer Gebärde erwidert:

»Woher er seine Weisheiten hat? Aus der Luft. Aus der Luft gegriffen. Alles, was dieser Mensch weiß, greift er aus der Luft. Sehen Sie: so!«

Damit hatte Doktor Geist versucht, seinen Arm, nachdem er ihn in die Luft gestreckt hatte, auf Muckis Nacken niedergehen zu lassen, was leider mißlang, so daß er schnell fortfuhr:

»Vor Jahren hab ich einen Zauberkünstler gesehen, der weiße Rosen aus der Luft geholt hat. Daran erinnert er mich. Und Sie?«

»Auch aus dem Ärmel, nicht wahr?«

»Das auch.«

»Kann das Herr Brecher auch?«

»Merken Sie sich, Mucki: Brecher kann nichts. Er ist nichts und kann nichts. Und was er kann, ist aus der Luft gegriffen.«

Die Nachahmung dieses abermaligen Luftgriffes ist es gewesen, die Herrn Doktor Geist durch Frau Geheimrat eine Rüge eingebracht hat, eine Rüge, von der er leider nichts lernen konnte.

»Man gestikuliert nicht auf offener Straße mit den Händen«, wiederholte sie nun. »Auch drückt man sich nicht in Hinterhöfen herum. Ein Herr hat sich sofort zu verabschieden, oder er hat um Einführung in die Familie zu bitten. Du weißt, ich liebe es nicht, meine Tochter unter Wölfen heulen zu lassen. Wenn du willst, mir soll er willkommen sein. «

Da Mucki nichts zu erwidern hatte, gab Frau Geheimrat noch zu erkennen, daß sie sich auch bereits über den Dritten im Bunde klar war.

»Gar keine Haltung«, rief sie. »Kratzt sich den Kopf, während er mit einer Dame spricht. Wie heißt dieser unmögliche Mensch?«

»Brecher.«

»Wie?«

Wochenlang hatte sich Frau Geheimrat nach dem Gebaren dieses unmöglichen Menschen erkundigt, von dem sie nur zweierlei zu wissen begehrte, erstens, ob er sich noch immer den Kopf kratze, und zweitens:

»Die Hauptsache, mein Kind. Hat er Familie?«

Da Mucki auch dies nicht zu beantworten willens, geschweige in der Lage gewesen war, hatte Frau Geheimrat einen Schluß auf die Allgemeinheit daraus gezogen, um ihn Frau Schade zu unterbreiten.

»Dieses Benehmen der Jugend«, rief sie. »Sie schlagen sich auf den Straßen herum wie die Leute in ›Romeo und Julia‹. Man sollte glauben, sie hätten die Klassiker mißverstanden. Aber nein! Eigenmächtig sind sie. Den Exzeß ihrer windigen Gesinnung in die Fenster brüllend, glauben sie, von ihnen hinge die Rettung Deutschlands ab. Nicht einer von ihnen kann einwandfrei übers Parkett gehen, nur übers Tanzparkett in den Bars. Das können sie wieder. Und keine Nacht vor ein Uhr nach Hause kommen, das auch. Sagen Sie, ist Ihr Herr Sohn auch so oft außer Haus wie meine Tochter?«

»Die jungen Leute wollen sich amüsieren, Frau Geheimrat. Sie verstehen es nicht anders.«

»Das ist das erlösende Wort. Sie verstehen es nicht anders. Erlösend, Frau Schade. Aber, fragen wir mal, wann werden sie's denn verstehen? Sind sie erst in unserem Alter, dürfte es wohl zu spät sein. Wie? Haben Sie etwas gesagt?«

»Das nicht. Aber ich wollte. Ich wollte Sie fragen, weil es mir zufällig durch den Kopf geht, ob Ihnen Ihre Tochter erzählt hat ...«

Frau Geheimrats Augenbraue hob sich unmerklich, bevor Frau Schade mit ihrer Neuigkeit herausrückte.

»... erzählt hat, wie Fräulein Lisa, Sacks Sekretärin, fünfzig Mark Gehaltszulage bekommen hat. Also das ist ulkig. Das müssen Sie hören.«

Frau Geheimrat nickte, obwohl sie ein schlechter Zuhörer war. Aber so erfuhr sie, daß Lisa Frieske eines Nachmittags nach

Büroschluß an der Maschine gesessen hatte, um an Frau Schades Sohn einen Brief zu schreiben, worin sie ihm mitteilte, daß sie ein Atelier gemietet habe, als die Tür aufging und Ua-Ua hereinkam. Frieske, in ihrer Geistesgegenwart, schreibt ruhig weiter, und Ua-Ua, in der Annahme, sie arbeite noch, sie leiste freiwillig Überstunden, teilt ihr anderntags mit, daß sie fünfzig Mark Gehaltszulage erhält – ü?

»Wegen eines Briefes an meinen Sohn!« lachte Frau Schade.

Nur Frau Geheimrat war nicht imstande, etwas Lachenswertes daran zu finden.

»An Ihren Sohn?« fragte sie verschnupft, ehe sie jegliche Teilnahme aufgab.

Von Mucki aber erfährt sie nichts; das Kind kommt keinen Abend nach Hause, und kommt sie dennoch, so ist aus ihr kaum mehr herauszuholen als ein unanständiges »ü?«

Briefe, die der Frühling schreibt

I

Diese Eltern wissen um nichts Bescheid. Sie laufen mit Vorstellungen durch diese Welt, hilfreich und besorgt, doch bereits vor einem Schulkind bleibt ihnen nichts als die Nachkontrolle der Zensuren und des Betragens. Zeichnet ein Kind besonders gern, so rufen die Mütter: »Seht nur, so gut wie ein Künstler!« Und am Ende fürchten sie sich, ein Genie geboren zu haben. Denn das Kind soll doch was Rechtes lernen. Oder aber der Vater erhebt Einspruch und sagt: »Das ist Gekritzel. Der Junge wird Rechtsanwalt, das Mädel Ärztin. Das steht für mich fest.« Trotzdem hängen sie Tag und Nacht ihre Gesichter über ihre Kinder, forschend und deutend. Später ist es der Lehrer, der ausruft: »Du endest noch mal in der Gosse!« – Wieviel gibt es hier zu vergessen und zu verzeihen. Es sind Vorstellungen gewesen, man begriff es nicht anders, und selbst wenn man gar nichts begriff, so wagte man doch zu hoffen, und während die Kinder ihre Spiele treiben, häkelt das hintergangene Volk der Eltern an irgendeiner Erziehungsmethode. Nein, sie wissen um nichts Bescheid.

Auch Frau Geheimrat wußte nicht mehr; und so war sie aus Unruhe darüber und befangen im Wahn, ihrer Tochter zeitlebens jede erdenkliche Freiheit gewährt zu haben, zu einer richtigen Jägerin geworden; sie befand sich auf Jagd nach Symptomen, dem einzigen, was ihr von jenen Freiheiten zukam. Wie lange ist es her, daß sie beim Anblick ihrer Jüngsten ausgerufen hat: »Unsere Mucki ist eine Tänzerin!« Sollte sie nun, mit einem grammatikalischen Fahrstuhl aus der Gegenwart in die Vergangenheit fahrend, ausrufen: »Sie ist eine Tänzerin gewesen!« – weil ihr Kind gleich tausend anderen leider gezwungen war, ins Büro zu gehen? Ein ganzes Jahrzehnt war seit jenem Ausruf vergangen, aber der Kampf um die Symptome war keineswegs beendet; es schien oft, er sollte erst richtig beginnen.

Zu Zeiten, wo Frau Geheimrat in Muckis Zimmer mit Aufräumen beschäftigt war, einem Zimmer übrigens, das als halbes galt, dachte sie oft an die ungünstige Entwicklung dieser Symptome. Sie war damit nicht zufrieden. Sie schob alle Schuld auf das Leben, das Leben als solches, wobei stets dunkel blieb, was damit eigentlich gemeint war. Sie hörte das Straßengeräusch der Bahnen, das Geklingel und das Verrollende, und sie nannte es das Leben, oder sie lauschte des Abends auf Muckis verspätete Heimkehr, und die große Stille, die sich dann in den Wänden einnistete, war eine Art Zwischenschaltung, hinter welcher das Leben begann. Im Grunde war es ein bürgerlich-romantischer Vorwand. Aber wer weiß, wie solche Begriffe im Laufe der Zeit den Sinn wechseln, um plötzlich genau so dazustehen wie der Mode unterworfene Klubsessel? Ob aus Leder oder aus Stahl, ein Klubsessel bleibt es.

Dennoch, es war ein gerechter Ausgleich, daß Symptome jeglicher Art, Symptome, von denen die wenigsten spurlos vorübergingen, zumindest Sorgen und Hoffnungen erweckten, eine Reihe widersprechender Empfindungen, die es in Ordnung zu halten galt, und Frau Geheimrat wünschte oft sehr, ihre Tochter hätte auch nur ein Gramm der gleichen Ordnungsliebe im Leib. Aber das Kind war sorglos und wüst, und räumte jemand das Zimmer auf, sagte sie auch noch:

»Mama, räume nicht auf! Stets, wenn du aufgeräumt hast, finde ich meine Sachen nicht wieder.«

Allein aus dieser notorischen Unordnung, dieser sorglosen Verspieltheit hätte Frau Geheimrat die Berechtigung zu ihren Kontrollgängen in Muckis Zimmer ableiten können, vorausgesetzt, daß sie sich überhaupt hätte verteidigen müssen. Eine Mutter indessen braucht sich nicht zu verteidigen, hat sie doch das verbriefte Recht, ihr eigen Fleisch und Blut zu betreuen, mehr als sich selber.

Es war am selben Tag, da Fräulein Hückstedt, die jetzt Perdelwitz vertrat, im Büro erzählte, wie gern ihre Mutter Herzkrämpfe bekäme, sobald sie sich benachteiligt fühlte. Sie säße sonst ganz manierlich an der Kasse einer Wettannahme, rechne

von früh bis abends und sei in Zahlen bewandert; zu Hause jedoch, dem Beruf und der finanziellen Verantwortung entron-
nen, sei diese Mutter unberechenbar. Sie lasse sich einfach nicht
ausrechnen.

Aber das sei ja ganz fürchterlich, hatte Gudula Öften ausgerufen; denn sie begriff wieder mal nichts. Eine Tochter und spricht
von ihrer Mama wie von etwas, mit dem man leider rechnen
müsse?

»Und das sagen Sie so herunter, Geliebtes?« hatte Gudula Öften gefragt.

»Seit ich weiß, daß sie simuliert.«

Eine Mutter, die simuliert?

Gudula Öften war untröstlich gewesen. Sie wäre am liebsten
gleichfalls zu Boden gestürzt, um sich dort zum Zeichen des Prote-
stes oder der Sympathie in Herzkrämpfen zu wälzen. Nein, sie
glaubte das nicht. Sogar ihr Körper schien sich dagegen zu sträu-
ben, denn er versuchte sich in Bewegungen, die bisher nur den
Schlangenmenschen vorbehalten waren. Schließlich war Gudula
Öften zu Toldi gegangen, zu diesem verläßlichen Menschen, aber
auch er war nicht herausgerückt mit der Sprache. Erst auf instän-
digstes Bitten, nach Anrufung der Menschheit, hatte er zugegeben,
daß Frau Hückstedt, sonst eine reizende Frau, wie alle Frauen, die
an der Kasse säßen, sozusagen im Gefängnis der Finanz ...

»Toldi, Toldi!« hatte Gudula Öften dazwischengerufen, bis
sie erfuhr, daß die Hückstedt noch weiter gegangen war und ihre
simulierende Mutter eines Tages geohrfeigt hatte.

»Das hat geholfen«, erklärte Toldi, er, der Gutmütigste aller.

Wie gesagt, am selben Tag war es gewesen. Während Gudula
Öften solch haarsträubende Dinge zu hören bekommen hatte,
war auch Frau Geheimrat, zu Hause in Muckis Zimmer, nicht
weniger mitgespielt worden. Sie hatte eine Entdeckung gemacht,
der sie unmöglich gewachsen sein konnte, eine Entdeckung, so
symptomatisch, so überwältigend, daß Frau Geheimrat kraftlos
in einen Sessel zurückgesackt war. Einen Zettel in Händen, einen
anonymen Brief, rang sie nun vergeblich nach Atem.

Sie war eine Frau von kultureller Begabung – nicht wahr? –, sie war imstande, falls es nicht chinesisch war, auch einen vertrackten Brief zu entziffern, diesmal aber verschwammen ihr sämtliche Gegenstände vor Augen. Die Zeilen, knittrig, flossen dahin, und ein empörender Geruch stieg daraus auf, ein Parfüm, das den Scharfsinn betäubte. Es hätte nicht viel gefehlt und Frau Geheimrats aufgelöste Gestalt wäre vom Sessel gerutscht, im Glauben, auch das Zimmer flösse davon. Allmählich stieg ein Wimmern aus ihr hervor, tief aus ihrem von Entrüstung geschüttelten Busen, eine Säule des Wimmerns, an der sie sich unmenschlich festklammerte. Ihr dies, ihr dies!

Als sie ihre verlorengegangene Brille hervorsuchen wollte, um endlich diesen schändlichen Brief Punkt für Punkt sowohl graphologisch als auch kriminalistisch durchzugehen, beschlugen sich leider die Gläser, und Frau Geheimrat war abermals ohnmächtig. Sie ärgerte sich plötzlich nur noch über die Optiker.

Man denke, Frau Geheimrat hatte die mütterliche Vorsicht angewandt ...

»Vorsicht? Ich nenne das eine Frechheit«, hätte Mucki gesagt.

Vorsicht angewandt ...

»Sie verletzt das Briefgeheimnis«, hätte Mucki gesagt.

Nein, Vorsicht angewandt ... wie?

»Nicht genug Vorsicht hätte sie angewandt, nicht genug!« meinte Frau Geheimrat, nachdem sie das Schlachtfeld klar übersah. Sie holte endlich in aller Ruhe den Brief wieder hervor, machte eine Abschrift und begann ihn zu studieren, tagelang. Diese Eltern wüßten um nichts Bescheid? Man lese:

»Süße, sündhafte Thea!«

Ob nicht schon diese Anrede glänzte von Perfidie? fragte Frau Geheimrat ...

»Süße, sündhafte Thea!«

Mucki heiße doch gar nicht Thea. Ihre Tochter habe nie Thea geheißen. Der Name sei ihr zuwider, schrie eine Stimme in Frau Geheimrat. Es schrie so sehr, daß sie plötzlich das Gehör verloren zu haben glaubte. Aus Angst vor einem noch schlimmeren Übel versuchte sie nun den Brief ohne Zwischenbemerkungen zu durchfliegen.

»Süße, sündhafte Thea!
Ich gratuliere zum schönen Wetter und zum staubig tanzenden Frühling. Ach, jetzt Straßenbahn fahren den Tiergarten lang und zusehen, wie auf dem Landwehrkanal grell besonnte Apfelsinenschalen schwimmen! Die Autos auf der Chaussee sind so elastisch flinke Luders. Und viele Theas überall, blondgeschmückt und mit Rüschen.«

Seit wann trägt man denn wieder Rüschen? schoß es der Frau Geheimrat durch den Kopf; dann aber wurde ihr kläglich zumut, und sie las weiter:

»Ins Café? Ich gehe nicht mehr dorthin. Ich kenne keine Furcht vor der Sentimentalität, vor dem Frühling erst recht nicht. Ich beargwöhne mit gemischten Gefühlen die Kinderwagen und Bonnen und das steife Weibszeug, das auf Luxusgäulen reitet...«

Eine Bildung besitzt dieser Mensch. Weibszeug! dachte Frau Geheimrat.

»... auf Luxusgäulen reitet. Lauter kleine saubere Insekten überall. Sieh an, sieh an! Ich muß einem Menschen schreiben, der's nicht erwartet. Warum? Weil Frühling ist, Thea. Schade, daß du nicht hinkst.«

»Der Mensch ist ja krank«, rief Frau Geheimrat fassungslos, indem sie ihr eigenes, halb vertrocknetes Bein untersuchte. Dann aber las sie:

»Ich liebe den Defekt. Ist das zu bös? Ich sage dann: recht so, nur tüchtig, eine für alle, ihr hochmütigen Larven. Plötzlich aber küsse ich ihn – wen wohl? Sag, verdient ihr es nicht? Und hinkte der Teufel im Mittelalter nicht auch? Komm! Jetzt nehme ich meinen Daumen, stecke ihn Dir in den Nabel und laß Dich drehen wie einen Propeller. Wir sind Artisten, reizende Thea, wir sind alle genasführt vom Leben.

Dein Frühlingsverhexter.«

II

Das ist es, was bei der Jagd auf Symptome zum Vorschein kommt! Und wahrlich, auch Gudula Öften, seit sie sich gleichfalls damit befaßt, drinnen im Büro, wo doch eigentlich nur die Intelligenz gilt, auch Gudula Öften macht Entdeckungen ähnlicher Art. Eine Unruhe quält sie, von der sie selbst sagt, es sei wie verhext. Der Gedanke an Perdelwitz, die im Krankenhaus liegt, führt ihr immerzu eine Schuld vor Augen, jene Schuld aller, die vorgeben, keine Zeit füreinander zu haben, und das Ergebnis ist nicht weniger geschmackvoll.

Da ist dieser Doktor Geist, der sich um Mucki bemüht oder bemüht hat, und Gudula Öften hätte ihm wirklich gern weitergeholfen. Zwar kann sie zu ihm nicht sagen wie zu Frieske: »Carissima, nun sprich dich aus, mein Kind«, aber sie liebt im stillen längst ein Zehntel seiner Eigenschaften, und sie liebte ihn ganz, wäre er weniger taktlos. Mangel an Schliff, hatte Frau Geheimrats unbestechliches Urteil gelautet. Dessenungeachtet ist Gudula Öften voll Hoffnung, ihn eines Tages als Kavalier begrüßen zu können, der die Damen zu behandeln versteht wie eine Orange, und daher horcht sie auch auf bei jedem seiner Worte. Kann ein Mensch bereitwilliger sein?

»Bereits mit siebzehn Jahren verlor ich meine Mutter«, hatte Doktor Geist unter Seufzern erklärt, und Gudula Öften hatte umgehend gedacht: wie traurig! Es war ihr stets ein entsetzlicher Gedanke gewesen, irgend etwas zu verlieren. Nun kam sie wieder darauf zurück.

»Darf man fragen, lieber Doktor, woran sie gestorben ist?«
»An einem Vergleich.«
»Woran?«
»An einem Vergleich.«
Die Kenntnis des bloßen Sterbeaktes hätte Gudula Öften allenfalls mit Bedauern hingenommen, aber durch die mysteriöse Andeutung von Begleitumständen wird sie leider zu Weiterungen veranlaßt, und sie fühlt wieder deutlich, daß sie von Natur aus ein adverbialer Mensch ist. Adverbial, mein Kind! Es hat sich

also um einen Konkurs gehandelt, denkt sie, bei dem vergebens ein Vergleich angestrebt worden ist. Aber sie spricht diesen Gedanken nicht aus, in Erwartung einer Erklärung von seiten des Doktors. Ihn aufmunternd, fragt sie nochmals:

»Sie sagten, an einem Vergleich?«

»Ja. Ich kam darauf, meine Mutter mit meiner Geliebten zu vergleichen, einer albernen Ziege. Trotzdem war das Ergebnis katastrophal. Ich konnte meiner Mutter seitdem keinen Kuß mehr geben. Ihre Beine waren Staketen, ihre Zähne morsch. Erledigt.«

Seit je der Vorstellungsreihe der Eltern zugetan, war Gudula Öften durch dieses Geständnis erschüttert. Sie schlug die Hände vors Gesicht und wandte sich ab. Mag es auch richtig sein; es auszusprechen ist schauderhaft, denkt sie. Sich völlig abzuwenden nebst einem Appell an seine Manieren gelang ihr freilich nicht mehr, da der Faden dieses Themas sich bereits um ihre Neugier gewickelt hatte.

»Sie sind doch hoffentlich freundlich zu Ihrer Frau Mutter?« fragt sie, und ohne die Antwort abzuwarten, schüttet sie vor aller Welt eine Menge Neuigkeiten über Mütter aus, eine Flut, aus deren Widerstreit das Wort Tragik als hehrer Felsen herausragt. Es sei die Tragik der Mütter, ihre Söhne an deren Geliebte zu verlieren.

»Immerhin«, ruft sie aus. »Es gibt auch Söhne, die ihre Mütter...«

»Begatten«, ruft ein Lümmel dazwischen, den zurechtzuweisen sich Gudula Öften dennoch versagt, indem sie erklärt:

»Ich müßte lügen, wenn ich nicht sagte, daß sie sie lieben. Ödipus!«

»Wie?«

»Ödipus, Doktor.«

Aber der Doktor vergaß sich wieder und vergriff sich in der Behauptung, ein Berliner dieses Namens sei ihm niemals begegnet.

»Vielleicht gehört er zu den oberen Zehntausend«, meint er. »Dort freilich, dort schlafen die Söhne mit ihren Müttern. Man nennt das mondän.«

Darauf kann Gudula Öften nur murmeln: »Ich wünschte, Sie hätten etwas davon, lieber Doktor.«

Ach, seine Mutter war eine so einfache Frau, Frau Geist geborene Sparing! Gattin eines Provinzkrämers, war sie mit all den Fehlern behaftet, die ihr Herr Sohn im eigenen Wesen vervielfacht wiedergefunden hatte. Während er hier seinen günstigen Aussichten nachjagte, saßen die anderen zu Hause, Mutter, Vater, Bruder und die trotz aller Anstrengungen nicht an den Mann zu bringende Schwester, in Schilhaneks Manier, nur um einen Fingerhut gesitteter. Es waren Spießer. Und Doktor Geist wußte genau, wie gern sie vor den Nachbarn prahlten, fast so wie er vor Gudula Öften. Er hörte die Stimme seiner Mutter sagen: »Ja, unser Sohn, der lebt in Berlin. Er ist in der Uvag; er macht die berühmten Plakate.« Und dabei tut sie, als werde ihr Sohn dringend gebraucht.

»Sie haben wohl kein Familiengefühl?« fragt Gudula Öften, und als er es verneint: »Schreiben Sie wenigstens Briefe?«

»Ja«, sagt er, »aber nicht dorthin.« Schließlich, nach einem Blick auf Mucki, besinnt er sich eines anderen, das besser hierher paßt, und so sagt er: »Was soll man denn schreiben? Soviel Erfolge, wie die zu Hause verdauen können, gibt es ja gar nicht.«

»Es müssen nicht immer Erfolge sein, Doktor.«

»Dann ist es der Schnupfen oder schmutzige Wäsche.«

Obwohl Gudula Öften keineswegs bereit war, die klassische Nüchternheit des Doktors für bare Münze zu nehmen, schauderte sie, um so mehr, als sie fürs Schaudern in letzter Zeit eine besondere Begabung entwickelte. Sie ruckte die Schultern, als zerflösse etwas in der Haut, und der Kopf, scheinbar des Gleichgewichts beraubt, wackelte dann. Man müßte sich vierteilen lassen, dachte die Öften. Sobald man die Menschen ein wenig aufkratzte, käme der tollste Trödel zum Vorschein, direkt eine Lumpensammlerei.

In Wirklichkeit war Doktor Geist, dem jede Wirkung, gleichgültig, ob auf Kosten der Wahrheit oder des Schwindels, behagte, kein so nachlässiger Briefschreiber. Er hatte frühzeitig gelernt, seine Familie zu Hause als Resonanzboden zu betrachten, besser als Mucki, wobei er viel Geschick im Vormusizieren seiner Legende entwickelte. Zwischen ihm und seinen minderbemittelten Eltern lag eine Sicherheit von dreihundert Kilometern. Ging es ihm also schlecht, blieb ihm immer noch Gelegenheit genug, gut zu schreiben, entweder das Schlechte gut oder das Erträgliche so weit schmackhaft, daß es ein lockeres, anerkennendes Beileid erzeugte, was meistens gleichbedeutend war mit der Zusendung eines Kuchens oder neuer Strümpfe.

»Unser Berliner!« riefen sie dann voll Stolz in der Heimat, alles, was in Berlin geschah, mit dem Leben ihres Sohnes verquickend.

Selbstverständlich, als echter Propagandist, verfehlte Doktor Geist niemals, dieser elterlichen Vorstellungssucht in seinen Briefen ausgedehnt Rechnung zu tragen. Neben eine Andeutung über die Gefährlichkeit des hiesigen Pflasters setzte er dann immer das Klischee des Brandenburger Tors, und auch den Reichstag schmuggelte er als positiven Wert ins Gebiet seiner Privatinteressen hinüber.

»Der Frühling bricht aus«, konnte er schreiben, »das Brandenburger Tor wird jetzt renoviert.« Das klang vorzüglich. Oder er verstieg sich noch weiter, in höhere Kreise. Dann schrieb er: »Wir hatten viel Besuch diesen Monat. Ein halbes Dutzend Maharadschas wohnte im Adlon.«

Wer ungenau las, wie die elterliche Nachsicht meist, hätte glauben können, Doktor Geist als pluralis majestatis empfinge die Maharadschas persönlich. Niemals hätte er in Gegenwart seiner Mutter gewagt, Geständnisse abzulegen; denn er schnitt ihr sein Leben zurecht wie der Fleischer Langer ein Viertelpfund Aufschnitt. Wenn seine eitle Behauptung stimmt, daß seine Mutter an einem Vergleich gestorben sei, so ist er zumindest pietätvoll in der Art, wie er sie schont.

Die Gutmütigkeit der Gudula Öften hingegen zerstörte er gern. Er ernannte sie insgeheim zu seiner Tante und verzehrte sich anderenteils an jenem Ereignis, das sie als Hinkende bot. An Tagen zumal, wo Coty sich mit Mucki angelegt hatte, erreichte diese trübe Leidenschaft den Grad des Perversen. Und in der

Tat, eines Nachmittags kam es so weit, daß Doktor Geist Fräulein Öften bis vor die Haustür verfolgte, sie nicht weniger als ihr hinkendes Bein. Ja, der Vorfall wiederholte sich in hartnäckiger Weise, bis Gudula Öften es bemerkte. Sie schwieg zwar zunächst, unsicher, ob sie sich täusche, denn er hätte ja gleiche Besorgungen zu machen haben können, aber bald, gewitzt durch mancherlei andere Symptome, war ihr doch klargeworden, daß Doktor Geist in einen Zustand geraten sein müsse, einfach unverantwortlich. Mehr aus Besorgnis darüber als zu ihrem eigenen Schutz stellte sie ihn während einer Mittagspause zur Rede.

»Was habe ich eigentlich an mir, Doktor, daß Sie mich täglich verfolgen?« fragte die Öften. Sie sprach sehr leise, sah ihm dabei aber prüfend ins Auge, auch als er nach Ausflüchten suchte und hinterhältig zurückfragte: »Täglich?«

»Sie wissen doch, was ich meine? Doktor! Soll ich Ihnen in irgendeiner Sache behilflich sein, oder was soll das? Sie wissen doch, daß Sie auf mich rechnen können, Doktor. Es wäre nicht das erstemal, und ich tu es nicht ungern. Oder glauben Sie, ich könnte Ihnen nicht nachfühlen, woran es Ihnen fehlt? Sie leiden.«

Es war eine äußerst verfängliche Frage, und Doktor Geist überlegte lange, erst unschlüssig, dann sichtlich von einem inneren Guß überwältigt. Da sie abseits standen und ungesehen waren, drängte er sich plötzlich dicht an Gudula Öften heran, um ihren Körper zu spüren, ihr schadhaftes Bein und den Hauch ihres Atems, ehe er mit einem Blick, dessen Schamlosigkeit alles enthüllte, langsam und geflissentlich leise vor sich hinsagte:

»Es ist mir ein Genuß, Sie hinken zu sehen.«

Es war eine Pause entstanden. Dann aber, im Zweifel, was sie von diesem unter so zuchtlosen Umständen gewährten Einblick halten sollte, bemühte sich Gudula Öften, möglichst unbekümmerten Tones zu sagen:

»Aber ich hinke doch nicht erst seit heute. Warum verfallen Sie jetzt erst auf diese Marotte?«

Der Doktor schwieg; aber sie erkannte, wie das Blut aus seinen Wangen wich. Dann sagte er kalt, aber anscheinend dennoch verwirrt:

»Jeder Mensch hat seine einsame Schande. Ich liebe die Menschen, bei denen das sichtbar ist.«

»Ja aber, Doktor. Ist Hinken denn eine Schande?«

»Mir, ja«, sagte er trocken, zitternd gleich einem, der sich vor lauter Geständnisbereitschaft und sexuellem Verrat kaum noch zu helfen weiß. Da nun Gudula Öften es war, die schwieg, fuhr er fort: »Mir wird es zur Schande. Ich verliere die Fassung vor so viel Schändlichkeit.«

›Mache, nichts als Mache!‹ dachte Gudula Öften, nachdem sie sich wieder gefaßt hatte. Daß sie der Anlaß sein könnte für so etwas, wollte ihr nicht in den Sinn. Dennoch gewährte sie ihrer Eigenliebe ein kleines Stück Zucker und sagte zum Schluß:

»Sitzt von Ihrer Familie irgend jemand im Irrenhaus, Doktor?«

Nun, darüber hatte Doktor Geist nichts nach Hause geschrieben. Nach Hause schrieb er vielmehr, es sei da vor Wochen eine Neue bei ihnen eingetreten, eine Geheimratstochter, die ihm untergeordnet sei, und er habe deshalb so lange nicht geschrieben, weil er mit dieser Mieze – und er schrieb ausdrücklich Mieze, um anzudeuten, wie wenig ihm irgendwelche gesellschaftsfähige Herkunft imponiere! – habe Überstunden machen müssen. Sie sei sehr fahrig, ein Mädchen aus den feineren Gossen, und neulich, bei einem Krach mit dem Chef, habe er alle Hände voll zu tun gehabt, sie zu trösten.

So schrieb Doktor Geist nach Hause, und dort glaubten sie ihm.

III

Man sagt, diese Eltern wüßten um nichts Bescheid. Aber was weiß man denn im Büro? Kaum daß Gudula Öften, geplagt von ihrem allzu reichen Innenleben, ausrufen will: ›Ach, was wissen denn wir?‹, steht am hinteren Nebentisch dieser ahnungslose Herr Brecher auf, er erhebt sich, ein Meister in der Verkennung innerlicher Regungen, und erklärt:

»Wissen tun wir nichts, aber wir wissen Bescheid. Und das gehörig.«

Um des Nachsatzes willen leidet Gudula Öften Qualen. Sie möchte ihm klarmachen, um was für delikate Dinge sich's handelt und daß er doch seinen Freund, den Doktor, etwas eingehender studieren möge. Sie hätte ihm so leidenschaftlich gern auseinandergesetzt, wieviel an Einsicht sie dem Fall Perdelwitz verdankt, Einsicht in bezug auf ihre eigene Mission wie auf diejenige aller. Leider verbietet er's ihr, indem er fortfährt:

»Wir wissen, was sie vergöttern. Wenn es die Arbeit wäre, ich würde nichts sagen. Doch nein. Es ist die Leistung. Es ist die Ruhmredigkeit der Resultate. Und darin besteht ihre Schwäche. Ihre Siege sind ihre Schwäche; denn diese Siege haben sie nötig, um überhaupt von ihrer Arbeit überzeugt zu sein.«

»Darum handelt sich's doch gar nicht«, ruft Gudula Öften und ringt die Hände. Nein, um das Wohlergehen des einzelnen handle sich's, und wenn es dem einzelnen wohl erginge, profitiere davon auch die Gesamtheit. Solange ein derart saftstrotzendes Geschöpf wie Lisa – um nicht von anderen Herrschaften zu reden! – umsonst die besten Jahre ihres arbeitsreichen Lebens auf einem einzigen Menschen aufgebaut habe, und zwar durch Liebe, ein Wort, vor dem sie, Gudula Öften, nicht eine Sekunde zurückscheue, durch reine, große Liebe, beweise das mehr als jede Leistung.

»Wissend erleben«, sagt Gudula Öften, indem sie sich jenem Blick anheimgibt, der mit exorbitanter Geschwindigkeit an der Decke entlangläuft, »diese spezifische Bewußtwerdung, darin liegt unsere Aufgabe, freilich eine Aufgabe für Frauen. Mögen die Weiber immerhin ins Bett gehen und die Luxusamazonen auf internationalen Tennisplätzen herumhüpfen!«

Nach einem Blick vom Tribunal ihrer Herrlichkeit sagt sie mit bedeutendem Nachdruck zu Brecher:

»Uns Frauen, uns geht es um das Prinzip: vor allem Mensch.«

Zahllos ist, was Gudula Öften darunter versteht. Aber sie wäre imstande, die ganze Regeldetri an den Fingern aufzuzählen. Sie blickt auf Lisa und Mucki, auf Toldi und Doktor Geist, auf diesen besonders. Alle müßten es gleicherweise verstehen, und sie verstehen es auch; nur Herrn Brecher fehlt ein Organ, eben das private. Oder was fehlt ihm eigentlich, daß er ausruft:

»Das Menschliche ist unsere letzte Entschuldigung.«

»Nein, Herr Brecher, unsere erste Rechtfertigung.«

Während ein jeder seine eigenen Sorgen hatte, machten sich diese beiden Kollegen schon wieder welche um Dinge, mit denen keine Laus ein Monatsgehalt hätte verdienen können.

»So hab ich's erwartet«, sagt Brecher und stößt einen Laut durch die Brust, den er gern als Lachen ausgegeben hätte. »Gestatten Sie, daß ich lache«, sagt er, ehe er Wort für Wort erklärt: »Sie sind im besten Zuge, Gudula Öften, eine sachliche Angelegenheit menschlich zu verunreinigen.«

Hier trafen sich Doktor Geists und Gudula Öftens Blicke in innigem, vielleicht ein wenig unreinem Einverständnis, bis Gudula Öften empört hochschnellte: »Erlauben Sie mal!«

»Das Menschliche ist das Unreine«, beharrt Brecher. Er tut es mit solchem Nachdruck, daß Doktor Geist argwöhnt, es stecke ein höchst verfängliches Wissen um Symptome dahinter. Das Menschliche als das Unreine bezeichnen, das gefiel dem Doktor nichtsdestoweniger. Hatte er nicht Erfahrungen darin? Und er hätte diesen Einfall blind unterschrieben, wenn er nicht hätte schweigen müssen, aus Vorsicht, einer heuchlerischen Dame zuliebe.

»Das Menschliche ist das Unreine«, wiederholt Brecher. »Es besteht aus einer Kette von Ausreden.«

»Da hört euch doch alles auf! Nein, das habe ich noch nie... Eine sachliche Angelegenheit menschlich ver... Das habe ich noch nie gehört. Da sind Sie der erste, Herr Brecher.«

Sie stotterte, eine Seltenheit bei Gudula Öften, aber Brecher blieb kalt.

»Der erste oder nicht. Es muß doch schließlich eine Norm geben, eine Norm, die jede Willkür, jedes subjektive Maß ausschließt. Wo kämen wir hin, hier im Büro?«

»Bitte schön, finden Sie eine! Finden Sie diese Allerweltsnorm! Es wird Sie niemand daran hindern, Herr Brecher«, ruft

Gudula Öften. Nie noch hat sie sich derart leidenschaftlich auf den Zehen ihres normalen Fußes herumgedreht, als weise sie in alle Winkel, aus ihnen eine Norm herauszustöbern. Aber sie glaubt nicht daran, nicht eher, als bis dieser Mensch, Brecher, es ihr bewiese. Dennoch ist sie unsicher genug, ihre Blicke zu sämtlichen Kollegen und Kolleginnen eilen zu lassen mit der Bitte um Einverständnis. Alles ist gespannt. Geist blickt offen und herausfordernd auf, und auch Frieske, während sie sich den Leib massiert, hat aufgehört zu tippen.

»Eine, die menschlich ist, wüßte ich, Gudula Öften. Und zwar stellt diese Norm die dümmste Methode der Arbeit dar, die dümmste. Es ist nicht so viel Intelligenz dabei nötig.«

Dies sagend, zeigt Brecher ein Stück seines Daumens.

»Nicht so viel«, ruft er aus. »Aber ob diese Norm für Gudula Öften in Betracht kommt, ist eine andere Frage.«

»Ich betrachte mich nicht als Ausnahme, Herr Brecher.«

»Hoffentlich nicht, Gudula Öften. Ich sage, hoffentlich nicht. Denn so sehr auch der Mensch das Knäuel aller Dinge ist, so ist er doch das Maß in einem: in der Dauer seiner Geburt. Diese neun Monate, die stehen fest. Die sind genormt. Ob für Frieske oder für...«

»Ich verbitte mir solche Anzüglichkeiten!« schreit die ehrend Erwähnte plötzlich, und es kostet der Gudula Öften Mühe, sie zu beruhigen.

Brecher indessen, durch keinen Zwischenruf aus der Ruhe zu bringen, erklärt: »Diese neun Monate sind genormt – für jede. Da gibt es keine Geschwindigkeiten und keinen Chef, der sagt: hopp-hopp, das muß noch heute auf die Post. Nein, diese Angelegenheit dauert. Dieses Zeitwort ist hier wirklich am Platz: dauern. Es dauert. Es dauert seine Zeit.«

»Und wie lange soll hier noch dauern, was Sie an Unsinn zu quasseln haben?« fragt Frieske, schon wieder merkwürdig gereizt.

»Gewiß, ich gebe eins zu«, sagt Brecher, den Einwurf mißachtend, »ich gebe eins zu: Fehlgeburten, Frühgeburten, Abtreibungen und solche Späße fallen nicht unter diese Rubrik; sie fallen heraus. Aber gerade hierin zeigt sich die Einzigartigkeit meiner Norm. Es ist eine weltgültige Norm – nicht wahr, Gudula Öften? Wenn Sie das menschlich nennen wollen, dann meinetwegen. Alles andere ist Humbug.«

»Ich nehme mir aber die Freiheit, Herr Brecher...«

»Sie nehmen sie sich?« fällt er ihr ins Wort. »Wer gibt Ihnen denn die Erlaubnis? Freiheit war immer Sache der Männer. Die wissen, was sie auf dem Gewissen haben. Euch Weibern ist es höchstens um Gleichberechtigung zu tun.«

»Um Selbständigkeit, Herr Brecher. Um selbständige Mutterschaft.«

Hier mußte Mucki, sonst ernst und aufmerksam bei der Sache, leider ein wenig lächeln, da der letztere Passus sie an Frau Schades Verein für Mutterschutz erinnert hatte, nicht etwa an Frieske, die es dummerweise auf sich bezog. Brecher tat denn auch das einzig Vernünftige und fuhr fort:

»Ich betone hiermit endgültig, daß die Arbeit, die dieser Norm zugrunde liegt, nicht eigentlich geleistet wird. Deshalb gehört sie auch nicht hierher. Sie ist nicht sachlich, sondern menschlich. Absolut gesehen, ist ihr ein gewisser Vorzug, er liegt in der Passivität, nicht abzustreiten, und ich wage sogar zu behaupten, daß in der immer wiederkehrenden Herausstellung dieser Norm das einzige Verdienst der Weiber und Mütter liegt. Allerdings...«

»Genügt mir«, wirft Gudula Öften, um ihren Vorteil zu wahren, ein.

»... allerdings ein dummes Verdienst«, sagt Brecher dessenungeachtet. »Denn Kinder austragen ist wahrlich die dümmste aller Arbeitsmethoden. Was lacht denn der Affe?«

Da Lehrling Rüland, dieser jüngste Verehrer Brechers, nicht zu sagen wußte, warum er gelacht hat, fuhr Brecher fort:

»Euch kann man den schönsten Spiegel hinhalten, ihr wißt nichts andres damit anzufangen, als eure Krawatte davor zurechtzurücken. Mir soll es gleich sein. Ich bin ohne Familie. Ich werde nicht zur Hebamme laufen oder zur Leichenfrau. Ich bin eine Last, wenn ich sterbe.«

»Der stirbt überhaupt nicht, der hat's nicht gelernt«, ruft

Doktor Geist. Er war animiert, er war sehr froh, so heil aus einer Zwickmühle tiefer menschlicher Verunreinigung herausgekommen zu sein.

Zuletzt bekam Mucki noch einen kleinen Hieb, als Gudula Öften, beruhigt, aber aus einer nachklingenden Überlegung heraus, zu ihr sagte:

»Wer weiß, wie viele Mütter es gibt, die jetzt zu Hause am Fenster sitzen und hilflos sind, weil sie ihren Kindern nicht helfen können.«

»Oder weil sich die Kinder von ihnen nicht helfen lassen wollen«, sagt Doktor Geist, nicht ohne Blick auf Mucki.

Mucki erwiderte seinen Blick nicht, aber sie dachte an ihre Briefe, an jenen, der zu Hause herumlag, und außerdem an einen zweiten, der bereits im Seidenfutter ihres Handtäschchens knisterte. In der Tat, sie hatte noch einen zweiten.

Nein, dachte sie nichtsdestoweniger, diese Mütter wissen um nichts Bescheid.

Weibergeschichten

I

Soviel auch in der Uvag, insbesondere in der Abteilung Propaganda, von der statistischen Erfassung des Lebens die Rede war, indem alle erdenklichen Stadien in Zahlen und Kurven ausgedrückt wurden, in einer Art Geometrie, die als Spinnennetz der Wirtschaft galt, eines wurde mit Absicht gern übersehen: das erotische Beziehungsgeflunker des Personals. Hier war die Direktion taub. Alles, was im Rahmen einer Familie Interesse zu erwecken pflegt, war hier neutralisiert, es war erstarrt zu einer Art personeller Tabulatur innerhalb eines Gebildes, das als Belegschaft sein Leben fristete. Die Glieder dieser Belegschaft hatten reibungslos zu funktionieren, hauptsächlich ohne jedes verdächtige Knistern, jenes Knistern nämlich, das nicht nur bekannt ist aus dem Gebiet der Elektrizität, sondern auch aus dem der Erotik, zu schweigen von jenem Briefpapier, das in Muckis seidenem Handtäschchen seit kurzem sein Geknister vollführte. Ein Mensch, dem privat ein Kurzschluß widerfahren war, tat also gut daran, sich nichts merken zu lassen, einem Schüler vergleichbar, der das Pech hat, sich inmitten der Examenszeit bis zur Bewußtlosigkeit zu verlieben. Einerlei! Das Examen läuft unaufschiebbar.

Aber es gab zum Glück Ventile, die Frieskes bekannten Ausspruch: »Man kann platzen!« hinfällig machten, Ventile, durch die das Recht eines jeden auf seine sogenannte Geheimsphäre gewährleistet und auch bekräftigt wurde, und fast jedesmal, wenn eine neue Liebesaffäre in Gang war, besann man sich auch darauf. Es begann dann in den Köpfen gewisser Herren um diese Ventile herum etwas zu knistern und zu spuken, hervorgerufen durch jenes lockende Etwas, das wohl oder übel das Weib genannt werden muß. Wie sonst hätte man's nennen sollen, um seinen Nöten auch öffentlich Luft zu machen? Man öffnete das Ventil, theoretisch natürlich, man blies Dampf ab, und es blieb dann jedem selbst überlassen, den Witz dieser Symptome zu untersuchen. Das Weib!

»Es hat keine Scham«, sagt der eine, »es liebt den Skandal«, der andere. Versteigt sich Herr Brecher, durchsichtig genug, zu dem ominösen Ausspruch: »Sobald ein Mann eine Frau hat, ist er verwundbar«, so klettert ihm Doktor Geist, als hätte er's nötig, sofort hinterher, vom Gipfel seiner Erfahrungen in die weiten Ebenen des Büros hinaus posaunend: »Falsche Behauptungen aufstellen und sie mit allen Mitteln der Koketterie verteidigen, das lieben die Weiber!« Inzwischen ist aber auch Coty, sonst sehr zurückhaltend in dieser Richtung, aus seiner Geheimsphäre erwacht, und so schießt auch er durch jenes Ventil seinen Beitrag in die Luft, der lautet: »Kommt, Kinder, laßt uns ein bißchen rangieren! sagen die Weiber, bis ein Güterwagen entgleist. Sie behaupten dann, Schlafwagen wären besser.«

So reden die Herren, in der Meinung, hoch erhaben zu sein. Aber zwinkern sie nicht mittlerweile jenem lockenden Etwas zu, das sie überdies heimlich umwerben? Eine Art erotischer Erbschleicherei findet statt zum Ergötzen der Damen, die das natürlich längst durchschauen und denen es ein Genuß ist, Anwürfe dieser Art an der kalten Schulter abblitzen zu lassen, bis es weithin knistert. Dann sind sie es, die ihre Beweise ins Feld führen unter dem bemerkenswerten Schlachtruf: die Männer! Das Weib, sagen sie, sei immerhin eine Einzahl, aber von jenen Herren der Schöpfung könne nur in der Mehrzahl gesprochen werden, im Herdenjargon. Die Männer?

»Sie leben von der Einbildung, daß wir sie bekämpfen«, sagt die eine, während die andere in strikter Liebenswürdigkeit hinzufügt: »Aber wir verbrauchen sie nur, diese Dilettanten einer sentimentalen Notdurft.«

»Was hat man uns Frauen nicht alles vorgeworfen!« schreit Gudula Öften endlich durch das Ventil ihres Menschseins auf. »Es ist eine ganze romantische Oper. Aber Vorwürfe gelten diesen Herren nichts als ein schnöder Besitz mehr, und ihre Art zu besitzen ist ein weit fürchterlicherer Schmuck als unsere paar Ringe. Greifen die Männer nach einer Frau, weil sie ihnen gefällt? Bewahre! Sondern aus Angst, sie zu verlieren, natürlich an den Rivalen.«

Daß Brecher und Geist sich anblicken, daß sie dann auf Cotys glattem Gesicht nach Zeichen forschen, berührt Gudula Öften in diesem Kardinalfall nicht. So wenig ihr daran liegt, irgendwen zu beleidigen oder zu verraten, ist sie doch frei genug, ihre wahrlich nicht aus der Luft gegriffene Meinung zu äußern. Auch von Männern ließe sie sich nicht den Mund verbieten, obwohl diese die Polizei organisiert hätten, weil sie sich selber nicht über den Weg trauten. Ob man sie jemals habe hin und her laufen sehen, den Revolver in Händen? Zum Totlachen sei das!

»Ich sage nicht zuviel«, erklärt Gudula Öften, ohne damit Herrn Brecher zu nahe treten zu wollen, »ich sage nicht zuviel, wenn ich behaupte, daß die Männer nicht einmal in der Lage sind, ein Kind zu gebären. Das überlassen sie uns.«

Hätte Gudula Öften, hingerissen von der eigenen Suada, nicht allzu wohlwollend auf Frieske geblickt, so wäre wohl noch zwei Wochen verborgen geblieben, was jene gewagt hat. So aber erkennt Doktor Geist sofort an deren seltsamer Leibeswölbung den Gott der Metalle. Er hat ihr den Leib plombiert, denkt er, kaum daß Frieske selber erklärt:

»Sie schlafen sich an uns gesund.«

»Bravo, Carissima! Sie verkehren bei uns wie in einem x-beliebigen Hotel«, stimmt Gudula Öften zu. »Sich vor der Verantwortung drücken, da sind sie groß drin. Was sie nämlich gern möchten, aber sich nicht auszusprechen getrauen, das sollen dann wir wollen, von uns aus.«

Doktor Geist, nicht unbetroffen, nickt dennoch befriedigt, als Frieske ihrem Metallgott die Maske wegzieht mit der Erklärung:

»Aber das ist ja typisch. So sind doch die Männer. Sie müssen alle zu ihrem Glück gezwungen werden.«

»Moralisch feige«, pflichtet Gudula Öften bei, worauf Frieske, unter riesigem Beifall und leider die Blinkzeichen ihrer Kollegin mißachtend, endlich gesteht:

»Und dann schreien sie immer: quäl mich nicht so!«

Damit ist die erste gründliche Ventilation vorüber. Entweder ist alles ermattet, oder es erhebt sich nun eine Einzelstimme, um Vorschläge zu unterbreiten, die einer Arie gleichen. Coty, dieser Praktiker, war diesmal der Anlaß; er flötete von der sexuellen Not der Geisteskranken und derer, die es werden wollen, bis Doktor Geist, als die zweite Stimme, das Thema ganz an sich gerissen hatte. Nun sollte die Uvag als Vermittlungszentrale auch dieses gewiegte Gebiet beackern.

Man müsse der Liebe die Wege erleichtern, meint Doktor Geist. Er sagt es so leichthin, daß niemand außer Gudula Öften etwas dahinter vermutet. Das macht ihn kühner.

»Einmal wird es bestimmt so sein«, sagt er. »Dann werden Bordelle für Weiber und Bordelle für Männer gegründet. Der Geschlechtsverkehr ist dann unentgeltlich und frei, und alles spielt sich auf einer vornehm gesellschaftlichen Basis ab, die Dame in Seide, der Herr im Smoking. Ich schlage schon heute vor, die großen Berliner Hotels für diese Reform zu beschlagnahmen. Selbstverständlich spielt währenddem auch eine Musikkapelle.«

»Doch unsichtbar wie in Bayreuth.«

Dieser Zwischenruf Brechers, der bekanntlich kein Freund von Weibergeschichten ist, hat leider die Wirkung, daß Geist um so entflammter fortfährt:

»Nichts wird dann so weiß sein in diesen Räumen wie das, was heute der Ehre teilhaftig wird, Schmutz zu heißen. Man zieht seine Handschuhe an und geht ins Bordell, Verzeihung, Hotel.«

Zum Erstaunen aller erhebt sich Doktor Geist, geht zu Gudula Öftens Schreibtisch und entnimmt der dort befindlichen Vase ein langstieliges Gewächs, das er kurzerhand als Lilie ausgibt. Dann sagt er:

»Unten im Vestibül wird dann jedem eine weiße Lilie überreicht. So hier.«

Damit überreicht er den geraubten Stengel seiner Dame, Fräulein Schöpps, jede persönliche Entgegnung abschneidend mit den Worten:

»Hat aber die Auserwählte bereits eine Lilie in Händen, so

heißt das, sie ist besetzt. Sie hat eine Lilie, meine Damen und Herren! Ergreift sie aber das Dargereichte, dann muß sie sofort verschwinden und der Herr dezent hinterher. «

Es war, als stiege ein Märchen zwischen den Schreibtischen auf, eine paradiesische Utopie, und zwar von gleichem Kaliber, wie Untersuchungsgefangene sie träumen. Und er spielte nicht schlechter, der Doktor, als ihm zumut war. Hätte sich Rüland auf dem Höhepunkt dieser Vorstellung den Witz erlaubt auszurufen: »Sack!«, er wäre gesteinigt worden. Wunderbarerweise hörte auch er mit verzückter Schiefheit zu, mit den Händen Brechers unsichtbares Orchester dirigierend.

»Vor allem muß alles, was zwischen Mann und Frau, das heißt zwischen Dame und Herrn, angebahnt ist, schweigsam vonstatten gehen«, sagt Doktor Geist. »Es darf kein Wort gesprochen werden außer: ich liebe dich. Auch muß natürlich jedweder, er, der ins Weiberbordell geht, wie sie, die ins Männerbordell geht, über den Grad, den Impetus und den Strich ...«

»Vier Strich abdrehen, Käpt'n«, ruft Rüland dazwischen, so daß alles empört ist. Er erhält dafür eine gelangt. Nach diesem kurzen Prozeß kann Doktor Geist ungestört weiterfabulieren:

»Ich meine, es muß ein jeder über seine Neigungen im klaren sein und über die entsprechenden Abweichungen, fetischistische und andere. Wie? Ich meine, diese Abweichungen sind äußerst wichtig, und es empfiehlt sich daher, eine ärztliche Kontrollstation einzuschieben. Außerdem hat Coty recht, wenn er bestimmte Gerätehallen verlangt, Peitschsäle etwa. Die Peitsche ist sehr wichtig.«

War das zu stark, weil Gudula Öften sich einmischt? Wozu deutet sie mit den Augen auf Coty, wo doch jeder längst weiß, daß sich Coty von Huren gern peitschen läßt? Man munkelt es nicht nur, auch stolz ist man darauf. Es ist kein Grund, weshalb Doktor Geist nicht fortfahren sollte:

»Auch für Geschlechtskranke müssen gesonderte Maßnahmen getroffen werden. Das ist längst klar. Oder wären Sie entzückt, mit einem Geschlechtskranken verkehren zu müssen, bloß weil er Ihnen eine weiße Lilie überreicht? Nein, Gudula Öften, darin hat Coty recht: es gibt dann Hotels für Männer mit Nase und für Männer ohne Nase. Was noch als Nase zu gelten hat, wird von einem Ehrenausschuß statutenmäßig festgelegt. Denn es könnte einer kommen . . .«

»Auf mich kannst du rechnen.«

»Deine Nase ist sichtbar, Brecher. Du hast schon manchen Nasenstüber weg.«

»Aber Doktor!« ruft Gudula Öften, die das Unglück hat kommen sehen.

Es war ein heikles Gebiet, in der Tat, und manchmal hätte man sich gern eine Stahlrute gewünscht, um die Stille der Luft mit einem durchzogenen Hieb zu beehren, einem Strich, der züchtigt, wobei er einen silbernen Ton von sich gibt. Daran denken sie alle. Nur Brechers Ohren begannen seltsam zu leuchten.

Kurzschluß! Endeten diese Gespräche nicht immer so, und hing dann nicht jeder den Kopf beschämt übers Tintenfaß und schwieg? Diesmal empfand Doktor Geist den ausgeteilten Schlag auf der eigenen Haut. Es war ein Schlag, der auf ihn zurückfiel, und er schämte sich, als Mucki ihn verächtlich anblickte. Denn Mucki hatte einen Brief in der Tasche, der mit den liliengerechten Worten begann: »Reizende Gräfin«.

»Was sagen Sie dazu?« wandte sie sich, nachdem sie lange gezögert hatte, in einer Pause draußen an Gudula Öften. Sie mußte sich endlich mitteilen. So sehr sie auch erkannte, wie alles stand, wünschte sie doch einen Menschen zum Mitwisser. Sie wollte die Wirkung auf andere prüfen, das war ihre Ausrede; denn im Grunde war sie nicht länger unberührt. Abgestoßen und geschmeichelt zugleich, hin und her gezerrt, ein wenig verärgert über die eigene Eitelkeit, in einem Stadium, wo alles in Frage gestellt war und alles möglich, war schließlich auch sie zu Gudula Öften geflüchtet. Niemand hätte sich besser geeignet. Mit dem ihr eigenen blinden Eifer, einem Eifer, so blind wie ein griechischer Seher, mit einer seherischen Blindheit also, las Gudula Öften gierig:

»Reizende Gräfin –

der intelligentesten Frau, die mir in der Trübsal meines Nachtverkehrs begegnet ist, die meine Träume straft, die mich zur Rettung meiner Abfuhr begeistert, liege ich hiermit zu Füßen, ihr halte ich mein Herz hin. Ich öffne meine Gehirnschale und biete Ihnen jeden Nerv einzeln als Zwirn für die Löcher in Ihren Strümpfen an. Sie können nicht länger an mir vorübergehen, denn Sie bewohnen mich bereits. Glauben Sie mir, meine Nächte sind Ihr erstklassigster Hotelier.

Gräfin, ahnen Sie denn, was alles ich Ihnen verzeihen könnte? Ihre Schreibmaschinenschrift wie seither jede Stigmatisation ist mir ein wollüstiger Anblick. Meine Umarmungen sind ein Ozean, meine Wunden der Sehnsucht auftauchende Krater. Lassen Sie mich den Tritt Ihres Stiefels empfangen!

Komm, komm! Ich will Dich entsetzlich schmücken. Du sollst Masken tragen und meine Gefangene sein.

Ein Dich liebender

Geist.«

»Was sagen Sie dazu?« fragt Mucki.

Es schien fast, als ob die Öften betroffener wäre als sie, nicht aus Eifersucht, vielleicht aber, weil sie mehr wußte. Und wieder war jenes vom Direktorium überhörte Knistern dabei.

»Wirklich?« fragt Mucki, als Gudula Öften aus diesem krankhaft verzerrten Vexierbild eine gewisse unumstößliche Meinung herausgelesen haben wollte, eine Meinung, dahin lautend, daß diese Zeilen trotz krausester Windungen, durch die sich aber nichts anderes bekunde als Verrenkungen der Notwehr, daß diese Zeilen, wie gesagt, unzweifelhaft eine direkte Straße darstellten, von Herzen kommend, zu Herzen gehend.

»Wirklich?« – Noch als sie sich an diesem Tag schlafen legte, prüfte sich Mucki. Diese Frage beschäftigte sie, sie stand auf ihrer Stirn in Gestalt einer senkrecht aus der Nasenwurzel emporsteigenden Falte.

Kein Mensch wird so töricht sein, eine Frau zu verurteilen, weil sich ihretwegen ein Mann vergeht, und doch wird ein jeder, der von irgendwelchen Akten eines mißverstandenen Heroismus hört, zu fragen versucht sein: Da steckt wohl wieder ein Weib dahinter, eine Canaille? Solch ein Mißtrauen umgibt die Weiblichkeit, die indessen mit höchstem Raffinement Nutzen daraus zu ziehen versteht und jedes Mißtrauen in Anbetung verwandelt. Bald ist der Verehrer nicht eher zufrieden, als bis er sich finanziell ruiniert hat. Er wühlt in Juwelen, er stiehlt sie. Was ihm an Phantasie fehlt, ersetzt er durch Geld. Dann werden der gnädigen Frau die besten Automobile in Aussicht gestellt und auf Kosten des Ruins zur Verfügung. Es soll gewiß nichts gesagt sein, aber es ist doch so. Manch eine Schauspielerin spaziert durchs Jahrhundert, einen Schatten von Blut hinter sich her, und welche Frau möchte ab und zu nicht auch gern Schauspielerin sein?

Nun war Doktor Geist, obwohl erotisiert bis hinter die Ohren, nicht der Mann, sich zu erschießen, aber er war auch nicht länger der zu sein er vorgab. Seine Verliebtheit faulte förmlich in ihm, sie zersetzte alles. Waren nicht schon die merkwürdigen Anfälle beim Anblick Gudula Öftens abwegig gewesen bis zum Exzeß? Oder was sollte es sonst bedeuten: jener Dame nachzulaufen, um nicht der wirklich gemeinten nachlaufen zu müssen? War er tatsächlich so tief gesunken und dies, obwohl er vor Brecher, diesem Spezialisten des Heruntergekommenen, erklärt hatte: »Wir haben uns entwickelt.«

Obwohl weit weniger unterrichtet als Gudula Öften, war auch Brecher mit der Zeit stutzig geworden. Gewisse Ausfälligkeiten, eine arge Vorliebe für sexuelle Gesellschaftsutopien, ein Flair beim Verkehr mit Sekretärinnen, in all dem dünkten ihn Anzeichen versteckt zu sein. Außerdem legte der Doktor einen noch größeren Wert auf den Sitz seiner Kleidung als bisher. Es war ein Drang hinter allem, ein Drang, immer um ein und dasselbe zu reden. Manchmal geschah es ganz unverblümt.

»Ich weiß nicht, was los ist«, sagte der Doktor zu Brecher. »Jeden Tag schmutzt mein Hemd. Das war früher nicht so.«

»Du hast es nur nicht bemerkt.«

»Warum nicht? Du hältst mich wohl neuerdings für eitel?«

»Eitel kann auch der Schmutz sein«, hatte Brecher versetzt, um dann auf ein Nebengebiet abzuschwenken, das weniger entlegen war, als es zunächst schien. Er hatte sich darangemacht, einen bekannten Kunstkritiker zu charakterisieren, der stets für das Modernste einzutreten pflege, aber zu Hause eine Frau sein eigen nenne, die eine Art altmodisch behängter Kleiderständer sei, geschmacklos bis oben hinan. Dieser Kunstkritiker, hatte Brecher erklärt, büße an der Öffentlichkeit, was er privat sündige. Er sei nicht der einzige Typ dieses Schlages.

Doktor Geist aber verstand die Lektion nicht. Bei nächster Gelegenheit verfiel er schon wieder auf eine Weibergeschichte, diesmal auf eine Gastwirtstochter, deren Anblick ihm einen eigentümlich faden Geschmack auf die Zunge gelockt habe.

»Dieser Geschmack von etwas Übernächtigem – weißt du. Ich hole mir abends ein Bier dort«, sagte er entschuldigend. Aber schon drehte es ihn wieder hinein, und er sagte: »Dieses Abziehbild von einer Dame – Brecher, hast du gehört?«

»Ja doch.«

»Dieses Abziehbild steht meistens an der Kasse. Sie mag an die Zwanzig sein. Ihr Vater, ein früherer Feldwebel, hat sie mit Armbändern behängt und mit einer goldenen Uhr am Gelenk. Umsonst! Ihr Teint erinnert an einen bestimmten Geschmack.«

»Möglicherweise wäscht sie sich mit abgestandenem Bier?«

»Kann sein«, sagte Geist.

Hätte Brecher die Träume gekannt, die Wollustschauer des Doktors, er hätte wohl kaum eines Tages gefragt: »Geist, du hinkst ja?« Er wäre auch weniger sprachlos gewesen, als dieser erwiderte: »Aus Sympathie.« Nun hinkte Doktor Geist nicht wirklich, es hatte nur zufällig den Anschein; aber sein merkwürdiger Drang, es anders hinzustellen, bereitete ihm anscheinend Genuß. Es war, als schmücke er sich mit Absprengseln aus seiner Geheimsphäre.

Bliebe es bei den Träumen! Aber die Träume genügen dem Doktor nicht, und so hat er ein Zwischenreich herzustellen versucht, den Verrat seiner Träume im Brief. Dann schreibt er Sätze, die wimmeln von Liebesohnmacht. Er zerreißt das Geschriebene, um es neu zu beginnen, und sein Genuß wächst an der Folter. Schließlich bleibt ihm kein anderer Ausweg als das Versteck hinter allerlei Masken. Diese, die briefliche, ist die einsamste Form von Kostümfest, die er sich hätte ausdenken können.

Wer im Büro hat einen Schimmer davon? Solange Doktor Geist sich bemüht, den Plauderer zu spielen oder den Phlegmatiker, läuft er höchstens Gefahr, als ein Abklatsch Cotys zu gelten, obwohl in seiner Gesprächigkeit etwas Unreines mitklingt.

»Das neulich war toll«, sagt er, und alle spitzen die Ohren; auch Brecher zierte sich nicht. Nach jedem Gespräch werden Brechers Perspektiven allerdings um einen Grad länger.

»Das neulich war toll«, sagte Doktor Geist letzthin. »Das muß ich dir erzählen.«

»Muß«, sagte Brecher, aber Geist lachte.

»Ich stehe auf dem Autobus neben drei Leuten. Die Kiste war überfüllt, und die Fahrgäste kletterten draußen am Geländer hoch, stumm wie die Affen, während beim Blick über die Schultern hinweg die Reklameschilder der Häuserfronten vorüberfluteten – wie mittelalterliche Spruchbänder.«

»Mittelalter«, sagte Brecher. »Damit hast du's in letzter Zeit mächtig. Wohl wegen der Hexen?«

»Paß auf«, sagte Geist.

Seine Lippen sind trocken, aber die Anspannung der Gesichtsmuskulatur wird durch ruckhafte Faxen unterbrochen, und nach jeder solchen Faxe schlürft er Speichel hinunter.

»Eine Schickse im Pelz war dabei, im Sommerpelz, die Tochter«, sagt er. »Ich nehme an, es war die Tochter. Es muß die Tochter gewesen sein.«

Nach einer Pause der Überlegung und Vorsicht fuhr Doktor Geist fort: »Das seltsame war, daß sie schwieg, während die beiden anderen, eine ältere gebildete Dame und ein älterer Herr, für Unterhaltung sorgten. Sie sprachen über Geschäftsmethoden, und dann sagte der Herr, anscheinend ein Kaufmann, man müsse sich anpassen. ›Anders kommt man nicht herum, um die Nemesis‹, sagte er. Die ältere Dame aber sagte: ›Ich nehme eine Taxe.‹ Es hat mich damals verteufelt gewundert, daß der Geschäftsmann so gebildet sprach, die ältere Lyzeumsdame aber so praktisch. Du kannst dir denken, Brecher, daß ich noch gespannter auf die Stimme der Tochter war. Aber sie schwieg. Ich dachte schon beinahe, sie wäre taubstumm!«

Doktor Geist lachte wieder; er versuchte zu scherzen. Aber er sah bald ein, daß es unmöglich sei, das Hinken auszutreiben mit Hilfe der Taubstummheit.

»Tch«, fuhr er fort, »das war das einzige ihrer Worte. Aber was nachher kam, überstieg alle Begriffe. Wir waren gefahren und gefahren, und die Herrschaften hatten geredet, das Blaue vom Himmel herunter. Plötzlich, an einer Haltestelle, wo sich der Herr verabschieden will, geschieht es. Da sagt die Tochter das erste Wort – herrlich, mein Junge. Es war einfach herrlich! Sie hatte sehr schmale, fast säuerliche Lippen und einen Teint, demjenigen Muckis ähnlich. Also, da sagte sie mit der ernstesten Miene der Welt: ›Wir fteigen ja auch autz.‹«

Brecher blickte seinen Kollegen an, bis dieser, halb toll vor Begeisterung, hinzufügte: »Gelispelt hat sie, gelispelt.«

Eine kurze Weile schien Doktor Geist zu überlegen, ob er sich auf die Schenkel schlagen solle. Sogleich aber besann er sich und, zu Brecher gewandt, sagte er:

»Vielleicht war sie mein Typ?«

»Du solltest dir deinen Geschmack patentieren lassen«, sagte Brecher.

III

Weibergeschichten! Das ist es.

Es ist eine Menge bekannt über klassisch verliebte Helden, über deren Schwierigkeiten, die oft aus zweierlei Busen bestehen, einem gewöhnlichen und einem zu durchquerenden Meerbusen; jedoch über die passive Rolle dessen, der sich geliebt weiß, schweigen die Annalen gern. Mucki, tagaus, tagein ihren Verehrer vor Augen, einen Verehrer, dessen Lineal sie einst im Papierkorb hat verschwinden lassen, hatte den Fall lange Zeit als Belustigung aufgefaßt. Ein Verrückter mehr auf der Welt, hatte sie gedacht, und die Folge war dennoch, daß sie diesen Verrückten nicht außer acht ließ, daß sie ihn genauer betrachtete bis auf die Fingernägel und die Krawatten. Da diese zu wünschen übrigließen, hatte sie mehrmals ein Gefühl der Erleichterung empfunden. Sie hatte nämlich geglaubt, für einige Zeit ohne Liebe auskommen zu können, und sie wäre bereit gewesen, einen Schlager zu dichten mit dem berühmten Kehrreim: »Es muß nicht immer gleich Liebe sein, gnädige Frau.«

Deshalb sah sie in der Neuigkeit, geliebt zu werden, zunächst eine unangenehme, ihre Dispositionen umstoßende Schikane. Es war eine Schikane von seiten einer Arbeitskraft, die aus der banalen Einzelperson eines Mannes bestand. Diese Einzelperson, die sich in unverfrorenster Weise das Recht anmaßte, nicht wegdenkbar und verliebt zu sein, störte ihr Gewissen empfindlich. Denn entweder sie erhörte sein Gestammel und Gefaxe, dann war sie ihm untertan, oder sie lehnte ihn ab, dann ging sie gleichfalls ihrer Sorglosigkeit und Unschuld verlustig, da sich unvermeidlicherweise ein zwiespältiges Gefühl geschmeichelter Machtbefugnis einstellen würde. Beides ist lästig während der Arbeit.

»Ein Flirt? Nun gut«, hatte Mucki zu Gudula Öften gesagt. »Aber Besessenheit?«

Derart unausgesprochen, die Nachlässigkeit um Schutz bittend, hatte sie diesen Fall als unerledigt liegenlassen, nicht minder die anonymen Briefe, und es ist in der Tat so, daß sich ihre nächsten Bekannten mehr Kopfzerbrechen über all das machten als sie selber – voran natürlich die Mama. Man braucht es nicht brühwarm Frau Schade zu erzählen, aber man kann es getrost und unbeschadet zur Kenntnis nehmen, daß Frau Geheimrat über die Briefe, die ihre Tochter bekam, außer sich war, direkt aus dem Häuschen.

»Sind die Menschen denn wahnsinnig geworden?« rief sie.

Obwohl ihre Rufe ungehört verhallten, weil sie in Gedanken ausgestoßen wurden, obendrein in Muckis Abwesenheit, herrschte in Frau Geheimrats mütterlicher Würde schwerer Seegang. Es kreischte seit Wochen, und sie sprach im Geiste von Klippen, an denen das Schiff des Lebens zerschelle. Hier etwas zu unternehmen war höchste Zeit.

»Ich kann doch meine Tochter nicht der Sittenpolizei überliefern!« rief sie, wobei sie ganz vergaß, daß durch ihren eigenen Verein die Hebung gefallener Mädchen weit besser hätte bewerkstelligt werden können. Aber so handeln Menschen, die sich mit Wohltätigkeit befassen! Sie denken an die Allgemeinheit und vergessen darüber die eigene Nase. Überdies war ein Eingreifen gar nicht nötig; denn gefallen war Mucki ja nicht, sondern sie hatte fallen, allerdings einem Menschen, unreiner als sonst wer.

›Sicherlich ist es der Hagere, der Nachtschwärmer, dieser Coty‹, dachte Frau Geheimrat. ›Beim ersten Blick erkannte ich doch, daß dieser Mensch die Gosse nicht verleugnet. Ich täuschte mich nicht; hier ist der Beweis.‹

Sie schwang die Abschrift zweier anonymer Briefe durch die Luft, obwohl sie in ihrem Verhalten gegenüber ihrer Tochter vorläufig noch Zurückhaltung übte und nichts von ihrem entsetzlichen Wissen verriet.

»Der Beweis!« murmelte sie.

Etwas aber mußte geschehen! Nicht umsonst war Frau Geheimrat preußisch veranlagt, eine Natur, die an Führerschaft gewöhnt ist, zeitlebens darauf erpicht, Anordnungen zu treffen, und zu diesem Behufe hatte sie es als dringlich erachtet, einzugreifen. Sie hatte sich vorgenommen, nicht nur Kontrolleur, sondern, wenn irgend möglich, auch den Beglücker zu spielen, und außerdem sah sie, in Eigenschaft beider, ein, daß sie zuweilen den Spuren ihrer Tochter werde folgen müssen, sei's hinein ins Getriebe, sei's bis vor das verhaßte Portal der Uvag. Nur auf diese Weise glaubte sie imstande zu sein, den Umgang ihrer Tochter mütterlich zu bewachen. Überdies waren die Briefe nicht das einzige Leid, das ihr widerfuhr, seit Frau Schades Erzählungen hatten durchblicken lassen, wie sehr ihr Sohn allen Versuchen, ihn für Mucki zu begeistern, abhold war und wie stümperhaft – so nannte es Frau Geheimrat im Augenblick ihrer bittersten Enttäuschung – er einer Nutte aus Lichtenberg die Grundbegriffe der Bildung beizubringen gedachte.

»Stümperhaft.«

Das hatte Frau Geheimrat auch vor Mucki wiederholt, was diese zu der lakonischen Bemerkung veranlaßt hatte, die Einsicht käme zu spät, Lisa habe inzwischen etwas gefangen.

»Was hat sie gefangen? Sprich nicht immer in Hieroglyphen, mein Kind. Habt ihr... wie? Ich dachte, du hättest etwas gesagt. Ich meine: habt ihr eigentlich alle im Büro eine so, wie nenne ich es, eine so anonyme Art, euch auszudrücken? Was hat sie gefangen?«

»Man fängt allerlei im Verkehr mit Männern.«

»Fliegen fängt man. Ich kenne nichts anderes«, hatte Frau Geheimrat erwidert; sie war brüskiert.

Jedes Gespräch, wie sie's auch drehte, hatte ihr die Dringlichkeit ihres Eingreifens vor Augen geführt, und nachdem sie den Gedanken an den einen Schwiegersohn blutenden Herzens begraben hatte, suchte sie, selbst auf die Gefahr hin, überstürzt zu handeln, gierig nach einem neuen. Und wahrlich – sie fand ihn alsbald. Oder hatte sie ihn nicht längst in der Person jenes ungeschickten Doktors gefunden, den sie bereits beobachtet hatte? Nein, die an seinem Benehmen geübte Kritik fand sie nun viel zu hart. Er hatte zwar mit allen zehn Fingern gestikuliert, aber schließlich in Höflichkeit. Diese Höflichkeit hatte es Frau Geheimrat besonders angetan, und sie meinte, der Kern sei gesund.

»Wo ein Kern ist, ist auch ein Weg«, sagte sie sich, und wenn ihr erst gelänge, den Jungen in die Hand zu bekommen, sei auch die Süßigkeit im Anmarsch. »Soll mir willkommen sein.« Hatte sie das nicht längst schon gesagt? Nach kurzer Überlegung hatte sie daher beschlossen, Herrn Doktor Geist für diesen Sonntag einzuladen – »im Interesse deines geschäftlichen Fortkommens, Kind«, und das Kind hatte nicht ja, nicht nein gesagt.

Es war an einem Samstag gewesen, bei Büroschluß, daß Frau Geheimrat kraft eigenen Entschlusses am Portal der Uvag gestanden hat, die Angestellten musternd, die das Institut verließen. Jeden Einzelgänger hat sie genau gemustert, einschließlich Portier Baumann. Nachdem sie sogar den Mut aufgebracht hatte, sich bei ihm nach der Lage der Abteilung Propaganda zu erkundigen, eine Frage, die der Portier keineswegs mit verächtlichem Stillschweigen übergangen, sondern höflichst beantwortet hatte, war sie einige Schritte zurückgetreten. Auch Generäle treten zurück, wenn eine Schlacht im Gang ist.

Bis hierher war alles in Ordnung verlaufen. Frau Geheimrat wiederholte es später vor Herrn Doktor Geist mit verbundener Hand. Wie?

»Höflich sind sie alle gewesen. Sogar die Pferde waren höflich, als ich hinzutrat, um mit einem Schimmel ein paar Worte zu wechseln. Worte der Zutraulichkeit, Doktor. Wie? Ich dachte, du wolltest etwas zu dieser Affäre bemerken, mein Kind. Es rührt dich anscheinend nicht im geringsten, daß deine Mama gebissen worden ist. Gebissen, mein Kind, und nicht von einem Pferd, sondern von diesem unmöglichen Menschen. Wie heißt er doch gleich?«

»Brecher.«

Schonend hatte Doktor Geist den Namen serviert.

Aber es ist so gewesen. Man erzählte es sich noch lange nachher. Man fragte, ob es aus Eifersucht geschehen sei oder aus Prinzip; und die einen waren für Eifersucht, die anderen für Prinzip. Brecher aber grinste und schwieg.

Er hatte am selben Tag mit Geist ein Gespräch geführt, endlich einmal keines um Weibergeschichten, aber wohl eines der letzten, das freundschaftlich genannt werden kann. Er hatte nicht begreifen wollen, warum er, Brecher, kommenden Sonntag allein auf die Rennbahn gehen sollte, wo es doch seit Jahren zwischen ihnen als geheiligte Gewohnheit galt, alle geschäftlichen Konflikte umzubringen durch diese Sensation. Geworben hatte Brecher um seinen Freund Geist! Dieser aber hatte nur die eine Antwort über die Lippen gebracht:

»Es langweilt mich.«

»Hinterher«, soll Brecher in redlichster Bemühung gesagt haben, »nach Feststellung des Siegers, da mag's langweilig sein. Es steckt eine Totgeburt in jedem Sieg. Der Tod kostet das Leben, der Sieg das Rennen.«

»Du bezahlst deine Ohnmacht«, soll Geist phlegmatisch darauf erwidert haben.

Nachdem Max Brecher in der Aufregung, seinen Kollegen zu verlieren, sich mehrmals verschluckt habe, so daß ihm dieser in aller Freundschaft den Rücken geklopft haben soll, hätten sie ihre Hüte aufgesetzt und das Büro verlassen, noch gemeinsam. Auch Mucki habe sich hinzugesellt, nebst Gudula Öften, die gleichfalls eingeladen werden sollte. Ist das klar? Ich dächte, es ist es. Es gibt zumindest Dinge, die zwar nicht hierher gehören, die aber nichtsdestoweniger unklarer sind. Weiter also! Kurz darauf, vor dem Portal der Uvag, habe sich dann der Vorfall ereignet. Als Mucki die beiden Herren habe ihrer Mutti vorstellen wollen – oder nein, es war später gewesen. Ja, richtig, es war eine Minute später. Erst beim Abschied war es gewesen – natürlich, beim Abschied! –, daß Herr Brecher Frau Geheimrat in die Hand biß. Doktor Geist hatte die Hand geküßt, Brecher hatte gebissen. So ist es gewesen! – ü?

Eine Ungeheuerlichkeit, und geschehen vor dem Portal der Uvag, und als Antwort auf Frau Geheimrats reizendes Kompliment, das gelautet hatte:

»Alle Hochachtung, meine Herren, daß Sie hier in Berlin, die Nase vorweg, mit Hurra das Leben bemeistern!«

Ein tollwütiger Hund tut es nicht anders. Zur Strafe stand Brecher an diesem Sonntag allein auf den Kurven der Rennbahn, während Doktor Geist anderweitig beschäftigt war. Statt auszulöschen im Aufschrei, was die Woche ihm aufgehalst hatte, statt jenes sportlich sensationelle Stimulans zu genießen wie Alkohol, war er verdammt, der zweiten großen Enttäuschung seines Lebens den Prozeß zu machen. Einst eine tödliche Chance – und nun? Weibergeschichten!

Nationale Sonntagsbetrachtung
(Monolog)

In welchem Jahrhundert leben wir denn? Und wie sieht es aus, daß so etwas geschieht, daß ich, ein Mann wie andere, Max Brecher, hier stehen muß auf den Kurvenplätzen der Radrennbahn wie jeden Sonntag sonst auch, doch allein, im Stich gelassen von meinem unvergleichlichen Kollegen, der hinter den Weibern her ist und hinter seinem Traum vom Nutzen der Karriere, daß ein Hund das Heulen kriegen möchte? Soll ich denn glauben, es gäbe keine Männer mehr, weil dieser Mensch avanciert ist zu einer Art erotisiertem Affen, dessen Monarchie die Sexualität ist, dessen König das Geschlecht? Da gilt kein System und keine Überzeugung, da ist keine Freundschaft dauerhaft genug; ein Weib war in Sicht und lüpfte das Bein. Reizvoll, reizvoll! Vielmehr: zum Teufel mit dieser Reizbarkeit, mit diesem Reagieren und Abreagieren statt des Erlebens. Dabeigewesen zu sein, erschöpft sich darin ihr ganzes Erlebnis?

Man kommt sehr bald in die Lage, wo das Leben an Übersicht gewinnt und die Welt bis zum Exzeß einem Karnickelstall gleicht. Die besten Bekannten werden seßhaft und vermehren sich, indem sie sich zur Ruhe setzen auf ihren Erfahrungen, wo ihre Tage sich bald gleichen aufs Haar. Es wird ein bißchen rangiert – na, meinen herzlichen Glückwunsch. Ich ändere es nicht, daß die Herrschaften sich so gern zufriedengeben in allem, was sie unternehmen, daß sie so leicht von der ausschließlichen Wichtigkeit ihres Tuns überzeugt sind. Ist es die Schönste nicht, die sie begehren, so zumindest die Schönste, die ihnen erreichbar, oder die letzte in Betracht Kommende. Hui dann ins Bett, und das Kind ist da! Wer sich nicht in einer Ehe verfitzt, verfitzt sich in einem Geschäft, und selbst von denen, in die ich Hoffnungen gesetzt hatte, muß ich sehen, daß sie sich mit der albernsten Form des Besitzes begnügen: Weib und Kind und dem Regenschirm der eigenen Meinung. In den besseren Kreisen das Kind als Genußbestätigung und Spielzeug, als Ehekitt, als unerreichbares Objekt zur Erhaltung der Dynastie, in den mittellosen Kreisen das Kind als verzinsliche Kapitalanlage, als praktische Vorversicherung der Dankbarkeit!

»Für wen arbeiten Sie?« wurde ein deutscher Millionär gefragt, der sich an Arbeit und Vaterlandsliebe nicht genug tun konnte. »Für meine Kinder«, lautete die Antwort, die alles enthüllt.

Ja, es ist zweierlei, eine Sache wünschen und eine Sache besitzen. Nichts wird so leicht zum Verrat wie der Besitz. Denn Wünsche pflegen insofern unbändig zu sein, als ihnen jeglicher Horizont fehlt und alle Dinge in Augenhöhe unendlich sind, weder meßbar noch mit irdischen Mitteln kontrollierbar; anders der Besitz. Wem nicht allen auf dieser Welt, jungen Männern wie politischen Führern, wurde die Erfüllung ihrer Wünsche gleichbedeutend mit deren Entlarvung? Dies, womit sie sich schließlich zufriedengaben, war ihre echteste Farbe; es war ihr herangerückter Horizont, und sie spürten noch kaum, in welchem Käfig er sie gefangenhalten würde. »Meine Familie! Die Sicherstellung meiner Familie!« so stöhnen sie auf, und zweifellos, als Wichtigstes an solchen Seufzern entpuppt sich das Fürwort, das besitzanzeigende, welches Besitz ergriff.

Denn so sah ich sie immer: samt und sonders alltäglich, ihre Zeit, ihren resignierenden Normalzustand, ohne sich zu langweilen, mit Sorgen ausfüllend, mit kleinen Wünschen und Hoffnungen. Wer ein tüchtiger, solider, anerkannter Mensch ist, tut gut, seine Hoffnungen nicht allzu weit in den Horizont hinauszurücken und seinen Vergleich nur dort zu suchen, wo er günstig ausfällt: bei Gleichgestellten. Hat der eine von ihnen Rheumatismus, so hat der andere bereits gewonnen; hat der eine aus Unvorsichtigkeit drei Kinder, so ist der andere mit nur einem bereits bessergestellt. Ihre Gespräche drehen sich um nichts als ihre geschwollene Fußzehe. Was durch das Papier der Zeitungen zu ihnen dringt, hier zu diskutieren und zu räsonieren, das macht den Mann. Sie sind so wunderbar unverantwortlich, es läßt sich so wunderbar ausschweifend sein, und diese Art Laster schadet keinen Organen.

Wie wenig verschlägt's, daß sie politisiert sind! Letzten Endes bleiben die Regierenden im Volksmund »Die da oben«. Werden sie nicht verraten, wie ich von meinem Kollegen? Gut, ich habe mich belohnt mit einem Platz auf der Rennbahn. Doch was tun diese? Denn ein Lohnkampf ist diese Existenzbestreitung, und das mit Recht und Genuß. Wie hätte sonst je die törichte Theorie Fuß fassen können, man werde im Himmel belohnt? Und belohnt sich der Freigeist oder der Skeptiker nicht gleichfalls? Haß und Illusionen, ein konsequentes, peripheres Urteil, ein Spleen, eine hinkende Anormalität – das unübersehbarste Reich tut sich auf, das Reich der Selbstbelohnungen.

Dieser Doktor Geist, mein fataler Kollege, hat in der Finsternis seiner Pläne keinen dringlicheren Wunsch als den, Geld zu verdienen. Die Mittel hierzu sind ihm gleich. Sehr zweifelhaft übrigens, ob Geld als solches ihn je interessiert hat! Der Fluch einer Sache interessiert diesen Herrn nicht, nur der Nutzeffekt. Ich muß mich korrigieren – denn was wäre daran noch zweifelhaft? Er hungerte zeit seines Lebens nach Selbstbelohnung und Selbstbestätigung, und er leistet sich gern zu diesem Zweck einen seltsam verdeckten Ehrgeiz: das Phlegma. Aber, gnädige Frau, was ist das Phlegma anderes als das Minuszeichen vor der verzehrenden Gewalt des Ehrgeizes? Vielleicht braucht er auch nur Erfolge um des herrlichen Bewußtseins willen, sich jede Frau, die herumläuft, durch einen bloßen Handkuß kaufen zu können? Bitte, meine Herren, ich sage damit nicht, daß er je den Mut aufbrächte, sich zu bekennen zu dem, was er begehrt, denn ich weiß nicht – will ich's denn wissen? –, wohin Herr Doktor geraten würde im Augenblick, wo ihn der leise Brand seines Geldes zur Selbstachtung zwingt. Hier spukt die animalische Ironie des Besitzes. Denn es könnte wohl sein, daß er plötzlich ein Kind braucht, um überhaupt mit Genugtuung gearbeitet zu haben, es könnte sich dann als notwendig erweisen, eine Familie zu gründen. Wie gesagt, sein Wunsch, nicht sein vorläufiger Besitz soll mir genügen.

Dieses Dasein, das am Ende für uns alle ohne Ergebnis verläuft, diese windige Barmherzigkeit von der Geburt über die Hochzeit zu einem standesgemäßen Begräbnis hin, dieses Leben, worunter ein jeder das Gegenteil von dem versteht, was sein Gegenüber ihm einreden will – ist es nicht ein unsichtbarer Gegner, der, statt besiegt, gefunden sein will? Ihn realisieren, Frau Geheimrat, ihn realisieren!

Ach, diese Welt ... Sie schwankt nicht nur auf meinem Genick hin und her, als bewege sie ein Wind oder die Grippe, sie behauptet auch, unentbehrlich zu sein, sie verlangt nach mir. Rätselhaft bis zur Nichtigkeit, spekuliert sie mit allen Himmeln und Sphären auf die Illusionsfähigkeit ihrer provisorischen Besitzer. Erkannt zu werden gestattet sie nicht, hingenommen sein will sie oder geliebt. Ach, Selbsterkenntnis ... Ich klatsche dir Beifall. Ich finanziere dich mit meinen Instinkten, ein vermessenes Geschäft, dessen Luxuriosität offen auf der Hand liegt, und ich zahle meinen Zins durch den glänzendsten Ruin. Was habe ich nicht schon gelacht bei der Vorstellung, ein unbrauchbarer Mensch zu sein! So ist es in Ordnung. Man kann mit Hilfe der Selbsterkenntnis wunderbar unter den Rädern liegen, aber nicht einen Karren vorwärtsbewegen. Er tut's nicht; es fällt ihm nicht ein. Da müßtest du dich schon aufraffen und ihm einen Schlenkrich mit dem Fuß versetzen. Allerdings wird das, Frau Geheimrat, leicht ordinär.

Wir haben ja alle nicht dies gewollt. Wir stützten uns alle zu sehr auf das dünne illuminierte Parkett unserer Pläne und Vorsätze, leider aber zu wenig auf die Tatsache unserer traurigen Gestalt. Man macht den Doktor über den Flaschenbierhandel und hat das Pech, als Außenminister zu enden; man beginnt mit lyrischen Gedichten und endet mit Granaten; man ist nichts und wird alles, um der Welt besser beweisen zu können, wie oft alles nichts ist. In der Schulklasse der Jugend, aus welcher sich nach den Sätzen der Regierenden zwangsläufig das Volk rekrutiert, gewiß, dort hat noch jeder Jahrgang seine Genies; dort sind diese Schlingel oft klüger als ihre Lehrer. Mit dreiundzwanzig Jahren hofft man, das Leben hinter sich zu haben, bewältigt; statt dessen beginnt's erst: die Komödie, das großartige Nagewerk. Wie wirtschaftet hier das Leben aus dem Vollen! Zum phantastischen Hohn über die Braven gesellt sich die wahnsinnige Rache an den Frühvollendeten, und bald trägt ein jeder sein Brett vor der Stirn: die Praxis. Noch ehe das Leben sich revanchiert hat, ist das mathematische Genie beim Diplom angelangt, das chemische hat eine Fußsalbe erfunden oder ist Apotheker, das technische einen drehbaren Hosenknopf und das künstlerische – verschweigen wir das. Es sind die herrlichen Zeiten.

Zwar ruft Herr Doktor Geist von der Höhe seiner akademischen Ehre herab: »Kleinbürger!« – wie aber, mein Junge, wenn ich Lust verspürte, der Rechtsanwalt eines gehemmten Verbrechers zu sein, ihn zehn Minuten lang zu verteidigen, damit deine staatsanwaltliche Unfehlbarkeit ihren gebührenden Horizont erhält? Welche armseligen Selbstbelohnungen stehen einem Briefträger oder Eisenbahner, einem Friseurchen, diesem Affen der Kundschaft, einem Lehrerchen, diesem Affen der Pädagogik, all denen, die nichts auf dem Leib haben außer dem Ersparten, zur Verfügung? Sein Kaffee muß dünn sein, damit das Loch in den Hosen geflickt werden kann; seine Position muß mit Angst und Ehrsamkeit gewahrt werden, damit er nicht heillos blamiert ist und preisgegeben. Einesteils soll er pflichttreu sein und ein Vorbild, unbedingt verläßlich und sauber, andernteils soll er nicht duckmäusern, nicht schmeicheln, nicht zu tief danken. Es ist eine politisch-diplomatische Position, das ersieht man daraus, und die grauenvolle Komik besteht eben darin, daß ein völlig unzulänglich ausgerüsteter Mensch, eben der Kleinbürger, in diese Zwickmühle gerät. Die wenigsten aller sonst existierenden Menschen wären imstande, dieser Zwickmühle gerecht zu werden, und in Wahrheit ist niemand unabhängig genug. Es sind all jene, an deren Maske du auf zwanzig Schritt Entfernung deinen Mann erkennst: die Maske panischer Eitelkeit. Seiner Angst imponieren, diese Aufgabe harrt seiner. Aber wer denkt daran? Der Nihilismus der Alltäglichkeit ist es, der ihn beherrscht, hungrig fortwährend Zeichen der Selbstachtung fordernd und dann Beweise, Beweise und nochmals Beweise. Erkennst du dich,

Doktor Geist? Nun frage sich jeder, welche Restbestände dieser Art er mit sich herumschleppt und ob er in Deutschland andere Menschen gefunden hat als mit der Komik des Kleinbürgers behaftete, bis weit in jede Radikalität hinein.

Ja, so gehen die Menschen dahin. Erfahrungen sammeln sie nur, um stolz darauf zu sein, und bestätigt fühlen sie sich nur bei dem bekannten Ausruf: »Das hab ich ja gleich gesagt!« Wie dem Igel die Stacheln, wächst ihnen eine Haut von Überzeugungen, Meinungen und Glaubenssätzen, Dinge, auf die sie sich versteifen und mit denen sie agieren. Es ist ihr Phänomen der Erstarrung. Oder sie sind so frei – »ich bin so frei«, sagt Fräulein Frieske, wenn sie ein Bonbon aus der Tüte nimmt –, zu naschen von jeder Art Neuheit und Mode. Es ist ihr Phänomen der Verweichlichung. Noch ihre Lügen werden fabriziert nicht wider besseres Wissen, sondern wider die bessere Dummheit. Ist es nicht der Weg der Gesittung und der Legalität? Manchmal verfängt sich zum Ergötzen aller ein Stümper und fragt: »Wie lang noch?«, oder der furor teutonicus packt ihn und rodomontiert: »So geht das nicht weiter!« Was jedoch, Frau Geheimrat, ist damit getan? Haben sie endlich, oft unter Einbuße und Opfern, das unmittelbarste Hemmnis beseitigt, so wächst im stillen des Sumpfes schon das nächste heran, bis es, einst halbwüchsig, nunmehr erwachsen, nun drohend, vor den erschreckten Gesichtern steht und grinsend jeder Art Ruhmredigkeit die Sonne wegstiehlt.

II

In welchem Jahrhundert leben wir denn? Und wie sieht es aus? Bildungshungrigen Menschen, Leuten also, die volkspädagogisch bearbeitet wurden, sei's durch Universitäten, sei's durch Abendkurse, vom Gummiknüppel nicht erst zu reden, ist in Stunden der Selbstbesinnung nichts unangenehmer als der Gedanke, auf diese einfache Frage keine befriedigende Antwort zu erhalten, es sei denn die statistische, die nichts verrät. Schlägt man die Zeitung auf, um sich zu unterrichten, so erfährt man noch weniger; soviel Schreiber, soviel Antworten stehen zur Verfügung, und die beste Antwort, wie überall, fehlt.

Am Anfang dieses Jahrhunderts behauptete eine Dame, wir lebten im Jahrhundert des Kindes, und da es eine begüterte Dame war, die nichts Besseres zu tun hatte, und da die menschlichen Institutionen, vom Staat bis zur Familie, einigermaßen gesicherte Werte darstellten, verzog ein jeder, der's hörte, den Mund in zustimmendem Lächeln und sagte: Wie goldig! Gewiß, das goldene Zeitalter des Augustus lag weit zurück und das kommende in nebelhafter Ferne, aber goldig durfte es sein bis zu dem Augenblick, da eine andere Dame aufstand, eine völlig namenlose zwar, aber vielleicht gerade deshalb der Volksmund in Person, aufstand also, um mit allen Falten ihres in Wohltätigkeit gealterten Mundwerks zu erklären, das Jahrhundert des Kindes habe sich längst überlebt, wir lebten jetzt im Jahrhundert der Rücksichtslosigkeit und des verschleierten Vorteils. Sie zeigte sich sogar bereit, auf diese vage Behauptung hin einen Verein zu gründen. Sie wollte Teestunden der Höflichkeit geben, Eintritt frei, Unkostenbeitrag zwei Mark.

Ums Haar wäre ihr auch geglückt, dieses Jahrhundert in Gang zu bringen, da schmetterte ein Arzt – verzeiht ihm, es war ein Psychiater! – seine Ansichten hinaus. »Geschwätz das alles«, rief er begeistert. »Wir leben im Jahrhundert des ...« Zehn Jahre Arbeit staken dahinter, hinter jener Weisheit, die er nun länger nicht halten konnte. Im Jahrhundert des ... Um aber jene Weisheit endlich ans Licht der Lächerlichkeit zu zerren, da sie sich sonst ins Dunkel der Verdrängung und des Beleidigtseins zurückzöge, um dort in Gestalt einer neuen Plattheit zu revoltieren, sei ihr also gestattet zu sagen, wir lebten im Jahrhundert der Neurasthenie, der Impotenz und der easy chairs, wobei dahingestellt bleibe, was easy chair heißen soll; ein deutsches Wort ist es jedenfalls nicht. Der Arzt, ein Damenfreund sonst, hier aber strikte dabei, sämtlichen Damenjahrhunderten den Garaus zu machen, ging noch weiter und tat es nicht unter einem neuen

Zeitalter, das bevorsteht. Jede seiner Broschüren und kurzatmigen Erklärungen endete so »bei der gewaltigen Kulturaufgabe, welche vielleicht den Anfang eines neuen Zeitalters bedeutet«. – Vielleicht, vielleicht! Und da dachten wir immer, die Wissenschaft habe es mit exakten Dingen zu tun und nicht mit Vielleichts.

Unterdessen hatte sich eine Unzahl Beweiskolonnen des neuen Jahrhunderts formiert, des Jahrhunderts der Technik und der Maschinen, des Jahrhunderts der Meineidseuche und des Jahrhunderts des befreiten Eros. Das wahre Jahrhundert indessen, nicht dasjenige, in welchem der Spießer Bier trinkt und sein Vehikel Benzin, das wahre Jahrhundert – niemand erkennt es, und ist es erkannt, sind die Ansichten und bombenfesten Überzeugungen sofort geteilt. Sie wissen das nicht? heißt es. Sie haben noch nichts von ihm gehört? Er hat das Jahrhundert das Jahrhundert der Verheißung genannt, und er hat Sätze zur Bearbeitung dieses Jahrhunderts in Betrieb genommen, einfach enorm. Geben Sie zehn Prozent, und ich will unter Verlust bereit sein, es das Jahrhundert des Proleten zu nennen. Zehn Prozent? Wo denken Sie hin! Nicht unter fünfzig.

Ach, wie oft befällt mich in dieser Gegenwart das unangenehme Gefühl, zu waten und wieder zu waten, und stehe ich still, tanzt das Volk mitten auf einem Gemeinplatz. Wie lächerlich dies, einen Entschluß gefaßt zu sehen unter Beteiligung von fünfhundert Volksvertretern, bis die Bäcker sich weigern, die Stiefel der Schuster zu besohlen, bis alles versinkt in den Wogen des Hin und Wider, so daß der Eingeweihte, wenn er gefragt wird, erwidert: »Jaja, ich weiß, beschlossen soll's sein, doch hängt die Ausführung von verschiedenerlei Umständen ab. Es ist nicht alles so einfach, verstehen Sie? Es hat da mancher ein Wort mitzureden, den die breite Masse nicht kennt. Aber das eine ist richtig: beschlossen ist es.« – »Wirklich?« – »Erlauben Sie mal, ich war doch selber dabei. Wir haben das Jahrhundert das Jahrhundert des Wiederaufbaus genannt, und meiner Initiative ist es doch zu verdanken, daß ...« Und nun beginnt eine große Beredsamkeit und Überzeugungslust seinerseits; es wird ein

Leitartikel aus jeder Nuß, während der Betreffende sich den Bauch streicht als sein eigener Chef. Die Sache selbst kontrolliert er nicht mehr, ihn begeistert längst nur noch, was der Vorsitzende mit den Worten zu bezeichnen pflegt: also zur Sache! – Zur Sache, das begeistert ihn hinlänglich, die Sache selbst, darin bleibt er ein Fatalist.

Das beste Beispiel lieferte kürzlich ein berühmter Professor der Politik, dem die Uvag als Prostituierte die Spalten geöffnet hat, und das Kind sah denn auch danach aus. Welch ein Einblick wurde hier gewährt! Welch ein ewiges Dokument der Wissenschaft bleibt hier geheiligt für einen Tag! In welchem Jahrhundert leben wir denn? Nicht so hatte die Uvag gefragt; vielmehr hatte sie wissen wollen von den Koryphäen des öffentlichen Lebens, welches Ereignis des Jahres sie eigentlich – sic! – für bedeutsam oder maßgebend hielten. Nun mag es bereits eine Entlarvung sein, daß solch eine Frage überhaupt gestellt werden kann, zeigt sie doch mit unüberbietbarer Deutlichkeit, wie geblendet und verwimmelt das Menschengeschlecht dahinvegetiert, ohne Rücksicht gleichsam aufs eigene Geschick oder auf dessen Bedeutung; was aber den berühmten Professor der Politik angeht, so leistete sich dieser Hanswurst den Gipfel, und niemand wird je erfahren, war es Furcht vor der Bloßstellung oder die Schludrigkeit der Arbeitsüberlastung, die ihn bewog, folgendes zum besten zu geben: »Überlassen wir die Ereignisse dem Urteil der Geschichte! Ich für meine Person, ich habe keine Zeit für sowas. Tausend neue Probleme harren meiner. Lassen Sie mich weiterkämpfen! Mit freundlichen Grüßen stets der Ihre...«

So also sieht das Jahrhundert aus? Dies also sind die Weisheiten der Koryphäen? Gewiß, die Frage war aufdringlich und heikel, ja es ist nicht zu leugnen, wie müßig sie war; denn es handelt sich in diesem Leben, von welchem wir nur die unteren Regionen besitzen, darum, weiterzukämpfen, nicht darum, Positionen zu erkennen und sie zu festigen. Tausend neue Probleme harren unser, die verschrottet sein wollen. Kein Leben der Zäsuren und Kontakte, nein, weiterzukämpfen, das ist der Sinn. Gekämpft muß werden, sagt der Professor, nur fehlt ihm der Mut zu erklären, was denn erkämpft werden soll. Das nämlich will er nicht wissen.

Wissenschaft? Autorität? Erinnern Sie sich, Frau Geheimrat, an damals? Damals schrieben wir blutige Lettern, es war das Jahrhundert des Weltkriegs. Als noch genug Zucker im Land war, sagten die Ärzte der Wissenschaft und ließen es drucken, nur Zucker brauche der Mensch; denn im Zucker sei schlechthin alles enthalten. Es war nicht einmal so falsch, aus Zucker machten sie damals sogar Explosivstoff. Alles war im Zucker enthalten, hier zum Aufbau des Lebens, dort zur Zerstörung. Jedoch, als der Vorrat an Zucker nachließ und die Preise bald unerschwinglich wurden fürs Volk, sagten die Ärzte der Wissenschaft und ließen es drucken, Zucker sei das Überflüssigste von der Welt, er sei für den Organismus direkt schädlich. Die Zuckerkrankheit beweise das. Am besten aber gewähre die Kohlrübe die Volksgesundheit. Und was geschah? Das ganze Volk befolgte die Order der Wissenschaft und entdeckte den wahren Geschmack. Es war der reinste Matsch auf den Tellern. Im Vertrauen gesagt, Frau Geheimrat: alles ist lenkbar. Nicht nur Flugzeuge, auch Erkenntnisse sind lenkbar. Ich nehme das an, um nicht die Ärzte als Scharlatane bezichtigen zu müssen.

Was war damals nicht aus den Gleisen geraten, und was hätte sich bewährt? Eine wilde unverantwortliche Spekuliersucht – es war das Jahrhundert der Inflation – hatte überhandgenommen. Man traute den Sternen wieder, die, einst von der Wissenschaft belächelt, nun wieder notgedrungen in ihre Rechte eingesetzt wurden von eben der Wissenschaft. Man traute den Sternen mehr als dem bekanntesten Menschen. Man suchte Rat und Aufschluß nicht mehr im offiziellen Hörsaal, sondern in den Zügen und Schnörkeln der eigenen Hand, man tastete seinen Schädel ab, nach Zeichen forschend, die mehr offenbarten, als sie zu offenbaren vermochten. Es war in den Salons und Ateliers üblich, sich gegenseitig Komplimente und Verschwiegenheiten aus der Hand zu lesen, oft nur, um als unentbehrlich zu gelten. Der Stolz jeden Weibes, wurde ihm gesagt, es treibe am Selbstmord hin! Auch der Reichspräsident wird sterben, behaupteten die gewerbsmäßigen Ausschreier, als hätten sie vergessen, was jedem bevorsteht. Man hielt alles für möglich, man glaubte wieder an Geister und Gespenster.

Damals, das war damals, da mir jede Klingel wichtiger schien als der Mensch, der durch sie herbeigerufen wurde. Die Klingel klingelte wenigstens – aber der Mensch? Ja, es hatte den Anschein, als litte nicht nur der Mensch, sondern das Schicksal selber in seinem riesigen, vielmaschigen Tausenderlei abhängiger Spielarten, als litte selbst sie, die Geheimorganisation der Vorsehung, das Undefinierbare, das Noch-nie-Dagewesene. Man liebte sich, indem man sich die Kehle durchbiß, und Kinder waren dabei, die stümperhaften Liebeskonflikte Erwachsener unter sich mit Revolvern nachzuahmen und zu entscheiden. Es gab keine Schuld mehr, sie alle waren schuldig, aber ihre Schlager liefen noch immer auf den alten Refrain: »Wer kann dafür? wer kann dafür?« Man ergötzte sich an der Unfähigkeit der Regierung und buchte auf seiten der Freude jeden abgesetzten Minister. Man warf sie ihm nach, seine in die Tausende gehende Pension.

Verlangen Sie nicht, daß ich Sie küsse, Frau Geheimrat; seien Sie lieber geehrt, daß ich Sie beiße! Die Straßen, die Cafés, die Familien, die Freundschaften, sie alle waren in ein Parlament der öffentlichen Meinung verwandelt, wo die irrsinnigsten Auswege vorgeschlagen wurden, deren einer genügt hätte, seinen Verfechter als unzurechnungsfähig zu verehren. Das Äußerste allerdings leisteten sich die Militärs, die sich aus dem Sattel gehoben fühlten, aber es nicht lassen konnten zu schießen, sei's mit unantastbarer Strategie. Was sagen Sie dazu, daß einer von ihnen, wohnhaft am Kurfürstendamm, vorschlug, zwei Drittel Deutschlands aufzugeben, um an der Elbe gegen die Franzosen zu kämpfen? Andere Sorgen hatte er nicht. Jeder Kegelverein glaubte mit einem Stecken die Weltgeschichte niederschlagen zu können. Die Justiz schwitzte, die Pastoren, die alles falsch vorausgesagt hatten, machten aus ihrem Institut, der Kirche, eine Aktiengesellschaft zur Eintreibung gottgefälliger Steuern. Alles war möglich, alles war denkbar.

Sofort nach jedem Ereignis traten gebildete, hochstehende Persönlichkeiten in Artikeln und scharfsinnigen Äußerungen, nicht zuletzt mit Hilfe der Uvag, an die Öffentlichkeit, worin sie darlegten, daß, was auch geschehe, gesetzmäßig geschehe, gesetzmäßig im Sinne einer übergeordneten Gesetzmäßigkeit. »Und doch, und doch«, rief ein Volksvertreter, der im Nebenberuf Schmierseife herstellt, »und doch, und doch, heute wissen wir« – bravo, wir wissen! – »heute wissen wir, daß die Entwicklung sich zwangsläufig vollzog, aus dem geheimnisvollen Walten eines unbekannten Naturgesetzes« – welch eine Weisheit! – »alle menschlichen Schwächen überwindend« – bravo! – »allen Hindernissen zum Trotz« – bravo! Insofern war alles wieder in schönster Butter, und noch ehe man's begriff, war es vergessen. »Im Zusammenbruch, meine Herren«, rief der Volksvertreter erneut, »liegt die Auferstehung beschlossen wie im Stirb das Werde.« Welch ein ungeheuerlicher Schwindel! Aber man lebte davon. Aber man applaudierte, als der Schmierseifenfabrikant von dreizehn deutschen Universitäten zum Ehrendoktor ernannt worden war. »Historisch betrachtet«, sagte er in seiner Festrede, »historisch betrachtet, historisch.« Jeder Tag galt als ein ganzes Leben, jede Sekunde war eine Historie. Das Feilste aber waren die moralischen Werte; mit denen verkehrte man nicht mehr.

In welchem Jahrhundert leben wir denn? Es werden Welten spazierengetragen, doch wer erkennt seine Zeit? Jeder Mensch, der dir die Hand gibt, hegt eine andere Zeit. Er führt seine Erfahrungen und Materialien ins Feld, er irrt umher in seinen sozialen Grenzen, in denen seiner Veranlagung, und glaubt er die Menschen zu kennen, so auf Grund einer vorgefaßten Meinung. In der Tat, grüßen sich zwei Menschen auf der Straße, so grüßen sich zwei Vergangenheiten, während die Gegenwart unter ihren Füßen davonläuft. Es werden Welten spazierengetragen. Wie oft, wie gar zu oft hört man sie rascheln. Laut beklagen sie sich, woran es ihnen bei aller Gemütlichkeit fehlt: an einer gemeinsamen Weltstimmung, an einem kulturellen Ideal, an einer einzigen Philosophie, an dieser und keiner anderen Deutung. Sie denken nicht im entferntesten daran, daß es auch eingebildete Wunden gibt. Ihr Ruf nach jener Genialität, an der es ihnen mangelt, was ist er anderes als der Ruf nach einem Sanatorium, unter dessen Leitung man endlich geborgen sei? Aber die Genialitäten, wenn sie auftauchten, verspürten nie Lust, ein Stopflappen für ein triviales Bedürfnis zu sein, sie richteten ihre eigenen Sehnsüchte auf, die sich freilich ein Menschenalter später als die einzig nennenswerten erweisen. Denn die Leute wissen in den seltensten Fällen, was sie erlebt haben. Sie kämpfen weiter wie jener berühmte Professor. Ja, sie rächen sich dafür, daß ihnen die Wahrheit gesagt wird, indem sie ihre Genialitäten vergewaltigen. Was war Goethe im Gehirn eines Lehrers um 1900? Was war Nietzsche im Gehirn einer blonden Bestie von 1914? Was ist Goethe heut? Was ist heut Nietzsche? Was war das Deutschland von 1870 in der Vorstellung eines jungen Offiziers und in der Vorstellung eines Sozialisten? Was war der Weltkrieg? Was war die Revolution?

In welchem Jahrhundert wir leben, wer weiß das? Es gibt einen Zeitpunkt, lang nach unserer Geburt, einen zwiefach günstigen Augenblick, wo dem Menschen plötzlich bewußt wird, daß er vorangeht und daß die Vergangenheit mitkommt. Als Parallele zur Gegenwart, als Vexierbild gleichsam, wird ihm plötzlich das Sprechende der Vergangenheit lebendig, ein Vorgang, grauenerregend. Geschlechter sprechen aus ihm. Es wimmelt in der eigenen Tiefe von Echorufen und Absenkern, und dahinein schaut nun der Mensch, bis ihn schwindelt. Ein Anger von Irrtümern tut sich auf, Dummheiten sind der Scham und des Gelächters wert, es wimmelt von nicht zu Ende geführten Dingen und von einigen sehr wenigen, kostbaren. Diese Erfahrung verläßt uns nicht mehr. Ja, eine Neugierde packt uns, eine hinunterspürende Leidenschaft, zu graben und immer tiefer zu graben, nach Gewesenem, das nicht tot ist, nach Geheimnissen, die noch vor unserer Geburt liegen. Umweht von Schauern, Altersahnungen, Stimmungen des Unverlierbaren und des Verfalls, steht das Volk vor seinem Abgrund, vor dem Schutt, den es durchmaß. Dann holt es vielleicht ein Mikroskop sich heran und legt unter die Linse, was ihm geschah. Ein Männchen krabbelt herum, eine Matratze liegt da, weil sie verwanzt ist, und einige ihrer Spiralen spießen trostlos in den auf- und untergehenden Himmel. Ungeachtet des rings auffliegenden Staubs krabbelt das Männchen umher und stochert; halb irr, halb erfreut stochert es in dem wüsten Haufen. Ein Hosenknopf ist noch wie neu, eine Zange zur Hälfte verwertbar; nur das Papier, die Druckerschwärze der Ereignisse, ist rettungslos vergilbt. Bald aber kommt Abwechslung heran. Die ganze Asche wird fortgeschafft, denn das Grundstück ist inzwischen verkauft. Alle Grundstücke werden verkauft. Es ist das Jahrhundert der Spekula ... Schluß damit!

III

In welchem Jahrhundert leben wir denn? Heute morgen, während ich mich rasierte, war der Tag so seltsam verwunschen. Ich schlief bis in die Puppen, von keinem Auto und keinem Zittern in der Luft geweckt, jenem Zittern, das untrüglich ist als eine Massage der Nerven. Wie ich erstaunt zum Fenster hinaussah, lagen die Straßen da, jungfräulich vom Nebel benetzt und klar, während vom Nachbarhaus die erste Quäkmaschine ihre Tänze über den Hinterhof sandte. Richtig, kam dort nicht der erste Familienvater oder hutlose Professor, fasziniert von der Hygiene seines Spazierstocks? Ungeheuer gewann die Sonne im Laufe des Vormittags an Trächtigkeit, und in den Mittagsstunden war sie vollkommen schwanger, Bratendunst ist zu riechen, das Klirren von Tellern hörbar. Immer heiliger wurde die Welt, und das ganze Jahrhundert schien ausradiert zu sein oder niemals vorhanden gewesen. Da wußte ich endlich, heute ist Sonntag. Die Fußgänger veranstalteten ihre Prozession der Entspannung, die Automobilisten ihren Korso der Repräsentation. Es ist ein Glück, wenn einer von ihnen vom Randstein fliegt oder im Geäst eines Chausseebaumes hängt, von der unvorhergesehenen Widrigkeit eines Unfalls dorthin befördert.

Und nun? Nun stehe ich mitten im Frühling, ganz allein, und, wenn Sie das Paradox gestatten wollen, mitten im Jahrhundert des Sonntags. Es strengt die Organe an, macht müde und faul, und das nackte Dasein wird bereits zu einer Arbeitsleistung. Vergangene Woche hatte man noch Feuer in der Heizung und das Fenster geöffnet, heute schöpft die Sonne bereits aus dem Vollen, und der Frühling ist ohne jede Zurückhaltung und Ironie. Sämtliche Trivialitäten der Menschheit kommen zum Vorschein, das frisch gebadete Ungeziefer mit Kind, Hund, Spielzeug, Getäte und Geschrei besudelt die Plätze, die dem Schutze der Bürger empfohlen sind. Die erste Jungfernschaft geht auf den Bänken der Parks verloren, und die ersten zaghaften Blüten werden abgerupft. Daran erkenne ich sie wieder, meine Verehrten, nachdem sie sich den Winter über vermummt gehalten hatten.

»Es läuft«, kann man sagen. »Es fängt an, bei ihnen zu laufen.« Wie ein Käse in der Wärme zu laufen beginnt, laufen hier die Sentimentalitäten. Dieses Symptom ist unverkennbar. Wehe dem Strategen, dem die undankbare Aufgabe zufiele, Organisator der Masse zu sein! Sie liefen im Frühling alle davon, und von der Masse bliebe nichts als Volk mit der Nelke im Knopfloch. Gefühlen unterlegen, die sich eingestellt haben, weil der Kalender es verlangt, unbeholfen und breitgelaufen, im nicht zu sagen: stinkend – spricht die Gewalt dieser Regung wahrlich weniger für die Menschen als für die Natur. Diese scheint es zu sein, die ein Interesse daran hat, gegen jede Art Künstlichkeit und klassisch reine Vollkommenheit mit Hilfe ihrer Zweibeiner zu demonstrieren. Denn wer wollte nicht zugeben, daß sich die Menschen ausgezeichnet darauf verstehen und besser reagieren als eine Chemikalie?

Ja, es ist Sonntag. Auch die Minuten laufen halb so eilig wie sonst. Vor jedem zerbrochenen Zaun machen sie halt, meine Verehrten, um ihr erschütterndes Gutachten abzugeben, wobei Vater mit dem Spazierstock in den morsch gewordenen Löchern herumbohrt und Mutter entsetzlich jammert, weil der Zaun schief steht. Drei dieser Sonntage im Jahr, und bald sind sie das Quälendste, was eine Stadt zu bieten hat. Die Langweile, die um die Häuser schleicht, wird harmlos und öde, jeder Baum in den

Straßen hat Karriere gemacht, er ist aufgerückt zu einer Orgie repräsentativen Stumpfsinns, und auch der Himmel – »wenn's gemalt wäre, würde man es nicht glauben«, sagt die Frau Geheimrat gewiß –, auch der Himmel feiert seine grausame Gleichgültigkeit. Nehmt einer Stadt die Nerven und das Gehirn; was übrigbleibt, ist ein Sonntag. Stillstandserscheinungen sind diese Sonntage sämtlich. Etwas heilig Verhehltes steht in den Gesichtern der Situierten, die Besuche machen, weil sie sich verlobt haben oder weil ihr Stammbaum gestorben ist.

Die Jugend, wo sie sich der Grenze des Halbwüchsigen nähert, steckt voller Furcht vor den obligaten Spaziergängen der Eltern, vor dem Auftauchen der Tanten, den Vorstellungsrunden wichtigtuerischer Verwandten. Entziehungskuren sind es, diese von allem Geist verlassenen Sonntage, die Strafe dem, der an das fluktuierende Narkotikum, an die in dauernder Spannung befindliche Elastizität der Alltäglichkeit gewöhnt ist. Viele Jungens leiden daran, zumal an den unaufschiebbaren Angstschauern der Sonntagabende, diesem zynischen Vorgreifen schon des Montags mit seiner Verpflichtung. Es naht die Stunde, wo man sich, ein Opfer der Entspannung und des unruhigen Vorgefühls, im Dachboden erhängt, um nicht länger zu dulden, daß die Woche wieder von vorn anfängt. Verbrechen, die begangen werden an diesem Tag, sollten als heilige Verbrechen gelten und keiner Strafe verfallen. Wer soll denn nicht zum Mörder werden, weil Sonntag ist? Ein Sträfling ist jeder im vorhinein, ein Gesellschaftssträfling. Angesichts der Häuser, denen der Glanz fehlt wie einem Zuchthaus, angesichts der züchtig geschlossenen Läden, des Mangels an feilgebotenen Blumen und Früchten, angesichts der ausgestorbenen Stadt, die von jedermann fluchtartig verlassen wurde, gewinnt man den Eindruck und den Verdacht, daß die ehrsam Zurückgebliebenen beim Tütenkleben sind. Welch eine wässerige Nahrung wird gereicht, wen dürstet, und welch eine Entartung an mechanisch abrollender Musik.

In welchem Jahrhundert leben wir denn? Ich hätte das beinahe vergessen. Eine Art Dämmerzustand, eine Art fortrollendes Lawinenbewußtsein hinderte mich, es zu begreifen. Wir leben selbstverständlich im Jahrhundert der Körperkultur und des Sports. Oder, meine Damen und Herren, wozu stünde ich sonst hier auf dem Oval der Rennbahn, lebten wir nicht zur Entschuldigung des Sonntags in einem Jahrhundert, das den Erschöpften bietet, was sie verlangen: die Sensation. Nur der Erschöpfte verlangt nach Sensation? Dann, bitte! Dann sind wir alle, die hier stehen, erschöpft? Dann sind wir wohl auf dem besten Wege, die Gesundheit zu finanzieren und die Krankheiten denen zu überlassen, die sie sich leisten können? Krankheit und Alter, die größten Feinde des einfachen Mannes, gelten sie etwa nicht mehr? Oder glauben Sie etwa, Frau Gräfin, man könnte Revanchetreffen im Bett veranstalten und einen Boxkampf zwischen zwei Invaliden ohne Arme? Zuzutrauen wäre es diesem Jahrhundert, das die Widersprüche liebt wie selten eines. Während sie allseits dabei sind, sich zu verjüngen, und die gnädige Frau im Notfall mit einer Affendrüse geschmückt wird, gehen die Lebensalter im Sport mit jeder Saison bergab. Mit dreißig, spätestens fünfunddreißig Jahren ist der Höhepunkt der Leistungskurve überschritten, und der Gesundheitsathlet wird fröhlich zum alten Herrn erklärt. Senioren, sagen sie dann, um fröhlich zu sein.

Da habe ich es nun, mein Laster, meine ausgesprochene Neigung für Radrennbahnen, deren Kurven voller Musik sind. Auch im Leben gibt es keine Geraden, und wo es sie gibt, sind es die Geraden einer Rennbahn, wohin wir jede Woche erneut von den Kurven geworfen werden. Da habe ich sie, die Dürftigkeit dieser Umgebung, gleich der dürftigen Phantastik der Grunewaldkiefer, und hier tauche ich unter im Volk, in dem Vulkan ungehemmter Instinkte. Solange ich nicht auf die Rennbahn laufe, um Sinfoniekonzerte zu hören, solange ich hier nichts angelegt habe als eine törichte Leidenschaft, hier am Roulette der Leistung wie Dostojewski am Roulette des Spiels in Baden-Baden, solange mich die Ernüchterung anderntags kritisiert – was wollen Sie mehr?

Sehen Sie mal, Herr Brecher, falls Sie noch auf meinen Namen geeicht sind: zehn oder vierzehn Radfahrer strampeln hier unten in der Arena, und Tausende blödsinnig gestikulierender Menschen, einschließlich Ihrer werten Persönlichkeit, sehen sich das Theater an. Das ist die moderne Ertüchtigung, gesehen ohne Leidenschaft. Sich die Beine vertreten ist Sport und sich die Beine vortreten lassen – gleichfalls? Wäre es da nicht richtiger, die vierzehn Radfahrer stünden hier oben an den Planken und schauten zu, wie die Tausende von Zuschauern in der Arena radelten? Aber ach, gesetzt selbst, es verhielte sich so: Sie, Herr Brecher, Sie für Ihre Person befänden sich dann bestimmt unter den vierzehn, die zusehen. Sie sind der Prototyp des Sensations-Erschöpften, Herr Brecher. Nehmen Sie mir's nicht übel. Gewiß, ein Totschläger sind Sie auch; Ihre Leichen bestehen aus einem Sonntag und aus Ihrem Intellekt.

In welchem Jahrhundert leben wir denn? Hörte ich's nicht von den Tribünen, wir lebten im Jahrhundert des Volks und der Massen? Hörte ich nicht, das Volk könne nur zweierlei: Hunger schreien und die Fenster einschlagen? Hier, auf der Rennbahn, ist das Volk der oberste angemaßte Richter, und ich genieße all seine Symptome bis in den Dialekt. Weit entfernt, an die Unfehlbarkeit derer zu glauben, die sich zusammenrotten, um im Trüben der Namenlosigkeit ihrem Heroismus mit einem Schluck Schnaps auf die Beine zu helfen, weit entfernt, es zu verherrlichen durch das Feigenblatt einer angestrichenen Fahne, so unvoreingenommen wie irgend möglich betrachtet, in Hemdsärmeln gleichsam, ergibt sich dennoch eine Urteilsfähigkeit des Volks, die aufschlußreich zu sein vermag. Es wurde noch keiner verlacht, weil er nach erbittertem Kampf unterlag, es wurde auch noch keiner eine Tanzbodenfigur genannt, der nicht verdient hätte, eine zu sein. In der Witterung derer, die zu ihm gehören, ist das Volk eine Intelligenz.

Sie sagen wahrscheinlich, verehrte Kollegen, das wäre nicht viel. Und wahrlich, mir graut vor jenen Gestalten der Kraft und Schönheit, mir auch. Mit plattgedrückten Nasen und verrunzelten Ohren, der niedrig idiotischen Stirn eines Boxers, den aufgepumpten Waden des Rennfahrers, mit diesen menschlichen Spezialgewächsen zur Erzielung staunenswerter Leistungen weckt man keine Körperkultur, geschweige mit Hilfe jener Köpfe, die bei einem Sturz nicht als edlerer Körperteil anzusprechen sind. Auch die Massen, die lechzen, sind für andere Spekulationen verloren. Aber hier gewinne ich meinen dem Sonntag geopferten Verstand wieder! Glauben Sie wirklich, daß der Mensch in seiner Gesamtheit je mehr zu geben vermag als seine Stimme, als dieses Plus eins oder Minus eins, als seine Achtung oder seine Mißachtung? Dann liefern Sie allerdings den Beweis, daß Sie noch allerhand vom Menschen erwarten. Es wäre bereits mehr, als je im wirklichen Leben an gesundem Urteil geboten wird.

Ach, wer hätte nicht seine eigenen Wünsche in diesem Jahrhundert? Wer hegte nicht seine eigenen Träumereien? Aber die Angst, die uns heimsucht im Leerlauf des Sonntags, schlagen wir tot, und die Sehnsucht, die uns befällt oder weich macht, spritzen wir in die Luft. Wie oft hob ich den Blick, hier draußen, am Rande der Stadt, und sandte ihn dahin als Begleitung eines silbern glänzenden Fliegers. Ein Dutzend unvergeßbarer Himmel brachte ich heim.

Oh, dies Frühlingsgewitter vergangenen Jahrs, diese Geißel eines nicht enden wollenden Sonntags! Wie er dort hinten vom Wettereck seine schwarze leibhaftige Ohnmacht herauftrieb! Hörst du? Er wütet in Selbstverstümmelung zur Ehre des Sonntags. Die Bäume rascheln vor Furcht, sich beugend unter der staubigen Satanie des Windes. Sieh nur, wie es die armen Dinger dahinreißt, wie es in ihnen tanzt vor stummem, irrsinnigem Gelächter! Auch der hoheitliche Vorbote ist da und plappert, der Regen. Große schwere Tropfen, guck an! Das klingt, als hätte er Altersschwäche. Glaub's nicht, sagte ich damals, Jungeken, glaub's nicht. Der Regen steckt voller Verwünschungen, und wir sprechen uns wieder, wenn er erst anfängt, alles unter Wasser zu setzen. Da! Violett und zackig fuhr der Blitz durch die Luft, hingegeben seinen artistischen Späßen mit solchem Genuß, daß ihm der Himmel ein Beifallsgetöse hinterherwarf. Es rollte in allen Tonarten, es knatterte und räsonierte, bis es dann krachte. Dieser eindeutige Krach ließ nichts mehr zu wünschen übrig, er war ein Faktum. Schließlich schwamm das Gewölk, nachdem es sich märchenhaft empört und zu aussätzigsten Formationen gesteigert hatte, breit auseinander, einer schlaff gewordenen Brühe verfallen, die den Gesamtaspekt des Firmaments überzog. Es wurde so still mittlerweile, so still, daß jeder Pfiff, jeder fallende Tropfen zu hören war.

In welchem Jahrhundert leben wir denn? So hatte ich damals gefragt beim Blick auf die wiebelnde Eilfertigkeit der Leute, die sich untergestellt hatten während des Gewitters und die nun wieder erschienen waren in alter Frische und Sinnlosigkeit. Immer, immer erscheinen wir wieder. Wir haben das so gelernt. Hier stehen wir wieder, Sonntagsverbrecher, hier an den Planken der Rennbahn; hier ist uns der Himmel geöffnet, der drinnen im Büro vom Gesäß des Vorgesetzten verdeckt wird. Hier ist die Rivalität durch sportliche Vereinbarungen entgiftet, und wir sind frei von jederlei Verpflichtung. Welch eine Welt! Welch ein Wagnis von Welt!

Haben Sie schon das Neueste dieses Jahrhunderts gehört? Ein unbekannter Professor entdeckte kürzlich das eigenwillige Gebaren einer Ameise innerhalb des Haufens. Sie soll, wie von kleinhirnkranken Menschen bekannt, ständig im Kreis herumgelaufen sein, wieder und wieder, während ihre Kollegen vernünftig waren und arbeiteten. Diese bestätigten sich, jene überholte sich selbst. Ist die Rennbahn meine Gehirnkrankheit? Ist der Sonntag eine solche Lahmlegung aller Vernunft, daß er nur mit Hilfe der Sprengung aller Vernunft erträglich wird? In welchem Jahrhundert sonst leben wir denn?

Zwei Frauen von Geist

I

Seit Gudula Öften zur Uvag ging, wohnte sie in der Odenwaldstraße, in Friedenau, einer jener gekrümmten Straßen, wie sie
hier häufig sind. Man hat den Eindruck, als winde sich etwas in
diesem Viertel, als hätten nicht nur die Menschen, sondern auch
die Straßen allerlei triftige Gründe, vor jeder Querstraße zu katz-
buckeln. Gudula Öften, von der Höhe ihres Atelierbalkons her-
abblickend, war allerdings anderer Ansicht; denn sie fand ihr
Viertel romantisch. Vorgärten und Kastanienbäume, kleine zufäl-
lige Plätze, Maler und viel junges Volk, das den Rentnern auf dem
Kopf herumtanzt, all dies beglückte sie, und sie wäre der zufrie-
denste Mensch ohne ihr Gewissen, ohne ihre Versuche zu demon-
strativer Menschlichkeit.

Während Herr Brecher, sobald er allein ist, gegen seinen Verstand ankämpft, sitzt Gudula Öften, sonntags zumal, zu Hause
und leidet in nervenaufregender Weise an der Vielgestalt ihrer
Mitwisserschaft. Was weiß sie nicht alles! Was alles hat sie nicht
kommen sehen! Der personifizierte Kompromiß, wie Brecher
sie genannt hat, gestattet sie sich, es auch noch als Ehre aufzufas-
sen. Und seit sie in einem der Uvagblätter gelesen hat, Politik
treiben heiße in England »to compromise«, will sie wohl gar auf
englisch hinken?

Aber es war dafür gesorgt, daß sie frühzeitig zu schmecken
bekam, was sie durch ihr betontes Eingreifen herausgefordert
hat. Nicht nur, daß Doktor Geist ihr nachlief, schwül vor lauter
Aufdringlichkeit und oft genug flüsternd: »Gestatten Sie, daß
ich mit Ihnen hinke?« – auch in ihrer Vorstellungswelt sitzen die
Verfolger. Ist es ihr neulich doch zugestoßen, daß sie, die ahnungslos ans Fenster hatte treten wollen, um frische Luft zu
schöpfen, um die Kastanien unten zu grüßen, zurückgeprallt
war und hinterher auf dem Diwan gelegen hatte, mit Lippen, die
immerzu frostig plapperten: »Perdelwitz.«

»Aber sie liegt doch im Krankenhaus«, hatte sie sich zu trösten versucht. Dennoch war ihr gewesen, als würde Perdelwitz unten im Rollstuhl vorübergefahren.

Mag sie sich auch durch eine Täuschung genarrt wissen, durch eine Gewissensreizung, so spürt sie doch nichtsdestoweniger, wie durch Vorfälle solcher Art eine Schuld aufgerufen wird, eine Mitschuld, deren Berechtigung abzulehnen es ihr leider an Schnödigkeit fehlt. Es wäre gewissenlos, meint sie. Und so wächst diese Schuld geradezu mechanisch, und je weniger Ablenkung ein Tag zu bieten vermag, um so näher drängt sie sich auf. Nein, sie ist auch nicht aus der Welt geschafft, indem Gudula Öften regelmäßig Krankenbesuche abstattet bei Perdelwitz.

»Was hat die Pädagogik aus den Menschen gemacht?« pflegte Herr Brecher zu fragen. »Was hat sie aus ihnen vertrieben, und womit hat sie sie aufgepumpt, so daß die Luft anhält bis zum siebzigsten Jahr?«

Damals hatten sie alle gelacht. Doch wahrlich! Manches, was lächerlich ist, kehrt wieder, und es herrscht dann eine Art Zähneklappern. Auch ihn, Brecher, sieht Gudula Öften, sobald sie sich gehenläßt, vor sich, mehr als erwünscht, ihn, der gebissen hat und der noch oft, in der Erinnerung doppelt verschärft, erklären wird:

»Den Menschen erwecken – hihi! Staatsbewußtsein – hihi; die Fähigkeit selbständigen Denkens – hihi. Diese höchsten Ziele, wem vorgespannt? Jugendlichen! Die Absichten mögen zwar gut sein – aber was erntet man schließlich?«

»Undank.«

Das hatte Brecher voller Lust zum besten gegeben, ohne jede Ahnung, daß Gudula Öften eines Sonntags dasitzen würde, um es Wort für Wort zu bestätigen. Es war wie eine Verurteilung. Freilich, nicht Perdelwitz war der Anlaß.

Sie hatte an diesem fraglichen Sonntag wie sonst ihre Pflicht getan, war im Krankenhaus gewesen und erst abends in ihre Friedenauer Behausung zurückgekehrt, todmüde. Während sie langsam die Treppe hinaufgestiegen war, voller wohlmeinender Vorsätze, endlich »auch einmal ich zu sein«, wie sie es nannte, war sie oben an ihrer Ateliertür unversehens auf eine Gestalt gestoßen. Wieder eine Halluzination? hatte sie gedacht. Aber es muß leider gesagt werden, daß Frieske es war, die auf der Treppe gesessen hatte, Lisa.

Gudula Öften ist nachweisbar ein hilfsbereiter Mensch, in diesem Augenblick aber war sie abgespannt und erschöpft gewesen. Es sind das wirklich Entschuldigungen und Entlastungen genug. Es kann ihr daher nicht gleich Verdacht, daß sie in ihrer Begrüßung einigermaßen nachlässig gewesen ist, und es sollte ihr überdies hoch angerechnet werden, daß sie ohne Zögern beschloß, für Lisa da zu sein, indem sie sie zu einer Tasse Tee einlud. Dabei hatte sie nach Kühlung ihrer entzündeten Augen sofort ihre ganze private Häuslichkeit hergerichtet und zu Lisa gesagt:

»Nun schieß los, mein Kind!«

Aber Lisa hatte sich unerklärlich zurückhaltend benommen, wie einer, den die Sprache erdrückt, bevor er sie findet. Es ist nicht wahr, daß Gudula Öften es eilig gehabt hat. Sie war ganz Ohr gewesen; nur hatte sie sich erlaubt, sich die Nägel zu polieren während Lisas Anliegen. Man muß sich doch schließlich pflegen, nicht wahr? In diese kosmetischen Verschönerungen hinein hatte Lisa plötzlich ein paar heulende Worte ausgestoßen. Erst hatte sie herumgedruckst; nun war es ihr um so hemmungsloser entfahren.

»Macht mir eine Irrenhausszene, der Kerl!« hatte sie gesagt.

Nun ist zu bedenken, daß Gudula Öften diese Leier kannte und daß sie um Lisas leibliches Befinden Bescheid wußte, in aller Zartheit, und deshalb mochte sie diesen Ausbruch weniger tragisch genommen haben. Sie hatte geschwiegen. Während sie für gewöhnlich mit Ratschlägen in Hülle und Fülle zur Hand gewesen war, hatte sie diesmal geschwiegen, was Lisa auf die Nerven gefallen sein muß. Trotzdem hatte sie zunächst ihr Herz ausgeschüttet.

»Bald soll man dies nicht, bald soll man das nicht. Einfach plattifull«, hatte Lisa gesagt. »Und Geheimnisse gibt's überhaupt nicht, für ihn überhaupt nicht. Trotzdem behauptete

Heinz vor einer Stunde, mich nicht heiraten zu können, weil meine Schicksalslinie zu frühzeitig abbiege. Wie's ihm paßt.«

»Lach ihn doch aus!« hatte Gudula Öften gesagt, ohne dabei den Blick von der rosigen Herrlichkeit ihrer Nägel abzuwenden. Als ihr im selben Moment etwas Wichtiges eingefallen war, hatte sie sich mit einem »Sofort« erhoben, um mit einer Salbe zurückzukehren. Das schien Lisa ungemein geärgert zu haben. Dennoch sagte sie, scheinbar unberührt: »Setz ich den roten Hut auf, weiß er, warum. Ich? Bewahre! Ich weiß es niemals. Ich sage: aus Laune. Nein, sagt er, das hat einen Grund. Alles bei ihm hat einen Grund – ein Geheimnis nicht. Geheimnisse gibt's überhaupt nicht.«

»Lisa«, will Gudula Öften gesagt haben, angeblich nichts sonst. Aber sie hatte zufälligerweise einen leichten Gähnreiz zu unterdrücken gehabt. Es ist das kein Wunder bei ihrem, Gudulas, Zustand. Lisa indessen, kaum wiederzuerkennen, toll wie der Alt-Schilhanek, hatte mit einem Mal aufgebrüllt: »Geheimnisse gibt's überhaupt nicht?!«

Sie hatte den Kopf so eigenartig erhoben, voll Ärger und Trotz, als wollte sie ihre Kollegin mit der Person Heinzens gleichsetzen. Nie mehr wird sie's vergessen, die Öften! Angestarrt, bis in die Zahnnerven erschrocken, war ihr jeder Versuch zur Begütigung abgeschnitten gewesen, bis Lisa ausgerufen hatte:

»Sie wissen es alle.«

Es war peinlich gewesen, es war ein Fehltritt. Lediglich, um sich zu vergewissern, ob Fenster und Türen geschlossen seien, aus keinem anderen Grund, war Gudula Öftens Blick im Atelier umhergeschweift; sie war nicht ums Haar gleichgültig gewesen; dennoch hatten die Blicke der Frieske einer Kündigung geglichen.

»Das kann ich ihm nicht verdenken: immer verschiebt er mich.«

»Verzeih, Lisa«, hatte Gudula Öften, in der Meinung, hier einzuhaken sei vorteilhaft, gesagt. »Du meinst, du verdenkst es ihm doch? Entschuldige den Einwand! Es ist grammatikalisch nicht richtig.«

»Wieso?«

Lisa begriff nicht. Aber unmittelbar darauf muß ihr die Anmaßung dieser pädagogischen Vorhaltung zum Bewußtsein gekommen sein. Ihr war es ums nackte Leben zu tun und dieser Person um die Grammatik!

»Kupplerin«, hatte Lisa deshalb zu Gudula Öften gesagt, und sie hatte es wiederholt, so gemein, daß sie schließlich beide geweint hatten. »Kupplerin.«

Das also waren die Früchte von Gudula Öftens Toleranz und Hilfeleistung? Im Krankenhaus eine stumme Anklägerin, die verzieh, und in der eigenen Wohnung eine neue, geräuschvollere, in Schmähungen ausartende. Ihr ganzes Privatleben war verseucht.

Sie hörte Herrn Brechers Stimme wieder: »Die Pädagogik als die aussichtsloseste Wissenschaft der Welt, widerlegt durch die ungeheure Entmenschung der Kriege wie durchs Nichtige der Subalternität, zur Ergebnislosigkeit und zur Lächerlichkeit verurteilt im vorhinein, ja wovon denn sich nährend, wenn nicht von lauter Hinterabsicht – kein Satz geht angesichts ihrer mit heilen Gliedern zu Ende –, diese Pädagogik ist es, die . . .«

»Hören Sie auf!« schreit Gudula Öften beim Gedanken an jene traurige Szene, ehe sie sich fragt: »Was ist es, das mich verleitet, das mich dahin gebracht hat, niederzustürzen und Lisas geschändeten Leib zu küssen?« –

In dieser Verfassung befand sie sich, sobald sie allein war, in solch einer mit unterirdischen Stimmen redenden Einsamkeit, und wer weiß, wieviel an heimlicher Schande sich noch zugetragen hätte, wieviel Ankläger aufgetreten, wieviel Sühneküsse hingelästert worden wären, hätte sich nicht eine jener Zufälligkeiten absoluter Größenordnung eingestellt, eine von denen, die sich gern als Wunder aufspielen – eine Erlösung. Es war die Bekanntschaft und bald sich anbahnende Freundschaft mit Frau Geheimrat Schöpps. Ewig wird Gudula Öften ihrer Kollegin Mucki für diesen Dienst dankbar sein, nachdem der ersten, sehr formell verlaufenen Einladung, jener, zu der auch Doktor Geist hinzugezogen worden war, weitere unter vier Augen gefolgt waren.

Eine Erlösung, wie gesagt. Man kann es nicht oft genug wiederholen.

II

Allwöchentlich saßen nun die beiden zutiefst beschädigten Damen inmitten ihres Glücks und genossen das Wohlwollen, das zwischen ihnen sein Wesen trieb. Die Zeit wie die Geschehnisse, beide schienen sie stillzustehen, wenn sich die Damen ins Auge blickten. Und während Mucki sich taktvoll zurückzog, die Abende mit ihren Kollegen verbringend in allerlei Zerstreuungen, herrschte in der Dahlmannstraße eitel Konversation.

»Sie haben mich wieder zur Dame gemacht«, sagte Gudula Öften zu Frau Geheimrat, die es mit Dank quittierte.

Die Ähnlichkeit ihrer Lage war aber auch verblüffend. Während Gudula Öften vor lauter Verantwortung und Selbstanklage an Farbe verlor, war Frau Geheimrat allmählich abgemagert bis zum Skelett. Einer Puppe aus Muckis Kindheit, der das Sägemehl aus dem geplatzten Kopf rann, ebenbürtig, war Frau Geheimrat nicht nur auf Jagd nach Symptomen, sondern auch bald auf Jagd nach ihren eigenen Sätzen. Ja, es kam vor, daß diese Sätze plötzlich zerrissen und daß sie darüber erschrak. Was soll man damit? Trotz dieser Tücke war sie indessen nicht gewillt, sich zurückzuhalten. Wie Leute mit Zungenfehlern oft besonders gern reden, so auch sie trotz ihres Gehirnschwunds. Keinen Schritt trat sie zurück, sie bot dem Schicksal die Breitseite dar. Und wie konnte sie sprechen! Gudula Öften war anfangs nicht in der Lage, ihre Gleichwertigkeit zu beweisen.

»Sie träumen vom Bodensee, Fräulein Öften? Mir nichts lieber als dies! Dort begraben zu sein – wie? – war seit je mein sehnlichster Wunsch. Ich wollte die Höhe meines Lebens in Süddeutschland verbringen. Und Sie? Ich seh's Ihnen an. Sicherlich haben auch Sie im Winter oft Frühlingsträume. Es ist eine Art Heimsuchung. Ich träume dann stets von einer Chaussee weißer

Birken, von Hügelgelände, sanft wie ein Kissen, um das sich die Muster der Landstraße schlängeln. Und das bei offenem Fenster des Nachts und bei Zentralheizung.«

»Aber Frau Geheimrat. Eine Frau wie Sie, Sie könnten doch...«

»Gewiß, ich weiß. Ich seh's Ihnen an. Aber bedenken Sie auch: der Umzug, das ganze Drum und Dran – und dann Berlin.«

Frau Geheimrat sprach den Namen ihrer Stadt mit einem derart vorbedachten Ernst aus, als wäre in ihrer Bekanntschaft irgend jemand gestorben. Aber als Gudula Öften, die es mit feinstem Takt bemerkt hatte, den Schatten verwischen wollte, erhellte sich das Gesicht ihrer betagten Freundin, indem sie fortfuhr:

»Berlin ist nicht der elektrische Stuhl; ich verstehe. Mein liebes Fräulein Öften! Sie werden mich komisch finden, daß ich... oh, lassen Sie nur! Nichts zu entschuldigen, Gudula – ein schöner Name. Bekäme ich noch eine Tochter, ich taufte sie so. Gudula, Süßling. Wie gesagt, nichts zu ent... entschuldigen. Das ist es ja eben. Das frage ich auch. Man ist ein Pfahlbürger geworden in dieser Stadt. So pflegte ich meinen Mann zu nennen, aber er hatte die Ausrede seines Berufes. Immerhin, ein Pfahlbürger ist man. Inmitten des ewigen Flusses sucht man nach seinen vier Pfählen. Wie? Ich dachte, Sie hätten etwas gesagt.«

»Ich wollte – aber es ist nicht wichtig, Frau Geheimrat.«

»Sagen Sie das nicht, Gudula Öften! Ich halte allmählich alles für... die Stecknadel inbegriffen, die unbemerkt im Teppich steckt. Wie? Um aber nochmals auf diese Kalamität zurückzu... Ich, am Bodensee, wissen Sie, wenn die Dampfer so rum, rum, rum, und dann kristallklar ins, ins Ding dahinten, ins Weite – ich sag Ihnen, Fräulein Dula, direkt majestätisch. Die deutsche Marine! Übrigens, Fräulein Öften, haben Sie schon daran gedacht, sich Dula zu nennen? Dula klingt wundervoll. Wie?«

»Frau Geheimrat sind wirklich zu...«

»Da hilft nichts. Hier sitzt man. Im Gefängnis ist's besser. Man sagt, der moderne Strafvollzug gestatte es jetzt, den Gefangenen Zirkusvorstellungen und Konzerte zu bieten; nun, ich habe das nicht. Und dann: Ein Gefängnis ist wenigstens ein Gefängnis. Man weiß doch, woran man ist. Hier jedoch – wie? Sehr richtig, verehrteste Dula! Es klingt doch wirklich aus Ihrem Namen wie reine Musik. Dieses Privatgefängnis hier in Berlin W...«

Frau Geheimrat stutzte, ehe sie fortfuhr: »Man ist der Sträfling seiner Bestimmung, seiner Gewohnheit. Können mir's glauben.«

So sehr Gudula Öften gewillt war, es zu glauben, versuchte sie trotzdem, zur Beruhigung wieder die lichte Seite zu finden. Aber zu spät!

»Seine Vorzüge, wollen Sie sagen, nicht wahr?« rief Frau Geheimrat. »Oh, ich höre den Zug zehn Kilometer voraus. Ja, was wollt ich denn glei... ? Ach so! Leierkästen bietet Berlin und die Faxen tüchtiger Verkehrsschutzleute. Das allerdings! Es geht wie am Schnürchen, und die Inbrunst ist me... Wie? Natürlich, natürlich! Mechanisiert. Der bloße Staub hier könnte unmöglich Dula heißen. Nicht wahr? Er zersetzt, er reibt sich wund in den Augen, er ist eine Entzündung. Da nützt alles Wischen, Scheuern und Fensterputzen nichts. Er gehört in eine Reihe mit Wanzen und Motten. Köstlich! Manchmal hab ich das Gefühl, der Staub Berlins sei das Zeitliche des Menschen selber. Wie?«

Frau Geheimrat hatte die Angewohnheit, beim Sprechen oft auf die Finger zu sehen mit einem teils interessierten, teils abschließenden Blick; es war wohl eine sie stets aufs neue befriedigende Untersuchung. Da sie oftmals zu verstehen gab, das Leben sei souverän geworden, man käme kaum dazu, vor lauter eigenem Geschick seine nächsten Bekannten zu besuchen, hegte sie vielleicht die Ansicht, daß, wo das Leben souverän sei, die Finger um so schmutziger sein müßten. Bei einer solchen Gelegenheit war's, daß Gudula Öften auch zu einer Bemerkung kam.

»Das Klima Berlins soll übrigens ausgezeichnet sein«, sagte sie. »Ich hörte, daß einer Herzkranken in Süddeutschland ausdrücklich empfohlen wurde, als Nachkur Berlin zu wählen.«

»Berlin in der Mark?«

»Nein; richtig Berlin.«

»Ja eben. Das habe ich auch zu Mucki gesagt. Nicht ausspannen sollst du, angespannt sollst du sein. Gehe in irgendein Büro und mache dich unentbehrlich! Wie? Gulla zu heißen wäre auch nicht übel. Darin besteht ja die Schwierigkeit, ich meine die der Gesellschaft. Man verpfli...«

Plötzlich machte Frau Geheimrat eine so merkwürdige Wendung zum Fenster, daß ihre Gesprächspartnerin schon fürchtete, es könne ihr unwohl sein; doch mit der heitersten Miene kehrte die vornehme Dame ihr Gesicht wieder dem abgeblendeten, dunkel tapezierten Zimmer zu und sagte:

»Eine Kur in Berlin? Mag sein, mag sein. Es gibt auch Leute, die gehen im Sommer zur Kur in den Zoo. Sie besuchen dort ihre Verwandtschaft. Möchten Sie auch so im Käfig sitzen, Dula? Na, ich seh's Ihnen an. Aber das war's nicht. Wissen Sie nicht, was ich vorhin habe sagen wollen?«

Ehe Gudula Öften antworten konnte, erzählte Frau Geheimrat, wie ihr die eigenen Sätze mitspielten, schlimmer als Mucki. Es sei dann, als wolle sie auf eine Sennhütte in den Alpen zusteuern, doch im Moment, wo sie sich anschicke, einen der Weidezäune zu übersteigen – »Sie wissen, in den Alpen steigt man über die Weidezäune« –, sei alles wie weggeblasen. Zu dumm, zu dumm.

»Es fällt Ihnen sicherlich später ein, Frau Geheimrat. Geben Sie sich keine Mühe!«

Unterdessen befand sich Frau Geheimrat erneut auf der Suche nach etwas Wichtigem, das sie aufs Tapet hatte bringen wollen, und ein Blick auf den Rücken ihrer Hand erinnerte sie auch daran. Es war eine Narbe dort, die Hinterlassenschaft eines Bisses. Zugleich aber spürte sie das Verlangen, mit diesem prächtigen Menschenkind erst richtig Fühlung zu nehmen, sie Dula zu nennen, lieber Dula als Gulla, und daher war es das auch nicht, was sie eigentlich suchte. Es klang einigermaßen hoffnungslos, als sie sagte:

»Man verpfli...« Aber im selben Moment geschah etwas Unerhörtes, und Frau Geheimrat wußte mit einemmal alles, was sie vergessen hatte. »Hahaha, jetzt habe ich's wieder!« rief sie. »Man verpflichtet sich mit seiner ganzen Person, man verpflichtet sich der Gesellschaft. Es kann nicht jedem gestattet werden, in die Apfelsine zu beißen. Nicht wahr? Die jungen Leute zwar denken immer, die Welt sei nur zum Anbeißen da, und selbstverständlich haben sie leicht kritisieren. Aber wo kämen wir hin?«

»Ins Laster, Frau Geheimrat.«

»Mir aus dem Herzen gesprochen, Dula. Die Menschen sind so schon rücksichtslos genug. Und dann: Versuchen Sie's mal und essen Sie Tag für Tag zu jeder Mahlzeit eine Portion Schlagsahne, Dula! Dann würden Sie bald heraushaben, was der Schlagsahne fehlt. Dann greifen Sie bald mit tausend Freuden nach Hering mit Pellkartoffeln – wie Friedrich der Große.«

»Vor allem versteht man, warum die Arbeiter alle so kräftig sind. Der Hering schafft es. Ich las von einem Rennfahrer, der in seiner Jugend nur Leinöl mit Pellkartoffeln gegessen hat oder Salz mit trocken Brot.«

»Wahrhaftig, Dula, das nenne ich vorzüglich. Vorzüglich! Sie wissen in diesen Dingen besser Bescheid als unsere Mucki. Die jungen Leute sind eben naschhaft, naschhaft auf jedem Gebiet. Ihr Appetit verführt sie. Und was sie sich wünschen, verträgt ihr Magen in den seltensten Fällen. Das trifft auch auf die geistige Speise zu, auch auf den Kopf. Wie? Ganz recht. Es ist immer dasselbe. Es ist die Geschichte des kleinen Jungen, der Zigarren geraucht hat, wobei ihm speiübel wird, speiübel.«

Ja, es gab gewisse Worte, mit denen Frau Geheimrat sich schmückte, obwohl sie nicht ihrer Sphäre entsprachen. Eigentlich waren es Imitationen und Anbiederungen, teils an die Jungenssprache, teils an mit Widerwillen Gehörtes. Aber Frau Geheimrat neigte bisweilen zur Burschikosität.

»Hatten Sie etwas gesagt, Dula? Nicht? Ich dachte. Oder wollen Sie rauchen? Wo war ich denn glei…? Ja, richtig. Dieser Junge, sehen Sie, redet sich hinterher ein, es sei großartig gewesen. Stolz ist er darauf mit seinen schlotternden Hosen. Er ist der Besiegte einer Zigarre, aber nein, er ist stolz darauf.«

»Man kann ja schließlich …«

»Gewiß kann man, Dula. Ich wäre die letzte, die's nicht ... An mir wenn's läge, ich kaufte sie ihm, die größte, die allergrößte. Es muß ja nicht gleich die schwerste sein. Aber ich kaufte sie ihm, damit er sich den Magen verdirbt. Man kann nicht früh genug in der Erziehung damit beginnen. Aber die ... wie heißt sie denn gleich, die ... die ...«

»Gesellschaft.«

»Vorzüglich, Dula! Also ganz vorzüglich! Sie lesen in meinen Gedanken. Pflichten, das war's. Damit haben Sie mir für eine Sekunde über den Zaun geholfen. Daß die Gesellschaft Pflichten auferlegt. Das war's. Da hätte ich meine Tochter zehn Stunden lang fragen können, sie hätte das Wort nicht gefunden. Sie hätte höchstens gesagt: kauf dir ein Hörrohr! Aber Sie, Dula – vorzüglich. Und wie gesagt: eine private Freiheit oder sagen wir lieber ... Oder wollen wir nicht so sagen, Dula?«

»Bitte, bitte, Frau Geheimrat.«

»Vorzüglich, Dula, in jeder Hinsicht vorzüglich. Ich meine, eine private Zigarre wird ein Verbrechen, sobald man sie zu rauchen postuliert. Auszurufen in allen Elternbeiräten: ›Jungen, raucht alle Brasilzigarren!‹ – das geht nicht. Das wäre das rettungslose Erbrechen übler Instinkte. Und daher meine ich auch, Sie solltem diesem Herrn Brecher ... Nein, nein! Ich habe ihm längst verziehen. Ja, leider. Aber ich wünsche die einzige zu bleiben. Ich hoffe, wir reden noch mal darüber. Für heute mag's genug sein. Auf Wiedersehen, Dula!«

III

Ein russischer, von Herrn Brecher sehr geschätzter Schriftsteller, Saltykow-Schtschedrin mit Namen, hat es einmal gewagt, die Unterhaltungskünste von Damen untereinander als »Geriesel« zu bezeichnen. Geriesel sei demnach, was Gudula Öften und Frau Geheimrat zu besprechen übereingekommen waren, und Geriesel sei alles, was sie sich noch zu sagen haben würden. Ja, wenn eine Dame die wundervollsten Worte über Berlin spricht, ist denn auch das nur Geriesel? Schade, daß dieser Schriftsteller schon tot ist, Gudula Öften hätte sich sonst gewiß aufgerafft und ihm einen geistvollen Brief geschrieben, nicht ohne Einladung zu einem tête-à-tête. Wo sonst noch in der Welt wurden so wichtige Gespräche geführt wie hier zwischen den beiden Damen? Nicht einmal im Auswärtigen Amt!

»Wäre ich jung wie Sie, solch eine Mutter wünschte ich mir«, sagte Gudula Öften zu Mucki, die unbegreiflicherweise kein Verständnis dafür aufzubringen vermochte. Sie hätte sonst jauchzen müssen.

»Jaja«, sagte sie höchstens oder: »Sie haben leicht reden.«

Doch Gudula Öften war ein wiederhergestellter Mensch, wiederhergestellt dank kultureller Gespräche und durch das wonnige Gefühl, in Frau Geheimrat eine Freundin gefunden zu haben, der gleicherweise daran lag, den Menschen zu erwecken und das Leben zu veredeln. Es war der befreite Mensch, der hier in Gestalt der Frau Geheimrat das Zepter schwang. Daß es nicht ohne Eigentümlichkeiten abging, daß sich zeitweilig ein Ruin hinterlistig bemerkbar machte, der des Alterns hauptsächlich, wer wollte ihr dies verübeln? Nein, äußerste Hochachtung war hier geboten. Bedauern empfand Gudula Öften lediglich beim Blick auf Herrn Brecher, diesen unfreiesten aller Menschen, der sich zudem nicht überwinden konnte, sie als Vermittlerin anzugehen und durch sie Frau Geheimrat um Entschuldigung zu bitten für einen in höchster Geistesabwesenheit begangenen Lapsus. Denn hätte sich Frau Geheimrat bei der Firma beschwert, Herr Brecher läge schon längst auf der Straße. Aber Brecher war nichtsdestoweniger gleichgültig geblieben, und so hatte sich Gudula Öftens Bedauern schließlich so sehr geweitet, daß es nach dem Vorbild der Frau Geheimrat eine Art Verzeihung in sich schloß. Sie verzieh ihm nun derart, daß sie ihn am liebsten geküßt hätte. Es war dies einer ihrer beliebten Widersprüche.

Sie hatte sich in dieser Sache auch an Doktor Geist gewandt, doch der Doktor war nicht ihrer Meinung gewesen.

»Welche Veranlassung habe ich«, das war seine Antwort, »den

Wärter zu spielen, weil Brechers Luxus es verlangt, den Verstand zu verlieren? Unsinn, ihm da hineinzureden.«

»Aber Sie sehen doch, Doktor!«

»Ich sehe, daß wir zu arbeiten haben.«

Es herrschte eine frostige Atmosphäre im Büro, und im selben Maße, als Gudula Öften sich wiedergefunden hatte, war Doktor Geist auf die Verteidigung der Arbeit verfallen als letzter Zuflucht. Er sagte nun nicht mehr: »Hinweg, du hinkst mich um den Verstand!«, sondern er wagte die These aufzustellen, Glück sei ein persönliches Verdienst und in jeder sonstwie gearteten Wirtschaftsform setze der Tüchtige sich durch.

Sollte es möglich sein, daß ein Mensch sich wandelt, weil er gesellschaftlich Anschluß gefunden hat? dachte Gudula Öften. Oder ist es nicht vielmehr dieser gesellschaftliche Anschluß, der die besten, bisher verschütteten Kräfte ans Tageslicht fördert?

Sie spürte es an sich selber, seit sie jede freie Minute bei Frau Geheimrat verbrachte. Sie gingen zusammen ins Theater, und sie waren auf dem besten Weg, ganz in der Kultur, ganz im privaten Einvernehmen aufzugehen, da kam leider etwas dazwischen, eine Plumpheit des Schicksals, etwas durchaus Unvorschriftsmäßiges. Wahrlich, kein Glück will dauern! Für Gudula Öften zumal schien ein Notausgang nach dem anderen zugemauert zu werden, wenngleich sie hinterher einsah, daß sich Frau Geheimrat etwas zuviel an Theaterbesuchen zugemutet haben mochte.

Es war am Schluß einer Vorstellung gewesen.

Das Theaterstück selbst, das sie sich angesehen hatten, war eines jener belanglosen Stücke gewesen, wie sie in Berlin zu Dutzenden um eines Schauspielers willen gespielt werden. Da war der Lackschuh des Zuschauers wertvoller als solch ein Akt, und die Pause im Foyer gab mehr an Wirkung zum besten als das Schauspiel. Hier konnte man sprechen und sich ergehen. Es war reine Ästhetik. Frau Geheimrat, eine Heroine des seelischen Bedauerns, und Gudula Öften, grell in den Farben, mit rotem Absatz am blauen Halbschuh, hinkend und aufreizend damenhaft, genossen sich endlos. Bald war ihnen alles zu einer Komödie geworden.

»Doktor Geist?« fragte Frau Geheimrat. »Ein Taps. Ein Tips-Taps, ein Mensch, der seine Rolle nicht ganz beherrscht und manchmal herausfällt. Er steckt in einem zu großen Anzug. Im Kern aber nicht übel.«

Das stimmte, und Gudula Öften verfiel sogleich in Bewunderung, die so lange anhielt, bis ein »Aber« größten Kalibers sie aufschreckte. Denn in der Pause fragte Frau Geheimrat unvermittelt:

»Aber wer ist dieser Barbar? Wo steckt sein Fond? Mucki schwärmt von ihm unentwegt, und ich bin immer in Sorge über die Ausdrücke, die sie aus dem Büro heimbringt. Mache ich ihr dieserhalb Vorhaltungen, so erhalte ich jedesmal zur Antwort: Herr Brecher, Herr Brecher. Ich habe ihr neulich erwidern müssen: andere Töchter in deinem Alter sagen ›mein Mann‹, du sagst beständig ›Herr Brecher‹. Nächstens verehrst du noch den Mörder deiner Mama? Wie? Hat's geklingelt?«

»Nicht, daß ich wüßte.«

»Ich werde Ihnen sagen, Dula, was ich von diesem Menschen halte, ohne ihn näher zu kennen. Ich werde versuchen, seinen Charakter aus meinem Handrücken abzulesen. Geben Sie acht! Sie brauchen mir nicht zu ... nein, keine Hilfe! Ach so! Sie meinen, es hat geklingelt? Das ändert natürlich die Sache.«

Hätte doch dieses Theaterstück aus lauter Pausen bestanden, Gudula Öften hätte doppelt soviel Beifall verschwendet! So aber saß sie da, das Auge zur Bühne gerichtet, das Ohr hinüber zu Frau Geheimrat, die angesichts einer Liebesszene tatsächlich den ungeheuren Mut aufbrachte herüberzuflüstern: »Geben Sie acht, jetzt wird er sie beißen!« Und dann stieß sie einen merkwürdigen Laut aus, von dem sie sagte: »Erinnern Sie mich daran!«

Dieser Laut wird Gudula Öften noch lange im Ohr haften bleiben, nicht weil sie ihn in der nächsten Pause erklärt bekam, sondern weil sie ihn am Ende des Stückes verkannte.

»Die Chinesen nennen das ch-i«, bemerkte Frau Geheimrat, als sie wieder wandelten. Es war, als hätten sie sich den Theatervorhang um die Hüften gewickelt. »Also: ch-i. Mit Genuß und Wut seiner Intellektualität ver ... ver ... so lebt dieser Herr Brecher. Er ist weit komplizierter als dieses Stück hier, zweifellos. Er kämpft mit seinem Wutstoff. Das ist nämlich das chinesische ch-i. Sagen Sie, hat er Familie?«

»Ich weiß nicht, Frau Geheimrat. Er spricht nicht davon.«

»Aha. Das habe ich mir gedacht. Familie? Ein Atavismus! Wie? Haben Sie etwas gesagt? Und keinerlei Verantwortung aus der Tatsache des Geborenseins ablesen, nicht wahr? Alles langweilig finden, alles ablehnen, was nicht in Wutstoff gekocht werden kann. Kein Spiel sehen wollen in der Welt, keine Rolle, sondern immer gleich ran. Übrigens, welcher Akt kommt denn? Der letzte? In diesen Stücken weiß man zum Glück besser Bescheid als in den modernen. Die modernen sind genau wie Herr Brecher. Aber ich weiß schon, was die Menschen mit Wut füllt. Es ist das die ... Hat's geklingelt?«

»Noch nicht, Frau Geheimrat.«

»Ich weiß nicht, ich höre seit kurzem immerzu klingeln. Meine Mutter hat immer klingeln gehört, wenn eine Bekannte im Sterben lag. Aber das Stück geht ja gut aus. Ein Trost! Was wollt ich denn glei... Was war's denn?«

Hinterher hatte Gudula Öften den Eindruck gehabt, als hätte Frau Geheimrat schon in dieser Pause sehr eilig gesprochen, sehr eilig und seltsam beziehungsvoll. Man hätte annehmen können, sie wollte irgendeinen Zauber ersetzen durch den Einsatz ihrer ganzen Person, vielleicht jenen Zauber, der dem Stück droben fehlte.

Zweihundert namenlose Straßen gebe es in Berlin, die in keinem Verzeichnis stehen, hatte Frau Geheimrat erklärt. Herr Brecher aber habe den Geist dieser zweihundert in sich. Sein Kopf sei vielleicht der Platz C. Ob Gudula Öften den kenne?

»Oder kennen Sie vielleicht die Straße 327a?« hatte Frau Geheimrat gefragt, bevor sie den unbekannten Autor empfahl, ein Drama daraus zu machen. »Möchten Sie gern in solch einer Straße wohnen, Dula? Weit draußen. Sie sind doch sicherlich ein Mensch, der... der...«

Da Frau Geheimrat Anzeichen von Müdigkeit zu erkennen gab, glaubte Gudula Öften ihr die Mühe abnehmen zu müssen, indem sie sagte:

»Ich bin ganz Mensch der langen Abende. Der Westen schimmert unsagbar in dieser Stunde, und ich liebe nicht eigentlich das Dunkeln, sondern die Helligkeit, die scheidende, den Abschied also.«

»Wie wundervoll Ihnen das steht, Dula!«

Das waren die letzten Worte der letzten Pause gewesen, und wahrlich, auch Herr Saltykow-Schtschedrin hätte hier nicht von »Gerieseln« reden können, obwohl Frau Geheimrat bereits vor Müdigkeit fror und jenes Rieseln verspürte, das sich gern bei Gänsehaut einstellt.

Das Stück war schleppend zu Ende gegangen, und da Gudula Öftens Aufmerksamkeit geteilt gewesen war, denn sie hatte sich derart in Frau Geheimrats Haar verliebt, daß sie es im stillen mit einem Meeresleuchten verglich, es mit verstohlenem Seitenblick genießend, wurde ihr gar nicht bewußt, was geschah. Sie hatte wohl mehrmals jenen eigenartigen Laut vernommen, einen Laut jedenfalls, dem ch-i-Laut ähnlich, und sie hatte geglaubt, Frau Geheimrat amüsiere sich über Herrn Brechers Wutstoff. Freilich hatte der Laut auch etwas Pfeifendes an sich gehabt, ch-i, als wäre er ein Ausdruck von Atembeschwerden. Und da war es bereits geschehen.

Nicht einmal der Beifall am Schluß habe sie aufgeweckt, erzählte Gudula Öften später ihr selbst, der Frau Geheimrat. Sie habe im Sessel gehockt, als sei dieser Sessel gleichbedeutend mit dem unbekannten Platz C gewesen. Im ersten Augenblick habe Gudula Öften geglaubt, der Leuchter stürze herab, so schwindlig sei ihr gewesen.

»Schlag«, habe der rasch geholte Arzt gesagt. Es sei ein Arzt aus dem Zuschauerraum gewesen. Welch ein Aufruhr!

Frau Geheimrat hörte diese Geschichte in späteren Tagen gern; vor allem, daß es eine riesige Aufregung unter der Menschenmenge gegeben habe, dies vor allem hörte sie sehr gern. Es versöhnte sie einigermaßen mit ihrem Unfall. Aber auch den Arzt schätzte sie fortan ungemein hoch, der gesagt hatte: »Vielleicht erholt sie sich wieder.«

So hatte Gudula Öftens Erlösung ein frühzeitiges Ende gefunden, und statt einer lebhaft verständigen Freundin war sie nun einer kränklichen, vom Tode gestreiften, nunmehr ganz gealterten Dame verbunden, die oft die eigenen Sätze nicht fand und deren Tage gezählt waren, falls nicht etwas Außerordentliches geschah. Zunächst aber hieß es, fernbleiben von jederlei »Geriesel« und Schonung, Schonung – wie? – nochmals Schonung. Gudula Öften aber tat gut daran, ihre Aufmerksamkeit wieder dem Büro zuzuwenden.

Ein Beschluß wird gefaßt

I

Ein toter Punkt war erreicht. Gäbe es einen Superlativ, es wäre der toteste aller Punkte gewesen. Die Helligkeit der Sonne, Ua-Uas sagenhafte Nullität, inbegriffen die Kollegenschaft selber, alles befand sich in bester Ordnung, aber es machte sich dennoch ein Mangel spürbar. Wie eine Maschine, nachdem sie endlos multiplizierte Umdrehungen hinter sich hat, einmal gründlich überholt werden muß, so verlangte auch die Kollegen danach, sie alle. Mucki wurde geliebt, es bestand kein Zweifel, und sie ließ es geschehen, aber ihr war oft, als hätte sich etwas heißgelaufen. Sobald sie unten in der Reiseabteilung der Uvag zu tun hatte, spürte sie es besonders stark. Dort, schien ihr, standen die Fernen offen. Das Meer machte Reklame, die Gondeln Venedigs sandten ihre Reproduktionen, weiße Gletscher wuchsen an den Wänden hoch. – »Sie reisen, meine Herrschaften, und wir bezahlen!« Was aber blieb ihnen davon, den Angestellten? Ein Abglanz.

Ein Hochzeitspaar, dachte Mucki, das reist so dahin; dem wird die Welt noch einmal geschenkt. Sie aber seien Berufsreisende und übernächtig. Ist das ein Zustand?

So kam es, daß sie eines schönen Tages ihre Zurückhaltung aufgab. Etwas schwebte ihr vor. Eine Sehnsucht mochte es sein, bestens gefördert vom Überdruß. Weiß sie denn selbst, was sie will? Bald will sie Lampions sehen, bald auf Kamelen reiten, und zu allem, was von ihren Kollegen vorgebracht wird, kann sie nur sagen: »O pfui, wie geistreich!«

Im Abteil eines Schnellzuges, der die Nacht über auf der Strecke gelegen habe, säßen die Reisenden genauso da. Es seien halbe Leichen. Nichts errege noch Teilnahme; denn alles kennen sie längst, das vorüberfliegende Gelände, den Schaffner, der durch den Gang torkelt, den Stand der Saat, die Merkmale der Mitreisenden.

Bei ihnen hier sei es genauso, meint Mucki, ehe sie ausruft:
»Wir sollten mal aussteigen, Kinder!«

Anfangs denkt zwar ein jeder: ›Gewiß, wir sollten allerlei‹, aber es zeigt sich doch, was ein guter Gedanke wert ist. Etwas Aufgewecktes erscheint in allen Gesichtern, und die Helligkeit im Büro wird wieder freundlich.

Wie sieht doch die Welt aus, wenn ein Mensch einen Einfall gehabt hat! Brecher behauptet: »Wie eine Bank, auf welcher geschrieben steht: Frisch gestrichen.« Ein jeder gehe um die Bank herum und bestaune sie; manche treibe es auch zu probieren, ob sie noch klebrig sei. Das seien die Kühnsten. Den Heroismus allerdings, sich auf die frisch gestrichene Bank zu setzen, brächte alle hundert Jahre nur einer auf. Mucki bejaht es. Sie klatscht in die Hände, bis sie leider in Nachdenklichkeit verfällt. Darin ist sie am süßesten, wenn sie nachdenkt, meint Doktor Geist. Er spricht es aber nicht aus.

Hm, es zeigt sich nämlich, daß so ein Einfall auch als Seifenblase geboren wird, mehr als Seifenblase denn als frisch gestrichene Bank, und daß man den Atem anhalten muß oder auf Kreppsohlen gehen, um den Einfall nicht zu behindern. Solange die Seifenblase leuchtet und steigt, ruft sie Entzücken hervor; aber es kann auch geschehen, daß sie platzt. Es reißt dann die Unsitte ein, für die eine unwiederbringliche Blase eine ganze Horde illegaler, unehelicher, unstatthafter Einfälle als Ersatz anzubieten. Immer fällt den Menschen das Unmögliche ein, wenn ihnen nichts Besseres einfällt!

»Ich schlage vor, wir kitzeln Ua-Ua«, sagt Brecher, und Rüland reibt sich die Hände.

»Schinkenklopfen mit Ua-Ua«, sagt er.

Das eben hat Mucki gefürchtet. Während sie zittert um ihre Seifenblase, kitzeln die anderen, in ewig impotenter Vorausnahme ihrer Genüsse, ihren Direktor zu Tode.

»Er würde sich krümmen vor Lachen«, sagt einer.

»Er versuchte womöglich zu hüpfen«, der andere.

Es sei ein sportlicher Akt, es rege die Verdauung an und die Arbeit der Nieren.

Inzwischen zeigt sich noch mehr. Es zeigt sich, daß ein Einfall auch laufen kann. Woher wüßten sonst all die Jungfern, die im Sekretariat Seiferth versauern, woher wüßten sie davon? Unerklärlich, wie das alles dahin kam! Plötzlich juckt es die auch an allen möglichen Stellen. Sie haben plötzlich das Gefühl, seit ewig im Zug zu sitzen, es länger nicht auszuhalten, nicht in Anbetracht der Jahreszeit, sondern in Anbetracht der Notbremse, die imstande wäre, den Zug zum Halten zu bringen. Der Zug bekommt dann Migräne, er streikt, er verliert das Bewußtsein. Und während die Geschwindigkeit sich verringert, geht man noch schnell aufs Klosett und macht sich dort schön. Steht dann der Zug, verläßt man ihn einfach. Wer wird denn einer alten Jungfer was tun?

»Nein, ich bin nicht dafür«, sagt Doktor Geist. »Jetzt wissen es schon die Seiferths.«

»Was wissen sie denn? Nicht mehr als wir.«

»Trotzdem, trotzdem«, sagt Doktor Geist.

Fürwahr, es hat seine Schwierigkeiten, eine Seifenblase am Leben zu erhalten. Mucki erkennt es mit Schmerzen. Sie hat den Plan eines Festes, einer Italienischen Nacht, doch ihre Kollegen spielen mit Seifenblasen Fußball. Wäre es ein Fußball! Der hielte was aus. Der schämte sich nicht, in die Zuschauer zu fallen oder dem Torwart ins Bumsgesicht. Eine Seifenblase hingegen ist von einer intuitiven Zartheit, und wer sie beim Namen nennen wollte, zerstörte sie.

»Da streiten sich die Dummköpfe herum, wer von ihnen weniger weiß als der andere«, sagt Mucki zu Gudula Öften. »Dabei wissen sie gar nicht, was gemeint ist.«

»Und wie geht's Ihrer Frau Mama?« fragt die Öften, aber diesmal erhält sie keine Antwort.

Es ist unterdessen etwas geschehen, eine Wendung ist eingetreten, eine ausschlaggebende Wendung. Coty hat sich erhoben, tadellos im Schnitt und sichtbar der Geliebte einer Frau von vierzig Jahren. Er in all seiner Erfahrung, die er hat wie andere eine Sehnsucht, nur eben, daß Erfahrung festigt, während Sehnsucht haltlos macht, dämpft seine Stimme, während er sagt:

»Ich stelle einen Antrag.«

Die Wirkung, durch sicheres Auftreten erzielt, kombiniert mit einer gedämpften Stimme, ist kolossal. »Fabelhaft«, müßte man sagen, doch man sagt jetzt »fantastisch«. Nein, neuerdings sagt man »knorke«. Ach, das sagt man doch längst nicht mehr. Die feine Dame sagt: »Ist das geliebt, nein, ist das geliebt!« – Wie dem auch sei, es herrscht eine Stille wie in einer geschlossenen Gesellschaft, in der man Ua-Uas Niere hätte arbeiten und Harn produzieren hören können. Solch eine Stille!

»Ich stelle einen Antrag«, sagt Coty, und dann wartet er endlos. In diesen Dingen reicht keiner der Herren an Coty heran, und dennoch beging er den Fehler, die eingetretene Stille zu genießen, sie auf die Folter zu spannen, bis sie unter fürchterlichem Radau entzweibrach. Wäre eine Klingel vorhanden gewesen, so hätte sich wenigstens wunderbar klingeln lassen, und demjenigen, der sich in den Besitz dieser Klingel vorgearbeitet hätte, wäre zumindest eine wichtige Position zugefallen, jenen Gewerkschaftsaristokraten nichts nachgebend, denen Millionen Arbeiter untertan sind. »Sehr geehrter Herr Vorsitzender«, hätte von nun ab jedermann sagen müssen. Da es aber aus Mangel an einer Klingel keinen Vorsitzenden gibt, ist jeder sein eigener Vorsitzender, und so sagt ein Nachbar zum anderen: »Ruhe!«, ohne zu bedenken, daß es längst ruhig geworden wäre, wenn keiner es verlangt hätte.

Ja, man versteht nun, wenn es in den Blättern der Uvag über die letzte Reichstagssitzung heißt, daß die Wogen der Erregung über den Häuptern zusammengeprallt seien. Mucki stand sogar auf den Zehen, die entzückenden Finger zu Fäusten geballt, als wollte sie sich daran festhalten.

Da muß sie hin, denkt sie, zu Coty muß sie.

Es wird sich zeigen, was dabei herauskommt. Gesetzt, es kommt gar nichts heraus, so zumindest eine Majorität und eine Minorität, und in Erwartung dessen rufen auch schon die Klügsten:

»Abstimmen, abstimmen!«

»Erst muß der Antrag gestellt werden«, sagt Frieske.

»Halt!« ruft Geist indessen sofort, seine alte Gegnerschaft zu Frieske wieder auffrischend. »Ich mache darauf aufmerksam, daß es gesetzlich unzulässig ist, einen Antrag zu stellen, ohne einen Vorsitzenden gewählt zu ...«

»Schiebung«, ruft Rüland.

Zum Ergötzen aller, wenngleich nicht zum Vorteil der Sache, hat sich in einer Ecke eine Art Gruppe gebildet, die auf eigene Faust zu diskutieren beginnt. Es scheint das ein Naturgesetz zu sein. In den Zielen ist man sich einig, aber in den Wegen verlangt ein jeder das Recht auf die Einmaligkeit der eigenen Fußstapfen.

»Sind Sie sich klar, Herr Kollege? Wir befinden uns hier, fiktiv, auf einer Ebene«, sagt Brecher aus Jux zu Tadewaldt. Aber Buchhalter Tadewaldt ist viel zu eingeschüchtert, um antworten zu können, und daher ruft er nach Doktor Geist. Dieser, allein aus Sorge, Coty könne zuviel an Beifall ernten, wirft sich sofort in die Waagschale, um das Ganze zu schaukeln.

»Es ist die Ebene des höchsten Stockwerks«, sagt er. »Eine Hochebene also. Wir verhandeln auf höchster Ebene.«

»Das Stockwerk hierbei existiert nicht«, behauptet Brecher.

»Dann, bitte, treten Sie doch zum Fenster hinaus!«

Nachdem diese Gruppe an Anhängern derart gewonnen hat, daß bereits nicht mehr das Allgemeinwohl diskutiert wird, sondern die Frage: »Hat eine Ebene ein Fenster, kann sie eines haben oder nicht«, scheint Muckis Seifenblase endgültig geplatzt zu sein.

Sie hat sich zu Coty begeben und spricht mit ihm, dem einzig Vernünftigen. Sie setzt ihm kurz auseinander, wie sie sich alles denkt und daß man Gudula Öften gewinnen sollte. In Gudula Öftens Atelier ließe sich eine herrliche Italienische Nacht veranstalten, mit Lampions und Musik. Es müßte nur jemand den Mut aufbringen, es Gudula Öften zu unterbreiten.

»Wir kommen so zu keinem Ergebnis«, sagt Mucki.

Tagelang zogen sich diese Debatten hin. Sie begannen frühmorgens, ernährten sich mittags oben im Kasino und speicherten alle Kräfte für Büroschluß auf. Dann, in dieser wichtigen Viertelstunde, eröffnete sich, mit Sack aus dem Weg, eine Art sanktioniertes Getrampel, das später bis auf die Straße fortgesetzt wurde. Daß endlich etwas im Gang ist, daß endlich das ganze Büro eine gemeinsame Lustbarkeit zu inszenieren gedenkt – »intim und selbstverständlich ganz unter uns!« –, das macht sie so kindisch. Was ist denn? Warum denn? Es soll ein Antrag gestellt werden. Ein Antrag, wieso?

Derart durcheinander reden sie alle, und es muß leider auch zugegeben werden, daß mancher Herr insgeheim auch eigene Pläne verfolgte. Es konnte nicht anders sein im Verlauf der Spannungen, die sich inzwischen herausgebildet hatten. So nahm Doktor Geist eines Abends unter der Haustür in der Dahlmannstraße die Gelegenheit wahr und bot Mucki Schöpps – »rein kollegial« – eine Barschaft an, da sie sich für das bevorstehende Ereignis werde wohl oder übel ein Kleid kaufen müssen. Doktor Geist lächelte ungeschickt; es wollte ihm nicht recht aus den Händen gleiten, das Geld. Aber auch Mucki war nicht damit einverstanden.

»Sind Sie verrückt?« fragte sie. Dann erinnerte sie sich all der Szenen, die ihr aus Romanen geläufig waren und wo die hintergangenen Geliebten die Schecks ihrer Liebhaber zerrissen hatten. Es hatte ihr nie gefallen. Charakterdummheit hatte sie Reaktionen solch übertriebener Ehrbarkeit genannt. Nun aber, selber in dieser Situation, zeigte sich dennoch, daß sie nicht frei war. Es kostete sie eine ungeheure Anstrengung, das Geld als Vorschuß zu nehmen.

»Damit Sie nicht denken, ich ließe mich bezahlen, nehme ich es«, sagte sie, und dann nahm sie es mit einer kraß geschäftlichen Geste.

Geld, dachte Doktor Geist.

In unbeschreiblicher Erregung lief er an diesem Vorabend

durch Berlin. Er mußte unentwegt laufen, da seine Versuche, in irgendeinem Café Ruhe zu finden, fehlgeschlagen waren. Er konnte kein Geld mehr sehen, keinen kassierenden Kellner, ohne sofort in Triumphgefühle auszuarten, in ein Glücksempfinden, das er unanständig nannte. An einer Straßenecke träumte er davon, die Perlengehänge der Lichtreklamen von den Häusern zu stehlen, um sie einer schönen Frau um den Leib zu winden. Während Mucki Schöpps zu Hause mit einer Seifenblase spielte, spielte er mit Spekulationen, und Geld war der Schlüssel dazu. Er ging so eindeutig gegen sich selber vor, daß er nach drei Stunden den Mut aufbrachte zu sagen:

»Du liebst sie gar nicht. Du kaufst sie dir.«

Alles daran war falsch, doch der Genuß, es zu denken, war ungeheuer.

Im Büro allerdings hält sich Doktor Geist außergewöhnlich zurück; er schweigt zwar nicht, aber er beobachtet mehr, als er spricht. Und so sehr auch feststeht, daß bei einer Beschlußfassung ein jeder nur eine Stimme hat, seine, wird es doch höchste Zeit, daß endlich Gudula Öften hervortritt. Es ist ihr nicht danach zumute, man kann es ihr glauben. Mattgesetzt durch den Schlaganfall ihrer besten Freundin, findet sie sich nur schwerlich zurecht. Erst als sie sieht, wie unmündig ihre Kollegen sind, wie sie Gefahr laufen, sich durch ihre Debatten eher den Hals abzuschneiden, als zu einem Beschluß zu gelangen, greift sie ein.

Und wie greift sie ein! Sie ist die erste, die die Tragweite des Vergnügens begreift, es in herzbewegenden Worten ausführend, wobei sie zudem, um die Wirkung zu erhöhen, eine soziale Stufe hinabsteigt – ein Paradox, bestens geeignet für die Auffrischung ihrer Gemütswerte.

»Diese Unglücklichen alle!« ruft Gudula Öften.

Da das gesamte Büro noch eben dabei war, sich auf die permanente Glückseligkeit einzurichten, erregt dieser Ruf Aufsehen. »Diese Unglücklichen alle!«

Brecher, den Mund halb offen, die Augenbrauen erstaunt gewölbt, hebt den Kopf, dann muß er lächeln über diesen hirnverbranntesten aller Anfänge, von dem er wohl ahnt, daß er links beginne, um rechts zu enden, oder vom Laster bis zur Unschuld sich entwickle oder sich à la Gudula Öften selber in den Schwanz beiße.

»Diese Unglücklichen alle!« ruft sie. »Sie wissen nichts anzufangen mit ihren Festen. Daher trinken sie oder sie raufen. In meinem Haus hinten wohnt ein Schlosser, der samstags alles versäuft, Sonntag hat er dann einen Kater und nichts zu essen. Entsetzlich.«

»Ganz Lichtenberg wimmelt davon«, sagt Frieske.

»Oh, mein Kind! Was können sie aber dafür? Keiner zeigt ihnen den Weg. Und wie auch, wo es selbst in den höchsten Kreisen zum Vergnügen gehört, ins Laster hinabzusteigen, in die Unterwelt. Shakehands mit Lustmördern – unter dem tun sie's nicht. Ach, diese Unglücklichen alle!«

»Wir sollten demonstrieren«, sagt Brecher absichtlich. »Das wäre ein Vergnügen.«

Das Eingreifen Gudula Öftens hat ihn gereizt. Es kümmert ihn nicht, durch seinen Einwurf die Debatte wieder auf abschüssige Nebengeleise lenken und Mucki zittern zu lassen um ihre Seifenblase. Wichtigere Dinge stünden auf dem Spiel, meint er.

»Sie kennen das Volk nicht«, ereifert sich Gudula Öften. »Sie sehen es nur als Masse. Ich bin nicht entzückt davon. Es gefällt mir an der Masse hauptsächlich nicht, daß sie niemals in einem einzigen Exemplar aufzutreten vermag. Masse ist immer ein Haufen – mag er auch diszipliniert sein.«

»Solidarität«, ruft Brecher.

»Ich verlange nicht Solidarität, ich wünsche Eintracht. Haben Sie nie etwas von Eintracht gehört, Herr Brecher?«

Brecher überlegt nicht lang, ehe er sagt: »Ich kenne nur einen Fußballklub gleichen Namens; er spielt in Frankfurt am Main, eine Zeitlang von einem Spieler beherrscht, der später verhaftet wurde. Er war Kokainist. Da sieht man wieder, wie nahe Leistung und Gift verwandt sind.«

»Aber nie lange, Herr Brecher. Soviel Zuversicht könnten Sie aufbringen. Oder ist Ihnen auch dieser reine Begriff nicht geläufig: Zuversicht?«

Ein ihm bekannter Kleiderjude heiße so, meint Brecher. Sein

Nebenbuhler übrigens heiße Gesundheit. Das sage er hiermit im voraus. »Immertreu« aber heiße der Verein Berliner Zuhälter. Treu, das sei überhaupt so ein Wort mit einer Falltür im Boden. Es sei vor allem unter Hehlern geläufig. Er müsse infolgedessen Gudula Öften bitten, sich zu anderen, genaueren Begriffen zu bequemen. Diese Gemütsverwaschenheit trage ihren Widerspruch in sich, wohingegen es darauf ankomme, diesen Widerspruch herauszustellen, damit ein jeder wisse, woran er sei.

»Da schüttle ich nur den Kopf«, sagt Gudula Öften, und nachdem sie sich den Schweiß von der Stirn getupft hat, zumal sie leidend ist, sagt sie: »Ihre Vorschläge entbehren jeder Grundlage, sie sind demagogisch. Erst wollen Sie sich am Chef vergreifen und dann demonstrieren. Gemütlichkeit ist demnach von Ihnen nicht zu erwarten. Oder was würden Sie dafür geben, für Gemütlichkeit?«

»Ein Prosit.«

Ungeachtet des rein rhetorisch bedingten Beifalls, den seltsamerweise alle spenden, obwohl er die Sache eher verdeckt, ist Gudula Öften nicht geschlagen. Sie kämpft sich durch.

»Ich bin für Volk, infolgedessen für Volksbelustigung«, sagt sie. »Ich bin nicht für Meetings. Trennendes gibt es genug. Für Karneval bin ich, für Heurigen, für Oktoberfest und Silvester. Noch deutlicher werden die Dinge, sobald man sie vereinzelt, und ich stehe nicht an . . . Wie?«

Sie verfiel in eine Bewegung, wie Mucki sie bisher nur an ihrer Mama bemerkt hatte. Sie fragte, sie fragte sinnlos, und es war toll, wie gut sie es nachahmte.

Aha, denkt Mucki, nicht nur Tuberkeln lassen sich übertragen. Aber die Öften fährt fort: »Ich erkläre schon jetzt, daß ich den dankenswerten Hinweis Cotys zu meiner eigenen Sache machen werde und daß ich werde abstimmen lassen, dafür, dagegen. Der einzelne, sofern er das Volk vertritt, ist ein Original; der einzelne, der die Masse vertritt, ein Funktionär. Also! Wer ist für Funktionäre, wer für Originale?«

»Hände hoch, oder ich schieße!« ruft Rüland, worauf Gudula Öftens Bemühungen leider in Gelächter ertrinken.

Es war schade darum. Ein jeder hatte zur Förderung seiner Arbeit eine Art Vorfreude und kichernde Sehnsucht gehegt, und auch bei schwitzender Tätigkeit und bösem Krachen der Türen durch aufgeregte Chefs hatte ein jeder seine Minuten genossen, wo er sich sagte: ich hab's. Nun schien alles wieder in weite Ferne gerückt, Kostbarkeiten gleich, die von fremden Nacktheiten getragen, von power angezogenen Bekannten aber bewundert werden. Was nun? In dieser Richtung dachten sie alle, als unversehens etwas zu hören war, der Wohlklang einer sonst zurückhaltenden Stimme. Anfangs glaubten sie wahrlich, eine Diseuse lüpfe ihr Bein.

»Es gibt ein berühmtes Gedicht: die Karyatide«, beginnt die Stimme, und alles lauscht, obwohl sich Frieske dahinten nicht klar ist, was mit einer Karyatide gemeint sei und wozu hier Gedichte aufgesagt werden sollten. Gleichviel, es breitet sich eine Art Andacht aus.

»Die Karyatide«, wiederholt Fräulein Schöpps, denn sie ist es. So schmeichelnd spielt sie, so ganz italienisch. Nach einigen Ahs und Ohs erzählt diese Stimme, wie im Hofe des Louvre eine Karyatide gestanden habe, deren Schöpfer bei der Arbeit von einem überzeugten Katholiken erschossen worden sei, so daß sein Blut den Stein getränkt habe.

»Erschossen«, sagt die Stimme in lieblichstem Ton. Dreihundert Jahre später indessen sei die Karyatide wieder erwacht, und das Blut habe zu leuchten begonnen. Wie sie aus ihrer steingemeißelten Höhe herabgesehen habe, wie sie nun, nach so langer Zeit, in der fortwährend von Entwicklung die Rede gewesen sei, herabgeblickt habe – was nun?

»Sie morden sich. Es ist Paris.«

Das habe die Karyatide gesagt. Und daran werde sie, Mucki, erinnert beim Blick auf ihre Debatten. Wenn das so weitergehe, sei in dreihundert Jahren noch kein Entschluß gefaßt, und daher rufe sie hiermit zum letztenmal: »Meine Herren, ich appelliere an Ihre Kollegialität.« Mit diesen Worten schloß Mucki die Vorstellung. Sie wandte sich an Gudula Öften, die herbeigehinkt kam, glückwünschend und gerührt, und die nun anregte, eine

Frauenpartei zu konstituieren, da die Männer glänzend versagt hätten. »Männer!« Das schienen Hindernisse besonderer Art zu sein, irgendwie unleidliche Defekte oder schlechte Träume, die man am besten überstand, indem man sie vergaß. »Männer« – ein technischer Ausdruck hätte so lauten können, ein Bestandteil, ein Zylinder, eine Kuppelung, und es war nach Gudula Öften die größte Schikane der Technik, daß diese gestattete, unter »Mutter« eine Schraube zu verstehen, unter »Männer« aber nichts, rein gar nichts.

»Wir kommen so zu keinem Ergebnis«, sagte auch Gudula Öften.

III

Welche Vorbereitungen, Manipula- und Diskretionen im politischen Leben nötig sind, um die geeignete Basis für eine Beschlußfassung herauszuarbeiten, niemand unter den Angestellten weiß das, aber soviel ist sicher, daß sie nicht weitergekommen wären inmitten ihres Widerstreits, hätte nicht Gudula Öften ihre ganze sondierende Selbstlosigkeit aufgeboten, ihr Vermittlungstalent, ihre Leidenschaft für private Erkundungen.

Seit für sie feststand, daß ihr Atelier für die Veranstaltung einer Italienischen Nacht ausersehen war, stellte sie sich mit ganzer Person in den Dienst dieser Sache. Sie hatten den Menschen verloren im Verlauf ihrer Berufstätigkeit, das war's, und es kam darauf an, das Versäumte zurückzuerobern durch ein Fest der Wiedergutmachung, denn sie verteilte die Menschen inzwischen und gab ihnen nicht nur ihren »Menschen« zurück, sondern noch einen gratis. Keine Absage konnte sie aus dem Gleichgewicht bringen!

»Nun, Lisa, wie steht es mit Heinz?« fragte sie taktvoll. Sie gab zu erkennen, wie günstig die Gelegenheit wäre.

»Ich werde ihm beibringen, daß es Geheimnisse gibt«, rief Lisa.

»Ganz wie du denkst.«

Die Öften widersprach nicht; sie war eine Lebenskünstlerin. Mucki erhielt natürlich Doktor Geist als Rabatt und die Hückstedt ihren Toldi. Dennoch sagte Gudula Öften zur Hückstedt:

»Wollen Sie künftig nett zu Ihrer Mama sein?«

»Bin ich immer gewesen.«

»Hoffentlich. Aber sollte es sich erweisen, daß sie Ihnen Schwierigkeiten bereitet in bezug auf unser Fest, so bin ich gern bereit, ein Wort mit ihr zu sprechen. Ja?«

»Danke, danke«, sagte die Hückstedt, über und über rot.

Daß sie sich also doch ein wenig schämt, ihre Mama geohrfeigt zu haben, gefällt der Öften an Hückstedt außerordentlich, und daher ist sie auch so frei, die Wange ihrer Kollegin zu streicheln und hinzuzufügen: »Sollst ihn auch haben, Toldi, den gutmütigen Bären.«

Nun wird die Hückstedt feuerrot, aber sie lachen.

Eine ansteckende Zuversicht war's, die von Gudula Öften ausging, und in kürzester Frist war das Büro dieser Krankheit, vielmehr dieser Gesundheit, erlegen. Nach den Schlachten einer anstrengenden und oft heiklen Debatte waren die Schauer einer Art Geheimverschwörung und Geheimverbrüderung über sie gekommen, und ein jeder genoß es auf seine Weise. So stand nun einer allgemeinen Intimität nichts mehr im Wege, und zu Hause im Atelier kostete Gudula Öften wiederholt alles aus, einer tüchtigen Hausfrau beim Kochen ebenbürtig, die hier etwas Salz zugibt, dort Zucker, auch vor eigenen Zutaten und Einfällen nicht zurückschreckend. Die einzige noch unbehobene Schwierigkeit sah sie höchstens in Brecher. Wird er das Glück ertragen? Wird er frei genug sein – ü?

Mit dem Vergnügen kommen die Sorgen, wahrhaftig, dachte Gudula Öften. Aber auch diese Frage wurde bereinigt. Es war zu einer Unterredung gekommen, ja zu einem Vertrag, abgeschlossen zwischen den beiden während der Mittagspause. Noch am selben Abend stand in Gudula Öftens Tagebuch alles notiert:

»Im Ernst, Herr Brecher, haben Sie wirklich niemanden, der sich um Sie kümmert?«

»Ich hatte zwei Freunde, noch aus der Schulzeit. Den einen kennen Sie ja. Jetzt sitzt jeder in einer anderen Ecke und wartet auf meinen Bankrott.«

»Nehmen Sie Zucker?«

»Danke. Ich bin nicht für süß.«

Also weiter:

»Um so mehr sollte Ihnen daran liegen, diesen Freunden das Gegenteil zu beweisen. Und, wenn ich fragen darf: wer ist denn der zweite?«

»Der zweite bin ich. Ja, ich finde das selber lächerlich, aber ich habe mir angewöhnt, meine Freunde als Temperaturspiegel zu betrachten. Aus der Fratze, die sie bei unverhofften Begegnungen schneiden, ersehe ich, wie meine Kurse stehen. Je höflicher und rücksichtsvoller sie werden, um so bedenklicher. Ich hege die größte Sorge, sie könnten sich eines Tages verflüchtigen.«

»Freunde, die sich verflüchtigen – köstlich!«

»Wer sich an sein Unglück gewöhnt hat, vermißt es ungern. Bedenken Sie, Öften, welche Genugtuung mir fehlte, könnte ich in den Gesichtern nicht mehr jene Reaktionen ablesen, die mir ein Zeichen sind, daß ich noch existiere. Der Himmel tut mir diesen Gefallen nicht, er ist blind, und mein Rasierspiegel – ich weiß nicht. Man sieht so eingeseift aus.«

»Ich glaube, Sie haben nichts nötiger als eine Erholung. Aber wie wär's, wenn Sie mir eine Bitte gewährten? Nur eine Bitte. Rein privat, Brecher.«

»Sie nehmen Zucker?«

»Zwei Stück, wenn ich bitten darf. Oder geben Sie noch eins zu, ein halbes.«

Wie reizbar ist dieser Mensch, wie unterlegen seiner inneren Reizbarkeit! Ich glaube, er könnte nicht lügen. Er verdaut das Leben sozusagen ungekocht. Aber weiter:

»Eine Bitte also?«

»Ja, Brecher, eigentlich ein Versprechen.«

»Versprechen? Das Blaue vom Himmel herunter. Die herrlichsten Zeiten, wenn Sie's danach verlangt. Der Mann, der sie uns einst versprach, war klüger als er selbst. Was soll ich Ihnen versprechen, Öften? Wollen Sie sich die Stiefel mit meinem Gehirn wichsen?«

»So war es nicht gleich gemeint.«

»Herrliche Zeiten sind nie so gemeint.«

»Sie können doch aber nicht leugnen, Brecher, daß es in unserer Kraft liegt, mit beiden Füßen fest auf der Erde zu stehen.«

»Dann vergessen Sie, daß Sie hinken.«

»Pfui.«

Jetzt redet er schon wie Doktor Geist! Übrigens zeigte er Neigung zur Lustigkeit, als ich fragte: »Und wissen Sie denn, für wen ich das tue?«

»Ach so! Daran hätte ich denken sollen, daß Sie nicht imstande sind, irgend etwas auf dieser Welt für sich allein zu tun.«

»Hätten Sie das nicht nötig, Brecher?«

»Ich verlange es nicht.«

»Wie gut Sie immerhin Bescheid wissen! Aber eines wissen Sie trotzdem nicht: ich hinke mit dem Bein, Sie jedoch mit dem Bewußtsein. Das ist nun einmal die Art, die wir uns ausgesucht haben, um vor unseren Mitmenschen zu brillieren.«

»Darin ist Gudula Öften vollkommen.«

»Ich habe nie an meiner Vollkommenheit gezweifelt, solange mir Gelegenheit blieb, Sie zu betrachten, Herr Brecher.«

»Ich gratuliere.«

»Bitte. Ganz meinerseits.«

Brecher überlegte, dann hob er den Kopf und sagte:

»Gut. Schließen wir einen Vertrag.«

»Jederzeit.«

»Dafür, daß ich Ihnen verspreche, für eine Nacht auf jede Erkenntnis zu verzichten, versprechen Sie mir... Versprechen Sie es?«

»Ich weiß nicht, ob ich es kann, Brecher.«

»Versprechen Sie es?«

»Ihnen zuliebe. Ja, Ihnen will ich's versprechen.«

»Abgemacht.«

»Abgemacht.«

»Sie versprechen mir also, eine Nacht lang nicht mehr zu hinken.«

»Sie Ungeheuer.«

Trotz der Unmöglichkeit dieses Vertrags war er geschlossen
worden. Es war ihr beider Geheimnis, ihr eigentliches Fest. Was
zählte es, ob er erfüllbar war oder nicht? Gerade deshalb war
Gudula Öften zutiefst befriedigt. Etwas daran gefiel ihr. – Und
nun hinein ins Vergnügen!

Das Märchen vom Punkt

I

Bis spät in die Nacht, über den verträumten, finsternisgesättigten Kastanien der Odenwaldstraße, war das Atelier der Gudula Öften festlich erleuchtet. Musik ringsum und glückliche Gesichter! Und während eine Scheibe sich drehte, ein gerillter Diskus, dessen sportliche Leistung darin besteht, daß er Musik macht, wurde geschwätzt und getanzt, gegessen und getrunken, und alle die Damen und Herren hier, Ladies und Gentlemen, waren überzeugt, das schönste Fest ihres Lebens zu feiern.

Wie es begann, so in aller Traulichkeit, ein Begriff, den auch Herr Brecher gelten lassen mußte, wie es dann, angefeuert vom Wein, in Drehung versetzt durch schwindlige Verschwiegenheiten, sich langsam erhob, wie eine Kulturperiode sich erhebt – nicht wahr, Frau Geheimrat? –, und wie es dann von Punkten zu reden begann, dieses winzige, dieses größte aller Feste, und dann sich verlor, wie alles sich verliert, in lauter Einzelschicksale, um vom nächsten Tag beseitigt zu werden, denkwürdig war das. Nein, es wäre die schönste aller Erinnerungen gewesen, wäre nicht der Heimweg auf lange Zeit jäh erhellt worden oder jäh verdüstert... Ich finde, das gehört nicht hierher. Wieso? Ich finde, unbedingt. Wie gesagt, erhellt und verdüstert durch den entsetzlichen Unfall, der Hückstedt das Leben gekostet hat.

»Was hat's gekostet? Wiederholen Sie! Ich glaube es sonst«, rief Gudula Öften.

Ja, manches stellte sich später heraus, manches jedoch, das Beste, schon vorher. Glück, meine Damen und Herren, Glück hieß die Parole. Und es gibt in der Tat soviel Glück auf der Welt, als Charaktere vorhanden sind. Das stille Glück der langen Abende etwa mit seiner sonnigen Legierung, es ist speziell beschlagnahmt von der Herrin des Hauses; dann das strenge Glück des Philosophen, das naive der kleinen Sekretärin; oder jenes sensationelle Glück, das Mucki beherrscht und das sich in einer Art

Varietéschrei verrät. Wer hat das noch nicht gehört? Wenn in der Skala hoch oben am Trapez die nackte Artistin hängt, soeben im Begriff, mit tollkühnem Sprung ihren Partner anzufliegen, dann stößt sie kurz vor dem Akt einen seltsamen Schrei aus, ein Lautgemisch aus List und Angst, nicht weniger auch aus Freude an der Sache, und dieser kleine, lockende, Aufmerksamkeit erheischende Varietéschrei, er allein ist das Glück, das Mucki sich ausgesucht hat.

Sie war in einem eigens neu angeschafften Kleid erschienen, in einer Phantasie in Grün, einer Kostbarkeit, die schimmernd und schmiegsam von verborgenen Brüsten erzählte, von der Kantilene der Hüfte, matt bewegt in gedämpftem Licht. Sie war eine Dame, dies um so mehr, als sie nicht mit der Wimper beanspruchte, eine zu sein, und auch nicht viel Aufhebens machte, woher man das Geld nimmt, sich derart zu kleiden. Spricht eine Dame von Geldern? Nur die ordinären, die Biester und Menscher, die tun das: die vornehme Welt, die weiß, was sie sich schuldig ist.

»Entzückend«, rief Gudula Öften. »Einfach bezaubernd. Du mein geliebtestes Scheusal! Summserin von Gold.« Und dann küßte sie ihre Kollegin aufs Ohr.

Das schönste war, Mucki wurde von keiner Seite beneidet; alle freuten sie sich. Sie trug zur Erhöhung des Festes bei, allein durch ihre vorteilhafte Erscheinung, und wer sie anblicken durfte, und es durfte das jeder, fühlte sich gleichfalls erhöht; denn er empfand seine Huldigung zugleich als Auszeichnung, war er doch ihrer würdig.

Natürlich machten sich die Damen sofort daran, den Stoff in die Finger zu nehmen und den Rock prüfend bis weit über die Schenkel zu heben. Die unsinnigsten Bezeichnungen schwirrten umher, und nicht nur sämtliche Modehäuser Berlins traten persönlich auf, nicht nur verschwiegene Quellen begannen zu fließen, Quellen, die alles viel besser, vornehmer und vorteilhafter darboten als die landläufigen Ströme, nein, auch Stoffe wurden genannt, die reinsten Gedichte, und Brecher, der in seinem tristen Dasein nichts andres je gehört hat außer Crêpe de Chine und Crêpe Georgette, Brecher hielt sich die Ohren nicht zu. Weit gefehlt! Er machte den Mund auf und staunte, bis Coty mit einem silbernen Löffel an ihn herantrat und ihn ihm sanft auf die Zunge legte mit den Worten: »Zeig mal. Hast wohl Halsschmerzen, du Armer?«

Aber auch Lisa Frieske war auf der Höhe, und niemand soll so töricht sein zu glauben, daß sie in Lumpen einherging. Ach, wie hatten die Jahre ihr beigebracht, sich zu entwickeln. Mit Flanell eingetreten sein in die Uvag, unten Flanell und oben gedrehte Schnecken, und gebildet auch nicht gewesen, nur eingebildet und tüchtig; heute aber: darling, my dear! – in Weltsprachen erscheint sie. Heute geht sie unten in Seide und oben kurz. Heute weiß sie mit der Minute, wenn's gilt, hinten lang zu sein und vorn etwas gerafft. Bald sind die Ärmel so leger (sprich: leeschär), daß sie um die Gelenke Blüten treiben, Zotteln und Fransen, bald kurz oder gar nicht vorhanden; nur Fleisch ist dann da, das reine, echte, hautbedeckte Fleisch, direkt aus dem Schlachthof. Die Achselhöhle rasiert, die Brustwarze leicht geschminkt, die allzu krasse Gesundheit durch Puder gedämpft, ist die ganze Person ein Kunstwerk, eine Schöpfung der Gudula Öften, deren Pädagogik eben weiter reicht als die stümperhafte der Lehrer. Was die Öften treibt, ist Lebenspädagogik im Gegensatz zur Schulpädagogik; da hat man den ganzen Vorteil.

Was war das Schönste? Man weiß es nicht mehr. Allein zu Beginn, der silberäugigen Hückstedt Auftreten war köstlich. Ist sie doch sofort bei Erscheinen, mitten in der Tür noch, auf Herrn Brecher zugegangen, diesen gefährlichen Menschen, mit dem sie im Büro kein Wort zu wechseln gewußt hat, und hat ihn in die Nase gezwickt zum Gelächter der Umstehenden. Ist das nicht rei ... Wie? Natürlich! Brecher sind dabei die Worte aus den Hosen gefallen, ganz leer ist er gewesen, und vor Bestürzung und Wohlgefallen fand er kein Kompliment. Nur mit dem Finger hat er ihr gedroht, während sie längst ihren Brummbären unterm Arm gefaßt hatte, Befehle an ihn erteilend. Denkt nur, zweimal mußte er ihr den Mantel abnehmen und Klapse hat er gekriegt als Kavalier! O du mein Toldi!

Der Schauplatz des Festes lag hoch genug unter dem Dach, aber das Fest, wahrlich, stieg höher und höher. Welch ein Glück, dieses Atelier! Es war geräumig, und ein riesiger Diwan, ein Lotterbett, befand sich darin; ein Dutzend Menschen hatten dort Platz, wenn sie nicht vorzogen, zu tanzen oder ein Kissen auf die Erde zu werfen und dort zu kampieren. Draußen lief ein Balkon die Längsseite entlang, und ein kleiner Alkoven, Gudulas Schlafkabinett, zeigte sich gegenüber nebst einem küchenartigen Laboratorium, puppig, doch ausreichend für ein Kotelett. Groß war der Hauptraum, das übrige klein und darum bestens geeignet. Wer Kühle begehrte, trat auf den Balkon; wer wieder heiß werden wollte, tanzte. Man war in jeder Hinsicht vollkommen zu Hause.

Ist nicht dies der Vorzug einer geschlossenen Gesellschaft, daß hier, eben weil sie geschlossen ist, mit Leichtigkeit ein offenes Wort riskiert werden kann? Je höher das Fest stieg, um so offener wurde der Wortwechsel. Oder was sagt man dazu, daß Brecher endlich darauf verfallen war, Pimpernell zu Hückstedt zu sagen? Aber auch Coty scheute sich nicht, angesichts Fräulein Frieskes in Worte auszubrechen, die auf deutsch einfach »Elisa« lauteten. Die Vorsilbe E war seine Erfindung, und er hielt sie für dringend nötig, weil sie als eine Art Ouvertüre des feinen Benehmens gelten konnte. Lisa, der Name beginne sofort. Elisa dagegen sende eine komplette Elegie voraus. So ein geschickter Schwerenöter war Coty, und Frieske wehrte sich nicht, sie sagte nicht: »Reden Sie keinen Stuß!« Im Gegenteil, als er als erster es wagte, die Gruppe zu verlassen, ging Frieske willig mit auf den Balkon, zweifellos nur, um den Mitternachtstrank der Lüfte zu schlürfen.

»Den Mond«, sagt Coty, still an die Brüstung gelehnt, »sähe ich ihn in Venedig, einer Gondel folgend, ich würde behaupten, er sei am Lido geboren und leuchte italienisch. Con amore, Elisa. Jedoch, da steht er. Und was muß ich sehen? Es ist ein Berliner.«

»Ein beschwipster«, sagt Frieske, ihr Gesicht zu Coty hinneigend.

»Und sinnlich, Elisa.«

»Oh, wiederholen Sie das!«

»Sinnlich«, sagt Coty. Er quetschte die Frieske gegen die Brüstung. »Ein Kuß von ihm würde mondsüchtig machen. Fühlst du das nicht, Elisa?«

»Mich friert.«

»Denn seine Sinnlichkeit ist von einer grausamen Kälte. Kein Glied regt sich angesichts seiner, und der Mensch fällt hinüber, so hier.«

»Heinz«, stöhnt Lisa.

»Wehe, wenn du dich wehrst.«

»Ich werde vergiftet, Heinz.«

»Siehst du, jetzt streicht er dir übers Gesicht wie ein Hypnotiseur. Sein Licht beleckt dich, Elisa. Du zitterst?«

Da sagt Frieske plötzlich in der Wildheit ihres mächtigen Fleisches: »Küß mich! Küß mich, wohin du willst! Aas du!«

Als sie wieder ins Innere der geschlossenen Gesellschaft kamen, erkannten sie, daß es hier nicht weniger gemischt und gefühlvoll zuging. Zumal für Doktor Geist bereiteten sich unerhörte Triumphe vor, während Brecher wohl fröhlich und unterhaltsam schien, jedoch nicht naiv genug. Immer kehrte sein Bewußtsein wieder, genießend durch Analyse, und jedenfalls verstand Gudula Öften es viel, viel besser, einen Reiz aus ihrem Schaden herauszulocken, wenngleich sie zu Brecher hinüberrief:

»Ich gebe mir Mühe mit unserem Vertrag.«

»Darin sind Sie manchen Vergleich wert.«

»Inwiefern?«

»Vergleiche hinken ja auch.«

Aber was war das alles gegen Doktor Geists einzigartige Verwandlung! Nicht wiederzuerkennen war er. Alle bestätigten es. Man war sich einig auf der ganzen Linie, daß er, von dem gesagt wurde, er habe einen Vogel, ebendenselben abgeschossen hatte, so vollkommen war sein Triumph, nicht allein in bezug auf Mucki. Denn bevor er mit ihr im Schlafkabinett verschwand, unterhielt er die ganze Gesellschaft, indem er eine Autofahrt auf dem Diwan inszenierte. Da mußte sich jeder hinter eine Dame setzen, die Beine links und rechts parallel zu deren Schenkel legen, die Arme aber auf die Schultern, und dann galt der Herr als Chauffeur, die Dame als Auto.

»Abfahren!« kommandierte Doktor Geist.

Je höher die Geschwindigkeit stieg, um so mehr war es geboten, durch festes Aneinanderdrücken den Luftwiderstand zu mindern und nötigenfalls bei gefährlichen Kurven und Serpentinen die Brüste der Damen schonend als Hupe zu benutzen. Dieses In-die-Brust-Greifen, um ein Warnungssignal auszustoßen, wäre leider unumgänglich. Zuletzt hatte Doktor Geist vorgeschlagen, todesmutig gegen eine Wand zu fahren und Unfall zu spielen, bis alles, was auf dem Diwan saß, durcheinandergeschüttelt wurde. Man griff dann hin und hatte eine fremde Hand in der eigenen statt eines Beines, oder man zog den verletzten Finger aus irgendeiner Mundhöhle. Das war das Ende, und tausend Punkte schwirrten vor den Gesichtern.

»Was sagst du zu Geist?« fragte Mucki die Öften, die gütig versetzte:

»Ihm ist nicht zu helfen. Er ist begeistert.«

Es ergab sich nichtsdestoweniger, daß Doktor Geist sich glänzend zu helfen wußte nach jener großen Autofahrt, die alle erschöpft hatte, und daß er, während Gudula Öften einen starken Kaffee zu kochen im Begriff war und die anderen sich langstreckten und erholten, mit seiner Dame ein Hotel aufsuchte, eben Gudulas Alkoven. Hier lagen sie beide und ruhten sich aus. Es war so angenehm dunkel.

»Du schrecklichster aller Menschen«, flüsterte Mucki.

Er aber entsann sich des Punktes, den er einst auf ihrem Nacken entdeckt und wofür er einen Verweis erhalten hatte, und nachdem er ihn sich mit den Lippen nachträglich geraubt hatte, flüsterte er:

»Ich muß dir was Wunderschönes erzählen. Paß auf!«

»Es war einmal«, begann Doktor Geist, »ein Punkt. Es war ein ganz gewöhnlicher, aber doch sehr süßer, kleiner. Da er sich oft so einsam fühlte, hauptsächlich des Abends, zerbrach er sich viel den Kopf, was er denn tun könnte. Alles, was in der Stadt geboten wurde, und war es auch das Aufsehenerregendste, wollte ihm nicht gefallen, und so kam er immer wieder auf eines, er langweilte sich. Manchmal hatte er es so satt, ein Punkt zu sein, daß er in aller Stille Versuche anstellte, sich zu verwandeln, wie eine kleine Sekretärin sich nach Büroschluß in eine Dame verwandelt, vorausgesetzt, daß ihr Herr es erlaubt. Aber der Punkt war keine Sekretärin, sondern eben ein Punkt, und so blieb ihm dieser Ausweg verschlossen. Er hätte versuchen können, sich in einen Doppelpunkt zu verwandeln oder in jene drei Punkte, mit denen der Orion sich gürtet, und es fehlte ihm auch nicht an Mut dazu, nur leider am günstigsten Augenblick. Und so war er einsam geblieben, und nicht einmal gähnen konnte er. Wenn ich doch einen Bekannten hätte, dachte er oftmals. Um gähnen zu können, muß man nämlich einen Bekannten haben, der seine Liebesgeschichte erzählt. Dann gähnt man sofort.

Eines Tages hielt nun der Punkt seinen Zustand nicht länger aus, vielleicht auch der Zustand den Punkt nicht, und so machte er sich kurzerhand auf und davon. Die leichtathletische Kunst des Laufens hatte er zwar nicht gelernt, dank einer eigenen Methode jedoch, und nirgends pflegen eigene Methoden besser zu gedeihen als in der Langeweile und in der Einsamkeit, kam er vorzüglich voran; entweder er rollte unter günstiger Ausnützung des um die Ecke wehenden Windes, oder er hüpfte wie manche winzige Tierchen auch. So kam er bald durch alle Viertel Berlins, und soviel er auch sah, Häßliches und Schönes, er wurde nicht müde. Sobald er alles gesehen hatte, rollte er wieder davon, oder er hüpfte. Es war das seine Methode.

Da ein Punkt zeitlebens ein Punkt bleibt, niemals älter wird wie ein Mensch und deshalb überhaupt nicht stirbt, hätte er ewig nach Belieben spazierengehen können, und vielleicht täte er's heut noch, wäre er nicht so unvorsichtig gewesen, sich fangen zu lassen.

Leider ist das so in der Welt, daß niemand tun und lassen kann, was er will. Da heißt es Rücksicht oder sich in acht nehmen, und überall lauern Gefahren. Fährt man Auto, steht bald ein Schutzmann da und sagt: »Rechts sollst du fahren, nicht links. Links ist verboten« – und hat man großen Appetit auf Eis, so kann man trotzdem nicht immerfort Eis essen, weil man krank davon würde und sich den Magen verdürbe. Eine solche Gesundheits- und Anstandsregel gab es auch für den Punkt.

›Laß dich nicht fangen‹, hieß sie. ›Laß dich nicht fangen.‹

Aber der Punkt war sorglos geworden, auch plagte ihn so beim Herumstrolchen eine brennende Neugier, die befriedigt sein wollte. War er etwa des Abends im Park an einer Bank vorübergekommen, so hatte er für gewöhnlich schon von weitem dort etwas sitzen sehen, das zu zweit war, und nachdem er diese Merkwürdigkeit einmal entdeckt hatte, entdeckte er sie immer aufs neue. Hauptsächlich Liebespaare waren immer zu zweit, und der Punkt hatte bald herausgefunden, wie man das nennt, nämlich Er und Sie oder Ich und Du. Das war nun eine ungeheure Entdeckung für den Punkt gewesen, und seitdem nagte der Wunsch in ihm, auch einen Menschen kennenzulernen, auch so ein Du.

Aber so leicht, wie es klingt, ist das nicht. Einen Menschen kennenlernen ist beinah ein Kunststück, nicht nur, wenn man ein Punkt ist; auch die Menschen untereinander sind dabei ziemlich hilflos. Sie blicken sich an, aber mit so ernstem Gesicht, und sie entschuldigen sich höflichst, statt sich zu freuen, sobald sie sich beim Gedränge in der Bahn oder beim Tanz versehentlich berühren. Diese Beobachtung hatte den Punkt ziemlich ratlos gemacht. Er überlegte bereits, ob er sein Abenteuer bereuen und künftig auf jeden Ausflug verzichten solle, da zeigte sich glücklicherweise, daß es längst für seine Rettung zu spät war.

Heut weiß er selbst nicht recht, wieso es geschah und was es war, das ihn verwandelt haben mußte, nur so weit entsinnt er sich deutlich, daß er plötzlich von allen vorüberkommenden Leuten scharf angeblickt worden war. Es war recht unangenehm gewesen, und obwohl sich der Punkt bemüht hatte, ein Verhältnis zu den Menschen anzubahnen, bereitete ihm diese Lösung ein gewisses Mißbehagen. Die Art, wie er von ihnen betrachtet wurde, das Forsche und ungemein Tüchtige darin, als wollten sie stracks auf ihn losgehen, hatte ihn außerordentlich seltsam berührt. Er wußte eben noch nicht, daß ihn seine Sehnsucht wie seine Neugier erhitzt und er unversehens zu blitzen begonnen hatte, wie ein Stück Glas in der Sonne blitzt, und daß er für die Menschen zum Blickpunkt aufgerückt war.

Fürwahr, eine schöne Bescherung trotz der damit verbundenen Ehre! Beinahe hätte der Punkt verlernt, sich weiterhin vorwärtszubewegen. Ein Blickpunkt sein für jeden, der vorbeikommt – wer hält das aus? Nur die Damen halten das aus und auch nur die allerschönsten. Aber der Punkt war wirklich keine Dame, es bestand auch keine Aussicht für ihn, eine zu werden; denn ein Punkt ist von Natur aus männlichen Geschlechts, andernfalls müßte er heißen: die Punkt. Um so größer war freilich seine Verwirrung, als er bemerkte, daß er vornehmlich von Männern fixiert und, wie sie sagten, ins Auge gefaßt wurde und daß nur diese es darauf abgesehen hatten, ihn zu erwischen.

Da war – ach, kein Beispiel, sondern ein leibhaftiges Pech! – dieser Stadtrat Wutki, dieser durch und durch, dieser fürchterliche Mann. Wo immer der Punkt an Rathäusern vorüberkam, deren jeder Berliner Stadtteil eins hat, stand der Stadtrat Wutki im Portal, um sofort die Freitreppe herunterzuschwanken, und zwar mit derart wälzenden Bewegungen, mit einer solchen Macht hinter dem Nabel, daß der Punkt vor lauter Erstaunen einen Hexenschuß bekam und stehenblieb. Weder vor noch rückwärts war er zu bewegen.

Nun glich der Stadtrat Wutki tatsächlich einem Koloß, und schon sein Bauch, wie gesagt, mit dem Nabel als einem Brillanten darin, bestand aus Reichtum, und seine beiden Hände waren aus schwerstem Kapital und seine zehn Finger die Zinsen davon; das Unfaßbarste an ihm, das Furchteinflößende jedoch waren sein Blick und sein Gang. Der Stadtrat Wutki rollte nicht zierlich und hüpfte nicht behutsam in der Methode eines Pünktchens, er wandelte. Er setzte gravitätisch ein Bein vors andere, mit jedem Schritt dem Zentnergewicht seiner Bedeutung Nachdruck verleihend. Es war ein richtiger Vorgang, ein richtiger Respektsprozeß. Wehe, wer sich in die Gewalt seines Blickes verirrte!

Diesem Stadtrat Wutki nun, man nannte ihn auch einen Bonzen, keinem anderen als ihm – ach, wer beschreibt es? Ich finde den Mut nicht. Ich bin ja noch so aufgeregt von dem Ganzen, daß mir das Herz klopft. Ja, diesem Stadtrat Wutki fiel der Punkt eines Abends, direkt unter einer Laterne, in die Hände.

›Hab ich dich endlich!‹ brüllte der Stadtrat, während sein Bauch zu wackeln begann. Dann sperrte er atemholend den Mund auf, als wollte er das ängstlich zitternde Pünktchen verschlucken. ›Ha-hazieh!‹ sagte er aber, statt: ›Hab ich dich endlich!‹, und so ging das Allerschlimmste vorüber.

Der arme Punkt wußte längst nicht mehr, wo er sich befand; auch war er, gemessen an Wutki, so winzig, daß er die Tragweite seiner schwierigen Lage gar nicht zu überblicken vermochte. Die Autos fuhren gleichgültig vorüber, alle Leute hatten es eilig, und so ergab er sich wohl oder übel in sein Geschick. Allmählich, bei etwas aufgefrischter Neugier, gewahrte er außer den furchtbaren Rachentönen des Stadtrats noch etwas Zweites, zweifellos Angenehmeres, einen Geruch, eine Art Parfüm. Es wird der Geruch des Wohlstands sein, dachte der Punkt. Aber zum Nachdenken blieb keine Zeit, denn im selben Augenblick kam ein Sturm aus dem Rachen des Stadtrats, ein tönendes Geheul, von dem der Punkt beinah hinweggeblasen wurde. Erst später erfuhr er, daß man das ›Pathos‹ nennt.

›Heran, mein Pünktchen, dich werd ich dressieren!‹ raunzte der Stadtrat. ›Sollst mal sehen, was du kannst! Haha! In dir steckt was. Du kommst morgen mit. Ich bring dich in die Partei. Wir wollen doch sehen, wohin das rollt. So geht das nicht weiter. Die Not der Zeit erfordert einen Standpunkt.‹

Und damit schlug der Stadtrat Wutki, zu Hause in seinem Arbeitszimmer angelangt, derart mit der Faust auf den Tisch, daß die kleine goldene Weckuhr neben dem Tintenfaß ohne zu mucken stillstand und keine Sekunde mehr von sich gab.

Das hatte der Punkt noch nie erlebt. Still war es öfters um ihn gewesen, aber so still wie hier bei Wutki, nachdem dieser die Faust hatte niedersausen lassen, nirgends. Am liebsten hätte der Punkt gewimmert. Aber man soll nicht wimmern, mag es stehen, wie es will; man soll nicht wimmern – wer weiß, vielleicht hat es auch seinen Reiz, zur Abwechslung ein Standpunkt zu sein, nicht einmal ein gewöhnlicher, sondern einer, den die Not der Zeit erfordert. Hihi, und daher lachte der Punkt ganz leise.

Wie weit in seine Jugend sich auch der Punkt zurückversetzen kann, sei's noch über seine Geburt zurück, eines Lebens wie desjenigen bei Stadtrat Wutki kann er sich beim besten Willen nicht entsinnen. War das eine Zeit! War das eine Arbeit! Und dann dieses unverrückbare Stillstehen, dieses diktatorische Modellstehen, Blick-, Licht- und Standpunkt in einem! Zehn Liter Schweiß verlor der Punkt in einer Minute, und er fiel nur deshalb nicht gleich in Ohnmacht, weil er in der Partei von allen Seiten gestützt wurde. Aber der Punkt war schlau, und er hatte bald heraus, wie man es machen muß, um dieses selten denkwürdige Privatvergnügen des Gestütztwerdens recht oft und gründlich zu genießen.

Das war eine Lust. Sobald der Punkt, erst leise, dann immer heftiger hin und her zu schwanken begann, kamen all die Parteifreunde Stadtrat Wutkis gerannt, den schönsten Schrecken auf den Gesichtern. Sie verlassen sogar das Klosett und vergessen die Wasserspülung darüber! Und dann im Sitzungssaal erst! Dort schreien sie alle wie die Verrückten, und ist man als Punkt geistreich und ironisch genug, sich zu verstecken, so kann man die kräftigsten und solidesten Männer aufschluchzen hören.

›Der Standpunkt ist verlorengegangen!‹ rufen sie verzweifelt. ›Unser geliebter Standpunkt!‹

Freilich, das sind die lichten Seiten für einen Punkt, im allgemeinen aber hat er den Schatten. So sehr er sich auch eingestehen mochte, sein Glück gemacht zu haben und von den bedeutendsten Persönlichkeiten anerkannt worden zu sein, dessen recht froh wurde er nicht; und es war oft eine recht betrübliche Aufgabe, stillzustehen und zuzusehen, wie man als Standpunkt in schamlosester Weise vom gesamten Magistrat der Stadt Berlin verraten und hintergangen wurde. Wirklich, es war eine Schande. Vergaß auch Herr Stadtrat Wutki und seine Körperschaft nie, den Standpunkt zu putzen, um ihn nach außen so reinlich und sauber wie möglich, man nennt das in der Sprache der Moral auch: fleckenlos, um ihn also ganz fleckenlos vertreten und präsentieren zu können, so verlangt gleicherweise die Ehre, es auszusprechen, daß bei allen internen und inoffiziellen Gesellschaften es eine recht üble Sache war, unentwegt Sekt getrunken und Kaviar gefressen zu sehen, während er hungerte. Hauptsächlich in Häusern, die als Villa bezeichnet werden, erging es dem Standpunkt schlecht. Er wurde dann draußen in der Garderobe dem Diener übergeben und dort in einen x-beliebigen Mantel eingesperrt, aber in einen, dem man es ansah, daß er nie bezahlt zu werden brauchte; denn der Mantel war völlig korrupt, und sein Träger war korrumpiert. Ja, so nennt man das nämlich.

Nun mag es gewiß sein, daß es Punkte gibt, denen es schlechter geht, weil sie ärmer sind, Punkte, die nicht einmal eine korrumpierte Garderobe über dem Kopf haben, um sich vor Unwetter zu schützen, abgesehen davon, daß es ihnen trotz vieler Mühe nicht gelingen will, die soziale Stufe des Standpunktes zu erreichen – aber, fragt sich jeder anständige Punkt, ist es denn wert, in die Gesellschaft, in die Partei aufgenommen zu werden um solch einen Preis? Ist es denn wert?

Nein, der Punkt, der sich eines Tages den Luxus der Langweile versagt und aufgemacht hatte, als Unbekannter durch die Straßen zu wandern, war nichtsdestoweniger ein ehrlicher Punkt geblieben. Auch von einem Seemann, mag er mancherlei Fehltritte hinter sich haben, sagt man trotzdem: oller ehrlicher Seemann. Und so verhielt sich's auch mit dem Punkt. Dieser wichtige Stadtrat Wutki hingegen, es gibt überhaupt keinen Punkt auf der Tagesordnung, der vor ihm geblieben wäre, was er gewesen ist, und der nicht zu einem dunklen geworden wäre. Darin besteht ja die furchtbare Schmach, und selbst seine Freunde erklärten später ganz offen, der Mann sei erledigt.

Dies und ähnliches hatte der Punkt frühzeitig zu hören bekommen, und wenn er auch nicht alle ins kolossale Gesicht geschleuderten Vorwürfe verstanden hatte, denn Punkte werden auf Universitäten nicht zugelassen und bleiben infolgedessen Analphabeten, so war ihm doch aufgegangen, daß er zu beweglich geworden war, um noch länger ein Standpunkt zu sein, und als er in einem unbewachten Augenblick, dessen sicher, versuchte, in seine alte Gewohnheit, seine ursprüngliche Begabung zurückzufallen, einmal lautlos zu hüpfen und einmal ums Stuhlbein zu rollen, gelang's. Ja, die lange Stand- und Ruhepause hatte ihm körperlich wohlgetan, und sein Hüpftalent hatte sich eher verbessert als verschlechtert. Richtig gesellschaftsfähig war er geworden. Und nun gab es kein Halten mehr. Eines Tages, bei Sonnenschein, raffte er sich auf und stürzte sich einfach zum Fenster hinaus. Stadtrat Wutki aber, allein gelassen, wurde verhaftet.

Der Punkt aber hatte das Glück, einer trällernden, flanierenden Dame auf dem Nacken gelandet zu sein, wo er sich, von unaussprechlicher Süßigkeit durchflutet, forttragen ließ und von seinen Strapazen erholte.

Die Wissenschaft vom Punkt, die später einen so ungeahnten Aufschwung nahm, pflegt diesen Akt, diesen Ausbruch und dieses erotisierte Hinflüchten an den Hals einer Dame, in unzählige Einzelstadien zu zerlegen. Sie beginnt mit Vorliebe bei dem Stadium absoluter Punktlosigkeit, erhebt sich dann über die Standpunkt-Ethik in die sogenannte punktuelle Nackenerotik und verliert sich schließlich in herrlich punktierten Zukunftsreihen und Ausblicken. Es ist hier nicht der Ort, all diese Stadien erneut in ihr diffiziles Licht zu rücken oder sie durch neueste Forschungen zu widerlegen oder zu ergänzen, genügt doch durchaus die naive Tatsache sich selber, die weiß, wo jetzt, wo in dieser Sekunde der Punkt steckt, nicht aber, inwiefern er steckt oder auf Grund wessen oder zu welchem Ende je schon.

Kein Liebhaber sollte indessen versäumen, seiner Dame etwas Liebes über den Punkt zu sagen, nachdem er ihn an ihr entdeckt hat, und solang die Dame geliebt wird, sollte sie's dulden. Würde sie ewig geliebt, bliebe auch der Punkt ewig, und lebt sie heute noch, so lebt auch der Punkt noch.

Ei, was ein süßes Pünktchen da! Ein Leberfleck.«

III

Musik ringsum und glückliche Gesichter! Herr Doktor Geist war wieder zum Vorschein gekommen und Mucki hinterdrein, beide etwas zerknittert, mit Ringen unter den Augen, aber mit vergnügtem Geschlenker. Bis weit in die Nacht hatte die Fröhlichkeit sich hingezogen, und alles, was getan und gesprochen worden war, war, wie es schien, Gemeingut gewesen. Man hatte aus der gleichen Tasse getrunken, dem gleichen Glas; die Herren hatten die Hüte der Damen aufgesetzt, die Damen die Hüte der Herren, und noch während des Abschieds hatte man sich gegenseitig abgesucht wie in Afrika die Affen untereinander nach Flöhen. Glückstrahlend war Gudula Öften einhergelaufen ...

Aber den Tag darauf war alles verändert; es war nicht nur eine Seifenblase geplatzt. Gläser waren zerbrochen, und hinter dem Diwan, mit säuerlich unangenehmem Geruch, lag ein ganzes halbverdautes Vergnügen. Auch das Schlafkabinett war entweiht, als hätten sich Elefanten darin herumgesielt.

»Vandalismus«, seufzte Gudula Öften.

Aber das genügte anscheinend noch nicht. Es schien vielmehr, als hätte sich etwas verschworen, eine Ungeheuerlichkeit, denn es war nun das dritte oder vierte Mal, daß die Geschehnisse entschieden hatten statt ihrer. Begreift das jemand? Die Geschehnisse entschieden statt ihrer! Perdelwitzens Mißgeschick, Frieskes Fehltritt, Frau Geheimrats Schlaganfall – und nun dieses schwerste aller Verbrechen?

»Es ist ein Verbrechen!« soll Fräulein Öften, kaum daß sie es erfuhr, aufbegehrt haben.

Es war anderntags, frühmorgens in der ersten Minute, als bekannt wurde, daß ... Nein, hier streikt das Gewissen, hier streikt die ganze Natur. Es gehört nicht hierher! Es zu erzählen ist ganz unmöglich, außerdem steht es bereits im Polizeibericht – mehr klipp als klar, wie? Nein, es ist viel wichtiger, Fräulein Öften nicht außer Auge zu lassen, die einen Nervenschock zu erleiden droht. Daher ist es auch gutzuheißen, daß sie sofort wieder nach Hause geschickt worden ist, gutzuheißen, wie gesagt. Dort aber, im notdürftig aufgeräumten Atelier, lag sie, die Augen durch eine Schutzbrille geschützt und dennoch verurteilt, etwas Ungeheures auf sich zukommen zu sehen: die grelle Wahrheit.

»Ihr wart doch alle so fröhlich, Kinder. Warum habt ihr auch die beiden allein gehen lassen?«

»Sie wollten allein sein.«

»Ihr hättet das niemals dulden sollen. Toldi, Menschenskind!«

Obwohl allein, redet es fortwährend in ihr. Die Geschehnisse kommen wieder herauf, sie verlangen nach Wiedergeburt, und schließlich überläßt sie sich ihnen, schmerzhaft geblendet.

Die Nacht sei schön gewesen, nahe am Verdämmern, und über den Straßen habe eine teils angeheiterte, teils bleierne Leere gelegen, grau und von weither. Die Häuserfronten der Potsdamer Straße zu seiten, mit ihren unzähligen Schildern und Läden, unnütz zu dieser Stunde, seien die Festteilnehmer dahinmarschiert in Erwartung der ersten Bahn.

Es war eine Bahn, die Gudula Öften, während sie dalag, am Schenkel heraufkommen spürte.

Angeheitert, wie gesagt. Später hätten sie dann eine Taxe gekapert, um Mucki gemeinsam nach Hause zu bringen, während Toldi und Hückstedt weitergetippelt seien, längs der Potsdamer Straße hin, die fortwährend die Namen gewechselt habe. Erst habe sie Rheinstraße geheißen, dann Hauptstraße, und auch verschiedenartig gepflastert sei sie gewesen. Man nenne das Groß-Berlin. Haha!

Dann aber, an der Potsdamer Brücke, sei es geschehen, an eben der Stelle, wo ein dreieckiges Loch gebildet werde durch drei sich schneidende Straßen. Hätten sich diese Straßen dort nicht geschnitten; es hätte manches vermieden werden können. Man hätte allerdings auch den Landwehrkanal umleiten müssen. Kurz und gut, da habe Hückstedt die Lebenslust gepackt.

»Nun sagt mir nicht Lebenslust, Kinder! Das ist ja ein Hohn.«

Die Lebenslust sei es gewesen; das sei das einzig Gute daran.

»Ich glaube es nicht.«

Gleichgültig also, was sie gepackt habe. Jedenfalls seien die beiden am Brückengeländer stehengeblieben, und Hückstedt habe den Rettungsring erblickt. Es hänge dort nämlich ein Rettungsring, dem Schutze der Bürger empfohlen. Wie ein bayrisches Marterl hänge er da.

»Es ist zum Wahnsinnigwerden«, flüsterte Gudula Öften.

Das Wasser sei still, es schweige. Es spiegle die Lichtreklamen wider, sei betupft mit ihnen und amüsiere sich gleichsam über den Reflex. Märchenhaft sei es. Und da sei Hückstedt auf den Gedanken gekommen auszurufen: »Wetten, daß ... ?« – Toldi sei wahrhaftig kein Vorwurf zu machen; auch wenn er gesagt haben sollte: »Na spring doch!«

»Aber wie hat er das sagen können«, ächzte Gudula Öften.

Ganz erklärlich, durchaus plausibel. Jeden Tag sagten in Berlin hundert Liebhaber auf die Drohung ihrer Geliebten, sich zu erhängen: »Na erhäng dich doch!« Und bedenkt man, daß jene es im vollsten Ernst zu sagen pflegen, wird man wohl Toldi gestatten dürfen, es in angeheitertem Zustand, im Spaß, aus Lebenslust zu sagen. Fahrlässige Tötung komme hier nicht in Frage. Es sei die Leistung der Hückstedt gewesen.

»Kommen Sie mir nicht mit Leistung, Brecher! Eine Leistung ist es wahrhaftig nicht, sich aus Übermut übers Geländer zu stürzen.«

»Ich glaube, Sie täuschen sich doch. Es ist eine Leistung.«

Ja, auch Brecher fand keine anderen Worte als seine alten; auch sein Begriffsvermögen streikte. Aber das sei wahr, daß die Hückstedt denselben Schrei ausgestoßen habe, den Mucki als ihren Varieté- und Glücksschrei zu bezeichnen beliebe. Sie habe natürlich geglaubt, Toldi werde sie retten; wahrscheinlich hatte sie Sehnsucht nach einem Helden. Doch Toldi habe versagt. Er als der einzige Zeuge sei derart vor den Kopf geschlagen, daß er nicht mehr zu erwidern wisse als: ich weiß nicht; ich kann nicht.

Ob er denn nicht den Rettungsring ergriffen habe?

»Das ja.«

Warum er nicht nachgesprungen sei?

Weil er nicht schwimmen könne.

»In allen Schulen wird Schwimmunterricht erteilt«, beharrte die Öften.

Vielleicht sei er davon befreit gewesen.

»Dann soll man die Menschen von nichts befreien.«

»Bitte?«

»Dann soll man die Menschen von nichts befreien. Sie vertragen es nicht«, rief Gudula Öften.

Zu denken, daß um die gleiche Frühzeit drei Herren des Büros, nebst Rüland, den Kurfürstendamm zur Gedächtniskirche heruntergeschlendert waren, nachdem sie Mucki in der Dahlmannstraße abgesetzt hatten, nichtsahnend, feuchtfröhlicher Stimmung voll, bis ihr Übermut freilich in eine Art Boxkampf ausarten sollte, einen Vorgang, dessen Peinlichkeit verdeckt wurde durch die Nachricht über Hückstedts Geschick. Denn Brecher und Geist sollen sich regelrecht geprügelt haben.

Zu denken, daß Brecher, hinlallend vor der Gedächtniskirche, zu predigen versucht hatte, nie seiner Beine ganz sicher.

»Was gehen doch Kirchen heutzutage für phantastische Abwege!« soll er ausgerufen haben. »Die Gedächtniskirche: ein Verkehrshindernis.«

In Amerika gebe es Kirchen, in denen diniert wird; am Friedrichshain eine, die Lichtreklame mache.

Zu denken, daß Brecher zu Coty gesagt haben soll:

»Gott ist verteufelt heruntergekommen. Die meisten Leute kennen ihn nur noch als Interjektion, wenn sie sagen: o Gott, mein Geld!«

Zu denken, daß Brecher stehengeblieben sei und mit mühsam erhobenem Zeigefinger erklärt haben soll:

»Der Finger Gottes ist abgefahren, der Bart der Erfahrung brennt.«

In aller Stille sei das geschehen. Die Untergrund sei es gewesen. Man solle sie verhaften. Sie sei über den Finger Gottes einfach hinweggefahren. Der habe natürlich gedacht, wenn er ihn hinhält, da steht sie. Aber sie sei darüber hingefahren, als ob es ein Streifen Papier gewesen wäre. Nur ein rotes Signal hätte sie aufhalten können.

»Da wird er wohl jetzt den kleinen Finger benutzen?« soll Coty gefragt haben.

»Wie Mucki. Was die am kleinen Finger hat, dreht sich.«

Zu denken, daß Doktor Geist hier eingeworfen haben soll, Brecher möge nicht unverschämt werden, und daß Coty, im Vorgefühl kommender Mißhelligkeiten, eingegriffen haben soll mit der Frage, ob Brecher glaube, daß er religiös sei.

»Aber ich bin versichert«, soll Brechers Antwort gelautet haben.

Ob er meine, daß ihm da nichts mehr zustoßen könne?

»Zustoßen schon. Dagegen ist ja kein Mensch gefeit. Aber versichert. Für jeden Finger weniger erhalte ich eine Entschädigung.«

Aber wenn er nun sein Leben lassen müsse. Was dann?

»Dann erhalte ich ein Vermögen, eben den Teil, den mir das irdische Dasein vorenthielt.«

Zu denken, daß sie in der trunkenen Nüchternheit ihres Stoizismus einhergeschwankt waren, um schließlich in Tätlichkeiten zu enden, weil Brecher auf Cotys Einwand, wenn er tot sei, habe er nichts von diesem Versicherungsvermögen, erwidert haben soll:

»Unser Freund Geist hat auch nichts davon, daß ich ihm seine Briefe geschrieben habe und Märchen erzählt. Auch nichts davon. Er schreibt sie bloß weiter und erzählt sie bloß weiter. Ich bin nämlich sein Lieferant.«

Zu denken, daß nun gleichsam die beleidigte Gedächtniskirche sich gerächt haben soll, bis sich die beiden verfeindeten Freunde am Boden gewälzt hatten, dies bei aufgehendem Morgen ...

Um dieselbe Zeit muß Toldi bereits umhergeirrt sein. Er war zum Potsdamer Bahnhof gegangen, um sich überfahren zu lassen; dann will er ratlos am Kanal entlanggewankt sein, wankend auch er, aber in einer unheimlichen, völlig anders gearteten Trunkenheit. Er habe nicht mehr gewußt, wie er heiße und wo er denn wohne. Als es ihm wieder eingefallen sei, habe er sich erleichtert gefühlt, als sei überhaupt nichts gewesen.

»Überhaupt nichts gewesen«, seufzte Gudula Öften.

Es machte keinen Eindruck auf sie, daß jeder Abend, an dem hinfort Brecher und Doktor Geist an der Gedächtniskirche vorbeiflanieren würden, insofern bedeutsam war, um nicht zu sagen historisch, als er ihnen den endgültigen Bruch ihres Verhältnisses vor Augen führte nebst der genügsam bekannten Tatsache, daß die grauverwaschenen Fronten der Gedächtniskirche verhärmt aussehen. Es machte keinen Eindruck auf Gudula Öften. Verhärmt war sie selber.

Aus Musikalien werden Zigarren

I

Dieser Dauerzustand von Übermüdung und Überwachheit in den Gesichtern um Mitternacht, in den letzten Zügen der Untergrundbahn! Diese Münder, noch zum Gähnen zu matt, doch lebhaft rot im Anstrich der Lippe, diese Augen, in denen die Entzündung heimisch geworden ist, süßlich welk, verkniffen, voll Traurigkeit und Sand ... Und immer das Rollen der Räder unterm Wagen, das schallende Geheul der Geschwindigkeit entlang der kellerartigen Flucht grauer Wände – dieser geisterhafte Kontrast zur Stille und Verfrorenheit der Insassen, denen das Warten auf ihre Station, nichts weiter als dies, das leere, für sich hinspinnende, das lebenslängliche Warten, als Maske und Phantom übers Gesicht schleicht.

Ja, das ist wahr. Ihr Körper wurde für die Chirurgen geschaffen – für wen wohl sonst? Ihr Speichel gefällt den Chemikern, ihre Existenz ist ein Stoffgebiet für juristische Anfänger, ihr Einkommen eines für Volkswirtschaftler. Die Gerichte leben von ihnen, die Chauffeure, die Postbeamten ...

Und immer noch rollt der Zug von Station zu Station. Grüne selbsttätige Signale huschen vorüber, und im Moment, wo eine Kurve durchfahren wird, fallen die Oberkörper der Fahrgäste, jener Schwungkraft folgend, vornüber, um sich dann ernsthaft wieder aufzurichten. Ihre Füße in den eleganten Schuhen sind kalt, und der gnädigen weißbehandschuhten Frau lagert trotz glänzender Seide und penetranter Parfüms ein Geruch unter der Brust, säuerlich verschwitzt. Verzeihung, sind es nicht Menschen? Ist nicht eines jeden Fahrkarte geknipst? Sind sie nicht alle versteuert und verfrachtet? Fehlt ihnen denn etwas?

Nein, was soll ihnen fehlen? Kommen sie nicht, frisch versorgt, vom Vergnügen, vom Sportpalast, von einer Gesellschaft, einer Premiere? Sie lieben diese erste, bald überschrittene Hälfte der Nacht, deren Schmuck ihrem eigenen Schmuck zur

Geltung verhalf, deren künstliche Helle den Teint verschönte, und sie gedulden sich nun, die zweite Hälfte hinüber. Denn grau kommt der Tag, und den durchschläft man am besten offenen Auges.

Aber dann, dieser Dauerzustand frühmorgens, der zweite, wenn's Zeit wird, sich zu beeilen, weil das Büro ruft, diese Vergletscherung in den Gesichtern, denen der Schlaf fehlt und das Interesse am neu zu beginnenden Tag! So greift es kalt und frostig ineinander. Mancher Geizhals und simple Pedant, der sagt: »Wozu ins Vergnügen? am anderen Tag ist es gewesen!« – mancher von denen genießt seine Weisheit am besten frühmorgens. Dann erkennt er sie alle, die sich erkühnten, ihrer Misere davonzulaufen, voller Narrheit und kindischen Geschlenkers, dann verfolgt er die öde Erschlaffung, die Gleichgültigkeit, und wie ihnen allen das Buch aus der Hand sinkt, weil sie die Zeilen nicht festhalten können in ihrem verwüsteten Hohlkopf; dann lacht er sich eins, dann ist er der Tüchtige und weise dazu. Aber die Räder rollen noch immer, diesmal in entgegengesetzter Richtung, und war gestern das Vergnügen eine Arbeit, sollte nun bald die Arbeit ein reines Vergnügen sein.

Ja, Essig!

Freilich, wer nur so dächte, verkennt die Menschen und weiß nichts vom inneren Glanz und nicht, daß die Müdigkeit überwunden werden kann, nicht allein durch Schlaf und durch die alberne Solidarität. Übernächtig sein frühmorgens, gefüttert von neuesten Zeitungsnachrichten, und im Gefühl, eine Nacht sich um die Ohren geschlagen zu haben, wie erhöht es doch den persönlichen Wert! Mit welch einer großartig entfernten Gelassenheit empfängt selbst ein Lehrling die Welt, und um wieviel reicher, um wieviel wissender ist eine kleine Sekretärin!

»Ihr habt geschlafen, ihr anderen?« fragt ihr vernünftiges Köpfchen, ehe es aus Vergeßlichkeit einnickt. »O pfui, wie brav!«

Aber dann reckt sie sich hoch, und aufrecht wird sie gefahren von den Beamten der Untergrundbahn.

»Ich und müde? Sagen Sie das nicht zweimal, mein Herr. Es könnte Ihnen teuer zu stehen kommen.«

Die Stationen gleiten vorüber, willig, denn sie wollen nicht stören.

Aber was ist das? Während des Sitzens und Wartens ereignet sich eine Merkwürdigkeit, eine Wachheit erscheint in den Gesichtern, als hätte ein gut gezielter, unmerklicher Schlag alles ins rechte Licht gerückt. Man kennt sie vom Boxen, diese zweite, plötzlich vorhandene Wachheit. Ein Boxer, schon groggy und weich in den Knien, in einer Verfassung, daß kein Enthusiast noch einen Pfifferling auf ihn setzen würde, kann, wenn er Glück hat, durch einen zweiten Treffer wieder wachgeschlagen werden, dergestalt, daß er womöglich noch siegt. Er ist nicht wieder so frisch wie am Anfang, nein, so gratis erlangt man den Lorbeer nicht, aber er ist doch wieder in Form. Ich finde, das gehört nicht hierher. Wieso? Denn genau so ergeht es all den Gesichtern, frühmorgens nach toll durchtanzter Nacht, und der Dauerzustand ist wunderbar aufgehellt, und alles ist springlebendig. So gelangt ein Boxer über die Runden und eine Sekretärin über den Tag, und die nächste Nacht mag sie dann nachholen, was sie an Schlaf versäumt hat.

»Überhaupt, wissen Sie nicht? Der Mensch schläft viel zu viel«, hat Hückstedt immer gesagt. »Erinnern Sie sich, Gudula Öften?«

»Ich brauche meine neun Stunden«, war deren mit Ernst vorgetragene Auffassung gewesen.

»Man schläft sich um den Verstand«, hat Hückstedt gekichert.

»Schlaf dir lieber etwas Verstand an, mein Kind!« hat Gudula Öften erwidert, ehe sie vor erwachseneren Menschen erklärte, daß es sie wundernehme, wie so ein Ding lebe; keine hundert Pfund wiege eine Sekretärin, dünn sei alles an ihr und zart, sie sei nicht aus Fleisch und Blut, sondern in die Welt gespritzt. Mochte Herr Doktor Geist das obszön nennen. Gudula Öften fuhr fort: »Ein Witz, ein Gedicht, eine Spritztour von Mensch.«

»Hückstedt, Sie sind ein Törtchen. Hüten Sie sich! Allzuviel Süßigkeit verdirbt den Männern den Appetit. Werden Sie wenigstens eine Pastete.«

Ach, jetzt schwimmt das Törtchen im Landwehrkanal!

Dieser Dauerzustand von Übermüdung und Überwachheit, er wich nicht aus den Gesichtern, er versteifte sich förmlich in ihnen, ob sie nun ins Büro fuhren oder aus dem Büro zurück. Eine gefährliche Unruhe, eine Art Unbefriedigtsein nistete in allen, so daß es ihnen schwerfiel, still auf ihrem Stuhl zu sitzen. Herr Brecher, der doch hatte geheilt werden sollen durch dieses Fest, verfiel nach wenigen Tagen schon wieder auf seine bewährte Methode, indem er ausrief:

»Der Tag geht drauf; den verbringt man im Büro, den kennt man überhaupt nicht. Für die Erholung bleibt uns die Nacht. Tanz, Schlaf, einschließlich der Sorgen und der Liebe, all das lebt in der Verbannung der Nacht. Da soll ein Mensch noch normal sein.«

»Von dir verlangt's ja auch keiner.«

»In früheren Jahrhunderten behalf man sich mit dem Pflichtbegriff; man verstand darunter den höchsten Verzicht zugunsten des Staates. Aber seit das Ansehen des Staates gelitten hat, seit auch noch der Staat zum Verdachtsmoment dieses Lebens gehört – soll man da auch noch für ihn arbeiten?«

»Mensch, hat der einen Kater.«

»Man zahlt seine Steuern, und – pfeif drauf – niemand zahlte sie freiwillig. Sie einzutreiben ist ein organisiertes Zwangssystem notwendig, von Menschen für Menschen. Denn Menschen untereinander sind grausam gleich Kindern, sie schrecken vor keiner Belastung zurück. Allerdings, was bleibt ihnen mehr als eine zurechtfrisierte Philosophie des Berufes? Man muß ihnen dringendst einreden, sie benötigten einen, damit sie darüber vergessen, daß auch der Beruf, wie er ist, eine Zwangsmaßnahme darstellt, eine Steuer, die nicht mit Geld, sondern mit Existenzen bezahlt wird. Wenn diese Leute darauf kämen, in einer ihrer durchtriebenen Nächte zu fragen: wofür arbeiten wir? Wenn einer von ihnen, den Mut der Trunkenheit in der Kehle, ausriefe: wofür arbeiten wir?«

»Herr Brecher, seien Sie vorsichtig«, hätte Gudula Öften gesagt, wenn sie nicht noch gefehlt hätte.

»Wenn Gudula Öften, statt vorsichtig zu sein, ausriefe: verflucht, wofür arbeiten wir? Aber aus Furcht vor der Straße machen sich alle notdürftig daran, etwas zu lernen, ohne zu bedenken, daß es weniger aufs Gelernthaben ankommt als aufs Fortkommen, auf den Sieg in der Rivalität, auf Chancen. Ja, kleinlich ist ihr Prinzip. Es spekuliert auf die Angst, die in unseren Knochen Fleischbrühe fabriziert. Und daher hilft auch das Festefeiern nichts, daher erweist sich dieser Ausweg als eine vernichtende Illusion.«

Solche Schläge teilte Herr Brecher den Festteilnehmern aus, sie aufzuwecken aus ihrem Schlafwandel, und er schonte sich nicht, er sagte es auch für sich, um jene Müdigkeit, die ihm hinderlich war, zu überwinden. Indes, man glaubte ihm nicht. Er spiele den Verkaterten, er betrinke sich, nachdem ihm der Wein genommen sei, mit den Produkten seines Gehirns. Lediglich Doktor Geist spitzte die Ohren, obwohl er phlegmatisch tat und geflissentlich gähnte.

Diesen Dauerzustand von Übermüdung und Überwachheit, eine hatte ihn überwunden: Perdelwitz. Schon völlig im Dunkel verschwunden, so gut wie tot, war sie nichtsdestoweniger wieder aufgewacht. Niemand hatte von einem so spärlichen Geschöpf eine solch hochgradige Zähigkeit erwartet. Obwohl sie noch nicht wieder im Büro ist, hat Frieske sie auf der Friedrichstraße getroffen, frei, ohne Stütze und Rollstuhl, nur ein wenig blaß in den Wangen – ü?

Was sie denn hier auf der Friedrichstraße treibe?

Sie sei dabei, sich wieder an ihren Weg zu gewöhnen.

Ob sie von Hückstedts tödlichem Unfall gehört habe?

»Ich habe davon gehört.«

Was ihre Ansicht darüber sei?

»Es wird eine Stelle frei für andere.«

Nachdem der tüchtigen Frieske der Volksmund, will sagen die Spucke, weggeblieben war, erkundigte sie sich, wie das denn damals gewesen sei, bei ihrem Selbstmord.

»So lala.«

Hm, sie, Frieske, könne sich's vorstellen.

Perdelwitz habe das Radio um die Ohren geschnallt und immerzu Sinfonien gehört, während das Gas mit faszinierender Wollust geströmt sei. Ihr Kopf sei immer größer geworden, zuletzt so groß wie die Music Hall in London, und vorn auf dem Podium, mitten in ihrem Kopf, habe sie selber gesessen, Perdelwitz, und dirigiert. Sie wisse es nicht mehr genau, aber der Beifall sei englisch gewesen.

»Merkwürdig«, sagt Frieske, aber Perdelwitz meint:

»Man schwitzt es aus.«

»Ich wünschte, ich könnte es auch.«

»Aber doch nicht vergiften?«

Sie habe ihre Gründe, meint Frieske.

»Gründe hat jeder.«

Das wohl; und dann sei auch nicht immer die richtige Zeit da.

»Nein, die Uhren gehen alle verschieden.«

Ob denn die Uhren wirklich noch immer verschieden gingen?

»Noch immer. Das sage ich, Gertrud Perdelwitz.«

Das hatte Frieske mit Perdelwitz beredet – nichts Außergewöhnliches. In Träumen erlebt man dasselbe, auch ohne kostspielige Vorbereitung. Eigentlich sei nichts neu an der Sache, außer daß Perdelwitz mit Vornamen Gertrud heiße. In den Personalakten stand auch das längst.

II

Draußen bei Schilhaneks, an einer Ecke der Frankfurter Allee, befand sich ein Laden, dessen Firmenschild lautete: Musikalien; quer übers Schaufenster geklebt stand aber in großen roten Buchstaben zu lesen: Glaserei; in Wahrheit verkauft wurden seit neulich: Zigarren.

Gewiß, viele Läden stehen leer, die südliche Friedrichstadt bietet sogar ein trostloses Bild, und nicht immer ist Frieskes Firma in der Lage, eine Filiale zu eröffnen, um die notleidenden Hauswirte zu unterstützen; aber, so überlegen Frieske auch kalkuliert, vor diesem Laden wird ihr oft schwindlig. Sie stellt sich dann ein wenig vors Fenster und rechnet. Als sie dort Musikalien verkauften, lief sie mit Heinz; als sie zu glasern begannen, lief sie mit Heinz; als Zigarren an die Reihe kamen, lief sie mit Heinz. Umgezogen war sie zwar in ein atelierartiges, möbliertes Zimmer, aber sie besuchte ihre Eltern fast täglich. Ja, auch Lisa lebte in einer gefährlichen Wachheit.

Mutter Schilhanek hatte zwei Augen im Kopf, die besser sahen als die der verhärmten, lichtscheuen Gudula Öften, nicht zu reden von denen ihres Mannes, der ein Stier war, wenngleich er auf Rot politisch zahm reagierte. Für eine rote Nelke verzieh dieser unmögliche Erznarr tatsächlich den Menschen jede Schandtat. Farbenblind, hatte ihn Mutter Schilhanek genannt, oder sie hatte bezüglich seiner zu Lisa gesagt: zehn Pfund eingefitzter Draht. Ihre Augen aber, geschärft durch primitive Lebenserfahrung, waren durch nichts zu blenden, und so hatte sie auch in einer Zeit, wo der Alt-Schilhanek nicht daran gedacht hätte, weil er in seinen Verwünschungen stets das Schlimmste vorausgenoß, das seltsame Gebaren ihrer Tochter bemerkt. Eine bei aller Reizbarkeit dumpfe Trägheit fiel an ihr auf, eine Trägheit auch gegenüber den Weltsprachen. Offenkundig zutage getreten war es aber bei Gelegenheit jenes Festes, hatte doch Mutter Schilhanek auf ihren Hinweis: »Da wird er sich aber freuen« die ungemein kalte Frage zur Antwort erhalten: »Wer?«

Es ist in Schilhanekschen Kreisen üblich, mehr hinunterzuschlucken, als zur Aussprache zu drängen, und meist sind die Themen der Gespräche nur ein Vorwand, um eine Meinung in Verkleidung zu präsentieren. Auch der Name Heinz war kaum genannt worden, da man sich mit dem Fürwort begnügte. Er – wer ist das? Und der Alt-Schilhanek sagte beharrlich: der Kerl. Sprach er dagegen von einem Er, so war damit ohne Zweifel sein eigener Favorit gemeint, Langers Oskar. Dem freilich ging's gut.

»Er soll jetzt 'ne eigene Fleischerei eingerichtet bekommen«, behauptete der Alt-Schilhanek.

»Ach?«

»Da wird er jetzt selbständig«, sagte der Alt-Schilhanek und dachte sich sein Teil.

»Sein Vater wird's schon bezahlen«, versetzte Mutter Schilhanek, in einem Ton, der, geheuchelt und melodisch, darauf hinarbeitete, den Sohn zugunsten des Vaters zu entmündigen. War doch die Nachricht ein schwerer Schlag für ihre Partei!

»Der wird nicht, der kann«, sagte der Alt-Schilhanek. Er tat wahrhaftig, als wäre er selber der Geldgeber. Da diese Anmaßung nicht geduldet werden konnte, versetzte seine Olle:

»Hätte mir mein Vater ein Geschäft gekauft, säß ich heute auch im Fett.«

»Das glaube ich«, lachte der Alt-Schilhanek hämisch. »Aber es gibt auch welche, die treiben sich lieber mit feinen Leuten herum.«

Kein Mensch, der fein sagt, hätte das Feine derart verdächtigen können; fein, es strotzte von Schmutz. Sogar ein Institut wie die Privat-Feinwäscherei litt darunter und geriet unversehens in die Nähe niedriger Kneipen und niedrigen Gesindels. Ja, es war eine feine Geschichte. Trotzdem bewahrte Mutter Schilhanek Ruhe, indem sie den Stich ins Feine überhörte. Nur der Alt-Schilhanek wurde nicht satt.

»Da wird er sich bald verheiraten müssen«, begann er von neuem. »Das wird 'ne Partie.«

»Wenn er Glück hat«, warf Mutter Schilhanek ein, während sie krampfhaft nach Belegen suchte, nach Vorkommnissen vergangener Jahre, denen zufolge am besten ein junger Fleischer von seiner Braut, oder sie von ihm, bei Geschäftseröffnung aufgespießt worden war. Doch leider findet sich nichts dergleichen.

»Ich hab's ja immer gesagt; Langers Oskar, das ist mein Mann. Wer sich da ranhält, dem hängt 'ne Stange voll Wurst in den Rachen. Ich habe euch alle aufmerksam gemacht, und er war auch nicht abgeneigt gewesen. Sie hat ihm gefallen. Was aber sehe ich statt dessen? Was muß ich mitansehen?«

Mutter Schilhanek blickte betroffen auf, als sie das hörte; denn sie witterte Unrat. Die Tatsachen vermehren sich fürchterlich, hervorgelockt durch unterdrückten Zorn und mütterliche Befürchtungen, und so geschmeidig sie sich auch zurückzuhalten vermag, so wenig vermag sie über die eigenen innerlich revoltierenden Gewalten. Das jagt dort, als flögen Granaten durch die Luft; das leuchtet dort von riesigen Rechnungen und Zwiegesprächen, die von der Rache diktiert sind. Das habe ich für dich getan, und das habe ich für dich getan, und das, und das. In solchen längst verloren und verschollen geglaubten Kolonnen marschiert die ganze Vergangenheit an. Als der Alt-Schilhanek erklärte, er hätte die beiden getroffen, schrie sie sofort:

»Wen hast du getroffen?«

»Ja, denkst du vielleicht, die Lickfetts Dora läuft mit dem Kerl am Friedhof herum? Die täte sich schön bedanken. Die läßt sich nicht von Hochstaplern zum Narren halten – die nicht.«

»Das tut deine Tochter auch nicht. Er ist's doch, der nachläuft.«

Von nun ab verlieren sie beide die Tatsachen unter den Füßen, und schon Mutter Schilhaneks letzte Worte waren frei erfunden. Aber ihre Einschüchterungsversuche fruchten nichts, ja, es ist möglich, daß der Alt-Schilhanek die Besorgnis heraushört. Das mag ihn veranlaßt haben, noch toller zu erfinden; jedenfalls sagte er plötzlich:

»Dem habe ich aber Bescheid gegeigt. Der wird sich das merken, der Kerl. Der kommt nicht mehr lebendig nach Haus.«

»Hinaus!« schrie Mutter Schilhanek plötzlich.

Ein Schluchzen erfaßt sie, eine Erschütterung, wahnsinnig in ihrer Stärke, und nur ihrer grenzenlosen Verachtung verdankt sie es, daß sie ihren Mann nicht mit dem Küchenbeil erschlägt. Dieser hergelaufene Faulenzer! Wer arbeitet denn hier? Wer hat denn hier zu bestimmen? Soviel sie verstehe, solle doch bei der nächsten Revolution, die Schilhanek anführt, das Eigentum abgeschafft werden? Wie steht's dann wohl mit Langers Oskar gekauftem Geschäft? Da denkt der Faulenzer wohl überhaupt nicht dran?

»Mein Kind, mein Kind«, seufzte Mutter Schilhanek leise; aber sie wußte nun alles. Sie sah nun deutlich, wie es mit Lisa stand.

Dieser Dauerzustand von Übermüdung und Überwachheit, auch hier schlich er sich ein. Die Pläne und Hoffnungen hatten ein schlafferes Gesicht, und waren sie auch nicht aufgegeben, es hinkte doch stets eine Frage nach, die wissen wollte, ob sich der Aufwand lohne. Einmal hatte sich Lisa vor ihrer Mutter verraten, indem sie aufbegehrt hatte.

Sie liefe am liebsten ins Zuchthaus, um sich mit einem Lustmörder oder Fetischisten zu verheiraten, mit einem, der die Hände ständig an ihrer Gurgel hätte, statt mit diesem Heinz da, der immerzu Rücksicht nimmt.

Was soll eine Mutter darauf erwidern?

»Du weißt nicht, wie sehr ich dich liebe, Lisa«, sage er trotzdem.

»Sagen kann's jeder«, meint Lisa darauf.

Aber sie wisse doch, daß er nicht heiraten könne, bevor...

»Und ich?«

Daß er Rücksicht nehmen müsse.

»Er, Er, immer nur Er. «

Das hat Lisa zu ihrer Mutter gesagt, Lisa, die sonst kein Hindernis kannte und die in bezug auf ihre Angelegenheiten auch gegenüber ihren Eltern zu sagen liebte, Unbefugten sei der Eintritt verboten.

Am Friedhof sei es gewesen. Da habe sie eine Aussprache gehabt, und sie hätten sich auch geeinigt. Aber auf dem Rückweg sei ihnen der Alt-Schilhanek begegnet. ›Jetzt ist es aus‹, habe Lisa gedacht. Schon von weitem habe sie ihn an der Kontur erkannt. Unterdessen habe sich seine Gestalt genähert, zu spät, um auszuweichen. Sie habe kein Wort herausgebracht.

»Und dann hat er sich an ihm vergriffen?« fragte Mutter Schilhanek.

»Wie?«

Er habe so was gemunkelt.

»Wie?« fragte Lisa nochmals, bevor sie in hysterisches Gelächter ausbrach.

»Was hast du denn, Lisa? So rede doch endlich!«

»Gegrüßt hat er«, sagte Lisa, »gegrüßt hat er, aber so höflich, schauderhaft höflich.«

Weil die Privatangelegenheiten der Angestellten, wie überhaupt aller berufstätigen Leute, sofern sie der Ordnung genügen, an Tageszeiten erledigt werden, die, außer sonntags, im Halbdämmer liegen, frühmorgens oder abends, gibt es für sie keinen größeren Verführer als einen Vormittag, zumal einen geschwänzten. Man erkundige sich bei Mucki! Denn es hat keinen Sinn, noch länger zu verschweigen, daß sie fehlt. Aber welche Gründe auch immer sie vorbringen mag, der Vormittag wird seinen Anteil daran haben.

Ja, auch sie war erkrankt; ihr Entschuldigungsbrief behauptete das. Als über eine Woche vergangen, als Gudula Öften, wenngleich nicht im Vollbesitz ihrer Arbeitskraft, zurückgekehrt war und als die Firma durchs Personalbüro nachforschen ließ, erfuhr man allseits, Mucki sei wieder gesund, aber ihre Mutter liege quasi im Sterben. Wie lang dieses Sterben sich hinzögern werde, war nicht ersichtlich, behauptete doch Gudula Öften schonend, das könne ewig dauern, eine Ansicht, vor deren Paradoxie Herr Brecher umgehend produktiv geworden war, denn er hatte erwidert: »Ihre Weisheiten sind ewig, aber ihre Ewigkeiten sind's nicht.«

Unterdessen war auch die dritte Woche vergangen, ohne daß Mucki zurückgekehrt wäre, und es hatte sich schließlich als notwendig erwiesen, daß Gudula Öften einen Vormittag opferte, um nach dem Rechten zu sehen.

»Viel Spaß!« hatten ihr die Kolleginnen nachgerufen.

Diesen Vormittag wird sie, selbst eine Geschlagene, schwerlich vergessen, nicht so sehr Muckis wegen, die einfach erklärt hatte, ihr wäre die Lust an der Arbeit vergangen, sie müßte sich erholen, offiziell gesagt: ihre Mutter pflegen – sondern eben dieser Mutter, Frau Geheimrats wegen. Welch ein Gespräch! Welch ein ungeheures Erlebnis!

Nachdem Gudula Öften in die Dahlmannstraße eingebogen war, war sie an einem Hund vorbei, der ihr den Gedanken eingegeben hatte, hier seien sogar die Hunde philosophisch, energisch ins Hinterhaus geschritten und die wenig komfortable Treppe empor. ›Wie doch eine Familie zu enden vermag!‹ hatte sie gedacht. Da helfe keine Kultur mehr, keine Erziehung, keine Tradition; denn der Befehl laute kategorisch: ›ins Hinterhaus damit!‹ Traurig, daß eine moderne Gesellschaft das zulasse, diese Würdelosigkeit des Ruins. Dabei sei es doch die Aufgabe einer Familie, unter welcher Regierungsform auch immer, dem patriarchalisch-monarchischen Prinzip zu huldigen. Sie habe ihr angeborenes Oberhaupt, das hier leider fehle, um nicht zu sagen abgeschlagen worden sei, und ein entsprechendes Zeremoniell, dies zumindest bei den Mahlzeiten, wo Vater das Bratenmesser ergreife und vorlege. Womöglich sei man auch wohltätig, indem man einem armen Studenten einen Mittagstisch biete, zweimal die Woche. Das sei das Ideal der Familie. Sie basiere auf Blut, nicht auf Verträgen, auf Verwandtschaft, nicht auf Tarifen. Mit diesen Überlegungen, wobei sie sich geekelt hatte, das Treppengeländer anzufassen, um es schließlich zur Strafe für soviel Empfindlichkeit doch zu tun, war Gudula Öften zu Schöppsens hinaufgeklettert.

Sie hatte lange vergebens geklingelt, schon bereit, wieder umzukehren, als bekannte Schritte zu hören gewesen waren, gleichfalls die Treppe herauf. Es stellte sich heraus, daß es Mucki war, einen Hauch von Sorglosigkeit und Frische um sich.

Sie habe ein wenig Luft geschnappt, erklärte sie kaltblütig. Der Vormittag behage ihr so. Überhaupt, frühstücken sei ihre Leidenschaft. Es sei ihre Hauptmahlzeit. Mittags hingegen genüge ihr ein Bonbon.

Das waren böse Worte für Gudula Öften gewesen, die sich nicht zu erklären vermochte, inwiefern das Fest noch immer in Muckis Gliedern nachzitterte, und daher hatte sie möglichst schnell nach der Mama gefragt.

»Drin«, versetzte Mucki und wies auf die Tür. Aber pst! Nicht verraten, daß sie weg gewesen sei.

»Ist Hückstedt schon gefunden worden?« fragte sie noch, aber ergebnislos.

Während die Tochter vorgezogen hatte, draußen in der Küche

ein Honigbrötchen zu naschen, war Gudula Öften ehrfürchtig näher getreten. Da lag sie, die vom Tode Gezeichnete, so heiter, so freundlich wie je, um von weitem ihre herbeigeeilte Freundin zu begrüßen. Dula!

»Die Menschen sind alle Patienten«, entschuldigte sich Frau Geheimrat, nachdem sie Gudula Öften gebeten hatte, Platz zu nehmen. »Wie? Alle Patienten, jawohl. Sie leiden an ihren Illusionen, irgendein Schreck wirft sie heraus, dann sind sie entehrt und krank. Sehen Sie, Gulla – oder hatten wir uns auf Dula geeinigt? Es ist schon so lange her.«

»Oh, wie gütig! Nennen Sie mich, wie Sie wollen, Frau Geheimrat.«

»Gleichwie, ich sage ja auch: es ist immer dasselbe. Kommen Sie, Dula, rücken Sie etwas näher. Ja, da liege ich nun, und meine Kinder führen ihr Leben weiter, draußen. Mucki ist da, gewiß, doch ich fürchte, ich bin ihr nur ein Vorwand, unter dem sie ihren Beruf vernachlässigt. Sie hat nicht allzuviel Geduld mit mir, nie gehabt. Die Kinder verstehen nichts. Sie verteidigen ihre Jugend. Aber ich möchte doch, daß sie bald wieder ins Büro geht, und ich hoffe . . .«

»Verlassen Sie sich darauf, Frau Geheimrat.«

»Wie? Oh, man hat schon sein Glück. Wenn morgens die Sonne hervorlugt, hier an der Wand, so zärtlich, so ganz intim und vereinzelt, da hat man's – seine gedämpfte Wollust, seinen Epikurä . . . rä . . . rä . . .«

». . . ismus«, sagte Gudula Öften.

»Sehr richtig! Man hört das Konzert der Geräusche, man steht mit dem Licht des Tages auf Du und Du. Dünn wie ein Haar kann so ein Strahl sein. Und hüpfen kann er auch. Das Licht ist noch nicht genugsam erforscht, Dula. Es gibt noch manche Sehenswürdigkeit auf der Welt, Sie sind nicht die einzige.«

»Ich will's auch nicht hoffen.«

»Mein lieber bester Mensch! So herum meinte ich's nicht. O nein! Ich wollte ausdrücklich damit gesagt haben, daß Gudula Öften zu den Sehenswürdigkeiten dieser Welt gehört. Aber gewiß, gar kein Zweifel.«

»Oh – was ist Ihnen, Frau Geheimrat?«

»Danke, danke. Das geht schon vorüber. Ein Glas Wasser, wenn Sie vielleicht...«

Nachdem Gudula Öften bereitwillig nach einem Glas Wasser gesprungen war, nahm das Gespräch seinen Fortgang.

»Viel und leicht. Sehen Sie, Dula, da haben wir's wieder. Da steckt ein kleiner unsichtbarer Riß dazwischen. Vielleicht. Er tötet zwar keine Fliege, aber wer weiß. Bald viel, bald leicht. Danke, es geht schon wieder bergauf. Ich bin schon wieder bei Luft und schiebe und schiebe. Wissen Sie, Dula, die Größenverhältnisse, das ist eine fatale Geschichte. Wenn man so daliegt, tagsüber und nachts, da wird ganz Berlin oft so nebensächlich und klein, so von Dingen überholt, die mehr sind, und eine Wimper im Auge kann störender sein als ein Grundstück, das inmitten einer geplanten Bauflucht liegt, ein Spekulationsobjekt, ein Prozeßgegenstand. Die eigene Wimper, die ist der Balken. Das quält den ganzen Körper hindurch. Kennen Sie das? Man fühlt sich so ver... ver...«

»Verunsäubert, könnte man sagen.«

»Wie?«

»Verunsäubert.«

»Ach so, verstehe. Ein neues, ein schöpferisches Wort! Aha; ganz ausgezeichnet, Dula. Sie sind eine Künstlerin. Und dann noch etwas, es fällt mir da zufä...«

»Um Gottes willen! Noch ein Glas Wasser, Frau Geheimrat? Bitte, hier ist es. Nein, hier.«

Während Gudula Öften so frei war, die abgemagerte Hand ihrer Freundin zu ergreifen, so energisch, daß sie fürchtete, der Handgriff könne zu roh gewesen sein, war jene schon wieder über den Berg.

»Danke sehr, danke. Manchmal bin ich auf eine Minute wie blind. Die Wimper, die wird dann ganz dick, und alles entfernt sich hinter den Vorhang. Ja, so ist das. Das kennen Sie hoffentlich nicht, meine Beste, doch geht es vorüber. Wieder ein Trost. Wie? Was wollt ich denn glei...«

»Vielleicht allein sein, Frau Geheimrat? Das Reden strengt an.«

»O nein! Nur keine Besorgnisse, Gulida Öften. Haha, was sage ich da? Gu-du-la. Sehen Sie, daß ich's noch kann? Fünf Minuten kann ich schon noch. Und fünf Minuten, das ist eine Zeit. Es geht gerade hinein, was ein Mensch so für sich gebrauchen kann; ein unbeschäftigter, meine ich. Jaja, das ist eine Zeit, eine pensionierte Einheit sozusagen. Aber da habe ich's ja wieder! Sehen Sie, da habe ich's. Ei, was bin ich doch für ein gefährlicher Jäger. Nicht eine Silbe entgeht mir.«

»Meinen Glückwunsch, Frau Geheimrat.«

»Das ist nun wieder vorzüglich von Ihnen, Dula. Mich zum Schuß einer Silbe beglückwünschen – vorzüglich. Nein, ich habe mich nicht getäuscht. Es fällt mir da zufä... Na, es wird doch nicht wieder ent... Danke, kein Wasser diesmal. Ich verlange jetzt, daß es von selbst kommt. Ich, ver... Dula, bitte, den Schwamm.«

Als Gudula Öften sich wieder zurückwandte, saß die Patientin aufrecht, in der Haltung eines reitenden Generals. Die Knochen standen hervor, die Haut war farbloser als eine verbrauchte Tapete. Aber die kugelartige Bläue ihrer oft blinden Augen hatte einen verhärteten Glanz. Und tatsächlich, sie triumphierte!

»Ein Schwamm – da habe ich's wieder«, kreischte sie. Nach diesem Anfall legte sie sich manierlich zurück. »Haben Sie zufällig – siehst du, da ist es – zufällig, und jetzt zum drittenmal, damit ich's beherrsche, zufällig... hei, das geht wie die Peitsche! Sind Sie schon einmal von fremder Hand mit einem Schwamm gewaschen worden, Dula? Das wollte ich fragen.«

»Als Kind natürlich, Frau Geheimrat.«

»Hm, dort ist es nicht ganz so. Hier aber, hier in meiner Verfassung ist es bezeichnend. Wie? Denkwürdig, ja, sehr denkwürdig. Man hat dabei das Gefühl, nie sauber zu sein. Man möchte an allen Ecken und Enden mit eigener Hand nachhelfen, sich selber bequemen, reiben, tüchtig. Von fremden Händen gewaschen werden, das läßt so unbefriedigt; man ist so... wie nannten Sie das?«

»Verunsäubert?«

»Richtig, vorzüglich. Das Wort wird zu Ostern versetzt mit

einer Belobigung. Das kriegt zu Ostern ein Ei. Ich glaube, das ist auch der Grund, weshalb ... Wie? Was wollt ich denn ... Ist mir doch die Katze davongewischt, quer über den Weg. Dula, quer über den Weg! Entschuldigen Sie, ich muß einmal ausspucken. Ausspucken muß man, dann kommt das Verflossene wieder. Wie?«

»Sie sprachen soeben vom Waschen, Frau Geheimrat.«

»Vom Waschen? Nicht, daß ich wüßte! Sie wollen mich wohl verulken?«

Nachdem Gudula Öften zutiefst ihre besten Absichten hatte beteuern müssen, denn Frau Geheimrat glaubte sich plötzlich verraten und weinte, wurde das Gespräch wiederaufgenommen.

»Das ist auch der Grund, weshalb die Kinder ... es hat soeben telefoniert. Mucki? Mucki!«

»Lassen Sie sich nicht stören, Frau Geheimrat«, sagte Gudula Öften, der soeben brennend eingefallen war, wie unnütz sie ihre Zeit versäumte.

Im Korridor erfuhr sie denn auch, die Firma habe angerufen, ziemlich ungehalten. Es war wohl der erste Verweis ihres Lebens, den Gudula Öften einzustecken hatte. Dann hinkte sie, begleitet von Mucki, davon. Unterwegs erfuhr sie andeutungsweise recht merkwürdige Dinge über Doktor Geist; es fiel das Wort impotent. Er sei so ungeheuerlich erregt und gierig dabei, daß er sich gleichsam selber aufbrauche.

»Hoffentlich gibt es sich«, sagte Gudula Öften, außerstande, sich auch darüber noch Gedanken zu machen; außerdem war sie in größter Eile. Nach kurzem Abschied, der gespickt war mit beiderlei Grüßen, und nach ehrenwörtlicher Zusicherung, alles zu schaukeln, trennten sie sich, Mucki den Kurfürstendamm zurück, Gudula Öften zur Untergrund hinab.

Mit dieser phantastischen Frau liegt eine ganze Kultur im Sterben, dachte sie, während die Räder drunten zu rollen begannen.

Sie indessen, Frau Geheimrat oben, war ungemein ruhig geworden; die Aufregungen des Besuches hatten sie ermüdet und beglückt. Allein lag sie nun da und lauschte. Im Hinterhofschacht, ihrem Zimmer schräg gegenüber, war ein hohles Gluk-kern von Wasser zu hören, ein Plätschern und feuchtes Ge-röchel. Frühmorgens aber, bei geöffnetem Fenster, pflegte von drüben ein eigentümlicher Laut auszugehen, fast tierisch. »Uang, uang«, so etwa klang es. Dann räusperte sich jemand, und es be-gann von neuem.

»Ach der?« sagten die Nachbarn.

Es war ein alter Schauspieler in Untermiete, einst Heldentenor am Stadttheater zu Plauen, nun längst ohne Engagement. Und niemand ist da, der an ihn glaubt! Er selber gehört zu denen, die nicht an ihn glauben, da die besseren Tage hinter ihm liegen. In-zwischen hatte er die Vertretung einer Hamburger Kaffee-Groß-rösterei übernommen, dann war er Versicherungsagent für Feuer und Diebstahl gewesen, jetzt aber, sagt man, verkaufe er Kragen-knöpfe und andere Kurzwaren. Er wandere von Haus zu Haus und verfehle niemals, den Herrschaften seine Visitenkarte durch die Tür zu reichen mit der kursiv gedruckten Unterschrift: ehe-maliger Opernsänger am Stadttheater zu Plauen.

Und so leuchtet wohl ein, weshalb er jeden Morgen, den die Sonne über Berlin, Dahlmannstraße Gartenhaus links, herauf-hebt, im Badezimmer erscheint und den Nasallaut übt: uang, uang. Das Abflußwasser plätschert die Begleitmusik, und die Kacheln geben eine vorzügliche Resonanz.

Es ist sein Privatspaß.

DRITTES BUCH
EIN GESPENST GEHT UM

Variationen über den Schatten

I

Es kann in diesen Zeiten – und wahrlich, es kommt uns vieles chinesisch vor – kein Mensch in Deutschland den Namen seiner Hauptstadt nennen, ohne die Gesellschaft, in der er sich befindet, in peinlichste Verlegenheit zu versetzen, derart geteilt sind die Ansichten über Berlin. Es ist, als werde ein Gespenst an die Wand projiziert, und folglich herrscht eine allgemeine Beunruhigung und Vorsicht in der Äußerung jeder Meinung. Erst in vorgeschrittener Stunde, um Mitternacht, in der Gespensterstunde also, wo im selben Maße, als die Konventionen wackeln, auch die Zunge alkoholisch gelöst ist, gestattet sich jeder, offen der Detektiv des anderen zu sein. Dann sind die Ansichten über Berlin derart geteilt, daß der Eindruck entsteht, als lade jeder von Meinungen geplagte Mensch dieses sein Bündel aufs Konto Berlins ab.

Bedenkt man, mit welch freiwilligen Vorschußlorbeeren Paris von der gesamten Welt bedacht wird, wie es die Motten betäubt, Amerikaner und Neger, und wie es, auch bei zweifelhaftestem Glanz, einen historischen Ruf wahrt und zu wahren bestrebt ist, so steht man angesichts Berlins vor einem Rätsel. Noch immer ist Paris der Schwarm der Provinz, Berlin aber das Mißtrauen, und wie sehr auch Frankreich die Geister bewegt, übrigens nicht nur durch Geselligkeit und Literatur, ebenso beharrlich taucht in fast jeder Epoche die alteingesessene Meinung wieder auf, Deutschland sei das finstere Geheimnis Europas.

In Paris wird gebummelt, heißt es, in Berlin ununterbrochen gearbeitet; sei Paris wahrhaft kulinarisch und epikureisch, so Berlin, selbst gewisse Abstriche zugestanden, letzthin nichts als tüchtig. Diese Tüchtigkeit indessen sei keinesfalls gleichzusetzen mit dem französischen Ausdruck für Tugend, es handle sich vielmehr um eine spezifisch lokalisierte Tüchtigkeit, eine um sich fressende, lasterhafte, unfaßbare und darum gespenstische, eine

Sorte also, die unvertilgbar sei, die selbst im Zustand größten Elends und größter Niedergeschlagenheit um sich greife und, wer weiß, plötzlich in unwiderruflicher Gesundheit dastehe. Man kann ein Gespenst nicht erschlagen.

Einsichtige Leute lächeln zwar darüber, indem sie solch populär gefärbte Ansichten ins Gebiet der Vorurteile verweisen, andere, nicht weniger einsichtsvolle hingegen erklären, Vorurteile seien die besten Barometer. Was wäre das Dasein, rufen sie aus, ohne die Vorurteile, die es erweckt und die von jeder Generation auf eigene Weise bereinigt werden? Ist es nicht so, daß, wer nach Paris fährt, seine Sorgen daheim läßt, während es sich empfiehlt, sie nach Berlin mitzunehmen und sich mit ihnen zu wappnen?

Ein treffendes Beispiel lieferten kürzlich einige Psychiater im Moabiter Kriminalgericht, wo sie eine jugendlich Verwahrloste zu begutachten hatten. Diese Herumtreiberin, kaum daß sie sich auf unrechtmäßige Art und Weise Geld verschafft hatte, war damit nach Paris gereist, um es dort zu verjubeln, und nun, wieder daheim, mit nichts mehr in Händen und von ihren Freunden kavaliersgemäß verlassen, besaß sie nur noch jenen Geisteszustand, den die Psychiater zu begutachten hatten. Schließlich wurde sie auch gefragt, was ihr an Paris besonders aufgefallen sei – und was, glaubt man, erhielten die Herren zur Antwort? Nun, es war jedenfalls eine, über die jeder nur halbwegs Gebildete abfällig lächeln konnte, stützte sie doch den Beweis von der Minderwertigkeit dieses Geschöpfs. Sie habe sich gewundert, sagte die Verwahrloste, daß es in Paris genauso trostlose Straßen gebe wie etwa in Berlin die Acker- oder Mulackstraße. Welch eine Antwort! Großartig! Aber nein, die Herren Psychiater wollten von ihrem inneren Glanz, wie er beim Gedanken an Paris sie erfüllte, nicht lassen, und so buchten sie eine ursprüngliche Beobachtung als Zeichen völliger Minderwertigkeit.

Vor keinem Forum wäre es Berlin gelungen, derart nichts als Helligkeit auszustrahlen; es bleibt in Zwielicht getaucht, jederzeit problematisch und diskutabel, weil kein Mensch sich bereit erklärt, auf die geheimnisvolle Dimension des Schattens zu verzichten, nicht nur eines Schattens um die Augen, der ein Nachfahre lichterfüllter Nächte und vergänglicher Genüsse ist, sondern auch eines jeder sozialen Stufe anhaftenden Schlagschattens. Wer wäre imstande zu behaupten: ich lebe in Berlin – wie ein Embryo behaupten könnte, er lebe im Mutterleib? Es wäre grotesk. In vielen Städten Deutschlands mag man leben können, um sich einverleibt und geborgen zu fühlen, Berlin aber ist ein Fall, es wird stets ein schattenhafter Gegner bleiben, dem es gewachsen zu sein gilt. Man lebt nicht dahin, sondern trotzdem oder neben alledem. Märchen, Skepsis und Kritik, die Elastizität als Lyrismus, die Zersetzung als Trauer und Witz, das Projekt und die Theorie als radikaler Ernst, im Schatten als Schwindel und Großmannssucht, als Zauber oder als fauler Zauber – in solchen Kategorien bewegt sich diese Stadt, es ist ihr Lebenselement.

Ist es da verwunderlich, daß angesichts dieses Glanzes, der vom eigenen Schatten verklagt zu werden droht, angesichts dieser Tüchtigkeit, die so gern in mechanische Selbstbetäubung ausartet, ist es da verwunderlich, daß die Widerstände dagegen auch im eigenen Lande gedeihen, bis Berlin schließlich zum Popanz wird, zu einem Gespenst, das die braven Leute nicht schlafen läßt inmitten ihres Trotts, sie elektrisierend, sie provozierend? Aus Ärger rufen sie dann, während sie Paris nach wie vor feiern: du Wasserkopf, du Sündenbabel, du Zivilisationskloake! und am Ende sind sie derart geistig gestört, um nicht zu sagen geistesgestört, daß sie mit Kind und Kegel, einen Stabreim als Spazierstock, nach Weimar pilgern oder nach Bayreuth, um dort zu versauern.

Trotz aller Fatalität ist Berlin als Phänomen zumindest durch zweierlei bestimmbar: erstens durch den nervösen Reiz seiner »Luft«, worunter alle Rationalismen zu verstehen sind, alles Energetische, das Geistreiche wie das Schlagfertige, das Flinke wie das nuttenhaft Verbrämte, das Sachlich-Exakte wie das jederzeit »Jekonnte«, und zweitens durch das Prinzipielle seines Skeletts, durch die Idee von sich selber, worunter alles Entworfene, alles Vorausweisende, alles Organisierbare und jene Gebärde der Nüchternheit zu verstehen sein mag, die so viele Berliner Durchschnittsstraßen auszeichnet.

Im Gegensatz zu schwerblütigen, verträumten Städten, die sich elegisch in Flüssen spiegeln oder an Abhänge lehnen, mit einem historischen Wahrzeichen in der Mitte, ist Berlin, ungeachtet der Melancholie seiner Kanäle, ein typisches Präsentierbrett vergänglicher Reize, dabei elastisch und flink und bei allem Rundverkehr seltsam entspannt. Nichts bezieht sich auf einen Mittelpunkt, nichts ist wirklich in Rotation, und es wäre die reinste Lächerlichkeit, wollte man etwa im Rathaus oder im Polizeipräsidium oder in sonst einem Kasten so etwas wie eine Zentrale sehen. Auch würde es höchstens nur Mitleid erregen, wenn man diese Stadt mit einem Urteil belegte, mit einer Kritik, mit einem womöglich gar vernichtenden Vorwurf. Sie wird sich stets gestatten, das Gegenteil des Gegenteils zu sein, etwas Fluktuierendes also. Das Paradoxe liegt darin, daß hier die Labilität und Relativität ein feststehender Wert ist, das täglich zu Erneuernde das tägliche Einerlei, daß alles Vorwärts in recht verfänglichem Sinn einem Hin und Her gleicht, daß jede Bewegung in sich selber verläuft, ein Pendelverkehr, und daß das Touristen-Berlin, wie es der Fremde genießt, nicht das eigentliche Berlin ist und der Mann aus Berlin nicht der eigentliche Berliner. Es ist jenes Grenzgebiet, wo der Schatten sich wieder bemerkbar macht.

Andernteils, gerät diese Stadt mit Pomp und Trara in eine monumentale Erstarrung und wird hier das Widerspruchsvolle hintangesetzt zugunsten einer Heilsformel, einer teils modischen, teils politisch verordneten Einhelligkeit, so ist das Beste bereits verloren. Ein Eklektizismus macht sich dann breit, auch der nach neuestem Schema, und die Kulisse wird sichtbar, wie in den Straßen der Nachmitternacht die Monotonie, und aus jeder Perspektive blickt die Geistlosigkeit der Kaserne oder die Revue des Automaten. So baute Kaiser Wilhelm den Dom, so ließ Reinhardt im Großen Schauspielhaus der Dressur von Elefanten die Dressur der Statisten folgen, so wurden aus Sozialdemokraten die besten Polizisten, und noch am Sportpalast prangte ein humanistisch gebildeter Spruch über dem Eingangsportal, als hätte der

Kultus der Bildung sich's öffentlich sauer werden lassen. Es ergeht manchem repräsentativen Gebäude Berlins wie manch politischen Demonstrationen: ihre Rhetorik gleicht einem Trauerzug, der im letzten Augenblick mit allerlei Reklamejux aufgefrischt wurde.

Einen nicht weniger bedenklichen Ruf genießen auch die Bewohner, ein Typ bekanntlich, der mit der Entfernung an festem Umriß gewinnt und, etwa vom Gipfel der Zugspitze aus, insektenhaft wirkt, vorwitzig, frech, ja hochstaplerisch, der aber bei zunehmender Nähe Gefahr läuft, als gutmütig, sentimental, familienselig und verbuddelt zu gelten, als ein Fatalist und Illusionist ersten Ranges und höchster Galerie. Nur an dem Punkt, wo die Sprache sich selbständig macht, wo ihr Vorwitz sogar bis zu Tätlichkeiten drängt, wird's kritisch. Doch ist das noch das Problem des Berliners, ist es nicht vielmehr das Stigma des Dialektes und der begrenzten Wirksamkeit der Vernunft überhaupt?

In bezug auf seinen Dialekt erweist sich der Berliner allerdings als eine internationale Perversität, als ein Masochist tollsten Grades. Jederzeit überlegen, ist er doch stets auch der Unterlegene seines Dialektes, der ihn verführt und dem er mit Genuß huldigt, im Gegensatz etwa zum Sachsen, der oft überlegener ist, als seine Ausdrucksweise vermuten läßt. Oder wäre man nicht bereit, einem Sachsen auf Grund seiner Märde mildernde Umstände zuzugestehen, gesetzt selbst, er sagte vor lauter Mordlust: »nu da habbch se ähm hingemacht.« Der Berliner hat als unverzeihlichen Indizienbeweis in allen Lebenslagen die Brillanz seiner Schnauze gegen sich, er ist, gefragt oder nicht, das Opfer seiner Schlagfertigkeit, einer Selbstinszenierung, von der oft wenig mehr übrigbleibt, nachdem die Vorstellung stattgefunden hat.

Der eigentliche Berliner allerdings, und es gibt in sämtlichen Städten der Welt den Städter und den Eingeborenen der Stadt, den weltgültigen und den lokalisierten, gleicht dem eigentlichen Pariser in vielem. Man entsinne sich, wie Dostojewski als Slawophile über den Pariser gespottet hat, dessen einzige zwei Bedürfnisse lauteten: voir la mer und se rouler dans l'herbe. Nun, was anderes nährt den Ehrgeiz des Berliners, als zu meckern und zu buddeln, wenn er nicht vorzieht, die Ostsee zu bevölkern und Stullenpapier im Grunewald auszusäen? Ob er das Pflaster der Straßen aufkratzt, ob er in den Kabaretts die öffentlichen Ereignisse mit Witzen oder Kehrreimen bewirft, allein die Geste, allein die Abreaktion befriedigen ihn.

Es mag für aufgeklärte Epochen rätselhaft sein, daß sie plötzlich wieder Gespenstern gegenüberstehen, nachdem sie glücklich die degenerierte Romantik der weißen Damen überwunden zu haben glaubten, aber es ist kein Geheimnis, daß es innerhalb Berlins wimmelt von Schatten und Gespenstern. Allein die Politik, deren Einfluß massenhaft angewachsen ist, hat den Popanz wiederentdeckt; sie hat die im späten neunzehnten Jahrhundert vom Theater verdrängten Bösewichter für ihre Sphäre beschlagnahmt und wieder salonfähig gemacht; sie hat das große Moment der Verdächtigung wieder ins Licht gerückt, so daß es nachgerade marktgängig wird, wieder mit Pleitegeiern und Schiebern, mit Volksverrätern und Kriegsverbrechern, mit Terroristen und Menschenräubern Effekt zu machen, mit antipsychologischen Unholden also. Der Schatten ist es, der aufgestanden ist. Die riesenhafte Namenlosigkeit, die künstlich aufgeputschte Helligkeit der Nächte ist es, die den Schatten herausfordert. Gleicht nicht schon ein aus der Mode gekommener Schlager, nachts von einem Betrunkenen hingelallt, einem Gespenst, einem vom Tode Auferstandenen, dem Schatten des längst Überlebten? Es ist der Schreck, der leibhaftige Gespenster erzeugt, wohingegen die Angst es vorzieht, schleichende Gespenster zu hüten, das Gespenst der Arbeitslosigkeit, das geschminkte Gespenst des Millionenreichtums, das Gespenst der Massenepidemien und Revolutionen.

Das sind Perspektiven, von denen Berlin zuinnerst geplagt wird; sie werfen auch jenen phantastischen Schlagschatten, der in die Zukunft weist, in eine Verheißung, die gern jede vergangene Minute verachtet und vor Augen flackert als Anreiz und Romantik der Chance; auch sind sie getränkt, diese Perspektiven, mit den besten Säften der Wunschträume, wodurch die eigentliche Tiefenwirkung Berlins erzeugt wird. Das Projektierte mit all seinen Parasiten, der Spekulation, der Ruhmredigkeit, dem naiven Luxus, teils seiner Zeit voraus zu sein, teils keine zu haben, geistert hier nicht weniger herum als der demonstrative Protest der Massen, samt den demagogischen Begleiterscheinungen des Hochgekommenen, des rhetorischen Effekts wie der Blutmetapher.

Dieser Schatten ist unausrottbar. Außerdem ist er oft eitel wie ein Kranker, der es liebt, sich Prognosen stellen zu lassen. Und welche Stadt täte es hierin, in der Eitelkeit eines Patienten, Berlin gleich? Bringt der geglückte Umsturz einer Regierung eine neue ans Ruder, so bringt der mißglückte zumindest einen sensationellen Prozeß wegen Landesverrats; beide Spielarten durchbrechen das Schema, und die Öffentlichkeit hat ihr Schauspiel. So grell vermag hier der Schatten zu sein im Laufe der Epochen, oft grell wie das Licht, das ihn wirft, bis er plötzlich die Farbe wechselt und dasteht als ein blutrotes Gespenst.

Berlin aber, nüchtern und in Zwielicht getaucht, spiegelt sich unbekümmert in den ratlosen Augen derer, die müßig genug sind, es zu beurteilen.

II

Wie lang ist es her, daß im Portal der Uvag, bei Büroschluß, zwei junge Herren erschienen sind, ungefähr gleichaltrig beide, Kavaliere, ebenbürtig einander im Manko wie in der Vorteilhaftigkeit, und daß sie sich unter Lachen und Geschwätz aufgemacht haben gen Westen, den Abend zu genießen? Wie lang kann das her sein? Damals sagte man »phänomenabel«. Wer sagte das heute noch? Es gibt Angestellte, die sagen: bei mir ell-ell, lange Leitung nämlich, oder »knif«, was bedeutet, kommt nicht in Frage. Aber eigentlich ist auch diese Zeit schon vorbei. Ja, der könnte heut lange warten, der die Eintracht der Herren Brecher und Doktor Geist aus der Nähe bewundern wollte! Eher tränke er sich einen Rausch an, eher erblickte er in der Trunkenheit die

Laternen doppelt als beide gemeinsam. Etwas Gespenstisches, wenngleich es mit rechten Dingen zugeht und nichts Außergewöhnliches feststellbar ist, soll aufgetaucht sein zwischen beiden, eine gewisse Entfremdung, eine Gleichgültigkeit und ausgereifte Meinungsverschiedenheit.

Denn früher – wer redet von früher! Ich finde, das gehört nicht hierher. Wieso? Denn früher, da unterschieden sie sich zwar auch schon, teils äußerlich, teils in ihrer Veranlagung, aber der Unterschied galt ihnen als Reiz. So liebte Brecher von Hunden die Pudel am meisten – »kann ich nicht leiden«, war Doktor Geists Antwort, oder Brecher, um seines empfindlichen Magens willen, aß zuweilen eine Portion Schlagsahne, vor deren Anblick sein Kollege in abwehrende Pfuirufe auszubrechen beliebte. Die Hüte, die sie getragen hatten, waren zwar von gleichem Format gewesen, aber in den Schuhen hielten sie wieder auf Abstand, denn Brecher trug schwarz, Doktor Geist gelb. Niemals wäre Brecher vordem der Gedanke gekommen, seinem Kollegen liefe die Galle über die Stiefel, so gelb seien sie schon.

Wenn auch, geschäftlich gesehen, noch keiner einen Vorteil erreicht hatte, das Resultat ihrer Tätigkeit also wie je eins zu eins stand, so standen die Chancen doch so, daß Geist inzwischen ein Plus vor seiner Eins hatte aufpflanzen können, etwas Positives bis weit ins Gebiet seiner Ansichten und Hoffnungen hinein, während Brechers seltsame Eins nur mit Hilfe äußerster Negationen zu halten war. Es ist nur die Frage, auf wessen Seite der Schatten lag.

In der äußeren Aufmachung, in all dem, was von seinem Friseur »Schale« genannt wurde, Schale, in der man auftreten müsse wie ein Baron, hatte sich Doktor Geist vorteilhaft zu einem Kavalier entwickelt, aber sonst, auf privatem Gebiet, waren die Geschichten, die ihn umschwirrten, in Zwielicht getaucht.

»Was hat er eigentlich mit Mucki getrieben?« fragte man sich.

»Er hat ihr ein Märchen erzählt«, versetzte Gudula Öften allen Ernstes.

»Mucki erzählt uns eines. Das eher!« sagten sie alle.

»Ihr braucht es ja nicht zu glauben. Es liegt ganz an euch«, beharrte Gudula Öften, in vorbildlicher Weise die Interessen ihrer leider noch immer fehlenden Kollegin wahrend. Was sie auch wissen mochte, allein um diesen Vorsprung nicht zu verlieren, beließ sie das ganze Büro in Unkenntnis und vagen Vermutungen, wenn auch Brecher erklärte:

»Märchen glaubt man ganz gern. Damit vergibt man sich nichts.«

An Geist direkt ist allerdings nicht heranzukommen. Während der Arbeit schweigsam, verläßt er das Büro für gewöhnlich allein. Es sieht oft aus, als würde er hinter seinem auf und nieder gehenden Spazierstock hergezogen. Nachdem er Portier Baumann in einer Art gegrüßt hat, daß dieser ihm eine große Zukunft prophezeit, schwingt er sich auf den Autobus. Seine Überlegenheit in der Behandlung des fahrgeldkassierenden Schaffners verschafft ihm Respekt. Nur wenn die Sonne oder sonst irgendeine Lichtquelle von schräg gegen eine Mauer strahlt, das Bild des Doktors als Schattenriß ein zweites Mal in die Welt setzend, wie gesagt, höchstens dann, in seinem Abbild, kichert eine Verzerrung. Schließlich ist er ein Angestellter, der Herr, und trägt er auch weiße Gamaschen und die Hosen tipp-topp gebügelt, man weiß um seine Bedingungen und Grenzen.

Brecher freilich hat sich anders entwickelt, und er macht kein Hehl daraus, wem jetzt seine Gunst gehört. Kaum vergeht ein Tag, an dem er nicht mit Rüland die Uvag verließe, einredend auf diesen Jungen, weder Menschen noch Signale achtend, denn er läuft auch über die Straße, wenn das Zeichen auf rot steht. Nein, Signale kümmern ihn wenig.

»Er braucht einen Pudel.«

Aber das nicht allein! Wenn Doktor Geist sich mit dieser Auffassung zufriedengeben will – dann bitte. Dann mag er nach Westen abbiegen, hinüber ins Bereich der kulturbewußten, kulturzermürbten Frau Geheimrat; sie, Brecher und Rüland, wenden sich ostwärts. Es ist das alte deutsche Dilemma, westwärts und ostwärts. Natürlich betrachtet es Gudula Öften längst mit wachsender Sorge, hauptsächlich Rülands wegen, der für jede Art Menschlichkeit verlorenzugehen droht.

»Der Dummkopf«, sagt Frieske. Aber sie weiß natürlich wie alle, daß Rüland erwacht ist. War sie nicht eines Tages von ihm mit der Frage aufgezogen worden: »Fräulein, wo haben Sie denn die Ringe her?« – »Ringe, wieso?« – »Ich hab so wundervolle Ringe noch nie gesehen.« – »Den da?« hatte Frieske mit einem Blick auf ihren Amethysten, ein Geschenk von Heinz, gefragt, bis Rüland, zur Vorsicht einige Entfernung zwischen sich und Frieske legend, erwidert hatte: »Nee, den ums Auge. Das sind ja die reinsten Wagenräder. War's schön?« –

Damals hatte Frieske dem Bengel die Pistole auf die Brust setzen wollen, wäre sie nicht durch Gudula Öften herabgeschleudert worden aus ihrer empörten Metapher.

»Schießen!« hatte Gudula Öften gelechzt. »Immer gleich Pistolen und Revolver! Seid ihr denn toll allesamt? Als ob nicht genug mit Blut gespielt wird. Ich protestiere. Ich protestiere gegen diese Unfähigkeit, die zu Revolvern greift, weil sie mit ihren Argumenten am Ende ist. Dieser Rüland, kann er überhaupt verstehen, was Brecher ihm einflüstert?«

Daran muß Frieske denken, wann immer sie Brecher und Rüland um die Ecke verschwinden sieht, merkwürdigerweise dorthin, von wo sie geflüchtet ist. Wahrlich, es ist zu verdreht in der Welt! Die einen flüchten von Örtlichkeiten, wohin die anderen sich sehnen; die einen, um ihren vollsten Genuß zu finden, können nicht hoch genug steigen, die anderen nicht tief genug hinab. Es ist zu verdreht. Für Rüland freilich war eine Zeit angebrochen, des Staunens voll, und wo Doktor Geist Aufkläricht sah, hörte Rüland Musik.

»Dieser Sack«, begann Brecher eines Tages, als klargeworden war, daß auch den oberen Gefilden, den direktorialen, Reibereien und Machtkämpfe nicht erspart bleiben würden, »dieser Sack hat einen leitenden Posten inne, trotzdem beschwert er sich dauernd. Natürlich privat. Er klagt über Kapitalismus wie andere über Gicht. Ein Gespenst, schreit er. Seine Arbeit sei ein Gespenst. Und dann nennt er sich einen Wohlstandsproletarier.«

»Wie?« fragt Rüland.

»Wohlstandsproletarier«, wiederholt Brecher. Dann lachen sie beide. Rüland weiß zwar nicht, warum er so lacht, aber als er gefragt wird, wie er über Sack denke und ob es dem gutgehe, weiß er zu antworten.

»Er hat eine Achtzimmerwohnung und eine Frau, die nichts tut.«

»Das ist's ja, mein Junge, daß diese Herren dort noch besitzen wollen, wo ihnen nichts mehr zusteht. Sie spüren das Wesen der Enteignung wie alle, aber sie klagen mit einem gewissen Genuß. Denn, mein Junge, hier in Berlin kann keiner mit gutem Gewissen behaupten, daß ihm etwas gehört, daß er wirklich etwas besitzt, nicht einmal in bezug auf die eigene Frau. In allem steckt die Enteignung. Früher, da war's noch möglich zu sagen: ›Mein Leipzig lob ich mir‹, das hat Goethe gesagt – aber sag du mal: ›Mein Berlin!‹ Da mußt du selber lachen; das klingt nicht. Genau so süßsauer wird Sack, wenn er sagt: ›Meine Frau.‹ Übrigens, hast du schon mal mit ihm zu Mittag gegessen?«

»Nein«, sagt Rüland.

Wie alltäglich hatten sie gemeinsam die Uvag verlassen, doch diesmal zeigte sich Rüland sehr aufgeregt, nahezu hündisch. Denn sie waren dabei, in eine von Uvag-Arbeitern einberufene Versammlung zu gehen. Da ihnen indessen Zeit genug bleibt, schlendern sie gemächlich nebeneinander her, wobei sich Brecher auffällig herabbeugen muß, um verstanden zu werden. So sehr ihn auch das dauernde Reden anstrengt, er kann sich's doch nicht versagen, von seinem geliebten Bürochef ein Bild zu entwerfen. Die Lichtreklamen beginnen dazwischenzuglitzern, süßlich schwelgende Schlager aus den Musikcafés versuchen zu überreden, daß erstens alles aus Liebe geschehe, zweitens niemand die Liebe ernst nehme, worauf sich der nächste Schlager auf die eigene Tante wirft. Dessenungeachtet klingt keine Musik in Rülands Ohren so paradiesisch wie die von Brecher traktierte.

»Also paß auf! Schon die Art, wie er sich an den Tisch setzt, händereibend, den Stuhl untersuchend, als könnte er morsch sein, und wie er dann sitzt, in den Schultern zuckend – hat's in sich. ›Speisekarte!‹ ruft er. ›Wieder mal keine Speisekarte?‹ –

Aber ist sie erst da, dann sitzt er davor, einfach hilflos. Kommt jetzt nicht die Frieske geflitzt und sagt: ›das da kann ich Ihnen wärmstens empfehlen!‹ – er müßte verhungern. Aus Überfluß verhungern. Denk mal, Rüland. Wir verhungern nämlich auch bald am Überfluß, nur ein bißchen unfreiwilliger. Inzwischen sind sechs Minuten vergangen, so daß er mit Recht bekanntgeben kann, ein Diabetiker zu sein. Und da ist er noch stolz darauf.«

Diabetiker, was das wäre? fragt Rüland. Später fährt Brecher fort:

»Das ist er nur vor dem Hauptgang; beim Nachtisch hat er's wieder vergessen. Da schleckt er alles hinunter, tutti putti. ›Ach, das wird mir das Leben verkürzen‹, stöhnt er, während er zugreift. Und wirklich, der Mann sieht leidend aus. ›Sahne und Schlag, die sind mein Verhängnis‹, sagt er. ›Ich sterbe einmal an Schlagsahne.‹ Und dafür will er bedauert sein.«

»Ich mußte ihn auch schon bedauern«, sagt Rüland.

»Da hast du's. Wohlstandsproletarier! Diese Leute jammern, weil es ihnen zu gut geht. Ginge es ihnen schlecht, sie wagten nicht, es zu erkennen zu geben. Bedauert sein wollen sie noch, weil es ihnen zu gut geht. Aber, ich sage dir, Rüland ...«

Und Brecher, dem es die Rede verschlägt, blickt weit vor sich hin, die Eilfertigkeit der Leute mißachtend, um plötzlich bei Rüland einzuhaken.

»Komm näher, min Jung. Vier Strich abdrehen, Käpt'n.«

Auch mit Doktor Geist war Brecher gern Arm in Arm gegangen, sobald ihn etwas Wichtiges beschäftigte. Rüland indessen war weit empfindsamer; zitternd, durch jede Pause in schwindligste Erwartung versetzt, schien er bei Brechers Worten einen Hauch der Auflösung aller Dinge zu spüren, eine seltsam klare, dennoch unfaßbare Gewalt, durch die das Unterste zuoberst gekehrt wurde. Der Anblick der Riesenwelle erregte ähnliche Schauer.

»Zu gut geht«, wiederholte Brecher. Dann beugte er sich hinunter an Rülands Ohr und fügte, als sei es ein Geheimnis, leise hinzu: »Die werden noch alle um Hilfe schreien, weil es ihnen zu gut geht.«

Das war Brechers Schlußpunkt gewesen, hier in den Neben-
straßen der Friedrichstadt, wo alltäglich Gespräche dieser Art
stattfinden, aber es war ein Schlußpunkt, den Rülands kindliche
Phantasie verehrte. Wie übers Meer gesprochen, sagenhaft hatten die Worte geklungen. Ja, wenn Zyniker das Paradies gegründet hätten, würden heut alle Leute so reden; es wäre die offiziell
anerkannte Sphärenmusik. Hilfe schreien, weil es ihnen zu gut
geht?

III

Ja, wir haben es weit gebracht! Schneller als mancher vom Tode
Gezeichnete seine Schuldigkeit tut, indem er endlich den Geist
aufgibt, und in kürzerer Zeit, als sie noch immer der Mensch
braucht bis zu seiner Geburt, bauen wir ein Haus. Fast lautlos
wächst es empor, fast ohne Hammerschlag, und Rekordbauten
gibt's, wo in jeder Woche ein Stockwerk geliefert wird, so daß es
im Grunde verwunderlich ist, warum nicht höher und billiger
gebaut wird, hinauf etwa bis in luftleere Schichten. Ist das so
schwer? Ein Skelett, steht es da; eine Skelettkomposition aus
Licht und Schatten. Keiner der an dem Bau unmittelbar Beteiligten hätte ein Recht, unter der Last seiner Arbeit zu seufzen, ist
doch alles nach Tarifen gestaffelt. Im Grunde besteht diese Arbeit aus nichts als einer Folge von Handreichungen genormter
Teile, und es ist den Unternehmern hoch anzurechnen, daß sie
für solche Spielereien die Leute überhaupt noch bezahlen.
Könnte man nicht mit Fug behaupten, daß die theoretischen
Dinge mehr Schweiß kosten als die praktische Ausführung?
Wenn gefrühstückt werden soll, wird gefrühstückt, mag auch ein
ganzes Stockwerk frei in der Luft hängen; wenn die Zeit abgelaufen ist, wird nach Hause gefahren, derart brillant passen die
Teile aufeinander. Es ist die reinste Prädestinationsmechanik.
Und nicht etwa, daß die einen der Gnade teilhaftig, die anderen
ausgestoßen wären, nein, die Methode ist allgemein, und daran

erkennt man den unwiderstehlichen Siegeszug einer Errungenschaft.

Es zeigte sich aber, daß mit Scheinwerfern, die an der Hausfront der Uvag entlangfingerten, nicht jener Schatten zu vertreiben war, der innerhalb saß, und daß sich in letzter Zeit die »Symptome herrschender Verfinsterung« in bedenklicher Weise häuften. Es half nicht viel, daß sich die Leitung bemühte, ihr Licht leuchten zu lassen, indem sie sich unter den Schutz recht ungeläufiger Geschäftsbegriffe begab; denn man sprach allerorten von dem Heil, dem Heil, das in allen möglichen Vorschlägen stecke, und man vergaß darüber gern und versuchte vergessen zu machen, daß die Firma nicht eine Heilsarmee war, sondern ein Unternehmen zur Erzielung von Vorteil und Überschuß; wie gesagt, es half nicht viel.

Nicht allein, daß die Fehlschläge sich häuften, sondern mit den Fehlschlägen kamen in wahrer parasitärer Wollust eine Menge anderer Dinge zum Vorschein, Gereiztheiten und direktoriale Mißhelligkeiten, da einer die Schuld auf den anderen abwälzte, und dieser Druck von oben erzeugte naturgemäß einen Widerstand von unten, bis allmählich die ganze Uvag trotz unleugbarer Errungenschaften ein ungesunder Tummelplatz für allerlei Gerüchte wurde. Nach jeder Versammlung, jeder Betriebsbesprechung begannen diese Gerüchte auszuschwirren, den Brieftauben nichts nachgebend an Tüchtigkeit.

Es ging da neulich eine Nachricht durch die Blätter der Uvag, eine Nachricht, der zufolge sich eine berühmte, auch sonst sehr schlagkräftige Sängerin von ihrem Gatten, einem Gesandten, hat scheiden lassen, und zwar aus Gründen, die seltsamerweise mit dem Ausdruck »steuertechnisch« belegt worden waren. Viele Leute hatten sowas noch nie gehört. Sich scheiden lassen, das kannten sie alle; sich nicht mehr grüßen, sich, wenn es nicht anders ginge, ins Gesicht spucken, sich hassen, sich vollkommen gleichgültig verhalten, jede Skala war ihnen bekannt, nur die steuertechnische nicht. Und daher staunten sie auch so sehr, als sich die Sängerin auf so ungewöhnliche, man muß direkt sagen steuertechnische Weise hervortat. Immerhin, es war eine Künstlerin, die konnte sich das erlauben; vielleicht auch ließ ihre Stimme nach, und es wurde höchste Zeit, die allgemeine Aufmerksamkeit auf etwas tiefere Stellen als den Kehlkopf abzulenken und dort die Reklametrommel zu rühren ... Wie dem auch sei! Was aber sagt man dazu, daß auch die Uvag eines Tages aus steuertechnischen Gründen die Familienbande gelockert und sich in eine Aktiengesellschaft verwandelt hatte? Ich meine: gehört das hierher?

Der Großvater war der Gründer gewesen, die Söhne waren die Besitzer, Kaufleute hatten sie sich genannt, aber die Enkel waren plötzlich etwas geworden, wovon sie selber nicht wußten, wie sie es hätten nennen sollen, wenn nicht Generaldirektor. Es war da etwas am Werk gewesen, eine übergeordnete Gesetzmäßigkeit, die sich um Privatangelegenheiten nicht kümmerte; im Gegenteil, das Private hatte den Besitz abgetreten an eine Art Abstraktion, so daß zum Schluß eine riesige Klaviatur übriggeblieben war, eine Klaviatur, die Virtuosen erforderte, damit sie den richtigen Ton anschlügen. Gehören aber, im echten Sinne gehören tat den Herrschaften nichts mehr, es gehorchte nur vorderhand noch, und es gehorchte dem, der die Majorität besaß. Mit anderen Worten: Ua-Ua und Egon spielten eigentlich vierhändig; sie waren dazu verdammt, sich auf das zu spielende Stück vorher zu einigen.

Nun war es längst in diesen Räumen kein Geheimnis mehr, daß Ua-Ua, als der Ältere, einen ganz anderen Anschlag bevorzugte, demjenigen Egons diametral entgegengesetzt, daß er, klaviertechnisch, nicht steuertechnisch gesprochen, fortwährend Pedal trat, sich aufwarf, sich zäsarisch gebärdete und daß er auch die allgemeine Verfinsterung in diesem Stil zu bekämpfen trachtete, das heißt durch Anschlagen der rauhsten Töne. Seine Verfügungen stürzten sich oftmals in solch horrenden Oktaven ins Sekretariat Seiferth hinunter, daß denen die Ohren dröhnten, daß ihnen schwarz wurde vor Augen und dann ein Schatten die Wände hinaufsprang, so hoch, bis er das Gleichgewicht verlor und alles, was unter ihm ächzte, erschlug. Ist das verständlich? Egon hingegen spielte ganz anders. Er vertrat eine Art Relativitätsprinzip, indem er jeden Ton hundertfach kontrapunktierte. Er ging mit den Massen, er kehrte Melodien um, er legte drei Tonarten übereinander, und manchmal klang seine Spielerei auch, als putze er nur die Tasten. Dieses neuartige Prinzip nun galt allgemein als »im Kommen begriffen« und Egon daher als »der kommende Mann«, eine Ansicht, die ihre Einschränkung leider insofern mit sich führt, als auf anderen Gebieten, etwa im Sport, in Dutzenden Beispielen der »kommende Mann« nie wirklich angekommen ist, weil ihm die Last der Vorschußlorbeeren die besten Kräfte geraubt hat.

Ja, wir haben es weit gebracht, wir wissen oft nicht, wo uns der Kopf steht! Denn die einen tippen noch immer auf Ua-Ua, die anderen auf Egon, unterdessen aber werden in den eigenmächtigen Becken der Versammlungen immerzu Widerstände gesammelt, Massen organisiert und Revisionen gefordert. Und was kommt dabei heraus? Zugeständnisse! Nichts als Zugeständnisse kommen heraus. Es verhält sich mit diesen wie mit den bekannten, schrittweise herbeigeführten Zugeständnissen aus der Geschichte der Monarchien. Wenn dort ein Thron zu wackeln begann, reagierte man zunächst mit irgendeinem Verbot; fruchteten auch Verbote nichts mehr, so entschloß man sich von oben herab zu einem Opfer, indem ein Minister in die Pension geschickt wurde; halfen aber auch Opfer nichts mehr und glich der Thron allgemach einem tanzenden Irrwisch, so ging der Monarch für einen Moment in die Toilette, und sein Sohn plagte sich unterdessen mit der Bändigung des rasend gewordenen Stuhlbeins, bis das Stuhlbein schließlich unter dem Druck geschichtlicher Ereignisse völlig zusammenbrach.

In einer Lage, jener verzweifelt ähnlich, befindet sich auch die Uvag; auch sie diskutiert mehr über den einzuschlagenden Weg, als daß sie ihn wirklich beschritte. Sie ist zu Opfern bereit, aber den Nutzen davon beansprucht sie selbst. Und dann, solang Ua-Ua sich hält, wird wohl Egon ewig »im Kommen begriffen« bleiben. Greift Egon jedoch eines Tages unverhofft zu, sei's, weil er Beweise hat, sei's, weil er einer neuen Majorität sicher zu sein glaubt, so kann kein Mensch mit Sicherheit voraussagen, mit welchen Mitteln Ua-Ua sich wehrt. Es geht nämlich ein Gerücht, und obwohl es der Angestelltenschaft ziemlich gleichgültig sein kann, wie die Chefs wechseln, denn die Chefs sind eine Kategorie für sich, so erzählt man sich doch mit einigem Schmunzeln, daß Ua-Ua in Anbetracht der allgemein herrschenden Verfinsterung und der strategischen Umtriebe Egons ausgerufen haben soll:

»Ich hau den ganzen Kloß kaputt.«

Die Rückkehr ins Büro

I

Jeder der vielen Angestellten spürte, daß seit kurzem etwas im Gang war. Still inmitten der Arbeit sitzend, von einer kritzelnden, einer sich räuspernden Kollegenschaft umgeben, war überall vernehmbar, wie der Boden unter den Füßen zu rollen begann, wie Dinge in den Vordergrund traten, Dinge von solcher Bedeutung, daß jede sonstwie geartete Privatmisere demgegenüber nebensächlich wurde. Trotzdem blieb die allgemein glimmende Nervosität ein gutes Thermometer für die eigene, und in Momenten, wo Sack, dessen Name noch kürzer nicht sein kann, gereizt in der Tür erscheint, auf der Schwelle seiner Zurechnungsfähigkeit gleichsam, und, weil er soeben noch gewußt hat, was er hat sagen wollen, sich mit flacher Hand gegen die Stirn schlägt, um kehrtzumachen und wieder zu verschwinden, ergebnislos, in solchen Momenten reißt oft auch die eigene Geduld. Blickt man dann mit dem Wunsch, sich zu beherrschen, teilnahmsvoll im Büro umher, an den mattblauen Vorhängen der Fenster entlang, über die mit Material belasteten Tische hinüber, so entsteht der Eindruck, man säße zwischen lauter Hieroglyphen. Eine Zahl vom Kalender, ein Termin glotzt her, und die 8 sieht aus, als hätte sie sich selber erwürgt, und die 6, als legte sie dem Tag eine Schlinge.

»Frieske!« ruft es, weil Sack wieder eingefallen ist, was er hat sagen wollen. Ein »Sofort« auf den Lippen, erhebt man sich ziemlich schwerfällig, ziemlich überlastet und mit einem Gespenst im Bauch, das flüstert: »Eine Gurke wär mir jetzt lieber.«

Die Helligkeit, die dessenungeachtet sich wohlfühlt, bestens konserviert von den Chefs, schlendert gemächlich um die Fläche des leeren, zurückgebliebenen Stuhls, und während Frieske mit Sack konferiert, kämpft der Abdruck ihres Gesäßes verzweifelt gegen die Selbstvernichtung an. Der Hauch von Beschlagenheit weicht einem klareren Glanz, und schließlich kommt die Sonne hinzu und gibt eine Vorstellung in Lichtreflexen. Es blendet empfindlich.

»Ach, Herr Brecher, hätten Sie wohl die Liebenswürdigkeit?« sagt Gudula Öften, mit hagerem, erhobenem Kopf zum Fenstervorhang deutend. Man sieht es dem Widerschein ihrer Augengläser an, daß sie vom Licht in der Arbeit gestört wird. Das Licht fällt ein, und wahrlich, es hat seine eigene Schärfe, die nicht nur leuchtet.

Anfangs zögert Herr Brecher, doch als er Gudula Öftens Nase erblickt, erhebt er sich. Er brummt vor sich hin, während er sich zum Fenster begibt. Da er seine Gefälligkeit so umständlich ausführt, schüttelt Gudula Öften den Kopf.

»Muß das aber schwer sein«, sagt sie leise.

Brecher indessen antwortet nicht; einen Blick wirft er hinüber zu ihr, halb orientierend, halb mißbilligend. Es hat sich tatsächlich ein merkwürdiger Zug in Gudula Öftens Physiognomie eingeschlichen, auffällig besonders nach einer ironischen Bemerkung. Dann ist es nämlich, als fiele in ihrem Gehirn eine Klappe zu, das Mienenspiel versagt den Dienst, und dem beißenden Lächeln folgt eigentlich gar nichts. Wie eine kalkige Wand sieht Gudula Öften aus, und nur die Nase, einem Harzer Spitzkäse vergleichbar, sticht als Hauptobjekt aus der Blutleere hervor. Den ganzen Tag lang war diese Nase gelblich und in der Nähe des goldenen Brillenstegs rötlich wundgescheuert und leidend.

»Ich lese es dir von der Nase ab«, schien Brecher sagen zu wollen.

Er sagte es nicht, so sehr auch das Büro auf etwas Unterhaltung erpicht war. Nein, er sagte es nicht. Es war seine neueste Tour, etwas auf der Zunge Liegendes demonstrativ nicht zu sagen, es hinunterzuschlucken.

»Sie haben eine Niederlage erlitten«, hätte er sonst zu Gudula Öften sagen müssen. Oder waren die Befreiungs- und Erholungsversuche mittels eines Atelierfestes nicht in kläglichster Weise fehlgeschlagen? Hätten sie statt dessen nicht ebensogut niederknien und beten können als sich unter Alkohol setzen und tanzen? Denn diese ihre Befreiung hatte auf Berauschung beruht, sie war der Widerschein eines durch das Gift der Selbsttäuschung heraufbeschworenen Fiebers gewesen. War nicht die Reaktion unausbleiblich?

»Sie haben eine Niederlage erlitten«, hätte er wiederholen können.

Nun, auch Gudula Öften hätte einiges darauf zu erwidern verstanden; sie hätte zum Beispiel mit folgender Feststellung hausieren gehen können:

»Meine Niederlage wird darin bestehen, Sie endlich einmal auf einige Stunden glücklich gesehen zu haben, Herr Brecher.«

Vielleicht, während sie ihn vom Fenster zurückgehen sieht, denkt Gudula Öften das wirklich. Vielleicht denkt sie sogar:

»Nur keine Mätzchen! Du bist erkannt.«

Aber auch sie schluckt ihre Weisheiten hinunter, indem sie all ihre hervorstechenden Eigenschaften allein in der Gestalt ihrer Nase zusammenfaßt, in diesem Gestalt gewordenen Protest.

»Glück – Herr Brecher!« hätte sie ausrufen können, ihn absichtlich wie einst herausfordernd. Aber wußte sie denn nicht längst, daß er mit bösem Seitenhieb auf das traurige Schicksal der Hückstedt erwidert hätte:

»Glück rächt sich.«

»Ein ewiges Glück, allerdings, das ist nicht möglich«, hätte Gudula Öften getrost entgegenhalten können, bis er schließlich, ohne geringste Bedenken, sich etwas zu vergeben, den kleinen Rüland an der Schulter gepackt und gleichsam als Beweis vorgeschoben hätte mit den aufreizend utopistischen Worten:

»Was hilft uns das Glück, solang es nicht organisiert werden kann?«

Beschämend! Beschämt liegt das Büro da. Um diesen Akt der Beschämung zu vermeiden, gedenkt Gudula Öften sich künftig auf nichts mehr einzulassen. Sie bittet Herrn Brecher höchstens um eine Liebenswürdigkeit. Manchmal freilich ist Herr Brecher so frei, trotz zugezogener Vorhänge alles in anderem Licht erscheinen zu lassen. Er wendet sich dann an Rüland, den einzigen, den er für voll nimmt.

»Der zivilisatorische Fortschritt«, beginnt er dann, und Doktor Geist hat Gelegenheit festzustellen, wie sehr in letzter Zeit über Brechers Meinungen gekichert wird, wie sehr dessen Ruf leidet und wie wenig man sich um ihn kümmert, mochte auch der zivilisatorische Fortschritt durch sein Mißverhältnis von Aufwand und Ergebnis glänzen. Aber Brecher, der Clown, hält sich an Rüland, dem er beweist, daß die meisten sogenannten Errungenschaften nichts anderes seien als ein trauriger Notbehelf.

»Ein Notbehelf«, wiederholt Brecher.

»Achtung, Notbremse!« ruft jemand, aber der Narr fährt fort:

»Wieviel Geschäftsleute müssen in ähnlicher Weise fünfhundert Mark Miete aufbringen, um von zweihundert Mark leben zu können? Ich höre zwar sagen, das seien Spesen. Ja eben, die Spesen! Spesen haben etwas Poetisches: sie stellen sich ein.«

»Zahlung eingestellt.«

Trotz dieses Zwischenrufes versteigt sich Brecher ungestört weiter, indem er der Poesie der Spesen eine zweite folgen läßt, diesmal die der Natur.

»Da beschwert man sich über die staatliche Bürokratie«, sagt er, »über diesen traurigsten aller Notbehelfe, diesen Jammer von Polizei, Postsekretären und Justizpedanten, da fragt man sich vor jedem Steuerzettel, ob es tatsächlich nicht einfacher hätte zugehen können. Aber wie ist es denn in der Natur? Die Kapillaren der Gräser, die Massenerscheinung blühenden Obstes, das vom Hagel vernichtet wird, die Staubgefäße des Löwenzahns – welch ein Irrsinn an Aufwand und Überfluß! Welch ein Irrsinn, Blätter wachsen zu lassen und ein Universum hineinzuprojizieren!«

Ich weiß nicht, wer hier den Irrsinn begeht, denkt Gudula Öften.

»Ach, ich fürchte, auch den Gräsern geht's schlecht! Sie wären sonst einfacher. So aber hat ein jeder Fetzen, der durch die Luft fliegt, sich eine unendliche Welt bauen müssen – warum wohl?«

»Vorsicht! Hier hört einer das Gras wachsen«, sagt Coty.

»Gras weniger, aber Stroh. Das zieht er einfach aus seinem Gehirn«, flüstert Doktor Geist.

Nur Brecher ließ sich durch Witzeleien nicht abhalten, schien's;

er hatte es ordentlich darauf angelegt, sich ins Unrecht zu setzen. Außerdem sprach er mit Rüland, mit niemandem sonst, und wenn die anderen Herrschaften sich trotzdem getroffen fühlten, taten sie es auf eigene Gefahr.

»Siehst du, Rüland. Wenn sich früher zwei Könige zankten, mußten die Völker Krieg führen. Es waren Stammesinteressen. Bei uns hier hat sich jeder aufs Hegen seiner Privatinteressen verlegt. Ihre Hoffnungen sind ihre Windeln. Mit diesen Windeln umwickeln sie ihre Interessen, dann machen sie sie voll, und zum Schluß werden sie in die Zukunft gehängt. Dort lüften sie.«

»Appetitliche Aussichten«, bemerkt Doktor Geist.

»Aber es handelt sich gar nicht darum. Es handelt sich gar nicht darum, ob einer die Chance erwischt und der andere nicht. Ich sage, es handelt sich gar nicht darum. Eine Verlobung mehr oder weniger, es handelt sich gar nicht darum.«

Komischerweise, da er langsam Neugier erregt hat, verstummt nun Brecher. Er sagt kein Wort mehr. Er hat offenbar keine Lust bekanntzugeben, worum es sich eigentlich handelt. Nur als er die fragenden Blicke aller gewahr wird, stößt er seinen Freund Rüland heimlich mit dem Ellbogen an. So treibt er's. Das ist auch der Grund, weshalb er nicht länger ernst genommen wird, von keinem hier im Büro – ü?

Hat man schon von dem Vorfall gehört, dem Zwischenfall vielmehr, den Brecher neulich heraufbeschworen hat? Wie? Dann wird's aber Zeit! Also, kommt doch Sack eines Tages unverhofft herein und findet auf Brechers Schreibtisch ein Schnapsglas. Es war ein richtiges langstieliges Likörglas, und es nahm sich nicht übel aus.

»Was soll das? Was ist das?« fragt Sack, gemäß seiner Art, immer doppelt und dreifach zu fragen.

»Ein Schnapsglas«, war Brechers Antwort.

»Wozu? Was heißt das? Wollen Sie eine Erklärung geben?«

»Gern«, sagt Brecher. Darauf beginnt er in seinem Schreibtisch zu kramen, dann holt er eine Flasche heraus, die gluckert. »Bitte«, sagt er.

In Sack beginnt es langsam zu kochen, und er will schon ausholen und schreien, mit welchem Recht sich Brecher erlaube, ihn lächerlich zu machen, als er zur Antwort erhält:

»Medizin, Herr Sack. Magenbitter. Ich habe in dieser Gegend manchmal nervöse Anfälle. Sehen Sie: hier. Das kommt von dem Zeug, das mir im Magen liegt. Anderen geht's vielleicht auf die Nieren.«

»Das kann ich nicht dulden«, sagt Sack, aber im selben Moment verschwindet er auch schon.

Ja, es war etwas Sinnloses aufgebrochen im Wesen Max Brechers, und es nahm sich wunderlich aus neben all seinem Scharfsinn. Bei Licht besehen, mochte es nicht ganz frei sein von Mutwillen und Herausforderung, von einem Drang, die Dinge zuzuspitzen, bis auch die Spitze abbrach. Aber es ist nicht gesagt, daß es bewußt geschah, und möglicherweise hätte Herr Brecher mit einigem Recht behaupten können, es handle sich gar nicht darum. Dasitzen nämlich, tagaus tagein, ohne zu wissen, wie lang noch; Propaganda treiben und nicht wissen, wofür; angestellt sein, aber monatlich kündbar; es ist nicht ausgeschlossen, daß Herr Brecher in dieser Zwangslage etwas zu spüren vermeint, das menschenunwürdig ist.

II

Endlich, zum äußerst möglichen Termin, war auch Mucki wieder soweit, die selbst gegönnte Erholung abzubrechen, ein Entschluß, der durch gutes Zureden von seiten Doktor Geists wesentlich gefördert worden war. Es hatte sich überdies herausgestellt, daß sie, anderweitig berührt durch ihr Berufsleben, der Häuslichkeit keinen Geschmack mehr abgewinnen konnte und daß es an der Seite ihrer emphatisch leidenden Mama auf die Dauer recht langweilig zuging, die Schulden ungezählt, die sie hat machen müssen. Denn sie besaß einen Pelz, auch neue entzückende Halbschuhe. Erleichtert wurde ihr der Entschluß außerdem durch gewisse Versprechungen rein privater Natur. Aber sie kann doch niemandem sagen, wie froh sie war, daß auch für sie der Boden endlich ins Rollen geriet. Sie suchte es Gudula Öften begreiflich zu machen.

»Kennen Sie das?« sagte sie. »Frühmorgens aufwachen und überhaupt kein Verhältnis zu seinem Tagewerk finden? Schon das Licht im Fenster ist fremd, und der ganze Körper befindet sich im Widerspruch zu seinen Energien. Mir ist schon passiert, damals, gleich nach dem Atelierfest, daß ich mit einemmal nicht mehr wußte, wie mein Kragen zugeknöpft werden muß, rechts oder links herum. Wollen Sie glauben, daß ich deshalb zu schwänzen begann?«

Zu schwänzen, weil man nicht weiß, wie ein Kragen zugeknöpft wird? Möglich! Aber Gudula Öften fand es doch allzu gewagt. Nein, sie hielt es für eine Ausrede, wenngleich ihr etwas daran gefiel.

»Das kenne ich gut. Jaja, das kenne ich«, sagte sie deshalb.

»Sehen Sie! Das ist der Anfang. Damit beginnt es meistens, und später klappt überhaupt nichts mehr. I gitt, überhaupt nichts.«

Während Mucki diese Neuigkeit vortrug, kniff sie die Augen zusammen, eine Angewohnheit, die das weit Neuere an ihr war und angesichts derer Herr Brecher, hätte er's frühzeitig genug bemerkt, ihr hätte gratulieren gehen können, weil auch sie nun endlich auf dem Wege wäre, scharf- oder kurzsichtig zu werden. Sie wisse doch, von einem Monatsende zum anderen? Damals hätten sie alle »ü?« gesagt.

Gudula Öftens argloses Gemüt dachte indessen noch nicht so weit, weshalb sie auch zur Verlängerung ihres Wohlgefallens versetzte:

»Ja, man ist oft derart zerstreut.«

Aber Mucki, nach blitzartigem Augenaufschlag, zwinkerte wieder, bis sie nun auch die Lippen einkniff. Erhält man eine Antwort, die der eigenen Auffassung klaffend widerspricht, so beherrscht man das Einkneifen der Lippen, ohne es je probiert zu haben.

»Zerstreut nennen Sie das?« sagte Mucki. »Eigentlich ist es das Gegenteil, find ich. Man hat zuviel an Bewußtsein. Man denkt zuviel an den Dingen herum. Kein Wunder bei diesem Leben! Man sollte die Bälle, wie im Varieté, unbesehen durch die Finger gleiten lassen. Es wäre gesünder.«

»Und Sie konnten das immer so glänzend, Mucki!«

»Man kann es, solang man es nicht bewußt tut. Ich weiß nicht, ob es ganz stimmt, was ich sage, aber sehen Sie, Öften, die Sache mit Doktor Geist ... Solang er mir lästig war, blieb er belanglos; aber seit dieser Überraschung ...«

Mucki stockte. Erstmals in ihrem Leben wandte sie sich rasch ab, einer Bewegung nachgebend, die jener einst an Gudula Öften genau beobachteten Drehung aus der Hüfte entsprach.

»Hat es sich denn inzwischen gegeben?«

»Etwas.«

Nachdem sich beide schweigsam gemustert hatten, beide die Lippen schmälernd, war Mucki zu einer Erklärung übergegangen, einer Darlegung ihres Verhältnisses zu Doktor Geist. Privat, und sie gebrauchte diesen Spezialausdruck ihrer hinkenden Kollegin, sei er ein ganz anderer Mensch, und jener störende Defekt auf der Höhe des Liebesgenusses, dieses abrupte Aussetzen der Potenz bekümmere ihn selbst am meisten. Er werde geradezu ehrgeizig. Er könne sich's nicht erklären. Sie hätten schon geglaubt, er sei womöglich zu glücklich, noch mehr als dies.

»Lasterhaft also?«

Mucki bestätigte es. »Vielleicht«, sagte sie. »Vielleicht eine bewußte Vorausnahme.« Aber das Glück doppelt genießen wollen, das ginge eben nicht an.

»Nicht gut, Mucki.«

»Ich glaube, es ...«

Aber Mucki stockte erneut, und wieder wurde die Öften von einer kurzen, ungemein tieftreffenden Neuigkeit überrascht. Man weiß, wie herrlich sie aussehen konnte, einen Teint zur Schau stellend, der schillernd weißhäutig war, insgleichen einen Blick, nicht ohne List bei aller Geweektheit. Diesmal zerstörte sie ihren eigenen Vorteil. Als wäre etwas an ihr ekelerregend, huschte ihr eine Verzerrung übers Gesicht. Dies eben, daß Mucki auch häßlich aussehen konnte, war neu.

Um so erleichterter fühlte sich Gudula Öften, als Mucki in gewohnter Frische plötzlich ausrief: »Ich glaube, ab morgen trage ich ein Monokel.«

Sie lachten darüber; sie hatten sich wiedergefunden.

Aber die Wiedergabe dieses Gespräches greift vor. Sie unterliegt demselben Laster, dem Doktor Geist unterlag, ein Laster, wie es häufig genug auch vom öffentlichen Leben Berlins und von der Politik der Parteien dargeboten wird und wie es Brecher alltäglich durch die Beeinflussung Rülands vorführt.

Zunächst, da sie Spätdienst hatte, vormittags gegen zehn Uhr, hatte Mucki in der Untergrundbahn gesessen, und auch hier rollte der Boden. Wieder das Flutende des Verkehrs zu spüren, die Bewegung unter den Menschen, das Schlagen der Türen, das still Entgleitende der Stationen, es verfehlte nicht seine große rhythmische Wirkung. Hinter dem Wittenbergplatz mit eigenartiger Sanftmut dann hinaufgehoben werden ins taghelle Licht, das anfangs bleich schien, bald aber an Farbe gewann, und hinfahren in Höhe des ersten Stockwerks, während die Hausfronten vorüberglitten als ferne Träume, scheinbar beziehungslos und doch seltsam vertraut: English Institut – Isaria Zählerwerke – Persil – mit Schildern dieser Art, bis die schönste aller Bewegungen näher kam. Denn vor dem Gleisdreieck legte sich die Bahn für eine Kurve zurecht, nicht weniger schmiegsam, als sich eine Geliebte in die Arme ihres Liebhabers bettet, eine Zärtlichkeit der Erwartung aufrufend, ein Vorgefühl, wie es Berlin nicht ein zweites Mal bietet. Wie oft war Mucki die gleiche Strecke gefahren! Aber die Gewohnheit hatte abstumpfend gewirkt. Zuletzt hatte sie nur ihre Zeit abgesessen, nur noch von jenen Dingen erfüllt, die ein Nachhall waren unaufhörlich wiederkehrender Erinnerungsbilder. Während die Leute ein- und ausgestiegen waren, hatte sie sich mit ihm beschäftigt, dem Doktor.

Bei dieser Rückkehr aber empfand sie nicht nur die Schmiegsamkeit dieser Kurve, diesmal schwebte sie gleichsam mitsamt ihren Angelegenheiten, sie schwebte, und die schräge Neigung des Waggons, das Gehobensein einerseits, die Senkung gegenüber, teilte sich ihrem ganzen Gleichgewichtsgefühl mit. Meine geliebte Kurve! hatte sie gedacht, bevor sie, wie nach einem intimen Genuß, entspannt wieder hinunterbefördert worden war in die künstlich erhellte Finsternis der Katakomben.

An dieser Stelle war sie restlos hingegeben gewesen; alles schien in Ordnung zu sein, und selbst die berühmten Uvag-Phrasen, die Phrasen vom Glück im Schaffen, von der Freude am Beruf, von der Harmonie der Ehe, all die paradiesischen Vermittlungszustände hatten ihr offenherzig zugewinkt. Brechers im Büro verfochtene Meinung, hierauf hätte sie gut gestimmt.

»Krank?« hatte Brecher gesagt. »Krank war Mucki niemals.«

»Nachweisbar«, hatte die Frieske dazwischengerufen; denn es lag ihr an dieser Feststellung, die der Feststellung einer Verfehlung gleichkam.

Aber Brecher hatte dankend abgelehnt.

»Nachweisbar oder nicht. Das spielt keine Rolle. Es handelt sich gar nicht darum.«

»Bei Ihnen handelt sich's nie darum«, hatte die Frieske erwidert und war patzig geworden.

»Ach was! Krank sind wir ja alle. Oder zumindest: Wir kranken an etwas. Ist ein Mensch verliebt, so krankt er an seiner Verliebtheit. Manche kranken auch daran, noch nicht zu wissen, woran sie kranken. Das sind die Schlauesten. Sie laufen mit einer zynischen Gesundheit durch ihre Fatalitäten, daß man ihnen den Kopf absägen müßte, damit sie einsehen lernen, was ihnen fehlt. Mucki hingegen, ja Mucki…«

Nach einem seiner beliebten Beleuchtungseffekte, womit er hauptsächlich Doktor Geist bedacht hatte, war Brecher bei der Überzeugung eingekehrt, Mucki sei eine Dame ohne Schicksal.

»Sie ist ohne Schicksal, sie krankt an nichts«, hatte Brecher gesagt. Er hielt diese Behauptung aufrecht, aller pantomimischen, von Gudula Öften ausgeführten Künste ungeachtet. Und wahrlich, nicht für jenes hinkende Huftier hatte er weiterhin bemerkt: »Jetzt fehlt sie. Aber ich muß schon sagen, daß sie in durchaus bravouröser Form fehlt. Unsereiner fehlt zwar auch gelegentlich, aber mit einem Gewissen, schlechter als ein verschimmelter Hering. Dafür, daß wir fehlen, kriegen wir ein Gewissen.

Sie aber fehlt, wie all das fehlt, was einfach nicht da ist. Sie fehlt wie ein Loch, das nicht fehlt. Capristi? Sie ist ein Loch, so ist sie vorhanden, und trotzdem fehlt sie. Loch ist übrigens nicht obszön gemeint.«

Damit hatte Brecher das Seine gesagt, und niemand im Büro war richtig klug daraus geworden; denn die Ansichten hätten allzu geteilt sein können. Doktor Geist hätte es als eine Unverschämtheit auffassen können, Gudula Öften womöglich als versteckte Liebeserklärung. Er war und blieb ein Clown, dieser Max Brecher, ein Betriebsnarr, und er wußte am Ende selber nicht, wie er's meinte.

Aber auf den Bruchteil jener Minute, da die Bahn mit Mucki die Kurve des Gleisdreiecks durchfahren hatte, hätten diese Ausführungen gestimmt. Mucki hatte es deutlich empfunden. Den Blick auf die Schnellzugsgleise unter der Brücke richtend, belustigt über den Spielzeugcharakter ausfahrender Züge, von oben herab die Dinge gesehen, war ihr erneut eine heftige Reisesehnsucht und Ungebundenheit zustatten gekommen, ein Drang, der die leichte, die schicksalslose Ader berührte. Inzwischen, mit dem Näherrücken ihrer Station, hatte sich die Heiterkeit verflüchtigt, jene bewußte Verkniffenheit war vorherrschend geworden, und aus der Seligkeit, noch eine Mutter zu haben, war eine lästige Hemmung herauszulesen gewesen und aus der Harmonie der Ehe ein schnödes Kalkül.

Wie lang würde das gehen? hatte Mucki gedacht.

Du übertreibst, hatte sie sich ermahnt.

Während der Zug die Ziele mit automatischer Gewißheit heranzog, war Mucki dabei, am liebsten zu flüchten, und es war ihr Glück, daß ein Schild in der Bahn davor warnte, während der Fahrt die Türen zu öffnen. Reinfahren, rausfahren, wie lang? hatte sie denken müssen. Eine Art Berufspanik streifte auch sie. Noch als sie ausstieg, wunderte sie sich, daß sie es wirklich tat. Aber der Zug rollte längst weiter.

III

Die seit langem über der Uvag lagernde Unsicherheit, ausgehend von den Mißhelligkeiten im Direktorium, hatte sich auch an diesem Tage wieder eingestellt. Sooft eine Tür ging, wurde etwas Unvorhergesehenes erwartet. Nicht, daß man gewußt hätte, was! Nur eben, man hätte sich über nichts gewundert. Daß man sich an diesem Tag trotzdem noch wundern sollte, spricht immerhin für die Güte des Vorfalls.

Es bestand zum Beispiel ein Rauchverbot, eine offizielle Verfügung Ua-Uas, der zufolge nur im Kasino während der Mahlzeit geraucht werden dürfe. Mit der Zeit, ohne aufgehoben worden zu sein, war die Verfügung, nicht zuletzt durch Egons Einfluß, sehr weitherzig ausgelegt und im Sinne von Polizisten behandelt worden, denen infolge der schlimmen Zeiten nahegelegt wird, Bettlern und Hausierern gegenüber Gnade vor Recht ergehen zu lassen. Nichtsdestoweniger waren Fälle bekannt geworden, in denen Ua-Ua die Betroffenen glatt hinausgesetzt hatte, zu schweigen von der Behandlung der Arbeiterschaft, der gegenüber noch rigoroser vorgegangen wurde. Was Egon also erlaubte, verfolgte Ua-Ua, und niemand wußte, wer von beiden wirklich zuständig sei.

Mit einer Pünktlichkeit daher, die der Komik nicht entbehrte, saß die ganze Abteilung Propaganda frühmorgens an den Plätzen, die Köpfe über die Arbeit gebeugt und bestrebt, mit dem Gang der Minuten Schritt zu halten. Es herrschte eine vorbildliche Eintracht und Zurückhaltung. Ein reisender Idealist, hätte er heut das Bürowesen studiert, wäre ohne Umschweife von der besten aller möglichen Welten überzeugt, wenn nicht gerührt gewesen. Er hätte ein Buch darüber geschrieben, hätte diese Form der Arbeitsbehandlung als typisch deutsch hingestellt, mit der Nebenbemerkung, alles Deutsche bestünde darin, eine Sache um ihrer selbst willen zu tun, und dann wäre er weitergereist, zutiefst befriedigt.

Nur eine Person, eigentlich eine Verlegenheit von Person, trällerte unbekümmert umher, und Toldi in seiner Gähnecke, arg mitgenommen durch manchen Schicksalsschlag, hätte sie gern bewundert, wäre ihm nicht in Abständen eine Gänsehaut den Rücken hinuntergerieselt bei der Vorstellung, sie könne nach Gas riechen. Sie sah so merkwürdig hergerichtet aus, bevorzugte grelle Farben und schlenkerte mit Absicht. Dabei bestand sie doch nur aus lauter Streichhölzern, nicht wahr? Aber solange die Toten nicht wiederkehren, müssen sie leider von den am Leben Gebliebenen ersetzt werden. Perdelwitz gehörte zu diesen, obgleich sie mehr aufgedreht als lebendig zu sein schien. Sie tat, als könne ihr nichts geschehen, als hätte sie durch einen mißglückten Selbstmordversuch das Recht auf eine Dauerstellung erworben. Manchmal atmete Toldi, als triebe er Unzucht, tief durch die Nase, bis er den Kitzel der Härchen spürte. Aber dann dachte er: Nein, es hat sich verflüchtigt.

Anderen war es nicht besser ergangen, und sie hatten längst ihre Ansichten darüber ausgetauscht, oben im Kasino, in einer Region, halböffentlich also. Perdelwitz habe einen absolut neuen Geruch mitgebracht, hatte Coty erklärt, er, der firm war in solchen Dingen. Jetzt könne er's ja gestehen, daß ihm früher der bloße Gedanke an sie Übelkeit verursacht habe, und zwar als werde er chloroformiert.

»Deshalb sagt man ja auch: ich kann den Kerl nicht riechen.«

»Oder«, wie Doktor Geist hinzugefügt hatte, »den richtigen Riecher haben ist der Erfolg.«

Nun aber habe sich Perdelwitz derart besonnen, daß ihre Parfüms, zweifellos eine Spezialmischung aus bestem Katzendreck, in wohltuendem Widerstreit mit Tadewaldts isländischen Moosbonbons lägen. Auch sich pudern habe sie gelernt, auch rot auflegen.

»Ich nehme an, sie hat die Leichen gerochen.«

Ja, Leichen stänken so ganz besonders. Darin sei Doktor Geist richtig bewandert.

»Deshalb macht man ihnen auch Kränze zum Geschenk. Nur deshalb«, hatte Doktor Geist mit solcher Gewißheit ausgerufen, daß Gudula Öftens Zentralnervensystem einen leichten Schlag zur Schläfe weitergegeben, während sie selbst sich an die Nase gefaßt hatte, um zu bemerken:

»Deshalb nicht nur.«

Noch ehe des Doktors Antwort bereitlag, war ihr Gudula Öften zuvorgekommen mit der ungemein kulturbeflissenen Frage:

»Blumen als letzte Ehrung lassen Sie wohl nicht gelten?«

Viele dachten noch jetzt daran, wie Doktor Geist gesagt hatte:

»Ach, bei Leichen bedeutet diese Ehrung ja nur: durch die Blume gesagt, du stinkst.«

Gemessen an dieser eitlen Entartung, dieser zynischen Aufschneiderei, dünkte es Gudula Öften ein Trost, daß in der Arbeitszeit einigermaßen Zucht herrschte. Zucht, meine Herren! Betrübt war sie lediglich in Anbetracht der Tatsache, daß diese Zucht erzielt worden war durch unmenschliche Mächte, durch menschwidrige, durch Angst, durch Unlauterkeiten, die nervenaufreibend waren. Denn es erschrak die gesamte Belegschaft, als gegen zehn Uhr die Tür aufging und Sack ins Büro rief:

»Fräulein Schöpps schon da?«

Es kam keine Antwort. Statt der gewohnten, ablehnenden Einstimmigkeit aller war diesmal nur ein schnaubender Seufzer zu hören, technisch nur möglich, indem ein lang angehaltener Atem mit Gewalt durch die Nase hinausbefördert wird. Toldi war der Künstler gewesen.

»Dann soll sie sich melden«, rief Sack, bevor er verschwand.

Die Tür schnappte ins Schloß, und es klang auch für weniger angestrengt arbeitende Menschen vorwitzig. Dann verbreitete sich eine Stille, sehr eigenartig. Vom Fenster kam die Sonne herein, wobei Herr Brecher in Ermangelung eines Besseren den Winkel ihres Schattens mit dem Bleistift maß. Es war eine Stille, der etwas fehlte, eher Lautlosigkeit als Stille. Wirklich, es fehlte etwas. Es war nicht die ersehnte Stille der Wälder, aufrecht stehend, bewipfelt und eines ruhigen Lebensabends gewiß; nein, Lautlosigkeit war's. Etwas daran war atemlos, war unnatürlich.

Man hat es erlebt, daß Gudula Öften einhergehinkt war, um Stimmung zu verbreiten, daß sie den Blick wohlwollend hatte schweifen lassen, getreu nach Frau Geheimrats Rezept: immer mit der Nase voraus – und in der Tat, sie war des gigantischen Willkomms jederzeit gewärtig gewesen. Ha, von der Straße weg hätte sie Mucki begrüßt! Es sollte diesmal fröhlicher und unge-zwungener zugehen als beim ersten Eintritt, Mucki sollte nicht draußen sitzen, sondern offenen Armes empfangen werden. Von schwerer Krankheit genesen – seht, da ist sie! Ach, Kindchen.

Allein, schon Frieske war über diese Aussicht in Stirnrunzeln verfallen, und der Volksmund war ihr zugefroren gewesen. Sie wehrte sich gegen die Festlichkeit, eine Festlichkeit für eine Schwindlerin, und es brannte seitdem ein Blick in dem ihren, so-zusagen ein zweiter, der den leichtfertigen Optimismus dieser Gudula Öften verfolgte, schwärend in der Erinnerung an ein Treppenhaus, einen Teetisch, eine Offenbarung, wobei das vor-züglichste, das entmenschteste, das herrlichste, nein, das er-schreckendste aller je Gudula Öften zugedachten Worte gefallen war: Kupplerin!

Nun, so peinlich das war, Gudula Öften hätte den Blick ver-wunden, wäre nicht auch Doktor Geist in den Streik getreten, er, von dem sie es am wenigsten erwartet hätte. Er, als der so gut wie Verlobte, hätte doch wahrlich Blumen besorgen können! Es war nicht taktvoll, sich hinter eine Geschäftsmiene zu verziehen, sich privat zu verstecken, um der Uvag gegenüber »rein« dazustehen; auf diese Reinheit verzichtete Gudula Öften durchaus. Nicht ge-nug, er reichte ihr auch noch einen Stoß Magazine hinüber und sagte:

»Wollen Sie die Freundlichkeit aufbringen, dies da wieder an sich zu nehmen? Ich kann's nicht länger mitansehen. Tanz-schönheit, Modeschönheit, Tennisschönheit – immer die Eier-stöcke, immer die Eierstöcke. Als ob diese Eier nicht auch mal faul sein könnten! Es ist doch wahr.«

»Kindskopf«, hatte Gudula Öften gemurmelt.

Es war kein Ereignis daraus zu machen gewesen, aus Muckis Rückkehr. Es standen Dinge auf der Tagesordnung, die jedem einzelnen näherlagen, Entscheidungen, ungemein weiträumig und typisch und einige Stockwerke tief. Auch der Uvag lag so manches im Magen, nicht nur Herrn Brecher...

Zehn Uhr war längst vergangen. Es mochte gegen halb elf Uhr sein, als sich draußen der Korridor auf nicht geläufige

Weise belebte. Keine der Damen und Herren hier konnte auf ein Ereignis zurückblicken, das dem ähnlich gewesen wäre, und daher stutzten sie auch. Es geschah auch sonst allerlei, Ua-Ua schlich nicht nur in Filzpantoffeln umher, es kamen beispielsweise fast wöchentlich Trupps Ausländer, die die Hygiene der Helligkeitsgrade studierten, wobei die Uvag stets günstig abschnitt; diesmal aber, untrüglich, schien eine rasend gewordene Tüchtigkeitsstaffel mit Ach und Krach die Treppe hinuntergeschmissen zu werden, drunten von einem Bombenhallo empfangen, das seinerseits untermischt war mit klirrenden Nebengeräuschen. Rufe ertönten, Zurufe und Pfiffe, und dann setzte ein Rauschen ein, ungewöhnlich in seiner Art. Gar nicht zu reden vom Waldesrauschen, das dagegen ein mittelschweres Salonstück ist, aus gleichen Quellen und Atmosphären gespeist wie die berühmte Waldesstille, aber auch ein Wasserrohrbruch, selbst eine mit elementarer Gewalt ausbrechende Stichflamme bedient sich eines anderen Rauschens. Nachts, aus der Friedrichstadt aufwärts, wie rauschend verebbte da oft der Verkehr, hingeweht und aufgedröselt in die Echobestandteile einer träumerischen Vergänglichkeit! Aber das alles ist Zeitvergeudung, das alles trifft fehl.

Rüland, dem die traurige Ehre gebührt, neben Brecher als erster Bescheid gewußt zu haben, kam glücklicherweise zu keinem Triumph ob seiner Intelligenz, denn in gleicher Minute, noch während die anderen sich umgestellt hatten, flog die Tür zum Privatbüro auf, und Sack stürzte heraus mit dem schreckgejagten Ausdruck eines, dem soeben der Schreibtisch fortgeschwemmt wurde. In großen Sätzen durchmaß er das Büro, um durch die Haupttür hinauszugelangen, gleichfalls den Korridor entlang. Unterdessen hatte sich alles erhoben.

Am Fenster stand Brecher, Rüland neben sich, und blickte hinunter in den Hof, in eine recht beachtliche Tiefe, wo sich eine demonstrierende, menschenähnliche Gallertmasse bewegte. Regungslos verharrte er so. Nicht er, die anderen hatten inzwischen die Fenster geöffnet, und es war, als käme das Licht auf Schallwellen geritten.

»Streik«, sagte Brecher.

»Sie haben das natürlich vorausgewußt«, schrie Gudula Öften plötzlich. Sie wurde hysterisch. Plump hinkte sie vorbei, und erst, als sie ihre Gereiztheit bereute, besann sie sich wieder aufs Frisieren ihres Gebrechens.

Wenngleich Brecher und Rüland über die Stimmung in der Arbeiterschaft besser unterrichtet waren, so wäre es doch verfehlt, sie für den Ausbruch einer Bewegung haftbar zu machen, mit der sie sympathisierten. Im Gegenteil, wieder hatte Brecher erkennen müssen, daß er als Angestellter noch immer empfindlich von der Masse getrennt blieb, zu schweigen von den anderen Kollegen, die ein Standesbewußtsein pflegten, das einer Kopie höherer Welten entsprach und völlig aus zweiter Hand lebte. Eines aber war ihm in Fleisch und Blut übergegangen, das Bewußtsein, daß die Masse in dieser Epoche als Elementarereignis auftrat, hierin befreiend wirkend, für den Rest bedrohlich, und daß ein Strudel imaginär in jeder Gesellschaftsschicht wirksam war, der mit lähmender Folgerichtigkeit weitere Kreise zog. Sich sperren hieße sich wichtig machen, hieße auf eine Stufe sich retten wollen, die nirgends hinführte, hieße der Frau Geheimrat folgen, die sich mit blinder Pose in eine Art Säulenheilige hineinmanövriert hatte. Dort stünde sie nun, dort auf ihrem Privatpodest.

Es blieb zu Überlegungen wenig Zeit. Überdies zeigte sich bald, daß der Streik zu den »wilden« gehörte, also aussichtslos war, aber es zeigte sich auch, und allen stand es auf der Stirne geschrieben, daß sie alle, die Amoralisten der Abteilung Propaganda, über einem Boden schwebten, der regsam war, Narren der Form, auch der Formspielerei, mit Neigung, für ein geglücktes Aperçu ihr Gewissen zu opfern. Niemals bisher hatte diese Einsicht so offen und klar zutage gelegen …

Der Tumult hielt an. Manche, in der Zwickmühle jener, die nicht wissen können, inwieweit die Vorgänge vordringen, inwieweit lokal beschränkt bleiben, retteten sich auf die Schreibtischkante ihres Nachbarn und ließen die Beine nicht ohne Erleichterung baumeln, andere quatschten. Aller Augen aber waren auf

Brecher gerichtet. Von ihm, dem Unzurechnungsfähigen, ihm, dem Clown, der nicht mehr ernst genommen worden war, wurde plötzlich eine Parole erwartet.

»Warum sprechen Sie nicht?« fragte Gudula Öften. Betäppert kam sie herangehinkt. »Herr Brecher, Sie müßten doch Stellung nehmen zu diesem, diesem Ereignis, gerade Sie!«

»Ein Streik«, sagte Brecher.

»Gewiß. So weit vorgeschritten sind wir auch schon. Aber was soll das?« rief Gudula Öften. Am liebsten hätte sie jetzt irgend etwas organisiert, und sei's die ordnungsgemäße Abgabe von Regenschirmen. Aber da ihr plötzlich bewußt wurde, wie wenig sie wirklich in Händen hatte, wandte sie sich wiederum an ihn, den einzigen. »So sprechen Sie doch!«

»Ich werde mich hüten«, versetzte Brecher.

»Wir müssen doch aber wissen, was hier zu tun ist.«

»Bin ich der Chef?«

Seine Ruhe war widernatürlich, sein Phlegma beruhte auf äußerster Konzentration und Zurückhaltung. Es war, als hütete er sich vor einer Falle. In Doktor Geist war längst eine eifrige Stimme erwacht, die innerlich ausrief: er macht sich lustig! Deshalb trat er heran, um Gudula Öften zu beruhigen.

»Kinkerlitzchen. In fünf Minuten ist alles erledigt.«

»Diesmal sicher«, erwiderte Brecher.

Daß er weder protestierte noch in Hochrufe verfiel, verstand kein Mensch. Man wurde nicht klug. Er führte sich auf – ein General, der einen Affekt als Scheinaktion ausnutzt, täte es nicht anders; er spielte seine Rolle, indem er vorgab, gar keine zu spielen. Tatsächlich, auch hier schien Brecher zu sagen: »Es handelt sich gar nicht darum. Ob ein Fenster dabei entzweigeht oder nicht, es handelt sich gar nicht darum. Begleiterscheinungen, notwendige Übel! Nein, es handelt sich gar nicht darum.«

Der Streik hatte nicht lange gedauert, keine anderthalb Stunden, als er durch Egons Eingreifen beigelegt worden war, während Ua-Ua darüber tobte. Aber ganz ohne Nachspiel sollte er doch nicht vorübergegangen sein, ein Nachspiel übrigens, das die Abteilung Propaganda unmittelbar betraf. Man kann auch sagen, er habe ein Opfer gefordert; allerdings war es nur winzig. Was heißt das? Ein Opfer bleibt es. Um die Mittagszeit, als schon alles wieder beruhigt war, trat es still in Erscheinung, in Gestalt Muckis, die von Sack mit größter Höflichkeit eingeführt wurde. Ja, in solchen Momenten konnte er reizend sein! Da standen sie in der Tür, Sack und Mucki, beide lächelnd.

Welch eine Rückkehr! Welch ein Schlag ins Kontor! Mucki, die Schönheit, trug einen Verband um den Kopf. Erst hatten sie gar geglaubt, es sei eine neue Mode. Ihr Gesicht sah elend und bleich hervor, ihr breiter Mund, so eingekniffen, so seltsam dünn, bewegte sich kaum. Sie lächelte zwar, doch mühsam. Während Sack sich zurückzog, trat Mucki mit der Vorsicht einer farblosen Schlafwandlerin näher ins Büro.

Und nun widerfuhr Gudula Öften doch noch das unbeschreibliche Glück, den Wiedereintritt dieser Perle unter besonderen Begleitumständen vor sich gehen zu sehen.

»Was ist das?« rief sie. »Was ist hier geschehen?«

Ein Versehen, erzählte Mucki, nur ein Versehen. Ein Stein sei geworfen worden und dann von der Hauswand abgeprallt, als sie soeben im Begriff gewesen sei, ins Portal zu treten. Ja, von der Hauswand abgeprallt, dann seitlich an ihrem Kopf gelandet. Aber es sei nicht schlimm – ü?

Da haben Sie Ihre Bescherung, schien Gudula Öften mit vorwurfsvollem, auf Brecher gerichtetem Blick zu sagen. Nachdem sie Mucki in die Arme geschlossen und sorgfältig aufs Haar geküßt hatte, sorgte sie auch dafür, daß alle Welt in Kenntnis gesetzt wurde über den Vorfall, über jenes Zeichen, das sich unter dem Hilfsverband verbarg.

»Blut an der Schläfe!« rief Gudula Öften.

Im Kasino wußte es schon der Koch, im Sekretariat Seiferth wußten es sämtliche Jungfern, Portier Baumann wußte es längst, auch Wrampe, der Fahrstuhlführer; aber auch mancher Arbeiter wußte es, auch mancher Chauffeur; später erfuhr es der Milchmann, dann der Friseur und der Briefträger, auch der Depeschenbote, der als Radfahrer es anderen Radfahrern weitererzählte; so wußten es also die Radfahrer und mit ihnen bald auch die Boxer.

Am selben Abend jedoch sagte Frau Geheimrat in Gegenwart von Frau Schade:

»Es ist empörend. Blut an der Schläfe!«

Gerüchte und Recherchen

I

Der bedauerliche Unfall Muckis war zwar glimpflich verlaufen, aber das Zeichen an der Stirn, das nur langsam heilte, war eine recht merkwürdige Reklame für die Zustände im Weichbild der Uvag. Es war ein Ausschlag, und es rief Gerüchte wieder wach, die direktorialer Natur waren. Vor allem im Sekretariat Seiferth hätte man ein Lied singen können, denn dort mußten wiederholt – man denke, von zwei Jungfern! – gewisse Anordnungen Ua-Uas dreifach gefiltert und gereinigt, oft auch im Interesse der Firma zurückgehalten werden. Daß sich ein Generaldirektor vom eigenen Bruder hintergangen fühlt, läßt man wahrlich am besten nicht laut werden. Die Gerüchte darüber waren freilich nicht aufzuhalten, und wenn auch nicht bekannt war, in welcher Form die den Streik betreffende Unterredung zwischen Egon und Ua-Ua verlaufen ist, so kennt man andererseits Parallelen genug. Ist es im Leben nicht überall so? Geschieht nicht alles Wichtige hinter den Kulissen, in eingeweihten Kreisen, unter Ausschluß der Öffentlichkeit, trotz Radio und Presse? Kein Wunder, daß dann auch das unberufenste Wort einen Spalt öffnet, der weit ins Dunkle der Machenschaften hinaufreicht.

»Je mehr ein Staat das Recht auf Öffentlichkeit postuliert, um so mehr Interesse hat er daran, sich zu verschleiern. Schleiertänze führt er dann auf. Man könnte auch sagen: schweigt nicht, ihr verratet euch sonst.«

Brecher, dem Verfechter solcher Meinungen, hatte das Streikereignis manchen Vorteil eingetragen; er war vor der Kollegenschaft wieder zu Ehren gebracht, und vielleicht wäre es besser gewesen, hätte er diesen Umschwung beachtet. Fragt sich Gudula Öften, weshalb er so geringen Nutzen aus seinen Erkenntnissen ziehe, so ist zu bedenken, daß er diese Erkenntnisse nie sicher besaß. Er wurde von ihnen heimgesucht, wurde überrascht, nicht weniger als eine Firma durch sich zusammenrottende Aktionen, und diese oft staunenswerte Heimsuchung lähmte seine Kräfte. Auch beruhte seine Intellektualität ausschließlich auf Leidenschaft, auf Genuß und Auswertung der Instinkte, auf dem primitiven Luxus der Selbstbefriedigung. Was hätte er, zur Einsicht gelangt, daß sein Weg in dieser Region nicht weiterginge, anders tun sollen? Und so begnügte er sich, wo's glimmte, zu stochern, bis er wieder die Stufe der Narrheit erreicht hatte. Anfangs reagierte man noch, wenn Brecher beim Gehen irgendeiner Tür ausrief: »Achtung!« Bald aber machte sich selbst Gudula Öften über ihn lustig und sagte:

»Herr Brecher sieht überall Gespenster.«

Als sie es eines Tages wiederholte, fragte Rüland:

»Gibt es Gespenster wirklich?«

»Unsinn, mein Junge!« rief Gudula Öften prompt.

Aber sie mußte sich leider maßregeln lassen, denn Brecher nahm sich der Sache an und sagte:

»Gespenster? Natürlich! Sie sind ein Erzeugnis unserer Grenzen. Sie sind eine Projektion unserer Vorgefühle. Sobald der Mensch zu Dingen oder Erscheinungen nicht länger ›mein‹ zu sagen versteht, beginnt das Gespenst.«

Es wurde über beide gelacht, besonders über Rülands verständnisloses Gesicht, und Gudula Öften sagte freundlich, fast bereit, sich gleichfalls des Jungen anzunehmen:

»Laß dir keinen Bären aufbinden, mein Junge!«

Aber da kam sie schön an! Ohne sie zu beachten, beugte sich Brecher zu Rüland herab, er, der maskierte Beschützer, und sagte:

»Du weißt doch, was ein Bankwechsel ist, nicht wahr? Dann verstehst du auch, wenn ich sage, Gespenster sind ungedeckte Wechsel. Sie laufen um und warten auf ihren Termin. Ist der Termin fällig, wird das Gespenst leibhaftig.«

»Leibhaftig?« fragte Rüland, anscheinend auf Abenteuer erpicht.

»Das ist nicht alles«, fuhr Brecher fort. »Es ist das keine so einfache Rechnung, wie Doktor Geist sich das denkt. Meist nämlich ist's eine Abrechnung. Nicht immer ist der Termin verschiebbar, nicht immer wird solch ein Wechsel prolongiert. Das hast du doch schon gehört, Rüland? Einen Wechsel prolongieren.«

Rüland hatte es schon gehört.

»Wenn nun«, sagte Brecher, ganz seiner Sache sicher, »wenn nun eines Tages die Mehrheit oder sonst eine starke Gruppe übereinkommt, die Unterschrift unter dem ungedeckten Wechsel nicht anzuerkennen, und wenn der Wechsel groß genug ist, so groß, daß er ein ganzes Volk betrifft ...«

»Groß wie ein Kuchen«, lästerte Doktor Geist.

»... dann, Rüland, ist Revolution.«

Alles schwieg. Nur abseits brummte Doktor Geist eine Bemerkung. Bereits hier hätte sich jenes radikale Meinungsduell entwickeln können, jene offene Freundschaftsabrechnung, die allen klarmachen sollte, was zwischen den beiden aufgetaucht war, aber da funkte Sack dazwischen und ließ auf dem Weg über Frieske eine erstaunliche Meldung ab, die lautete:

»Fräulein Schöpps – sofort ins Personalbüro!«

Mucki trug keinen Verband mehr, sondern nur noch ein Pflästerchen, das allerliebst war. Es hätte getrost als Schönheitspflästerchen gelten können. Übrigens trug sie noch andere Dinge, darunter auch einen Pelz, funkelnagelneu. Was letzteren anbetraf, so war außer Gudula Öften niemand in haltlose Bewunderung ausgebrochen. Die Öften jedoch hatte sich nicht geschämt, Kätzchen zu spielen, den Pelz zu streicheln und durch dauernde Lobeserhebungen den anderen Sekretärinnen klarzumachen, was ihnen fehlte. Frieske zumal schwelgte in stiller Eifersuchtsraserei. Dabei keine Frage, ob er denn auch bezahlt sei! In vornehmen Kreisen sei es eben nicht üblich, meinte Frieske, derart niedrig zu denken und niedrig zu rechnen; man denke dort edel, und Schulden haben sei eine Ehre. Frieske hatte sofort einen Pariser Uvag-Roman zu Hilfe herangezogen und der Perdelwitz erzählt, daß dort eine Kurtisane gesagt habe: »Zwanzig Mark? Tut mir leid! Die habe ich momentan nicht flüssig. Wenn Sie tausend verlangt hätten, mon ami, die könnte ich Ihnen verschaffen. Also lassen Sie's noch eine Kleinigkeit anstehen!« – Genug hatte Frieske mitanhören müssen.

Man trägt das jetzt gern, sage die Öften.

Man ist jetzt dafür.

Man ist jetzt gänzlich davon abgekommen.

Man ist jetzt wieder dahin zurückgekehrt.

Je schwerer Frieske an ihrer leibhaftigen Chance zu tragen hatte, um so eifersüchtiger wachte sie über die Öften, und es imponierte ihr gar nicht, daß diese zu Mucki gesagt hatte: on en revient toujours à ses premières amours. Es war das einfach französisch, und jeder Gebildete konnte es löffeln. Bäh!

»Fräulein Schöpps? Ins Personalbüro!« wiederholte Frieske.

»Ja doch. Ich komme.«

Es scheint indessen, daß Leute, die nach langer Abwesenheit wieder in eine Gemeinschaft, an eine Arbeitsstätte zurückkehren, nicht mehr über den nötigen Ernst verfügen, daß sie sorgloser geworden sind, vielleicht vom Glanz einer fremden Welt gestreift, vor der die Komplikationen des Berufes nur halb so schlimm erscheinen. Das Rivalitätsmoment ist ebenso abgeschwächt wie der Eifer der Tüchtigkeit, und es dauert sehr lang, bis die Gewohnheit durch ihr alltäglich mit heroischem Stumpfsinn wiederholtes Diktat all die freigewordenen Kräfte, Sehnsüchte und Genüßlichkeiten wieder an sich gefesselt hat. Manche trifft diese Pause fürs ganze spätere Leben …

Mucki jedenfalls hatte sich langsam erhoben, keineswegs bereit, sich schikanieren zu lassen. Bevor sie dem Ruf gefolgt war, hatte sie merkwürdigerweise ihre goldene Armbanduhr vom Gelenk losgenestelt. An der Tür dann – ach, wie grundverschieden von damals, da sie beim ersten Ruf zu Ua-Ua einen Bindfaden hinter sich hergeschleift hatte! An der Tür blieb sie stehen, um in aller Ruhe ihre Frisur in Ordnung zu bringen. Auch ihr Pflästerchen betupfte sie graziös, bis sie verschwand.

Die Damen und Herren des Büros versuchten, gleichgültig zu sein; außer Frieske, die ihre geschwollenen Lippen leckte, blickte niemand umher. Trotzdem, geheuer war ihnen nicht. Alle Rufe in andere Gefilde glichen zu sehr der Inquisition, Gerüchte und Verdächtigungen stapeln sich dann in der Luft, selbst bei harmlosesten Fällen.

Was indessen Doktor Geist, ausgerechnet ihn, geritten haben mochte, daß er nach Muckis Verschwinden eine Debatte vom Zaun brach, ist kaum zu verstehen. Vielleicht verstand er es selber nicht, vielleicht war ihm darum zu tun, Muckis Fall als harmlos, als ihn in keiner Weise berührend hinzustellen. Kurz, er geriet mit Coty in ein Geplauder, das bald lautere Formen annahm. Coty war daran schuld, er dehnte die Sache aus, er erhob sie zu einem Problem, und Doktor Geist sah sich plötzlich gezwungen, das Gesagte zu verteidigen.

»Für einen tüchtigen Verkäufer hat es gleichgültig zu sein, was er verkauft«, sagte Doktor Geist, der in letzter Zeit die Tüchtigkeit lobte, wo er sie antraf. »Es ist das Kennzeichen geschäftlicher Tüchtigkeit, daß sie fertigbringt, einem Kunden, der ein bestimmtes, zufällig nicht auf Lager befindliches Buch will, Seife dafür zu verkaufen.«

»Oder umgekehrt«, lächelte Coty.

»Warum florieren die Warenhäuser? Weil hier stets zur Verfügung steht, was du nicht willst; weil sie nach dem Prinzip der Überredung, zunächst der Überredung durch die Ware selber, organisiert sind. Die Zurückhaltung der Verkäufer ist nur ein Trick. Ich kannte eine Dame ...«

Perdelwitz, noch nicht orientiert genug, horchte auf; aber auch bei den anderen erregte es Erstaunen, daß der Doktor eine Dame gekannt haben wollte. Man hat es wahrscheinlich für unmöglich gehalten. Es half ihm nichts, daß er es abzuschwächen suchte, indem er bemerkte:

»Allerdings war die Ehre der Bekanntschaft zunächst ganz meinerseits; denn ihr fehlte der Sinn dafür.«

»Seine Bekanntschaften sind alle einseitig gelähmt«, rief jemand, der sich bei näherem Zusehen als Brecher entpuppte. Aber Geist nahm die Gelegenheit wahr, ihn zu schneiden, und sagte:

»Sie konnte in kein Geschäft gehen, ohne irgendwas mitgehen zu heißen, besonders Unterwäsche in Rosa. Sie nahm, was auf dem Ladentisch lag. Sie mochte sich vorgenommen haben, Seife zu kaufen, sie brachte dennoch stets Unterwäsche in Rosa.«

Rosa? dachte Gudula Öften, aber sie sagte nichts weiter. In Paris jedenfalls sei man der Ansicht, rosa macht Blonde blaß und Brünette grau. Warum also rosa? Es war wiederum Brecher, der einwarf:

»Mitgehen heißen, wohl ohne ans Bezahlen zu denken?«

»Es lag ihr im Blut«, fuhr Doktor Geist dessenungeachtet fort. »Auch das kam vor, daß sie die Seife bezahlte und das andere darüber vergaß.«

Und nun machte Brecher den Fehler, seinen Kollegen aufzuziehen.

»Also eine Warenhausdiebin?« rief er.

»Wer sagt, daß sie gestohlen hätte?«

»Nein«, rief Brecher. »Sie vergaß nur zu zahlen. Eine notorische Vergeßlichkeit. Auch die Hohenzollern hatten ihre Zeiten als Raubritter vergessen.«

»Es handelt sich nicht um Raubritter.«

»Nein. Es handelt sich um das Prinzip: Woher nehmen und nicht stehlen?«

Für Frieske, im Grunde fürs ganze Büro, war es ein Hauptspaß, daß die beiden Obermotzen, die beiden verkrachten Akademiker einmal gründlich aneinandergerieten. Sie hatten sich lange genug umschlichen. Zwar, um Muckis willen, die soeben wieder erschien, wäre es besser gewesen, sie hätten geschwiegen, aber, Standpunktfanatiker, die sie waren, rührte sie nichts Menschliches mehr. Mit fixierten Zielen kämpfend und fortgetragen vom Fluß ihrer Rede, langten sie bald bei einer brillanten Verstocktheit an, die ihnen indessen gestattete, sich alles im Laufe der Wochen Aufgehäufte vom Herzen zu wälzen. Sie donnerten auch mit der Faust auf den Tisch, ihren eingebildeten Lawinen zuliebe.

»Du betest den Erfolg an. Er wird dich rechtzeitig verlassen«, rief Brecher.

»Ich habe ihn. Das Anbeten überlaß ich dir«, donnerte Doktor Geist.

»Du irrst dich in den Subjekten. Der Erfolg hat dich.«

Sie waren noch nicht zu Ende. Es sollte erst richtig losgehen. Auskramen wollten sie. Hier vor Mucki, vor ihr, der Zeugin, wollten sie sich endlich die Lappen vom Leibe schälen, die Lappen ihrer Witzbarkeit. Sie sollte endlich wissen, mit wem sie es zu tun hatte.

»Ich habe mich endgültig der Praxis zugewandt«, sagte Doktor Geist.

»Du meinst, du hast kapituliert.«

»Mir ist nicht zweifelhaft, wer von uns kapituliert hat. Ich fühle mich jedenfalls nicht als Gefangener, der's nötig hätte, zu meckern. Ich spiele mich nicht aus Ohnmacht als Revolutionär auf. Ich verführe nicht kleine Kinder.«

Ein langer flehender Blick traf Doktor Geist, ein Blick von der Tür her, wo Mucki wie festgewurzelt stand, nicht wissend, was hier zu tun war. Ihr schmerzte die Schläfe. Nach einer soeben überstandenen Unannehmlichkeit einer zweiten ins Auge sehen müssen, in ein Doppelgesicht, war nicht nach ihrem Geschmack. Außerdem spürte sie die Schadenfreude der Frieske. Aber es war vergebens. Auf die Stuhllehne gestützt, ritten die beiden Rivalen ihr Steckenpferd.

»Revolutionär?« rief Brecher. »Ich danke. Aber ich bin ein Widersacher insofern, als ich den gegebenen Tatsachen ein System von Überzeugungen entgegenstelle, dem ›Wie-es-ist‹ ein ›Wie-es-sein-könnte-wenn‹, insofern, als ich Ideen zur Verwirklichung verhelfe. Bitte!«

»Deine Ideen sind nicht dein Triebwerk, sondern dein Hirngespinst. Dir fehlt ja jeder Tatsachensinn.«

Mucki, beschämt und nicht in der Lage, ihren Platz zu erreichen, machte sich anheischig, Doktor Geist einen zweiten, noch tieferen Blick zu senden, wahrlich einen, der einer Bitte entsprach. Statt dessen fühlte er sich ermuntert. Er lachte laut auf, als Brecher erklärte:

»Der Boden der gegebenen Tatsachen ist die größte Beleidigung meiner Vorstellungskraft.«

»Trotzdem bezweifle ich«, rief Doktor Geist, »daß Herr Brecher einen Hammer fest in der Hand halten kann. Kann er nicht, sag ich. Wenn dieser Herr« – und er zeigte auf ihn mit Schande – »einen Nagel einschlägt, trifft er die eigenen Finger.«

Beifall erdröhnte. Bei der Vorstellung, Brecher schlüge sich die Fingernägel blau, mußte auch Mucki ein Lächeln verbeißen. Aber sie hoffte doch dringend, den Streit endlich in Gelächter und Jux begraben zu sehen. Brecher allerdings weigerte sich, den Witz auf sich sitzenzulassen. Er suchte umher wie ein Irrer, es schien, die Nägel würden ihm blau, und als er Rülands aufmerkenden Blick erkannte, wurde er zusehends ernster. Darum ging es Doktor Geist gar nicht. Geist blickte auf Mucki; er nickte ihr zu. Er schien zu sagen, hier wird jetzt eingeheizt, Mieze, hier sollst du mal sehen, daß ich ein Mann bin. Und Brecher kam ihm darin zu Hilfe.

»Ich bin nicht politisch aus Ressentiment«, begann er.

»Siehst du? Siehst du?«

»Laß mich doch ausreden!«

»Ausreden lassen«, rief ein singender Tonfall.

»Ich bin nicht politisch aus Ressentiment«, begann er wieder.

»Das hab ich schon dreimal gehört!« rief Doktor Geist.

Als Rüland aufspringend hineinrief: »Erst zweimal«, lachten die andern erst recht.

»Ich weiß zu genau«, begann Brecher nochmals.

»Alleswisser, Alleswisser!«

»... zu genau, daß keine politische Veranstaltung imstande ist, das Problem der menschlichen Existenzbestreitung einwandfrei zu lösen ...«

»Hört ihr? Einwandfrei!« glänzte Doktor Geist.

»... aber die Genugtuung, was morsch ist, stürzen zu sehen, bleibt mir. Denn was wäre alle politische Erneuerung sonst, wenn nicht der Versuch, das eingefressenste aller Übel zu bekämpfen, das darin besteht, daß die Menschen nicht leben um ›ihretwillen‹, sondern auf Kosten ihresgleichen. Das ist der Fluch der Gesellschaft.«

»Au weh, bist du aber ehrlich!«

»Und du wärst der letzte, der mich widerlegt.«

Es entstand eine kurze Atempause, die Mucki benutzen wollte, um einen Schritt vorzutreten, doch Doktor Geist hinderte sie. Mit einer Handbewegung, direktorial und beschützend zugleich, schob er sie beinah beiseite, während er sagte:

»Überhaupt, Probleme interessieren mich nicht mehr.«

»Du meinst, sie sind dir zu hinderlich?«

»Ich meine überhaupt nichts. Ich tu, was getan werden muß, kommentarlos!«

»Bravo! Da hast du dich gut akklimatisiert.«

»Hör doch auf!« flüsterte Mucki, aber Geist, das Wort auf den Lippen, obwohl nicht ganz bei der Sache, fragte:

»Wieso?«

Es sollte sich erweisen, wem diese Frage gegolten hatte, Mucki oder Brecher; denn während sie schwieg, fühlte sich Brecher zu einer furchtbaren Formulierung ermächtigt. Auf Rüland bedacht, schlug er sie hin mit den Worten:

»Wieso? Weil du hättest sagen sollen: ich denke nicht mehr, um mich nicht schämen zu müssen.«

Das war das Ende; es war die öffentliche Bestätigung. So weit waren sie also heruntergelangt, zu Füßen einer Dame, deren Anwesenheit sie mißachtet hatten, in Gegenwart eines Büros, das ein eisiges Schauspiel genoß, es fehlte nur noch, daß sie den Trunkenheitsboxkampf der Tauentzienstraße wiederholten, diesmal vor aller Welt und nüchtern, einigermaßen nüchtern. Aber zum Glück griff eine höhere Macht ein. Der bewährte deus ex machina, diesmal vom Personalbüro her, drückte wieder die Hebel. Es war großartig, was die Wirkung anging; das übrige freilich war weniger vertrauenerweckend. Denn Frieske hatte es Perdelwitz ins Ohr geflüstert und Perdelwitz der Öften, bis es auch zu Mucki gelangt war, die nun plötzlich in eine Art Klagelaut ausbrach.

»Wieder ins Personalbüro?«

Alles war verstummt, auch Brecher, auch Doktor Geist. Während aller Augen auf Mucki gerichtet waren, hinkte die Öften energisch quer durch, es war, als durchquerte sie ein Netz von Fragen, um sich ihrerseits eingehender zu erkundigen. Sie beugte sich zärtlich zu ihrer Kollegin herab und drang in sie, doch ohne Erfolg.

»Ach, nichts Direktes«, wehrte Mucki ab, ehe sie mit einem gelungenen Lächeln verschwand. Man hörte sie äußerst rasch den Korridor entlangrennen.

Eine Stunde zog herauf, stillstehend gleich dem Wasser im Gold-fischteich, für Uneingeweihte durchaus idyllisch. Aber die Wissenden saßen da und spähten nach allerlei Zeichen aus der Tiefe. Manche lauschten auch den Selbstgesprächen ihres Magens, der knurrte. Es wurde verdaut, es wurde auch Gas produziert.

Brecher, um seine Unruhe zu besänftigen, kritzelte allerlei Zeug aufs Papier. Während eine ins Rollen geratene Welt ihre Bewegung überallhin fortzusetzen suchte und das Bewußtsein einer Hotelhalle glich, zwang er sich, einen jener albernen Fragebogen auszufüllen, wie ihn die Uvag gern ihren Abonnenten vorlegte, zur Charakterprüfung. Es war eine Spielerei, und er suchte sich daran zu erholen, indem er schrieb:

a) Ich nehme das Leben ernst, leider; aber ich mache mir nur gezwungenermaßen etwas daraus.

b) Ich überblicke das Leben.

c) Meine Ziele stehen völlig in der Richtung des Lebensmöglichen; ich bin ein Konglomerat.

d) Meine Ziele stehen desgleichen völlig in der Luft.

e) Ich überblicke das Leben, indem ich den Kopf in den Sand stecke.

f) Ich habe Stunden, wo ich die Welt, sei sie, wie sie wolle, unumwunden anerkenne; dann erreiche ich die Nähe dessen, den es nicht gibt, und aller anderen Gespenster.

g) Ich bin mit meiner Lebensrichtung zufrieden, weil sich nicht lohnte, mit ihr unzufrieden zu sein.

h) Ich habe das gar nicht nötig, aber ich tu's.

i) Ich habe das Wort satt, Herr Professor, nachdem Sie es mehr als einmal gebraucht haben. Lebensrichtung – ein Blödsinn.

k) Ich weiß das, ich kann das, ich bin auch bereit, es zu glauben; aber nur unter der Bedingung, daß ich nicht zu wissen brauche, was ich weiß, nicht zu können, was ich kann, vor allem aber nicht zu glauben, was ich glaube.

l) Ich bin nie zu Hause bei mir; ich will von mir weg; es ist die Peitsche nötig, mich beieinanderzuhalten.

So sehr ihn auch die Ablenkung, ein Testament zu verfassen, ergötzte, die Tage, an denen er sich einen Peitschenschlag gewünscht hatte, waren dahin. Diesmal wurde es eine Grimasse. Unzufrieden mit seiner Aufführung, hinterließ er seitdem den elenden Eindruck eines, dem eine metaphysische Zahnwurzel gezogen werden soll.

»Falsch, was du hier tust«, sagte er sich. »Du spielst keine Rolle, du zeigst dich halb irr und verwundet, und in deiner Verwundung zeigst du den Prozeß deines Denkens statt die gesiebten Ergebnisse. Mehr Konvenienz, mehr Diplomatie, mein Lieber! Um tatsächlich vor der Welt zu gelten als der, der in dir steckt, bist du zu wenig indirekt. Du gibst dich preis. Da alles Talent unfertig ist, gleichsam im Zustand unaufhörlicher Geburt, wirkt es lächerlich für diese Dummköpfe. Du hast dich zu einem Affen heruntermanövriert. Auch das Glänzende, Junge, hat seine alberne Seite.«

Ob Doktor Geist wirklich arbeitete? Bei Brecher jedenfalls, während nach dem Vorbild des Mondes die leuchtende Seite das gewohnte Gesicht zeigte, fanden auf der finsteren Kehrseite monologische Konferenzen statt.

»Bismarck, von welchem Disraeli gesagt haben soll: ›Vorsicht! dieser Mann meint, was er sagt‹ – selbst er hat mit der Wahrheit geblufft. Er benutzte die Wahrheit ungeachtet seiner Gegner, die ihm vorwarfen, er mißbrauche sie, als Blendschein. Er leuchtete als echter Verbrecher, der in jedem Politiker steckt, seinen Opfern ins Gesicht. Das hatte Format. Du aber, Brecher, du gibst den Trotteln die Wahrheit und obendrein noch als Gratiszugabe die Wahrheiten der Wahrheit. Wer aber erträgt das?«

Brecher gegenüber saß Gudula Öften, aber auch sie, die in dem Maße glimpflicher davonkam, als er sich mit Rüland herumplagte, auch sie zog Bilanzen. Hätte man ihre werte Person auseinandergeschält und kunstgerecht zerlegt, das Urbild einer in Widerstreit liegenden Menschlichkeit wäre zum Vorschein gekommen. In Widerstreit liegend womit? Mit dem Ergebnis ihrer guten Absichten! Kupplerin genannt werden, moralisch haftbar gemacht werden für den Unglücksfall zweier Kolleginnen, einen geglückten Selbstmord aus Übermut, einen mißglückten aus Verzweiflung, allein für die Gewissenhaftigkeit büßen sollen – das soll erst jemand ertragen! Neulich ist sie einfach davongelaufen, als Brecher ihr hatte einreden wollen, hier in diesem Karriere-Tanzpalast sei nicht das Licht das Primäre, nicht die beschriene Helligkeit der Chefs, sondern der Schatten. Nicht das Licht werfe den Schatten, der Schatten werfe ein recht eigentümliches Licht.

»Hören Sie auf!« hatte sie geschrien, war aufgeschnellt und stracks zum Tempel hinausgehinkt.

Jetzt saß sie da und machte sich Vorwürfe. Es quälte sie, daß ihr Einfluß privat blieb, daß er nicht weiter reichte als bis auf Du und Du, daß er haltmachen mußte vor jeder noch so geringen geschäftlichen Transaktion. Mucki ins Personalbüro folgen, dort ein gutes Wort für sie einlegen war ihr verwehrt. Törichterweise ärgerte sie sich darüber. Aber solche Vorwürfe hatten es an sich, die Laune zu verdunkeln. Sie rumorten, sie machten die Arbeitskraft unfähig. Schließlich blieb ihr nichts übrig, als demonstrativ aufzustehen und zu verschwinden.

Dem Büro war dieses neuartige Gebaren der Öften bekannt, man hatte sich damit abgefunden. Es war für gewöhnlich peinlich, zumal es schien, als wäre die Öften außerstande, die wässernde Feuchtigkeit ihrer Augen zurückzuhalten. Es waren nicht eigentlich Tränen. Da sich ihr ganzer Körper empörte, indem er sich vom Stuhl emporhob, mochte auch in den Tränendrüsen etwas geplatzt sein. In fünf Minuten war sie meistens aus der Toilette zurück.

All das leistete sie sich in dieser fatalen Stunde. Sobald sie ihre Tour bekam, wahrlich, gab sie an Selbstgesprächen Herrn Brecher nichts nach. Sie hätte ihr Gehirn draußen in eine Waschschüssel legen können oder in eine kunstgewerbliche Untertasse, um seine Ausscheidungen zu verfolgen. Ein gesalzener Fisch pflegt so zu zucken. Sie selber indessen blieb machtlos. Dann wollte sie am liebsten adlig sein, ein caritatives Stiftsfräulein, fern der Scham des Lebens, oder eine Waschfrau, ein Trampel, das Elend herunterzuschrubben.

»Mit der Kandare im Maul geboren«, sagte sie dann. Unglückseligerweise hatte sie diesen Ausdruck gelesen, wo sie ihn am wenigsten erwartet hatte: in einem Adelsroman! Seitdem lebte dieser Satz auf Kosten ihrer Substanz an Gemüt und Zutrauen. »Mit der Kandare im Maul!« Gudula Öften klagte zwar nicht, sie gestand sich auch: Maul, das gelte von den Pferden – aber sie befragte sich peinlich, warum sie dieser Satz traf, so traf, daß sie zu zappeln begann. Die Kandare im Maul, mußte sie denken, sobald etwas geschah, das ihren Einfluß überstieg. Dort seien es Privilegien und gesellschaftliche Pflichten gewesen, um derentwillen ein Mensch in Schönheit zugrunde gegangen sei; hier bei ihnen, den proletarisierten ...

»Wer sagt proletarisiert? Beruhige dich, Gudula.«

»Ich will mich nicht mehr beruhigen«, rief in ihr eine Stimme.

Man weiß von Wahnsinnigen, daß sie mehrere Stimmen beherbergen. Ihr, Gudula, wo immer sie ihre Augen kühlte, rannen die Vorwürfe und Ausflüchte wie Wasser aus einem Hahn.

Die Kandare im Maul, säßen sie da. Aus der Pflicht sei der Zwang der Existenzangst geworden; von den Privilegien sei eine Illusion übriggeblieben, eine Illusion zudem, die mit den besten Optimismen genährt zu werden verlange, sonst zerfalle sie einfach. Der Staub, kein Staub des Weinkellers sei er, sondern aufgewirbelt als Folge eines Skandals. Das hatte sie schon mit Frau Geheimrat besprochen. Nein, so sehr sie auch Brechers Methode ablehnte, verstehen konnte sie seine ideelle Notwehr gut. Fast liebte sie ihn darum. Denn auch ihm zerrte, wenn nichts anderes, die Kandare im Maul, obwohl er das Gegenteil war von adlig.

III

Wochen kann nichts geschehen, aber manche Tage haben es in sich; dann folgt ein Donnerwetter dem anderen. Weiß man nicht, daß Unstimmigkeiten ansteckend wirken?

Es war keine Stunde vergangen, als Sack erschien. Es war die reinste Erscheinung! Und in einem Zustand, wie noch niemand einen Menschen sich hat ärgern sehen! Es gibt einen kalten Ärger, und den hatte Sack sich angeschafft, so schien es. Kleiner als sonst, in kantiger Beweglichkeit, mit Vorsätzen, die ihm das Blut aus den Adern saugten, überschritt er die Schwelle. Sie spürten es alle; es war, als hätte das Klima gewechselt. Der Teufel mag wissen, woraus sich der Ärger zusammensetzt, ob er aus der Galle heraufgeschossen kommt oder aus noch gelberen Kloaken. »Mensch, sei kein Frosch« oder »Mensch, ärgere dich nicht«, an diese Aussprüche zu denken hätte im gleichen Augenblick niemand gewagt. Überhaupt war im Nu jeglicher Denkversuch ausgeschaltet.

Ehe es gelang, schlüssig zu werden, war Sack bereits vorgestürzt, und man sah ihn an Brechers Platz stehen, vor Kälte die eigenen Hände reibend.

»Kennen Sie diese Annonce?«

Die Worte hatten eine groteske Wirkung; denn aller Köpfe flogen wie am Schnürchen in die besagte oder vielmehr befragte Richtung.

Buchhalter Tadewaldt liebte bekanntlich ein Spiel mit Fliegen. Er fing sie von der Papiermanschette herunter, tauchte sie dann in Milch und ließ sie ergebenst die Innenwand eines Glases heraufkrabbeln. Sie, die zu fliegen, zu schnurren und umherzuhüpfen gewohnt sind, mühen sich nun die Glaswand herauf mit Flügeln, die naß sind, Beinen, ebenfalls schwerfällig geworden. Sind sie dann oben angelangt, nähert sich eine bedrohliche Spitze, die Bleistiftspitze Buchhalter Tadewaldts, von dessen Herrlichkeit allein es abhängt, ob die Fliege in Gnade getrocknet oder wieder hinabgestoßen wird in den tragischen Überfluß.

Wahrlich, nicht besser war Sack daran! Er war in eine phantastische Zwickmühle geraten. Er, der flinke, der Kletterkünstler, der immer höher hinauf wollte, der das Gepäck seines Namens zurückgelassen hatte, um eleganter klettern zu können, er war oben angelangt. Er war oben angelangt. Es ist kein Zweifel, daß es vorderhand höher nicht ging. In die Luft hinausklettern wäre sinnlos gewesen, die Abteilung Propaganda vergrößern sinnlos.

Im Gegenteil, verkleinern sollte man sie! Also, er war oben angelangt. Aber es läßt sich leider nicht sagen: zum günstigsten Zeitpunkt. Oben, am Rand seiner Laufbahn nämlich, lauerten zwei unheimlich geschärfte Bleistiftspitzen, zwei, die dafür sorgten, daß seiner Wichtigkeit die Tausendfüße eingetunkt wurden. Und so wäre es beinahe geschehen. Die heikle Materie des Streiks drohte tatsächlich zu einer persönlichen Gefährdung für ihn auszuarten, denn beide Direktoren mißbrauchten sein Gehör. Schenkte er's Ua-Ua, so sagte dieser: »Schaffen Sie mir den Urheber her!«, und schenkte er's Egon, so hieß es: »Wer war der Spitzel?« Einmal war sogar seine Abteilung verdächtigt worden. Seine Abteilung!

Die Angst, als Sündenbock geopfert zu werden, ritt ihn seitdem und brachte ihn dahin, alles zu verdächtigen. Die Annonce, die er Brecher unter die Nase hielt, war ein solches vermeintliches Indiz, das Angestellten größerer Firmen ohne Selbstbetätigung mühelos sehr lohnenden, ehrenwerten Nebenverdienst zusicherte. Das Ehrenwerte daran hatte Brecher im ersten Moment belustigt, so daß seine Antwort ausgeblieben war. Aber Sack stieß sofort hervor:

»Sie zögern? Das genügt mir.«

Alles an ihm schien übereilt. Inzwischen war das ganze Büro aus der Autoritätshypnose erwacht, und jedermann begriff nun, was hier auf der Tagesordnung stand. Gesetzt selbst, es traf nichts zu, so hatte doch Sack allzuviel verraten. Es schadete seinem Ansehen.

»Ich bitte mir Ruhe aus!« rief er, sich umdrehend.

Diese Sekunde wollte Brecher benutzen, um seine müßigen Kritzeleien zu verdecken. Er zog ein Löschblatt als Vorhang darüber, doch leider zu spät. Sack hatte es bemerkt. Er schien ein Auge im Hinterkopf zu haben, vielleicht einen unsichtbaren Furunkel.

»Was soll das?« rief er, gewiß, eine Verfehlung entdeckt zu haben.

Brecher, nicht gerade erbaut, schwieg jetzt bewußt.

»SW 19, Wilm, NO 36 – was soll das?« fragte Sack erneut. Es

handelte sich um Zeichen, die an den Rand jenes Fragebogens gekritzelt waren.

»Nichts. Eine Privatangelegenheit«, erwiderte Brecher.

»Aha.«

Brecher hatte an seinen Worten geschluckt und mit belegter Stimme gesprochen. Das war verdächtig!

»Haben Sie sich auf diese Annonce gemeldet?« fragte Sack, überraschend das Thema wechselnd. Er kam sich ungeheuer geschickt vor; er brillierte inquisitorisch. Darin unterschätzte er Herrn Brecher denn doch. Zur unaussprechlichen Freude Gudula Öftens hatte sich Brecher schon wieder in der Gewalt. Es geht um uns alle, dachte sie sinnloserweise. Sie hätte ihn gern bei der Hand gefaßt, sie bangte um ihn.

»Und wenn ja?« fragte Brecher langsam zurück.

»Sie geben es also zu?«

»Und wenn ja?« fragte Brecher, anscheinend nicht weniger gespannt. Sack indessen wollte noch nichts verraten.

»Sie verweigern also die Aussage?«

»Und wenn ja?« sagte Brecher zum drittenmal.

Ob diese Taktik, sich auf eine mechanische Gegenfrage festzulegen, vorteilhaft war – Gudula Öften zuckte die Achseln. Sie schob ihre Blumenvase beiseite. Vielleicht wäre es besser gewesen, Brecher hätte ein Gedicht aufgesagt? Aber das ist vollständiger Unsinn. Gudula Öften sah ein, daß sie keinen Vorschlag wußte für derart mißliche Lagen. Sie wandte den Kopf, um ihrer Kollegen Auffassung kennenzulernen. Aber es war unmöglich, diese Gleichgültigkeit heuchelnden Masken zu enträtseln. Sie taten zwar nichts; keinen Strich, keine Zeile, kein Schlag auf die Maschine beschäftigte sie, nur ihre noble Visage bearbeiteten sie durch unsichtbare Befehle.

»Ist das auch eine Privatangelegenheit?« fragte Sack, indem er eine zweite Kritzelei ans Licht zog. »Was heißt das: C 1.«

»Ein Postbezirk, ich glaube, des Polizeipräsidiums, Herr Sack.«

»Sie lügen!«

Anfangs stutzte Brecher über die Beschuldigung. Sie raubte

ihm den Atem. Zugleich aber boten sich ihm so viele Antworten an, unter denen auch unvorsichtige waren, daß er sich gar nicht zu helfen wußte. Es wirkten indessen noch andere Kräfte in ihm, und die hatten ihn aufstehen lassen. Bravo! Tat er nicht recht daran, sich vom Platz zu erheben und sich neben dem Chef aufzustellen, um allen sichtbar zu zeigen: gleich gegen gleich? Solang es stimmt, daß C 1 tatsächlich ein Postbezirk ist, ist kein Sack der Welt ermächtigt, ihn der Lüge zu zeihen. Herr Brecher verdient eine Prämie dafür, dachte Gudula Öften, im Gegensatz zu Doktor Geist, der Brechers Katz-und-Maus-Spiel ungehörig fand.

»Ich muß mir derartige Herabsetzungen verbitten, Herr Sack«, erklärte Brecher, den Versuch, die Hände in die Hosentaschen zu stecken, nur mühsam unterdrückend. »Außerdem erlaube ich mir, Sie darauf aufmerksam zu machen, daß ich bessere Arbeit zu leisten gewohnt bin. Das wäre schlecht gelogen.«

Zum Dank für diese Replik hätte Gudula Öften am liebsten eine Arie geflötet, und es wäre ihr nicht auf einen falschen Ton mehr oder weniger angekommen, zumal da Brecher in höflichen Worten fortfuhr:

»Wen die Neugierde plagt, der kann jederzeit wissen, was diese Zeichen bedeuten. Jedes Kind weiß das. Es ist eine Spielerei, für die ich um Entschuldigung bitte.«

»Aha, eine Spielerei.«

»Ja. Es ist allerdings für mich persönlich ein äußerst wichtiges Adressenmaterial. In diesen Bezirken habe ich nämlich bisher gewohnt, in Untermiete, Herr Sack.«

Irgend jemand hatte gelacht, und Sack ruckte nervös mit dem Kopf.

»Ich bestreite Ihnen das Recht nicht, mich für dieses Gekritzel zur Rede zu stellen, aber ich denke, wir wollen uns dabei in den üblichen Formen bewegen. Im Interesse der Firma, meine ich; auch im Interesse meiner Kollegen. Wenn es, was weiß ich, warum, üblich werden sollte, bereits vor einem Poststempel kopfscheu zu ...«

»Das lassen Sie meine Sorge sein«, unterbrach ihn Sack.

»Ihre Sorgen möchte ich haben«, rief Brecher.

Es wurde wieder ein Ton laut, ein unterdrücktes Gelächter, und Sack, der das Heft aus der Hand gleiten spürte, zeigte schon wieder Spuren gewaltig aufkeimenden Ärgers. Seine Blässe spielte ins Grüne. Die Adern zerrten in ihm wie an einer Marionette. Da unterbrach ein Zwischenfall den Akt. Es war unerhört. Rüland, der den Vorgängen und Repliken aufmerksam gefolgt war, wand sich plötzlich auf seinem Platz, als hätte er Leibschmerzen; er wurde geschüttelt, und während sein Kopf rot anlief, tropfte ihm Speichel aus dem Mund. Schließlich platzte er heraus, wahnsinnig lachend, fast epileptisch. Diese Wendung war sehr fatal. Nicht nur Brecher, alle waren darüber entsetzt. Unbeschreiblich aber wütete Sack. Ausgelacht werden, das hatte ihm noch gefehlt.

»Sie sind entlassen«, rief er. »Packen Sie Ihre Sachen. Raus!«

»Aber ich kann nichts dafür«, jammerte Rüland.

»Kein Wort mehr! Raus!«

Rülands Zustand war in der Tat elend. Festgebannt auf seinem Platz, war er unfähig, die Anordnungen seines Chefs zu befolgen. Er krampfte die Fäuste ums Stuhlbein. Als Sack die Aufforderung wiederholte, geriet er ins Kreischen. Er war seiner Sinne nicht mächtig, und daher wirkte es taktlos, daß Sack ihn quälte. Leider zeigte sich niemand im Büro der Sachlage gewachsen, auch Gudula Öften nicht. Aber die ungemeine Härte des Chefs, der nicht nur oben, sondern auch unten, hier in seiner eigenen Abteilung, an Prestige zu verlieren drohte, stempelte jede Einmischung von vornherein als aussichtslos.

»Wird's bald?« rief Sack.

Rüland, ohne seine Mappe, ohne seine Garderobe zu ergreifen, erhob sich endlich und wankte zur Tür, mit ungeheurer Spannung von den Augen aller verfolgt. Es war ein theatralisch anmutender Akt, der ein Exempel statuieren sollte. Vergeblich versuchte Brecher durch eine beschwichtigende Handbewegung dem Jungen ein Zeichen zu geben. Der wußte längst, was er zu tun hatte. Kaum an der Tür, drehte sich Rüland um, und als wollte er seines Magens letzte Weisheit erbrechen, schrie er:

»Ich werde entlassen, weil es Ihnen zu gut geht.«

Die Tür schlug zu; alles war sprachlos. Nur Brecher verzog die Lippen.

»Herr Sack«, sagte Gudula Öften sofort, in der ein altbewährtes Mitgefühl wieder zum Vorschein kam; auch Brecher trat näher und versuchte zu sprechen. Aber Sack wehrte ab. Er atmete erleichtert. Zunächst ein Opfer dargebracht zu sehen, das ließ ihn anscheinend wieder zu Verstand kommen. Außerdem wußte wohl niemand, inwieweit es ihm ernst sein würde mit der Entlassung und ob er nicht vielmehr aus rein pädagogischen Gründen die schärfste Konsequenz herausgefordert hatte, um später den Großmütigen spielen zu können.

Als Brecher ihn nochmals zu sprechen begehrte, sagte er jedenfalls:

»Kommen Sie mit ins Büro!«, womit sein Privatbüro gemeint war.

»Jetzt gleich?« fragte Brecher, aber er folgte schon.

Theoretiker der Dramaturgie sprechen seit Jahrtausenden von einem Ding, das sie Katharsis nennen, von einer reinigenden Wirkung der Tragödie, ja wohl jeglichen überstandenen Konflikts. Möglich immerhin, daß von jedem mit mehr oder weniger Ästhetik zu Ende geführten Krach eine Wirkung dieser Art ausgeht, aber es ist auch möglich, das Ganze unter dem Gesichtspunkt der Hygieia zu betrachten. Hygieia, meine Damen und Herren! Die in Mitleidenschaft geratenen Zuschauer leiden naturgemäß genauso unter den Auswirkungen schlimmer Szenen wie die Darsteller selber, und zumal bei eindrucksfähigen Menschen vom Typ Gudula Öftens vermögen die Folgen der Mitleidenschaft doppelt so stark aufzutreten, da sie das Ergebnis einer erzwungenen Passivität sind. Ein Mensch, der seinem Ärger Freilauf gönnt, reinigt sich sicherlich leichter als einer, der alle bitteren Säfte hinabwürgt. Es ist kein Geheimnis, daß beispielsweise der Schreck die tollsten Verheerungen im Darm des Menschen anzurichten vermag, daß er imstande ist, alles Verdaute und noch zu Verdauende in panische Flucht zu jagen, dem Magen oft übler mitspielend als dem Gemüt. Weil Chefs inmitten der Ohnmacht ihrer Befugnisse selten von der Produktion widerstrebender Säfte befreit sind, sind sie auch nahezu alle magen-, nieren-, gallen- oder leberleidend. Ein Konflikt indessen hat eine hygienische Wirkung, indem er die Tätigkeit dieser Säureorgane so lange anspannt, bis die gesamte Drüsenfirma Konkurs erklärt und jede fürdere Produktion einstellt. Woher auch noch Galle nehmen, wenn sie verspritzt ist?

Unter diesem Gesichtspunkt betrachtet, den sich Ua-Ua an die Wand hängen sollte, ist es nur logisch und auch ein wenig geschmackvoll, daß die zurückgebliebene Kollegenschaft zunächst verschnaufte. Man hatte eine Schwitzkur überstanden, man war hygienisch gereinigt worden. Nun glich es fast einer Genesung, die eigenen Glieder zu untersuchen, die Beine weit unter den Tisch zu strecken, die Handgelenke zu rollen. Erst allmählich gewann man auch die Sprache, diesen Hort allen Unsinns, zurück. Das Überstandene glänzte dennoch in voller Unschuld. Noch freilich konnte die Tür sich öffnen, noch schwieg man besser.

Wenn wirklich etwas Verdächtiges vorliegen sollte, so könnte man das in anderer Weise erledigen, denkt Gudula Öften. Sie malt es sich aus. Natürlich ist sie dabei die Vorsitzende.

Auch Doktor Geist wälzt organisatorische Möglichkeiten, aber er hält sich am Ende lieber an die Praxis. Er ist auch der erste und bricht das Schweigen.

»So mußte es kommen. Das hat er von seinem Geschwätz«, sagt er.

»Und Rüland?« gestattet sich Gudula Öften zu fragen.

»Rüland ist angesteckt. Er hätte den Mund halten sollen, wie sich's gehört.«

»Aber Sack war nicht korrekt«, stellt Gudula Öften fest.

»Brecher auch nicht.«

»Sie hätten ein Wort einlegen sollen, Doktor.«

Nein, da irrt sich Gudula Öften!

»Ich bin nicht befugt, die Anordnungen des Chefs zu boykottieren, solange ich dafür bezahlt werde, sie auszuführen. Ich bin kein Direktor.«

»Das kann noch werden. Seien Sie sicher.«

Man hörte Muckis Stimme draußen im Korridor einem störrischen Kind gut zureden. Sie begütigte und tröstete. Obwohl sie diese Leier nicht erstklassig beherrschte, ging eine allgemeine Besänftigung davon aus. Später stand sie mit Rüland in der Tür wie einst mit Sack.

»Kommen Sie doch! Was ist denn?« rief sie, die Tür lange geöffnet haltend. So wenig war sie unterrichtet. Es war, als liefe inmitten eines Dramas der Beleuchtungsmeister über die Bühne und sagte, über einen soeben vom Sohn erschlagenen Vater stolpernd: so stehen Sie doch auf, Mensch! Sie erkälten sich ja.

Die Bombe

I

In allen der Uvag unterstehenden Wirkungskreisen hatte sich, gestützt durch Statistiken und geheime Akten, die Gewohnheit eingeschlichen, das Mechanische mit dem Exakten gleichzusetzen, hauptsächlich deshalb, weil es funktioniert. Daß es sich unentwegt gleichbleibt in der Bewegung, galt dabei nicht als Nachteil. »Der richtige Mann am richtigen Platz«, hatte die Devise gelautet, und ein Buchhalter, der im Schlaf addierte, wurde infolgedessen zum Vorbild aller. Mochte auch Herr Brecher hundertmal auseinandergesetzt haben, was alles an Nihilismus in einer sich an Subordination Genüge tuenden Ehrbarkeit schlummere, beachtet wurde es nicht; denn Privatmeinungen waren verpönt. Dafür wurde zum Beispiel von einer Uhr nicht verlangt, daß sie Eier legen solle, oder von einem Automaten, daß er nach Einwurf des fälligen Groschens herausgeben solle, was niemals in ihm gesteckt hatte, meinetwegen ein Häufchen Dankbarkeit. Nein, das Mechanische ist abschätzbar, nichts ist dunkel an dieser Affäre. Überdies sind die Menschen vor jeder Art Mechanismus gleich, allein insofern, als Kategorien mittelalterlicher Art wie etwa »zuliebe« oder »zuleide« unter seiner Würde liegen, gehören sie doch ins Bereich menschlicher Verunreinigung. Gelten gelassen werden kann höchstens der Defekt, und dieser ist da, um repariert zu werden – ü?

Aber so einfach bleibt auf die Dauer nichts. Es wurde bald offenkundig, daß mit dem Mechanischen Kräfte verbunden sind, kaum abschätzbar, Kräfte, die gegebenenfalls auch über die Nullität eines Direktors hinwegwachsen, über einen zumal, der sich unbelehrbar dagegenstemmt in der Manier Ua-Uas. Sie nagen zunächst am Prestige, diese Kräfte, indem sie das bisher Geglaubte in ein eigenes Zwielicht rücken, dann wühlen sie, Ärgernis sammelnd, und es bedarf schon größter Geschicklichkeit und dauernder Beeinflussung, um diesen Ausschlägen eine gewünschte, allseits zufriedenstellende Richtung zu geben.

Jene von Reichsregierungen bevorzugten Aufrufe, unter die der Präsident, möglichst schwungvoll und bedeutsam, seinen Namen setzt und in denen meist zweierlei betont wird: der Glaube an die gesunde Einsicht in den Wert notwendiger Opfer und der Glaube an eine aus eigener Kraft herbeizuführende bessere Zukunft, waren auch hier auf Anordnung Ua-Uas verfaßt worden. Eines Tages prangten sie an den Wänden, Plakate, denen es keineswegs an formaler Durchschlagskraft fehlte, denn aufgemacht waren sie glänzend, aber leider, die Richtung, wohin sie durchschlagen sollten, erwies sich als taub. Bereits nach kürzester Zeit war das erste dieser Plakate von unbefugter Hand abgerissen worden, und so setzten denn auch nach jenem ersten mißglückten Streikversuch die Forderungen und Versammlungen abermals ein.

Unter dieser drohenden Heraufkunft, dieser Heimsuchung des Schattens, hatte die Abteilung Propaganda frühzeitig zu leiden. Gewiß, das Mechanische lief vorderhand weiter, täglich saßen sie da, ein jeder an seinem Platz, aber es war nicht nur eine Marotte, nicht nur ein Leerlauf, daß alle Privatangelegenheiten in eigenartiger Weise an Wichtigkeit einbüßten. Ob Frieske noch aussichtsreich mit Heinz lief, ob Toldi endgültig zu Perdelwitz zurückkehren würde, Fragen dieser Art zerfielen in Nichts vor jedem Ruf ins Personalbüro.

Man achtete wenig darauf, als Gudula Öften zu Mucki sagte:

»Und wie geht es jetzt der Mama? Kann sie wieder empfangen?«

Selbst Mucki nahm es nur flüchtig auf, indem sie erwiderte:

»Sie hat sich einen Rollstuhl gekauft. Wissen Sie, mit zwei seitlichen Hebeln. Da fährt sie jetzt aus.«

»Soso.«

»Sie fährt ein Tempo. Neulich hat sogar die Straßenbahn ihretwegen gebremst.«

Daß Gudula Öften diese Nachricht im ersten Moment »köstlich« nennt, um sogleich, nach einer geißelartigen Drehung in der Hüfte, vor sich hin zu seufzen: »grauenvoll« – was verschlägt's?

»Nein, daß sie sich wieder aufgerafft hat!«

Diese Worte der Bewunderung werden im Büro empfindungslos parodiert, und Mucki, es los zu sein, gibt schleunigst bekannt, was ihre Mama seitdem an Kehrreimen im Munde führe, darunter den folgenden:

»Weiterleben müssen, das ist eine Strafe.«

»Sehr gut!« mag Gudula Öften beistimmen, doch Mucki lächelt darüber.

»Sie lebt ganz gern«, sagt sie.

Nein, ein Windstoß wäre imstande gewesen, Gespräche privaten Charakters wegzublasen, und wirklich war eine Klingel wichtiger als der durch sie herbeigerufene Mensch. Sie begriffen es alle. Sie hielten sich auf den Stühlen, auf nichts bedacht als auf die Erhaltung der inneren Energie, die der Arbeitskraft galt. Jede Äußerung war zu einem Wagnis geworden.

Mucki insbesondere lief durch die Räume, einer Mondsüchtigen gleich, die fremden, übergeordneten Weisungen lauscht, fast jenseitig im Blick, ja mit einem Blick, dessen Richtung seltsam vexiert war, dessen Kräfte nicht klar nach außen drangen. Nur mit Brecher seltsamerweise suchte sie manchmal eine Verbindung. Es ist bezeichnend genug, wie diese Versuche ausfielen. Neulich im Vorbeigehen fragte sie neckisch:

»Wie geht's?«

»Danke, danke«, war die Antwort.

»So wenig entzückt?«

Da hatte Brecher sich aufgerichtet und etwas gesagt, das allen in die Glieder gefahren war.

»Rathenau, in den Tagen vor seiner Ermordung, als er gefragt wird: ›wie geht's?‹, greift in die Hosentasche und sagt: ›so geht's‹ – dabei holt er einen Revolver heraus.«

»Oh.«

»Das wiegt sehr leicht, so ein Ding, genau wie die Frage. Aber was steht nicht alles dahinter!«

Es war am selben Tag, der denkwürdig werden sollte durch eine auf der Tagesordnung stehende, die Streikgefahr betreffende Konferenz, die aber in letzter Minute aufflog, als Mucki, kurz vor der Mittagspause, sich abermals an Brecher wenden zu müssen glaubte. Diesmal hatte sie ihn abgefangen unter vier Augen, draußen im Korridor, um auf seine erstaunte Frage hastig zu erwidern, sie werde von einem Gespenst gejagt.

»Was?« flüsterte er. »Sie auch?«

Daraufhin hatten sie vereinbart, sich über Mittag gemeinsam ins Kabinett der Intimitäten zurückzuziehen, in die Damentoilette. Brecher brachte das Opfer.

In der Tat, merkwürdige, tausendfach durchkreuzte Dinge waren im Gang; denn zugleich ging das Gerücht, es bereite sich eine der gründlichsten Auseinandersetzungen zwischen Egon und Ua-Ua vor, da Egon entschlossen sei, mit den Massen zu gehen, was immerhin auch mit Vorsicht aufzunehmen ist. So kam die Mittagspause heran, und die geheime Verabredung war fällig. Brecher, dessen verdächtige Sache mit Sack immer noch lief, mußte die größten Vorsichtsmaßregeln beachten, um sich unbemerkt loszueisen. Er zitterte, als er den Waschraum der Damen betrat. Dort schloß er sich ein und wartete.

War es richtig, sich in dieses Abenteuer einzulassen? Konnte ihn nicht eine zweite Verfehlung die Stellung kosten? Eine Gegenstimme indes war anderer Meinung. Zu bedenken ist auch, daß ihn Muckis Angebot schmeichelte, daß er, eines ungeheuren Vertrauens gewürdigt, gern zwei herrlichen Augen unterlag, das mit Genuß.

Endlich, nachdem sich die anderen Damen ins Kasino begeben hatten, erschien sie. Ein Pfiff ertönte, dünn und halbblaut; es war nur ein einzelner Ton. Nachdem sie sich, aneinandergedrückt, mit ihrer grotesken Umgebung abgefunden hatten, begann die Unterredung.

»Ich habe in Ihnen stets meinen Freund gesehen«, flüsterte Mucki.

Brecher, der sich die Freiheit nahm, über ihr romantisches Zusammensein zwischen Lüftungsklappe und satanischem Abfluß zu spotten, sollte bald aufhorchen.

»Ich habe Ihnen noch nicht vergessen, daß Sie mir schon einmal aus einer Verlegenheit geholfen haben.«

»Pst«, sagte Brecher, im Glauben, eine Stimme gehört zu haben. Er faßte Mucki unsanft am Arm. Aber es folgte nichts. Eine Täuschung!

»Damals war es eine Leiche, die tot war«, lächelte Brecher.

Nach kurzem Besinnen, während Mucki prüfend die Augen einkniff, sagte sie trocken. »Ich weiß bald nicht mehr, wo mir der Kopf steht.« Sie drängte sich näher an ihn, gefangen in dieser komfortablen Zelle, und er hätte sie lustmorden können. »Ich werde vom Personalbüro gequält und gefoltert. Zu dumm.«

Mucki trug eine einfache Bluse, auffallend einfach. Ein Schlips hing herab, wie einst mit Tupfen besät, rötlich auf grauem Grund. Ihre Nähe brachte es mit sich, daß Brecher, sonst kein passionierter Liebhaber dieser Dinge, genauer darauf achtete. Auch war ihm, als wirke etwas an ihr merkwürdig nackt. Sie verriet es ihm selber.

»Meine Armbanduhr hab ich versteckt«, sagte sie, nachdem sie seinen Blick bemerkt hatte. Dann fuhr sie fort: »Überhaupt alles. Ich trage kein Schmuckstück mehr. Sonst plagen sie mich noch Wochen hindurch.«

Die Stille ringsum lastete drückend. Wäre es dunkel gewesen, es hätte Geständnisse jedweder Art wesentlich gefördert, aber die von blanken Kacheln rückstrahlende Helligkeit drang bis in die Zelle, während das Fallen einzelner Tropfen dazwischenklang, als würden draußen Geheimnisse angetippt. Blickten sie auf, rann ein sonnig weißer, unschuldvoller Schein die Decke entlang.

»Geben Sie acht«, begann Mucki, die, von der Seite gesehen, einer mit tonloser Angst ihre Aufgabe hersagenden Schülerin glich. »Es sind verschiedene Dinge. Es häuft sich mit der Zeit, und die Rückwege werden mir abgeschnitten. Ich habe auch Schulden.«

Brecher, der ihr einst wie mancher zehn Mark geborgt hatte, ohne sie wiedergesehen zu haben, musterte seine Gefährtin. Dann fragte er:

»Seit wann reden Sie so?«

»Seit ich hinuntergerufen werde.«

In Schaufenstern steht oft eine das beste Hühneraugenmittel

anpreisende Figur, die den Kopf, einem versteckten Mechanismus zu Ehren, nachdenklich hin und her wiegt. Nichts Besseres wußte Brecher zu tun. Er schaukelte seine Ungewißheit. Insgeheim allerdings erlebte er mehrfache Sensationen, die ihm hinderlich waren.

»Meine Mutter war krank«, begann Mucki wieder. »Ich saß zu Haus, wie Sie wissen. Ich fand das alles so trostlos. Ich hasse das. Ich hasse die Erbärmlichkeit der vier Wände. Ich bin nicht auf der Welt, um Wasser zu treten.«

Nach diesem heftigen Ansatz verstummte sie wieder. Brecher, kaum besonders geschickt, war unruhig geworden. Im Büro pflegte er Mucki aus der Ferne zu betrachten, dort hatte er in ihr ein exemplarisches Wesen gesehen, den Typ einer Dame ohne Schicksal, nun aber spürte er eine Auswirkung von Fleisch und Blut, die ihn verwirrte. Er liebte sie grenzenlos in dieser Minute.

»Man macht so seine Erfahrungen, Brecher«, begann Mucki wieder.

Brecher? Wie herrlich das klang! Man vergaß darüber beinahe, daß man selber so hieß. Aber Mucki fuhr fort:

»Es muß nicht hinter jedem glatten Gesicht ein glattes Leben versteckt sein. Nicht wahr? Ich kenne Optimisten, die aussehen wie Spulwürmer, und rosige Gesichter, die nicht abzubringen sind von der Gewißheit, verloren zu sein. Es ist kurios. Bei mir nun, Brecher...«

Sie hatte es wieder gesagt, unnachahmlich, und Brecher, so seltsam unvertraut bei Namen genannt, raffte sich endlich auf mit der Frage:

»Und damit kommen Sie also zu mir?«

Er beugte sich eng herab, ohne daß sie sich ihm entwand. Andere Dinge nahmen sie viel zu sehr in Anspruch.

»Ich weiß nicht, wohin«, sagte sie. »Ich kann damit nicht zur Öften. Die schlüge die Hände zusammen. Und ich kann nicht zu ihm, weil... Ich weiß nicht. Weil er nicht der Richtige wäre für diese Sache.« Leiser fügte sie dann hinzu: »Und weil ich ihn fürchte.«

Sie hatte mit großer flüsternder Hast gesprochen, doch keineswegs ohne Überlegung, das bewies die Art, wie sie Doktor Geists Namen umging. Mit stummem, aufwärtsgerichtetem Blick gab sie zu verstehen, was sie von jenem erwartete. Nach kurzem Schweigen ermannte sich Brecher, und es fiel ihm schwer, als er fragte:

»Ich dachte, Sie liebten ihn?«

»Lieben? Ich weiß nicht. Etwas an ihm. Vielleicht liebe ich seine Chance, vielleicht meine eigene? Jedenfalls liegt mir daran, ihn nicht hineinzuziehen.«

»Gut. Dieser Punkt scheidet aus.«

Brecher hatte es klar gesagt.

»Danke. Ich danke Ihnen sehr. Es ist viel, was Sie da tun, nach allem, wie Sie jetzt mit ihm stehen. Ich schämte mich neulich. Meine Schläfe tat weh.«

»Pst.«

Die Kälte, die Brecher durchdrungen hatte, wurde zum Glück verjagt; denn von draußen war die Tür des Vorraums geöffnet worden. Irgendein Ding von Sekretärin war hörbar, singend und näselnd, bis sie nach Erledigung aller Formalitäten wieder verschwand. Diese Sorglosigkeit wirkte aufreizend komisch. Nach kurzem, gelächterhaftem Stoßseufzer aber schnitt Mucki die Hauptsache an. Es wurde auch Zeit.

»Als ich wieder ins Büro zurückkehren mußte, und ich wollte doch nicht, ich hatte absolut keine Lust mehr, erhielt ich von meiner Mama eine Perle zum Geschenk – zur Aufmunterung. Es war ein Erbstück, eine schwarze, in Brillanten gefaßte Perle. Die bringt mir das Unglück.«

»Sehr kostbar?«

»Gewesen!« lachte Mucki rauh. »Ich habe sie sogleich versetzt. Ich hatte doch Schulden. Der Pelz! Dieser Pelz ist mein Gespenst. Ich mag ihn fast nicht mehr. Aber ich dachte: stößt Mama etwas zu, so will ich doch wenigstens einen Pelz daraus retten. Gesetzt selbst, ich hätte kein Hemd am Leib, der Pelz verdeckte es ja. Ohne Pelz findet sich nichts mehr. Und Geist, ob er mich wirklich? Ich weiß nicht.«

Als Brecher Anzeichen von Ungeduld verriet, erklärte sie hastig:

»Als nun Mama den Ring vermißte, hab ich ihr eingeredet, er sei mir damals beim Streik vom Finger gezerrt worden. Vom Finger gezerrt, verstehen Sie? Ach, der Stein an den Kopf ist eine Lappalie gegen diesen Stein am Hals und am Finger.«

»Und Ihre Mutter macht nun also die Uvag regreßpflichtig?«

»Ganz recht. Ja, so ist es. Es hat mich Mühe genug gekostet, ihr ein wenig Zurückhaltung beizubringen. Nun stellen Sie sich vor, was ich durchmache! Ich bin schon zweimal durch die Säle geführt worden, um den Dieb zu identifizieren. Einen Dieb, der nicht existiert! Was soll ich nur tun?«

Brecher kaute an seinen Lippen. Indem er sein Körpergewicht von einem aufs andere Bein verlagerte, starrte er ratlos an Mucki vorbei. Sie waren gefangen. Tatsächlich, die Welt war mit Brettern vernagelt! Schweigen – etwas anderes zu raten war ihm nicht möglich. Auch Mucki war am Ende mit ihren Künsten. Die Sache mit dem Ring hoffe sie durchzustehen, meinte sie dennoch; schlimm hingegen sei, daß noch andere Schulden drückten, worüber die Firma nichts wissen dürfe, weil sie sonst Verdacht schöpfen könne. Hier versprach Brecher zu helfen. Sie schwiegen erneut. Dann öffnete Mucki mit Vorsicht die Zelle. Im gleichen Augenblick hatte Brecher einer unwillkürlichen Bewegung nachgegeben, so daß sie zurückfragte:

»Wollten Sie noch etwas?«

»Nein«, sagte er nach kurzem, unmerklichem Zögern.

Als sie, nach glücklichem Verlauf ihrer Sitzung, getrennt und nicht ohne geschauspielerten Gleichmut, einen Sprung ins Kasino zu tun im Begriff waren, bemerkten sie, wie Ua-Ua die Treppe hinabschritt. Er war in Straßenkleidung und hatte es eilig.

Im Speisesaal oben saßen die übrigen Herrschaften über ihren Tellern mit Löffelerbsen oder mit gefüllter Kalbsbrust, sämtlich still angeheizt, weniger von der Qualität der deutschen Einheitssoße als von den Rückschlüssen über die Vorgänge der letzten Zeit. Seit Brechers Zusammenstoß mit Sack war die Atmosphäre gewitterig geblieben. Der Blitz hatte einen Vorfühler ausgestreckt.

»Nein«, rief Coty, »ich habe den Eindruck, der Blitz hat sich die Nägel abgebissen.«

»Vielleicht auch schneidet er sich ins eigene Fleisch«, fügte Doktor Geist in ausgezeichnetem Wohlbefinden hinzu, bis er sich entgegen seiner Gewohnheit hinüber zu Frieske beugte und ihr einen Rat gab. »Spießen Sie nicht mit der Gabel in die Luft! Der Blitz könnte hineinfahren.«

Sogar der Tisch mit den Seiferths-Jungfern zeigte erhöhte Temperaturen, zumal nun endlich ein einheitlicher Gesprächsstoff gefunden worden war. Vor allem Rülands nahm man sich an. Aber auch sonst wußte man endlich, wozu man auf der Welt war und daß es nichts Unterhaltsameres gibt, als über Bekannte den Stab zu brechen. Einer von den Jungfern fiel schließlich die Brille in die Suppe, weil sie vor lauter Neuigkeiten vergessen hatte, daß sie kurzsichtig war.

»Sehen Sie!« sagte Geist. »Der ist der Blitz ins Gesicht gefahren.«

»Die hat ihren Schornstein verloren«, entgegnete Coty.

»Blödeln Sie nicht!« rief Frieske, sich revanchierend, herüber; aber die Gabel hielt sie nach unten.

Ja, es herrschte Galgenhumor! Ein gewisses Aufsehen erregte es, als Gudula Öften in voller hinkender Größe erschien, mit zwei, drei unvorschriftsmäßigen Schritten zum Seiferths-Tisch abschwenkend, um nach kurzem Wortwechsel an den Stammtisch zurückzukehren, wo sie, obwohl eine geschworene Feindin dessen, einen Matjeshering bestellte.

»Ja doch«, rief sie. »Sauer macht lustig.«

Es war eine Strafe, die sie mit dieser Bestellung aussprach; denn nie noch hatte ihr Brillenglas ernsthafter gefunkelt, nie war ihr Kinn spitzer gewesen. Auch streifte ihr Blick mit unverkennbarer Absicht an allem vorbei oder unerschüttert mitten hindurch; er hätte auch eine frischbenagelte Schuhsohle durchbohrt. Nachdem sie sich niedergelassen hatte, entwickelte sich ein in gotischem Stil gewölbter Hochmut auf ihrer Stirn, während ihre rechte Hand nervös mit dem Besteck spielte. Die Zeit, bis der Matjes erschien, wurde ihr anscheinend zur Qual, wie alles, was hier lebendig am Tisch saß und sich nichtsahnend herumflegelte.

Die beiden Staatskavaliere, Coty und Doktor Geist, fanden es außerordentlich schade, daß Gudula Öften fischblütig dasaß, eine entsetzlich hysterische Moralität ausstrahlend. Wahrlich, es gab so wenig zu lachen in dieser Affäre! Man tat sein Bestes, etwas Schwatzhaftes herauszuquetschen. Und wer sagte denn, ob sie morgen nicht alle auf der Straße lägen? Aber wenn diese Person es wünsche, sei auch ernsthaft zu diskutieren. Es ist nicht alles Kalbsbusen und Matjes.

»Sehr vernünftig!« rief Gudula Öften nach gemessenem Stillschweigen zum Tisch der Seiferths-Jungfern hinüber. Es war eine Belohnung für die über den Verbleib Rülands dort verbreitete Nachricht, der zufolge die Seiferths den Jungen vorderhand auf eigene Kappe beschäftigten, um ihn nach Verzug der Spannung wieder der Abteilung Propaganda zuzuschanzen. So hält sich ein in Aussicht genommener Minister zur Verfügung, und Gudula Öften befürwortete das.

Wenn ein Mensch seine Laufbahn betrachtet, am oberen Ende der Tafel sitzend, und die besonderen Wendungen, die kritischen Punkte unter die Lupe nimmt, hätte er zu sagen vermocht, so und nicht anders mußte es kommen? Hätte er nicht auch am unteren Ende landen können? Und hätte er auch nur fünf Minuten vorher jene Sicherheit aufgebracht, wie sie ihn nach der glimpflichen Enträtselung einer Krise beseelt?

Gudula Öften begriff das vorzüglich. Sie ließ ihren Blick auf Toldi ruhen, dem stillsten aller Wasser, das zu einem Tümpel verkümmert war, und sie glaubte darin, in dieser menschlichen Fassung, die Schlinggewächse des Schicksals zu sehen, den Schlamm auf dem Grund; ja die Eminenz ihrer Vorstellungskunst gestattete ihr sogar, ans Quaken der Frösche zu denken. Darüber hinaus auch an Feuerwerksfrösche zu denken, an Brillantfeuerwerk, verbot ihr leider der Ort und das traurige Klappern der Teller.

»Ich an Brechers Stelle, ich wüßte, was ich zu tun hätte«, erklärte Doktor Geist plötzlich. »Ich ließe keinen Vorwurf auf mir sitzen. Ich ginge direkt ins Zentrum der Dinge, ins Direktorium. Aber man kennt das ja. Diese Theoretiker sind den praktischen Schwierigkeiten nie gewachsen. Ein österreichischer Professor, eine Kapazität in der Theorie des Geldes, verlor sein gesamtes Vermögen im Augenblick, da er zum Finanzminister ernannt worden war. Er zehrte vom Fleisch seiner Gespinste, und übrig blieb infolgedessen deren Skelett. Er hielt seine Theorien für bare Münze. Dabei verdient man am besten, ohne je Geld in Händen gehabt zu haben.«

»Dann wundert es mich, daß Sie noch nicht Millionär sind, Doktor.«

Schneidend hatte Gudula Öften es eingeworfen, aus unnachahmlicher Höhe und unter Verzicht auf ein Echo; denn sie war dabei aufgestanden. Seltsamerweise setzte sie sich sogleich wieder hin, so daß sie sich, hätte ihr jemand den Stuhl weggezogen, platt auf die Erde gesetzt hätte. Derart fern wandelten ihre Gedanken.

»Ins Direktorium direkt?« fragte Coty, weit ruhiger und gelassener. Er legte ungläubig den Kopf in die aufgestützte Hand. Der Vorschlag erschien ihm mehr als bedenklich. Ob sich jemand der Affäre von Königsberg entsinne?

»Eines Tages«, begann Coty unter großer Aufmerksamkeit aller, »erschien in Königsberg der deutsche Generalstab, die Front der neuesten Rekruten abschreitend. Es war eine denkwürdig gnädige Parade, und niemand ahnte vorderhand etwas. Die Herren sind väterlich. Außerdem herrschte Frieden. Sie drehen ihren weißen Schnurrbart und benutzen den Säbel, der ihnen um die Beine schlenkert, als dekoratives Element. Zwar läuft den Generalstäblern allen ein roter Streifen Blut am Hosenbein hinunter – jedoch, warum nicht? Es ist alles nur halb so schlimm. Hacken zusammen und Blick geradeaus! Und schließlich ist ein Vorgesetzter von solchen Dimensionen nicht nur ein Mensch, sondern auch unwissend. Was weiß er in Wahrheit? Er sieht im Stiefel die Formation und weiter nichts.«

»Die Arbeitskraft sieht er.«

»Sehr richtig, die Arbeitskraft. Aber da sind nun plötzlich im Staat so merkwürdige Bestrebungen im Gang. Die Todesstrafe wird abgeschafft, und der Kadavergehorsam soll aufhören. Und wenn so ein Wind lange genug geblasen hat, steigt er, den Naturgesetzen zuliebe, aus den niederen Sphären der Blähungen und Protestaktionen endlich auch höher; er wird zur Humanität. Nun, daran ist nichts zu befehlen. Hier oben, in den leitenden Stellen, liegt alles ganz klar, die Luft ist rein, die Nase erstklassig, und niemand wird sich gegen vernünftige Bestrebungen verschließen. Also kommt der Generalstab auf die Idee, es auch einmal mit der Humanität zu versuchen. Der rote Streifen am Hosenbein wird gleichsam familiär. In dieser Anwandlung nun erklärt der oberste Chef, er habe offene Ohren, und wer einen triftigen Grund für irgendeine Beschwerde angeben könne, der melde das schriftlich. Direkt ins Direktorium, lieber Doktor!«

»Es war Militär.«

»Wir sind die Soldaten der Wirtschaft, sagt Sack. Na, meinetwegen. Einige der Rekruten sind natürlich vertrauensselig genug, ihren Wind nach oben zu blasen. Den hat der Stiefel gedrückt, ein anderer hatte, ein trauriges Bild von Mannesstolz, widrig lang im Hof auf den Knien zu rutschen. Mit diesem Jammer wenden sie sich an den obersten Vater. Und was geschieht?«

»Ich kann mir's denken.«

»Sieben Monate Festung wegen Untergrabung der Disziplin! Das war die Dusche von oben. Der Wind hatte sich verirrt; die Regionen, in die er geriet, hatten ihn zu Wasser gemacht. Seitdem regnet es leise, immer von oben nach unten. Es juckt unentwegt, es kribbelt in allen Gliedern. Aber sich öffentlich kratzen ist Landesverrat.«

In Gießen, bemerkte die Frieske, habe sich ein Gefreiter erschossen. Er sei ein tüchtiger Gefreiter gewesen. Aber auf einem hinterlassenen Zettel habe gestanden, sein Vorgesetzter möge bei lebendigem Leibe verfaulen.

»Exaltationen!« rief Doktor Geist. »Man gewinnt nichts, indem man sich selbst erledigt.«

»Aber man blamiert die erstrangig leitende Stelle, sobald man sich über die zweitrangige beschwert. Das ist der Witz«, meinte Coty. »Ein Angestellter, der erklärt, sein Bürovorsteher macht Unsinn, diskreditiert zugleich die Menschenkenntnis des Generaldirektors. Und Kritik vertragen die Herren nicht.«

»Es würde sich jeder über jeden beschweren«, warf Doktor Geist ein. »Es würde ein höchst gefährlicher Posten geschaffen: die Beschwerdestelle als Spitzelzentrale. Die ganze Körperschaft befände sich dann unter ewigem Verdacht; sie würde problematisiert. Das ist ja eben der Witz und der Kernpunkt aller Leistungsformationen, daß das Problematische ausgeschaltet wird. Man sieht an Brecher, wohin man gelangt.«

»Ich jedenfalls bin beim Käse angelangt«, rief Gudula Öften fassungslos dazwischen.

Es war unerhört. Man begriff es nicht. Noch hing Frieske an ihrem Gefreiten und Coty am Generalstab, da erhob sie sich ungeheuer. Es war, als würde sie immer länger. Dann ließ sie das Messer herunterfallen, während ihr der Bissen noch im Mund stak. Was hatte sie nur? Ihr blieb als Fahne eine vierzinkige Gabel in der Hand, und vor ihr lag auf dem Teller des Nachtisches schäbiger Rest. Diesmal sank sie nicht wieder zurück. Sie hatte sich erhoben, angewidert von dem eitlen Geschwätz, und mit einer Verachtung, der es ein Genuß war zu hinken, schwebte sie davon.

»Der Matjes hat sie verrückt gemacht«, meinte Doktor Geist.

»Mir scheint eher, Brecher liegt ihr im Magen. Wo ist er eigentlich?«

»Wir sind ihr ja alle schnuppe«, erklärte die Frieske bedeutungsvoll, um schließlich auf ihren Schoß hinunterzublicken und die Brotkrümel aufzulesen, die dort eine Lustwiese errichtet hatten.

»Das ist wahr«, bestätigte Coty. »Sie hat ein Gefühl für neu angelangte Opfer.«

»Man muß die Menschen ins Unheil treiben, um sie zu retten«, erklärte Doktor Geist. Er tat es mit solch begeisterter Wichtigkeit, und er glänzte derart, daß Coty unsicher wurde und zum Leidwesen jenes herüberfragte:

»Sagen Sie: stammt das von Brecher?«

III

Es war eine Vorankündigung. Es war die von allen Seiten zusammenschießende Summe, die eine Null mehr gebären wollte. Es war Einsamkeit, was Gudula Öften befiel, und sie hätte mit einigem Recht ausrufen können: »Die Leute leben, wie machen sie das nur?« Ja, all diese Nullen, die sich dem winzigsten Dasein anzuhängen pflegen, all diese tätig ausgefüllten Tagediebereien zehrten an der Substanz. Auch das Eindrucksvermögen hat seine Substanzen, die aufgebraucht werden können.

Aber es standen unterdessen Ereignisse bevor, Generalereignisse, die ausfuhren aus einem gleichfalls sich empörenden Körper. Nur war dieser Körper weniger dünnhäutig als derjenige Gudula Öftens. Es war eine Höllenmaschine, deren dumpfe, aber ungemein schwere Detonation das Treppenhaus erschütterte. Und morgen sollte gestreikt werden!

Die Treppenhäuser der Uvag sind feuersicher. Das Geländer, einst Holz, wurde vor Jahren erneuert. Es herrschte zwar keine unumschränkte Helligkeit hier, obwohl die Fenster auf den Podesten groß genug waren, ein Vorzug, der leider durch hofwärts eingeschachtelte Mauervorsprünge, diese Bauart der damaligen Zeit, zunichte gemacht worden war, aber es herrschte andererseits auch kein düsteres Zwielicht wie in manchen herrschaftlichen Häusern des alten Westens. Überdies war es Mittagszeit, demnach so hell wie möglich. Ein Mensch, ein vermeintlicher Missetäter, der die Treppen hinabgestiegen wäre, hätte jederzeit bis ins Erdgeschoß verfolgt werden können, er hätte sich beständig verkleinert, und man hätte ihm unten auf den Hut spucken können, hätte der Anstand es erlaubt. Sichtbar in jedem Stockwerk hingen Feuerlöschapparate an der Wand, aber auch sonst waren die notwendigen Vorsichtsmaßregeln beachtet. Die Heizkessel standen gleichfalls unter der von der Baupolizei verordneten Kontrolle. Zum größten Gaudium aller war Jahr für Jahr eine Feuerprobe abgehalten worden, indem ein blinder Alarm ertönte; es waren dann alle zum Hof hinausgeströmt, Panik markierend, eine Panik, die sich durch musterhafte Ordnung auszuzeichnen pflegte, hatten doch manche Kollegen ihr Butterbrot ruhig weitergegessen.

Um es im vorhinein festzustellen also, unwiderruflich und unverrückbar, sei wiederholt, daß alle Vorsichtsmaßregeln getroffen waren, zweitens, daß Mittagszeit war, während welcher sich die Mehrzahl im Speisesaal aufhielt, drittens, daß Brecher und Mucki – nun, die beiden hatten allerdings gefehlt, doch das von ihnen angebotene Alibi, wenngleich nicht ganz der Wahrheit entsprechend, war glaubhaft. Außerdem kann Gudula Öften bezeugen, daß die Detonation im selben Moment erfolgt ist, als sie mit Brecher vor dem Speisesaal zusammengetroffen war. Sie hatte auf dem obersten Treppenabsatz gestanden, sie mußte es wissen.

»Es ist ein Knall gewesen«, bezeugte sie später, »unverkennbar. Nur zunächst, im Bruchteil einer Sekunde, habe ich geglaubt, mir selber sei eine Ader geplatzt. Aber der Knall war dumpf und schwer wie ein in Watte gewickeltes Stück Eisen, so daß ich ihn sofort als Explosion erkannte. Auch wenn ich noch niemals eine Explosion gehört hätte, und es war tatsächlich die erste meines Lebens ...«

Die erste nicht, dachte Doktor Geist in Anbetracht ihrer Stehaufmanöver über dem Matjes.

»... selbst dann würde ich alles gewußt haben. Ich rannte deshalb sofort mit Brecher in den Speisesaal zurück, um Hilfe zu holen. Leider kam ich nicht dazu, weil ich mit Doktor Geist zusammenstieß. Ich habe noch jetzt eine Beule an der Stirn, so sind wir aneinandergerannt.«

»Stimmt«, bestätigte Geist.

»Dann bin ich zurückgerannt, über die erleuchtete Stufe im Korridor gestolpert und hingestürzt. Ich konnte mich nicht sogleich erheben.«

»Pech. Und die anderen sind an Ihnen vorbeigerannt. Stimmt das?«

Es liegt kein Grund vor, an Gudula Öftens Aussage zu zweifeln, um so weniger, als sie ihren blinden Eifer hat büßen müssen, denn sie geht noch heute am Stock. Bei Regen zumal schmerzt ihre frei in der Luft hängende Ferse.

Ein Beispiel verhinderter Hilfsbereitschaft, habe sie dagelegen, leise wimmernd und stöhnend, bis Herr Brecher sich ihrer angenommen habe. Hätte es damals wirklich gebrannt, sie wäre verkohlt. Sie hätte auf dem Bauch die Treppen hinabrutschen müssen, dichter und dichter in Qualm eingehüllt; nicht einmal schreien hätte sie können. Ihre Kleider hätten zu züngeln begonnen in aller Stille, und so, das Ende vor Augen, wäre sie lebendigen Leibes verkohlt. Sie schauderte, wenn sie sich's ausmalte.

Es war anders gekommen. Damals funktionierte nichts Mechanisches richtig, ausgenommen die im Privatbüro Ua-Uas aufgestellte Höllenmaschine, und jeder Handgriff hatte sich herausgestellt als Ergebnis eines intuitiven Aktes. Das entschuldigt natürlich auch vieles.

Ja, dann sei Herr Brecher gekommen, wie gesagt.

»Und Herr Brecher hat Sie gestützt?«

»Jawohl«, sagte Gudula Öften sehr fest, doch dem Kenner entging nicht die Mühe, mit der sie sich dieser Aussage entledigte. Obwohl nichts dergleichen verlangt wird, sucht sie ihn zu entlasten.

Er habe ihr auch wiederholt zugerufen, im Direktorium sei eine Bombe geplatzt. Auf ihre Frage nach dem Attentäter habe Brecher die Achseln gezuckt. Sehr fatal für den Streik, wird abgeblasen werden müssen, habe er gesagt. Man rede in solchen Situationen alles doppelt und dreifach, weil das bloße Faktum nicht genug hergebe. Man sei bestrebt, was man zu wissen glaube, auch von anderen zu hören. Unersättlich!

Und weiter sei also nichts geschehen?

»Nicht, daß ich wüßte. Nein«, erwiderte Gudula Öften.

In Wirklichkeit hatte sich leider noch etwas ereignet, aber es war eine Privatangelegenheit, und Gudula Öften hätte vor jedweder Untersuchungskommission bis aufs Messer gekämpft, es zu verheimlichen.

Es empfiehlt sich also, diesen Teil als vorderhand nebensächlich beiseite zu legen, der Hauptsache zuliebe, die Doktor Geist zu berichten hat. Mag Gudula Öften angesichts des erleuchteten Schildes: *Vorsicht Stufe!* auch hingestürzt sein, im Direktorium hatte inzwischen Doktor Geist gestanden, einen Trümmerhaufen zu Füßen, aus dem in unbeschreiblicher Geistesverwirrung sein Bürochef hervorgekrochen kam.

»I-sa-ak-sohn!« habe er, sich vorstellend, gestammelt. Aber das mag Doktor Geist selbst erzählen. Es war nicht das Maß, es war tatsächlich, mit Frau Geheimrat zu reden, das Ausmaß.

Er sei dem Schall sofort ins Direktorium nachgestürzt; denn von dort her sei er gekommen.

Wer gekommen?

»Fragt nicht so dumm!« rief Doktor Geist.

Das kurze Treppengeländer sei er hinabgerutscht, eine Erinnerung an Gewohnheiten aus der Schulzeit, wo sie die gleiche Methode befolgt hätten. Der Kopf hänge während des Rutschens über dem Schacht, und wer die Balance verlöre, sei hin. Er wundere sich, daß damals kein Unglücksfall vorgekommen sei. Richtig! Einmal habe ein Quartaner das Gleichgewicht verloren, aber es sei ihm, als glänzendem Turner, gelungen, sich festzuklammern mit nach unten hängendem Kopf und senkrecht in die Luft stehenden Beinen. Er habe so merkwürdig große Nägel an den Schuhen gehabt, nur deshalb erwähne er es. Daß man sich plötzlich an derart entlegene Dinge erinnere, sei eine Sache für sich. Wie?

»Sie kamen also ins Direktorium, Doktor?«

»Sehr wohl.«

Ich weiß auch, warum, denkt Gudula Öften. Weil diesen Menschen ein unablässiger Drang dorthin treibt.

Unterdessen fuhr Doktor Geist fort:

Eine Wand sei aufgerissen gewesen, ein Loch darin, so groß wie eine Tür. Man hätte hindurchgehen können. Doktor Geist meinte, er wäre wohl auch hindurchgestiegen, wenn ihm nicht eine Figur den Weg vertreten hätte. Einfach toll! Es drehe ihm sämtliche Gedärme herum.

»Und diese Figur war identisch mit Sack?«

Achtung, jetzt kommt es, das unheimliche Schauspiel, da Herrn Geist, Doktor der Philosophie, angekündigt werden sollte: »die Chance ist da!« und worüber sein Feind, Herr Brecher, des öfteren bekanntgegeben hatte: »Chancen treten in Verkleidung auf.« Jetzt kommt es von hinten, jetzt ist es da. Es hat mit blödem Lächeln den Finger auf Doktor Geists Schultern gelegt.

»Anfangs bemerkte ich nichts an ihm«, erzählte Doktor Geist. »Er mußte sich wohl im Nebenzimmer befunden haben, und ich glaubte, er wäre wie ich herbeigeeilt. Ich hatte die Tür hinter mir geschlossen; denn draußen wuchs unterdessen der Auflauf. Ein feiner brandiger Geruch lag in der Luft, aber zerstört war außer der einen Wand nichts. Der Schreibtisch stand in tadelloser Ordnung da, und ich hoffte schon melden zu können, alles sei glimpflich verlaufen.«

Ob er ihn gleich im Zimmer angetroffen habe, Sack?

»Ich sagte ja schon: anfangs bemerkte ich nichts, weder im Raum noch an ihm persönlich. Er kam durch die aufgerissene Wand.«

»Also nicht aus dem Trümmerhaufen heraus?«

»Hab ich das gesagt? Dann war's falsch«, gestand Doktor Geist, und es ist ihm anzumerken, daß er offener spricht als Gudula Öften. »Er muß im Nebenzimmer gewesen sein, als die Explosion erfolgt ist. Die Explosion hat ihn überrascht. Auf Ua-Uas Schreibtisch lag eine Verfügung, den Streik betreffend, und Sack muß das Schreiben gebracht oder zurückgebracht haben, wahrscheinlich von Egon. Angerührt war nichts.«

Doktor Geist spürte noch immer den Finger auf der Schulter, als er fortfuhr: »Ich kann's nicht beschreiben, ich will's auch nicht. Ich träume sonst zeitlebens davon.«

Es stellte sich heraus, daß Sack einen Nervenschock erlitten hatte. Er sei nach Doktor Geists Angabe auf ihn zugekommen, habe sich plötzlich eigenartig verbeugt und mit ganz hoher Frauenstimme gefistelt:

»Isaaksohn. Verzeihen Sie! Ich bin tot.«

Soweit Doktor Geist. Denn keine Minute später war alles in höhere Regie genommen worden. Die Ansammlung war zerstreut, Ua-Ua aus einem Restaurant, wo er gespeist hatte, zurückgerufen und das Zimmer versperrt worden. Das andere wüßten sie selber. Aber er müsse doch sagen, daß ihn die Sache irrsinnig mitgenommen habe. Vor allem das Konventionelle des Vorgangs mit Sack sei das Unheimliche daran gewesen, so daß er immerzu habe denken müssen: ein normaler Mensch und kann so verrückt sein!

Zwei Stunden später lagen die Korridore der Uvag wieder in stillem Frieden. Der Mechanismus griff ineinander. Eines Scherzartikels wegen, wie man zunächst bekanntgab, blieben die Räder und wandernden Briefe nicht stehen. Nur Sack hatte leider schleunigst abtransportiert werden müssen. Es war sehr traurig; er war ein so tüchtiger Mensch.

Unter den Angestellten seiner Abteilung herrschte indessen eine bis zum Bersten gesteigerte Spannung in Voraussicht der nächsten Tage. Man diskutierte unausgesetzt; man leistete sich auch allerlei Vermutungen und Verdächtigungen. Jedem hätte dasselbe zustoßen können, meinten sie alle; ihr Beruf werde lebensgefährlich. Untermischt war diese Auffassung mit dem Bedauern, nicht mehr darüber zu wissen, nicht viel, viel mehr. Ein Geistesgestörter hätte, um das Unterhaltungsbedürfnis der Abteilung zu befriedigen, mehr als irrsinnig sein müssen, er hätte sowohl verrückt als auch wahnsinnig sein müssen. Auch besprach man gern, ob ein Nervenschock heilbar sei. Als es bejaht wurde, warf Doktor Geist die Frage auf, ob es nur ein Nervenschock gewesen sei. Es war ihm sichtlich zu wenig.

Lediglich Gudula Öften mit ihrem verknaxten Knöchel verhielt sich wider Erwarten stumm. Erst Tage später gestand sie Mucki beiläufig, Brecher habe sie damals geküßt, worauf Mucki schwärmerisch, doch nicht ohne List, erwiderte: »Wenn es gebrannt hätte, hätte er Sie gerettet.«

An diesem Tag eilten sie alle, mit Neuigkeiten erfüllt, nach Hause.

Auf die Straße gesetzt

I

Ungeachtet des unaufgeklärten Attentats, dessen Nachwirkungen von Tag zu Tag erheblich verebbten, einen dünnen, nebelhaften Schleier webend, ein Gerücht mehr, funktionierte der eingespielte Apparat unbefleckt weiter. Dieser Apparat war nicht beschädigt, er war intakt, auch herrschte geflissentlich die Tendenz vor, die Sache nicht ruchbar werden zu lassen, sie als interne Entgleisung hinzustellen, als einen zum Glück gut ausgegangenen, albernen Protest. Der einzig verdächtige Lichtfleck in diesem Dunkel war das Pech eines Bürovorstehers namens Sack, der, überarbeitet, auch ohnedem einen längeren, längst fälligen Urlaub hatte antreten müssen. »Auf ins Grüne!« stand neben Mordnachrichten und Leitartikeln in den Blättern der Uvag zu lesen.

Im Innern freilich, unter dem Personal, hatte die Bombe eine überdimensionale Lücke zurückgelassen, eine, die weniger schnell zuzukleistern war als jenes Loch in der Wand. Es war eine Frage aufgetaucht, und niemand anderes als Doktor Geist starrte den lieben langen Tag dahinein. Ja, er hatte eine eigene Art, diesen Fall zu betreiben, er wurde beweglich; es war, als kreisten seine Pläne und Hoffnungen um einen plötzlich aufgetauchten Strudel. Besonders das Sekretariat Seiferth zog ihn an. Es entbehrte nicht der Lächerlichkeit, ihn die dort stationierten älteren Damen mit ausgesuchtester Zuvorkommenheit behandeln zu sehen. Er übernahm sich in Bücklingen, er fragte eine jede, was sie lieber nasche: Schokolade oder Bonbons?

In der Tat, soviel sich auch im Betrieb wiederholte, wiederholte in nervenzermürbender Art, diese Chance, den Chef zu vertreten, wiederholte sich zwar – doch unter welch veränderten Konstellationen! Wer hätte diesmal von einem Todesurteil gesprochen? Nein, der schlimmste Pessimist nicht! Im Gegenteil, eine Beförderung stand bevor, eine grundlegende Erfrischungsaktion, fast jener gleichend, wie sie sich Gudula Öften schon immer gewünscht hatte:

»Ein Sturm müßte kommen, der alles hinwegfegt. Ein Sturm, der reinigt, reinen Tisch macht. Irgend etwas der Art.«

Und war nicht Brecher es gewesen, der ihr den Rat gegeben hatte, sich an Portier Baumann zu wenden; der hätte das Zeug dazu?

»Der bläst die Posaune«, hatte er gerufen. »Wo der hinbläst, da tanzen die Fliegen. Sogar die Tonarten selber geraten in Aufruhr. Blech ist doch ein herrliches Medium!«

Rede du lieber kein Blech! hatte Doktor Geist gedacht.

Diesmal nun, nach Erfüllung aller Wünsche, starrten sie alle in jenes eingebildete Loch, dessen Reparatur im Sekretariat Seiferth betrieben wurde und durch welches der neue Stellvertreter, Ua-Uas Auserwählter, erscheinen sollte. Die Öften, die sich unruhig in dieser Region herumtrieb, irgendwelchen Gespenstern nachlaufend, Gespenstern ihrer Besorgnis, ihrer Weitsichtigkeit, konnte sich dennoch zu keiner praktischen Handlung entschließen. Sie fürchtete mehr, als sie handelte; sie traute ihrer eigenen Gewißheit nicht. Da war Doktor Geist ganz anders befähigt.

»Bonbons gefällig?« sagte er einfach.

»O danke!«

»Danke ja, danke nein?«

Doktor Geist kokettierte, und die Seiferth II, die sich allen Ernstes einzubilden begann, es handle sich um sie, fiel darauf herein. Er besteigt die Jungfrau, sagten sie im Büro. Aber Doktor Geist verriet seine Absichten mit keiner Miene, und wäre es wirklich nur der Entschluß zu kavaliersgemäßer Höflichkeit gewesen, was ihn leitete – dann alle Achtung! Dann hätte Gudula Öftens Pädagogik gesiegt.

In Wahrheit aber trieb ihn eine gewaltige, eine umwälzende, Löcher reißende Hoffnung.

»Diesmal kann's lange dauern, Herr Doktor«, sagte die Seiferth. Sie flötete förmlich, während sich ihre farblose Haut zu einem Muster verzog, das der Unfruchtbarkeit als süßes Lächeln hätte gelten können. »Diesmal hat's ihn erwischt. Schrecklich!

Ich kann Ihnen sagen: Bei mir ell-ell. Die Leitung wenn ich hätte, diese durchgebrannte Leitung. Und seine Frau hätten Sie sehen sollen – die erst!«

»War sie schon da?« fragte Doktor Geist.

»Ich darf ja nichts sagen, Herr Doktor, sonst krieg ich's mit meiner Schwester, aber Ihnen gesagt, weil Sie's sind: er soll vollständig geistesgestört sein, vollständig.«

»Was Sie nicht sagen! Nehmen Sie das da, das schmeckt besser.«

»Frau Sack ist wütend. Sie droht, und es wird eine tüchtige Stange Geld kosten. Was hat sie von so 'nem Mann? Er bildet sich fortwährend ein, daß er nicht existiert, daß Sack durch Isaaksohn ersetzt worden ist. Was soll sie damit? Aber die lebt jetzt besser als früher.«

Doktor Geist nickte. Er lutschte ein Bonbon und gab sich den Anschein, als wüßte er über die freigelassenen Wildkatzen der Chefs seit langem Bescheid. Dann aber fragte er:

»Was glauben Sie wohl, wann er wieder zurückkommt?«

»In Jahren.«

»Wann?«

»In tausend Jahren«, sagte die Seiferth, märchenhaft an Doktor Geists Leckereien lutschend.

Glücklich der Mann, der ausersehen ist, eine Lücke zu füllen! So mancher sitzt sich die Backen wund, zeugt Kinder dabei, heiratet und läßt sich scheiden, ohne doch eine Lücke zu finden, es sei denn eine im eigenen Zahn, die ihn eher vernichtet als vorwärtsbringt. So aber kommt es, daß er sich wieder verheiratet und neue Kinder in die Welt setzt und dies zu keinem anderen Zweck als dem Wunsch zuliebe, ihnen, den Sprößlingen jüngster Ehe, möge es besser ergehen auf der Suche nach einem dieser ehrenvollen Löcher.

In der Abteilung Propaganda, unmittelbar unter den sattsam bekannten Herrschaften, gingen selbstredend gleiche Ahnungen um, und das war auch der Grund, weshalb man bei Doktor Geists Erscheinen so gern verstummte. Sack hatte einst zu Brecher gesagt: »Sie leiden an der selbstgefälligen Tendenz, sich zum

Fremdkörper zu entwickeln« – kein schlechtes Wort, wie man zugeben muß, aber dasselbe hätte in diesen Tagen auch auf Doktor Geist angewandt werden können. Er war gestriegelt, sein Hemd schmutzte nicht mehr; er war so außerordentlich unruhig bei aller Einsilbigkeit, daß er nicht länger als eine Stunde stillzusitzen vermochte. Es juckte ihn etwas – zum Wimmern! Und es wäre trostlos gewesen, wenn Coty nicht eingegriffen und, je mehr Doktor Geist auf Distanz hielt, um so einfallsreicher für Unterhaltung gesorgt hätte, für ein Labsal in all der Dürre.

»Ich kannte einen Regierungsrat«, bemerkte Coty, wenn sie unter sich waren, »ich kannte einen Regierungsrat, der sich die Hosen zerschliß, um Oberregierungsrat zu werden. Stets, wenn er vor der Ernennung stand, wechselten die Minister. Es war zum Piepen. Dann wurden ihm andere Regierungsräte vor die Nase gesetzt, weit, weit unwürdigere als er. Es entspann sich eine mehr als fünfundzwanzigjährige Geduldstragödie, während welcher es links und rechts blühte. Gräser wurden geköpft, neue gepflanzt. Er aber war unentbehrlich, er war die Treppe für andere.«

Nach solchen Äußerungen verbreitete sich ein Behagen, ziemlich gepfeffert. Es brachte kleine kichernde Wässerchen auf die Zunge, es war eine Delikatesse, und Coty durfte sich rühmen, an Beliebtheit derart gewonnen zu haben wie Brecher an klassischer Negation. Hatte Coty seinen Regierungsrat erledigt, dann ging er einen Schritt weiter, indem er seine Unterhaltung am Lützowkanal entlangchauffierte. Dort nämlich hatten sie eine Geheimratsleiche herausgefischt.

»Es war ein Rätsel«, rief Coty. »Es hatte ihm nichts gefehlt. Die Gewissenhaftigkeit in eigener Person hätte nicht makelloser dastehen können, und weder Schulden noch unbefriedigte Weiber dankten als Hinterbliebene. Jetzt aber geht mir ein Licht auf. Der Mann ist ins Wasser gesprungen, weil es noch keine Obergeheimräte gibt. Es ist die Sehnsucht aller Kellner, ein Ober zu werden.«

»'Err Ober, abben Sie Feuer? – Aber sähr!« rief jemand dazwischen.

Einer indessen schwieg. Er bot das tollste Gesicht dar. Seines bekanntlich im Sekretariat Seiferth untergebrachten Jüngers beraubt, wirkte er außergewöhnlich vereinsamt. Alle paar Minuten massierte er seine Maske, weil sie sich sandig fühlte, und auch am Hinterkopf kratzte er sich. Er glich in seinen Bewegungen aufs Haar einem neu importierten Gorilla, der von europäischen Läusen geplagt wird. Reizbar seit je, witternd, mißtrauisch bis zum Ekel, in privaten Dingen aber, ja in bezug auf sein eigenes Geschick, schamhaft bis zur Selbstverleugnung, denn sich selber nahm er weit weniger wichtig als den Anreiz zu seiner Erkenntnis, war ihm, als bliese aus der entstandenen Lücke ein Wind, einer von solcher Schärfe, daß ihm die Haare vom Kopf flogen. Sein Stuhl stand fest, doch unter ihm schwankte alles.

Brecher, so wenig es ihm an sicherem Instinkt und Lebenskraft fehlte, bevorzugte dennoch bei all seinen Orientierungen gern jenes berühmte, im Bewußtsein postierte Koordinatensystem, das auch dem Leben und Treiben der Städte zugrunde liegt. Er war nicht zufrieden, solang nicht alle Begebenheiten und Erscheinungen, die Ideen inbegriffen, in Beziehung gesetzt waren zu jenem imaginären Zentrum. Von hier aus gewann erst alles die richtige Bedeutung, schien ihm, und daher hatte er auch seine eigene Laufbahn trotz aller äußerlichen Geringfügigkeit wahnsinnig auszukosten und unnachahmlich zu behandeln gewußt. Eine flüchtige Unterredung wie die mit Mucki gepflogene gewann von hier aus einen keiner Praxis entsprechenden Wert. Aber der Ablauf der Praxis hatte ihn nie sehr gekümmert, balancierte er doch daneben gleichsam eine andere Welt. Der Bombenkrach aber, mit der Lücke, die er hinterließ, dieser unvorhergesehenste aller Querschläge, hatte sein ganzes System unterminiert. Er lief Gefahr, den Boden unter den Füßen zu verlieren und die Spannung zu seinem Kollegen gleichfalls.

Mit solchen Empfindungen saß er da, von der Helligkeit in eine ätzende Blendung getaucht. Auch seine Gedanken liefen seitdem ungeschützt gegen die Sonne. Außerdem sah er seine Machtlosigkeit ein, die ihm abriet, als einzelner gegen ein ganzes System zu kämpfen und jene Provokation aufzudecken, an der er nicht länger zweifeln zu müssen glaubte. Denn das war klar, der Akt mit der Bombe war »von oben« bestellt. Nein, in dieser Richtung sah er für sich keinen Ausweg.

Es hatte lange gedauert, bis er sich regte. Schließlich aber triumphierten seine Instinkte, die ihn bisher so wunderbar heruntermanövriert hatten, herunter bis zu einer Art Betriebsnarren. Eine Fliege, die in einer Glaskugel herumschnurrt, hätte ihm Spaß machen müssen. Dennoch, es war gleichwohl ein ungeheurer, den Augenblick weit überragender Ansporn in ihm rege, und er folgte ihm blindlings.

»Sack ist mein Zeuge«, rief Brecher nun jedesmal als Einleitung und Vorspann, und es stand ihm gut, daß er einen Geistesgestörten als Zeugen anrief; zweifellos war es das Höchste. »Sack ist mein Zeuge!«

»Wofür ist Herr Sack Ihr Zeuge?« fragte Gudula Öften mit der Nachsicht und Bereitwilligkeit einer Krankenschwester, die die Tage ihres Patienten gezählt weiß.

»Sack ist mein Zeuge«, rief Brecher, aber dann grinste er unbeschreiblich.

Im Zirkus pflegt ein eleganter Herr in der Mitte der Manege zu stehen, mit Zylinder und Frack, eine Peitsche in der Hand, und diesem Herrn fällt die beneidenswerte Aufgabe zu, den blöden Clowns Fragen zu stellen. So fragte auch Gudula Öften.

»Wofür ist Herr Sack Ihr Zeuge?«

»Die Führer«, rief Brecher, »die wollen unser Bestes.«

»Jeder Führer will doch nur unser Bestes«, sagte Gudula Öften, ehe sie hinzufügte: »Was stört Sie daran?«

»Sack ist mein Zeuge. Sie rufen's ja von den Tribünen. Sie recken die Arme zum Himmel, oder sie schmeißen ihren Zeigefinger von der Hand, daß er Gefahr läuft, eines Tages abgerissen zu werden. Futsch ist die Bratwurst! ›Ich will doch nur euer Bestes!‹«

»Natürlich wollen sie das. Regt Sie das auf, Herr Brecher?«

»Sack ist mein Zeuge. Natürlich wollen sie das! Sie haben sich endlich den Wohlstand erquasselt, und jedermann glaubt, sie kämpften für euch. Ihr schlechtes Gewissen, das kämpft für euch, nicht sie. Sack ist mein Zeuge. Nichts weiter wollen die Herren von uns als dies: unser Bestes!«

»Ich bitte Sie, Brecher.«

»Sack ist mein Zeuge. Es war eine Provokation.«

»So hören Sie doch, und reden Sie leise!«

»Ach, daß nichts mehr übrigbleibt, sobald man es durchdenkt. Pfui Spinne!«

»Das gehört nicht hierher.«

»Nein. Das gehört nicht hierher«, rief Brecher, als packte ihn schon das Delirium.

II

Unterdessen befand sich Doktor Geist, wo er ging und stand, im Büro wie zu Hause, in der wohlgefällig abwehrenden Lage eines Geburtstagskindes, um das die Schar der Gratulanten schon eine Woche vor dem Termin herumtuschelt, und er duldete es. Seit er ins Leben getreten war, hatte er dies ersehnt, und wahrlich, daneben getreten, das war er nicht. Wie begriff er doch mit einemmal die Zweideutigkeit dieser Vokabel: es dulden. Zwar sprach er vorläufig mit niemandem darüber, auch nicht mit Frau Geheimrat, deren Rollstuhlexistenz in lauter Wonne dahinschwamm, aber im Grunde, insgeheim, sprach und sann er unentwegt über nichts anderes. Das war die Chance!

Es dulden – darin steckte für einen Chef allerhand, und er suchte sich in stiller Vorausnahme daran zu gewöhnen. Er dulde zunächst seine Beförderung, dachte er, aber dann dulde ein Chef erst recht. Dann tauche die schwerwiegende Frage auf, was alles zu dulden sei und was nicht. Bei dieser Frage durchflutete Doktor Geist Tage hindurch eine mit Wißbegier und süßem Mitleid gemischte Hochachtung vor seiner Person, vor der Reaktionsfähigkeit jenes Netzes, das seine Erwägungen, Empfindungen und Entschlüsse, ohne zu murren, weitergeleitet hatte.

»Komm her, mein Ärmster, Bester!« sagte er zu sich selber, kaum die Lippen bewegend. »Darüber mußt du dir klar sein.«

Ein Chef, der gewisse Freiheiten seiner Untergebenen dulde, sei wahrhaftig auch ein Dulder zu nennen; er dulde auf eine höhere Art, um einige Gehaltsstufen höher, indem er der Sorge um die zu gewährenden Freiheiten unterliege. »Das ist verständlich«, tröstete sich Doktor Geist, nachdem er sich gern bedauert gesehen hätte. Aber diese höhere Art sei nicht nur materiell erfaßbar. Es dünkte ihn höchste Zeit, Front zu machen gegen jene einleuchtendste aller Dummheiten, die alles auf der Welt aus wirtschaftlichen Bedingungen erklärt wissen will, jene neiderfüllte Kurzsichtigkeit, die glaubt, von tausend Mark mehr oder weniger hinge die Seligkeit ab.

»Aufräumen wirst du damit«, sagte Doktor Geist zu seinem beförderten Ich. Zum Donnerwetter, sei ein Büro eine Versammlung, ein politisches Kaffeekränzchen? Es habe Unterordnung zu herrschen.

Manchmal übte sich Doktor Geist auch, indem er sich eine Sprache für künftige Konferenzen zurechtlegte. Dann beorderte er aus der Düsternis seiner Einbildungskraft einen Gegner herauf, den er in prächtiger, unwidersprochener Tirade niederkanterte.

»Wir sind nicht derart abstrakt wie revolutionäre Theoretiker«, rief er, »die ein Volk hinopfern, um bis zum letzten Mann den Irrglauben an ihre Experimente zu dokumentieren. Uns steht das Volk näher am Herzen. Aber wir sind dafür, daß getan werden muß, was getan werden soll. Wo kämen wir denn sonst hin? Eine Macht will ausgeübt sein – wie soll sie sich sonst erweisen?«

Und wer sich in Machtkämpfe eingelassen habe, der solle nicht versäumen, sich die Folgen der Niederlage vor Augen zu halten. Es sei ein billiger Trick, Zeter und Mordio zu schreien, sobald die verdiente Salve im Leib sitze. Ein Kinderspiel sei es, sich hinterher in die demagogische Ohnmacht der Anklage zu flüchten. Und Doktor Geist rief:

»Wir wollen euer Bestes! Selbstverständlich wollen wir das.

Hat vielleicht Napoleon ein Hehl daraus gemacht, durch seine Garde im Notfall das Beste geleistet zu sehen? Hat er vielleicht vom Pferd herunter erklärt: ›Laßt euer Bestes zu Hause!‹?«

Dazu seien sie da, ihr Bestes zu geben, wie Chefs dazu da seien, ihr Bestes zu wollen.

Schwerlich hat sich je ein Geburtstagskind so glänzend vorbereitet gezeigt, jenen weihevollen Akt vor Augen, der seine Ernennung zum Bürochef ausmachte. Es konnte ihn nichts daran überraschen, als es endlich soweit war. Gefeit, mit tadelloser Umsicht, der es an Gefühllosigkeit und geschäftlichem Kaltblick nicht fehlte, überließ er alle Ausrufe, alle Barmherzigkeiten und Scharmützel des Entzückens seiner werten Schwiegermama in spe, Frau Geheimrat verw. Schöpps. Diese freilich, halbtot, konnte sich nicht genug tun.

Bereits nach jenem entsetzenerregenden Bombenattentat hatte sie vor Frau Schade erklärt:

»Wie? Ja eben. Das sage ich auch. Ich verbiete dir, hab ich gesagt, noch länger dorthin zu gehen. Der Beruf einer Privatsekretärin ist ... wie? Ich dachte, Sie hätten etwas gesagt.«

»Man könnte es beinahe glauben«, hatte Frau Schade in der Tat gesagt.

»Ja eben. Lebensgefährlich.«

»Mein Sohn hat übrigens erzählt, daß Doktor Geist eine großartige Umsicht an den Tag gelegt haben soll.«

»Wohin gelegt? Durchaus, durchaus. Er ist ohne Rücksicht auf seine Person, nur der Sache zuliebe, mitten hineingesprungen ins Trommelfeuer. Das ist er. Er hat sich aufs allerenergischste exponiert. In aller Höflichkeit, wie sich versteht. Zumal Herrn Isaaksohn gegenüber hat er die gesellschaftlichen Formen in keiner Weise, in keiner Weise ver... ver...«

»Verletzt.«

»Ach so, verletzt meinen Sie?«

»Sie können auch sagen vernachlässigt. Gewiß doch.«

»Ja eben. Das meine ich auch.«

Nach diesem liebenswürdigen Intermezzo der Behilflichkeit hatte Frau Geheimrat sich wieder auf ihre Materie gestürzt.

»Nein – meine Tochter hat diese Epoche endgültig überwunden. Sie hat sie ver... verschmerzt. Was soll das auch heißen, Frau Schade? Bedenken Sie doch: erst Blut an der Schläfe, dann einen Diebstahl. Wie? Ich meine, eine recht dunkle, außerordentlich dunkle ... Und dann dieser empörende Schock. Beinahe wäre sie ohnmächtig hingestürzt wie die arme Gudula Öften.«

»Mein Sohn sagt auch, das Direktorium der Uvag sei durch Machtkämpfe zerklüftet.«

»Vollkommen, Frau Schade. Sie können sich drauf verlassen. Es ist da eine Stufe im Korridor und eine Kluft neben der anderen. Die einzigen Brücken bestehen aus übelsten Diskussionen. Ja eben. Überhaupt, wenn zwei Menschen nebeneinanderstehen ... dann – Frau Schade, passen Sie auf! – dann ragt zwischen beiden eine Kluft. Vollkommen! Sehen Sie: hier eine Faust und hier eine Faust. Das sind meine beiden Fäuste. Dazwischen aber ragt eine Kluft. Das hat Ihr Herr Sohn vorzüglich bemerkt, ganz vorzüglich.«

»Es herrscht so wenig Verständnis, behauptet mein Sohn.«

»Dasselbe hat Doktor Geist gesagt, genau dasselbe. Das kann ich beeiden. Es herrscht so gar kein ... Wie? Natürlich, das kommt von nichts anderem. Zerklüftung, ganz recht, radikale Zerklüftung. Und, wie Doktor Geist mir neulich in trefflichster Weise klargelegt hat – wirklich, Sie hätten das nicht ohne Nutzen mitanhören sollen, es wäre Ihnen vieles, es hätte sich, hätte sich – na, wie sagt man denn gleich. Es hätte sich ...«

»Gezeigt, Frau Geheimrat.«

»Meinen Sie? Nun ja, gezeigt schon, Frau Schade, gezeigt ganz bestimmt. Ja, das können Sie nicht von der Hand weisen, das allerdings. Aber ge ... wie sagten Sie gleich? Gezeigt ist zu wenig. Gezeigt ist zu, zu flach. Ich meine, man täte doch besser daran zu sagen: es hat sich geoffenbart.«

Mit jenem altersschwachen, verhärteten Nachdruck, wie es ihrer Pomphaftigkeit zukam, hatte Frau Geheimrat eine Feststellung der anderen folgen lassen. Ihr Kopf war dabei mehrmals nach vorn geknickt, eine Bewegung, deren schwache Energie verdeckt wurde durch einen greisenhaften Anspruch und Eigen-

sinn; denn sie alterte rapid. Unwidersprochen! Einen um so er-
schütternderen Einblick gewährte es, zu beobachten, welch ein
Gewicht sie Doktor Geists Ansichten beimaß, wie sie, als Stan-
desperson, sich seiner Autorität unterordnete und ohne Klage
bereit war, sie gutzuheißen. Es war dies eine der härtesten Erfahrungen Muckis, die sich daran gewöhnen mußte, es stets aufs
neue, als wäre sie schon verheiratet, wiederholt zu sehen. Nicht,
daß die Mama in Doktor Geist als ihrem zukünftigen Schwiegersohn etwas ihrer Natur Ebenbürtiges hätte gelten lassen! Es
war der Erfolg, vor dem sie sich beugte, es war geradezu die Abstraktion des Erfolges, eine Abstraktion, vor der des Doktors
Unebenheiten verblaßten.

Diese bedingungslose Befürwortung seiner Stimme zeigte sich
gleich am ersten Tag der Ernennung, sie offenbarte sich. Während
sie familiär beisammensaßen, Mucki schmökernd, Geist mit
Konversation beschäftigt, hatte er plötzlich bemerkt, daß seine
Zukünftige den Schundroman auffällig nah an die Augen hielt.

»Halte das Buch nicht so nah an die Augen!« unterbrach er
sich, so daß Mucki verdutzt hochfuhr.

Da hatte Frau Geheimrat dem Tadel beifällig zugestimmt.

»Du sollst das Buch nicht so nah an die Augen halten. Es schadet.«

»Sehr richtig, Doktor, daß Sie schlechte Angewohnheiten
nicht dulden.«

»Ich bin eben kurzsichtig geworden durch meine Berufstätigkeit. Das hat mir Brecher vorausgesagt«, entgegnete Mucki.

Aber Doktor Geist war durch die Anrufung Brechers nicht
aus der Fassung zu bringen. »Wer kurzsichtig ist, muß Augengläser tragen«, sagte er.

»Das werde ich nicht tun.«

»Dann wundere dich nicht, wenn du frühzeitig alterst und
Krähenfüße bekommst.«

»Sehr wahr!« tönte die Stimme der Frau Geheimrat, die sich
nicht ohne Genugtuung der Stunde entsann, wo ihr ein Hörrohr
empfohlen worden war. Mochte das Kind auch widerspenstig
entgegnen:

»Was ich zu tun habe, weiß ich selber.«

»Also, dann tue es, bitte, mein Kind! Tu's Doktor Geist zuliebe. Du solltest wirklich seine Ratschläge befolgen. Wo du doch weißt, daß er es ungern duldet!«

Da war es wieder: es dulden. Was überhaupt dulden? Vom ersten Tag an begann Mucki das Wort zu hassen, und wer mag wissen, ob sie sich später damit begnügen wird, das Buch zuzuschlagen und schmollend davonzulaufen, um nach reichlicher Begütigung durch den Doktor zu erklären:

»In Gesellschaft trage ich ein Monokel.«

»Abwarten, Liebling!«

Es dulden oder nicht, in dieser Haltung, die zu einer stehenden Formel wurde, sah Doktor Geist die Aufgabe eines Chefs und Gatten verkörpert. Es war vorauszusehen, daß ihm die Verteidigung seiner neugeschaffenen Position nicht schwerfallen würde, nachdem er durch unaufhörliche Selbstbeeinflussung das Grundsätzliche im vorhinein bewältigt hatte. Nichts sonst, nichts hätte ihn die richtige Optik der Perspektiven gelehrt. Er duldete noch, daß er beglückwünscht wurde; dann lebte er seiner eigenen Verantwortung.

Einen Schatten hätte er gern als erstes beseitigt.

III

Es gibt Leute, die fahren ins Ausland, lediglich um dort gewesen zu sein; es gibt Leute, die reisen ins Bad, um krank zu werden, Leute, die kriegen ein Kind, um abzutreiben, Leute, die eröffnen ein Geschäft, um pleite zu gehen. Seit Doktor Geists Ernennung ging Brecher ins Büro mit dem sicheren Gefühl, eines Tages gekündigt zu werden.

Es war ein Tag, nicht verschieden von anderen. Die Uvag ragte empor, bestrebt, ihrem zweifelhaften Charakter wieder Ehre zu machen. Frühmorgens, wenn das Licht noch fahl war hinter einer rötlich jungen, optimistischen Lebhaftigkeit, die Schatten

sich zärtlich dehnten, durchsichtig wie die Strümpfe der Sekretärinnen, wenn dem Straßenverkehr noch nicht jenes quälend
gehäufte Einerlei von selbst abrollender Gewohnheit anhaftete,
war die schimmernde Front des Gebäudes nicht ohne Zauber.
Aus der Nacht aufgetaucht, ein Eiland der Betriebsamkeit,
streckte es die Glieder, und der mythologische Schwerathlet
hoch oben bot seine Weltkugel mit einer gewissen Berechtigung
der neuen, mit Wärme geladenen Sonne dar. Alles, was angestellt
war, setzte sich konzentrisch in Bewegung, angelockt wie von
einem Magneten. Von Süden kam Perdelwitz die Friedrichstraße
herauf, winzig trippelnd, denn sie sparte das Fahrgeld, vom Norden kam Toldi, aus der Untergrund steigend wie ein Maestro,
Frieske fuhr Autobus, Gudula Öften, Coty desgleichen; auch
Rüland war immer noch da. Berüchtigte Vorzeichen, Hunde-
dreck wie die Farbe der Signale, die den Weg freigaben oder ver-
sperrten, trieben ihr Unwesen, die Anerkennung oder Nicht-
achtung den Arbeitskräften überlassend. Nein, nicht jeder war
hierin so überempfindlich wie die Chauffeure, die, begegneten
sie in der Friedrichstraße einem alten, höckerigen, zur Erde gekrümmten Weib, Seuche genannt, dreimal auszuspucken pflegten, um dies böseste aller Vorzeichen unschädlich zu machen. Vor
dem Portal bewegte sich Portier Baumann, aufrecht wie je, eine
Persönlichkeit, die letzte dieses Jahrhunderts, und Wrampe riß an
der Kurbel, aufs leidenschaftlichste mit seinem Lift verwachsen.

In der Abteilung Propaganda, seit Doktor Geist ihr vorgesetzt war, schlenderte eine vorbildliche, weltausstellungsfähige
Helligkeit umher, zum Zeichen vorübergehender Genesung nach
schweren, wirtschaftlich-epileptischen Anfällen. Die Schreibtische standen auf den gewohnten Plätzen, feste Möbel, jeder
Anforderung gewachsen, mit grünbeschirmten Lampen versehen, mit Utensilien, in denen die verschiedensten Arten Energie
aufgespeichert waren. Oft genügte ein Knipser, ein Druck, und
sie traten hervor aus ihrer Reserve. Die Hörer der Telefone lagen
auf der Gabel, kalt und geläufig. Es lag ein Hauch von Jungfräu-
lichkeit über dem Ganzen, wie über Klassen, denen ein neuer,
gut angeschriebener Lehrer zugeteilt wird.

In den ersten Tagen war Doktor Geist naturgemäß sehr beschäftigt, sehr in Anspruch genommen gewesen; er hatte sich mehr in Egons Nähe aufgehalten als bisher. Man verkannte auch nicht seine Schwierigkeit, die darin besteht, daß jede Position isoliert, daß ein Mensch, herausgehoben aus der Masse dank irgendwelcher begründeter oder zugefallener Chancen, die Verbindung zu seiner Vergangenheit in einem ganz neuen, ungemein fernwirkenden Licht sieht, wenn nicht gänzlich verliert. Was ihm an Machtbefugnis durch seine Beförderung zufällt, das kommt ihm nicht, wie es scheint, umsonst zu stehen, insbesondere auf kollegialem Gebiet; denn auch Glück will bezahlt sein. Es ist eine Tatsache, daß in dieser Welt Vorteile errungen werden stets auf Kosten irgendwessen, auf Kosten des Durchschnitts, der die allgemeine Regel darstellt, und es ist ebenso gewiß, daß jede Abweichung nach der einen prompt einen Nachteil auf der anderen Seite mit sich bringt.

Daß die Untergebenen sich hätten entgehen lassen, die Schwächen ihres Chefs zu karikieren, auf Feststellungen erpicht, die Genugtuung bereiteten, die beweisen, daß einer so gut wie der andere ist und so schlecht wie der andere, wäre freilich zuviel verlangt. Man entdeckte sehr bald den eisernen Bestand, sowohl jene beißende Liebenswürdigkeit, ein Erbteil Sacks, als auch eine gewisse Fahrigkeit nebst Lieblingsphrasen, die sich im wesentlichen um die beiden Pole »objektiv« und »real« gruppierten; man scheute auch nicht davor zurück, seine Liebesaffäre in all ihrer Impotenz und Hasenfüßigkeit zu begutachten; und trotzdem war nicht einer unter ihnen, der gewagt hätte, dem Kollegen von einst auf die Schulter zu klopfen. Es war, als hätte Doktor Geist die Welten gewechselt.

An diesem Morgen war Perdelwitz die erste, weniger aus Pflichteifer als darum, weil in Berlin die Uhren in koketter Hoffnungslosigkeit sämtlich verschieden gingen. Die ihr so vertraute Uhr in der Kochstraße war vorgegangen, ihre eigene aber auch, und so hatte sie sich ungewöhnlich beeilt. In Übereinstimmung mit dem Eifer des Tages drang durch ihr mattgepudertes Gesicht gleichfalls eine Röte hervor, eine Röte von überhitzter, schwitzender Natürlichkeit. Angelangt im Büro, bewegte sie sich tänzelnd, einen Spiegel vor Augen, um die leeren Stühle, ihre Frisur ordnend und den Strich ihrer Lippe abtastend, bis Frieske eingetrudelt war. Sie hatte so seltsam unvermittelt vor ihr gestanden in ganzer Leibesfülle.

»Mahlzeit!«

Darauf unterhielten sie sich ein wenig; denn seit gewissen Vorfällen hegten sie Wohlwollen füreinander. Ihre Sätze waren kurz, ihre Gefühle abgestellt, und sie warfen sich ihre Ansichten zu, so lässig wie Coty den Hut zum Garderobehaken hinüber.

Sie hatten keine fünf Minuten dafür geopfert, während sich das Büro gefüllt hatte, ein Menschenbehälter, der bald in Tätigkeit schwitzen würde. In der Trommel der Waschmaschinen geht's ebenso zu; da wird die Wäsche so lang durcheinandergewalkt, bis sie sich auf ihre ursprüngliche Reinheit besinnt. Es ist keine Anstrengung nötig wie in früheren Zeiten. »Geht allens elektrisch«, sagt auch Mutter Schilhanek.

Pünktlich zur gegebenen Zeit war die ganze Abteilung Propaganda in der angenehmen Lage, den Anforderungen des Betriebes gerecht zu werden. Auch Brecher war unter ihnen, mit der Bearbeitung eines Prospektes beschäftigt. Er, der möbliert in einer der üblichen Mietskasernen hauste, in einem Zimmer, das eine Bude war, wahllos zusammengewürfelt, schrieb nichtsdestoweniger per »Wir« von Räumen, die nur in seiner talentierten Einbildung existierten, so erstklassig waren sie.

»Unser Lebensstil hat sich gewandelt«, schrieb er im Sinne der Uvag. »Wir leben nicht mehr gesellschaftlich gebunden und darum weniger konventionell, mehr auf individuelle Lebensgestaltung als auf gesellschaftliche Geltung bedacht.«

Weil sich die gesellschaftliche Geltung von Leuten, die in ihren Privatgemächern unter sich sind, von selbst versteht, muß Brecher es gegen ein Monatsgehalt als Allgemeingut hinstellen.

»Deshalb«, schrieb er, »betrachten wir auch unsere Wohnung nicht mehr als Objekt gesellschaftlicher Repräsentation« – wozu sich seine Behausung, den Ofen ausgenommen, auch nicht geeignet hätte –, »sondern als ein Gebrauchsgerät, dessen Wert nach seiner Leistung abgeschätzt wird.« Nun, Herrn Brechers Zimmer leistete seiner Wirtin eine mittelmäßige Miete, weshalb er auch dessenungeachtet schrieb: »Was aber hätte eine Wohnung Besseres zu leisten, als daß sie sich gut bewohnen läßt? Und wir sind der Meinung, daß ein wohnlicher Raum auch ein gastlicher Ort ist, um Freunde zu empfangen. «

Mit jedem Satz sägte Max Brecher an seinem Stuhlbein, kurz und bündig; und es wurde weitergesägt. Es sollte gesägt werden, nicht bis das Holz, nein, bis die Säge kaputt war.

»Es hat sich eine Akzentverschiebung innerhalb der Ansprüche vollzogen, die wir an eine Wohnung stellen«, schrieb er. »Auch wer über einen erweiterten Lebensspielraum verfügt, verzichtet auf den Luxus, der die Wohnleistung mindert, und nimmt dafür den technischen Komfort, der sie durch praktische Hilfe erhöht.«

Zwischendurch blickte Brecher im Büro umher, dieser Arbeitsstätte, angesichts deren Verstaubtheit er sich ungemein seiner Formel vom erweiterten Lebensspielraum erfreute. Aber dann sagte er doch so laut, daß jeder es hören konnte:

»Sie verzichten ab heute auf Luxus zugunsten des Komforts. Daß ich nicht lache.«

Da ihm die Abfassung dieses Prospektes so vorzüglich gelungen war, bedauerte er für einen Augenblick Sacks Abwesenheit, der allerdings das Vergnügen genoß, in Gummi zu wohnen. Dort gestattete ihm der Luxus, mit dem Kopf gegen die Wand zu rennen, und der Komfort, von ebenderselben Wand wieder zurückbefördert zu werden ins Zentrum seiner schrankenlosen Ichsucht, dies ohne jede Beschädigung. Das war genial.

Brecher war der einzige Angestellte, der an diesem Tag seine Arbeit auskostete bis auf den Grund. Er trank förmlich mit den Nüstern; er spürte das Blut heiß werden im Nacken. Auch vergaß er darüber nicht, an die Wirkung seines für eine illustrierte Zeitung gelieferten Prospektes zu denken, und er hätte jener Dame gierig in die Hand beißen mögen, die nach Kenntnisnahme dieser Exkrementationen auf einer Abendgesellschaft mit bedeutend herablassender Geste zu ihrer besten Freundin

sagen würde: »Aber Editha! Wir leben ja nicht mehr gesellschaftlich gebunden, meine Werteste. Wir verachten den Luxus zugunsten des Komforts.«

Es sollte nichtsdestoweniger seine letzte Arbeit gewesen sein;
denn pünktlich um zehn Uhr erschien der Chef, Doktor Geist.
Er schien sich für heute viel vorgenommen zu haben, was Portier
Baumann bestätigen könnte, ableitbar aus der flüchtigen Art des
Grüßens. Aber auch diese hier, die bevorzugteren, propagandi-
stisch eingestellten Herrschaften, erfuhren bald, daß die Tage
des Interregnums zu den gewesenen zählten. »Frieske!« hieß es.

Sie wurde zu Doktor Geist beordert. Zu verhehlen, daß sie
noch nie im Leben derartig gezittert hat, wäre eine Sünde. Ihr
bebten die Knochen. In ihrem Leib, schmerzhaft bis zum Won-
nigen, wälzte sich eine Art Wurst dreimal um die Schnur, an der
sie aufgehängt war, und der ganze gewaltige Zipfel gab Zeichen
von sich, die Angst zu nennen ein Hohn wäre. Es war eine Potenz von Furcht und grausamster Hilflosigkeit.

»Jetzt kommt es, jetzt flieg ich«, hatte sie in Gedanken gebib-
bert, ohne zu ahnen, wie hochherzig sie entschädigt werden
sollte. Zwar stets der Ansicht, daß die Firma ohne sie lebensun-
fähig wäre, hatte sie doch bei Sacks Ausscheiden bis zur Bewußtlosigkeit um ihre Stellung gebangt, zumal ihre Beziehungen zu
Doktor Geist nicht die besten genannt werden konnten. Hätte
er sie wirklich entlassen, sie wäre ihm mit all ihren hundert Pro-
zenten sackartig zu Füßen gestürzt. Nun jedoch, da sie wieder
erschien, bot sie zwar Spuren von Blässe, aber kein jämmerliches
Schauspiel. Bestätigt war sie, anerkannt, ausdrücklich bestätigt.
Geist, der süßeste Unmensch, hatte sie als die einzig für ihn in
Frage kommende Sekretärin hingestellt.

»Das ist ein Schachzug«, rief Coty. »Das war eine diplomati-
sche Bombe. Brecher, was sagen Sie nun? War das nicht eine
Bombe?«

Brecher, kaum bei Laune, mehr als ein Grinsen zu liefern,
sagte trocken: »Meine Bomben platzen im Gehirn.«

Das Büro hatte sich kaum beruhigt, als das lang Erwartete eintrat, die Aufforderung zu jener Aussprache, die fällig geworden

war. Es war gegen zwölf Uhr. Der Tag stand auf dem Scheitel. Die eine Hälfte war abgesessen, die zweite sollte nun folgen, bis die Nacht das Schauspiel auf ihre Weise wiederholen würde, Helligkeit hier, dort Umnachtung.

Man mag auf alles gefaßt sein, jede plötzliche Wendung entbehrt trotzdem nicht der Schroffheit. Es ist das Faktum, das Löcher reißt, das die Dinge verrückt, das wirkt, das neue Anzeichen schafft. Einzig und klar, aber auch schmerzhaft, dringt diese Operation durch den Panzer auch der intelligentesten Vorsätze.

Seit Brechers Einblick in die Drehung der Konstellationen ihm eine Gewißheit verschafft hatte, an der es nichts mehr zu deuten gab, seit er nach der Differenz mit Sack täglich einer zweiten ins blöde Auge blickte, war er oben im Speisesaal mit einer Zange in der Tasche umherspaziert. Es war eine schmale, mehrfach geritzte Zange, die aussah, als hätte sie lebendige Zähne, und sie war handlich. Brecher hatte sie oft hervorgeholt, indem er nicht ohne Grandezza unvermutet wie nach einem Hustenbonbon in die Tasche griff. Was er dann tat, war die Nebensächlichkeit selbst. Er hob die Zange und griff mit ihr in die Luft. »Klick, klick«, so hatte es geklungen, und auf Fragen der Kollegen hatte Brecher entgegnet:

»Ich übe mich. Ich ziehe die Konsequenzen.«

Nun aber, da sie gezogen werden sollten, verlief die Behandlung keineswegs schmerzlos.

Doktor Geist hatte Herrn Brecher ins Privatbüro rufen lassen und ihn gebeten, Platz zu nehmen, was Brecher, eigentümlich verlegen, sogleich befolgte, während Geist selbst, ein echter, akklimatisierter Bürochef, in voller Bewegungsfreiheit im Zimmer auf und ab lief, die Arme im Rücken verschränkt und nachdenkend, äußerst »objektiv«, äußerst »real«, alles in einem Aufzug, einem Stil, der als Bild die Unterschrift hätte tragen können: »seht, so verfügt man!« Ungeachtet dieser trivialen Erscheinung hatte Brecher durch einen Schleier von Untätigkeit die Dinge auf sich zukommen lassen.

Draußen im Gemeinschaftsbüro, wo nichts zu hören war,

nicht ein Laut, herrschte unterdessen eine nahezu bewußtlose Stille, ein Überdruck wie auf dem Meeresgrund. Es war so marternd auf die Dauer, daß Gudula Öften es nicht mehr aushielt, daß sie schließlich aufsprang, um unter Anzeichen fassungslosester Krankhaftigkeit durchs Büro zu hinken, Schweiß auf der Stirne. Hinaus, nur hinaus, hinüber in die »Schweiz«, ins Sekretariat Seiferth! Dort traf sie auch ein. Sie schlug fast den Kopf gegen die Tischkante.

Sie klagte sich an, einst ausgerufen zu haben: »Ich wünschte, es drehte ihn einmal gründlich hinein, damit ihm seine schnapsige Weisheit vergeht, diesem Herrn Brecher.«

Was daran konnte sie rückgängig machen?

»Hören Sie! Hören Sie!« plapperte Gudula Öften.

»Aber Liebste, beruhigen Sie sich doch!« sagte dagegen die Seiferth I mit größter polypengepolsterter Reglosigkeit.

Man war hier nicht im geringsten überrascht; man wußte, was an Unerledigtem zurückgeblieben war, an Verdachtsmaterial, an Beschwerde und so weiter. Es war ein erklecklicher Sümmchen. Gewiß, man sah in Brecher keinen Attentäter und keinen Spion, aber nach seinem eigenen Geständnis war er ein Mensch, der mit Bomben umging. Sie platzten in seinem Gehirn! Auch hatte Rüland den beiden Jungfern gestehen müssen, daß sie dereinst, und zwar sie beide, um Hilfe schreien würden, weil es ihnen zu gut ginge. Das verstand nun wieder Gudula Öften nicht.

Abgesehen davon, ohne persönliche Nachgefühle festgestellt, rein »objektiv« und »real«, war Brecher ein Mensch, jener Art zugehörig, die sich unversehens, vielleicht unfreiwillig, mißliebig macht. Ihre Kritik, ihre Neigung zu eigenmächtiger Nachkontrolle, ihre moralische Wißbegier, ihre gewaltige Selbsteinschätzung, die jede Unterordnung und Bindung zu sprengen droht, ihre ideelle Triebkraft, all dies, hinzugerechnet das bodenlose Gefühl, auf verlorenem Posten zu stehen, läßt diese Menschenart für den kapitalistischen Betrieb ungeeignet erscheinen. Die freien Berufe sind für sie da oder jene außerordentlichen, so gut wie asozialen Berufe, Berufe aus der Nähe des Verbrechens, der Hochstapelei, des Märtyrertums für irgendwelche utopistische

Ideen. Möglicherweise, wenn's gutgeht, folgen sie einer Berufung. Andernfalls sind sie verloren, sind Wracks; man macht einen Strich durch ihre Existenz. Brechen sie trotzdem durch, auf Wegen, für die es kein Lehrbuch gibt, dann setzt man ihnen ein Denkmal. Zwischen Elend und Ruhm, zwischen Ruchlosigkeit und Erstklassigkeit, in dieser Zwickmühle sind sie gefangen.

Mit dieser Auskunft versorgt, verließ Gudula Öften das Sekretariat Seiferth und hinkte rastlos im Korridor umher. Sie war niedergeschmettert, sie war untröstlich. Sie klagte die Seiferths an, die einen Menschen ins Verderben stoßen wollten, um ihm möglicherweise hundert Jahre später ein Denkmal zu setzen. Es war paradox. Es war – bei Gott! – weder logisch noch geschmackvoll.

»Läßt sich denn gar nichts dagegen tun?«

»Die Firma verlangt es.«

»Und wenn ich mit Doktor Geist selber, wenn ich mit Frau Geheimrat...?«

»Es handelt sich nicht um private, nicht um persönliche Ranküne, liebe Öften. Die Firma verlangt es.«

»Die Firma? Die Firma? Dieser Sadismus von Firma!«

Während Gudula Öften, ein Bein nachschleppend, bei unaufhörlicher Wanderung durch den Korridor ihre Firma verfluchte, fand im Privatbüro die Unterredung ihren Abschluß. Sie wurde weit überlegter geführt, fast in hellem gläsernen Ton. Man entsinne sich dessen, wenn Gläser zusammenklingen, geschliffen und lieblich! Zwei Kollegen standen sich gegenüber, Freunde aus der Jugend, einer nachgeschleppten Freundschaft seit je mißtrauend, inzwischen total entfremdet, und sie betrachteten einander dementsprechend. Wie durch bläulichgrau geschliffene Gläser gesehen, so schemenhaft waren sie einander. Alles gemeinsam Erlebte hatte sich entfärbt.

Nachdem Doktor Geist das Bittere vorweggenommen hatte, das bekanntlich nach seiner Ansicht auch süß schmecken konnte, zum Beispiel als Schokolade, zögerte er, als gedächte er seinen Schritt nachträglich zu rechtfertigen. Er meinte, er habe Herrn Brecher Gelegenheit zur Rechtfertigung geben wollen.

»Unter vier Augen«, sagte Doktor Geist.

»Ich kenne keine Geheimnisse unter vier Augen«, entgegnete Brecher.

»Das verkürzt die Angelegenheit wesentlich.«

»Wie Sie wünschen.«

Dann hatte Doktor Geist dennoch ausgeführt, was er auszuführen seit langem sich vorgenommen hatte. Sie hätten, möchte er sagen, mit einer gewissen Selbstverleugnung, mit einer im Geschäftsleben nicht üblichen menschlichen Geduld und Nachsicht Herrn Brecher Zeit gegönnt, sich seiner wahren praktischen Aufgabe zu entsinnen, sich auszutoben – möchte er sagen. Man werde nicht leicht einen zweiten Berliner Betrieb finden, der mit solcher Gutwilligkeit, solcher Liberalität ausgestattet sei. Schließlich aber stehe der Firma vertraglich ein berechtigter Anspruch auf Gegenleistung zu, eine kommentarlose Gegenleistung – möchte er sagen. Gerade, was ihm, Herrn Brecher, die Hauptsache sei, Anordnungen und Entschlüsse der Firma zu verunglimpfen oder zu glossieren durch lauter private Arabesken der Eigenwilligkeit, des persönlichen Spaßes, durch allerlei Fußnoten, Fußangeln und Selbstschüsse, gerade dies erscheine dem Direktorium bedenklich. Darauf möchte er aufmerksam machen.

»Wir stehen im Lebens- und Konkurrenzkampf. Alles andere dünkt uns Romantik«, erklärte Doktor Geist. Er sprach nicht privat, er sprach in einer direktorialen Mehrzahl.

»Ich weiß nicht, wer hier der Romantiker ist«, entgegnete Brecher.

Dann hatte Doktor Geist liebenswürdigerweise auf eine hygienische, sozusagen hygienische Notwendigkeit hingewiesen: die Zirkulation, die Durchpulsung, die reibungslose Energiezufuhr. Das käme allen zugute; und auf diese ungestörte Abwicklung müsse er bedacht sein. Es sei, unter vier Augen, ein Ding des Wahnsinns, der Ehrabschneiderei gegen die eigene Geburt, zeitlebens vom Anblick der in die Hosen gerissenen Löcher sich nähren zu wollen. In der Tat!

»Den Nagel verherrlichen, der im eigenen Gehirn rostet, das

lehne ich ab«, rief Doktor Geist, und er lächelte fad, als Brecher erwiderte:

»Voreingenommenheit gegen die Erkenntnis.«

Sie hatten sich beide nichts vergeben, sie fochten lediglich auf verschiedenen Ebenen, ein jeder mit dem Schatten des anderen. Und doch hatte Brecher den Chef lange mit Staunen verfolgt. Wie er so hin und her lief in seinem Arbeitsjäckchen, milzsüchtig, die Hände glatt in die Hosentasche versteckt, wie er den Körper auf dem Absatz herumwarf und die Wanderung fortsetzte, das zu betrachten hatte Brechers Energie viel zu sehr in Anspruch genommen, als daß er seine Überlegenheit in gewohnter, verschwenderischer Weise hätte ausspielen können. Sack gegenüber wäre es leichter gewesen. Dieser Doktor Geist indessen, im Vollgefühl seines Aufstiegs, gewann in Brechers Augen etwas Unerklärliches; er war ein Phänomen.

»Erkenntnis?« lachte der Doktor plötzlich. Dann griff er in sein Portefeuille und holte, wo später die großen Gelder liegen würden, ein in Bleistift geschriebenes Zitat aus einem zeitgenössischen Kunstwerk hervor, das lautete:

»Es scheint, daß gegen nichts ein edler und tüchtiger Geist sich rascher, sich gründlicher abstumpft als gegen den scharfen und bitteren Reiz der Erkenntnis.«

»Bitte«, fügte Doktor Geist hinzu.

Er war im Vorteil, er war von langer Hand vorbereitet, er hatte alle Schachzüge durchdacht. Daher ist es nur einem Zufall zu verdanken, daß Brecher mit gleicher Münze heimzahlen konnte, mit einem Zitat aus der Arbeit eines revolutionären Theoretikers, das lautete

»Es wird sich dann zeigen, daß die Welt längst den Traum von einer Sache besitzt, von der sie nur das Bewußtsein besitzen muß, um sie wirklich zu besitzen.«

»Bitte!« fügte Brecher nun seinerseits hinzu.

Es waren nicht nur zwei Arbeitskräfte, die sich schroff gegenüberstanden, es waren ganze Ideenkomplexe dabei engagiert. Aber an dieser Stelle, ihr beiderseitig ungläubiges Lächeln unterbrechend, kann es gewesen sein, daß sich plötzlich die zum

Korridor führende Türklinke geregt hat. Es war, als wäre sie von unbefugter Hand herabgedrückt worden. Mehr geschah nicht. Nur hatte diese Kleinigkeit genügt, alles Unerquickliche im Nu zu beenden.

In der Tat war die im Korridor umherirrende Gudula Öften nahe daran gewesen, sich einzumischen, und nur ihr eingewurzeltes Taktgefühl hatte sie daran gehindert. Sie hatte ihren Marsch nicht aufgeben wollen. Da sie indessen nicht mehr vorangekommen war, hatte sie eine Zeitlang die Arme in eigenartigen Bewegungen durch die Luft gleiten lassen, schraubenförmig, in der von Kraulschwimmern bevorzugten Methode, während sie immerzu wiederholte: »Das ist ja nie eine Freundschaft gewesen. Sagen Sie, was Sie wollen. Nie, nie, nie.«

Aber es ging auch diese Komödie vorüber. Herr Doktor Geist hatte noch die Ehre gehabt, Herrn Brecher mitzuteilen, daß Fräulein Mucki Schöpps mit diesem Termin gleichfalls aus der Uvag ausscheide, was ihn, jetzt, da sie sozusagen als Privatleute sprächen, vielleicht interessiere, und daß sie ausdrücklich darum gebeten habe, es Herrn Brecher wissen zu lassen mit freundlichsten Grüßen. Geschliffen und lieblich, wie gesagt, als träfen zwei Weingläser aufeinander, endete diese für beide Teile so lebenswichtige Unterredung.

Als Brecher wieder erschien, vom gesamten Büro umringt, von Gudula Öftens Hinkebein mehrfach umtanzt, konnte er den Herrschaften leider nichts weiter sagen, als was in diesem Jahr auch viele andere mit mehr oder weniger Wut und Fatalismus gesagt hatten: »Entlassen.«

Angstprodukte gefällig?
(Monolog)

I

Wochen sind vergangen – fragt mich nicht wie! Und während das tägliche Pump- und Saugwerk die Menschen hin und her wirft, ihrer Arbeitsstätte zu, ihren Vergnügungen, diesen luxuriösen Arbeitspalästen, denen jede Anstrengung ein Tanzbein wert ist, und während dieser Polyp der Organisation weiterfunktioniert, gedankenlos und exakt, mit kleinen Verfehlungen zwischendurch, denn es gilt, den Vorteil zu wahren, ihn unversehens beiseite zu scharren, und während in den illustrierten Zeitungen, diesen Lustwiesen der Abgötterei, unter den Bildern und Märchen vom Glanz der Nacht großspurig geschrieben steht: »Das Vergnügungsgewerbe ist eines der wichtigsten Gewerbe Berlins; der Luxus gestattet Millionen Menschen im Reich und Tausenden hier, Beruf und Existenz zu finden« – während diese wahnwitzigen Behauptungen, selber ein Luxus, florieren, eine Orgie in Flitter und Talmi, da ist's ein Vergnügen, die Stiefel herunterzulaufen. Man blickt auf diese Musik, die vorwitzig ist, auf diesen Trott, der fünf Zentimeter vor dem eigenen Gesicht exerziert als Untergestell. Wer hat nicht alles von mir gelebt? Ich gestattete mir, ein Vergnügungsgewerbe zu sein für das Blut meiner Adern, eine Existenz zu bieten all den fixen Ideen, die heimatlos sind. Die Masern, der Schnupfen, eine Unmenge Bakterien haben von mir gelebt und jene Leute, die mich ungenügend bezahlten.

Aber die Kasse schrumpft ein, sobald das Monatsgehalt in staatliche Notstandsregie übergegangen ist, und so fürstlich es sein mag, auf Staatskosten nichts zu tun, ein arbeitsloser Müßiggänger zu sein, der stempeln geht wie ein Rind, das geschlachtet werden soll, ungebunden, gebunden nur noch durch die unverbrüchliche Treue zum eigenen Kadaver, die Augen werden doch größer in ihrer Höhle, bis ihr Rand sich verschärft, bis ihr Blick das Stigma des Glotzens erreicht hat. Warum stehen diese Häuser immer am gleichen Fleck? Herrscht denn keine Höflichkeit unter den Häusern, weil sie nicht weichen, wenn jemand auf ihre aussätzigen Fronten zugeht? Muß man denn eine Kanone aufstellen, um wieder atmen zu können? Das Maul aufsperren, ohne zu grüßen, wie mich das angähnt. Unzählige Male ausgesperrt um die Uvag herumzulaufen, denkt ihr vielleicht, es wäre ein Vergnügen, das Millionen im Reich Beruf und Existenz gewährt? Ach, es soll mir das größte Vergnügen sein, um fremde Häuser herumzulaufen, ich bin auch bereit und laufe um meine Achse.

Meine verehrten Kollegen da droben werden sich jetzt in die Toilette begeben, um dort ihre stille Furcht bombastisch zu entleeren oder um ihre Hände in Unschuld zu waschen; mich aber hat man hinausgekachelt. Man hat die Spülung gezogen. Schwimm du in den Kloaken! Die Rieselfelder draußen in Marzahn haben geflaggt, sie werden demnächst eine Maifeier veranstalten zu Ehren all derjenigen, die von ihren Betrieben zu schlecht verdaut worden sind.

Nein, man soll nicht in Häuser verschwinden, ohne sich vorher zu vergewissern, wie man wieder herauskommt, nicht allein, daß man wieder herauskommt. Man soll nicht in Häuser verschwinden; es steckt in jeder Stufe eine Gefahr – Vorsicht Stufe! –, und jeder Fahrstuhl ist verwandt mit einer Gefängniszelle. Wie oft seitdem strolchte ich nicht an Häusern vorbei, ziellos zumeist, in der Regel aber, um irgendeinem Passanten zu folgen, der vor mir herlief; wie oft erlebte ich nicht dessen persönliches Schauspiel, jene Drahtzieherei, die ihn unvermittelt in ein Gebäude hineinzog. Da stand ich und hatte keinen Leithammel mehr. Da fiel mir wieder die eigene Misere aufs Haupt. Er aber war verschwunden! Versteht man das? Er hatte einen Berechtigungsschein, einen Ausweis, und die Straße lag ohne ihn da, um zwei Beine betrogen sowie um deren Schatten und um die Kilometer, die gelaufen sein wollten. Versteht man das? Wie oft schon habe ich mich aufgestellt vor einem dieser Häuser, um zu erfahren, wie der Verschwundene wieder herauskäme. Gibt es nicht Tore, die schließen sich ewig?

Jetzt werde er oben festgeschnallt, sagte ich mir. Ich malte mir's aus. Während die blank dahinfliegende Glätte der Straßen ruhig in meine Kombinationen hereinschimmerte, stand ich unter Hochdruck. Man weiß nicht, wie man aus Häusern wieder herauskommt, nicht wahr? Ich wiederholte jeden Gedanken, um mir wenigstens eine Beschäftigung zu geben, immer den Blick aufs Eingangsportal gerichtet. Jetzt werde ihm oben der Zahn der letzten Weisheit herausgedreht, sagte ich mir. Die Schatten verkürzten sich an den Fassaden, meine Füße wurden heiß. Bei unvorsichtigen Wendungen eines Gelenks hörte ich die Sekunden prickeln, die Zeit ihre eigene vierundzwanzigfache Größe enthaupten. Hier draußen liefen die anderen vorbei. »Mach ich«, sagte der eine, »kannste nich«, sagte der andere, »aus der leeren Lamäng«, sagte der eine, »ausgeschlossen!« der andere, bevor sie beide in lebhafter Eintracht um die nächste Ecke verschwanden. Der Wind spielte auf jener Stelle mit einem Streifen Papier; es gefiel ihm anscheinend, keine Widerrede zu dulden. Er löste die gesprochenen Laute in nichts auf, unentwegt mit seinem Papierstreifen beschäftigt, bis dieser zu tänzeln begann, um später im Rinnstein zu enden. Man soll nicht in Häuser verschwinden, man soll nicht.

Es ist das zirzensische Kunststück der Straßen, sich selber aus dem Wege zu gehen oder sich zu schneiden. Sie rasen unter den verschiedensten Decknamen um einen Häuserblock herum, in dem die Verwaltung sitzt und alles verwaltet. Hurra! Sie könnten nichts für mich tun. Ich gratuliere dieser Verwaltung. Wird nicht jede Verwaltung durch den Ausgesperrten, den sie hervorbringt, widerlegt? Ist es nicht grauenvoll genug, daß die Menschen aufeinander losgehen müssen, um der Welt zu zeigen, woran es ihnen fehlt? Aber da schießen sie hoch, diese Paläste, als hätten die Unkosten ihre eigene Filiale eröffnet, um einen blutigen Schatten werfen zu können, eine Monstrosität, vor deren verwaltungstechnischer Hoheit jedes Menschenleben bis auf Null herabsinkt, dies als Toter, und bis auf ein Minus von Null, dies als Tunichtgut, sich selber und allem zur Last.

Aber in den verwahrlosten Köpfen haust es und spukt es, dort manifestieren sich nun die Ideen. Wie Heuschreckenschwärme verpesten sie die Luft, und jeder hat plötzlich seine Idee, von der er genotzüchtigt wird. Er starb für eine Idee! heißt es von einem, den sein Steckenpferd ritt. Haltet den Dieb! Er trägt eine Idee vor sich her! rufen die anderen. Aber er stemmt sie vom Erdboden auf und trägt und trägt; er kämpft um seine Idee wie um einen verlorenen Bretterzaun. Vom Fluch der Idee, was wissen wir da? Ist nicht jede Idee ... Nein, ich will es nicht wissen! Ich habe zu laufen; ich lauere vor den Portalen, und kommt der Portier, so grüße ich ihn, als wäre sein Kopf der Fluch der Idee, ein Furioso im Kellerloch. Sie sind nicht damit einverstanden, daß ich sagte, Sie seien das Ding, das überwunden sein will? Dann fragen Sie nur die Tausendfüßler, die Stellung suchen.

Diese Ungläubigkeit in den Gesichtern, diese phantastische Zweiteilung der Menschen in solche, die wandern müssen und anstehen, und in solche, die drin sitzen im Fett, um gebraten zu werden. Weit habt ihr's gebracht, ihr meine Technologen und Bonzokraten! Die Chirurgie säbelt im Personal, aber sie säbelt nicht die Ideen weg, und schließlich ist es soweit, daß sie die Polizei um Schutz bitten muß in der Gefahr, von jenen Beinen zertreten zu werden, die soeben zur Erholung des Organisationspatienten amputiert worden sind. Sieht man denn nicht, daß auch die Ideen untätig auf den Straßen herumstehen? Was hätte ich früher für Sie getan, gnädige Frau, getan um der Idee des Heroismus willen? Aber die Nähe des Elends übt eine bleichende Wirkung aus, und wenn vom Heroismus eines behauptet werden kann, so in diesem Jahrhundert dies, daß er ruhmlos und zäh geworden ist in gleichem Verhältnis zur Ehre. Sein Leben aufs Spiel setzen erscheint uns weniger gefährlich, als geboren zu sein. Denn ein Leben von einem Tag zum nächsten verlängern, wie Millionen es tun, und nicht wissen, wie lang noch, dieses Sich-tot-Stellen, um überhaupt leben zu können – ist die Ehre denn heroisch genug, daß um ihretwillen sich's lohnt?

Es gibt Leute, die jährlich verreisen, um etwas für die Natur zu tun. Wahrlich, auch die Ehre hätte es nötig, durch einen Verwaltungsapparat unterstützt zu werden; denn abgesehen von dort, wo sie käuflich ist, wo sie kommerziell als Quittung für geschenkte Zuwendungen gilt, will niemand sonst das Geringste für sie tun. Sie treibt im Wind wie jener Streifen Papier, der mir vor den Portalen die Zeit verkürzte. Sie will nicht gestört sein, sie hat einen Drang, im Rinnstein zu enden. Einzig unter Proleten, unter Verschwörern und unsicheren Elementen hält sie noch Kurs. Deren Ehre sind ihre Gefängnisse! Und mag es auch ganz Gerissene geben, die selbst mit Gefängnissen Schindluder treiben und zwecks Märtyrerpropaganda nicht schnell genug hinter Schloß und Riegel verschwinden können, gleichwohl, es geschieht, weil hier die Ehre noch aufrecht geht.

Aber es ist keine Ehre, auf der Straße zu liegen, es ist kein Heroismus, ohne Arbeit zu sein. So sehr die politischen Organisationen sich auch abmühen, jeden aus einer Schlägerei hervorgezauberten Toten zu einem ruhmreichen Opfer zu stempeln, ihn heldenhaft aufzubahren und im Triumph auf den Friedhof zu schleppen, die Rhetorik als Salut über das Grab, so sehr die Leidenschaften auch gestachelt und ausgenutzt werden, bei allem Schweiß der Funktionäre und Terroristen – die Idee hinkt einher, die Idee leidet an Hexenschuß. Dieses Dasein gleicht einem Lotteriespiel mehr als einer Tragödie; es hat Millionen zur Niete verdammt. Darum wird mir so fremd in meiner Haut, darum beginnt mein Anzug allmählich zu schlottern, und mein Hosenbund erschlafft vor Melancholie, in der Meinung, er habe sich im Radius geirrt. Können Sie das begreifen? Ich meine: erlaubt Ihre Zeit es Ihnen, meinen Hosenbund zu begreifen? Es wäre ja möglich, Sie sagten: Schnür ihn doch enger! Darum stehe ich umher, vor Spiegeln und Schaufenstern, als einer, der seine Wirkungen prüft, und darum fürchte ich mich davor, die Scheuche in mir zu entdecken. Gnädige Frau, haben Sie gehört?

Wochen sind vergangen – fragt mich nicht, wie! Aber noch immer galoppiert der Ruin. Man wird so langsam schlechter, bis es zu spät ist. Aus einer Marotte entwickelt sich ein Zwang, und der Zwang wird zu einem Genuß. Man nährt sich von seiner Nichtswürdigkeit in Ermangelung eines Besseren. Aber der Genuß führt bergab, indem er sich selbst aufzehrt. Jede Stufe tiefer ein Genuß mehr! Die Naht des Stiefels beginnt mit ihrem Protest, und auch die Zähne bohren in brennender Fäulnis. Soll man noch die letzten Haare auf den Zähnen verlieren, oder spült man alles mit Kognak hinunter? Diese Mörder, die sich selber ins Fleisch schneiden, ohne es eher zu merken, als bis ihnen das eigene Blut auf den Stiefel tropft, ein verhängnisvolles Indiz der Selbstbefleckung – sind sie mein Fall? Dummheiten sind da, um begangen, Erkenntnisse, um hintergangen zu werden. Ist das mein Fall?

Darf ich es Ihnen anvertrauen, oder wissen Sie's schon, gnädige Frau? Es sind schlechte Schüler, sie alle; alle Menschen sind schlechte Schüler. Noch aus den rauchenden Trümmerhaufen der Katastrophe hört man keine andere Melodie als Hilfegeschrei. Sie wollen leben um jeden Preis, mochte auch der Zufall ihnen angeboten haben, den Spaß zu beenden; leben, nur leben, sei's mit nur einem Bein, sei's mit der halben Lunge, und erlaubte es die Natur, sie täten es ohne Kopf. Kopflos leben, das tun sie am liebsten. Ja, ich lebe ja auch noch. Ich laufe hinter den Weibern der Tauentzien her um einer Berührung willen, die mich ans Leben erinnert. Abends, sobald die Straße zu fluten beginnt, abends erwacht meine Illumination, und was mich je quälte, ist von einer samtenen Sphäre umhüllt; ich sehe die Sätze meiner Bestimmung in Spiegelschrift von den Lichtern aufs Pflaster geschrieben, und der Anhauch des Himmels, in seiner Helligkeit aus zweiter Hand, zieht sich diskret zurück. Die Höhe der Häuser ist ohne Ende, und nichts haben wollen, nichts, in diesem größten Verzicht steckt das größte Ausmaß aller Begierde.

Aber es ist die Ausnahme, gnädige Frau, was Sie da spüren,

und es wäre empfehlenswert, wir unterhielten uns mehr über unsere Gewohnheiten. Schließlich ist es die Regel, daß jeder als Ausnahme einherstolziert. Es werden deshalb nicht weniger Hilfeschreie ausgestoßen – nicht wahr? Sie hören's doch hoffentlich ebensogut wie ich? Oder wünschen Sie nicht, belästigt zu werden? Trotzdem, darf ich es Ihnen jetzt anvertrauen? Alle diese Leute hier, gnädige Frau, diese Passanten, sie alle haben ihr Leben verloren. Das ist der Grund, weshalb sie noch da sind. Ihr Dasein wickelt sich ab gleichsam ohne das Leben; denn sie verkehren nur noch. Mit ihren Päckchen an der Schnur, mit ihren preisgekrönten Beinen – ja, das habe ich nun heraus. Das schenke ich Ihnen, gnädige Frau. Machen Sie damit, was Ihnen gut dünkt. Diese Leute haben ihr Leben verloren; sie wandeln dahin, doch ihr Bewußtsein ist in Wahrheit auf Ferien. Sie wissen noch gar nicht, daß ihr Leben sich ohne sie abspielt, und man sieht es ihren elegant polierten Gesichtern von weitem an, daß sie mit keinem Schritt darauf rechnen, beispielsweise von mir in die Nase gezwickt zu werden. Soweit reicht ihr Bewußtsein niemals! Sie sind von einer schon heroisch-passiven Ahnungslosigkeit vor jenem Messer, das ihnen die Röcke aufschlitzt.

Ich habe sie oft in ihren Gängen und Verrichtungen studiert: sie gehen in Läden und kommen wieder heraus, sie gehen in Depositenkassen und in Cafés, sie kommen wieder heraus. Und was geschieht? Sie haben sich nicht verändert. Gnädige Frau, beachten Sie das: sie haben sich nicht verändert.

Es ist die Dame, die hier in Erscheinung tritt. Wirkt es nicht wie eine Erscheinung? Während es ringsum rieselt und rieselt, die Häuser verkommen, die Fronten an der Krätze des Preissturzes und anderer Reklamen kranken, wächst eine Erscheinung aus dem Ruin. Hat nicht aller Ruin etwas Herrliches an sich, etwas echt Offenbarendes? Wo ein natürlicher Mensch sich freut, dort gibt diese Erscheinung ihr Entzücken bekannt; wo ein natürliches weibliches Wesen liebt, dort schenkt diese Erscheinung ihre Huld dem, der sie bezahlt. Ja, sie sind der Flirt, der gezuckerte Effekt. Statt aus dem Mutterleib könnten sie aus einer

Konditorei geliefert sein mitsamt dem süßen Beige ihrer Schuhe, ähnlich den Eclairs, dem Eigelb der Hüte, mitsamt der Sahne ihres Kostüms. Das erste, was sie im Leben gelernt haben, war: Ansprüche stellen. Mit diesen Ansprüchen fremde Leute in Bewegung setzen, das ist ihr persönliches Billardspiel. Ah, diese eingeseifte Welt, die kein Gesicht verzieht! »Das ist eine Dame, mein Kind; die weiß sich immer zu helfen.«

Nein, es ist das geschminkte Gespenst, unzufrieden so lang, bis es nicht seinem Ebenbild gleicht, dem Konterfei seiner selbst. Es ist das geschminkte Gespenst auf der Flucht vor dem Ruin. Denn auch sie, die Erscheinung, birgt ihren Ruin, die Hure. Mit Perlen und gedämpften Reflexen behängt, verdecken sie ihren Ruin; doch man flüstere ihnen nur zu: »Angstprodukte gefällig?«, und schon sind sie besorgt, ein nicht vorhandenes Geheimnis gelüftet zu sehen. Der Schlitz, meine Gnädigste, ist Ihre wahre Domäne seit länger als diesem Jahrtausend.

Wochen sind vergangen – fragt mich nicht, wie! Aber jetzt komme ich wieder. Jetzt steigt sie herauf, aus meiner Verlumpung, jetzt möchte ich wissen, warum die Dame nicht arbeitslos ist, obwohl sie nichts tut. Jetzt lüfte ich ein Geheimnis. Dieser Schlitz, denke ich eben, diese beißende Liebenswürdigkeit, diese Unschuld, die verheerend ist, diese zärtliche Grausamkeit, die ich mir raube und die ich Ihnen zukommen lasse, gnädige Frau – oh, entschuldigen Sie die Störung! Sie leiden doch nicht an der Intimität? Und bedenken Sie: die Mode erlaubt es. Was wir von der Mode zu halten haben – Verzeihung. Oder ist sie nicht der süße narkotisierende Reiz der Versklavung unter dem Deckmantel konventioneller Freiheiten? Dieser mörderisch sanfte Schlitz, spüren Sie ihn? Oh, gnädige Frau, gehen wir, gehen wir! Wir können ja wählen. Wir haben ein Geheimnis gezüchtet – n'est-ce pas? Wir wählen Kirsch, das ist rot und sozial; oder wir wählen von jedem etwas, das ist Demokratie; oder wir nehmen die Eifersucht her, die ist christlich-gelb; die Witwenschaft, die ist schwarz. Sehen Sie, früher verbrannte man sowas, heut aber trägt man's. Haben Sie gewählt? Ach, Sie tragen heut Armut, gnädige Frau – wie reizend! Erschrecken Sie nicht; es war nur ein süßer Schlitz mit dem Messer. Selbstverständlich gestatte ich Ihnen, empört zu sein; es steht Ihnen vorzüglich.

Hier, gnädige Frau, lesen Sie, lesen Sie, nur einen Groschen! Lesen Sie diese Zeilen, sie sind von Novalis, gnädige Frau, nur einen Groschen. Ach so, Novalis kennen Sie nicht; der hat noch nicht mit Ihnen geschlafen? Macht nichts, Gnädigste, macht wirklich nichts aus! Aber bitte, haben Sie noch die Güte und lesen Sie hier. Nein, hier:

»Sie lieben Abwechslung des Gemeinen, Neuheit des Gewöhnlichen; keine neuen Ideen, aber neue Kleider. Einförmigkeit im Ganzen, oberflächliche Reize. Sie lieben den Tanz, vorzüglich wegen seiner Leichtigkeit, Eitelkeit und Sinnlichkeit. Zu guter Witz ist ihnen fatal – so wie alles Schöne, Große und Edle. Mittelmäßige und selbst schlechte Lektüre, Akteurs, Stücke usw., das ist ihre Sache.« – »Nein, es ist noch weit schlimmer!« ruft ein anderer, den ich nicht nenne, weil Sie auch mit diesem, einem Russen, noch nicht geschlafen haben werden, gnädige Frau. »Es ist noch weit schlimmer. Warum sind Glücksspiele verboten, die Hurengewänder der Damen, die die Sinnlichkeit herausfordern, aber erlaubt?«

Verzeihung, gnädige Frau, ich habe Sie mit zwei klassischen Steckbriefen belästigt. Ich habe Ihnen den Rock aufgeschlitzt, um Geheimnisse, die alle Welt kennt, zu lüften. Wir beide sind arbeitslos – meinen Sie nicht? Wir haben nichts Besseres zu tun. Wir sind auf unsere Einförmigkeit im Ganzen angewiesen. Bedenken Sie das! Und seien Sie bitte so freundlich und richten Sie's Ihrem Gatten aus, wenn ich sage: man sollte die Revolution bei den Damen beginnen statt bei jenen armen Schimpansen, mit denen sie verheiratet sind.

Wochen sind vergangen – fragt mich nicht, wie! Alles ist gleich, nichts unterscheidet sich mehr. Es fehlt mir weniger an Energie als an Glauben daran, und ein Hund, der sein Bein lüpft, ist mir ebenso gleich wie eine Hure, die ihr Strumpfband verliert. An den Kanälen dunkelt das Wasser, es kräuselt sich Schaum am Ufer, und die Sonne steht schräg bis auf den Grund. Alles ist gleich. Es schwimmt eine Leiche im Landwehrkanal, sie schwimmt nicht vergebens; sie hat wahrscheinlich eine Mission zu erfüllen. Ich denke, sie lacht sich schief, so daß sie Schlagseite zeigt, und sie trinkt und trinkt, bis ihr endlich der Bauch platzt. Es steckt viel Schönheit in so einer Leiche, und die freie Bahn des Tüchtigen ist ihr gleichfalls gewährt. Nein, sie bleibt nicht unten, hoch will sie kommen, die Leiche. Sie muß doch zeigen, was sie geleistet hat und wie schön sich's lebt auf den Gewässern. Alles ist gleich. Nur die Lebenden sind noch befangen, sie liegen noch unten und geben sich Mühe, aufrecht zu stehen. Sie leben von ihrer Anmaßung.

Hier, am Geländer, hinunter wie in versunkene Träume, hier schwimmt die Schönheit vorüber als Leiche und die Tüchtigkeit auch. Es ist, als seien nun alle erstrebenswerten Eigenschaften auf harmonische Weise vereinigt, es ist die ausgleichende Wärme der Verwesung um sie. Nur das Ungeziefer ist gierig und erpicht. Seht an, sag ich mir, so eine Leiche, welch eine großartige Lösung! Sie schwimmt ihrer Sehnsucht nach, und dennoch kommt sie voran; sie leistet täglich ihre Kilometer, sie ist eine tüchtige Schönheit. Wäre das nichts für paradoxe Chefs? Ja, ist es nicht ein deutsches Exempel? Solange sie leben: innerlich unrein, fragmentarisch, problematisch, schmutzig vor lauter Erkenntnis und Flüchtlinge aus Sehnsucht nach Süden; aber als Tote: stets vollendete Leichen. Durch viele Zeitläufe hindurch stehen sie an den Geländern, stolz ihre deutschen Einheitsleichen betrachtend. Sie sind verliebt in diese Erfüllung und wollen nicht recht begreifen, wieso ihr Land das Land der Postbeamten, Dienstwilligen und Oberkellner genannt wird, das Land der Venus mit der Nähmaschine, das Land der Übermenschen der Leistung. Es wäre ihnen lieber, man bewunderte ihre Leichen.

Aber das Leben fragt nicht danach, es wirft ihnen unentwegt Fragezeichen auf, gegen die es anzurennen gilt. Daher kommt es wohl auch, daß diese Leute hier entweder nach dem Zunächstliegenden greifen oder ins Unerreichbare, daß sie im Deutschen das Deutsche nicht erkennen oder es so lang zurechtstutzen, bis es lächerlich wird. Im Osten das grausame Lächeln Asiens, im Westen die geschliffene Latinität, im Süden kein Ausweg in die »Bellezza«, im Norden ein Meer, nicht ins Verlockend-Ferne, sondern ein Meer, das gegen die Küste schlägt, eher ein Wall als eine Verführung! Die Einkreisung streut ihnen Sand in die Augen, und so müssen sie putzen von früh bis abends. Man muß den Ton heraushören, wo immer sie sagen: das Leben. Alles ist zweideutig daran und ausweglos.

Indessen, so stumpfsinnig ist kein Mensch, daß er das Nüchterne um des Nüchternen willen ertrüge, die Pflicht nur aus Botmäßigkeit, es sei denn, er hat einen Hinterhalt, ein romantisches Ventil. Diese Gradmesser und Flügeladjutanten der Fatalität, sie wildern in ihrem Hinterhalt. Man kann auch sagen, sie seien bestrebt, jederzeit abzurücken von ihrer Frontallinie, denn ein großer Teil wehrt sich lebenslänglich gegen die eigene Natur. Sie lachen über die Formen des Ruins, der jeden Gegenstand in ein Fragezeichen umbiegt, sie spotten ihrer Problematik. Das Leben – ein Problem? Der Mensch? Seht nur, wie er in Finsternis verfällt und aufgedonnert nach Blitzen ruft! Ein großer Teil lacht, wie gesagt, indem er diese Geisteshaltung als ein erbliches Laster brandmarkt, das dem Volk aufgeredet werde von seinen Schulmeistern. Denn wie nicht anders zu erwarten, sind sie alle, einschließlich der Widersacher, ausgemachte Pädagogen. Nirgends, scheint mir, lacht der eine über die Leiche des anderen mehr als hier, und wenn er gerecht ist, über die eigene, die das Stirb und Werde erfunden hat als die universalste aller Lebensversicherungen.

Haben Sie schon erlebt in Deutschland, daß sich eine einzige Richtung durchgesetzt hat, eine endgültige oder zeitbestimmende, eine Heilsformel, deren Aberglaube sich nicht innerhalb eines Jahrzehnts gerächt hätte? Haben Sie schon erlebt, daß dieses Volk im Glauben an seine Sendung ohne Schaden voranging? Es entartet sofort, sobald es erstarrt. Noch seine Leichen müssen wandlungsfähig gehalten werden. Ich verrate kein Geheimnis mit der Behauptung, dieses Volk habe den Mißerfolg als Korrektor, dieses Volk, im Grunde seines Wesens nihilistisch wie jeder latent Ausweglose, habe ein Verhältnis zu seiner Not. Das deutsche Elend, die deutsche Not, immer wieder erscheint dieser Generalnenner in seiner Geschichte; immer wieder entflieht es einer glänzenden Linie zuliebe dem problematischen Dunst bis in die selbstmörderische Begeisterung, die weit entfernt davon ist, ein Elan zu sein; immer wieder ruft ein Hochgefühl den Schatten kommenden Unheils heran. Das Hurra, ist es nicht die Trunkenheit des Mittelmäßigen, das die Katastrophe ersehnt, um sich zu überwinden? Was wäre in Deutschland ein Genie ohne diesen Abgrund? Wo sonst sind Selbstzerstörung und Selbstbesinnung derart verwandt?

Hier wird er wohl sein, der Ansatzpunkt für jene Manie, durch Arbeit wieder wettzumachen, was durch eine Gedächtnis- oder Gewissensschwäche gesündigt wurde. Sobald dieses Volk, nachdem es durch einen Kinnhaken ins Land der Träume geschickt worden ist, und zu träumen versteht es, wieder erwacht, beginnt es sofort mit der Reparatur und mit dem Training. Der Mißerfolg, mit dem es verschwägert ist und der ihm noch stets zum Vorteil gereichte, denn die Wertung nach sportlichen Gesetzen versagt hierbei gründlich, dieser Mißerfolg fördert jene Zweischneidigkeit zutage, die so wenig begriffen wird: Leistungsfähigkeit und Erkenntnis. Die Erkenntnis entspringt dem Defekt. Und wie sehr liebt der geheime Teil dieses Volks die Erkenntnis, und wie nahe sind wieder die Probleme bis zu jener Karikatur, die sich selber ein Problem ist und die in etwas treten wollte und nicht mehr wußte, in was.

Angstprodukte gefällig? Zum Schutz vor dieser Misere kommt also die Arbeit zu Ansehen? Vor dieser Misere gilt also die Arbeit als eine praktische Erholung? Ja, sie könnte es sein. Aber die

Arbeit, wie sie hier betrieben wird, als ein Rettungsversuch von ungeheuerlichem Ausmaß – wer wagte ihre Methode zu verteidigen? Denn wie sollte sich nicht längst eingeschlichen haben, was gefährlich ist an diesem Volk und was ihm zur Gefahr gereicht? Fehlt nicht das Spielende in dieser Arbeit? Eingekreist sein von Arbeit; nicht nur täglich, sondern nach jedem Schicksalsschlag wieder von vorn beginnen mit Arbeit, arbeiten schließlich aus Mangel an innerer Freiheit, arbeiten aus dem Nihilismus des Spargroschens – wer wollte leugnen, daß hier das Mechanische bis ins Gespenstische vordringt? Ich sage nicht, daß es ein Schachergroschen sei, aber ein Notgroschen ist es in höchst verfänglichem Sinn.

Wenn der Kinnhaken sitzt, dann hört man die Engel pfeifen wie vom Ende der Welt, woher seit je die beste Musik kam, aus der Einförmigkeit, aus dem Einsamsein. Gesang herrscht auf der Galeere! Ach, was ist eine Staatsumwälzung gegen die Unergründlichkeit dieser Musik? Sie kristallisiert sich klar, und doch steckt ihre Mehrstimmigkeit voller Hinterhalte. Und dann erwacht das Geträumte unter den Händen; der Nebel, den die Engländer in London ansiedeln, braut den Deutschen im Kopf; und dann steigt die Physiognomie fremder Kulturen empor, die Sehnsucht erwacht, und da sie das mechanische Rezept zu sprengen droht, tritt das Rasiermesser gegen die Sehnsucht erst recht in Aktion: Arbeit, Arbeit, Arbeit. Unzählige dieses Volks haben ihr Talent begraben aus Angst vor dessen Grundlosigkeit, sie stürzen sich auf die Arbeit, tüchtig im Kleinsten.

Ja, wer hier am Geländer steht und hinabblickt auf die schwimmenden Leichen, den schwindelt. Wer hier an sein Land denkt, den schwindelt. Deutschland, denkt er, wohin noch? Ist es nicht, als seist du wieder in die Hände von lauter Sadisten geraten, denen daran liegt, dich auszubeuten, indem sie ausrufen: ich liebe dich? Niemals können sie ja sagen, ohne ein Geschäft getätigt zu haben, niemals lieben ohne Hinterabsicht. Mein Strom ist nicht dein Strom, mein Ziel nicht dein Ziel; alles ist gleich, aber ich kenne dich nicht. Deine Justiz ist nicht meine Justiz, deine Rede nicht meine Rede; alles ist gleich, aber ich kenne dich nicht. So rufen sie aus und brüsten sich noch! Aber wann wirst du wieder ins Land der Träume geschickt, ohne daß der Kinnhaken es war, der dich dorthin beförderte?

Nein, noch sei hier die Qual nicht der Sinn der Qual, noch sei hier der Kampf nicht der Sinn des Kampfes, nicht des Hinopferns wegen. Noch sind die Flüsse nicht da, daß jeder seiner Weisheit Letztes hineinspuckt, während er denkt: ›Da fließt es, sieh an! Das Fließen des Wassers, es funktioniert.‹ Nein, noch frage ich: Deutschland, was rächt sich an dir? Sirenengeheul, es ist das Geheul der grauen Kolonnen, und niemandem wäre gestattet, es lieblich, es verlockend zu heißen wie einst den Gesang der Sirenen. Da stehen wir mit zusammengebissenen Zähnen, da lehnen wir überm Geländer. Die Luft weht scharf. Man sagt, ein Gespenst geht um in Europa.

Im Namen der Hinterbliebenen

I

Wer erinnert sich noch der furchtbaren sibirischen Kälte vor Jahren in Berlin und jener aufschlußreichen, damals sofort von der Uvag bekanntgegebenen Statistik? Niemand erinnert sich mehr. Trotzdem sollte man nicht vergessen, wie es damals den Spatzen erging, die zu Tausenden tot von den Dächern fielen. Wie Laub hätten sie dagelegen, und die Telegrafendrähte, diese Varietéstationen der Spatzen, seien lange Zeit leer geblieben. Freilich war nicht die ganze Sippschaft erledigt, sondern viele, und wie nach einem verlorenen Krieg immer noch viel zu viele, erfreuten sich weiterhin des Daseins. Ein Merkmal indessen kennzeichnete all diese Hinterbliebenen und Überlebenden: es war der Durchschnitt. Laut Statistik waren erfroren unter den Spatzen nur die größten und die kleinsten, die mittleren waren mit dem Schrecken davongekommen. Sie zwitscherten wieder, sie hielten wieder Versammlungen ab; auch mit der Fortpflanzung waren sie wieder beschäftigt.

Es ist nicht anzunehmen, daß gewisse, besonders mittlere Spatzen nachträglich erklärten: »Warum auch waren die anderen so groß? Wären sie kleiner gewesen, lebten sie heut noch. Aber da hat man's. Groß wollten sie sein. Da hat man's.«

Hier in der Uvag gab es nichtsdestoweniger Spatzen, die nachträglich so redeten. Sekretärinnen zumal, nicht nur solche vom Sekretariat Seiferth, erfreuten sich ihres ungekündigten Lebens derart, daß ihnen die Leberwust auf dem Frühstücksbrot besser schmeckte als Kaviar. Seit neulich zweien von ihnen das schaurige Glück widerfahren war, Herrn Brecher um das Gebäude der Uvag strolchen zu sehen, hatten sie es darauf angelegt, ihn wieder zu treffen, um sich von weitem mit den Ellbogen anstoßen zu können. »Der Mann mit dem geplatzten Gehirn«, hatten ihn die Flittchen getauft. Ja, lustig wurde es stets, sobald sie sich ans Kritisieren der Männer wagten. Diese Details, diese

Details! Und wahrlich, ist nicht mancher Mädchenschullehrer an der Unmöglichkeit seiner Krawatte gescheitert? Auch von Brecher behaupteten sie, daß es nichts geschadet haben würde, wenn er mit anständigeren Krawatten ausstaffiert gewesen wäre. Inwiefern eine Krawatte anständig ist oder nicht, das anzugeben wußten sie allerdings nicht.

»Wenn nicht die Krawatte, dann wenigstens die Stiefel!« rief die eine. »In Friedenau«, fügte sie dann hinzu, »sind jetzt die Stiefel vernünftig. ›Vernünftige Schuhe‹ steht dort an einem Geschäft. Man sollte Herrn Brecher von der Firma aus hinschicken, vielleicht lernt er dann besser, wohin er tritt.«

»Das wäre vernünftig«, sagte die andere.

Nachdem sie sich beide über ihre Laune gefreut hatten, wollten sie neben dem Vergnügen auch ein wenig Mitleid genießen, und so seufzte die erstere plötzlich:

»Wie doch der Kopf einen Menschen zugrunde richten kann!«

»Es gibt jetzt Denkapparate, hast du die schon gesehen?« fragte die andere. »Die schnallt man sich um die Stirn zur Erzielung von Konzentration. Vielleicht hätte Brecher davon profitiert. Sie sollen auch von der Uvag eingeführt werden. Ich finde das ganz vernünftig. Und du?«

»Wenn sie nicht die Frisur zerstören«, sagte die erstere, eh sie hinzufügte: »Wenn ja, bind ich sie mir ums Knie.«

Sie lachten, und die Person, die sie hechelten, war ihnen darüber abhanden gekommen und nebensächlich geworden. Übrigens unterhielten sie sich über Hückstedts Leiche, die leider noch nicht gefunden worden war, genauso, bis schließlich die eine meinte, tot bliebe sie trotzdem.

»Vielleicht wird sie aber von Karpfen gefressen?« fragte die erstere ängstlich, worauf die andere erwiderte:

»Karpfen fressen keine Menschen. Aale sind Leichenfresser.«

»Brr, Aal, den eß ich nicht gern!«

»Ich leidenschaftlich«, rief die sonst nicht Nennenswerte aus.

Sie waren nicht die einzigen, die dem arbeitslosen Max Brecher begegnet sein wollten; denn manche erklärten mit Bestimmtheit, er lauere in den umliegenden Kneipen irgendwem auf.

Auch der Name Doktor Geists fiel, und merkwürdig, stets mit Respekt. Auch sprach sich in den fremdesten Räumen herum, daß der Nachfolger Sacks diesem aufs Haar gleiche und ebenfalls gern in die Gewohnheit verfalle, einer Sekretärin mit dem Bleistift in den Nacken zu tippen, kleine Privatausflüge, die dem Ruf durchaus förderlich waren. Sie alle fanden ihn reizend, sie liebten das Erotisierte. Am meisten aber kam seinem Ruf die Verbindung mit Mucki zustatten, eine Märchenhaftigkeit, gegen die die Kündigung eines entarteten Freundes nur wenig ins Gewicht fiel. Man erzählte sich auch, die Firma begünstige diesen Fall besonders, weil er beweise, daß eine Sekretärin ungetrübt ihr Glück machen könne.

»Schwindlig kann einem werden. Tatsächlich!!« sagte denn auch die eine. Auch die sonst nicht Nennenswerte war gleicher Meinung, indem sie sagte:

»Schwindlig und doch bestärkt, weil es das alles noch gibt. Gewiß, kollegial war es nicht, Brecher zu entlassen, aber erstens mußte er wohl und zweitens sühnt er es bald, indem er eine Kollegin aufs Standesamt führt. Ach, wie schön das sein muß!«

»Hoffentlich gibt sie acht, daß ihm nichts zustößt.«

»Wodurch denn?«

»Ich will keine Namen nennen, Namen sind heut verpönt, aber es gibt eine Menge Lümmels, deren Haupttalent darin besteht, mit Revolvern zu spielen. Diese Kerle sind ja so frech. Und dann – wer schützt ihn denn gegen Bomben?«

»Ach, Unsinn.«

»Vielleicht nicht?«

»Man soll nicht an sowas denken, wenn man verliebt ist.«

Unter diesen Umständen war es betrübend, auch ein wenig allzu sentimental, daß wirklich eine von ihnen einen Seufzer ausstieß, weil ihr ein gar zu unverliebter Gedanke die Bemerkung entlockt hatte, eigentlich sei es schrecklich, daß erst jemand verrückt oder geheiratet werden muß, damit für den nächsten eine Stelle frei wird.

»Eigentlich schrecklich! Und das nennt der nächste dann: Glück haben.«

Das sei leider so.

»Ich möchte doch wissen, wie ihr zumut ist«, sagte das Ding beharrlich.

»Na, hört euch das an! Einen Mann gefischt, einschließlich Gehaltszulage, und dann soll sie wohl noch in Trauer gehen, was? Sie soll sich wohl entschuldigen, daß er sie nimmt?«

»Wer weiß?« sagte die Kleine und schwieg.

Auf so dumme Gedanken konnte natürlich nur eine Sekretärin verfallen, von der es bekannt war, daß sie hauptsächlich Kellner liebte, hingerissen von deren weltmännischer Blässe. Aber die Uvag unterhielt keine Kellner, und oben in der Kantine bediente der Pächter selber, ein grober Fleischer ohne jeden Anflug von anämischer Blässe.

»Da würde ich eher Frau Sack bedauern«, sagte die sonst nicht Nennenswerte mechanisch.

»Ob sie jetzt noch in der Riviera herumreist? Entsetzlich!«

Plötzlich, in eine unfreiwillige Pause hinein, kicherte die Kleine mit ihrem Kellner, sie kicherte derart, daß die beiden andern beinahe empört gewesen wären, hätten sie jene für voll genommen.

»Was gibt's da zu lachen? Erst kann sie nicht flau genug sein, jetzt aber lacht sie. Was lachst du so, hm?«

»Nichts weiter«, sagte die Kleine kichernd.

»So albern ist sie doch nicht«, sagten die beiden andern, bis sie der kleinen Kollegin das dünne Fädchen entrissen. Sie hatte sich nämlich vorgestellt, wie Brecher und Sack sich eines Tages im Sanatorium begegnen würden, beide in Zylindern. Tot seien sie schließlich beide.

»Für uns«, fügte die Kleine hinzu. Aber die beiden andern drohten:

»Immer phantasierst du. Paß auf, du gehst noch zugrunde.«

Die Kleine indes war taub gegen Vorhaltungen. Sie sagte plötzlich: »Neulich hab ich Brecher getroffen. Auf der Tauentzien. Ich glaube, er war geschminkt.«

»Was sagst du da? Geschminkt?«

»Ja, hier um die Augen. Auch die Wangen waren ganz bleich.

Er hätte ein Kellner aus dem Edenhotel sein können. Nur die Haltung war schlecht.«

»Ach du mit deinen Kellnern!«

»Glaub doch der nichts! Die lügt uns ja an. Daß Brecher sich schminkt, ist ausgeschlossen.«

»Aber er war's doch«, beharrte die Kleine.

»Natürlich war er's. Natürlich! Und dann seid ihr zu zweit nach Paris gefahren, im Schlafwagen natürlich. Und heut abend fahrt ihr nach Nizza. Er hat nämlich dort seine Luxusjacht untergestellt. Unterwegs aber schminkt ihr euch, nachts auch, da schminkt euch der Mond. Du Katze!«

»Warum nicht?«

»Weil Brecher inzwischen verhungert. Der verhungert eher, als daß er zu Kreuze kriecht. Aber das dumme Ding denkt sich das so. Erst wird man gekündigt, dann schminkt man sich.«

»Man sollte es tun.«

»Ja, man bezieht dann Schminkunterstützung. Es wird ja noch nicht genug an unserer Wohlfahrt herumgeschminkt. Das kann man wohl sagen. Trotzdem, mit einem Kellner fürliebnehmen, weil die Grafen nicht mehr en vogue sind, das wär mir das letzte.«

»Nicht jedem«, sagte die Kleine leise.

Zwar hatte die sonst nicht Nennenswerte die Absicht, das flache, eitle Gespräch zu beenden, aber beim Gedanken an Brecher schien ihr eine innere Walze ins Rollen geraten zu sein; denn sie rief nun aus:

»Nach der, wenn's ginge, da hätten wir sechs Millionen Kellner. Da käme auf jeden Gast ein halbes Dutzend Kellner. Das Trinkgeld möcht ich nicht zahlen. Wenn du ihn wiedertriffst, deinen geschminkten Brecher, dann kannst du's ihm sagen. Der weiß das besser als wir.«

»Vielleicht sagt er dann«, mischte die andere nicht Nennenswerte sich ein, »in Kanada verfault der Weizen, in Brasilien wird mit Kaffee geheizt, und ich verhungere. Vielleicht gibt sie ihm dann einen Groschen Trinkgeld. Er dürfte ihn dringend benötigen.«

So ereiferten sich die Sekretärinnen. Gesichert durch die Wände eines Büros, ließ es sich angenehm reden und träumen, man löste die Ereignisse in lauter Gesprächsstoffe auf, das Augenmerk auf jenen günstigsten aller Punkte gerichtet, der das Hervortreten der eigenen Meinung am besten gestattete.

II

Bei den unmittelbar Betroffenen der Abteilung Propaganda gab Coty sich redlich Mühe, Brechers Abgang und Doktor Geists Aufstieg durch allerlei Geschichten zu entschädigen, aber so sehr er auch einen Rennstall von sitzengebliebenen Regierungsräten, ertränkten Attachés und bordellisierten Adelsfamilien mobil machte, es fehlte an jenem wunderbaren Strich, womit Brecher jede Rechnung auszulöschen verstanden hatte. Außerdem saß ihnen allen der Schreck einer Säuberungsaktion in den Gliedern und ein Chef zur Seite, eine Art stilisiertes Ekel, das durch die Räume jagte, schlimmer als Sack.

»Bomben hat der gar nicht erst nötig; der wird auch ohnedem verrückt«, sagte Coty eines Tages, als Doktor Geist wieder fegte. Und dann malte er unter inniger Zustimmung aller ein Zukunftsbild von Doktor Geists tragischem Ende. Er werde eines Abends nach schweren Überstunden die Uvag verlassen, in Hut und Mantel wie sonst, nur werde er statt zu seiner ihn sehnsüchtig betrügenden Mucki zum Fahrkartenschalter des Anhalter Bahnhofs gehen und dort eine erste Klasse nach Rom lösen.

»Warum gerade Rom?« fragte jemand.

Das wisse er selber nicht, denn er handle im Dämmerzustand, während die Bahn ihn entführe. Ja, wüßte man den Termin, man könnte seine Frau gut trösten.

»Coty erzählt immer so geheimnisvoll«, stöhnte die Frieske.

Er könne ihr leider nicht helfen, so sei es. In Rom stiefle der Chef dann munter drauflos, und genau vor der Ruine des Kolosseums greife er sich an die Nase, um nachzudenken, wozu ihn die Uvag hierhergeschickt habe. Im Dämmerzustand könne solch ein Chef, ohne Schaden zu nehmen, eine Weltreise unternehmen. Die Herren begriffen sowieso nicht, wozu sie auf der Welt seien; denn die Welt bediene sie überall.

Frieske hängt gern an Cotys Lippen, er ist ihr sympathisch. Sie spürt einen Drang nach Endstationen jedweder Art, und deshalb mißfiel ihr auch Brechers Taktik so sehr, Fragen anzuschneiden, die ein Ende nicht dulden, weil sie ewig fragwürdig bleiben. Vielleicht muß ein Mensch eine Pflaume im Bauch haben, um Frieskes Bedrängnisse und Begierden würdigen zu können? Zum Glück profitierte das Büro davon, trieb sie doch Cotys Unterhaltung unentwegt vor sich her.

»Was wäre Ihnen lieber, Frieske?« fragt Coty. »Soll er vom Felsen ins Meer springen und dort elend zerschellen, oder soll er langsam bettelnd herunterkommen und schließlich den Weibern die Röcke aufschlitzen?«

Das sei nicht viel, das sei ihr zu wenig.

»Daß jemand sein Leben normal beschließt, das halten Sie wohl für ausgeschlossen?« fragt Frieske,

Ihr klingen die tollen Verwünschungen ihres verehrten Stiefvaters im Ohr. Eine Zeitlang hatte sie Ruhe gehabt, weil die Verbindung mit Heinz sich zusehends lockerte, eine Krise, die ihrer Mutter nicht unbekannt geblieben war. In weiser Voraussicht, um jedes Aufeinanderprallen zu vermeiden, hatte Mutter Schilhanek denn auch ihre Hoffnungen stillgelegt. Die Enttäuschte sein, das wollte sie nicht. Es stak ein bäurischer Rest aus Luckenwalde in Mutter Schilhanek, der sie verwurzelt hielt, und daher hatte sie dafür gesorgt, daß der Name des jungen Mannes aus guter Familie hinfort unerwähnt blieb. Als der Alt-Schilhanek eines Tages nichtsdestoweniger mit der angetrunkenen Behauptung prahlte, der Kerl sei ein Schuft, hatte zu seiner grenzenlosen Verblüffung Mutter Schilhanek den Tatsachen vorgegriffen.

»Wen rührt das denn? Uns nicht. Uns kann das nicht rühren«, hatte sie gesagt. Dann hatte sie ihm beigebracht, daß Lisa nicht daran denke, das Mädel sei viel zu schlau. Zu Lisa aber hatte sie gesagt: »Mit diesem Menschen lebt man wie im Manöver – die blaue Partei, die rote Partei.«

Daran dachte die Frieske, als sie Coty antworten hörte:

»Normal sein Leben beschließt? Ich kenne nicht einen, dem das gelang. Ich hatte einen Großonkel ...«

»Denkt mal! Coty hatte einen Großonkel.«

»Er war ein höherer Beamter, er ringrichterte in juristischen Konkurrenzkämpfen, und nichts regte ihn auf. Was hätte ihm auch in die Quere kommen können? Junggeselle aus Passion, Staatsangestellter dazu, mit einer Pension und einer Wirtschafterin, die nicht von seiner Seite wich und ihn behandelte wie ein gesetzlich geschütztes Ehestück, aber vorteilhaft insofern, als sie ihm die Illusion ließ, unabhängig, frei und ohne Fortpflanzung zu sein, in dieser gesicherten Lage also lebte er ein gesichertes Leben. Aber dann der Beschluß, liebe Frieske! Er starb zwar gewöhnlich und brav, Altersschwäche, sagten die Ärzte, trotzdem hatte er zwei Minuten vor Schluß das abenteuerliche Gefühl: ›Jetzt raus! du liegst ja in einem Schiff, das sinkt.‹ Und daher erhob er sich zum Schrecken der Wirtschafterin, er erhob sich. Mehr sage ich nicht; denn er sackte sogleich wieder zurück. Aber ich bin überzeugt, daß ihm diese zwei Minuten unvergeßlicher sein werden als seine achtzig sorglosen Jahre. Nein, kein Mensch auf Erden beschließt sein Leben normal. Hinten raus, Verzeihung, geht's immer hastewas-kannste. Da kommt die Kiste auf Touren.«

»Und diesen Großonkel soll ich Ihnen glauben?« fragt Frieske.

Dann überfällt sie wieder die Angst um ihre eigene Familie; denn im Gegensatz zu Coty redet zu Hause der Alt-Schilhanek einher, als sei er der Rechtsanwalt Brechers. Das ganze Direktorium wird er vernichten!

»Ihr kommt noch alle zu uns«, hatte der Alte ausposaunt, »hinter die Fahne der Lickfetts Dora. Ihr singt noch alle die Internationale. Die müssen euch erst aufs Pflaster setzen, damit ihr aufwacht. Den Rüland, den solltet ihr sehen. Der hat von der Weltgeschichte dreimal so viel begriffen wie eure Direktoren. Der wird euch noch vor die Nase gesetzt.«

Lisa hatte auf Brecher verwiesen und daß er trotz allem ohnmächtig sei, aber eine negative Betrachtungsart hatte der Alt-Schilhanek nicht gelten lassen. Aufgebraust war er. Aus Brecher wurde sofort ein positiver Gewinn; er wechselte förmlich in seinen Schatten hinüber.

»Ihr macht jetzt Glückspropaganda«, rief der Alt-Schilhanek. »Das ist das Neueste. Aber eure eigenen Leute treibt ihr ins Unglück. Konsequent nennt man das. Ihr schreibt jetzt: ›Lächle, Berliner!‹ – aber ihr haut euch Bomben ins Gesicht, daß ihr euch schon bei Lebzeiten einbildet, 'n toter Hering zu sein. Hol's der Affe, konsequent nennt man das.«

Schließlich hatte der Alt-Schilhanek prophezeit, daß Brecher eines Tages im Uvaggebäude erscheinen und seinen sauberen Kollegen zur Revanche herausfordern werde. Der flöge aber nicht die Treppe hinunter, sondern zum Fenster hinaus. Der könne sich dann seine Knochen zusammenlesen, der könne noch froh sein, wenn er sie fände – ü?

Ihr Zustand verleitet Frieske leider in einer der Arbeit abträglichen Weise zu Selbstbetrachtungen, in denen alles Gewesene gegenwärtig ist. Weiß sie doch nicht, wie ihre Geschichte endet! Noch massiert sie sich zwar, sie knetet an ihrem Leib wie eine Bäckerin, aber wie lang wohl ist sie dazu noch imstande? Der Unterschied zwischen Brecher und ihr ist kein sehr großer. Auch ihm wuchs schließlich der Kram zum Halse heraus, meint Lisa, auch ihn drängte etwas und drängte. Jetzt muß er sich gefallen lassen, von Coty als Todeskandidat gekennzeichnet zu werden.

»Dieser Brecher«, sagte Coty in Erinnerung an seinen Großonkel, »ist nun ins Laufen geraten. Gesessen hat er ja lange genug. Es kommt mir oft vor, als hätte er's darauf angelegt, sich kündigen zu lassen. Er trieb es dahin. Vielleicht hat er dasselbe Gefühl gehabt wie mein Großonkel vor seinem Tod: ›Nur raus jetzt – mag werden, was will!‹ Aber Brecher kann schwimmen. Glauben Sie, daß Brecher schwimmt, Frieske?«

Es war dies ein Hoffnungsschimmer auch für Frieske, und sie dankte Coty dafür, indem sie ihm die leichteste Arbeit zuschanzte. Leider verdarb er sich manchmal ihre Gunst durch gefährliche Abstecher, allzu gefährliche. Er hätte es lieber verschweigen sollen, statt zu sagen:

»Am besten heraus ist Mucki. Und es ist nicht gesagt, daß sie sich verrechnet. In vielen Ehen kommt die Liebe hinterher. Ich kenne eine Ehe...«

Ach, er kannte schon wieder etwas!

Er kannte aber wirklich eine Ehe, wo sich das Kind um zwanzig Jahre verspätet hatte. Es war eine Jüdin, eine von denen, die in späteren Jahren zur Verfettung neigen.

»Man hätte auf ihrem Vorbau eine Sprungschanze einrichten können«, rief Coty, »und ich glaube, sie hätte es erlaubt, denn gutmütig war sie. Eines war jedenfalls sicher: sie konnte vor lauter Vorbau den Bauch nicht sehen. Und diesem Umstand verdankte sie auch ihr Glück.«

Frieske, wiewohl schweigsam, stellte dessenungeachtet mit Stolz fest, daß sie an Gestalt weit vorteilhafter daran sei.

»Es war ihr Glück«, sagte Coty, als plötzlich Doktor Geist erschien und allen Zauber zunichte machte. Er war der Erfinder der Glückspropaganda und wünschte die Entwürfe zu sehen. Er hatte sich Brechers These zu eigen gemacht, dieser Herr Doktor, wonach die Frage erlaubt sei, die lautet: Was hilft das Glück, wenn es nicht organisiert werden kann? Nachdem er sich über den Stand der Dinge unterrichtet hatte, verschwand er wieder, ebenso plötzlich wie er aufgetaucht war.

Coty seufzte mit allen Poren, ehe er fortfuhr:

»Es war ihr Glück. Dadurch schwebte die Jüdin sozusagen rein physisch in höheren Regionen. Eines Tages ruft's im Büro an, und der Gatte wird gewünscht. Er frühstückt gerade, er hat einen Bissen Salami im Mund, und er denkt an nichts, wie er den Hörer ergreift. Plötzlich beginnt er furchtbar zu husten. Er hustet, als sei ihm die Wurst in die falsche Kehle geraten. Aber das war's nicht. Als er schließlich bestürmt wird, ob ihm was fehle, antwortet er: ›Meine Frau hat ein Kind!‹ – Unmöglich, rufen wir alle. Aber es war so. Wie das Brötchen aus einem Automaten war es ihr unten herausgerutscht.«

Frieske antwortet nicht mehr. Die Geschichte ist wenig nach

ihrem Geschmack, obwohl ihr die Devise: »Zwanzig Jahre später!« besser ins Ohr geht als ihre eigene, die unter Umständen
lauten dürfte: »Zwanzig Jahre zu früh.« Sie klopft mit letzter
Energie auf der Maschine; nur manchmal, in verliebten Momenten, denkt sie beim Anblick Cotys: schade!

III

Auch bei Geheimrats könnte es reizend sein. Charlottenburg ist
ein gutes Viertel und Herrn Dahlmanns Straße noch nicht die
schlechteste, solang es schlechtere gibt. Und dann, was will man
als einzelstehende, gelähmte Witwe, deren Tochter nichts von
häuslicher Arbeit versteht, in einer Villa? Es widerspräche dem
gesunden Instinkt. Man könnte allenfalls als Gespenst dort umgehen, unmöglich aber zu Lebzeiten. Nein, es ist schon richtig,
von welcher Seite man's auch betrachtet, durchaus – wie? Was
wollt ich denn glei ...? Ach so, da hab ich's ja wieder. Siehst du,
mein Kind, da sprichst du immer, ich wäre nicht... wie? Ich
dachte, du hättest etwas gesagt.

Es war von jeher gang und gäbe, Frau Geheimrat nie zu widersprechen; seit dem Schlaganfall aber ist alles an ihr heilig. Sie
lehnte im Rollstuhl und konnte mit schwachem Winken des
Kopfes bemerken: »Seht, Kinder, es regnet!« – und dann regnete
es, wie es vor anderen Leuten niemals zu regnen vermochte. Dieses unerklärliche Plus hatte sie auch aus diesem Ruin gerettet.

Nur so, allein unter diesem Vorbehalt, wird die ungeheure
Wirkung verständlich, die Frau Geheimrat erzielte, sobald sie
sagte: »Wissen Sie schon? Meine Tochter hat sich verlobt.« Regelmäßig reagierten die Leute darauf. Es entstand ein Ach des
Murmelns, des Seufzens, das sich an einem roten Faden späten
Entzückens emporrankte. Frau Schade zumal beherrschte dieses
Ach in sämtlichen Tonlagen.

»Man kann doch hoffentlich gratulieren, Frau Geheimrat?«

»In jeder Beziehung, danke, in jeder. Man hegt zwar oft seine eigenen Pläne, man hätte die Gleise gern näher... Aber was tut man gegen vollendete Tatsachen? Man gewöhnt sich an sie. Friedrich der Große nannte das immer... wie? So ähnlich. Ach, es ist ja auch gleich. Es ist immer dasselbe.«

»Ihre Tochter wird sich schon freuen. Das ist schließlich die Hauptsache. Nicht wahr?«

»Und ob sie sich freut! Da haben Sie recht. Sie muß ja schließlich ihr Leben führen, nicht wir. Das ist eines meiner hauptsächlichen Argu... Das sag ich ja auch, daß die Kinder es sind, die ihr Leben zu führen haben. Wir Eltern, wir könnten uns auf den Kopf stellen, ohne etwas daran zu ändern. Nein, Frau Schade, ich kann doch nicht, ich, hier in meinem Zustand, ich kann doch nicht ins Büro gehen und meine Tochter statt meiner in den Rollstuhl pflanzen. Das geht nicht. Das geben Sie doch zu?«

Obwohl Frau Schade es nie bestritten hatte, gab sie es zu.

»Deshalb bin ich auch nicht befugt, das Leben meiner Tochter zu führen. Sie müssen doch auch zugeben, Frau Schade, daß Ihr Sohn ein Recht darauf hat, sein eigenes Leben zu führen.«

»Das bezweifle ich ja gar nicht.«

»Bezwei...?« Es war, als hätte ein Fremdkörper sich eingeschlichen, indem Frau Geheimrat fortfuhr: »Bezwei...? Unmöglich! Wenn ich Ihnen einen Rat geben darf, Frau Schade, dann den: nur nicht bezwei... Es führt zu nichts, zu absolut nichts. Sie können das gar nicht bezwei...«

Obwohl Frau Geheimrat so sprach, sich nach außen hin als strikte Gegnerin jeden Zweifels aufführend, wußte sie nur zu gut, wieviel an zweiflerischen Ablegern sie verbarg. Um restlos begeistert zu sein, fehlte ihr manches beim Blick auf Mucki, die sich mehr dafür bedankte, von ihrem Verlobten aus dem Gespinst des Büros befreit worden zu sein, als dafür, daß er sie liebte. Von Liebe war überhaupt nicht die Rede.

»Die jungen Menschen heut haben keine Gefühle«, hatte sich Frau Geheimrat anfangs getröstet. Man sei jetzt sachlich. Aber trotz ihrer Vorliebe für Plattheiten, die kulturlos-plakatierten Plattheiten der Uvag nachzuschwätzen, zögerte sie dennoch. Sie spürte tiefeingewurzelte Widerstände dagegen, und sie begriff, daß ihr Wohlwollen für den Sohn der Frau Schade mehr Zuneigung in sich barg als Muckis Liebe zu Doktor Geist. Das war es, was sie bewog, Gudula Öften zu sich zu bitten.

Wie die Dinge nun leider lagen, sah die Öften ihre Hauptaufgabe darin, Zweifel dieser Art zu zerstreuen, und sie scheute keine Komödie. Selbst Notlügen aus Menschlichkeit beging sie.

Sie sei ein viel zu verständiges Kind, sagte die Öften von Mucki.

»Aber zu sorglos«, meinte Frau Geheimrat.

Das liege in ihrem Naturell, begütigte die Öften.

»Naturell!« schmetterte dagegen Frau Geheimrat, nicht ohne Versuch, sich husarenhaft aus dem Krankenstuhl zu erheben, ein Akt, der leider mißlang. »Naturell! Meine liebe ... wie? Ich bring doch diesen Namen nicht mehr zustande. Jedesmal rutscht er mir weg. Ist das doch ärgerlich. Nein, kann mich das är ...«

Das sei doch kein Grund zur Verstimmung, meinte Gudula Öften sanft, indem sie vorschlug, sich wieder auf Dula zu einigen. Jedoch Frau Geheimrat wollte nicht ran. Sie hatte plötzlich ihre Tochter vergessen, und es schien, als wollte sie sich mit aller Gewalt in ihre Misere verbohren. Ordentlich bösartig sah sie aus und zusammengesackt ins Gestell ihres Rollstuhls.

»Kann mich das ärgern«, wiederholte sie dann. »Also, Gudula Öften, jetzt sagen Sie, bitte, wo sind wir stehengeblieben. Ich weiß es nicht mehr. Faktisch! Die dumme Grammatik hat mich ganz irr gemacht, ganz ver ... ver ... na eben. Man soll mir doch nicht einreden wollen, daß ich ... daß diese Verlobung ... Hihi!«

Die Öften erschrak, sie sorgte sich plötzlich um Frau Geheimrats Gesundheit. Doch glücklicherweise fuhr diese weniger verärgert fort:

»Das Ver, das ist es. Wissen Sie noch? Ver-un-säubert, sagten Sie damals. Das hat's in sich. Das hab ich mir hinters Ohr geschrieben. Scheußlich ist das, regelrecht scheu ... Oder ist Ihnen etwa entgangen, daß man sich auch ver-heiratet, wie man kalkuliert und sich ver-kalkuliert?«

Die Öften war zu betroffen, um antworten zu können. Ihre eigenen Sorgen hatten sie zu sehr in Anspruch genommen.

»Sehen Sie, Dula!« rief Frau Geheimrat triumphierend, ihren abgemagerten Finger vorstreckend und voller Hochmut. »Daran hat mein Mäuschen nun nicht gedacht. Ver, das ist infernalisch. Uns bringt die Regierung jetzt eine Notverordnung, und was schreibt die radikale Presse dazu? Ver, schreibt sie hin. Die Not wird verordnet – das schreibt sie. So könnte auch ich jetzt ausrufen: meine Tochter hat sich ver-lobt.«

Es kostete Gudula Öften einen unmenschlichen Einsatz, Frau Geheimrats Zweifel unschädlich zu machen. Kaum daß es ihr gelungen war, erlebte sie einen Rückfall.

»Nein, Dula, das eben könnte ich nicht. Ich bin nicht befugt, das Leben meiner Tochter zu führen. Ich nicht. Sie vielleicht könnten es. Nein, Sie auch nicht.«

Gudula Öften, genau wie vorhin Frau Schade, bezweifelte das nicht im geringsten. Aber da kam sie schön an!

»Wie? Bezwei …? Na eben, da haben wir's ja. Da muß man es jedem einzeln sagen, daß er sein Leben selber zu führen hat. Wie oft soll ich's denn sagen? Um diese Achse dreht sich ja die ganze Geschichte. Auch Ihre, Gudula Öften, auch Ihre. Wie? Sie dreht sich so schnell, daß wir uns beinahe einbilden könnten, einer Meinung zu … zu …«

»… huldigen«, sagte Gudula Öften verschüchtert, um abermals überrascht zu werden, doch angenehm diesmal.

»Das war wieder vorzüglich, Dula. Huldigen – ja, man huldigt einer Meinung. Man ist nicht, das heißt, man hat nicht – eher hätte sie uns. Wie? Na eben. Man huldigt. Ich habe es Ihnen vorher gesagt. Huldigen, hab ich gesagt, huldigen. So ist das. Und ich sage ja auch: meine Tochter, die hätte es getrost abwarten können. Ich hätte schon dafür gesorgt, daß ihr der Richtige huldigt. Aber nein! Eilig haben's die Kinder. Und Menschen wie Dula gehen leer aus. Das ist nicht … wie? Ich dachte, Sie hätten etwas gesagt.«

Tatsächlich hatte Gudula Öften die Absicht, ein Wort über ihre Sorgen fallenzulassen. Im letzten Moment indessen zog sie ihr Angebot wieder zurück, da es ihr zu aussichtslos erschien. Auch fürchtete sie, Frau Geheimrats Teilnahme sich in Zorn verwandeln zu sehen; denn sie neigte tatsächlich in letzter Zeit, wahrscheinlich aus Schwäche, zu Zänkereien. Es war die altbewährte Tragik Gudula Öftens, daß alle Menschen mit ihr über fremde Angelegenheiten zu reden begehrten, sie selbst aber leer dabei ausging. Jeder entlud seinen Trödel vor ihr.

»Sie sagen ja gar nichts?« rief Frau Geheimrat.

Als sie sah, daß Gudula Öften eine Sekunde lang schwieg, hielt sie ihre Zeit für gekommen. Vornüber gebeugt, winkte sie mit knochigem Finger. Es war ein spukhafter Anblick. Die zerrüttete Gestalt, das geheimniskrämerische Gebaren und das Schweigen des Zimmers ringsum, es war die reinste möblierte Gruft.

»Noch näher«, flüsterte Frau Geheimrat, als Gudula Öften zögerte. Und dann faßte sie deren Gelenk und tätschelte es.

»Dula«, sagte Frau Geheimrat, »Ihnen will ich's ver... Sie sind die einzige vertrauenswürdige Person, die ich kenne; und darum will ich's Ihnen ver... Dula!«

Zaghaft beugte sich Gudula Öften näher, und die Alte genoß es sichtlich, ehe sie, wässerig und schwabbelnd, sagte:

»Es liegt kein Segen über dieser Verlobung, Dula. Es liegt ein Schatten auf ihr. Draußen, draußen geht ein Gespenst um. Draußen geht dieser Herr Brecher und hungert.«

Sie schwieg. Es dünkte Gudula Öften quälend lang, eine Zeit, während welcher ihr Gelenk festgehalten wurde. Dann krampften sich die Nägel ins Fleisch, daß Gudulas Herz bis hinter die Ohren schlug. Röchelnd, tief Atem holend, kämpfte Frau Geheimrat mit dem Speichel in ihrem Mund. Sie schluckte mehrere Male, ehe sie sagte:

»Er hat mich gebissen, Dula – mag sein. Er hat sich nicht als ritterlich erwiesen. Mucki aber vergißt ihn nicht. Sie ruft ihn immer zum Zeugen an. Dula, entsinnen Sie sich? Damals vor der Uvag! Ich hab meine Tochter abholen wollen. Darf ich das nicht?«

Frau Geheimrat, mit aufgerissenem Auge, gleichsam mit einem Stich ins Violette, gebärdete sich immer herausfordernder und beleidigter.

»Kann ich auch nicht ihr Leben führen, abholen werde ich sie wohl dürfen?« rief sie. »Mir hat die Polizei nichts zu verbieten. Kann die Polizei meine Tochter abholen, kann sie das etwa? Mein Kind gehört mir!«

Frau Geheimrat kreischte. Es war ein Wunder, daß ihr nicht ein zweiter Schlaganfall die Sprache verschlug. Mit weit geöffneten Augenhöhlen, rötlich wund, nässend, starrte sie in einen Hohlraum. Draußen geht ein Gespenst um und hungert; drinnen geht ein Gespenst um und hat sich verlobt. Das ertrug sie nicht länger. Nachdem ihre ganze, lächerlich egoistische, in windiger Selbstüberhebung Aufmerksamkeit heischende, vielleicht auch prophetische Alterserscheinung sich aufgerichtet hatte, ungemein endgültig, einen Zug von Energie in der Miene, so verächtlich, als ginge eine triviale Weisheit ins Unerbittliche über, sank sie erschlafft zurück. Ihr Rollstuhl regte sich nicht. Auch Gudula Öften stand still.

Sollte Frau Geheimrat eifersüchtig sein auf die Jugend ihrer Tochter? mußte sie denken, ehe sie heimging.

Dialektik und Menschlichkeit

I

Es war um die neunte Stunde, als Gudula Öften, soeben von Frau Geheimrat kommend, jenen Berliner Westen durchquerte, den Brecher durch seine heimlichen Umtriebe unsicher machte. Es könnte auf ihn gemünzt sein, daß in einer Geschichte der Prostitution geschrieben steht, hier am Kurfürstendamm, wo schon am frühen Nachmittag die Luft ein Aroma von Irrenanstalt, Zuchthaus und Charité erfüllt, sei der Haupttreffpunkt aller großstädtischen Nichtstuer, und gleicherweise zutreffend wären die Zeilen, die an der gleichen Stelle über das antike Rom ausgesagt sind: »Am Tage ist die Straße sauber, es herrscht dort ein ewig tosender Verkehr: alles steht im Zeichen der Arbeit. Diese offizielle Tagesphysiognomie der Stadt ist nahezu geschlechtslos. Erst um die neunte Stunde ...«

Wie gesagt, um ebendieselbe war es, daß Gudula Öften, angeregt und nichtsahnend, den Kurfürstendamm entlangflanierte, der Tauentzien zu. Sie liebte solche Gänge heimwärts, sie nannte es: Luft schnappen. Gleichfalls, wie hier sämtliche Damen, gezeichnet von der Nähe des Zoo, ein hinkendes Huftier, benutzte sie die Gelegenheit, sich umzustellen. Viele Sekretärinnen machten das so, indem sie an der Seite irgendeines Kavaliers für eine Nacht träumerisch in den Formen der großen Welt sich bewegten. Gudula Öften war allein; aber so im Dahinspazieren war ihre Einbildung gern erfüllt von allerlei Gestalten. Unterdessen hinkte sie herrlicher denn je. Gewiß, sie hätte eine vollendete Dame darstellen können, wäre sie nicht in Wirklichkeit mehr gewesen; in Wirklichkeit war sie, woran sie nicht zweifelte, die einzige hier, die den Abend genoß, das Atmosphärische des Lichtstaubs, diese Verzauberung des gesellig reibungslosen Verkehrs. Sie empfand das Ansteckende ringsum, das Illuminierte in jedem vorübergleitenden Antlitz, und sie grüßte im stillen die Pärchen und Gents, die Perlen und Nischen der Cafés, wo so manche Gattin ihren ersten Seitensprung beginnt.

In dieser Verfassung, ohne Anflug von Begehrlichkeit, genießend, auch ein wenig angetan und zärtlichen Regungen nicht abhold, mit einem Wort: vornehm war sie dahingehinkt. Ihr schadhafter Fuß berührte das Pflaster, man kann wohl sagen geschmackvoll und auch ein wenig logisch, und die Heiterkeit ihrer Geistesverfassung war Goldes wert.

Die Stunde gab es ihr ein, an Mucki zu denken, dieses spröd naive Geschöpf, das durchaus in diese Welt paßte, und sie vernahm deren Stimme, als tanze sie mit dem Reigen der Reklamelichter um die Wette. Merkwürdige Ansichten verfocht diese Zikade! Man sei eine Kopfstation für den jeweiligen Partner, hatte sie neulich gesagt, ein Bahnhof. Der käme erst herein, dann kehrte er um. Überhaupt, das Ganze sei ein Verkehr, und das Verkehrshindernis in der Liebe sei der Mensch.

Köstlich, das aus dem Munde eines Babys zu hören. Köstlich!

An der Ecke der Joachimsthaler Straße erlaubte sich Gudula Öften den Scherz, das heißt, sie nahm sich die Freiheit, eine Abendausgabe ihrer eigenen Firma zu kaufen. Sie zückte den Groschen und schenkte ihn hin. Ohne Absicht hatte sie sie erstanden, aber dann war sie von einer Notiz gefesselt worden, die lautete:

»Entgegen den neu aufgetauchten, jeder Wahrheit zuwiderlaufenden Gerüchten über Zerwürfnisse und provokatorische Terrorakte im Bereich der Uvag stellt das Direktorium hiermit nachdrücklich fest, daß zwischen Arbeiter- und Angestelltenschaft vollste Übereinstimmung herrscht. Der leider notwendige Personalabbau beruht auf rein wirtschaftlichen Erwägungen und werden daraus resultierende Härten nach besten Kräften vom Direktorium zu mildern gesucht.«

Unpassend, hätte Gudula Öften beinahe gesagt. In der Tat, Nachrichten dieser Art, die der eigenen Existenz auf den Leib rückten, waren höchst unpassend; sie störten das Gleichgewicht, sie unterbanden auch den leisesten Versuch, das Leben von der leichten Seite zu nehmen. Gewiß, andere lasen es gleichfalls und dachten sich nichts dabei, andere erfreute vielleicht der vertuschte Skandal, Gudula Öften war etwas weitblickender veranlagt, und der Abend war ihr beinahe verdorben.

Sie hatte die Tauentzienstraße erreicht, wo sie, den schlechten Eindruck jener Notiz verwindend, vor einem der erleuchteten Konfektionsschaufenster haltgemacht hatte, um die Mode zu studieren. Hinter ihrem Rücken rollte der Rundverkehr um die Gedächtniskirche; der Himmel, ein gutes Planetarium für allerlei mehrschichtige Beleuchtungseffekte, klaffte hier offener, und die Straßen liefen sternförmig auseinander. Die Opern und die Theater spielten jetzt wohl den zweiten Akt, die Liebespaare sangen sich an, die gnädige Frau im Hermelin wurde soeben von einem Intriganten ertappt, einem Erpresser... Es war um die neunte Stunde.

Ah, man trägt wieder Schals, dachte Gudula Öften. Sie wußte später genau das Muster jenes Schals nachzuzeichnen, in den sie verliebt gewesen war.

Um eine Modepuppe hatte er sich geschmiegt, eine Puppe in weißer Perücke, denn man trug auch wieder Perücken, freilich modernen Schnitts, aber von jeder Farbe, selbst grün, und dieser Schal nun war es gewesen, von dem sie sich nicht hatte abwenden können. Sie würde es nächstens der Frau Geheimrat erzählen, daß wieder Schals getragen wurden. Die Puppen im Schaufenster standen in steifer Grazie, sie hatten einen Teint, fast menschlich, und schienen Wert darauf zu legen, fachmännisch betrachtet zu werden, ein Vorbild. Es waren Schals zu sehen mit Farben so lyrischen Übergangs, so wenig direkt, so überaus unausgesprochen und andeutungsweise wirksam, daß Gudula Öften eine Beleidigung darin erblickt hätte, sie etwa lindenblüten zu nennen. Nein, ein derart gigantischer Barbarismus – man bedenke doch: lindenblüten! – hätte sie zutiefst entsetzt. Sie sprach bereits in Gedanken mit Frau Geheimrat darüber und suchte ihr auseinanderzusetzen, wie ihr die Worte fehlten, wie nötig es sei, hierfür eigens eines zu erfinden. Schöpferisch, Sie verstehen?

Mit solcherlei Sorgen beschäftigt, hatte sie vor dem Schaufenster geweilt, niemandes achtend, als sie an einer Berührung spürte, daß jemand dicht hinter ihr stand, ein wenig zurück, in der Gegend der linken Schulter. Anfangs hatte sie an ein Versehen geglaubt, weshalb sie auch etwas beiseite gerückt war, unmerklich und rücksichtsvoll. Die Berührung indessen war nicht gewichen, sie hatte sich eher verstärkt, eine unangenehme Empfindung menschlicher Nähe aufrufend, fast sinnlicher Schwüle, fast unerträglich. Es ging ein Atem hinter ihrem Rücken, eine fieberhafte Vertraulichkeit, von der die Geschichte der Prostitution ausgesagt hat, es sei ein »Aroma von Irrenanstalt, Zuchthaus und Charité«.

Gudula Öften hatte es mit Abscheu bemerkt. Um diesem Unverschämten endlich die Leviten zu lesen, hatte sie sich umgewandt. Dann aber war ihr das Blut aus den Wangen gewichen bis hinunter, so schien's, in die Knie, die mit bleierner Schwere antworteten.

»Brecher!« sagte sie und starrte ihn an.

Man kann verstehen, daß ein Mensch in bedrängte Verhältnisse gerät, und gesetzt, man trifft ihn wider Erwarten, so bereitet es zweifellos Unbehagen; denn Armut hat nicht nur eine materiell erfaßbare Wirkung. Aber derart nichts zu erblicken als eine nackte Existenz, die von ihrem Gespenst geritten wird – grauenvoll! Wie? Und gewiß, einem verarmten Menschen gegenüber erweist man sich einigermaßen rücksichtsvoll; man tut, als übersähe man seine Scham; man schreit ihm schließlich nicht ins Gesicht: »Mensch, wie sehen Sie denn aus!?«

Nichtsdestoweniger hatte Gudula Öften das getan.

»Verzeihung«, flüsterte sie, aber im selben Moment verging sie sich wieder. Vielleicht war es töricht? Vielleicht war es wirklich töricht, sich mit unverhohlener Geschwindigkeit des Vorhandenseins eines Schutzmannes zu vergewissern? Drüben auf einer Schutzinsel stand er, die uniformierte Ahnungslosigkeit. Aber vielleicht, läßt man ihn außer Auge, greift ein Verarmter sofort an die Gurgel? Die Öften hatte in Brechers Händen etwas entdeckt, das ihr verdächtig vorkam. Eine Zigarette? Auch sie hätte Verdacht erregt; aber es war eine Rasierklinge, die nun leise klirrend zu Boden fiel.

Ob es sein Glück war, endlich mit einem nachweisbar verständnisvollen Menschen zusammengetroffen zu sein? Hatte es nicht bereits Augenblicke gegeben, wo jede Selbstkontrolle versagte? Konnte er nicht gelaufen und gelaufen sein, ohne recht zu wissen, wohin? Es war, als hätte sein Bewußtsein einen Vertrag gekündigt, dem er nun nachlief.

Noch bevor er auf Gudula Öften gestoßen war, hatte er eine dieser ungereimten Handlungen hinter sich, und das Gefühl, verfolgt zu werden, plagte ihn noch. Andernteils brach er in einer Weise über seinen Streich in Gelächter aus, daß seine Kollegin es sofort als »Gelächter infolge totaler Erschöpfung« notierte. Vielleicht war es dies, was sie festhielt?

Brecher hatte den Hochmut besessen, sich gegen Abend aufs Rettungsamt zu begeben, zu einer der Stationen, deren Adressen bekanntlich an den Wänden der Bedürfnisanstalten prangen, zwecks Desinfektion nach geschlechtlichem Verkehr. Nun, geschlechtlich war der Verkehr, den Brecher gepflogen hatte, kaum, es sei denn, man wolle die Vorgänge seines Gehirns als eine Onanie der Erkenntnis bezeichnen. Aber sind denn neuerdings Rettungsämter dafür zuständig? Dessenungeachtet war er auf einer dieser Stationen erschienen.

»Verzeihung, bin ich hier richtig?« hatte er gefragt, nachdem er die Tür vorsichtig hinter sich herangezogen hatte.

Gleichzeitig war ein junger Mann auf ihn zugeschossen gekommen mit der Frage:

»Sie wünschen?«

Er hatte Brechers Zustand sofort als den eines Angetrunkenen taxiert, eines, der angelangt wäre, um die Spuren zweifelhafter Geschlechtsgenüsse verwischen zu lassen. Unzählige kommen so täglich. Herr Brecher indessen hatte heiser und anzüglich geflüstert:

»Ich möchte mich retten lassen.«

Der dienstfertige junge Mann in dem weißen Kittel hatte seine Frage kaum wiederholt, als er zu seinem Erstaunen dieselbe Antwort erhielt, nur dringlicher diesmal.

»Retten sollen Sie mich!«

Und nach einer Pause nochmals:

»Verstehen Sie das nicht? Retten!«

Da der junge Mann zufällig allein war, wußte er sich nicht anders zu helfen, als daß er zunächst einmal nach den Papieren fragte.

»Ihre Papiere?«

»Hier«, hatte Brecher gesagt, indem er sie vorwies, doch ohne sie aus der Hand zu geben. »Aber«, fuhr er näher herantretend fort, »ich bin das nicht mehr. Verstehen Sie? Die ganze Geschichte hier stimmt nicht. Oder wissen Sie nicht, daß ein Mensch in der höchsten Gefahr seinen Namen verliert?«

»Jaja«, sagte der Gefoppte flüchtig. Zwar hilfsbereit, erwog er, ob es nicht angebrachter wäre, den Mann wegen groben Unfugs der Polizei zu melden. Es pflegten Leute zu kommen mit abgebissenen Nasen, denn hauptsächlich Frauen bissen sich aus Eifersucht gegenseitig die Nasen ab; dann pflegten auch welche zu kommen, denen eine Hand zerquetscht herabhing, so daß sie schleunigst amputiert werden mußte. Es waren das Fälle aus der Praxis, die sich lohnten. Diese merkwürdige Gestalt hier indessen, mit ihrer chirurgisch nicht erfaßbaren Krankheit, hatte es darauf angelegt, ein zweifelhaftes Subjekt zu sein.

Vielleicht, dachte der junge Mann, vielleicht ein Verrückter? Und er blickte nach der Tür, die Rückkunft des Chefs erwartend.

»Haben Sie Hunger?« fragte er unterdessen.

Freundlich zureden, das schien ihm das beste. Dann hatte er einen Plan gefaßt, denn er sagte wie ausgewechselt:

»Wollen Sie nicht einen Augenblick Platz nehmen? Unser Wagen ist unterwegs. Er wird gleich hier sein.«

Brecher hatte den Rat befolgt. Da saß er, aufmerksam die Wände betrachtend. Er regte sich kaum. Was er eigentlich wollte, wußte er selbst nicht. Vielleicht trieb ihn ein Drang, es endlich mit einem Menschen zu tun zu haben, der verpflichtet ist, sich um Fremder Angelegenheiten zu kümmern? Auf dem Arbeitslosenamt ging es statistisch zu; dort wurde man zwar versorgt, aber nicht gerettet. Herrn Brecher aber lockte das unabweisbare Bedürfnis, gerettet zu werden. Es war zudem ein Bedürfnis, das in keiner Bedürfnisanstalt zu befriedigen gewesen wäre. Dies hier war die richtige Station, und er gab seinem Witz darüber auch Ausdruck.

»Sie haben in manchen Bahnen ein Schild«, begann er. »Sie kennen es doch? Auf dieses Schild hin komme ich zu Ihnen. Es steht dort, glänzend propagiert, und Sie müssen bedenken, daß ich aus dieser Branche stamme, es steht dort: Amt Norden, Rettungsamt, behördlich festgesetzte Preise. Was heißt das?«

»Eine Bekanntmachung, mein Herr.«

»Aha«, sagte Brecher, die sehnsüchtigen, zum Telefon gerichteten Blicke des jungen Mannes mit Schadenfreude verfolgend. Im selben Augenblick hatte sich dieser zu einer Handlung entschlossen. Er hatte sich erhoben. Er wollte hinüber ans Telefon, eine Absicht, die Brecher jedoch vereitelte.

Den jungen Mann wieder auf seinen Stuhl drückend, fragte er:

»Sagen Sie, Herr, sind Sie imstande, auch einen behördlich festgesetzten Unfall zu liefern?«

Brecher stellte die Frage wieder:

»Haben Sie gehört? Ich frage, ob Sie meinem Wunsche nachkommen können, mir einen behördlich festgesetzten Unfall zu liefern?«

Da der junge Mann immer noch schwieg, flüsterte Brecher:

»Darum handelt sich's nämlich. In der Untergrund sitzend, inmitten eines wimmernden Geheuls der Geschwindigkeit, vor mich hinsinnend und wartend, quälte mich oft der Eindruck, als schrien lauter gehetzte Menschen im Tunnel, ganze verstümmelte Herden. Blickte ich auf, so fand ich neben der Wagentür Ihr stoisch lächelndes Schild: Rettungsamt, behördlich festgesetzte Preise. Seitdem sitzt eine Stimme in mir, die ausruft: jetzt fehlt nur noch der behördlich festgesetzte Unfall. Also, können Sie das?«

Da der junge Mann auch weiterhin verstockt blieb und in seinem Schweigen verharrte, sagte Brecher plötzlich mit größter Ehrerbietung:

»Herr Rettungsbeamter.«

Die Situation wurde bedenklich. Erstens verging die Zeit, und zweitens häufte sich ein Querstand zum anderen. Man hätte jetzt mit Revolvern ins Blaue schießen müssen. Da war dem Herrn Rettungsbeamten ein Einfall gekommen. Er hatte sich wieder erhoben, weniger ruckhaft als vorhin, und nun sagte er möglichst zuvorkommend:

»Ich werde telefonieren. Dann haben wir das Gewünschte.«

Als Brecher zögerte, fügte er schnell hinzu:

»In einer Sekunde.«

»In einer Sekunde?« wiederholte Brecher. »Dann gut. Das ist das mindeste, was ich verlange. In einer Sekunde also!«

Doch Brecher hatte sich's überlegt und griff nun nochmals störend dazwischen, um zu erfahren, wie lang hier wohl die Sekunden dauerten.

»Wir sind sofort da, wenn der Unfall gemeldet ist. Umgehend.«

»Ich danke. Aber sagen Sie, noch eine Frage. Wäre es nicht weit praktischer, da zu sein, bevor der Unfall überhaupt eintritt?«

Hier hatte der Beamte den Hörer bereits in Händen, was Brecher willig geschehen ließ. Er war zu erschöpft, auch war ihm der ungeheure Mißstand aufgegangen, daß er sich in einer Rettungsstation befand, deren Beamter es darauf angelegt hatte, sich schleunigst selber zu retten.

»Mich sollen Sie retten, Sie Wirrkopf!« rief Brecher, während er unter Hohngelächter den Raum verließ. Die Straßen zogen ihn dahin. Es war eine Saugwirkung mächtig; und bald hatte er, erhoben und tief entschädigt, die Tauentzienstraße erreicht.

III

Ein Gespenst geht um in Europa, es sieht keinen Ausweg. Es rennt umher und schlitzt den Damen die Röcke auf, der Lüftung zuliebe. Aber dann fällt es wieder zurück in gigantische Melancholie. Nirgends mehr beheimatet außer in der Welt der Fiktionen und Ideen, nichts mehr besitzend außer dem Hohn jener Instinkte, die nach Genüssen verlangen, nach vorenthaltenen, durch kein Denken zu ersetzenden Genüssen, ein Hahnrei des Bewußtseins, rennt es in die Arme einer ahnungslosen, verstörten Jungfer. Vor einem Modehaus fand die Bescherung statt.

Es mag Theoretiker geben, die der Ansicht sind, man könne ein Unglück nobler ertragen, auch könne man sich für Hilfsbereitschaft besser bedanken. Vielleicht haben diese Herrn auch Beweise in der Hand? Dann, heil ihnen! Es wird schon staatliche Stellen geben, von denen sie sich für ihre Weisheiten bezahlen lassen. Aber trotzdem, was wären sie gegen Gudula Öften? Sie wußte sofort, was hier zu tun war, und sie tat ihr möglichstes, diese hilflose Person von Max Brecher wieder zu einem Menschen zu machen. Nach kurzer Verständigung war sie mit ihm in die Nürnberger Straße eingebogen, zur Straßenbahn 56, während Brechers Unverdaulichkeiten sich noch nachwirkend erbrachen.

»Kommen Sie, Brecher!«

Gudula Öften zierte sich nicht, obwohl ihr grauste. Sie faßte den Kollegen von einst, das Gespenst, am Arm und ermahnte ihn:

»Kommen Sie! Kommen Sie!«

Es war ein toller Aufzug, eine Dame neben einem Vagabunden einherhinken zu sehen, neben ihm, der sich mit Selbstgesprächen betrank.

»Damen, diese Damen – vorübergehen wie ein Gestirn, mit der Kälte und Fernsicht einer astronomischen Erscheinung, an welcher der erste beste Irrläufer sich die Augen verbrennt … an einer Kälte, die brennt. Wie lang noch soll ich mir das gefallen lassen? Bei den Premieren stehen ihre Autos in endlosen Reihen; so bekunden sie ihre Verzweiflung!«

»Kommen Sie, Brecher! Die Leute drehen sich ja um.«

»Umdrehen soll sich der Abschaum, umgedreht soll er werden, weil einer gekommen ist, der ihnen sagt: ihr habt euer Leben verloren und merkt es nicht!«

»Herr Brecher«, mahnte Gudula Öften, und sie bat mit den Augen. Allein der Energie ihrer Geduld gelang es, ihn an sich zu fesseln, so daß er freiwillig mitging. Sie beugte sich näher; sie vertraute ihrer Fraulichkeit.

»Wollen Sie mich kompromittieren? Liegt Ihnen so viel daran?« fragte sie leise.

»Vor Toten gibt es nichts zu kompromittieren«, erwiderte er zwar, doch Gudula Öften entging nicht, daß etwas in ihm geweckt war.

»Wir trinken einen Tee zu Hause«, nickte sie.

Der bleierne Glanz der Nürnberger Straße lag ihnen zu Füßen; sie liefen noch immer. Entgegen Gudula Öftens Absicht, an einer Haltestelle die Bahn zu erwarten, die sie auf schnellstem Weg ins Friedenauer Atelier hätte bringen können, lief Brechers Gangwerk unwiderruflich. Seine Rastlosigkeit war noch nicht verebbt. Parallel liefen die Schienen, die Stukkatur der Häuser verjüngte sich grotesk, Hausnummer folgte auf Hausnummer, und die Menschen kannten sich nicht, sie waren einander gleichgültig. Wer den beiden Gestalten nachsah, der hätte sich in Betrachtungen über den Eigensinn ihres Ganges ergehen können. Normal ging keiner. Was der männliche Partner zu schwanken und leicht zu torkeln hatte, das hinkte der weibliche auf und nieder. Sie beide, als Einheit begriffen, hätten das menschliche Sinnbild einer in Gang befindlichen Maschine abgeben können, deren Bewegungen ineinandergriffen, trotz radikaler Verschiedenheit. Was dem einen sein Hin und Her, war dem anderen sein Auf und Nieder. Es war lediglich eine Frage der Dauer, daß sie diese Merkwürdigkeit selber begriffen.

Der Versuch eines Lächelns huschte über Gudula Öftens Miene, ehe sie fragte:

»Bin ich nicht auch eine Dame?«

»Die Dame und ihr Chauffeur«, sagte Brecher statt dessen. »Die Dame und ihr Kavalier, die Dame und ihr Pinscher, die Dame und die Freundin der Dame – immer ist es ein Mangel an Selbständigkeit, was diese Sorte auszeichnet. Immer muß ein Anhängsel her, eine Folie.«

Gudula Öften konnte ein stärkeres Lächeln nicht umgehen bei dem Gedanken an die Dame und den Vagabunden Max Brecher. Ihr Taktgefühl verhalf ihr indessen zu einer anderen Wendung.

»Sie nennen es Mangel an Selbständigkeit. Warum nicht Geselligkeit? Was sagen Sie dazu? Übrigens, ehe ich's vergesse. Ich soll Sie grüßen – von einer Dame.«

»Kann mir's denken.«

»Mucki«, beteuerte Gudula Öften behutsam.

Sie träufelte Medizin ein. Sie dachte unentwegt nach, um günstige Momente zu erhaschen; denn wenn ihr nur erst gelingen würde, ihn privat zu interessieren, so wäre das Schlimmste sicherlich schon überstanden. Es war nicht gerade wohnlich in den Fragmenten seiner Systeme.

»Allerdings«, sagte Brecher plötzlich, »was mich betrifft, so bin ich in die Hände einer einzelstehenden Dame geraten. Einzelstehend.«

»Warum so ironisch?«

»Möbliert«, sagte Brecher. Aber Gudula Öften fügte hinzu: »Mit Separateingang.«

»Sehen Sie«, grinste Brecher. »Etwas muß eine Dame doch haben. Separateingang also.«

»Was blicken Sie mich so an?«

»Nur so.«

Er wiederholte den furchtbaren Weg dieses Tages und der letzten Zeit, und er konnte sich beim Blick auf Gudula Öften, seine geliebte Widersacherin, nicht eines erleichternden Seufzers erwehren. Vom Schlitz zum Separateingang, derart im Kreis wurde er geführt. Aber es war doch gut, neben einem Menschen zu laufen, der mehr war als eine Funktion für die Verkehrssignale, mehr als ein zahlender Fahrgast. Er hätte bedenken sollen, daß sie hinkte, so aber schritt er kräftiger aus, als wollte er sich an diesem Abend wieder gesundlaufen. Eine Bahn nach der anderen überholte sie; es konnte spät werden auf diese Weise.

Strecken kamen, wo sie schweigsam nebeneinander herliefen und wo die Laternen in der stillen Art von Bedienten beiseite standen. Das Leben rings ging seinen Gang. Kinos warfen ihre Lockungen aus, und Taxis, flink und nuttig, rollten vorüber. Toldis Aufsatz über das Hurentum der Autodroschken war leider immer noch nicht gedruckt. So gern auch Gudula Öften innegehalten hätte, Brecher lief. Nein, ein Kavalier war er nicht. Gudula Öften warf wenigstens ab und zu einen verstohlenen Blick hinüber, durch den sie jedesmal aufgeschreckt wurde vor soviel Elend, und sie beruhigte sich erst, nachdem ihr gelungen war, in ihm einen großen dummen Jungen zu sehen, der sich verlaufen hat.

»Was blicken Sie mich so an?« hatte sie gefragt. Ihm aber war nichts zu Bewußtsein gekommen; denn er hatte geantwortet: »Nur so.« Er sah nicht den Ausdruck ihres Gesichtes, das die Reife des ersten Alterns durchkostete, nicht das Mürbe des Teints, nicht ihren keineswegs kühl herablassenden Blick, ihre geschmackvolle Kleidung. Irgendein Stück an ihr, und dafür hatte sie zeitlebens gesorgt, war immer auffallend schön gewesen, sei's eine Herrenkrawatte, sei's ein Halbschuh oder eine Nadel. An solchen Kostbarkeiten stärkte sie ihre Selbsteinschätzung. Sie hatte es nötig wie Essen und Trinken. Daß dieser Mensch keinen einzigen Blick darauf verschwendete, tat ihr ein wenig leid. Vielleicht später, dachte sie.

Die Kaiserallee war endlos und Brechers Schweigsamkeit gleichfalls. Zwar hatten sich seine Anfälle gelegt, aber sie waren einer sturen Niedergeschlagenheit gewichen, einem solchen Mangel an Teilnahme, solch einer Lässigkeit, als wäre er schwachsinnig. Gewiß, es war die längst fällige Reaktion, dennoch hegte Gudula Öften Besorgnisse. Womöglich ging er ihr noch durch die Lappen?

»Was ist? Warum reden Sie nicht?« unterbrach sie das Schweigen. Sie erhielt einen kurzen, durch die Nase gestoßenen Seufzer zur Antwort. Dann aber ermannte er sich, der große dumme Junge, und sagte:

»Es wundert mich, woher Sie die Kraft genommen haben, mich aufzulesen.«

»Aufzulesen, Herr Brecher! Ich habe Sie doch nicht aufgelesen.«

»Weiß man's?«

»Ich habe Sie getroffen.«

Er blickte sie an.

»Getroffen. Aber nicht auf Verabredung, Gnädigste.«

»Ich glaube nicht mehr an Zufälle.«

»Jetzt erkenne ich Gudula Öften. So war sie immer.«

»Nicht immer.«

»Mag sein. Aber da gehen Sie nun mit mir nach Hause und glauben nicht mehr an Zufälle. Nicht nur mir also wollen Sie helfen, auch den Zufall wollen Sie in eine etwas gehobenere Stellung versetzen. Ja, jetzt erkenn ich Sie.«

»Diesem Glauben verdanke ich meine Kraft, Herr Brecher.«

»Kraft – naja.«

Sie schwiegen. Ein Schatten von Schwäche umgab sie, bis Gudula Öften lächelnd sagte:

»Einigen wir uns!«

Sie streckte ihm die Hand entgegen, und er ergriff sie.

»Je länger man in der Praxis herumschwimmt, um so fatalistischer wird man«, sagte sie. »Was tut man, wenn der Autobus besetzt ist? Auf den nächsten warten. Zu drängeln hat keinen Zweck; es gibt nur Zank und Beschwerden. Und sich die Kleider vom Leib reißen lassen, ich danke.«

»Das beste ist eben, man hat seinen Privatautobus«, entgegnete Brecher. Dann blickte er Gudula Öften an, erstmals so, wie eine Dame gern angeblickt werden möchte.

»Im Ernst«, fuhr sie fort. Sie glaube nicht mal, daß das mit dem Privatautobus das beste sei. Man sei dann zu wenig unter Menschen, man sei isoliert; man kutschiere zu sehr auf eigene Faust. Man sehe das an der Unkenntnis und Lebensunfähigkeit der Direktoren und derer, die es werden wollen. Es fiel der Name Doktor Geist, ohne daß Brecher eine Miene verzog. Gudula Öften prüfte ihn von der Seite. Sie hätte gern gewußt, ob er reif sei für eine kleine Attacke. Dann wagte sie es.

»Ich glaube auch, ich wüßte ein Mittel, Ihre speziellen Mondgesichter und damenhaften Leichen aufzuwecken, Brecher. Es würde nicht unwirksam sein. Es hat schon Wunder getan.«

Jetzt sei sie also beim Wunder angelangt, dachte er.

Sie hatte sein Lächeln bemerkt; im letzten Moment jedoch zögerte sie. Den langen beschwerlichen Weg, diese Pflastertreterei entlang, hat ihr Auge auf ihm geruht, und bei aller Zuversicht und Energie, eine leise Unsicherheit war geblieben. Er war zu unberechenbar, dieser Mensch. Er hing noch am Schatten einer längst verflogenen Furcht. Wann fiel er wieder in Raserei?

»Noch eine Querstraße«, sagte sie. »Dann ist es geschafft.«

Sie verlangsamten den Schritt, nachdem sie die ersten gewundenen Straßen Friedenaus erreicht hatten. Eine Scheu befiel sie. Es war, als bangten sie um die Erhaltung eines freundlichen Ziels, eines glimpflichen Ausgangs. Unter einer der großen Kastanien, schräg vom Schein einer Lampe erhellt, blieben sie stehen, einem verspäteten Liebespaar ähnlich. Es gab hier welche, ehrbare Tischler und Schlosser, die als Witmänner nochmals die verliebte Leier begannen, unbeholfen und tapsig. Es war kein großer Unterschied zwischen diesen und jenen. Auch Brecher und Öften waren viel zu erwachsen, um ihre wahren Gefühle zu offenbaren; sie hüteten sich, sie versteiften sich lieber auf Ansichten und Meinungen.

»Darf ich mich jetzt verabschieden?« fragte er.

»Warum denn?«

»Ich bereite Ihnen nur Ungelegenheiten.«

»Insofern, als Sie mir eine Einladung abschlügen, Brecher. Ich lade Sie ein.«

»Sie laden mich ein«, wiederholte er sinnend.

»Gewiß – zu einer Tasse Tee.«

»Eine Tasse Tee«, wiederholte er. Dann sagte er etwas, das leider unverständlich blieb. Rettungsamt Nummer zwei mochte es gelautet haben.

Gudula Öften hatte ihn nicht verstanden, nur soviel begriff sie, daß ein ungeheurer, vielleicht letztwilliger Aufruhr in ihm erwacht war. Wie hatte sie auch annehmen können, ihn beruhigt zu haben! Wie konnte sie nur so töricht sein! Einem Gespenst begegnen, und es zum Tee einladen? Es war der Selbstmord. Auch schoß es ihr durch den Kopf, sie wäre ihm vielleicht nicht sympathisch; er wolle sich nicht von ihr einladen lassen. Sie, gegen die er im Büro leidenschaftlich polemisiert hatte, erinnerte sich nun eines Augenblicks, wo sie von seiner Hand einige Worte Stendhals, aufs Löschblatt geschrieben, im Vorbeigehen gelesen hatte, Worte der Selbstkritik, die lauteten: »Wie kann man nur die Menschen, dieses schmutzige Machwerk, so hoch einschätzen, daß man Opposition treibt?«

Ein Verfechter der Nichtswürdigkeit, hatte er es trotzdem immer mit Aristokraten zu tun gehabt, mit solchen, die tot waren. Diese Toten aufzuwecken gelang ihm. Diese Toten, Männer von Geist, Verführer und schon deshalb eine Gefahr, weil sie das Leben hinter sich hatten … Gudula Öften spürte plötzlich heftige Eifersucht gegen sie. Am liebsten hätte sie in Verkennung von Brechers Aufruhr die Laterne zu Häupten ausgelöscht. Ihm aber stand mit einemmal, groß wie die Nacht, seine Rettungslosigkeit vor Augen. Es erschien ihm grotesk, daß gerade sie es hatte sein müssen, der er seine Rettung verdankte, zumindest seine Bergung. Etwas in ihm wehrte sich dagegen; die Posten schienen zu ungleich verteilt. Statt diesem Zufall zu danken, haderte er mit seinem Geschick. War er nicht ebenso unverbesserlich wie sie, die ihn einlud?

»Wir hatten uns geeinigt«, sagte Gudula Öften.

»Scherzhaft.«

»Dann tun Sie es mir zuliebe.«

»Gut.«

Noch unter der Tür, als sie den Schlüssel suchte und aufschloß, schien sich Gudula Öften zu fragen: Was nun? Sie zitterte. War es ein Wahnwitz? Die Treppe hinauf muß sie ihn fortwährend vor sich selber entschuldigen. Eine Verwirrung, denkt sie, eine Niedergeschlagenheit, die vorübergeht. Aber es war ihr dunkel bewußt, daß sie alles würde einsetzen müssen.

Welch ein Versteckspiel, daß inmitten dieser Welt, die schläft oder ihren Geschäften nachgeht, alles Große unerkannt heranwächst, welch eine grausam ungerechte Ironie! Wie manchem wäre zu helfen gewesen, hätte die Welt von ihm gewußt. Aber auch Ideen pflegen leise zu kommen, auch ihre Schauer sind zunächst einsam und rein privat. Vor zwei Takten einer genialen Melodie, vor dem ersten Schritt eines genialen Entschlusses versinkt oft die Welt, aber der Künstler stirbt an einem Stecknadelstich. Bizarr ging es zu, kraus und kurios; plötzlich aber ist der große Atem zu spüren.

Vielleicht bringt er mich um? dachte Gudula Öften, als sie oben angelangt waren.

Es war Herrn Brecher nicht unbekannt, dieses Rettungsamt Nummer zwei, einst der Schauplatz einer Italienischen Nacht, einer Privathandlung der Öften, die es nicht hatte lassen können, sich um die Angelegenheiten der Menschen zu kümmern. Damals hatte sie alle Kollegen befreien wollen durch einen Festakt. Nun, das Ergebnis war ja bekannt. Hückstedts Schatten ging um. Wer aber war nun an der Reihe? Wer sollte nun hingeopfert werden, eine Parodie auf jede gute Absicht?

Während Gudula Öften Licht anknipste und dann sorgsam die Tür hinter sich schloß, trat Max Brecher ins Atelier; und da sie sich beeilte, Tee aufzusetzen, wanderten seine Blicke umher. Er hatte ihr behilflich sein wollen, aber sie hatte gedankt. Manchmal hatten sie beide den Mut, sich ins Auge zu sehen, die Blicke zu kreuzen und Kollegen zu sein. Dann war Gudula Öften wieder praktisch.

Das Tagebuch der Gudula Öften

I

Es war ein romantischer Spleen, daß Fräulein Öften hier wohnte; man weiß es. Aber manche berufstätige Dame von ausgeprägter Selbständigkeit, einzelstehend gleich ihr, tut es mit Vorliebe. Sie verkleidet die Wände, sie legt von den Raubtieren das Fell zu Füßen eines Diwans und richtet den Teetisch für ihre Freundinnen. Wenn sie es wagt, einen Kerl von der Straße aufzulesen, so weiß sie hoffentlich, was sie sich leistet. Es könnte ein Luxus sein. Es könnte unter Umständen kostspielig werden. Da ging neulich ... Aber ich finde, das gehört nicht hierher. Wieso? Da ging neulich ein Sturm der Entrüstung durch die Blätter der Uvag, als bekanntgeworden war, und natürlich zu spät, daß ein Maler in seinem Atelier sich ein Raubtier hielt, einen Leoparden. Er liebte das Vieh, er hatte es aufgezogen, und der Tierschutzverein hatte ihm bescheinigt, wie ungefährlich es sei. »Gutmütig ist es«, erklärte der Maler. Finden Sie nicht, daß es hierhergehört? Nun gut, zahm oder nicht, schließlich kann mit einem Leoparden nicht Tee getrunken werden, und kleine Kinder zumal hält man am besten von ihm fern. Die Beachtung dieser primitiven Schutzmaßnahme hatte man leider versäumt, und als eines Tages eine Bekannte mit ihrem Kind zu Besuch kam, wurde der Leopard, angestachelt vom Säuglingsgeruch, wild, es brannte in seinen Flanken, bis er sich frei machte aus seinem lose bewachten Käfig und sich mit einem einzigen Satz auf den rosigen Säugling stürzte und ihn zerfetzte. Ein Häufchen junges Fleisch, ein Häufchen Mutterglück! In machtvollen Sätzen hatte er den Raum durchquert, Geschrei verbreitend und nichts als Angst. Nun aber war er wieder beruhigt, wieder gutmütig und friedsam. Er beleckte das Blut seiner Pranken in Erwartung der Polizei, die ihn erschoß.

In der Nacht, da Brecher sich hatte retten lassen, er, der einst Mucki gedankt hatte für den Ausspruch: »Lieber einen jungen

Hund als einen Säugling«, in dieser Nacht hatte gleichfalls Menagerieluft geherrscht. Er hatte am Teetisch gesessen; Gudula Öften hatte sich um ihn bemüht. Obwohl beider Zustand zu wünschen übrigließ, war ihnen aus Reserven, die unheimlich sind, eine neue Spannkraft erwachsen, seltsam genug bei der Höhe des Raumes, der Stille hier oben. So hatten sie lange gesessen, sprachlos vor dem Schauspiel des Zuckers in Gudula Öftens Teelöffel.

Wie die bräunlich dampfende Flüssigkeit, über den Löffel hereinsickernd, an dem Stückchen Zucker zu lecken begann, es langsam verfärbend, es unterminierend, wie dann Körnchen auf Körnchen in Mitleidenschaft gezogen wurde und eine gierig fortschreitende Grenze entstand, hier weiß noch, hier braun, bis das ganze Gebilde innerlich überspannt, einen Riß gebar – das verfolgten sie lange. Erdbeben, die eine Landschaft heimsuchen. Ideen, die sich aus dem Hergebrachten absondern, Meinungsverschiedenheiten im Zentrum einer Freundschaft, erzeugen sie nicht dieselben Risse?

Sie hatten noch immer kein Wort gewechselt, auch nicht, nachdem sich Brecher auf dem Diwan hingestreckt hatte. Arbeitslos, lahmgelegt in der Arbeitskraft, arbeitete sein Gehirn um so unentwegter, es stand unter Hochdruck. Es mußte alles ersetzen. Jede Bewegung seiner Kollegin, wie sie aufstand, abräumte und wiederkam, stand unter der Aufsicht seiner Blicke. Manchmal fing er den ihrigen ab, dann zuckte etwas Unausgesprochenes, körperlich spürbar. Trafen sich ihre Blicke wieder, so stand etwas Prüfendes auf. Es war, als machten sich gewisse Empfindungen frei durch einen Riß. Mit zunehmender Nacht fuhr draußen der Wind vorüber, großartig ausladend hier oben, es klapperte irgendeine rostige Angel; denn nebenan befanden sich Bodenverschläge und düstere Gänge. Alles war möglich hier oben.

Wie spät es geworden sein mochte, das zu ergründen, hütete sich Gudula Öften. Sie verließ sich auf ihr Gefühl, nicht zuletzt auch, um nicht durch einen Blick auf die Uhr ein Mißtrauen in Brecher wachzurufen. Bleib du! Siehst du nicht, wie es steht?

Nein, alles hatte sie teilen wollen mit ihm. Und sie hätte es getan, sie hätte es wirklich getan, wären in dieser Nacht nicht Beschlüsse gefaßt worden, so weittragend, daß sie eingriffen ins Privatleben aller. Er war nicht nur auf der Tauentzienstraße umhergeirrt, seinen Gelüsten zu frönen; er hatte auch Tage und Nächte in anderen Gegenden zugebracht, in Kellern, in politischen Zellen, und er hatte die Verbindung mit den Vorgängen in der Uvag nie ganz verloren.

In einer Büroschublade hatte einst Gudula Öftens Tagebuch gelegen, und Brecher und Doktor Geist – man entsinnt sich vielleicht – hatten sich daran ergötzt, sie hatten, wie sie sagten, einen operativen Eingriff vorgenommen und dabei allerlei entdeckt. Brecher mußte lächeln, als er es hier nun wiedersah, still drüben auf einem Tischchen. Er hatte es lange bewundert, nicht ohne unklare Nebenempfindungen. Gesetzt selbst, es hätte nichts dringestanden, die Wirkung wäre die gleiche gewesen. Gudula Öften jedoch, den Gegenstand seiner Langmut verkennend, gequält zudem vom Druck dieser Schweigsamkeit, hatte gefürchtet, er plane etwas, er suche nach einem Anlaß. Konnte man's wissen? Nach einer Weile indessen war beider Teilnahme plötzlich erloschen. Brecher war wieder in eine Art dumpfig geblendeten Stumpfsinn verfallen, seine Flanken schienen reglos, sein ganzer Körper ein Leichnam zu sein, worin wie in Höhlen zwei Augen umherirrten, scheinbar vergessen, aber noch immer lebendig. Sie wanderten unaufhörlich.

Gudula Öften versuchte später, diese Nacht in ihrem Tagebuch festzuhalten wie das Kommende auch, aber es zeigte sich, daß auch sie bei all ihren Vorzügen kleiner zu werden drohte an den Ereignissen. Kleiner war sie daran geworden! Und wie oft hatte sie im Büro darüber diskutiert, wie leidenschaftlich sich ihm entgegengestellt mit dem Hinweis, daß der Mensch an der Gewalt seines Schicksals wachse, daß er, wie sie es genannt, über sich hinausgelange. Mit aller Schärfe hatte er's abgelehnt! Es sei das individualistisch, hatte er gerufen; denn vor Ereignissen verwandle sich der Mensch in Kreatur, er werde nichts, um überhaupt etwas sein zu können. Darin liege das Verdienst politischer Massen.

»Er hatte so unbeholfene Hände«, schrieb Gudula Öften später. »Er konnte die Tasse kaum halten. Ich sah, daß er an den Nägeln zu beißen pflegte, obwohl er es hier unterließ. Taubstumm hätten wir sein können, beide im Glauben verstümmelt. Dann lag er auf dem Diwan wie einer, der stirbt, oder wie einer, der fühlt, daß seine Stunde gekommen sei. Aber was für eine! Heute weiß ich, wohin er lauschte. Ich begann, mir Angst einzureden, ich suchte mich zu vergewissern, als ich plötzlich über ein Autosignal erschrak. Das brachte die Sache ins Rollen.«

Ja, so war es gewesen.

»Sie fürchten sich wohl?« hatte Brecher herübergefragt.

Seine Stimme hatte fremdartig geklungen hier oben, beinahe wohllautend. Aber in diesem Wohllaut schwelte etwas. Die Tischlampe, einen beschränkten Lichtkegel um sich, flößte unbegreiflicherweise Vertrauen ein, auch zu jenen Dingen, die in der Dunkelheit lagen, undurchdringlich und schwer. Er hatte die Augen geschlossen, als er sagte:

»Kommen Sie doch herüber.«

»Ich folgte ihm ohne Zögern«, schrieb Gudula Öften später. »Mich beherrschte eine Gewalt. Hätte ich die Hände gefaltet, ich hätte sie nicht mehr auseinandergebracht. Daß ich willig gefolgt wäre, kann ich nicht sagen. Aber was hätte ich tun sollen? Mich wehren? Aber wogegen? Ich hätte mich gegen meinen eigenen Wunsch gewehrt. Übrigens hatte Brecher die Arme unterm Nacken verschränkt und die großen, hell bewimperten Augenlider fast ganz geschlossen.«

Es ist doch merkwürdig, wie genau sie beobachtet hatte trotz aller Unruhe, merkwürdig hinwiederum nicht, bedenkt man, daß die Bangnis alles vergrößert.

»Kommen Sie näher«, hatte Brecher aus der Dunkelheit herüber gesagt. »Erzählen Sie etwas.«

»Ich erzählte sofort«, schrieb Gudula Öften später. »Ich erzählte mit leiser fliegender Stimme, daß ich schreckhaft geworden sei in letzter Zeit; vor allem Autos hätten mir's angetan, stillstehende insbesondere. Sie seien direkt meine Spezialgespenster. Stillstehende Autos verschweigen zuviel wie Patienten im Warte-

zimmer. Das sagte ich ihm. Wozu diese vier Räder, wenn sie stillstehen, muß ich dann denken. Und Sie? Aber Brecher schwieg.
Seine Gedanken, kaum Gestalt geworden, trieben anscheinend in
anderer Richtung. Bei Ihnen ist es sicher ganz anders, sagte ich
nun. Daß ich mir alle Antworten selber gab, daß ich fragte, um
meinen Antworten im vorhinein einen Gefallen zu tun, merkte
ich gar nicht, während wir dalagen.«

Ja, so war es; so kann es gewesen sein. Im Flüsterton, in einer
hohlen Selbstaufgabe hatte Gudula Öften ihre Erzählungen
hingleiten lassen, doch ohne Anzeichen von Zustimmung oder
Ablehnung. Oft war ihr, sie rede in ein menschliches Sieb. War
ihm der Klang ihrer Stimme überhaupt angenehm gewesen?
Niemand fragte danach. Im Schutz der rings wärmenden Helligkeit, hier neben der Lampe, in einem Zwischenbereich, hätte
jegliche Frauenstimme an Zauber gewonnen. Früher, da habe er
einmal gesagt, es stäke viel Finsternis auch in der klarsten
Rechnung. Nachdem sie ihn daran erinnert hatte, war ein eigentümlich rassiger Mut in Gudula Öften erwacht, der ihr gestattete, sich näher an Brecher zu schmiegen, seiner Körperlich-
keit anvertraut. Während sich ihre Schenkel berührten, hatte
Gudula Öften zur Finsternis der Decke hinauf bemerkt:

»Mir scheint, Sie haben zuviel von den Menschen erwartet –
Ihr ganzes Leben hindurch.«

»Sie nicht?«

Nach einer Pause, die hinabgereicht hätte bis in den Keller,
hatte Brecher geäußert:

»Löschen Sie doch die Lampe.«

»Ich tat es«, schrieb Gudula Öften später. »Ich tat es, über ihn
hinweg. Halb geblendet, wie ich war, glaubte ich mich von der
Dunkelheit begraben, zugeschüttet von Finsternis, bis oben an
der Decke ein Gitter erschien, das Muster des Fensters, in welchem der reine Mond stand. Es war ein kaltes, geborgtes, aber
ätherisches Licht, das wanderte. So langsam wie Gras wächst,
mußte ich denken. Wir lagen nebeneinander. Parallel zu unseren
Körpern liefen die Projektionen all dessen, was uns bewegte. Wie
viele Menschen schliefen jetzt wohl? Ich dachte daran. Eine Un-

zahl Berliner Straßen zog durch mein Gedächtnis, Bruchstücke aus allen Vierteln, und währenddem fror ich, obwohl meine Wange ganz heiß war.«

An dieser Stelle des Tagebuches wechselt plötzlich die Haltung der Schrift, und es ist kein Geheimnis, warum. Denn Brecher hatte sich geregt. Im Bestreben, noch näher zu rücken, hatte er eine Hand hinterm Nacken hervorgeholt und sie auf Gudula Öftens Leib gelegt. Es war, als hätte er ein Stück animalischer Wärme dort hinverpflanzt.

»Ich glaubte heftig zu träumen«, schrieb Gudula Öften später, und ihre Schrift zeigte jene veränderten Spuren, »Träume der Machtlosigkeit. Mein Atem ging schwer, und dann spürte ich Brechers Hand in Richtung der Gurgel, bis er sagte, ihm bereite das Anfahren eines Autos den größten Genuß. Wenn eine Maschine anspringt, fühle er in sich einen gleichartigen Nervenprozeß. Dieses Hinaufschrauben der Touren, dieses Präludieren und Abschütteln der Schlaftrunkenheit, diese immer rascher anwachsende Folge von Zerstörungen, die unversehens, von Raserei überwältigt, ins Spielen gerieten und elegant Geschwindigkeit hinzauberten – das sei auch sein Element. Es steige ihm etwas dabei an die Gurgel. So hier.«

Nach diesen Eröffnungen hatte Gudula Öften seine Hand an der Gurgel gespürt, nicht anders als ein Gefangener das Einschnappen der Handschellen am Gelenk. Er hatte die Hand langsam heraufbewegt, sie war gekrochen gekommen, und droben hatten sich Daumen und übrige Finger geöffnet, bis sie die Gurgel umklammerten.

»Würden Sie schreien?« hatte er gefragt.

»Nie.«

»Sie geben sich mir in die Hand?«

»Ganz.«

»Die Hand an der Gurgel«, schrieb Gudula Öften später, »führte er aus, wie ihm diese Zerreißprobe, die Gewalt dieser umgesetzten Negationen, Wollust bereite. Die meisten gingen daran vorüber, achtlos. Wir zwei aber nicht! Wir wüßten, wovon die Alltäglichkeit voll ist. Dieses Atemholen dann, diese fanatisierte Hingabe, diese Inbrunst im Spiel! Den Bruchteil einer Sekunde setze das chemische Gemisch innerhalb des mechanischen Teils aus, es besinne sich auf seine Mission, und diese kürzeste aller Pausen, diese Verschlagenheit von Pause, die sei ein auf der Schneide balancierender Witz. Diese Pause entscheide. Als er dies gesagt hatte, spürte ich den Druck von Daumen und Zeigefinger an meiner Gurgel heftiger werden. Es schmerzte, aber ich gab keinen Laut.«

Gudulas Kopf war tief ins Seidenkissen zurückgesunken, das die beiden Schläfen umschloß, während ihr Rumpf leicht hochgebeugt war. Sie hatte Brechers Stimme immer entfernter verschwinden hören, und bei jenem Druck, der den Atem unterband, hatte eine erstickende Hitze um Lebendigkeit gekämpft. Aber sie hatte es dennoch geschehen lassen. Einige Zuckungen folgten, dann spürte sie eine quälend gesteigerte Wollust der Zurückhaltung.

»Ich hätte mich morden lassen«, schrieb Gudula Öften später. »Hätte er's doch getan! Diesen Stillstand des Lebens, diesen Schritt über die Grenze, ich werde es nie vergessen. Ich glaube, so lag ein Mensch früher unter der Guillotine. Diese Pause entscheidet, dachte ich unausgesetzt. Ja, diese Pause entscheidet. Je größer das Nein wurde, wodurch ich ausgelöscht werden sollte, um so hemmungsloser überließ ich mich diesem Ja. Ich kann es nicht anders ausdrücken. Als er die Hand von der Gurgel nahm, weil sich mein Körper reflexartig gewunden hatte, erfuhr ich die erfrischende Kühle der Nacht. War ich dem Leben wiedergeschenkt? Ich sah, wie Brechers Silhouette sich vorbeugte, um Licht anzudrehen.«

Ja, diese Pause hatte freilich entschieden, aber in einer Weise, die alle Wünsche entlarvte und auskehrte. Es mochte um Mitternacht gewesen sein, als in der Dunkelheit des Ateliers wieder jener ruhige Lichtkegel aufgetaucht war. Brecher hatte sich erhoben. Man sah seine mächtige Gestalt zu jenem Tischchen hinübergehen, wo das Tagebuch lag. Noch ehe Gudula Öften sich umgestellt hatte, bat er sie, etwas hineinschreiben zu dürfen, das ihr vieles erklären werde, später, nicht jetzt gleich.

»Darf ich es sehen?« hatte Gudula Öften gefragt, während sie neben ihm stand, im Begriff, ihr zerzaustes Haar zu ordnen.

»Später.«

»Aber Sie wollen doch nicht etwa gehen?«

»Ich muß leider.«

»Sie müssen?«

»Ich muß leider«, hatte er abgewehrt, während sie damit gekämpft hatte zu sagen: ich liebe dich. Es war keine Zeit für Geständnisse gewesen, kaum für Beschwichtigungen. Während Brecher sich fertiggemacht hatte, war Gudula Öften einhergehinkt, um die Schlüssel zu suchen, die sie ihm ganz überließ. Er solle kommen und gehen nach Belieben; auch wenn sie nicht da sei. Aber sie werde da sein. Sie werde warten.

»Trauen Sie sich das zu?«

»Immer.«

»Und Sie schämen sich nicht, das einzugestehen?«

»Vor Ihnen?«

»Und wenn mich die Polizei verfolgt?«

Mit dieser Frage hatte er sich verabschiedet, schnell und geräuschlos. Man hatte ihn kaum die Treppe hinabeilen hören. In einem Zustand, überaus kritisch, der inneren Säfte kaum Herr, wie vergiftet, war Gudula Öften zurückgeblieben. Sie starrte in kalte Einsamkeit, in eine dem Mond nicht fernstehende Vereisung. Die Stille, die eintrat, schien ein Hohlkörper zu sein, der über die Haut gestreift wurde. So hatte sie dagestanden in der Leere des Ateliers; dann erst war ihr eingefallen, ans Tagebuch zu eilen und den Text zu entziffern. Es war ein Text, den sechs Stunden später bei Ausrufung des Generalstreiks die Arbeiter der Uvag sangen, ein Propaganda-Schlager also. Den Kopf ins Diwankissen gewühlt, hörte Gudula Öften hämmern und hämmern:

> Wir werden alle zugrunde gehn,
> Wir werden alle der Uvag geopfert;
> Das ist der große Polyp, der uns frißt,
> Ganz gleich, wer du bist.

Wir werden alle glücklich gemacht,
Wir werden alle die Uvag preisen;
Das ist das große Verhängnis, das schiebt
Jeden, den es liebt.

Wir werden alle gut genug sein,
Wir werden alle die Uvag säubern;
Das ist die große Maschine, die kehrt
Alles aus, was schwärt.

II

Drei Nächte hintereinander, in einer geschlechtlich gereizten
Ohnmacht, Nächte allein, während welcher sie Brecher vergebens ersehnte, war Gudula Öften von folgendem, regelmäßig
wiederkehrendem Traum heimgesucht worden.

Sie träumt, in Berlin sei Aufruhr. Seit Tagen werde von den
Dächern geschossen. In Lichtenberg seien die Straßen verram-
melt, in Neukölln desgleichen, am Wedding, überall. Autos,
kaum angehalten, würden umgestürzt, Passanten, die verwei-
ten, niedergeknallt. Das Rattern der Schreibmaschine gleiche
dem Rattern der Maschinengewehre, es hört nicht auf. Es ist die
ganze vielgliedrige Mechanik darauf aus, mit Menschenleben zu
zahlen. Sie träumt, der Verkehr stehe still, während die Front der
Gebäude in eine schwarze, dick mit Ruß und Giftwolken ver-
braute Höhe ragt, so fratzenhaft in der Gesamtheit, als wären
nicht Menschen die Bewohner, sondern Bakterienkulturen von
Zweibeinern. Überall wimmelt es zwischen vier Wänden.

»Generalstreik!« rufen die Zeitungsjungen, deren einer wie
der andere immer derselbe ist, Rüland.

Unterdessen ist alles rings überfüllt, Polizei rückt an; auch Militär soll im Anmarsch sein. Am Platz der Republik, geht das
Gerücht, stünden bereits Regimenter. Der Siegesengel ist schwanger; er nimmt die Gesichtszüge der Frieske an, der der ganze Leib

aufplatzt, weil Granaten darin explodieren. Alle Theater sind längst geschlossen. »Haben Sie gehört? Haben Sie gehört?« sagt Coty zu jenem Schwerathleten, der auf dem Uvag-Eck eine glühende Weltkugel stemmt. »Haben Sie gehört?« Denn unaufhörlich rast Artillerie durch die Leipziger Straße, und vor jedem Portal, in der Portiersuniform Baumanns, steht Doktor Geist und erklärt:

»Es ist eine Frage der Macht, meine Herren.«

Drei Nächte hintereinander träumt Gudula Öften von Aufruhr. Tatenlos muß sie zusehen, wie in Neukölln eine Mutter vergeblich versucht, ihren Sohn zu finden. Da sie schwerhörig ist und auf das »Halt!« der Polizei nicht stehenbleibt, wird sie niedergeknallt. In der Kösliner Straße, dem Hauptunruheherd, wo Gudula Öften niemals gewesen ist, will ein einsam irrender Junge Patronen sammeln, doch als er drei Stück in der Hand hat, fliegt diese davon, und blutige, sich wurmig windende Fäden hängen heraus. Drüben in Lichtenberg aber tanzen die Einschläge reihenweise an der Wand lang, bis zum Alt-Schilhanek hin, der zum Fenster herausschaut und eine Portion blauer Bohnen nach der anderen verspeist, wohlgefällig lächelnd, doch ohne zu wissen, daß unten im Hauseingang Doktor Geist steht und wiederum erklärt:

»Es ist eine Frage der Macht, meine Herren.«

Wie soll man sich helfen? Von allen Seiten kommen die Dinge und melden sich an; sie streiten sich um ein Vorrecht, denn sie behaupten, sie wären geträumt, und es würde Zeit, sie zu verwirklichen. »Mir zuerst, mir zuerst!« rufen sie aus. Dann treten plötzlich Schornsteine vor und sagen: »Ich war der schönste Augenblick deines Lebens, ich der schwerste – jetzt zahle!« Man hält sich die Ohren, man wehrt sich und kann nicht. Fern jeder Scham und nackt bis an die Gurgel entfaltet man sich in einer wüst offenbarenden, wimmernden Blöße. Nein, nur dies nicht! Nur keine Besinnung! Ein Gelächter über alle Menschlichkeit, ein Gelächter über alle Erkenntnis! Wer ein Gewehr unterm Arm hat, schießt; wer an die Fahne glaubt, fragt nicht, er schießt. Einer bombardiert im Schweiße seines Angesichts immer den

anderen, und endet der Spuk, liegen die Toten haufenweise übereinander – unterschiedslos.

»Es ist eine Frage der Macht, meine Herren«, sagt Doktor
Geist.

An dieser Stelle des Traums, nach dreimaligem Auftreten
Doktor Geists, beginnt das ganze Gebäude der Uvag regelrecht
zu schwanken; es schwankt hin und her, in Bewegungen eines
Betrunkenen, und alle Angestellten rasen erbittert die Treppen
auf und ab, um zu flüchten. Aber sie finden keinen Ausgang.
Perdelwitz, das zarte gepuderte Wesen, trommelt gegen eine Tür
mit der Aufschrift: »Feuersicher«, und mit jedem Schlag verliert
sie an Körpergewicht und Fleisch, zuletzt ganz abgemagert, ein
hautloses Skelett. Ein eisenklirrender Ton erschallt, als werde
von Direktoren mit Eisenträgern gefochten, dann erfolgt ein
Knacken, daraufhin ein Krach, verbunden mit der Resonanz
eines ohrenbetäubend daherrauschenden Orkans, und, mit un-
geheurem Getöse den im Portal stehenden Doktor Geist unter
sich begrabend, hinter einer Staubwolke, bricht die ganze Herrlichkeit zusammen.

Drei Nächte hintereinander träumt Gudula Öften, daß sie mit
Brecher auf jener Stelle der Verwüstung an einem Teetisch sitzt,
während von fernher, vom Horizont, irgend etwas herangeritten
kommt. Sie träumt, wie sie sagt:

»Ganz schön und gut. Aber die wirtschaftlich gebundene Gesellschaft?«

Auf diesen Einwurf lacht Herr Brecher sich tot, er muß sich
den Bauch halten deswegen.

»Ach, die Gesellschaft!« Und dann entwirft er ein Bild von
ihr.

Da sei eine Wüste, wie sie sehe, da sei zunächst nichts. Nur der
Mond gehe nachts im Sand spazieren, und tagsüber liege die
Sonne da, wüst und genußreich. Sie machen sich beide nicht viel
aus den Menschen. Der eine vertreibe sich die Zeit, indem er sich
selbst aufzehre, die andere, indem sie sich selbst verbrenne. Und
während die Tage und Nächte sich gleichen, komme endlich, in
eine Wolke gehüllt, eine bewaffnete Horde geritten. Das seien die

Menschen. Und diese Menschen, höchst zweifelhafte Gestalten, machen ein großes Palaver und kommen überein: das darfst du nicht, und das darfst du nicht. Das sei dann die Gesellschaft.

Gudula Öften träumt, wie Herr Brecher sagt:

»Das kommt durch die Wüste geritten und hei! in die Hände gespuckt! Hier soll eine Stadt her. Was sagen Sie nun? Es kommt eine Stadt hin. Hundert Jahre und mehr bauen sie senkrecht, die Dome können nicht spitz, nicht verziert genug sein; aber da steht nun plötzlich Portier Baumanns Posaune davor, nicht abzuweisen diesmal, und donnert aus tiefstem Baß: Blödsinn, Junge, wozu denn! Schluß mit all diesem Trödel! Gib mal die Kelle! Wir bauen jetzt waagrecht. – Da beginnt nun ein tolles Gewimmel. Käfer laufen irrfüßig übereinander, die Ornamente fallen ab, die Dächer werden abgetragen von sogenannten Dachgesellschaften, und ehe die Sonne ein zweites Mal aufgeht, ist alles waagrecht. Auch die Menschen schwimmen waagrecht durch die blaue Flüssigkeit der Luft.«

Drei Nächte hintereinander träumt Gudula Öften. Dann wirft sie sich herum und hört Gewinsel und Weinen. Es ist ein Weinen, das in ihr sitzt, eine unerlöste Klage, fast eine Klage um eine nicht zustande gebrachte Klage. »Berliner Reichsbahn-Ingenieur ermordet Fünfzehnjährige!« hört sie einen Zeitungsjungen ausrufen, bis der nächste, obwohl immer derselbe, erscheint und schreit, daß es widerhallt: »Generalstreik beendet! Der zusammengebrochene Generalstreik!«

»Sin det streikende Generäle?« fragt Buchhalter Tadewaldt, indem er berlinert, worauf Gudula Öften erwacht, einen schmerzhaften Druck in der Gurgel.

Sie spürt, daß sie im Schlaf geweint hat, daß etwas in ihr geweint hat, etwas fern Losgelöstes; dann greift sie hinüber zu einem Apfel, der nun ständig neben ihr liegt, ein anderer und doch immer derselbe. Beim allererersten Erwachen, als sie ihn zu essen verabsäumt hatte, war ein Zauber von ihm ausgegangen. Seine südliche Reife, die Glätte seiner Vollendung, sein Aroma, das Runde der ganzen Frucht, die wohlschmeckend war und nirgends wurmstichig sein würde, das Vertrauen zu ihr hatte einen berückenden Einfluß ausgeübt. Sie hatte den Apfel in der Hand gehalten, eine Kostbarkeit, und sie hatte im flachen Handteller seine wohlig nackte Kühle verspürt. Seitdem schlief Gudula Öften des Nachts mit einem Apfel zur Seite.

III

Der Generalstreik in der Uvag, angezettelt in den unteren Regionen und dort mit größter propagandistischer Schärfe durchgeführt, mit Pamphleten, die an den Wänden klebten wie ganze Armeekorps von Wanzen, war beendet. Die einen sagen beendet, die anderen zusammengebrochen; es ist eine Ansichtssache. Die Herren Propagandisten sind bei dieser Bewegung zwar kaum gefragt worden, doch steht fest oder zu erwarten, daß Egon, der kommende Mann, wirklich demnächst ankommt. Zumindest seine Stimme soll angekommen sein, sein Geruch gleichfalls, auch diese und jene seiner Methoden. Sitzt denn nicht zum Zeichen dessen ein Nutznießer, der Lehrling Rüland, wieder an seinem Platz? Nur Frieske, die Gesündeste aller, fehlt; man sagt, sie sei krank. Aber sie wird von Perdelwitz vortrefflich ersetzt, mehr als hundertprozentig – ü?

Den Tag, da Gudula Öften früh um die Ecke bog, schien die Uvag neu hergerichtet worden zu sein, sie ragte empor, in voller Größe und Unschuld, ein Hohn auf jede träumerische Befürchtung. Nein, da stand sie. Aller Verkehr bewegte sich wieder, die Schutzleute machten ihre eingespielten Freiübungen auf den Inseln, Maschinen rotierten, und die Berufstätigen liefen aneinander vorbei, ohne Verdacht. Daß dies immer noch stand! Daß dies wieder von vorn begann! In einer Seitenstraße hatte ein älterer abgebauter Arbeiter, über den die tollsten Geschichten gingen, soll er doch für eine Frau einen Meineid geleistet haben, einen fliegenden Obststand eröffnet, als läge ihm viel daran, ohne Rücksicht auf das Geschick seiner Privatexistenz zu manifestieren: ›seht, das ist sie mir wert, meine Schande!‹ An ihm, einem

Gezeichneten, war Gudula Öften ehrfürchtig vorbeigehuscht, um hinterher sehr zu bedauern, daß sie ihm nicht einen Apfel abgekauft hatte.

Ja, es herrschte zwar Ruhe rings bei aller Bewegung, aber es war keine Sorglosigkeit in der Welt; überall standen welche und pochten auf ihre Schande. In Stunden, wo der Arbeitsmarkt ausgegeben wurde, versammelte sich ein Volk in Haufen, lungernd, frivol und ärmlich, aber in einer Weise willig, die den Künsten der Volkswirtschaftler ein arges Zeugnis ausstellte, andernteils derart erpicht auf Genugtuung über jeden Ruin, daß keiner sich glücklich zu fühlen vermochte, dem es vorläufig besser ging. Dieser Schatten wollte nicht weichen…

»Ich saß unter meinen Kollegen«, notierte Gudula Öften später, »eine Patientin in zweifacher Hinsicht. Ich hatte mehr erfahren als sie alle. Die Ereignisse waren mir auf den Leib gerückt, nicht öffentlich allgemein, sondern intim, fast verschwörerisch. Ich spürte sie an der Gurgel. Aber ich verlor doch beinahe die Fassung, als ich durch das Sekretariat Seiferth erfuhr, man habe die Polizei auf Brecher gehetzt – wegen Aufwiegelei. Ich hätte an diesem Vormittag unter irgendeinem Vorwand die Uvag unverzüglich verlassen sollen, befürchtete allerdings, mich dadurch erst recht zu verraten. Mein Wissen marterte mich. Er hatte die Schlüssel, er war an mir vorübergegangen. Wir Frauen, wir… Nein, ich wehre mich, irgend etwas zu verstehen.«

Bei Büroschluß war Gudula Öften mit unbeschreiblicher Hast nach Hause geeilt. Nach flüchtiger Verabschiedung hatte sie eine Taxe gekapert, und vor jedem roten Signal, das eigenwillig dazwischentrat und stoppte, hatte sie die Hände gerungen. Auch hier noch dem Ablauf übergeordneter Weisungen unterworfen zu sein! Aber wer ertrüge das Labyrinth einer Stadt, verfolgte er nicht persönliche Ziele und Interessen? Wer schlüge nicht mit blankem Schädel aufs Pflaster, wer verkümmerte nicht, würde sein Dasein nicht aufrechterhalten durch die zauberhafte Energie der Illusionen? Wer fragt nach deren Berechtigung, solange es Lebensgeister genug gibt, die ihn heraufrufen, diesen Lunapark des Bewußtseins?

Mechanisch dem Straßengesetz folgend, war die Taxe den gewünschten Weg gerollt; sie hatte die Kurve genommen nicht ohne stillen Nachdruck, und sie war stehengeblieben, wo der Verkehr es verlangte. Dem Zeitungsviertel folgte das Bahnhofsviertel, diesem, hinter dem Anhalter Bahnhof, das Hafenviertel; es schob sich ein düster verlebtes Wohnviertel vorbei, plötzlich vom Bülowboulevard durchquert, einer Lichtöffnung, die sofort wieder eingekeilt wurde von Schluchten. Gaststätten, Gemüseläden, Kinos, Geschäfte in Luxus- und Gebrauchsartikeln, Tankstellen und die Praxis der Ärzte, alle wollten verdienen, helfen keiner.

Während Gudula Öften in absoluter Passivität gefahren worden war, so passiv wie eine Patientin zu einer Operation, hatte sie unausgesetzt Konferenzen abgehalten. Eine Vergangenheit hauste in ihr, eine Gegenwart kaum, es sei denn als Schauplatz für jene. Und sie hatte nicht einmal gewünscht, es möchte dies alles, dies allzu rege Innenleben, diese Würmer eines Akkordarbeit leistenden Gedächtnisses, ausgerottet werden; denn die ganze verlängerte Potsdamer Straße entlang hatte sie diesem mysteriösen Prozeß als Zuschauerin beigewohnt, zum Himmel draußen, der in den Abgrund einging, die Glasperlen der Bogenlampen grundierend, und zum Taxometer, der den Preis anzeigte. Bis jetzt waren es drei Mark zwanzig.

»Ich stelle es ohne Scham fest«, notierte Gudula Öften später, »daß ich beim Stand von drei Mark zwanzig, es war am Innsbrucker Platz, meinen ganzen Leib gebrandmarkt fühlte von einer mit unwiderstehlicher Stärke aufziehenden Liebesbegierde. Ich hätte eine Hure sein können. Jawohl. Ich stelle es ohne Scham fest: drei Mark zwanzig.«

Eine Brücke war über sie hinweggeschleudert worden, die Stadtbahnbrücke. Ein Balken, der knapp über den Kopf hinsaust, bewirkt ein unwillkürliches Vorneigen. Das hatte Gudula Öften getan, und als sie sich wieder ins Polster hatte zurücksinken lassen, begann der grausige Betrieb von neuem.

»Und was gedenken Sie zu tun, wenn es auf diese Weise nicht weitergeht?«

»Es wird, mit oder ohne.«

Soso, man wisse jetzt also Bescheid? Schwanger. Also doch. Aber?

Vielleicht Langers Oskar. Wie? Der drehe sie durch den Wolf. Die Leute natürlich!

Immer die Leute. Die sollen's nicht fressen – ausfressen, ja.

Die fressen ja noch ganz andere Sachen.

»Aber Mucki schläft glänzend. Sie kennt keine schlaflosen Nächte.«

»Gewissen? Ein Atavismus.«

Die fünfundzwanzig Minuten dieser Fahrt, waren sie nicht ebenso unausrottbar wirklich gewesen wie das Kommende traumhaft? Je näher die Friedenauer Behausung herangerückt kam, um so stärker war aus dem Fluß einer Bangnis Brechers Stimme emporgetaucht, längst vergangen geglaubte Gespräche wachrüttelnd. Beim Blick aus der Taxe hatte Gudula Öften die Hausfronten stehen sehen wie Seiten aus ihrem Tagebuch, wo geschrieben stand:

»Ich trage nicht die Verantwortung für meine Geburt. Wer verlangt denn, daß ich sie für mein Leben trage?«

»Die Gesellschaft. Sie sind nicht allein. Andere sind auch da, Herr Brecher.«

»Kennen Sie das, wenn ein Nagel abgeht, ein Fußnagel etwa?«

»Dann juckt es.«

»Wie aber, wenn es mich juckte?«

Langgestreckt in die Polster der Taxe, hatte Gudula Öften sich immer wieder jener Stimme anheimgegeben, ihr nicht weniger als der Ortskenntnis vorn des Chauffeurs.

Damals hatte er den Selbstmord als die einzige Leistung des Menschen hingestellt. Vielleicht seien die Gänse imstande, aus der Länge ihres Halses eine Schlinge zu drehen. Vielleicht stäche eine besonders geniale Biene sich selber. Und nun? Abgelehnt! Abgelehnt?

Eine Sache zu Ende denken, das sei nicht das Ende?

Wie, wenn ich wiederkäme vom Ende, wenn ich auf eine Gesellschaft, die mich ausgesetzt hat, Verzicht leistete, auf sie statt auf mich?

Diesen Fragenkomplex, dem Gudula Öften unterlegen war, hatte das plötzliche Anhalten der Taxe in die Luft gehen lassen. Die Welt stand still. Die Odenwaldstraße hatte dagelegen, ein wenig gewunden, ein wenig verträumt, und die Hausnummer hatte gestimmt. Merkwürdig kulissenhaft sah alles aus, und beim Aussteigen hatte Gudula Öften gewissermaßen erst ihre Füße wiederfinden müssen. Eine Zehe schien eingeschlafen gewesen zu sein. War das die Wirklichkeit? Die Taxe zeigte vier Mark.

»Ich zahlte«, schrieb Gudula Öften später, »und wandte mich dem Hausflur zu, der friedlich dalag in abgeblättertem Gelb. Könnten ihn neu streichen, dachte ich, als stünde mir nichts bevor. Aber so ist man! Oben angelangt dann, erkannte ich sogleich, daß jemand dagewesen sein mußte. Es war nichts in Unordnung, war alles an seinem Platz, aber die Möbel hatten einen Glanz, so selbstgefällig und leer. Ich weiß nicht, woran man erkennt, daß ein fremder Mensch Räume betreten hat wie ein Einbrecher. Vielleicht hat er nur den Wasserhahn aufgedreht? Allerdings, ein Messer lag etwas abseits: ich hätte es nie dorthin gelegt.«

So menschenleer sei es gewesen, so beziehungslos, daß sie aus Furcht vor einem Schwächeanfall den Handspiegel geholt und ihre Frisur nach grauen Haaren abgesucht habe. So sei sie dagesessen. Manchmal sei ein graues darunter gewesen, eigentlich mehrere, die habe sie sämtlich gezogen wie Zähne. Der einzelne Schmerz habe ihr Genuß bereitet. Er habe sie wenigstens an ihr Vorhandensein gemahnt. Als sie damit fertig gewesen sei, habe sie überlegt, was tun. Nur irgend etwas! Nur nicht dasitzen und nichts tun! Da sei ihr der Einfall gekommen, sich ganz zu entkleiden, sich vielleicht wieder anzuziehen, kurz, ihre Wäsche und ihre Garderobe durchzuprobieren. Unterdessen sei ihr anwachsend zu Bewußtsein gekommen, daß sie hier warte, daß sie immerzu warte, warte. Da habe sie sich endlich ganz hingelegt und, wie sie gestehe, ihre Hand an den Schenkeln heraufgeführt bis an die Blöße.

Das Ende, es war nicht das Ende gewesen; denn bald darauf hatte sich etwas bewegt, es kehrte zurück, und Brecher stand an der

Tür, schwer Atem holend und heiß. Er hatte es außerordentlich eilig. Er war auf der Flucht, wie es schien. Er machte kein Wesen.

»Gut, daß Sie da sind. Bleiben Sie nur! Die Schlüssel hier.«

Gudula Öften hatte sich dennoch erhoben. Seltsam entspannt, fast mit einer Neigung zu hassen, zu lieben oder zu hassen, jedenfalls ohne Frage, in einer traumhaften Anstrengung
aber, deren leichtes Gelingen wiederum rätselhaft war, hatte sie
die Schlüssel in Empfang genommen, bis sie plötzlich, ganz Lie-
beswut, ganz verengte Lust, Brechers Nacken umklammert hielt
und hineinbiß. Drei Mark zwanzig!

Anderntags fehlte sie im Büro, und Coty, der Lebemann,
sagte:

»Erkältet. Nichts weiter.«

»Vielleicht hat sie gelumpt.«

»Die sieht so aus.«

Nur Buchhalter Tadewaldt bemerkte überflüssigerweise, sie
habe die letzten Tage so komisch ausgesehen.

»Komisch war die doch immer.«

Nein, sagte Buchhalter Tadewaldt, so meine er's nicht. Nach
einem hinuntergeschluckten Verweis, doch gleich zu sagen, wie
er es meine, machte er die Herrschaften mit der in Schkeuditz
üblichen Ansicht bekannt, der zufolge dort »komisch« gleichbedeutend sei mit »nicht geheuer«. Wenn man sich krank fühle,
sage man in Schkeuditz: »Ich weiß nicht, mir ist so komisch.«

Ein Gelächter war die Antwort. Doch hätten zwei neugierige
Herren in einer offenstehenden Schublade ein Tagebuch gefunden, sie hätten sich gegenseitig vor Erstaunen die Nase halten
können angesichts folgender Eintragung:

»Sie zeigen mir nichts als eine Reihe glänzender Niederlagen,
Herr Brecher.«

»Was sind eure Siege gegen meine Niederlagen?«

»Sie haben sich selber ans Kreuz genagelt.«

»Mein Kreuz rutscht mir den Buckel hinunter. Ich kenne kein
Kreuz außer meinem Rückgrat. Das ist gesund.«

»Es ist Ihnen unangenehm, daß ich so spreche. Aber ich habe
längst gelernt, das Lächerliche zu schätzen.«

»Das kann sein. Lächerlichkeit tötet nicht mehr. Trotzdem haben Sie einen Menschen auf dem Gewissen, Gudula Öften.«

»Mehrere, mehrere! Sie sind nicht der erste.«

»Auf dem Gewissen, sag ich.«

»Dann strafen Sie mich. Treiben Sie mir sie aus, die verbrecherischen Instinkte der Nächstenliebe. Bring mich doch um.«

»Jetzt wird es Zeit, daß du dein Testament machst. Jetzt hinken wir beide.«

»Ich liebe dich. Bring mich doch um.«

Hier endet das Tagebuch, dessen folgende Blätter herausgerissen sind

Wenn und Hätte

I

Es kursieren die unmöglichsten Vorstellungen über die Handlungsweise kluger oder bedeutender Menschen, und diese Vorstellungen, wie sie in sämtlichen Biographien, den guten wie den schlechten, anzutreffen sind, leiden an dem Fehler der »rückläufigen Betrachtungsart«. Was diese Methode der rückläufigen Betrachtungsart angeht, so hat sie zur Voraussetzung die Fixierung des Genies als einer von vornherein feststehenden, sich selbst bewußten Tatsache. Ein Genie wird demzufolge in den Windeln geboren, sein erster Schrei ist bereits genial, und seine Notdurft wird insgeheim verklärt durch eine noch keinem erkenntliche, tiefere Bedeutung. All dies, Jugend, Fehltritte, Zweifel, alle Imponderabilien erhalten ihr Licht und ihren Schatten zugeteilt von dem genialen Stern, der in der Zirbeldrüse des Biographen sitzt. Nun, das klingt reichlich naiv, und sonderbar daran ist nur, daß nahezu alle Menschen, die zu Lebzeiten von sich behauptet haben: ich bin ein Genie – in der nächsten Saison bereits als Nieten dastanden. Andernteils wäre es tief bedauerlich, wenn ein bedeutender Mensch über alles Bescheid wüßte, nur nicht über den Grad seiner Begabung.

Daß Herr Doktor Geist aufgerückt ist in die Klasse der bevorzugten Menschen, wer wollte daran zweifeln? Aus nichts hat er sich vorgearbeitet in eine Position, die selten ist in so jungen Jahren; und sollte es trotzdem mißgünstige Krittler geben, die an seinen Fähigkeiten kein gutes Haar lassen, so braucht er sich keineswegs zu verteidigen. Sein Monatsgehalt verteidigt ihn hinlänglich, auch würde ein hochkultiviertes Machtbewußtsein nötigenfalls ersetzen, was ihm an ursprünglichem Talent abgeht. Am besten, meint Doktor Geist, man läßt sich nicht in derartige Diskussionen ein, insonderheit als die Gescheiterten von ihrem Wrack aus Opposition treiben und so tun, als habe eine fremde, unrechte Gewalt sie dorthin verbannt. Nein, sagt Doktor Geist, die eigene Unzulänglichkeit sei's. Er, wenn er heute nochmals am Anfang seiner Laufbahn stünde, ebenso beziehungslos wie sein verflossener Kollege Brecher, und gesetzt selbst, er müßte auf einem Wrack zu arbeiten beginnen, er würde sich ohne Bedenken hinüber aufs Festland arbeiten. Eintagsfliegen gibt es genug, sagt Doktor Geist. Und wahrlich, eine seiner ersten Handlungen mit Boden unter den Füßen würde in der glorreichen Torpedierung des draußenliegenden Wracks bestehen. Er täte das nicht aus persönlichen Gründen, sondern um der Schaffung klarer Verhältnisse willen. Die Gelegenheit beim Schopf packen, das sei eines der Hauptgeheimnisse des Erfolges; aber, wie er gern zugebe, es müsse die rechte Gelegenheit sein, nicht die linke. Kapiert?

Die Meinung im Büro deckt sich allerdings nicht mit dieser von der Obrigkeit selbander beschlagnahmten. Man räuspert sich dort, sobald die Rede auf Doktor Geist kommt, und Coty sagt es ganz offen: »Glück hat er gehabt – hem, hem.« Und daß die dümmsten Bauern die größten Kartoffeln ... und so weiter, das sei ja allgemeines Bildungsgut.

Aber, fährt Coty gewichtig fort, was wäre geschehen, wenn die Bombenaffäre nicht dazwischengekommen wäre? Dann säße vielleicht Doktor Geist heut draußen. Dann hätte ihn Sack, dieser kastrierte Isaaksohn, sachte hinauskomplimentiert, falls des Doktors Ehrgeiz zu heftig in Erscheinung getreten wäre. Ja, dann wäre auch die Verlobung mit Mucki nicht zustande gekommen, da sie sich wohlweislich gehütet hätte, einen Herrn von untergeordneter Position zu angeln. Sie sei nämlich auch nicht für Wracks begeistert. In dieser Hinsicht paßten die beiden vortrefflich zusammen. Dann wäre alles ganz anders geworden, meint Coty, überhaupt ganz anders. Und er fragt im Büro umher, wie es geworden wäre, wenn –.

»Genauso.«

Es war die Stimme Rülands, der andächtig neben seinem Papierkorb saß.

»Genauso? Inwiefern genau so?« fragt Coty. Dieser Wicht, denkt er mit einem Blick auf Rüland, dieser ... dieser ... naja. Er nehme in letzter Zeit kein Blatt vor den Mund, er schäme sich nicht, seine lächerlich primitive Weltauffassung, die natürlich auf politische Verhetzung zurückzuführen sei, allen Kollegen aufzudrängen. Richtig in Positur stelle er sich. Rüland indessen saß noch immer neben seinem Papierkorb.

»Na los doch!« sagt Coty.

»Weil ein Chef dem andern gleicht wie ein Ei dem andern, weil Namen hierbei nichts mehr bedeuten«, erklärt Rüland.

»Na hört euch das an!«

»Wechselt das Bäumchen«, sagt Rüland. Seine Kehle ist trocken, der Blick gesenkt, während er an der Tischkante entlangläuft. »Die Herrschaften sind noch immer nicht erwachsen. Sie denken, sie sind im Kindergarten. Irgendein Bonze klatscht in die Hände, und dann wechseln sie ihre Stellung. Aber eines Tages werden die Bäume abgesägt, und dann gibt's für diese Herren kein schattiges Plätzchen.«

Nein, darüber kann Coty nur in Gefeixe entarten, und schließlich entarten die andern gleichfalls. Wenn Rüland nicht in die Hände Brechers geraten wäre – ob er heute genauso redete? Coty ist nicht gewillt, diese Herkunft stillschweigend anzuerkennen, und daher rät er dem Rüland, erst zu verdauen, womit man ihn vollgestopft habe.

»Erst verdauen, mein Junge«, sagt Coty mit väterlicher Überheblichkeit, zumal er über die eigene Verdauung nicht klagen zu müssen glaubt. Aber Rüland hat zugelernt. Nicht nur, daß er es ablehnt, den Laufjungen oder den Liebesbriefträger für naschhafte Kontorziegen zu mimen, er ist auch erwachsen genug, auf seine Meinung zu pochen. Und quittiert er Cotys wohlmeinende Ratschläge anbei ergebenst mit gebührender Hochachtung.

»Wenn wir alle gegen Brechers Hinauswurf protestiert hätten, wenn wir uns mit ihm solidarisch erklärt hätten . . .«

»Was dann?« fragt Coty, derart erpicht, daß Rüland, aus dem Konzept gebracht, sichtbar um die nächsten Worte verlegen ist. Also kann Coty getrost seine Frage wiederholen: »Und was dann?«

»Dann wäre der Streik erklärt worden«, sagt Rüland. »Dann hätte die ganze Abteilung Propaganda gestreikt, wie die Arbeiter unten.«

»Und was dann?« hatte Coty die unendliche Geduld weiterzufragen.

»Dann wäre die Kündigung zurückgenommen worden«, sagt Rüland, immer noch unbelehrt.

Die beiden Gesprächspartner standen sich gegenüber, der eine mit gespieltem Wohlwollen, der andere mit übertriebener Kindlichkeit, so daß es für Dritte nicht reizlos war, ja eine Art sportlicher Genuß, abzuwarten, wer von beiden zuerst aus der Rolle fiele.

»Und wenn die Kündigung zurückgenommen worden wäre – was dann?« fragt Coty erneut, sicher in der Gewißheit, daß er auf diese Weise bis an sein Lebensende hätte fragen können, ohne je eine absolut feststehende Antwort zu erhalten; denn wenn die Kausalitäten ins Rollen geraten und die Hypothesen dazu, gibt's eine Rutschbahn ad infinitum. Nichtsdestoweniger nahm Rüland diesen Kampf an, und man muß es ihm lassen, daß er eine höchst verblüffende Antwort zustande brachte.

»Was dann?« wiederholte Rüland; dann aber erhob er sich und sagte, in der Manier eines künftigen Redners auf den Tisch klopfend: »Dann wüßten wir heute, wer ein Interesse daran gehabt hat, im Direktorium eine Bombe platzen zu lassen. Das wüßten wir heute.«

Rüland, dieser Dreikäsehoch, heimst einen großen Erfolg ein, und die Bestimmtheit, mit der er seine Behauptung aufrecht hält, weckt schließlich auch die Schlummernden auf. Einzig Coty, der es nicht wahrhaben will, versucht den dummen Jungen in Rüland zu treffen, und er glaubt das durch ein süffisantes, mitleidiges Lächeln zu erreichen. Doch Rüland bleibt bei der Stange! Ein teils gescholtener, teils durch gutes Zureden verwirrter Schüler, steht er da, bemüht, einigen Hemmungen zum Trotz, seine Aufgaben herzusagen.

»Dann wüßten wir's also. Aha!« knüpft Coty wieder an, wobei ihm leider eine Herabsetzung seines ehemaligen Kollegen herausrutscht. Oder ist es etwa keine, zu erklären: »Solang Herr Brecher noch hier war, wußten wir ja so vieles. Da gab es keine Konferenz mit Geheimnissen. Brecher durchschaute es. Er spielte sich auf, daß die Schwarte geknackt hat, und schließlich kam es dahin, daß man ihm aufgespielt hat – aber nein, Brecher hat alles durchschaut. Nee, mein Junge; hier gibt es nichts zu heroisieren. Dein Brecher wußte nicht mehr als wir. Er weiß auch heute nicht mehr.«

»Kann er auch gar nicht.«

»Ach so?« sagt Coty mit einem Rückfall in die erstaunte Komödie.

»Aber er hätte dafür gesorgt«, sagt Rüland.

»Richtig!« sagt Coty. »Er hätte dafür gesorgt. Das hätte ich beinahe vergessen, mein Junge. Und dann, dann wäre ein Schurke mehr ans Tageslicht gezerrt worden. Was? Obwohl mein augenblicklicher Gemütszustand mir erlaubt, weit weniger Schurken in der Welt zu sehen als in Wirklichkeit da sind, gebe ich's dir zulieb zu. Dann hätten wir ihm ins Gesicht geleuchtet – selbst Ua-Ua, unserem Generalprinz. Großzügig, was?«

»Der war's auch«, sagt Rüland. »Jawohl, Ua-Ua.«

Eine bedenkliche Stille zog herauf, im Gefühl, daß hier zu weit gegangen wurde, daß dieses Gespräch von beispielloser Gefährlichkeit war. Hätte Doktor Geist in derartige Beschuldigungen Einblick erlangt, er hätte Rüland ohne weiteres entlassen. Mochte der Junge auch phantasieren, es wäre nicht zu dulden gewesen. Zum Glück jedoch sind die Chefs nicht über jede Lappalie unterrichtet, und so konnte Rüland ungestört fortfahren.

»Weshalb ist denn das ganze Verfahren niedergeschlagen worden? Denkt ihr, die kennen den Jux nicht? Im Direktorium wird man schon wissen, wer's war. Egon wird schon wissen, warum sein Bruder ein Attentat inszeniert hat. Doch nur, um sich wichtig zu machen.«

»Ein Attentat – um sich wichtig zu machen?«

Da muß Coty mit vollster Hingabe den Kopf schütteln. Er muß daran denken, daß beim Direktorium eines Betriebs sozusagen die Mythologie beginnt. Lauter Hirngespinste, denkt er; aber Rüland läßt sich nicht stören.

»Wenn Frau Sack geklagt hätte«, sagt er, »das wäre besser gewesen. Aber sie hat sich bezahlen lassen.«

»Woher willst du das wissen – ja?«

»Ich weiß das nicht, aber die Dame, die wird's schon wissen«, sagt Rüland unter riesigem Beifall. Obwohl er nicht den geringsten Beweis für seine Behauptungen erbringt, erntet er Beifall. Allein der rhetorische Hinweis genügt den Herrschaften. Selbst Coty, als Gegner, kann eine beifällige Geste nicht unterdrücken beim Gedanken an Frau Sack, diese ehemalige Sekretärin. Aufs Ungewisse, aufs Unbeweisbare, aufs Freischweifende der Vermutungen, darauf fallen sie immer wieder herein, denkt Coty, obwohl er selber gern auf irgendeine Theorie hereingefallen wäre. Plötzlich aber plagt ihn die Einsicht, eine dialektische Schlappe erlitten zu haben, und in Anbetracht dessen fällt er tatsächlich aus der Rolle, indem er ausruft:

»Wenn, wenn! Hätte, hätte! Immer nur wenn, immer nur hätte.«

Das ganze Büro ist amüsiert über Cotys Protest, nur Rüland nicht. Nie hat Rüland viel zu lachen gehabt, und alles kam angelernt aus ihm heraus oder ölig. »Alte Öltype«, hat man ihn nicht umsonst genannt. Hier aber, bei dieser Gelegenheit, kam ihm diese Veranlagung ungemein zustatten, und so hatte er unter der Aufmerksamkeit aller ein Gebäude errichtet, dessen Fundament aus dem Wörtchen »wenn« bestand und dessen Pfeiler aus dem Wörtchen »hätte«.

Rüland hatte offene Ohren gefunden, zumal sich seine Methode ungeniert aufs Privatleben übertragen ließ. Perdelwitz, eine der ersten, die das begriff, dachte sofort in dieser Richtung.

Wenn sich Hückstedt nach dem Atelierabend nicht in den Kanal geworfen hätte? denkt sie mit Schaudern. Wenn sie jetzt noch meine Rivalin wäre? Wenn wir dann, wir beide, um Toldi hätten kämpfen müssen, oder wenn mein Selbstmordversuch nicht mißglückt wäre? Wenn ich jetzt an Hückstedts Stelle tot und verschwunden wäre oder nur halb gerettet? Halb gerettet, das wäre das schlimmste. Wenn ich dann – vielleicht gelähmt? Nicht auszudenken! Es ist eine endlose Kette – ü?

Und Perdelwitz sah zu Rüland hinüber, während sie mit dürrem Finger einen Spiegel aus dem Handtäschchen hervorzog, um sich zu pudern, um ihre Identität wiederherzustellen. Denn glänzig aussehen wollte sie um keinen Preis mehr, dann lieber aufmontiert, lieber glänzend. Sie hütete sich auch, noch länger bei diesem entsetzlichen Wenn zu verweilen, sie überließ das neidlos ihrer Kollegin.

»Wenn Langers Oskar nicht will?« hatte Frieske schon frühzeitig gedacht. Frieske nämlich lief zuletzt nicht mehr durchs Büro, sie schleppte sich nur noch, und Doktor Geist, voller Einsicht, schonte sie nach Kräften, wahrscheinlich, weil er ihre Tage gezählt wußte. Mit vorbildlicher Rücksicht hält er sich bei eiligen Sachen an Perdelwitz, auch hat er bereits an Muckis Stelle eine Neue engagiert. Frieske, schon immer ein kräftiger Schinken, ist inzwischen zu Hause erstarkt; ihr schwillt das Blut in den Adern, und sie erinnert an einen Ringkämpfer, von dem der Witz eines Tages erzählte: der kann vor lauter Kraft nich loofen. Da Frieske den Volksmund bekanntlich im Gemüt hat, mag diese Bemerkung ihr zugedacht sein.

Unabhängig vom Büro indessen, drüben in Friedenau, denkt Gudula Öften in ähnlichen Kategorien, mehr von diesen beeinflußt als von ihrer Erkältung. Es hätte auch anders ausgehen können, meint sie, ergeben hüstelnd. Sie stellt sich vor, was sie alles versäumt hat in ihrer Spezial-Liebesgeschichte. Vor allem quält sie der unnütze Gedanke, daß sie es war, die gesagt hat: ich liebe dich. Es wäre besser gewesen, meint sie nun hinterher, wenn er es zuerst gesagt hätte. Um wieviel schöner wäre das gewesen, außerdem logisch und geschmackvoll! Mein Gott, sie hätte ihm sagen können:

»Herr Brecher, Sie brauchen mir nicht zu danken. In keiner Weise.«

»Wer frei ist, braucht also nicht zu danken?« hätte er fragen können.

»Nicht nur.«

»Und wer noch? Wer braucht außerdem nicht zu danken?«

»Liegt Ihnen so viel daran, das zu wissen?« hätte sie dann, mit größtem Genuß die Entscheidung hinauszögernd, gefragt.

»Mir schon«, hätte er sagen können. Ja, denkt Gudula Öften, mir schon.

»Und wem noch?« Hier wäre sie ihm ganz nahe gewesen, bereits delikat. Da hätte er plötzlich leise gestöhnt:

»Sie wollen mich quälen.«

»Durchaus nicht«, hätte sie nun gejubelt.

»Sie quälen mich aber«, hätte auch er gejubelt.

Dann aber hätte sie mit nachdenklichem Seufzer vor sich hin sagen können: »Vielleicht quält Sie etwas anderes?«

»Ja, etwas anderes«, hätte auch er geseufzt.

»Was noch?« hätte sie nun gejauchzt, selig, in den Klüften der Grammatik herumgestolpert zu sein. Wer noch? Wem noch? Was noch? Und dann, genau dann, als Großaufnahme, hätte auch er gejauchzt:

»Weil ich dich liebe.«

II

Wer zweifelt nun noch, daß die »rückläufige Betrachtungsart« den Ereignissen in keiner Weise gerecht zu werden vermag, obwohl sie hiermit nicht verworfen werden soll? Denn woher gewönne man sonst die Theorien? Aus den Fehlern, die gemacht worden sind, aus den taktischen Unebenheiten rekonstruiert sich das Idealbild von selbst. An einer Sache, die glattgeht, ist nichts zu verstehen, höchstens alles zu bewundern, und auch die Skeptiker, die darauf hinweisen, daß alles auch hätte anders kommen können, auch sie befinden sich auf wackligem Posten. Es ist eben nicht anders gekommen! – Ob es tatsächlich notwendig war, daß es so und nicht anders hat kommen müssen, steht wieder auf einem wackligen Brett für sich. Man denke doch nur an Pascals gern zitierten Ausspruch über die Nase der Kleopatra, diesen welthistorischen Witz! Von der Gestalt einer Nase die Wendungen der Weltgeschichte ableiten wollen – parbleu! Man entsinne sich aber auch, bevor es zu spät ist, des bekannten Motivs: Raffael ohne Arme. Auch ohne Arme, sagt man, wäre Raffael ein genialer Maler geworden, und ganz Konsequente behaupten sogar, auch ein blinder Raffael hätte Meisterwerke der Malkunst produziert. Wie es Schnellmaler gebe, so könne es auch Blindmaler geben. Die meisten Maler seien ja ohnehin blind, das heißt unfähig, ihre eigenen Bilder zu beurteilen. Es ist an dieser Auffassung nichts zu widerlegen; man könnte höchstens einwenden, daß sie der Wägsamkeit Pascals eine blinde Gewißheit entgegensetzt, da nach dieser Auffassung die Weltgeschichte keine andere Wendung genommen hätte, selbst wenn die Nase der Kleopatra mit Polypen gepflastert gewesen wäre.

Es ist daher völlig unnütz und aussichtslos, vor dem traurigen Schicksal, mit dem Fräulein Lisa Frieske sich trotz ihrer hochfliegenden Pläne befreunden mußte, auszurufen: es hätte vermieden werden können, wenn –. Ohne Zweifel hätte es das! Vielleicht durch Gudula Öften, wenn diese nicht anderweitig in Anspruch genommen worden wäre, oder durch Frau Geheimrat oder durch den Stiefvater Schilhanek persönlich, hätte er bei der ersten Begegnung mit Heinz wirklich zugeschlagen, statt zu grüßen, vielleicht auch durch Lisa selbst, hätte sie abgetrieben nach dem Vorbild Tausender – durch all diese Faktoren hätte es vermieden werden können. Aber was dann? Genügt es nicht, daß sie es gewagt hat, ihren Heinz mit allen Mitteln an sich zu fesseln?

Eines aber soll allen zur Warnung vorhergesagt sein: niemals hätte man im Büro wie in Familie einen so großartigen Gesprächsstoff gehabt, niemals sich so ausgezeichnet nicht nur, sondern auch so unmittelbar bis in die eigenen Grundfesten unterhalten können, dazu mit dem wunderbaren Gefühl, heil davongekommen zu sein.

Frau Geheimrat, nahe daran gewesen, Gespenster zu sehen, ihre Tochter zu beneiden und zu verfluchen, einen zweiten Schlaganfall heraufzubeschwören, um als schwachsinniges, bürgerliches Kulturdokument, aufgebahrt in einem Rollstuhl, dahinzusiechen, ertaubt zudem und langsam erblindend, Frau Geheimrat lebt wieder auf. Niemals wäre sie wiederaufgelebt, niemals, wenn die Diagnose der Ärzte wahrgemacht worden wäre, die lautete: »Diese Frau ist faktisch tot. Nach den Symptomen zu schließen, müßte sie tot sein. Wie sie es anstellt, dennoch weiterzuleben – ein Rätsel.« Nun, Frau Geheimrat denkt nicht daran, im Leichenschauhaus zu wohnen, es gefällt ihrer greisenhaften Koketterie und Eigensinnigkeit weit besser, als Rätsel zu gelten. Und Lisas Geschick erleichtert ihr eigenes grenzenlos, eine Lockung von seiten des Lebens.

»Iß nicht so schnell, Mucki! Wie oft soll ich dir das noch...?

Ich kann dieses...du weißt schon...dieses Hinunterschlingen nicht länger mit an...Du ruinierst mit Absicht deine Ge...Du wirst noch Krebs bekommen oder ein Magengeschwür. Denk daran!«

»Wie man ißt, so arbeitet man«, sagt Mucki.

»Wie?« fragt Frau Geheimrat, während ihre Tochter flüstert:

»Dann sieh weg, wenn du's nicht sehen kannst.«

»Hast du etwas gesagt?« fragt Frau Geheimrat, die Ohren spitzend.

»Nein.«

»Das ist ja auch meine Rede«, sagt Frau Geheimrat. »Man soll sich nicht mit Männern einlassen, bevor man es schriftlich hat.«

»Natürlich soll man sich einlassen«, sagt Mucki.

»Ganz recht, mein Kind. Ich stimme dir vollkommen zu. Es hat dich niemand besser verstanden als ich. Und ich werde dich weiter...und wenn du einmal in Not geraten solltest, dann wende dich getrost an mich, deine Mutter.«

»Postwendend«, sagt Mucki.

»Hast du etwas gesagt? Entschuldige! Mir war so. Und meinetwegen: iß, wie du willst. Iß schnell, mein Kind, so wirst du schnell fertig sein. Das ist der Witz daran, siehst du. Denn ein Mensch, der schnell ißt – wie? Es wird nichts so heiß gegessen wie gekocht, sagt mir Frau Schade immer. Und doch! Wie froh bin ich doch, daß du endlich verlobt bist, mein Kind, und ganz ohne Schaden Leibes und der See...der Seele.«

»Der Schaden kommt nach«, sagt Mucki.

»Ganz ohne Schaden durchs Leben zu schlüpfen – jaja. Wenn es erlaubt ist zu sagen: durch die Gitter des Lebens. Denn manche, mein Kind, bleiben hängen. Du siehst es an Lisa. Ein tüchtiger Mensch, und doch ist er hängengeblieben.«

»Dieser Heinz ist schofel«, sagt Mucki, aber Frau Geheimrat erklärt: »Heinz, das ist ein sauberer Junge. Man sieht das sofort. Man hat einen..., ja, einen Blick dafür. Er wollte sie zu sich heranbilden – und nun? Ich meine, unter uns gesagt: lieber die nackte Schulter zeigen als gleich ein Kind. Am besten natürlich, keines von beiden.«

»Du mußt es ja wissen«, sagt Mucki.

»Wie?«

»Es kommt darauf an!« schreit Mucki plötzlich so laut, daß die Nachbarn es hören.

»Natürlich! Es kommt, es kommt darauf an. Da hast du vollkommen recht, mein Kind, und du weißt, daß ich dir recht gebe. Du kannst unmöglich behaupten wollen, ich täte dir Unrecht in Sachen, wo es unbedingt darauf ankommt. Das hat noch niemand behauptet. Wenn Gudula Öften meinen Rat befolgte, so wäre sie auch verlobt, so hätte sie ausgesorgt.«

»Wenn und hätte«, sagt Mucki,

»Ich seh es dir an, daß du genauso denkst. Und sie leidet darunter. Es ist kein Zweifel, daß Gudula Öften ... Ich möchte fast sagen, sie ist zum Leiden geboren.«

»Auch ein Beruf«, sagt Mucki.

»Wie? Ich dachte, du hättest etwas ... Du sprichst so verwaschen, mein Kind – was ist das? Du brummst vor dich hin. Du solltest etwas artikulierter ... Du könntest es später im Leben gebrauchen. Du bist doch sonst so präzis. Ich fürchte beinah, du übernimmst die schlechten Angewohnheiten deines Verlobten.«

»Dafür übernimmt er meine Schulden«, sagt Mucki.

»Nein, da hast du allerdings recht. Lieber eine schlechte Angewohnheit mehr als ein schlechtes Gewissen zuviel. Vollkommen! Darin muß ich dir recht geben, Kind. Wenn alle Menschen so dächten, wenn … Was ist denn, mein Kind? Du drehst ja das Licht aus.«

»Mama!« schreit Mucki und springt ihr zu Hilfe.

Wer weiß, wie lang Frau Geheimrat noch hypothetische Weisheiten von sich gegeben hätte, unbehindert, wäre sie nicht durch einen Schwächeanfall vor weiteren Produktionen behütet und in ein schlummerndes, lichtauslöschendes Jenseits befördert worden, aus dem sie erst nach Stunden wieder auftauchen sollte. Dessenungeachtet kann sich Mucki nicht entsinnen, ihre Mama in letzter Zeit so tadellos reden gehört zu haben, so ohne jede Unterbrechung und Zerreißprobe der Sätze, so flüssig, wenn auch ein wenig schwerhörig wie je. Das Schicksal Lisas hatte die Lebensgeister der Frau Geheimrat ungemein erfrischt, wohingegen Gudula Öften sich um so machtloser fühlte.

»Wenn ich die Macht gehabt hätte«, stöhnt Gudula Öften ununterbrochen, und was sie, einigermaßen genesen, bei ihrer Rückkehr ins Büro mitanhören muß, trägt leider nicht dazu bei, die Dinge rosig zu sehen – unter Rosen und Licht, wie ihr geliebter Lyriker sagt. Jedoch, auch hier hat ein glücklicher oder zumindest ein unvorhergesehener Umstand viel wiedergutgemacht, nicht zu reden davon, daß er Coty Gelegenheit gibt, glänzend Figur zu machen. Er hat es nötig nach seinem mißratenen Gespräch mit Rüland, und er zieht denn auch sämtliche Register. Zunächst einmal war er es gewesen, der die ganze Geschichte mit Frieske im Namen der Firma zu bereinigen hatte, außerdem aber kennt er einen Fall, der ähnlich verlaufen ist.

»Damals ist es ein Steinkind gewesen«, sagt Coty. »Es war eine Mole.«

»Was für ein Ding?« fragt Perdelwitz neugierig, im Bestreben, aus den Schicksalsschlägen ihrer Umgebung zu lernen, wie man es nicht machen soll.

»Es war eine Mole«, sagt Coty, ohne das Wort zu erklären. Es bereitet ihm Spaß, nichts zu erklären, außerdem, meint er, habe das Mysteriöse ein Anrecht auf Geheimnistuerei, entsprechend den lateinischen Formeln der Ärzte.

»Damals hat unser Dienstmädchen gleich ins Wasser gewollt.

Man kennt ja diese begriffsstutzigen Dinger aus Ostpreußen und Kottbus. Gerissen sind sie, aber was sich nicht im Ofen verbrennen läßt, das macht sie kopfscheu. Und Kinder kann man leider noch nicht im Ofen verbrennen. In der Heizung vielleicht, da ging's.«

An dieser Stelle raschelte Rüland mit dem Papierkorb, so daß Coty in der Konzentration empfindlich gestört wurde.

»Wenn sie damals ins Wasser gegangen wäre, wie dumm! Es hätte sie eine durchaus unrationelle Kraftanstrengung gekostet, und das Ergebnis, das sie erzielt hätte ...«

»Coty, beeilen Sie sich! Zur Sache, Coty, zur Sache!« rief Perdelwitz aus.

»Nur«, fährt Coty um so zögernder fort, »nur, vorher weiß man es nicht mit Bestimmtheit. Das ist der Fehler. Wenn man es jederzeit wüßte – aber vielleicht hätte niemand den Mut zu leben, wenn er im voraus wüßte, wie er zu leben haben wird und ob. Ich möchte das ganz besonders vermerken: und ob. Ja richtig! Unser Dienstmädchen damals hatte zu leben. Sie ging bereits in die Vierzig. Außerdem war sie vor einigen Jahren in einer Försterei beschäftigt gewesen, und dort eben hatte sie ihren Bock geschossen.«

»Das ist ja nicht zum Aushalten«, sagt Perdelwitz protestierend.

»Mit fünfjähriger Verspätung kam dieser Bock dann zum Vorschein und mußte operiert werden. Ein Steinkind war's, und nun mußten wir unser Dienstmädchen abermals trösten. Erst heulte sie, weil sie ein Kind kriegen sollte, jetzt heulte sie, weil das Kind tot war.«

»Ach so, das Kind war tot«, sagt Perdelwitz.

»Sie sollten nie eine Stellung am Bahnhof annehmen, Perdelwitz; bei Ihnen hätten alle Züge Verspätung. Sie kommen zu spät, Mensch. Natürlich war das Kind tot. Versteinert.«

»Und Frieske?« fragt Perdelwitz.

»Mit Frieske ist es genauso.«

»Machen Sie keine Witze.«

»Perdelwitze!« sagt jemand, so daß Gudula Öften sich einmischt und energisch um Ruhe bittet.

»Genauso nicht, aber so ähnlich«, sagt Coty mit spöttischem Blick, der auf Perdelwitz ruht, als wäre es dort gemütlich. Ihr Eifer behagt ihm, und er weidet sich daran. Dieser Fall gibt Coty alle Fäden in die Hand, sogar alle Würmer. Denn Perdelwitz sagt:

»Sie lassen sich wirklich die Würmer einzeln aus der Nase ziehen, Coty! Seien Sie doch nicht so eklig!«

Aber Coty blieb vorerst eine Weile eklig, bis er schließlich den Hauptwurm preisgab. Er präparierte ihn nicht, er legte ihn auf den Tisch – basta.

»Tot?« sagt Perdelwitz tonlos.

»Jawohl. Eine Totgeburt, eine galante. Inwieweit sie selbst zu diesem letalen Abgang beigetragen hat, ist nicht in Erfahrung zu bringen. Bedenkt man aber, daß Frieske leidenschaftlich zu schwimmen und zu turnen verstand, so könnte man daraus gewisse Schlüsse ziehen. Ich für meine, wie ich gern zugebe, unmaßgebliche Person . . .«

Da niemand so liebenswürdig war, einen Protest zu äußern, wiederholte Coty ganz langsam:

»Ich für meine unmaßgebliche Person . . .«

Aber alles blieb still, nur Rüland unterdrückte ein Kichern.

»Ich bin fest davon überzeugt, daß Frieske ihr Kind dem Sport zum Opfer dargebracht hat.«

»Eigentlich ist es ein Glück«, sagt Perdelwitz leise.

»Der Fötus«, begann Coty die Stimme zu steigern, »der Fötus hat sich im Mutterleib erhängt. Dies ist die Feststellung der Ärzte.«

»Lisas Kind hat sich erhängt, sagen Sie? Ist das wahr?«

»So wahr, wie es tot ist, Perdelwitz. Es hat sich mit der Nabelschnur erdrosselt.«

»Sind Sie bald fertig?« fragt die Öften herüber.

»Ich kann nichts dafür. Es ist der Befund, ein äußerst seltener zwar, aber . . . aber eben Befund. Ich kann nicht mehr dazu sagen. Ich muß die Interessenten bitten, sich selbst damit abzufinden. Es war eine schwere Geburt, das kann man mir glauben. Sie wurde schleunigst ins Krankenhaus gebracht, operiert und so die

Geschichten. Schilhanek soll ganz klein geworden sein vor Aufregung, wenn auch wiederum nicht so klein wie das, was die Künstler aus seiner Stieftochter herausgeholt haben. Heinz hat sich selbstverständlich als Kavalier mit einem Glückwunschtelegramm aus der Affäre gezogen.«

»Hat sie sich also ausgesöhnt?«

»Zumindest ist alles neutralisiert. Nur Langers Oskar ist hopsgegangen; er hat sich mit einer gewissen Lickfetts Dora liiert. Über diesen Namen, Lickfett, und seine direkten Beziehungen zur Fleischerei möchte ich mich nicht des näheren auslassen.«

»Erhängt, im Mutterleib erhängt«, sagt Perdelwitz trostlos.

»Ja«, sagt Coty, »entweder war der Fötus ein genialer Philosoph, der das Leben schon vor seiner Geburt durchschaut hat, oder aber, er war, wie soll ich das nennen, ein weichherziger Milchbruder, der das Unglück, das er über Lisa heraufbeschwor, einfach selber nicht ertragen konnte. In dieser Erkenntnis hat er sich erhängt. Er hat auf diese Weise gegen das Schicksal protestiert.«

»Wird dieser Mensch heut noch mal fertig?« ließ sich eine Stimme vernehmen, zu anonym jedoch, um Cotys Gedankenwerk beeinflussen zu können.

»Zehn Minuten später, sagten die Ärzte im Krankenhaus, und die Mutter wäre nicht mehr zu retten gewesen.«

Mit dieser Schlußwendung hatte Coty kein Glück, da Perdelwitz sich meldete und erklärte:

»Das kenn ich. Zehn Minuten. Das sagen die Ärzte immer. Bei mir damals haben sie's auch gesagt. Die wollen damit nur dicke tun.«

»Hätten Sie denn noch mehr Gas vertragen, Perdelwitz?« fragt Coty.

»Wenn Sie dabeigewesen wären – vielleicht. Sie alberner Mensch.«

So reden sie im Büro, so werden sie ewig reden, denkt Gudula Öften und schweigt. Sie, die sonst in der ersten Reihe parlierte, genießt ihre Tage in Schweigsamkeit. Genießen ist übrigens ein euphemistischer Ausdruck. Wie? Euphemistisch! Gewiß, sie wird Frieske besuchen und mit Trost überschütten. Sie wird Frau Geheimrat beehren und auch diese zu trösten suchen; tief in ihr aber nagt ein anderer Wurm als jener, den sich Coty hat aus der Nase ziehen lassen. Sie denkt an Brecher, der fort ist, ohne eine Zeile hinterlassen zu haben.

III

In den Kneiplokalen der Welt sitzen die Honoratioren und schlagen mit der Faust auf den Tisch: wenn und hätte! In den Zeitungen der Uvag, um einige Grade gewiefter und gesitteter, werden der Regierung Rügen erteilt; geschlagene Generäle rechtfertigen sich, insgleichen die Mannen der Fußballklubs, die aufzählen, was an Toren hätte erzielt und vereitelt werden können, wenn –. Hier, in der Abteilung Propaganda, findet unterdessen ein großes Geraune statt – notabene: während die Arbeit weiterläuft und die Organisation Monatsgehälter ausspuckt –, ein Geraune, das Rüland in vielem recht gibt. Demzufolge hat sich Ua-Ua soeben ins Privatleben zurückgezogen. Man sagt, die Gruppe Egon habe diesen Schritt gefordert, um besser »Gras wachsen lassen« zu können. Solang Ua-Ua noch tätig auf den Betrieb Einfluß nähme, stapfe er unvermeidbar auf jenem bewußten Gras herum. Selbstverständlich ging das Scheren dieses Grases hinter verschlossenen Türen vor sich, und da zum Schutz vor der Sonne auch die Vorhänge zugezogen gewesen sein sollen, verkommt das Gras dort, während das andere wächst. Mehr zu sagen weiß niemand unter den Angestellten.

Daß es unruhig sei auf den Straßen, das weiß man. In Lichtenberg werde wieder geschossen. Gegen derartige Elemente und Subjekte mit Hilfe von Provokateuren vorzugehen, im Stile Ua-Uas, sei indessen völlig verfehlt. »Bomben auf eigene Bestellung frühstücken«, sagt Rüland. »Malesch.« Es ist das ein arabischer Ausdruck, den er aus einer Räuberschwarte herausgefischt hat. Trotzdem, trotz der fortschrittlichen Ideale könne man natürlich nicht die Anarchie gestatten, soll Egon gesagt haben. Überhaupt soll jeder irgend etwas gesagt haben, wie in unruhigen Zeiten immer.

»Wenn wir klar Bescheid wissen wollen, so müssen wir der Opposition Gelegenheit geben, sich zu kristallisieren.« Das soll Egon wirklich gesagt haben. Von einem Menschen, der seine Tendenzen als Blume im Knopfloch trage, wisse man wenigstens, was zu erwarten sei. Folglich: Bürger, gestattet das Tragen von Blumen im Knopfloch!

Wenn Mucki Schöpps in diesen Tagen neu eingetreten wäre, sie hätte wahrscheinlich nicht viel von einer neuen Konstellation verspürt. Unter welchem Chef auch immer hätte sie in gleicher Weise ihre Illusionen berichtigen müssen, und die Fehlschläge der Praxis wären ihr kaum erspart geblieben. Vielleicht, daß Gudula Öften mit größerer Zurückhaltung aufgetreten wäre, mit weniger Bereitwilligkeit, sich menschlich zu gebärden; denn sie ging nicht mehr als die personifizierte Vermittlung durchs Büro. Hoch über allen Tagesfragen schwebte sie dahin, oft mit einer geheimen Handbewegung gegen ihr Täschchen, einer Bewegung, die einem stillen Säufer hätte abgelauscht sein können. Ja, sie hatte einen Brief dort.

Es war nicht einfach für sie gewesen, so zu tun, als ob nie etwas geschehen wäre, die Blumen in hergebrachter Weise auf ihrem Schreibtisch zu pflegen und die Augen zu kühlen in kaltem Tee oder an einem Ei. Es hat sie Anstrengung gekostet, mit einigem Wohlwollen das Menschenmaterial dieses Büros zu überblicken, das, nach ihrem neuesten Urteil oder Vorurteil, viel schlechter und durchschnittlicher geworden sei. Frieske, denkt Gudula Öften, sei noch ein Mensch gewesen; selbst Doktor Geist, vor seiner Karriere, habe unverkennbar menschliche Eigenschaften hervorgekehrt, zumal auf dem Atelierfest; und Brecher sei sogar ein wertvoller Mensch gewesen. Und da sie diesen, Mucki inbegriffen, so viel zugesteht, muß sie, um der Gerechtigkeit willen, auch noch den schäbigen Rest, das ganze Bürogeschnipsel, zu Menschen erklären. Hückstedt und Perdelwitz, Toldi und Coty, und wie sie alle heißen mögen! Und auch Tadewaldt kann sie nicht übergehen, obwohl ihr gerade angesichts seiner, der ihr sicherlich nichts getan hat, am längsten die Galle hochgekommen ist vor seinem mittelmäßigen, durch nichts zu erschütternden, das Dasein hinfristenden, buchhälterischen Gleichmut.

Dieser Pilz, denkt sie noch heute, dieses Kellergewächs, das uns alle überdauert. Allerdings nimmt sie, als Dame von Einsicht, das Beeinträchtigende ihrer Charakteristik umgehend zurück, indem sie mit schwerem Seufzer gesteht, auch Pilze müsse es geben, auch Kellergewächse. Inwiefern sie dazu kommt, zu solchen Behauptungen? Es ist kein Herr Brecher zur Stelle, der, auf die Gefahr hin, verstiegen und aberwitzig zu sein, mit großartiger Konsequenz nachfragte, ob es Pilze etwa nur deswegen geben müsse, weil es sie gebe. Aber die rückläufigste aller denkbaren Betrachtungsarten gestattete leider das Vorhandensein der Pilze. Wie gesagt, Gudula Öften hätte sich eine derartige Antwort gewünscht, und nur in Ermangelung einer direkten greift sie in stiller Säuferart in ihr Täschchen. Der Brief darin gibt ihr die Kraft, in Personalien wieder Menschen zu sehen.

Da ist ein neues Geschöpf an Muckis Stelle gesetzt worden, Barbara Feetz mit Namen, ein blutjunges Ding, so zart in den Gelenken, von einem so unschuldigen Blond, das streng vermeidet, ins Rötlich-Sinnliche hinüberzuspielen; auf diesem Küken weilt Gudula Öftens Blick zuweilen mit Liebe. Hier ist kein klaffender Mund von gefährlicher Verdorbenheit, und die Nüstern vibrieren kaum, während die Wangen wie bei kalifornischen Äpfeln glatt sind; selbst die Grübchen sind nichts als Grübchen. Man könnte das Ding durch keine Profilaufnahme in einen Effekt verwandeln, meint Gudula Öften. Dieser Sekretärin sämtliche Schicksalsschläge zu ersparen ist oft ihr geheimer Wunsch, und auch, sie einmal zu streicheln, ihr die Hand aufs Haar zu legen. Nein, es ist nicht dies, ist keine erotische Verwirrung. Die Erotik, vielmehr die Quittung darüber, trägt Gudula Öften in ihrem Handtäschchen spazieren, niemandem sichtbar. Manchmal nur nippt sie daran, und ganz hervor holt sie den Brief nur abends zu Hause. Dann rückt sie sich die Lampe heran und liest und liest, oft innehaltend, oft wiederholend und zwischendurch lauschend, ob ihr kleiner Wecker noch tickt. Sie betrinkt sich förmlich, kein Zweifel; sie löscht die Gegenwart aus, indem sie liest:

»Liebe Gudula Öften!«

Jaja, so heiße ich nun, denkt sie jedesmal mechanisch, und es bleibt ihr etwas unfaßlich daran, daß sie so heißt. Sie hätte nämlich auch anders heißen können, denkt sie, doch da sie einmal so heißt, wird es wohl nicht nur nicht zu ändern, sondern auch richtig sein. Die Post jedenfalls hat die Adresse als bestellbar anerkannt. Also:

»Liebe Gudula Öften!

Ich sehe mich an Ihrem Tisch sitzen, wie damals, und lebe von Ihrem Monatsgehalt; ich beehre Ihre Stühle mit meinem noblen Gesäß. Denken Sie nicht, ich litte an mißverstandenem Ehrgeiz und es reute mich, von Ihnen einst aufgefischt und auf neu hergerichtet worden zu sein wie eines jener Häuser der Joachimsthaler Straße, denen man eine Maske vorgesetzt hat. So lautet der fachmännische Ausdruck der Architekten für die Glättung einer Fassade. Also: es lebe die Maske! Ich sehe mich wieder dort sitzen, und da fällt es mir auf, daß ich ganz ohne Abschied verschwunden bin, so einfach hindurchgegangen. Jetzt, da es hinter mir liegt, wohl auch hinter Ihnen …«

Obwohl es ihr schon bewußt geworden ist, seufzt Gudula Öften an dieser Stelle jedesmal mit tiefster Befriedigung auf. Sie seufzt, wie die Nadelwälder in den Sommerfrischen seufzen, um Atem zu schöpfen.

»… jetzt balancieren wir wieder. Die Menschen sind zeitlebens Artisten; sie ziehen das von der Gesellschaft, das vom Publikum gewünschte Gesicht und balancieren ihren Etat aus. Sie machen nicht nur Musik, um zu tanzen, sie tanzen auch, weil Musik gemacht wird. Und dann fallen sie kunstgerecht von einer Tonart in die andere! Daran ist nichts besorgniserregend; besorgniserregend wird's erst, wenn die Menschen Musik zu hören glauben, auch wenn keine gemacht wird. Es wird ihnen dann in unerklärlicher Weise aufgegeigt, und die Mehrzahl aller weigert sich, dazu zu tanzen. Nichtsdestoweniger: es lebe die Maske!«

Sie lebe! denkt Gudula Öften, zumal sich an dieser Stelle des Briefes eine Art See befindet, dadurch entstanden, daß die Zeilen wellenförmig bis zur Unkenntlichkeit durchgestrichen sind. Aber auch das Unleserlichgemachte, das solcherart Maskierte greift Gudula Öften ans Herz, und sie geht baden in der Gewißheit, wie sauer es ihm gewesen sein mag, ohne Fährnis voranzukommen. Es reißt ihn an allen Gliedern, denkt sie, und dies sichtbare Zeichen der Schwierigkeiten behagt ihr. Aber dann liest sie weiter:

»Das Gefühl, auf verlorenem Posten zu stehen, in eine Stellung, welche der Mensch in frühester Jugend bereits aufzugeben pflegt zugunsten einer vernünftigen Praxis und normalen Intrige, dieses Bewußtsein verfolgt mich zeitlebens. Es vermag auch komische Formen anzunehmen, etwa bei Eroberung eines Sitzplatzes in der Bahn. Um dessentwillen, mag sein, liebe ich Berlin, da es mich in meinen Liebhabereien und Anlagen bestärkt. Hier ist's eine Lust zu formulieren; hier darfst du dem Leben die beiden Enden, Geburt und Tod, amputieren, und du weißt, was du dir wert bist. Hier darfst du Trivialitäten auskosten, um unversehens eine virtuose Weisheit darin zu entdecken; hier darfst du auch glauben, daß du nichts glaubst, und allein vor drei hintereinanderfolgenden Verkehrsmitteln, aus denen der Schaffner, zur Schadenfreude der Fahrgäste, ›besetzt!‹ ruft, hundertprozentiger Fatalist sein und nie ohne Humor. Hier zeigt sich die Technik als eine Maske der Katastrophe, und du bist der Sieger wie der Besiegte, der Führer wie der Genasführte in jedem Fall.«

Endlich ein Du, endlich ein Du, denkt Gudula Öften.

»Zum drittenmal also: es lebe die Maske! Oft, wenn ich die Stadt in vollster Tätigkeit unterm Fenster sich ausleben hörte, diese eigenartige Monotonie der Brandung, die Keckheit der Signale dazwischen, das Wimmernde und das Berauschte der Geschwindigkeiten, im Halbschlummer hielt ich das Ganze für das Erzeugnis eines Gehirns. Es schlug kein Meer naturgeboren und blind gegen die Felsen, sondern alles wurde gelenkt, alles befand sich in höchster Bewußtseinslage und Anspannung. Trotzdem befand es sich gleichzeitig in dauernder Auflösung wie in dauernder Neubildung; es waren die Gezeiten der Stadt. Daß sie zentral geregelt wurden, daß in immer engeren Instanzen Menschen am Werk waren, die ihren Einfluß geltend machten, daß hier das Ausschweifende gesetzlich beschränkt war und durch Übereinkünfte genormt, diese Einmischung des Absichtsvollen erhöhte lediglich meinen Eindruck von etwas Gezaubertem, Hypnotisiertem. Dessenungeachtet dachte wohl nicht eine einzige Verkehrswelle daran, sondern sie blieb in Trance, ihrer zirkulierenden Bewegung folgend, diesem schweren, immerwährenden Gesang des Tages. Allmählich wurde mir diese Vibration zu einer Notdurft, zu einem Gift, das betörte und das die Energie süß durchtränkte. Und damit war ich der Stadt endgültig verfallen. Nicht ich allein; in seiner Individualität, in seinem Privatdutt, oder wie Sie es nennen, Gudula Öften, kennt ein jeder das Gefühl des verlorenen Postens. Einsam sein, das wissen Sie selber am besten, einsam sein ist nur ein Wort für: in der Gesellschaft aller vom Tode erweckten Dinge leben; isoliert sein jedoch heißt: abgeschnitten und auf sich selbst gestellt sein. Das ist die Position des verlorenen Postens.«

Die einen spüren's, die anderen verdecken es durch das Geschrei der Solidarität, denkt Gudula Öften, ehe sie weiterliest:

»Mir liegt eine Schlinge um den Hals, von der ich nicht recht zu wissen wage, wann sie sich zuzieht. Habe ich Glück, wartet sie womöglich ein Leben lang, und bin ich glücklich, denn so etwas gibt's, ist sie so weit wie die Grenzen der Welt. Sie sehen, ich lasse der Schlinge Gerechtigkeit widerfahren, nur leider, sie wegleugnen, das könnte ich nicht. Manchmal unterhalte ich mich mit Ihnen, dann hör ich Sie sagen: Aber es gibt doch Mittel und Wege, Herr Brecher. Auch der verlorene Posten ist nicht ohne Ausweg. – Danke! Gudula Öften; ich antworte dann: Er kann desertieren. – Sie aber erwidern: Nicht nur. – Bei dieser Erwiderung muß ich Sie stets in abwehrender Kopfhaltung sehen. Sie sind so graziös inmitten Ihres Unwillens, daß mir die Frage herausfährt: Spüren Sie auch den feinen Faden um den Hals? – Und das frag ich heut wieder. Vielleicht hängen bei Ihnen kleine Glöckchen an der Schlinge oder imitierte Perlen? Entschuldigen Sie vor allem die Perlen! Wir im Büro, abgebaut oder noch festgeklammert, führen ein Leben, voll von Imitationen, und es ist nicht gesagt, daß es dürftiger wäre als irgendein anderes. Was hätten die echten Perlenträger vor den Imitatoren voraus außer der Angst am Besitz? Ich sehe, Gudula Öften wehrt sich dagegen. Sie sagt: Man kann eine Schlinge auch zerschneiden, Herr Brecher. – Ich sehe das deutlich, und ich höre es auch; ich höre meine eigene Stimme von fernher, die sagt: Bitte, hier ist das Messer!«

Gudula Öften blickt um sich und ist erst wieder beruhigt, als kein herumliegendes Messer zu sehen ist.

»Seit ich zu denken beginne, säble ich an dieser Schlinge herum, Gudula Öften. Ich war ein Hungerstudent und Bürokavalier; ich aß an geschenkten Mittagstischen dreifach zuviel, in der trügerischen Hoffnung: friß, solange du kannst! später zehrst du davon. – Aber der Weg war faul. Der Mensch ist eine Durchgangsstation, und auch der Bestgenährte behält nicht alles in Konservenform bei sich. Man kann einen Menschen, der hungert, unterstützen, man kann ihm auch auf die Beine helfen, aber laufen, laufen muß er schon selber. Und ich lief herum in den Glanzzeiten meiner Jugend als die leibhaftige Parodie auf das Ebenbild, das ich erträumte. Diese Träume indessen hatten ein verschärftes Gepräge; sie zehrten an mir, sie lebten auf Kosten meiner, weil es weniger Träumereien waren als die Ausgeburten von Spekulationen. Es gibt eine Grenze des Wachsamen, wo es empfindlich wird, gleichsam medial, und wo ein jedes Geräusch eine außergewöhnliche Bedeutung erlangt. Es ist die Grenze, wo das Gespenst beginnt. Sie wissen ja, wie sehr ich Gespenster verehre! Ich habe mit derlei Unkraut gelebt: es sproß mir aus meiner Hellhörigkeit und vergiftete mich. Ganz Europa ist damit vergiftet.«

Dieses Wort kann ich nicht dulden, sagt Gudula Öften, ehe sie weiterliest, dem Ende zu:

»Was habe ich nicht an Vergiftungserscheinungen im Büro zum besten gegeben! Wahrlich, ich schäme mich dessen. Ich schwitzte das Gift aus allen Poren, und die eigene Unzulänglichkeit war's, die mit selbstgenießerischer, selbstmörderischer Wonne das Produktionsmonopol übernahm. Erkenntnisse waren meine einzige Bereicherung. Erkenntnisse sind eine Bereicherung, so schwer es auch fällt, Zinsen zu zahlen; man zahlt sie voraus. Gewiß, was ist dagegen zu sagen? Aber die Erkenntnis ist auch ein Verführer, sie ist mit dem Licht verwandt, das nicht nur leuchtet, es brennt auch. Es ist kaltes, vexiertes Feuer, und es rächt sich immer wieder durch Kurzschluß, dem ewigen Gesetz der Formen unterworfen, technischer oder artistischer, die nur Bestand haben unter dem Vorbehalt der Elementarität. Dieser heißt es sich anzuvertrauen. Und ich darf es heut sagen, Gudula Öften: mein Leben war stärker als meine Wahrheit.«

Gudula Öften glaubte sich zu entsinnen, daß Brecher im Hinblick auf Doktor Geist einst lachend gesagt hatte, der Mensch habe keinen anderen Rivalen als das Leben, das ihn hereinlegt. Daran denkt sie, bevor sie zum Schluß kommt.

»Mein Leben ist stärker als meine Wahrheit. Es hat, wenn Sie so wollen, eine Schnauze wie die Hunde. Nein, es ist mit Wahrheiten nie zu bewältigen gewesen. Es spielt mit ihnen, es spielt sie aus; es versteckt sich hinter ihnen und bietet dir bestenfalls Weisheiten dafür. Mit Wahrheiten kämpft man, mit Weisheiten genießt man. Denken Sie an die Phrase: er schleuderte ihr die Wahrheit ins Gesicht. – Denn mit Wahrheiten gewinnt man, über Weisheiten aber vergeht man.«

Wie nicht anders zu erwarten, hatte Gudula Öften, dieser ewig pädagogische Backfisch, diese Stelle rot angestrichen. Ihr Kopf war heiß, und die Ohren brannten unter ihrer Frisur.

»Ja, es gibt Dinge, die man teuer erkauft und die, in Fleisch und Blut übergegangen, für jeden Mitmenschen unbezahlbar bleiben. Diesen Preis, wer könnte ihn zahlen? Als Boxer kostet der Mensch dies, als Angestellter jenes; auch überbezahlte Posten sind nicht so rar. Aber wer könnte bezahlen, was durch ein Leben teuer erkauft wurde? Zahlen helfen hier nicht mehr. Hier,

Gudula Öften, mag Ihre Mission beginnen. Hier trete ich ab. Ich bekenne, daß ich nicht mit Funktionen und Zahlen identisch bin – aber hier trete ich ab. Was durch ein Leben teuer erkauft wird, die Liebe vergilt es? Sagen Sie das! Aber hier trete ich ab. Lassen Sie mich die Jacke ausziehen und Steine klopfen; denn hier trete ich ab. Trotzdem, Gudula Öften, bitte ich hiermit um das Vergnügen, Ihnen danken und sagen zu dürfen: Angenehme Verrichtung!

Max Brecher.«

Nachschrift:

»Grüßen Sie das feudale Gewürm im Büro! Zünden Sie die Furunkel an, diese Ehrenzeichen der sitzenden Lebensweise, diese Blendlaternen des Schmutzes, damit sie in der Finsternis leuchten! Es ist schon manches Lampion zur Fackel geworden, dem Wind zum Tort, der versucht hat, es auszublasen.«

Martin Kessel
Mein erster Roman

Ich hatte damals, als ich an dem Roman schrieb – es handelt sich um
»Herrn Brechers Fiasko«* –, zwei große literarische Passionen: den
Tristram Shandy und die Toten Seelen. Diese beiden Bücher waren
in meinen Augen nicht nur Gegenstände der Literatur, sondern die
reinsten Kraftquellen. Ihre Art, die Welt zu sehen, ihre vielfach ge-
stufte Komik, ihr Gehalt an Lebensmethode und Lebensimpuls,
ihre ebenso scharfsinnige wie burleske Charaktertypologie, das alles war mir eine Bestätigung. Wohin ich auch blickte, überall fand ich
etwas Ähnliches, wenn nicht das gleiche. Ich verglich meine Erfahrungen mit denen dieser Autoren, und ich wußte mich stets im
Bund mit ihnen, weit übers rein Literarische hinaus.

Vom Tristram Shandy empfing ich außerdem einen Sinn für Ruhe
gegenüber der Zeit. Ich hatte festgestellt, daß es in meinem Leben,
wie überall sonst, nicht mehr so rasch voranging, daß eine gute Sache
ebenso Zeit brauchte, Zeit zur Erwägung und Zeit zum Reifen, wie
daß eine alltäglich zu bestreitende sich nur chromatisch bewegte,
nicht ohne Umwege, Rückgriffe, Seitensprünge und Querstände.
Während der Studienzeit war das anders gewesen. Da brachte jedes
Jahr etwas Neues. Ich wechselte die Städte und die Universitäten, ich
lernte täglich hinzu, sah neue Kollegen und Professoren, neue Bilder
und Verhältnisse, hörte ulkige Dialekte, auch hatte ich immer etwas
erledigt, hatte immer ein Zwischenergebnis aufzuweisen und ein
bestimmtes, erreichbares Ziel. Späterhin fiel das weg. Das Leben
war mehr ozeanisch und bewegte sich in Formen von Ebbe und
Flut, scheinbar stets auf der Stelle. Jedenfalls waren die greifbaren
Ergebnisse seltener. Beim Blick aufs Berufsleben wurde das noch
deutlicher, oftmals erschreckend deutlich. Da wartete mancher zehn
Jahre lang, um vom Regierungsrat zum Oberregierungsrat befördert zu werden, Sekretärinnen wurden zu alten Jungfern, Prokuri-

*1932, Deutsche Verlags-Anstalt, Stuttgart
1956, Suhrkamp Verlag, Frankfurt

sten blieben Prokuristen, und Ärzte starben in ihrer eigenen Praxis. Es war ein Tümpel.

Was war da zu tun, so fragte ich mich, um das minutiöse Nagewerk dieser Alltäglichkeit darzustellen? Das war doch ein ganz entscheidendes Phänomen! Aus dem Tristram Shandy konnte man sich Mut dazu holen, denn der Ablauf der Zeit ging dort so langsam vonstatten wie der Prozeß des Wachstums selbst. Auch bestand dort das Leben nicht nur aus Handlung, nicht nur aus einer Kette atemloser Geschehnisse. In welchem Berufskreis, außer bei Detektiven, die auf Verbrecherjagd gingen, und auch bei denen nicht immer, war es denn anders? Alles im Leben, sowohl vor wie hinter den Kulissen, war durchsetzt mit Gedanken und Meinungen, ja mit Gerede und Trivialitäten. Es dauerte endlos bis zum Entschluß. Entschlüsse überhaupt waren sehr selten. Noch seltener war eine aus der Konsequenz von Erkenntnissen hervorgegangene Tatkraft. Nein, es war nicht wie im Schauspiel, nicht wie in der Oper, nicht wie im Roman schlechthin. Alles war langsamer, vielgliedriger, fragmentarischer, das meiste blieb nur Affekt, es blieb stecken, blieb Träumerei oder Utopie, selbst der Scharfsinn drehte sich wie auf einer Spirale. Auch redeten die Leute ganz anders, als sie sich dann benahmen. Ich erlebte fortwährend – ich stellte es nicht nur fest, ich erfuhr es –, daß ihre Einzigkeit vorm Entwurf ihres ich-betonten Ebenbildes versagte. Dies alles aber war darstellungswürdig, dafür galt es die richtige Konzeption zu finden, nicht anders als noch dreißig Jahre später für das weibliche Gegenstück »Lydia Faude«.[*]

Da ich ein Menschenbild in mir trug, das demjenigen meiner Umgebung in keiner Weise entsprach, was mich später veranlaßte, den Menschen als diejenige Gattung zu bezeichnen, die ihrer Bestimmung am wenigsten entspricht, mußte ich lachen über die Aufführungsweise der Leute, über die Gebrechlichkeit ihrer Einrichtungen und Systeme. Es erschien mir alles höchst baufällig und schief, andererseits auch höchst anmaßend und verknöchert. Von Moral konnte kaum die Rede sein, das war alles fiktiv. Ihre Konventionen waren Komödie, die Wahrheit bezeichneten sie als unpraktisch oder undiplomatisch. Auch fielen sie fortwährend um, diese

[*]1965, Luchterhand Verlag, Neuwied

Pappenheimer. Sie litten an Gedächtnisschwäche, frisierten ihre einstigen Überzeugungen um und wuschen ihre Hände in Unschuld, und zwar in einem Aufwasch, den sie als reinstes Quellwasser anpriesen. Und erst, wenn sie sich verheiratet hatten! Wie diese Frauen aussahen! Und was diese Frauen dann aus ihnen machten! Wie eng dann ihr Käfig wurde! Wie sie dann auf ihre einst weitgesteckten Ziele verzichteten zugunsten ihrer Bequemlichkeit! Und mit welch einer Afterphilosophie sie dann die Träume ihrer Jugend entwerteten! Und das nannten sie auch noch vernünftig oder realistisch oder tüchtig! Es war aber nur der reinste, den Umständen angepaßte Zynismus. Sollte da einer nicht in Gelächter ausbrechen und diesem ganzen Scheingebilde den Prozeß machen?

Damals sagte ein Bekannter zu mir, ich genösse das Leben ungekocht, im Rohzustand, worauf ich nur erwidern konnte: »Als Schabefleisch, was?« Aber es war schon etwas Richtiges daran, wie übrigens auch daran, daß ich die seltsamsten Freunde hatte, sofern man sie so bezeichnen konnte, denn diese Freunde schränkten mich fortwährend ein, sie suchten mich matt zu setzen, im Sinne von schachmatt, und jeder Reinfall meinerseits, jede Schwierigkeit teils mit mir selbst, teils im Beruf, war für sie ein Triumph. Nun, ich nahm sie so hin, denn ich trug noch ein anderes Ich in mir, das nach Ausdruck verlangte, ich nahm sie so hin, recht eigentlich ohne zu fragen, ob es auch anders sein könnte. Gewiß, eine Freundin hatte ich zwar in Gestalt meiner Frau, aber das, was man Förderer nennt, irgendwie Interessierte oder Gleichgestimmte, das hatte ich jedenfalls nicht. Indessen, sich auf die Probe gestellt sehen hat ja immer sein Gutes; allerdings muß man in Form sein und bei Gesundheit, sonst wird es lästig. Aber der Mensch ist merkwürdig veranlagt, etwas in ihm strebt ins Licht, er läßt nicht locker, oft genug lebt er auch nur von der Hoffnung und, wenn's gar nicht mehr geht, vom Wahn. Depressionen hatte ich reichlich zur Verfügung, am besten war es noch, wenn sie als Wühlereien der Melancholie auftraten; dann war ich so alt wie ein vor sich hin brauender Krater, so alt wie die Menschheit selbst. Ich habe später entdeckt, daß man sich nie wieder so alt fühlen kann wie in diesen jungen zwanziger Jahren.

Das ist ungefähr die innere Verfassung, in der ich an den Roman heranging. Jahrelang lief ich herum als der »Mann mit dem Roman«, über den meine Bekannten schon lachten, weil sie allmählich annehmen mußten, daß er nie fertig würde. In einer ähnlichen Situation befindet man sich als Autor immer, man ist auf der Suche, man steht vor der Wahl und umkreist den Quellpunkt der Möglichkeiten. Einen Roman, sofern er ein Kunstwerk sein will, schreibt man nämlich nicht, wie man einen Brief schreibt, man hat ihn auszutragen und zu bewältigen; es ist ein imaginäres Gebirge, und das ist beides zugleich: ein Aufblick ins Herrliche und eine Last. Gewiß ist es richtig, daß eine selbstgestellte Aufgabe auch ungeahnte Kräfte weckt, nur nützen diese Kräfte, selbst die genialsten, wenig, wenn das physische und ökonomische Fundament nicht in Ordnung ist und der Alltag nichts als Hornissen losläßt. »Sorgen bringen selbst 'ne Katze um«, las ich damals bei Stevenson, und ich habe es nicht vergessen. Das beweist mir unzweideutig, in was für einer Verfassung ich damals gewesen sein muß. Es beweist es mir besser als das Geschriebene und schließlich Geglückte, denn das Geglückte hat eine seltsame Art, alle Aufopferungen vergessen zu machen. Da liegt der letzte Strahl einer wissenden Sonne darüber, und das täuscht. Ja, vieles an der Kunst (und wohl auch in ihr) ist zu schön, um wahr zu sein, selbst das Schaurige und Schmerzvolle in ihr bereitet uns später Genuß. Form, das ist ein Gewinn, in dem ein täuschender Zauber steckt, es ist eine Medaille auf eine nur scheinbar geschlossene Wunde.

Man war also allein und von eigenen Plänen gebrandmarkt. Ein so onkelhaftes Interesse für den Nachwuchs, wie es heute besteht, gab es zu meiner Zeit nicht, jedenfalls spürte ich nichts davon. Ich hatte eher den Eindruck, als würden den jungen Schriftstellern gar zu gern nasse Handtücher um die Ohren geklatscht. Eine ganze Galerie berühmter Namen warf ihre Schatten auf uns. Es gab Klassisch-Erhabenes, von traditioneller Bildung gesättigt, wie auch Explosiv-Experimentierendes. Ferner standen die Aufrisse des Expressionismus da, oft zweifelhaft genug, aber anregend, wenn auch nicht nachahmenswert. Hinzu kamen die Antithesen der Politik, die Ansprüche der Soziologie, die Entdeckungen der sexuellen Komplexe, die Abstraktionen der Malerei, die Neubauten der Architektur, die ja wirkliche Neubauten waren. Sämtliche Formen, so schien es, auch die der Gesellschaft, mußten neu konzipiert, neu durchkalkuliert werden. Es kostete Kraft, physisch und moralisch, hier standzuhalten und dem eigenen Stern zu vertrauen, unter Umständen gegen die neueste Konjunktur, gegen das Verführerische der Scheinblüte, gegen die Halbwahrheiten der Saison und die Aktualitäten des bloßen Effektes, die ja immer im Vordergrund stehen. Man war allein, und Kunst machen war eine Sache des verlorenen Postens, eine Angelegenheit, die ohne unsterbliche Vorbilder, an denen man sich begeistern konnte, überhaupt nicht zu bewältigen war.

Unzählig sind die Anregungen, die ich aus dem Schatz der Weltliteratur empfing, denn ich durchwühlte alle vorhandenen Fächer nach Beispielen, Möglichkeiten, unentdeckten Elementen. Vieles, das mir als neueste Wundertat aufgetischt wurde, wie etwa die Essayistik im Roman, fand ich schon in den klassischen Werken, bei Fielding, Meredith, Balzac und anderen. Aber abgesehen vom Formalen, war es hauptsächlich das Leben selbst, war es die Bekanntschaft mit ausgeprägten Gestalten, was mich ergötzte und geradezu im Sinn einer unerschöpflichen Geselligkeit bereicherte. Es rollte Blut in der Dichtung, das Erzählte und Dargestellte war derart lebendig, daß es aus seinem Rahmen heraustrat und wandelte. Man konnte sagen: das ist ein Rastignac, das ist ein Blifil, das ist eine Merteuil, das ist die reinste Mrs. Skewton. Am Ende liefen sie heute noch auf der Straße herum. Es freute mich diebisch, wenn ich wieder einmal einen Streber entdeckte wie einst bei Dickens Mister Carker. Es ging mir also niemals um Nachahmung, es ging mir um Entsprechung, es ging mir darum, für meine Erlebnisse, Erfahrungen und Einsichten genau die entsprechende Form zu finden, wie es den verehrten Autoren zu ihrer Zeit gelungen war. Man mußte sich vergleichen. Was war man? Wie stand man da? Ich war ein Nichts. Ich hatte keinen Diener und keine Schecks, keine Grundstücke, Firmen, Hausstände, gesicherte Renten, keine onkelhaften Verwandtschaften oder dergleichen, wie fast alle jene Romanfiguren es hatten, ich hatte nur die Existenz dessen, der von der Hand in den Mund lebt wie Millionen ringsum. Und diese Grundkomponente war das wichtigste, dies zunächst, das mußte überall durchschimmern, denn Besitz überhaupt war fragwürdig geworden, die Form der Enteignung war die Inflation, und gleichzeitig mit dieser Fragwürdigkeit verlief eine nie geahnte Steigerung und Erweiterung der Leistungssphäre und des allgemeinen Arbeitsprozesses. Die sogenannte höhere Tochter, die ich noch aus meiner Jugend kannte, verfiel damit automatisch der Karikatur, so auch die Gnädige Frau und anderes mehr. Unter solch aufschlußreichen Umständen blickt man anders ins Leben als die Romanhelden früherer Zeiten. Ja, der Held überhaupt hatte abgedankt, es gab nur noch den traurigen Helden, also den komischen oder bestenfalls tragikomischen. Ganz erstaunlich in Anspruch genommen wurden aber nicht irgendwelche, ja auch nicht vorhandenen Beziehungen oder Empfehlungen, in Anspruch genommen wurde mein Gehirn. Es gab mir zu denken. Alles, was ich sah, alles, was ich erlebte, alles, was mir widerfuhr oder bevorstand, gab mir zu denken. Es war überhaupt nicht möglich, mit Welt und Leben ins reine zu kommen, ohne es analysiert und durchdacht zu haben. Diese Denkfühler mußten die Phänomene betrommeln, sie mußten sie prüfen, mußten sie auf ihre Stichhaltigkeit erproben, und so erwies sich nahezu jeder Schritt vorwärts als ein Schritt in unbekanntes Gelände. Das verlieh dem Leben eine Dimension von Unsicherheit, es verlieh ihm aber auch etwas Spannungsvolles, Ursprüngliches, etwas täglich zu Sicherndes und zu Bestreitendes, und es erwuchs daraus die Aufgabe, das alles von Grund auf zu tun, vorurteilslos, beinahe sportlich, im Bewußtsein des Risikos und ohne Verlust von Laune und Naivität.

Von alledem enthält dieser Roman sehr viel. Es kamen noch die rein formalen Probleme hinzu: Sprache, Thematik, Struktur, das Paradigma der Komik, Charaktertypologie und zuletzt die bedenkenswerteste Frage, die Frage nach der Beschaffenheit des Romans und nach seiner Berechtigung überhaupt. Aber darauf, glaube ich, gibt nur die Sache selbst eine Antwort. Jedes Kunstwerk spottet der Theorie. Wenn es ihr zuweilen trotzdem entspricht, so doch nur, weil unser Wissen, wie der Dichter sagt, bestenfalls der Schatten dessen ist, was uns bewegt.

Das waren also mehr oder weniger die Voraussetzungen, unter denen der Roman erschien. Die ganze Öffentlichkeit stand damals unter einer Zerreißprobe zwischen Rechts und Links. Die Universitäten wurden Wartehallen für Arbeitslose genannt, der proletarisierte Akademiker suchte irgendwo unterzuschlüpfen und war dort als

»Protégé seines Intellektes«, ähnlich wie Max Brecher, ein unruhiger Geist.

Was war da also, nach fünfjähriger Arbeit, in praktischer Hinsicht zu erwarten? Wenn man mich heute fragt, welche Erfahrungen mir sowohl vor als auch nach der Veröffentlichung des Buches zuteil wurden, so ist es begreiflicherweise schwer oder zumindest nicht leicht, keine Satire zu schreiben. Schon während der Arbeit bekam ich von bisher wohlwollender Seite den guten Rat: »Hören Sie auf damit! Sie sind am Verhungern.« Ich vernehme diesen Rat jetzt noch ganz hinten im Ohr, auch wenn der betreffende Ratgeber drei Jahre später gestand, er habe mir Unrecht getan. Mein Hinweis auf die Chromatik im Tristram Shandy hatte ihm nämlich den Ausruf entlockt, daß damit heutzutage niemand etwas anfangen könnte. Mich störte allein schon dieses modische »Heutzutage«. Was heißt denn in künstlerischen Dingen schon heutzutage? Heute ist morgen schon gestern. Außerdem ist dichterische Wirklichkeit nicht identisch mit aktuellem Abklatsch. Sie hat ihren eigenen Realitätsgrad. Nun war ich aber tatsächlich fast am Verhungern, und das veranlaßte mich, nach einem Verlag Ausschau zu halten, der unter Umständen bereit war, einen wenn auch bescheidenen Vorschuß zu zahlen. In letzter Minute – es war auch politisch gesehen die letzte – fand ich nach einigem Hin und Her auch einen Cheflektor beziehungsweise Geschäftsführer, der es wagte, sich bei seinem als schwierig geltenden Generaldirektor dafür einzusetzen. Ich hatte nur noch den Rest auf die Maschine zu übertragen.

Um es hier kurz zu machen: vierzehn Tage vor Weihnachten 1932 erschien der Roman, also kurz vor der Machtübernahme durch Hitler.

Dieser Verleger, dieser Alptraum von einem Generaldirektor hatte offenbar gar keine Ahnung von dem Kuckucksei, das er da verlegt hatte. Als er sich den Roman einmal ansah, mußte er entdecken, daß dort gleichfalls ein Generaldirektor vorkam, mit dem Spitznamen Ua-Ua, und das muß ihm furchtbar in die Glieder gefahren sein. Auch hatte er inzwischen entdeckt, daß die drei Teile des Romans jeweils einen 15 Seiten langen, äußerst präzis und sarkastisch formulierten Monolog enthielten. Es waren Reflexionen einer Bewußtseinslage. Das Kapitel trug die Überschrift: Aufriß einer nackten Existenz. Da kamen fortwährend Einwürfe vor wie: »Werden Sie's glauben, Herr Direktor?« oder: »Alle meine uniformen Beine stehen Ihnen selbstverständlich zur Verfügung, Herr Direktor«, oder auch: »Wie bekommt Ihnen das, Herr Direktor?« oder: »Wer nichts hat, gibt sich mit nichts zufrieden.« Und das durch fünfzehn Seiten hindurch. Auch hieß es dort: »Während in meinem Magen die Löffelerbsen mit Speck ihr Letztes hergeben, herrscht in meinen oberen Räumen eitel Geselligkeit und Scharfsinn. Wenn Sie eine Empfehlung hätten, Herr Direktor, könnte ich es vielleicht drehen, Sie einzuladen. Aber solang Sie in dieser Sphäre über die Schulter angeblickt werden, halte ich's nicht für empfehlenswert. Es wäre zu peinlich.«

Ich hatte schon vor der Veröffentlichung einmal um die Monologe gekämpft. Man hatte an mich das Ansinnen gestellt, sie herauszustreichen, und das hatte ich abgelehnt. Ob nun am Verhungern oder nicht, hier gab es für mich nichts mehr zu diskutieren. Es waren aber nicht nur die Monologe. Genau so, sarkastisch und voller Komik, resultierend wesentlich aus dem persönlichen Reservat gegenüber der Abhängigkeit im Arbeitsprozeß, ging es auch im ganzen Roman zu. Und dann die nackten Existenzen! Welch eine unangenehme Gesellschaft! »Sie haben eine Vorliebe für verkrachte Existenzen«, sagte der Generalverleger – er sagte verkracht, wo ich immerhin nur nackt gesagt hatte – »das will heute niemand mehr hören.« Die Zukunft wurde ja bekanntlich rosig gefärbt, und das artete dann ins Blutige aus. Es waren eben wieder einmal die herrlichen Zeiten. Aber auch in dem Roman waren schon allerlei aufschlußreiche Sachen darüber zu lesen, so über den Leistungswahn, über die Amoralität der Propaganda, über das Gespenst und die Katastrophe oder über das Zwielicht in der Humanität, so daß ich von meinem Generaldirektor wortwörtlich zu hören bekam: »Wenn Sie so weiterdichten wollen, wie Sie es für richtig halten, sollten Sie sich ein Vermögen anschaffen.« Tableau! Daraus ersieht man schon, daß ich durch den Roman alles andere gewonnen hatte als gerade einen Finanzberg. Im Gegenteil, ich wurde zunächst einmal abserviert. Da saß ich also draußen in schönster Gemeinschaft mit meinem traurigen Helden Max Brecher. »Ja, wir haben es weit gebracht«, hatte der gesagt. »Schneller als mancher vom Tode Gezeichnete seine Schuldigkeit tut, indem er endlich den Geist aufgibt, und in kürzerer Zeit, als sie noch immer der Mensch braucht bis zu seiner Geburt, bauen wir ein Haus ... Ein Skelett, steht es da. Es ist die reinste Prädestinationsmechanik.«

Das Schicksal dagegen ist unberechenbar, auch das der Bücher. Ich mußte nun, zumindest mit diesem Roman, über zwanzig Jahre lang warten, bis mir der Zufall einen Studenten zuführte, der wahrhaftig den Mut oder meinetwegen auch den Leichtsinn aufbrachte, mich 1956 mit einem anderen, diesmal berühmten Verleger in Verbindung zu bringen. Es war Suhrkamp. Dort saßen zwei Lektoren, die es ausprobieren wollten, inwieweit Herrn Brechers Belegschaft noch lebensfähig war. Es erschien also eine Neuauflage. Seltsamerweise hatte das Buch inzwischen einen gewissen Ruf erlangt, selbstverständlich nur unter literarischen Kennern, und so sahen denn auch die Kritiken, zu meiner nicht geringen Verwunderung, ganz anders aus. Man hatte inzwischen die Soziologie entdeckt. »Das Büro«, so hieß es, »als soziologischer Aspekt unserer Zeit und als Ort für Konflikte und Komplikationen privater und gesellschaftlicher Art ist – seltsam genug – in der deutschen Literatur bisher stiefmütterlich behandelt worden ... Eine Welt also, in der Millionen die Hälfte ihres Lebens oder gar mehr zubringen.« Das war eine Tatsache, jederzeit statistisch belegbar. Nur wollten, wie es schien, meine geliebten Bundesbürger und »Wohlstandsproletarier« nichts davon wissen. Ob nun Büroskaven oder nicht, waren sie von morgens bis mitternachts hauptsächlich mit Geldverdienen beschäftigt und mit der Anschaffung all des Komforts, den sie für ihre Bequemlichkeit brauchten. Von der Diabolik des Erfolgs, vom Zynismus des Leistungsbetriebs hatten sie keine Ahnung, die Maske der Katastrophe, wie es von den technischen Errungenschaften einmal heißt, paßte ihnen nicht in den Kram. So blieb es bei einem Achtungserfolg, worauf der Verleger immerhin meinte, daß man's dann eben nochmal versuchen müßte.

Und so warte ich denn auch heute noch auf den richtigen Zeitpunkt, übrigens durchaus sicher und unverdrossen und auch nicht ohne Ironie. Vor allem warte ich auch auf die Einsicht der hohen Herren Kritiker und Interpreten, auf daß sie nämlich, statt sich in landläufigen Schematismen zu ergehen, vielleicht auch einmal den

Grips aufbringen und über die bloß soziologischen Faktoren hinaussehen, indem sie die schillernde Potenz des Fiaskos begreifen. Dafür könnte ihnen Herr Brecher die schönsten Anregungen liefern, sei es direkt, sei es durch sein Verhalten. »Die Erkenntnis entspringt dem Defekt«, sagt er zum Beispiel. Er will damit gesagt haben, daß alles nur traumhaft verläuft, wo alles glatt geht. Und so setzt auch die Komik eine hochinteressante Beziehung zum Fiasko voraus. In seiner Laudatio zum Büchnerpreis wies Fritz Usinger darauf hin. Ein Clown, also auch der Betriebsnarr, wird komisch, indem er mit dem Fiasko spielt, indem er es reizt und überlistet. Das Gelächter ist der Reflex einer getäuschten Erwartung. Dabei kann das Verkrachte daran, wenn man es mal so nennen will, eben die Komik, nur negativ sein, das Positive ist das Gelächter. Herr Brecher steckt allerdings bis zum Hals in seinem Dilemma, aber er hat ein Bewußtsein, und er hat als einzigen Luxus seine Erkenntnis – ein Don Juan der Erkenntnis, wie Nietzsche das formuliert hat.

Phänomene dieser Art sind reichlich in dem Roman zu finden, allein schon deshalb, weil das Ganze auf einer Komödie der persönlichen Beziehungen fußt. Wie diese Leute sich vertragen, was sie sich gegenseitig antun, mit welchen Illusionen und Utopien sie abgespeist werden, wie sie inmitten der Funktionalität ihr privates Reservat verfechten und wie schließlich das größere Gemeinwesen einer Stadt, hier ist es Berlin, über sie hingeht, das alles sind Phänomene, die zwar durch besondere Zeitumstände bedingt sind, wie überall in der Kunst, die aber auch kräftig stets wieder zur Debatte stehen werden, eben als Phänomene an sich und als solche von absoluter Darstellungs- und Kunstwürdigkeit.

Inhalt

Stephan Krawczyk

Bald

Roman. 361 Seiten. SP 2859

Der junge Familienvater Roman Bald ist ein sympathischer Taugenichts und Arbeitsverweigerer. In seiner provinziellen Heimatstadt gilt er als verrückter Spinner. Als Mitglied der »Gesellschaft zur Bewahrung des Großen Kanons« kann er seiner etwas ungewöhnlichen Leidenschaft nachgehen, nämlich Wörter sinnstiftend zusammenzufügen. Überall im Land brüten die Teilnehmer über den regelmäßig verschickten Rätselbriefen und suchen bei ihren Treffen gemeinsam nach der Lösung. Was sie nicht wissen: Ihr harmloses Treiben beunruhigt die Obrigkeit, und aus dem Spiel wird bald bitterer Ernst... Mit einer ganz eigenen Poesie und einem liebevollen Blick für die Geschicke der kleinen Leute erzählt Stephan Krawczyk vom Abenteuer, widerspenstig zu sein.

Radek Knapp

Franio

Erzählungen. 160 Seiten. SP 3187

Das Kaff Anin, fünfzig Kilometer von Warschau entfernt, ist für seine Bewohner der Mittelpunkt der Welt. Um Anin hat der Fortschritt gottlob noch einen großen Bogen gemacht, hier spannt der Grashändler Kossa noch seine Stute vor den Karren, näht der Schuster Muschek die Stiefel noch wie anno dazumal, und obwohl in den Häusern schon Fernsehapparate stehen, ist die Anteilnahme der Menschen am Leben der Nachbarn noch höchst lebendig. Sie zelebrieren Freundschaft und Fehden und lassen die Zeit stillstehen, wenn einer ins Fabulieren kommt. Dem Herumtreiber Franio hängen sie ebenso an den Lippen wie dem Mechaniker Lukas, dessen Weltuntergangsphantasien einen guten Vorwand liefern, die Triebenergien noch rasch in lustverheißende Bahnen zu lenken.

SERIE PIPER

Wenedikt Jerofejew

Die Reise nach Petuschki

Ein Poem. Aus dem Russischen
von Natascha Spitz. 172 Seiten.
SP 671

Die absurde Reisebeschreibung einer feuchtfröhlichen Zugfahrt ist seit 1978 ein zum Dauerseller mutierter Geheimtip. Auf dem Weg zum Kursker Bahnhof in Moskau beginnt dieses Selbstgespräch des Trunkenboldes Wenedikt Jerofejew, das sich zu einer Reisebeschreibung entwickelt, die in ihrem scharfen Witz und in ihrer bodenlosen Albernheit innerhalb der zeitgenössischen sowjetischen Literatur einzigartig ist. Wenedikt, Einwohner von Moskau, der den Kreml noch nie gesehen hat, weil er im Suff immer wieder daran vorbeigefahren ist, besteigt mit einem Köfferchen voll Schnaps den Vorortzug nach Petuschki. Die Reise wird zu einer einzigen Sauftour: Wenedikt trinkt, die Mitreisenden trinken, Oberschaffner Semjonytsch, der von den Schwarzfahrern statt einer Kopeke ein Gramm Wodka pro Kilometer kassiert, trinkt ...

Ljudmila Petruschewskaja

Die neuen Abenteuer der Schönen Helena

Märchen für Erwachsene. Aus dem
Russischen von Antje Leetz.
199 Seiten. SP 2785

Ljudmila Petruschewskajas Märchen stehen in bester Tradition der russischen Kunstmärchen. Mit überraschender Leichtigkeit und großem Charme erweist sie sich als eine brillante Erzählerin – über allen Dingen liegt der funkelnde, zarte Schleier des Zauberhaften: Da kauft sich ein kleines Mädchen statt eines Schulheftes eine billige Sonnenbrille, die sich als Zauberbrille entpuppt. Oder man liest von dem gekränkten Samowar, den die Familie nach einem Sommer auf der Datscha ohne Deckel, einfach so auf dem Wandbord hat stehenlassen. Er freundet sich mit dem ebenfalls verlassenen Teekessel an, und sie beginnen über den Sinn des Lebens zu diskutieren. Ljudmila Petruschewskaja, eine der bekanntesten russischen Gegenwartsautorinnen, legt eine zauberhafte Sammlung moderner Märchen vor.

Josef Škvorecký
Der Seeleningenieur
*Ein Roman über Frauen, Liebe,
Tod und Spitzel. Aus dem
Tschechischen von Marcela Euler.
768 Seiten. Serie Piper*

Danny, ein sympathischer
Windbeutel aus einer böhmi-
schen Kleinstadt, ist erwachsen
und Schriftsteller geworden.
Als 1968 die Sowjets in sein
Land einmarschieren, emi-
griert er nach Kanada und
sucht als Literaturprofessor
Zuflucht in der scheinbar
friedlichen Welt des Campus.
Nicht nur die politische Naivität um ihn herum stört ihn,
insgesamt fühlt er sich wie
ein Wesen von einem anderen
Stern. Zwar läßt er sich trotz
bester Vorsätze von seiner hüb-
schesten Studentin verführen,
in Wahrheit verzehren ihn aber
das Heimweh und die Sehn-
sucht nach den Frauen, die er
in der Heimat geliebt hat. Ein
privates, kritisches und dabei
oft sehr komisches Buch.

»In Josef Škvorecký haben wir
einen großen mitteleuropäi-
schen Autor, den es noch zu
entdecken gilt.«
Sigrid Löffler in der »Zeit«

Ingvar Ambjörnsen
Ausblick auf das Paradies
*Roman. Aus dem Norwegischen
von Gabriele Haefs. 208 Seiten.
Serie Piper*

Elling, zweiunddreißigjähriger
Frührentner, hat sich das Leben nach dem Tod seiner Mutter ganz gut eingerichtet: Im
Zentrum steht seine heimliche
Liebe zur norwegischen Mini-
sterpräsidentin Gro Harlem
Brundtland. Gelegentlich ausbrechende erotische Phanta-
sien sind ihm eher peinlich.
Außerdem hat er sich ein teu-
res Fernglas gekauft. Wenn er
das auf den Nachbarblock
richtet, kann er Abend für
Abend verfolgen, was sich hinter den erleuchteten Fenstern
abspielt. Doch Ellings Phanta-
sien werden immer absurder,
die Realität kommt ihm immer
mehr abhanden, zuletzt steht
das Sozialamt vor der Tür.
Ingvar Ambjörnsen verheim-
licht nicht, daß in diesem komischen und hinterhältigen
Roman ein wenig Hitchcock
grüßen läßt. Mit sanfter Perfidie steigert er die Irritation der
Geschichte zum beklemmen-
den Finale.

SERIE PIPER

Michael Köhlmeier
Telemach
Roman. 491 Seiten. Serie Piper

Mit Odysseus' Geschichte begann vor 2800 Jahren die europäische Literatur. Daß dieses alte Epos vom Mann, der durch die Welt irrt, von der Frau, die auf ihn wartet, und vom Sohn, der nach ihm sucht, bis heute lebendig ist, beweist Michael Köhlmeier in seiner wunderbaren Neuerzählung. Ohne Anstrengung schlägt die- se Geschichte einen Bogen von der Antike in unsere heutige Zeit.

Im Mitttelpunkt steht Telemach, Sohn des Odysseus, der seinen Vater nie gesehen hat. Inzwischen ist er zwanzig Jahre alt, und der Krieg, in den sein Vater zog, ist längst vorbei. Im Haus des Odysseus haben sich die Freier breitgemacht. Sie werben um die schöne Penelope, die Gattin des Verschollenen. Telemach sieht dem Treiben der Freier mit Verzweiflung, aber hilflos zu ...

»Federnder Witz und schäumende Fabulierlust machen diese verfremdete Zeitexpedition zur waren Lese-Lust-Wandelei.«
Focus

Michael Köhlmeier
Kalypso
Roman. 445 Seiten. Serie Piper

Kalypso, die verführerische Nymphe, braucht keinen Zauber und keine Gewalt, um den unglücklichen Schiffbrüchigen auf ihrer Insel Ogygia zu halten: Odysseus ist ihr verfallen. Wenn er für immer bei ihr bliebe, so verspricht ihm Kalypso, werde sie ihn unsterblich machen. Die Unsterblichkeit ist ein großes Versprechen und unsterbliche Liebe ein noch größeres. Zerrissen zwischen der Sehnsucht nach der Heimat, der Gattin Penelope, dem Sohn Telemach und der Begierde nach Kalypso, kann Odysseus sich nicht entscheiden.

Welch epochale Kraft und tiefbewegende Lebendigkeit heute noch in dem homerischen Epos von den Irrfahrten des Odysseus stecken, beweist Michael Köhlmeier auch in seinem zweiten, furiosen Roman über den größten Stoff der Weltliteratur. Mit Witz, unerreichter Kunstfertigkeit und kühner Raffinesse erzählt er dabei von Liebe und Tod, Verführung und Gewalt, von Glück und tragischer Verstrickung.

Jesús Díaz

Die Haut und die Maske

Roman. Aus dem kubanischen Spanisch von Wilfried Böhringer. 305 Seiten. Serie Piper

Iris und Lidia kehren nach langjährigem Exil auf einen Besuch nach Kuba zurück. Während Lidia sofort ein stürmisches inzestuöses Verhältnis mit ihrem Vetter Orestes anfängt, versucht Iris herauszufinden, was mit der von ihr vor Jahren zurückgelassenen Familie passiert ist – das ist der Ausgangspunkt dieser meisterhaft erzählten Geschichte. Dazu hat Jesús Díaz eine zweite Ebene wie einen roten Faden virtuos in die Handlung eingewoben. Sie spielt während der Dreharbeiten zu einem Film, bei denen die privaten Leidenschaften und die politischen Konflikte der Mitwirkenden aufbrechen. Spannend wie ein Politthriller, anregend wie ein erotischer Roman, erhellend wie eine psychoanalytische Studie, vermittelt Díaz ein Stück pralles karibisches Leben, aber auch tiefe Einblicke in die Verwerfungen der heutigen kubanischen Gesellschaft.

Jesús Díaz

Erzähl mir von Kuba

Roman. Aus dem Spanischen von Klaus Laabs. 301 Seiten. Serie Piper

Wehmütig läßt Stalin Martínez die Ereignisse der vergangenen Wochen Revue passieren, während er darauf wartet, daß ihm die unbarmherzige Sonne Miamis auf der Dachterrasse seines Bruders die Haut gerbt und ihm das Aussehen eines Bootsflüchtlings verleiht.
Mit seinem neuen Kuba-Roman, der zärtlich und ironisch zugleich ist, trifft Díaz mitten ins Herz.

SERIE PIPER

SERIE PIPER

Sándor Márai

Bekenntnisse eines Bürgers
Erinnerungen

Aus dem Ungarischen von Hans Skirecki. Herausgegeben von Siegfried Heinrichs. 420 Seiten.
SP 3081

»Bekenntnisse eines Bürgers«, 1934 erschienen, ist die beeindruckende Selbstbiographie eines Europäers, der 1900 in der Provinz der Donaumonarchie als Sohn deutschstämmiger Ungarn geboren wurde. Feinsinnig und amüsant schildert er seine Kindheit und Jugend im Städtchen Kaschau. Seismographisch genau zeichnet er dann den Zusammenbruch der alten Ordnung im Ersten Weltkrieg auf und schließt seine Studien- und Wanderjahre in Deutschland, Frankreich, Italien und England an, nun an seiner Seite Lola, die er, mittellos, aber gierig nach dem »ernsthaften Leben«, noch als ganz junger Mann heiratete. Seine Begegnungen mit Künstlern, Schriftstellern und Schauspielern der wilden zwanziger Jahre führen den Narrenreigen der Bohème seiner Zeit vor allem in Berlin vor. Sándor Márais feine Lakonie, sein warmer Humor, die Eleganz und Brillanz seiner Sprache einerseits, die präzise Beobachtung und kühle Distanz seiner Erzählhaltung andererseits stellen ihn an die Seite von Autoren wie Elias Canetti, Gregor von Rezzori oder Max Aub, wurzellose Europäer mit enormer erzählerischer Kraft.

»Die ›Bekenntnisse‹ sind von einer Wahrhaftigkeit, die das Leiden bis zum Kippmoment unerträglicher Intensität vorantreibt. Erst dort, am Boden eines scheinbar zerstörten Lebens, beginnt der Aufstieg.«
Frankfurter Allgemeine Zeitung

Eva Demski

Das Narrenhaus
Roman. 448 Seiten. Serie Piper

Das vierzehnstöckige Narrenhaus ist ein Hochhaus am Rand einer Stadt. Dort wohnt alles, was sonst keinen Platz findet und Miete zahlen kann. Eine bunte Gesellschaft, Eigentümer und Mieter, Wessis und Ossis, Gutsituierte, Problemfälle, letztere vom Sozialamt eingemietet. Eva Demski erzählt die tragischen, komischen und verrückten Lebensgeschichten der Bewohner dieses Hauses. Vierzehn Stockwerke zählt das Narrenhaus, und jede Etage hat ihre verrückten, tragischen und komischen Geschichten. Dieses Hochhaus am Rand einer großen Stadt ist ein übereinandergetürmtes Dorf, eine Festung, ein biographischer Ankerplatz, wie eine Bühne für unterschiedlichste Stücke in wechselnder Besetzung. Hier wohnen Eigenbrötler, alte Witwen, Transvestiten, der einbeinige Christian und die Hausmeisterin Sybille Heisterberg, die die Anarchie zu kontrollieren versucht. Im Keller wohnt der Erzähler, ein alter Requisiteur und Stöberer. Den ersten Stock wiederum beherrscht ganz Mafalda Trautwein, die alle, außer dem Erzähler, für ein Gottesgeschenk halten. Souverän und elegant erzählt Eva Demski die großen und kleinen Geschichten der verschiedenen Hausbewohner und fädelt ganz nebenbei ein halbes Jahrhundert deutsche Geschichte auf – ein Zeit- und Gesellschaftspanorama mit Witz und Spott.

»Eva Demski gelang eine Satire auf die närrischen Eigenschaften ihrer Zeitgenossen, überreich an Einzelheiten und pointensicher.«
Süddeutsche Zeitung

Goldkind
Roman. 278 Seiten. Serie Piper

»Das ›Goldkind‹ von Eva Demski ist ein lesenswertes, ein beachtliches Buch.«
Marcel Reich-Ranicki

SERIE
PIPER

Alessandro Baricco

Seide

Roman. Aus dem Italienischen von Karin Krieger. 132 Seiten. SP 3520

»Der Roman Alessandro Baricco ist gewebt, wie der Stoff, um den es geht: elegant und nahezu gewichtslos. Die Geschichte ist komponiert wie ein Musikstück, jedes Wort scheint mit Bedacht gewählt, jede Ausschmückung, jedes überflüssige Wort ist fortgelassen. Das schmale Buch bekommt durch diese Reduktion seine außergewöhnliche Dichte, seine kühle, in manchen Passagen spöttische, zugleich seltsam melancholische Stimmung.«
Sabine Schmidt, BücherPick

Land aus Glas

Roman. Aus dem Italienischen von Karin Krieger. 270 Seiten. SP 2930

Ein Buch über die Welt der Sehnsucht und die Welt der Liebe, voller Poesie, Witz und Weisheit. Ein Buch über Zeit und Geschwindigkeit, über Musik und Gefühle, über Genies, Spinner und Erfinder.

Novecento

Die Legende vom Ozeanpianisten. Aus dem Italienischen von Karin Krieger. 80 Seiten. SP 3522

Auf dem luxuriösen Ozeandampfer Virginian, der zu Beginn des Jahrhunderts zwischen der Alten und Neuen Welt hin- und herpendelt, wird ein ausgesetztes Baby gefunden, dem die Matrosen den Namen seines Geburtsjahres geben: Novecento – 1900. Ein seltsames Schicksal wird diesem Findelkind beschieden sein: Novecento wird zeit seines Lebens nicht mehr von Bord gehen. Als der sagenhafte Ozeanpianist wird er zur Legende. Er kennt nur seine Musik, die eine magische Anziehung auf alle ausübt, die sie hören. Bariccos poetische Sprache in »Seide« und seine Phantasie in »Land aus Glas« verbinden sich hier zu einer wundervollen Geschichte um Musik, Leidenschaft und die Macht der Freundschaft.